BASTEI
LÜBBE

Über das Buch:

Die Freunde Kat, Sheka und Lawrucha, die sich von der Kunstakademie kennen, kommen auf nicht ganz legalem Weg in den Besitz eines sehr alten und kostbaren Gemäldes. Es handelt sich um einen verschollenen Flügel des Altartriptychons eines geheimnisvollen holländischen Malers aus dem fünfzehnten Jahrhundert mit grausigem Ruf, denn in der Zeit seiner Entstehung brachte es den Menschen in seiner Nähe Tod und Vernichtung.
Die Freude über die Entdeckung des Kunstwerks, dessen Rückseite die Apokalyptischen Reiter zeigt, verwandelt sich schon bald in Angst, denn auf der Vorderseite ist ein Mädchen dargestellt, das Kat wie aus dem Gesicht geschnitten ist.
Und dann erfahren die drei, dass auch der direkte Vorbesitzer des Bildes eines merkwürdigen Todes gestorben ist …

Über die Autorin:

Viktoria Platowa ist einer der neuen Stars der russischen Krimiszene. Sie hat das Filminstitut in Moskau absolviert und als Szenaristin für verschiedene Studios gearbeitet. Ihre Romane haben sich bisher bereits millionenfach verkauft und liegen auch einer bekannten Fernsehserie zu Grunde. Die erfolgreiche Autorin lebt in Sankt Petersburg.

Viktoria Platowa

Das Taufbecken des Teufels

Ins Deutsche übertragen von
Hoppmann/Kouvchinnikova

BASTEI
LÜBBE

BASTEI LÜBBE TASCHENBUCH
Band 15 115

1. Auflage: März 2004

Vollständige Taschenbuchausgabe

Bastei Lübbe Taschenbücher ist ein
Imprint der Verlagsgruppe Lübbe

Deutsche Erstausgabe
Titel der russischen Originalausgabe: КУПЕЛЬ ДЬЯВОЛА
(Taufbecken des Teufels)

Russischer Originalverlag: EKSMO-Press, Moskau

Textredaktion: Martina Sahler
Umschlaggestaltung: N. Schütz Design
Titelbild: Ausschnitt aus dem Gem. »Der Zeichner« v.
Jean-Baptiste Siménon Chardin (1699–1779)
Berlin Gemäldegalerie, Artothek
Mark Harrison, Agentur Thomas Schlück GmbH
Satz: hanseatenSatz-bremen, Bremen
Druck und Verarbeitung: Ebner & Spiegel, Ulm
Printed in Germany
ISBN 3-404-15115-1

Sie finden uns im Internet unter
www.luebbe.de

Der Preis dieses Bandes versteht sich einschließlich
der gesetzlichen Mehrwertsteuer.

Prolog

Niederlande. Spätfrühling 1499

Meine Stadt wurde vom Meer verschlungen.

Begraben in seinem kalten Schlund, zwischen Fischen und Muscheln. Niemand wurde gerettet, nicht einmal die Lieblingskatze der Tochter des Bürgermeisters, nicht einmal die Glocke der Kirche der heiligen Agatha. In den Nächten höre ich ihre schwache Stimme, die durch das Wasser dringt. Oder bilde ich mir nur ein, sie zu hören?

Meine Stadt wurde vom Meer verschlungen.

Es brach durch die Dünen, als alle schliefen – sogar die Lieblingskatze der Tochter des Bürgermeisters, sogar die Glocke der Kirche der heiligen Agatha. Nur du hast nicht geschlafen – Lukas van Ostrea.

Du bist es, der Schuld trägt am Tod meiner Stadt, Lukas Auster. Der Tag sei verdammt, an dem du in ihr erschienen bist. Du tratest aus dem Nebel ganz am Ende der Straße, beim Fischstand des einäugigen Rogier. Genau in dem Augenblick, als die Köchin des Bürgermeisters, die dicke Hanna, dort den Hering für das feierliche Mittagessen im Magistrat aussuchte, zum Anlass der Jahresfeier der Schützengilde. Hanna war nicht zufrieden mit dem Hering, ihr Dreifachkinn wackelte fürchterlich. Und Rogiers Auge zuckte – sie konnten sich partout nicht über den Preis einigen.

Und da erschienst du, Lukas Auster.

Das schwere Segel des Nebels hob sich, die Kinder hörten auf zu spielen, die toten Aale öffneten die Augen, die toten

Heringe öffneten die Mäuler, und Rogier und Hanna vergaßen ihre Zankerei im selben Augenblick.

Der Schönling Lukas Auster, mit einem Farbkasten im Gepäck – sogar die Fischschwänze haben sich auf den ersten Blick in dich verliebt. Du zaustest den Kindern ihre schmutzigen, verschwitzten Haarschöpfe, du zwinkertest dem einäugigen Rogier freundschaftlich zu, und dann fragtest du die dicke Hanna höflich, wie man zum Bürgermeister komme. Aber der dicken Hanna hatte es die Sprache verschlagen: Sie mit ihrem Dreifachkinn hatte sich auf der Stelle in dich verliebt. Auf den ersten Blick. Das dicke Blut zog sich aus ihren Wangen zurück, das schlimme Wasser wich aus ihren Fesseln, und sie war wieder rank und schlank wie ein junges Mädchen.

Ich schwöre es, ich habe es selbst gesehen. Aber damals konnte ich nicht ahnen, was für ein Unglück du mit dir brachtest, Lukas Auster. Und ich habe zu meinem allerliebsten Weib gesagt ... zu meinem kleinen Frauchen, das jetzt mit allen anderen dort im düsteren Schoß des Meeres ruht, seiest du verdammt, Lukas Auster ... An jenem Morgen sagte ich zu ihr: »Bestimmt ist das jener Meister aus Gent, der bestellt wurde, um das Porträt unserer Scharfschützen zu malen.«

»Der ist aber hübsch«, sagte meine allerliebste Ehefrau, mein kleines Frauchen. Und sie legte ihren kleinen Finger an den Mundwinkel. Das tat sie immer, wenn sie nachdenklich war oder verzückt. Oder wenn sie mich anlügen wollte. Und dann wurden ihre Augen feucht und so dunkel und glänzend wie der Rücken eines Aales, den man gerade aus dem Wasser gezogen hat. Niemals zuvor hatte ich bei meiner Ursula solch dunkle und glänzende Augen gesehen. Nicht einmal, als ich ihr den Ring an den Finger steckte. Auch nicht später, als sie mir sagte, dass sie ein Kind erwarte – viel später, als die Ströme deiner Farben die Stadt bis über den Scheitel bedeckten, Lukas.

»Du musst unbedingt unser Porträt bei ihm bestellen, Hendrik, man sagt, er sei ein sehr guter Maler, dieser Meister aus Gent«, sagte Ursula damals.

Seltsam, dass ich davon nie gehört habe ...

Du hast dich beim einäugigen Rogier eingerichtet, Lukas Auster, drei Zimmer im ersten Stock als Atelier bei ihm gemietet. Und am selben Tage wurdest du dem Bürgermeister vorgestellt, der Tochter des Bürgermeisters und dem Vorsitzenden der Scharfschützen.

Auf die Katze der Tochter des Bürgermeisters hast du keinen Eindruck gemacht. Sie war die Einzige, die du gleichgültig ließest. Aber ihre Herrin, die rothaarige Katrin ... Oh, was geschah mit der ersten Schönheit unserer Stadt! Sie teilte das Schicksal aller anderen – sie verliebte sich in dich. Und setzte Himmel und Erde in Bewegung, um dein Bett zu teilen.

Aber das ereignete sich etwas später. Erst, nachdem du das Gruppenporträt unserer Scharfschützen gemalt hattest. Es wurde im Magistrat aufgestellt, und es war das Beste, was ich je gesehen habe. Das bekenne ich auch jetzt noch, obwohl ich dich hasse, wie ich die Hölle hasse und alle Dämonen der Hölle. Ich sehe es bis jetzt vor meinen Augen, dieses teuflische Porträt, das ganze Dutzend Scharfschützen und ihr Vorsitzender Dirck Hemskerken in der Mitte. Dirck hast du großartig getroffen: kalt und mutig – wahrscheinlich sah Dircks Ehefrau ihren Mann genau so in ihren geheimen Morgenträumen.

Und der junge Jos, der Sohn des einäugigen Rogier, ist dir ebenfalls großartig gelungen: Er steht hinter Hemskerken, und seine schreckliche Narbe auf der rechten Wange sieht gar nicht schrecklich aus – eher gleicht sie einem zarten, verträumten Zweiglein Heidekraut. Diese Narbe, derentwegen Jos nie hatte heiraten können, wurde plötzlich Gegenstand der Verehrung. Du gabst Jos die Gunst aller Frauen zurück, Lukas Auster! Du wurdest zu seinem besten Freund, du wurdest der Freund des Bürgermeisters und auch Dirck Hemskerkens. Der einäugige Rogier gab dir jetzt seinen schönsten Fisch, und du musstest ihn nicht einmal bezahlen – schließlich schenktest du seinem Sohn die Hoffnung auf die Liebe der schönsten Bräute der Stadt! Du hast das Beste aus diesem Fisch gemacht, Lukas, du hast ihn einfach gemalt! Und alle Katzen der Stadt – alle! Ich schwöre es, ich habe es selbst gesehen – vergaßen die echten Innereien und rosa Kiemen und schlichen den ganzen Tag in deinem Atelier herum, vor deinen Bildern. Und eines schönen Tages waren sie vor Hunger allesamt verreckt, hilflos vor dieser ganzen in Öl gemalten Herrlichkeit. Alle, außer der Katze des Bürgermeisters, auf die du keinen Eindruck gemacht hast ...

Hätte einmal jemand darüber nachgedacht, warum das geschah, man hätte dich fortgejagt, Lukas Auster, und die Stadt wäre gerettet worden. Aber niemand kam auf den Gedanken, den Tod dieser armen Geschöpfe mit deinen Bildern in Zusammenhang zu bringen. Alle waren von dir geblendet, und du hast gemalt und gemalt, Tag und Nacht. Nach den Scharfschützen kam die Familie des Zinseintreibers Jan de Bles an die Reihe, dann der ältere Sohn des Stadtschreibers, dann der Altar der Kirche des Frauenklosters zur heiligen Therese ... Du wurdest mit Aufträgen für mehrere Jahre im Voraus überschüttet, nur deswegen, weil deine Bilder ein wahres Wunderwerk waren, Lukas Auster. Ich gebe das auch jetzt noch zu, obwohl ich dich hasse wie die Hölle und alle Dämonen der Hölle. Die Hölle, die Hölle ... Mit dir ist die Hölle zu uns gekommen, aber wir konnten es nicht erkennen, wir sahen den Schrecken nicht. Wir vergaßen die Hauptsache – »Cave, cave, Deus vivit«. Und wir haben dafür gebüßt.

Der Erste war der junge Jos, der Sohn des einäugigen Rogier: Sein Boot kehrte vom Fischfang nicht zurück. Er fuhr bei ruhigem, windstillem Wetter hinaus, keine Wolke stand am Himmel – und niemand sah ihn jemals wieder. Dirck Hemskerken, der Vorsitzende der Scharfschützen, war der Zweite. Er starb in seinem Bett, dieser Baum von einem Mann, der nie auch nur erkältet war. Er schlief einfach ein und wachte nicht mehr auf. Seine Frau fand ihn, vollständig angekleidet, mit einer Falkenkralle auf der Brust – dem Emblem der Scharfschützengilde. Dirck trug dieselbe Kleidung, in der du ihn gemalt hattest, Lukas Auster.

Aber immer noch schlug niemand Alarm. Zwei Tote, von den Katzen abgesehen, und das im Zeitraum von nur einem Monat. Die übrigen Scharfschützen starben innerhalb der folgenden neun Monate. Der Tod traf sie unterschiedlich, aber immer in derselben Kleidung.

In der Kleidung, in der du sie gemalt hast, Lukas Auster.

Von ihnen blieb nur das Porträt, ein schöneres als dieses sah ich niemals in meinem Leben, ich schwöre es!

Und dann kam das Kloster zur heiligen Therese an die Reihe. Drei Nonnen und drei Novizinnen kamen an ein und demselben Tage nieder. Sie gebaren sechs Säuglinge männlichen Geschlechts. Alle waren Totgeburten, und die Äbtissin des Klosters erhängte sich vor dem Altar, den das von dir gemalte Triptychon schmückte, Lukas Auster. Die Fersen der Mutter Äbtissin zeigten auf den rechten Flügel des Triptychons – »Ermordung der Knaben« ...

Gib es zu, alle diese Totgeburten stammten aus deinem Samen, Lukas Auster! Ein teuflischer Samen, seiest du verdammt! Zum wievielten Male sage ich dir das? Ich weiß es nicht, vielleicht hast du sie nicht einmal angerührt, vielleicht ist dieser Samen von deiner Palette getropft – sehr wahrscheinlich war es wirklich so. Ich wundere mich über gar nichts mehr.

Niemand hat eine Messe gelesen für die unglücklichen Bräute Jesu, aber waren sie überhaupt Bräute Jesu, wenn du sie so leicht verführen konntest? Und deiner Strafe bist du entgangen: Für die Stadt warst du ja inzwischen ein Heiliger geworden, die Menschen beteten deine Bilder an, wie sie den Herrgott niemals angebetet hatten. Massen von Schaulustigen standen unter den Fenstern deines Ateliers, in der Hoffnung, wenigstens ein kleines Stück des Altars zu sehen, den du für die Kirche der heiligen Agatha maltest.

Du maltest die Apokalypse.

Alle wussten es. Allen schauderte. Und sie konnten das Ende der Arbeit nicht erwarten.

Du hast niemanden zu dir gelassen, Lukas Auster. Niemanden, außer der rothaarigen Katrin, der Tochter des Bürgermeisters, der ersten Schönheit der Stadt. Sie war in dich verliebt, das wussten alle, das flüsterte die dicke Hanna den Fischen am Stand zu. Arme Katrin! Sie hat sich in dich verliebt, noch bevor du ihr Porträt maltest, mit der Katze auf dem Schoß. Als sie sich in dich verliebte, wusste sie noch nicht, dass sie der Tod erwartete. Sie ist ertrunken – genau wie der junge Jos.

Den Sohn des einäugigen Rogier hat man niemals gefunden, aber die rothaarige Katrin hat man gefunden. Doch am Anfang ... Was war eigentlich am Anfang?

Am Anfang war die Jungfrau Maria.

Die Jungfrau Maria, der ebenfalls ein Platz in deiner Apokalypse zugedacht war.

Du hast sie nach der verliebten Katrin gemalt.

Nach der toten Katrin.

Niemand weiß genau, ertrank sie oder hat sie sich ertränkt, weil du sie zurückgewiesen hast, Lukas. Und vielleicht hast du selbst die Unglückliche zu diesem Schritt getrieben: weil du ein ideales Modell brauchtest ... Wie dem auch sei, Katrin verschwand an jenem Abend, ohne ihre Katze gefüttert zu haben. Die Katze maunzte die ganze Nacht – das hat der Bürgermeister erzählt –, und am Morgen verlor sie ihr Fell. Einen Tag später fanden Fischer Katrins Kleider am Deich und wieder drei Tage später Katrin selbst. Und weißt du, was sie neben dem Körper noch fanden, Lukas?

Eine Palette mit frischen Farben darauf. Deine Palette.

Gib es zu, Lukas Auster, du hast doch von Anfang an gewusst, wohin das Meer die Tochter des Bürgermeisters tragen würde. Du wusstest immer ganz genau Bescheid, dein Stelldichein mit dem Tod hast du niemals versäumt. Vielleicht hast du auch selbst diesen Ort ausgewählt, nördlich der Stadt, hinter den Dünen? Das Meer, der Himmel und der Sand geben dort ein unglaublich weiches Licht, du hast so gern davon gesprochen.

Ich sehe dieses Bild leibhaftig vor mir: die tote Katrin, dicht am Wasser liegend, bedeckt nur von ihren Haaren. An ihrer Haut kleben Fischschuppen, sie ließen sich nicht abreißen; Muscheln klammern sich mit all ihrer Kraft in die roten Locken, sie lassen sich nicht herauslösen. Sie war die erste Schönheit der Stadt gewesen, aber der Tod machte sie noch schöner.

Oh, wie schön war die tote Katrin, als man ihr in der Kirche der heiligen Agatha die Totenmesse las. Die Kirche fasste nicht alle, die sich von der Tochter des Bürgermeisters verabschieden wollten, es waren alle gekommen, alle, außer dir, Lukas.

Seltsam, dass niemand sich darum gekümmert hatte, sie anzuziehen: Katrin war in ihrer Nacktheit so keusch, dass jedes Kleid wie eine Lästerung Gottes schien. Aber eine Gotteslästerung geschah dennoch: Alle, die dort waren, lästerten Gott – all die Männer und Frauen, die Katrin mit den Blicken verzehrten. Die Frauen ergriff rasender, offener, fast animalischer Neid: Alle wollten genauso göttlich schön sein wie Katrin. Sie hätten ihre Seele dem Teufel verkauft, um wenigstens für einen Moment genauso zu sein wie sie. Ich sah es ganz tief in ihren erstarrten Pupillen. Und mein Weib, mein kleines Frauchen, meine Ursula – auch an ihr ist dieser Kelch nicht vorübergegangen. Ich schwöre es, ich habe es selbst gesehen! Der Neid verkrampfte Ursulas Finger so sehr, dass ich sie, als wir aus der Kirche nach Hause zurückgekehrt waren, lange nicht öffnen konnte. Und als ich sie schließlich auseinander bog, sah ich in den Handflächen tiefe Wunden von ihren Fingernägeln – Wunden mit glatten Rändern; darin stand dickflüssiges Blut. Seine Farbe hätte dir gefallen, Lukas – genau die gleiche Farbe hatte die Schnalle am Umhang der Jungfrau Maria in deiner Altar-Apokalypse ...

All diese Monate habe ich meine Frau vor dir beschützt, wie ich nur konnte. Schon im September hättest du unser Porträt malen sollen, aber ich verschob die Sitzungen auf Dezember und dann auf März. Wenn du wüsstest, was ich dafür durchmachen musste! Ich war der Einzige, der die Bedrohung spürte, die von dir ausging. Warum war ich der Einzige? Warum sah dich unser gnädiger Herrgott gerade mit meinen Augen an? Ich werde es niemals erfahren. Ich werde niemals erfahren, wie es dir gelang, dich der Stadt zu bemächtigen – aber es ist geschehen. Sie war reif wie eine Frucht und fiel dir zu Füßen, Lukas Auster. Du hast nahezu all ihre Einwohner gemalt, all ihre Fische, alle Kinder, alle Pflastersteine und Aushängeschilder, alle Tuchspitzen und Ringe, alle Sackpfeifen und Musketen – du hast der Stadt gründlich das Leben ausgesaugt und es auf deine verdammten Leinwände übertragen.

Und dein Hauptwerk – verflucht sei es (O Gott, verzeih mir) – war der Altar für die Kirche der heiligen Agatha.

Die Apokalypse.

Alle warteten darauf, dass es in der Kirche aufgestellt würde; den ganzen April und die ersten Tage des Mai wurde in der Stadt von nichts anderem gesprochen. Alle wollten die Apokalypse mit ihren eigenen Augen sehen – den einzigen Augen, denen sie trauten ... Alle wollten die Apokalypse sehen und überleben. Aber das kann es nicht geben; wie sich zeigte, war ich der Einzige, der das wusste.

Der Einzige.

Warum hat der Herrgott mich für dieses Wissen ausersehen?

Und warum, da ich doch wusste, dass das Unheil, das mit dir in unsere Stadt kam, unabwendbar ist, tat ich nichts, um sie zu retten? Ach was, die Stadt – um wenigstens meine eigene Frau zu retten, meine kleine Ursula, mit den Grübchen in der Wange und dem Kind unter dem Herzen. Unserem Kind.

Oder war es auch deines, Lukas Auster?

Warum konnte ich niemanden retten?

Aber Jesus konnte sich ja auch nicht retten, obwohl er wusste, was geschehen würde. Von dem Kuss, von Barabas, von dem Schweißtuch der Veronika ... Jesus wusste es, aber er tat nichts. Denn das war sein Weg. Und dies war mein Weg.

Die Altarweihe wurde auf den zweiten Mittwoch im Mai

festgesetzt. Und am Vorabend reiste ich ab. Ich war der Einzige, der die Stadt verließ. Ich hätte noch einen Tag bleiben können, ich hatte keine dringenden Geschäfte, die mich fortzogen. Aber ich reiste ab, mit dem Siegel des Schweigens auf den Lippen. Ursula brachte mich zur Tür, und ich sehe sie noch vor mir, wie sie von einem Bein auf das andere tritt, mit vom Schlaf warmen Fersen, ich sehe noch ihren gerundeten Bauch. Ich wartete, dass mein Frauchen zu mir sagt: »Warum fährst du fort, Hendrik, bleib doch hier ...« Das hatte sie immer gesagt.

Nur dieses Mal nicht.

War denn meine Reise nach Utrecht wirklich so unaufschiebbar? Aber ich fuhr, nein, ich floh aus der Stadt. Unterwegs begegneten mir die Fischer aus den umliegenden Dörfern mit ihren ganzen Familien: die Männer mit neuen Hüten, die Knaben im Wams mit polierten Knöpfen, würdige Mütter in neuen Strümpfen und mit Bändern an den Hauben, die Hunde mit glänzendem Fell. Ich wusste, wohin sie gingen.

In die Stadt, den neuen Altar der Kirche der heiligen Agatha zu besichtigen.

Ich verbrachte die Nacht in einer kleinen Herberge auf halbem Weg nach Utrecht. Sogar hier hatte man von dir gehört, Lukas Auster. Seltsam, die Welt um mich herum schien mir trübe und farblos, die Sterne zu hoch, die Dünen zu grau. Unsere Stadt war ganz anders ... Nein, sie war ganz anders geworden – seit dem Moment, an dem du in ihr erschienen warst, Lukas ...

Ich konnte lange nicht einschlafen – wahrscheinlich war das Abendbrot in dem Gasthaus »Zu den drei Mücken« zu reichlich gewesen: ein Omelett, Schwein mit Bohnen und Reiskuchen. Als ich endlich einschlief, träumte ich.

Ich sah meine Stadt, süß entschlummert im Vorgefühl deiner Apokalypse, Lukas Auster. Ich sah die Kinder, sie schliefen in Holzbetten, in kleinen Wiegen und in den Leibern ihrer Mütter. Ich sah die Frauen, an die Schultern ihrer Männer geschmiegt, ich sah die schlafende Glocke der Kirche der heiligen Agatha und die schlafenden Dünen. Und dann überflutete sie das Meer und überflutete meine Stadt. Ich sah, wie die Wellen die Häuser betraten wie Herren, wie sie aufschäumten, und ihre Kämme glichen den steilen Mähnen der Pferde der apokalyptischen Reiter. Die Wellen ergriffen die Schlafenden mit eiskalten Klauen und verschlangen sie. Und meine Ursula, mein ungeborenes Kind – sie konnten nicht einmal um Hilfe rufen. Die Wellen brachten Unmengen von Sand und Schlamm, sie verschlossen den Schlafenden die Münder, verschlossen ihre schlafenden Augen ... Ihr Tod war schrecklich.

Niemand entkam.

Niemand.

Ich erwachte – und wusste, dass es kein Traum war. Ich erinnere mich nicht, wie ich aus der Herberge kam, wie ich mich auf den Rückweg machte, zitternd vor Angst und Verzweiflung und die ganze Welt verfluchend ... Aber ich kam nicht weit. Das Wasser setzte meinem Weg ein Ende. In jener Nacht hatte es meine Stadt vollständig überflutet und noch zehn Dörfer in der Umgebung: Nicht einmal die Ältesten konnten sich an eine solche Überschwemmung erinnern. Aber ich wusste, dass man dafür nicht den Himmel anklagen durfte.

Dich muss man anklagen, Lukas van Ostrea.

Lukas Auster.

Nur dich muss man anklagen, denn du bist ein Sendbote des Teufels. Du hast meiner Stadt das Leben geraubt, und wie viele Städte hast du noch durch deine Bilder zu Grunde gerichtet, diese Höllenbrut. Deine Bilder töteten und töteten, bis sie alle getötet hatten. Ich hoffe, dass auch du in den Wellen verreckt bist, deine Farben sollen verreckt sein und deine Pinsel, ich will glauben, dass irgendeine Muschel, vom tiefsten Grund emporgehoben, dir die Kehle mit ihrer scharfen Kante durchgeschnitten hat ... Aber das ist eine zu schwache Hoffnung und ein zu unsicherer Glaube – denn den Teufel kann man nicht vernichten.

Morgen fahre ich nach Gent, Lukas. Denn man sagte, du seiest aus Gent gekommen.

Ich habe nichts mehr – weder Haus noch Frau, noch Kind, nur den Hass auf dich, und ich hoffe, dass der Herrgott mich in diesem Hass bestärkt. Ich, Hendrik Aertensen, folge den Spuren deiner Bilder – denn mit ihnen hast du dem Antichristen den Weg bereitet. Ich werde sie vernichten, wann immer ich sie finde. Ich werde sie an wenigen Pinselstrichen erkennen. Ich habe sie zu gut in meinem Gedächtnis, zu gut. Vielleicht gelingt es mir, vor dir zu retten, was noch zu retten ist. Ich kenne deinen satanischen Plan nicht, ich weiß nur das eine: Deine Bilder sind Satan selbst, sie führen uns in Versuchung, und niemand kann dieser Versuchung widerstehen.

Aber ich glaube, dass der Herrgott mich nicht verlassen wird, und seine strafende Hand wird dich irgendwann erreichen, Lukas.

Sie wird dich ganz gewiss erreichen ...

Erster Teil

Sankt Petersburg, Sommer 1999

Nahkampfsex.

Ich hasse diesen Ausdruck, aber ich werde ihn nicht los. Jetzt ist es schon mehr als vier Jahre her, seit der verdammte Bykadorow bei mir eingezogen ist. Nahkampfsex, das Wort, das das Liebesspiel einleitete, den Artilleriebeschuss, das Trommelfeuer – Bykadorow kannte sich darin aus, in der nebeligen Morgendämmerung seiner Jugend hat er bei der Artillerie gedient ... In diesem Wort lag die verrückte Schamlosigkeit der Leidenschaft und zugleich eine wundersame Keuschheit. Es lag auf seinen Lippen wie Gift, und ich habe nie ein Gegengift gefunden – bis heute nicht: Vielleicht bin ich deshalb nicht verheiratet. Mit neunundzwanzig ist das ja fast unanständig, ungefähr so wie chronischer Herpes oder ein sechster Finger an der Hand.

Der dumme Ausdruck »Nahkampfsex« hat sich meinem Hirn unauslöschlich eingeprägt. Aber ich bin damit zurechtgekommen. Und ich komme damit zurecht, jetzt, drei Jahre, nachdem Bykadorow mich verlassen hat. Ich war sicher, dass ich ihn nie mehr wiedersehen würde.

Aber ich habe mich geirrt. Ich habe ihn noch einmal gesehen.

Als Toten.

Also, ich bin neunundzwanzig Jahre alt, in den Straßen schmilzt der Asphalt, und vor der Stadt schmoren die Torfbrüche. Mein Geschäft schmort übrigens auch. Auf kleiner Flamme. Eine winzige Galerie auf der Wassili-Insel, Ecke Sredni-Prospekt und Sechzehnte Linie. Auf Anregung von Lawrucha

Snegir, der es irgendwie mit der Mythologie hat, heißt sie »Walhalla«. Ich nehme an, das ist der Grund, warum keine Kunden kommen. Anfangs waren wir zu dritt: Lawrucha, Sheka Sokolenko und ich. Jetzt bin nur ich allein übrig geblieben – Sheka wird vollständig von ihren Kindern absorbiert und Lawrucha von seinen Restaurationswerkstätten. Wir sehen uns selten, aber das betrübt mich nicht weiter. Der Pechvogel Lawrucha erinnert mich nur an seine verpatzte Karriere als Maler, und die arme Sheka erinnert mich an Bykadorow.

Bevor Bykadorow sie meinetwegen verließ und sich dem Nahkampfsex widmete, diente er als Shekas Ehemann – wörtlich genommen: Er diente. Sex mit Sheka bezeichnete Bykadorow mit einem besonderen Ausdruck, den er in der spanischen Literatur aufgegabelt hatte – »medio trabaja«.

»Medio trabaja« – eine Art Werkzeug.

Bykadorow gehörte zu denen, die ihre Arbeit übergründlich machen: Sheka gebar Zwillinge, einen Jungen und ein Mädchen, die sie Katja und Lawrucha nannte – zu Ehren unserer unvergesslichen Troika. Zu Ehren unserer Kunstschule, an der wir wuchsen und gediehen: Lawrucha in Komposition, Sheka im Fach Malerei und ich in Kunstwissenschaft. Im Klassenbuch standen wir hintereinander, Snegir, Sokolenko und Solowjowa, Dompfaff, Falke und Nachtigall, ein kleiner Schwarm Gefiederter. Sie haben uns einander von Anfang an näher gebracht, unsere Vogelnamen. Dann folgte die Kunstakademie, die eine Malerin (Sheka) und eine Kunstwissenschaftlerin (mich) in die Welt entließ. Lawrucha schloss erst drei Jahre später ab, weil er zuvor ein vollkommen nutzloses Jahr auf der Chemotechnischen Hochschule und zwei weitere, nicht weniger unergiebige Jahre auf der Universität verplemperte, bevor er an die Akademie kam.

Die semmelblonde phlegmatische Sheka war die Talentierteste von uns dreien, eine steile Karriere war ihr so gut wie sicher. Irgendein durchreisender Italiener bot ihr auf Anhieb ein Praktikum in Florenz an. Aber drei Tage vor der Abreise, in einer

Blinerija, in der es penetrant nach verbranntem Öl roch, begegnete sie Bykadorow. Und alles ging den Bach runter. Sheka konnte von Stund an Ultramarin nicht mehr von Ocker unterscheiden, packte die Leinwände auf den Dachboden und stellte Einmachgläser mit Salzgurken drauf. Die Gurken schmorten allerdings nicht allzu lange in der Verbannung: Bykadorow soff wie ein Pferd und aß dazu nichts anderes. Ein ganzes Jahr lang versteckte Sheka ihren Mann vor Lawrucha und mir.

Snegir brachte das zur Weißglut: Obwohl er sich doch zwei Jahre an der Psychologischen Fakultät der Universität herumgetrieben hatte (im Anschluss an die Kunstakademie, noch so eine Schnapsidee von ihm), war er außer Stande, das Leben philosophisch zu nehmen. Ich kommentierte das mit der ironischen Bemerkung: »Die Liebe ist böse, du verliebst dich auch in einen Bykadorow.« Aber als Sheka im Laufe eines Monats dreimal die Haarfarbe wechselte, wurde ich doch argwöhnisch. Sheka berief eine Ratsversammlung ein, in derselben nach verbranntem Öl riechenden Blinerija, die inzwischen zur Kultstätte geworden war, und erzählte uns eine haarsträubende Geschichte über Bykadorows Despotismus. »Letzte Woche sagt er auf einmal, er hasst Blondinen«, verkündete Sheka schluchzend.

»He, Kat, da hast du ja jetzt gute Chancen«, rief Lawrucha, der sich noch nie durch besonderes Taktgefühl ausgezeichnet hatte, und zog mich an meinen roten Locken.

»Rothaarige kann er auch nicht ausstehen ... Ich habe mir die Haare dunkel gefärbt, aber Brünette findet er auch furchtbar ...«

»Totaler Schwachsinn«, resümierte Lawrucha, und es war nicht ganz klar, worauf sich das bezog, auf Sheka oder auf die Situation, in der sie sich befand.

»Und was ist mit Kastanienbraunen?« Ich hatte den Ruf, die Pragmatischste von uns dreien zu sein..

»Seine erste Frau war kastanienbraun, das ist schief gegangen ...«

»Tja ... Wir müssen dir wohl aus der Klemme helfen. Los, fahren wir, Sheka.« Lawrucha stand auf. »Wird höchste Zeit, diesen Irrtum der Natur kennen zu lernen.«

Wir machten uns auf nach Kuptschino, in das heimische Nest Shekas, zurzeit okkupiert von dem Minidespoten Bykadorow.

Bis zum Aufbruch aus der Blinerija wusste ich fast nichts über Bykadorow. Er stammte irgendwo aus der Gegend von Cherson und kam mit einer Ladung Melonen nach Petersburg, wurde beim Diebstahl von Autoradios erwischt, saß zwei Jahre im Knast und fand danach eine Stelle als Hausmeister. Dann kam Sheka, und die Hausmeisterpflichten gingen automatisch auf sie über. Bykadorow fläzte sich fortan nur noch auf dem Sofa und las ein wenig Schopenhauer, Nietzsche und den populären Sexologen Igor Kon.

»Du bist ein Fall für die Klapsmühle«, schimpfte Lawrucha, als wir aus der Tram sprangen. »Deine Karriere hinzuschmeißen und dir so einen Hornochsen zuzulegen. Bring wenigstens du sie zur Vernunft, Kat.«

Ich schwieg diplomatisch, obwohl ich mit Lawrucha vollkommen einer Meinung war.

»Ihr kennt ihn eben nicht ... Ihr dürft nicht so über ihn reden«, stöhnte Sheka.

Wir kannten ihn wirklich nicht, aber das hinderte Lawrucha nicht daran, Bykadorow gleich eins auf die Fresse zu geben, als er die Tür aufmachte. Bykadorows Gesicht schaltete auf Warnblinkanlage – Snegirs Schlag hatte direkt auf die Nase getroffen, und das Blut spritzte in alle Richtungen. Wir waren alle erschrocken, nur Bykadorow selbst blieb ganz ruhig. Er war auf dem Fußboden gelandet, wischte sich würdevoll das Blut unter der Nase ab und schaute fromm zu uns auf, mit einem Blick wie ein Lämmchen.

»Endlich hast du sie mal mitgebracht«, sagte er zu Sheka. »Seit einem Jahr habe ich gehofft, deine Freunde kennen zu lernen.«

»Tatsächlich?« Lawrucha setzte eine finstere Miene auf.

»Ehrenwort«, bekräftigte Bykadorow. »Sheka kann's bezeugen. Helft mir mal aufstehen, Kinder, so was Gutes lässt man doch nicht liegen.«

Lawrucha musterte Bykadorow verächtlich, aber er hielt ihm trotzdem die Hand hin. Bykadorow ergriff sie flink und war mit einem Satz auf den Beinen. Jetzt konnte ich ihn mir genauer ansehen.

Nichts Besonderes.

Auf den ersten Blick nichts Besonderes; aber wer weiß, stille Wasser sind tief. Er war ein bisschen größer als der untersetzte Snegir, aber unendlich viel dünner. Alles war asymmetrisch an ihm: der mit einem spärlichen Filz aus schwarzen, glänzenden Haaren bedeckte Schädel, die flache Nase, die raubgierig gewölbten Nasenflügel und die zu dunklen Lippen, die sich wie Schlangen wanden. Dazu ein unanständig kahles Kinn, fast wie bei einem Kind ... Man hätte ihn, unter bestimmten Lichtverhältnissen, sogar für einen Mulatten halten können.

»In welchem Dschungel hast du den denn eingefangen«, fragte Lawrucha Sheka, die nie weiter als bis nach Wyborg gekommen war.

»Apropos Dschungel«, unterbrach ihn Bykadorow lebhaft, »wollen wir uns nicht ein Gläschen Feuerwasser genehmigen?«

Zehn Minuten später saßen wir schon einträchtig beim Wodka, und eine halbe Stunde später bot Lawrucha Bykadorow an, ihm für seinen nächsten Auftrag Modell zu stehen. Und ich bedauerte im selben Moment, dass ich schon seit langem nicht mehr malte und dass mein jämmerliches Spezialthema »Präraffaeliten« nicht das Geringste mit Bykadorow zu tun hatte. Der Wodka tat das seinige und Bykadorow auch, nämlich gar nichts. Und trotzdem konnte ich den Blick nicht von ihm abwenden, er war ein zu exotisches Tier.

Ein exotisches Tier, genau das. Eigentlich seltsam, dass er sprechen konnte. Er war sogar in der Lage, sich an dem Gespräch über die Präraffaeliten zu beteiligen. War Dante Gabriel Rossetti ein großer Maler? – Wen interessiert das, wenn ich dich doch bloß berühren will, Bykadorow? Mein Verhalten wurde allmählich geradezu frivol, und ich floh ins Bad, drehte den Kaltwasserhahn auf und hielt das Gesicht unter den kräftigen Strahl.

Das hatte mir gerade noch gefehlt! Meine noch nicht abgeschlossene Dissertation zu vergessen, wie Sheka Ocker und Ultramarin vergessen hatte.

Zwei Minuten später schob sich Sheka durch die Tür ins Bad herein, trocknete mit einem Handtuch meine erhitzten Wangen und lächelte traurig.

»Dich hat es auch erwischt«, sagte sie.

»Was meinst du?« Mir wurde furchtbar mulmig.

»Bykadorow. Du bist hin und weg, stimmt's?«

»Komplett«, gestand ich. »Verzeih mir.«

Es hatte keinen Sinn, Sheka etwas zu verheimlichen: Wir kannten uns schon so viele Jahre. Sie hatte immer meine nicht ganz gelungenen Malereien korrigiert – das Helldunkel bekam ich nie richtig hin ... Und die Halbtöne. Genau wie jetzt – keine Halbtöne. Ich wollte ihren Mann. Oder für immer aus ihrem Leben verschwinden.

Ich verschwand aus ihrem Leben. Sheka brachte mich zur Tür und küsste mich zum Abschied. Das Letzte, was ich hörte, war Bykadorows Stimme, die aus der Küche kam. Er stritt mit Lawrucha über die weibliche Libido.

Sheka und ich trafen uns nicht mehr, dafür kam mir Lawrucha umso näher. Ich ging in sein Atelier auf die Petrogader Seite, als ginge ich zur Arbeit: jede Woche freitags. Und nur aus dem einen Grund, weil in einer mit Trockenblumen und Drapierungen voll gemüllten Ecke Bykadorow einstaubte.

Damals, beim Wodka, hatte Snegir die ziemlich abgefahrene Idee gehabt, Bykadorow in Gestalt des heiligen Sebastian zu verewigen (Ein Pole namens Krzysztof, der im zweiten Studienjahr von der Akademie geflogen war, hatte bei Lawrucha ein Bild mit diesem Sujet bestellt). Krzysztof war nach Polen zurückgekehrt und hatte in Szczecin eine Stelle in einer Kirche angetreten. Aber in der Szczeciner Kirche kam Sebastian-Bykadorow niemals an: Der fromme Krzysztof fand das Bild zu sexuell aufgeladen.

Der Pole hat natürlich Recht, dachte ich und betrachtete verstohlen den Sebastian mit Bykadorows Nasenflügeln. Ein volles Jahr lang studierte ich seinen in Öl gemalten Körper bis in alle Einzelheiten: Auf seiner Brust kein einziges Haar, die Brustwarzen so dunkel wie die Lippen, eine winzige Narbe am Oberschenkel, zwei Impfnarben an der rechten Schulter – Snegir hatte Bykadorow mit fotografischer Exaktheit reproduziert. Lawrucha schüttelte nur den Kopf und goss mir Teekonzentrat nach, das er leichtfertigerweise Ceylontee nannte. Ein ganzes Jahr lang hing ich in seinem Atelier herum, zwischen Bergen von Studien aus Lateinamerika, Panflöten und Krügen aus getrockneten Kürbissen. Eine ganze Wand von Lawruchas Atelier stand voller fest verschlossener Einmachgläser. Lawrucha erzählte mir Schauergeschichten über den Inhalt dieser Gläser. Er behauptete, darin seien Gräser aus Regenwäldern und Dschungeln aufbewahrt, die Asche von irgendwelchen Heiligen und der Speichel indianischer Götter. Der Speichel und die Asche interessierten mich wenig, genauso wenig wie die zweifelhaften Latinos, die ab und zu in seinem Atelier auftauchten und ihm mit großem Vergnügen Modell standen. Snegir hielt sie überhaupt für die besten Modelle. Aber mich interessierte nur ein Modell – Bykadorow. Ich sah mich an ihm satt, bis mir schwindelig wurde, und ging nach Hause.

Dann begannen die Träume. Erotische Träume in den Nächten von Freitag auf Samstag. Jedes Mal, wenn ich mich am Freitagabend ins Bett legte, hatte ich Angst zu sterben: Zu real besaß mich Bykadorow, zu real gab ich mich ihm hin. Manchmal versuchte ich, ihn zu überlisten, ich ging in einen Nachtklub oder zu einer Party von irgendwelchen drittklassigen Avantgarde-Künstlern. Aber ich hielt es nie länger als zwei Stunden aus. Gegen Ende der Nacht schnappte ich mir ein Auto und fuhr nach Hause. Um zu schlafen und um zu träumen. Bykadorow erschien pünktlich, er ließ mich nicht einmal im Stich, und nicht einmal enttäuschte er mich.

Lawrucha war es, der mir erzählte, dass Bykadorow Sheka verlassen hatte. Auf die banalste Art und Weise: Er ging in Pantoffeln zum Bäcker und kam nicht mehr wieder. Und ein halbes Jahr später gebar Sheka Zwillinge.

Katja und Lawrucha, die Namen bekamen sie zu Ehren von Snegir und mir. Das bedeutete, dass sie mir vergeben hatte. Ich ergriff die Hand, die sie mir reichte, und gewann die Freundin zurück. Und ich liebte die kleine Katja und den kleinen Lawrucha allein schon deshalb, weil sie in der ersten Zeit keinerlei Ähnlichkeit mit Bykadorow hatten. Sie waren genauso semmelblond und phlegmatisch wie ihre Mutter.

Der Name Bykadorow wurde mit einem Tabu belegt. Sheka vergaß ihn, vielleicht ein wenig zu bemüht. Lawrucha brachte den Zwillingen das Malen bei, ich das Sprechen, und Sheka übernahm die Gesamtleitung. Aber zwei Jahre später waren sie nicht mehr semmelblond und phlegmatisch, Bykadorow kroch aus ihnen hervor, wie Unkraut aus der Erde kriecht. Die Zwillinge wurden dunkler, wechselten rasant und treulos die Färbung, ihre Augen wurden schmaler, und ihre Nasenflügel gingen in die Breite.

»Verdammte Scheiße«, sagte Sheka einmal, als wir die Kleinen ins Bett gebracht hatten. »Verfluchter Samen! Siehst du, wie ähnlich sie ihm sind?«

»Was soll man da machen? Du kannst sie ja nicht aussetzen.«

»Nein, das kann ich nicht«, stimmte Sheka zu und steckte dem kleinen Lawrucha die Bettdecke fester. »Hauptsache, sie wachsen nicht als Diebe und Halunken auf wie ihr kostbarer Papi.«

Ich zweifelte ernsthaft daran, dass das der Hauptgrund war.

Wie dem auch sei, als Shekas Zwillinge geboren waren, kam Bykadorow nicht mehr in meine Träume, er mied sie fortan.

Und dann hatte Lawrucha senior die Pfundsidee, eine kleine Kunstgalerie aufzumachen: Wir mieteten ein kleines Souterrain an der Sechzehnten Linie, brachten es mit vereinten Kräften auf Vordermann und hängten probeweise einige Dutzend Bilder darin auf. Fünfzehn von fünfundzwanzig Exponaten gehörten Lawrucha selbst, der zwischen Realismus und Avantgarde hin und her pendelte. Snegir verkaufte sich ziemlich beschissen, dafür die verkommene Saufnase Djucha Uschakow umso besser. Mit Djucha machten wir unsere ersten fünftausend Dollar, kauften damit drei Akademieabsolventen komplett auf und schickten Sheka mit den Kindern zur Erholung in die Türkei. Von dort brachte sie ein böses Fieber mit, und das war der Beginn einer Pechsträhne. Djucha ließ sich von einer Galerie auf dem Newski abwerben, die ihm mit einer Einzelausstellung in New York winkte, und die drei Absolventen siedelten nach Deutschland um, ohne sich lange bei uns zu entschuldigen. Snegirs Bilder verstaubten an den Wänden, für andere Maler hatten wir kein Geld, und meine Karriere als Galeriebesitzerin war zu Ende, ehe sie richtig begonnen hatte.

In diesem Moment erschien Bykadorow.

Ich traf ihn eines späten Abends in meiner Wohnung an, als ich aus der Galerie nach Hause kam. Bykadorow fläzte sich, nur mit Shorts bekleidet, auf dem Sofa und futterte die Walnüsse, die meine Mutter mir aus Samarkand mitgeschickt hatte. Das Merkwürdigste war, dass ich mich über seine Anwesenheit nicht einmal wunderte. Ich fragte ihn auch nicht, wie er in die Wohnung gekommen war, woher er überhaupt meine Adresse wusste und wo er die letzten zwei Jahre gewesen war. Bykadorow wischte die Schalen der Nüsse auf den

Fußboden und lächelte mich mit seinem kahlen, fast kindlichen Kinn an.

»Die Katze musst du loswerden«, sagte er. »Ich bin allergisch.«

»Das ist ein Kater«, sagte ich ruhig und setzte mich ihm gegenüber auf eine Stuhlkante.

Mein Siamkater, der arme Kastrat Pupik, erhob sofort seine Stimme: Bevor Bykadorow sich mit den Nüssen auf dem Sofa niederließ, hatte er ihn ins Bad gesperrt.

»Hose wie Jacke.« Bykadorow entblößte seine unanständig weißen Eckzähne. »Entweder er oder ich.«

»Du«, sagte ich und öffnete die Knöpfe meiner Bluse.

»Nicht so eilig«, bremste Bykadorow meinen Überschwang.

»Weißt du, dass du zwei Kinder hast?«, flüsterte ich hasserfüllt, aber die Pfeile erreichten ihr Ziel nicht.

»Es werden noch ein paar mehr sein, denke ich.«

»Ich färbe mir deinetwegen nicht die Haare, damit du's weißt.« Diese Lüge wirkte wenig überzeugend, aber Bykadorow tat, als merkte er das nicht.

»Nicht nötig. Mir gefallen rothaarige alte Jungfern. Allerdings ohne Kater.«

»Ganz so alt bin ich noch nicht. Aber auch nicht so ein Backfisch, wie es auf den ersten Blick scheinen mag.«

»Entschuldige. Ich wollte dich nicht kränken ...«

»Du kannst mich nicht kränken.« Sein Körper, der Körper, den ich in Lawruchas Atelier und in meinen eigenen Träumen so gründlich studiert hatte, brachte mich fast um den Verstand. »Ich bringe den Kater zu deiner Exfrau.«

Ohne eine Sekunde zu zögern, verriet ich die sanfte Sheka, verriet die sanften Zwillinge, von denen einer meinen Namen trug, und den sanften Pupik gleich mit – ich verriet sie und merkte es selbst nicht einmal.

»Morgen«, sagte Bykadorow hart. »Nein, übermorgen.«

»Warum übermorgen?«, fragte ich dumm. »Du hast doch eine Katzenallergie ...«

»Weil ich dich die nächsten zwei Tage nicht weglasse. Wie sieht es mit Lebensmitteln aus? Nach dem Sex brauche ich immer was zu essen.«

Ich versicherte ihm, dass mit den Lebensmitteln alles bestens stehe, und griff wieder nach meinen Knöpfen.

»Nein«, sagte Bykadorow und entblößte abermals die Eckzähne. »Nein, das mache ich. Komm her!«

Die Sekunde, die mich von Bykadorows Körper trennte, erschien mir wie eine Ewigkeit: Ich hatte Zeit, einige Male zu sterben und einige Male geboren zu werden, bis er mich in die Arme schloss.

»Nahkampfsex, so wird das heißen«, flüsterte Bykadorow, und die Klinge seiner Lippen schnitt süß über mein Ohrläppchen. »Ich werde mit dir kämpfen, bis du um Gnade flehst. Wenn du erlaubst ...«

Wie denn nicht?

Zwei Tage verbrachten wir im Bett. Wir sagten einander nicht mehr als hundert Worte, aber mit Bykadorow musste man nicht unbedingt reden. Die Hauptsache an ihm war sein Körper – der Körper des heiligen Sebastian.

Wir zerschlugen das Telefon und ruinierten das Sofa, wir zerkratzten einander bis aufs Blut und leckten uns gegenseitig die Wunden; um ein Haar zerquetschten wir den Kater, als Bykadorow es auf dem Fußboden im Bad tun wollte, und wir verbrühten uns fast mit siedendem Wein, als Bykadorow versuchte, Glühwein zu machen.

Am dritten Tag fiel Bykadorow von mir ab wie ein Blutegel. Er lag auf den Walnussschalen, kraftlos und mit sich selbst zufrieden, rauchte und schnipste mir die Asche in die Hand.

»Jetzt kannst du den Kater wegbringen«, sagte er schließlich.

»Wo hast du so viele Jahre gesteckt?«, fragte ich. Ich wollte den Moment so weit wie möglich hinausschieben, da ich das Büßerhemd anlegen musste, das sich nur durch ein Missverständnis meine Kleidung nannte. In den zwei Tagen hatte ich mich allem entwöhnt, außer unserer nackten Haut, nackt wie ein offenes Stromkabel.

»Spielt das eine Rolle?«

»Nein.« Es spielte tatsächlich keine Rolle. Alles, was zählte, waren seine philippinischen Augen, sein normannischer Mund, seine indianischen Haare, die glänzten wie Schlangenhaut. »Ich habe alle verraten, die ich verraten konnte.«

»Da kann man nichts machen. Liebe ist immer Verrat.«

Dafür, dass er von den Chersonischen Melonenfeldern kam, besaß er ein kluges Köpfchen

Ich setzte den völlig durchgedrehten Pupik in einen Obstkorb und begab mich nach Kuptschino, und als ich auf der Rolltreppe in der Metro stand, schwor ich mir, dass ich kein Wort über Bykadorow verlieren würde. Ich war bereit, in der Hölle zu schmoren, aber insgeheim hoffte ich, dass ich schon viel früher verbrennen würde, im Feuerofen von Bykadorows Lenden.

Den Rolltreppenschwur musste ich allerdings vergessen, kaum dass Sheka die Tür geöffnet hatte. Sie sog die Luft durch ihre ausdruckslosen nordischen Nasenflügel und klammerte sich an den Türrahmen.

»Er ist zurück«, sagte sie einfach. »Er ist zurück, und du hast mit ihm geschlafen.«

Ich fing an zu weinen.

»Heul nicht. Er ist zurück, du hast mit ihm geschlafen und wolltest es verheimlichen, stimmt's?«

»Aber woher ...«

»Der Geruch!« Sheka schnupperte mich noch einmal ab. »Das ist *sein* Geruch. Er markiert sein Revier. Du bist doch jetzt sein Revier, und er hat seine Marke gesetzt ...«

Natürlich, *sein* Geruch verriet mich: der Geruch alter Postkarten aus dem Antiquariat um die Ecke, der Geruch sonnenerwärmter Steine und gemahlenen Kaffees, nach Fischinnereien, Vanille und nach Heuschrecken, die man zwischen den Fingern zerdrückt hat.

Eine höllische Mischung.

»Tante Katja, Tante Katja!« Die kleine Katja hängte sich an mich, und der eigensinnige Lawrucha begann, Pupik an den Schnurrhaaren zu zupfen.

»Du hättest den Kindern wenigstens etwas mitbringen können«, sagte Sheka vorwurfsvoll und ließ mich in die Wohnung.

»Ich hab's vergessen ... Aber du hättest es auch vergessen, oder?«

»Ja. Reg dich nicht auf, jetzt hat das überhaupt keine Bedeutung mehr. Hast du ihm von den Kindern erzählt?«

»Ja.«

»Mir ist es völlig egal, wie er darauf reagiert hat.« Sheka wusste sehr gut, wie der Macho-Einzelgänger Bykadorow auf Nachwuchs reagieren musste.

»Es ist nicht egal«, schluchzte ich wieder. »Und er ist dir auch nicht egal ...«

»Doch!« Sheka kratzte sich ihre kaum vorhandenen Brauen. »Wenn er zum Bäcker geht und nicht mehr wiederkommt, wird es dir auch völlig egal sein. Und um Pupik kümmern wir uns, mach dir keine Sorgen.«

Sheka muss es geahnt haben ...

Bykadorow verschwand nach einem Jahr, obwohl ich ununterbrochen auf der Hut war und ihm nie erlaubte, zum Bäcker zu gehen. Er löste sich in Luft auf, als der Winter gerade eingesetzt hatte. Ich fand nicht einmal seine Spuren im frisch gefallenen Schnee. Zwei Tage lang grübelte ich, auf welche Weise ich mich umbringen sollte, am dritten setzte ich mich an meine Dissertation über die Präraffaeliten. Pupik, der mir noch immer nicht ganz verziehen hatte, ergriff wieder die Herrschaft über meine Wohnung und kackte zunächst mal in meine einzigen anständigen Schuhe. Schließlich kam Snegir, mit seiner ewig gleichen Leier, die Galerie wieder in Gang zu bringen.

Als Erstes verkauften wir den Pseudo-Sebastian mitsamt seinen Impfnarben, den dunklen Brustwarzen, der haarlosen

Brust und der kleinen Narbe am Oberschenkel. Ich trennte mich leichten Herzens davon – genauso leichten Herzens wie von Bykadorow selbst; genauso leichten Herzens wie von den frivolen Träumen in den Nächten von Freitag auf Samstag. Nur der idiotische Ausdruck »Nahkampfsex« hatte sich fest in mein Hirn gebrannt.

Ich konnte den Anruf der Dame aus dem schwedischen Konsulat gar nicht abwarten. Sie war nur durch einen Zufall ins »Walhalla« geraten, weil der Supermarkt in der Nähe der Galerie, in dem sie einkaufen wollte, wegen einer Personalversammlung über Mittag geschlossen war. Bis zur Öffnung war noch etwas Zeit, und die Julihitze trieb die Diplomatin auf das Schild »Walhalla« zu, unter dem sich ihr nordisches Herz Geborgenheit erhoffte.

Das »Walhalla« war, wie sich herausstellte, eine Galerie, und das einzige lebende Wesen darin, zwischen Snegirs wüsten Landschaften und den Keramikziegen seines Kumpels Adik Owanessow, war ich, die von der Hitze völlig demoralisierte Inhaberin.

»The weather is terrible«, sagte die Diplomatin in gutem Englisch und fragte nach einem Katalog.

»It is very hot«, antwortete ich in eher schlechtem Englisch und verfluchte unsere armselige Finanzlage, die uns an so etwas wie einen Katalog nicht einmal denken ließ.

Die Diplomatin lächelte mich an, schritt die zwei kleinen Räume der Galerie ab, wobei sie mit ihren mächtigen mythologischen Hüften beinahe einen der Ziegenböcke vom Sockel warf, und blieb vor Snegirs Bild »Wintermorgen« kleben. Ich hatte noch nie gesehen, wie jemand kunstlos in Öl gemalten Schnee förmlich mit den Augen verschlang.

»What is the price of this?«, fragte sie und wischte sich schwer atmend mit einem Taschentuch den verschwitzten Nacken.

Jetzt sitzt du in der Falle, Ingrid (oder Hilda oder Brigitta oder Anna-Frieda), die Hitze hat dir einen bösen Streich gespielt, Hauptsache jetzt, nicht zu billig verkaufen, Schnee ist teuer, Fröken, vor allem in einem so unanständig heißen Sommer.

Wir einigten uns auf fünfhundert Dollar und tauschten unsere Telefonnummern aus.

Die breithüftige Ingrid (oder Hilda oder Brigitta oder Anna-Frieda) verzog ihre farblosen Lippen zu einem Lächeln und sagte, sie werde genau um sechzehn Uhr anrufen und das Bild abholen kommen.

Ich hätte ihr sechshundert abknöpfen sollen, dachte ich melancholisch.

Das Telefon klingelte sieben Minuten vor vier. Sieh an, du musst es ja nötig haben, also jetzt dreimal klingeln lassen und dann ganz entspannt den Hörer abnehmen. So wirken wir seriöser, mein »Walhalla« und ich. Und heute Abend kaufe ich mir von der Provision einen Lippenstift und einen BH, dann fahre ich mit kaltem Bier zu Adik Owanessow und komme rechtzeitig nach Hause, ehe die Brücken aufgehen.

Die Brücken sind heilig.

Wenn ich damals gewusst hätte, was für seltsame und schreckliche Ereignisse diesem Anruf folgen würden, hätte ich einfach den Hörer nicht abgenommen. Nicht nach drei Klingelzeichen, nicht nach sechs und nicht nach neun. Aber ich hob ab, ohne auch nur zu ahnen, in welche Gefahr ich mich und die meinen bringen würde. Ich hob ab, und das war der erste Zug in einem tödlichen Spiel, dessen Regeln ich erst ganz am Schluss erfuhr, als der Vorhang sich zum letzten Mal öffnete und der Mörder heraustrat, um sich zu verbeugen.

»Gott sei Dank, du bist da«, sagte Shekas Stimme am anderen Ende der Leitung. Nein, das war keine Stimme, das war nur der Schatten einer Stimme, eine Stimme wie ein räudiges Fell, ein Skelett, vom Schrecken entstellt. Mir wurden die Knie weich, und ich klammerte mich am Tisch fest, damit ich nicht zusammensank.

»Was ist?!«, schrie ich in den Hörer, und eine eisige Welle lief meine Wirbelsäule hinab. »Was ist passiert? Sheka! Ist etwas mit den Kindern?!«

»Nein«, sagte Sheka tonlos, und ich spürte fast körperlich, dass sie einer Ohnmacht nahe war. »Die Kinder sind noch in Selenogorsk, auf der Datscha. Ich bin allein gekommen ... Bykadorow. Er ist hier, in der Wohnung.«

Drei Jahre lang hatte ich mir verboten, diesen Namen auszusprechen, er war in den Gesprächen zwischen Sheka und mir einfach nicht mehr vorgekommen, nachdem wir uns verziehen hatten. Es war ein freiwilliges Tabu, ein Siegel auf den Lippen, ein verbotenes Lied.

»Er ist hier«, sagte Sheka wieder. »Er ist hier, und er ist tot.«

»Du bist verrückt.«

»Ich werde verrückt, wenn du nicht sofort herkommst.«

»Ruf die Miliz an. Ich komme, ruf die Miliz an ...«

»Wenn du das sehen würdest ... Komm. Ich rufe niemanden an, bevor du hier bist.«

»Gut. Ich nehme ein Taxi. Ich bin in einer halben Stunde bei dir. Halt durch!«

»Komm ...«

Ich raste aus dem »Walhalla«, ohne noch eine Sekunde an Ingrid-Hilda-Brigitta-Anna-Frieda zu denken, und fünfundzwanzig Minuten später erreichte ich Shekas Haus in Kuptschino. Sie wartete auf einer Bank vor dem Hauseingang auf mich, zu einem Häuflein Elend zusammengesunken. Shekas helles Sommerkleid war nass von Schweiß, ihr Gesicht nass von Tränen. Sie griff nach meiner Hand, ihre Fingernägel krallten sich schmerzhaft in meine Handfläche.

»Komm, gehen wir rauf«, sagte ich.

»Nein ... Warte noch. Mir ist schlecht. Ich habe mich schon übergeben.«

»Na gut. Und jetzt erklär mir, was passiert ist. Du wolltest doch am Freitag zurückkommen, jetzt haben wir erst Mittwoch ...«

»Freitag? O Gott, o Gott ... Ich weiß selbst nicht ... Ich bin heute Morgen um fünf aufgewacht. Nein, nicht aufgewacht ... Ich lag im Bett und wusste auf einmal, dass ich nach Petersburg muss.«

»Eine Vorahnung?«

»Nein ... Nein ... Ich *musste* einfach fahren. Stell dir vor, ich wäre am Freitag mit den Kindern hergekommen, und sie hätten dieses Entsetzliche gesehen ...«

»Was, um Himmels willen?«

»Gehen wir«, sagte Sheka, und der Schmerz, den ihre Nägel in meiner Handfläche verursachten, wurde unerträglich. »Er ist da. Komm, du wirst es selbst sehen.«

Als wir das Haus betraten, war Shekas Entschlossenheit verschwunden. Ich musste sie buchstäblich die Treppe hinaufschleppen, sie blieb immer wieder stehen und klammerte sich am Geländer fest. Im zweiten Stock musste sie sich wieder übergeben.

»Herrgott nochmal!« Langsam wurde ich böse auf sie. »Reiß dich zusammen, Sheka!«

»Wir werden ja sehen, wie du dich zusammenreißt, wenn du *das* siehst ...«

Sie war nicht dazu zu bewegen, die Wohnung zu betreten, sie blieb auf dem Treppenabsatz sitzen. Ich war es leid, mich mit ihren Ängsten abzumühen, ich stieß die Tür auf und trat in die Diele. Alles war mir hier vertraut: die Schuhe von Lawrucha junior unter der Garderobe, die Jacke der kleinen Katja am Haken, Shekas Lammfellmantel, mein Regenmantel, Snegirs wattierte Jacke ...

Sofort nahm ich den Geruch wahr. Nein, nicht den Geruch verwesenden Fleisches, sondern Bykadorows Geruch. Die höllische Mischung, mit der zwischen den Fingern zerdrückten Heuschrecke als Kopfnote. Ich folgte diesem Geruch, am

Gästezimmer und am Kinderzimmer vorbei, in Shekas Schlafzimmer. Die Tür war einen Spalt geöffnet, genau so weit, wie Sheka sie mit ihren schwindenden Kräften hatte aufdrücken können. Von innen wurde sie blockiert von dem Pfeilerspiegel, auf dem Sheka ihre Anti-Falten-Cremes, die Wattepads zum Abschminken und die halb zu Staub zerfallene Schachtel »Coco Chanel« abstellte.

Ich zwängte mich durch den engen Spalt und gelangte ins Schlafzimmer.

Der Geruch nach zerquetschter Heuschrecke wurde unerträglich – im Sessel vor dem Fenster saß Bykadorow.

Der tote Bykadorow.

Das Zimmer verschwamm mir vor den Augen. Ich sah seinen schwarzen Haarschopf mit dem ersten spröden Eisgrau (Was ist los mit dir, Bykadorow, du hast dich selbst verraten, das Grau passt überhaupt nicht zum heiligen Sebastian), seine abfallenden Schultern. Ich traute mich nicht, ihm ins Gesicht zu sehen. Sein Körper schlug mich in den Bann, er ließ mich nicht los, nicht einmal im Tod.

Er war vollkommen nackt. Ich berührte seine Schulter: Sie war kalt, nein – kühl. Keine Spuren von Gewaltanwendung, nicht ein Kratzer – sogar die Scharmützel im Bett kamen ihn in der Regel teurer zu stehen ... Das beruhigte mich, und endlich sah ich ihm ins Gesicht.

Sein Gesicht – das ich niemals vergessen hatte, das mir so vertraut war, bis zur letzten Pore und dem Sprung in der Lippe – war noch schöner geworden. Nein, es war teuflisch schön geworden. Das ist das Wort – teuflisch: In seinen toten Augen glänzte ein mir gänzlich fremdes jenseitiges Feuer. Ich folgte diesem Feuer, folgte der Richtung seines Blickes. Er führte mich zur Heizung ... Nein, *zu dem, was neben der Heizung stand.*

Ein kleines, sehr altes Bild, auf Holz gemalt. Ein dunkles Porträt.

Ein Porträt von mir.

Der nackte tote Bykadorow sah mich an.

Für einen Moment fürchtete ich, das Bewusstsein zu verlieren. Ich setzte mich auf den Rand des Bettes: Das Bild an der Heizung und Bykadorows Körper rissen mich in Stücke.

Nein, natürlich, das war nicht ich. Die Ähnlichkeit war jedenfalls nicht so erschreckend, wie es auf den ersten Blick schien. Nur die roten Haare und die Form des Gesichts. Und vielleicht noch die Augen und die ganz leicht angehobenen Mundwinkel. Die Stirn war zu hoch, wahrscheinlich ausrasiert, wie auf den Bildern von Lukas Cranach. Nur eines wusste ich genau: Dieses Bild hatte ich *noch nie in meinem Leben* gesehen – weder in Shekas Wohnung noch in meiner Galerie, noch in Snegis Atelier; es gehörte keinem von uns. Also hatte es Bykadorow mitgebracht. Er hatte es hergebracht, sich in dem Zimmer mit ihm eingeschlossen, sich ausgezogen und war gestorben, während er es betrachtete.

Ich zwang mich aufzustehen, zum Fenster zu gehen und das Bild zu berühren. Es war kühl, genauso kühl wie Bykadorows Schulter. Es gehörte nicht nur nicht in diese Wohnung, sondern auch nicht in dieses Jahrhundert, das war mir sofort klar; nicht umsonst hatte man mich so viele Jahre auf der Kunstakademie getrimmt – mit allen sich daraus ergebenden positiven und negativen Folgen.

Wie schön sie ist, verdammt nochmal! Sogar trotz der Kälte, die von ihr ausgeht. Ich berührte die roten Haare des Mädchens und schrie auf: Mir schien, seine Augenlider hätten geflattert. Und jetzt erst stieg mir der Geruch von verwesendem Fleisch in die Nase. Entsetzt drehte ich mich zu Bykadorows Leiche um. Noch vor einer Minute war er vollkommen gewesen, jetzt sah ich die Leichenflecken. Sie ließen seinen Körper explodieren, krochen über ihn hinweg wie Kakerlaken.

Es war mir unerträglich, länger in dem Schlafzimmer zu bleiben. Ich raste hinaus, griff mir in letzter Sekunde noch das Bild und warf es mit Schwung auf den Schrank, unter den Verpackungskarton des schnurlosen Panasonic-Telefons, zu den kaputten Rollschuhen des kleinen Lawrucha: Mit der rasierten Stirn des Mädchens würde ich mich später auseinander setzen. Ich holte tief Luft, nahm meine ganze Willenskraft zusammen, um meine Übelkeit zu überwinden, und wählte die Nummer der Miliz.

Von unserer ganzen Troika galt ich als die Pragmatischste.

Sie ließen nicht lange auf sich warten. Bevor ich noch Sheka vom Treppenabsatz holen und mir überlegen konnte, wie ich mich verhalten sollte, waren sie schon da. Als Erster quetschte sich ein relativ junger Mann in die Wohnung, mit strenger Igelfrisur und genauso strenger senkrechter Falte zwischen den Augenbrauen. Er schien sich nicht das Geringste aus der Hitze zu machen: Sein Tweedjackett war makellos, es kniff nicht einmal unter den Armen. Die Untersuchungsbrigade nahm sich Bykadorow vor, Tweedjackett und ich zogen uns in die Küche zurück.

»Hauptmann Maritsch. Kirill Alexejewitsch«, stellte Tweedjackett sich vor.

»Solowjowa. Jekaterina Mstislawowna«, sagte ich deutlich akzentuiert und unterdrückte mit Mühe den Wunsch, dem strengen jungen Mann auf der Stelle meine ganze Lebensgeschichte zu erzählen.

»Sie haben die Leiche entdeckt?«

»Nein. Die Wohnungseigentümerin hat die Leiche entdeckt.«

»Und Sie sind nicht die Wohnungseigentümerin?«

»Ich bin eine Freundin der Wohnungseigentümerin.«

»Und wo ist sie?« Maritsch zog die Augenbrauen in die Höhe.

»Vor der Tür. Ich fürchte, sie ist nicht in der Verfassung, eine Aussage zu machen.«

Maritsch sah mich missbilligend an, aber er ließ meine Bemerkung ohne Kommentar.

»Das werden wir noch klären.« Er knipste mit dem Kugelschreiber. »Und jetzt zu Ihnen. Kannten Sie den äh ... das Opfer?«

»Ja.« Leugnen war sinnlos. »Sein Name ist Bykadorow. Er ist der Exmann meiner Freundin.«

Und dein Exliebhaber, Katja Solowjowa. Aber das gehört nicht ins Protokoll.

»Bykadorow. Seltsamer Name ...«

Tatsächlich, ein seltsamer Name, warum war mir das früher nie aufgefallen?

»Also, die Leiche wurde von der Wohnungseigentümerin gefunden. Sind Sie zusammen mit ihr in die Wohnung gekommen?«

»Nein. Sie hat mich angerufen und gebeten, herzukommen, sie sagte, in der Wohnung ...« Ich unterbrach mich, um Luft zu holen, »in der Wohnung sei eine Leiche ... Die Leiche ihres Exmannes.«

»Und warum hat sie Sie angerufen? Warum hat sie sich nicht sofort an die Miliz gewandt?«

»Sie war einfach total durcheinander.« Ich wählte meine Worte sorgfältig, aus Angst, Sheka zu verraten: Ich hatte sie doch schon einmal verraten. »Stellen Sie sich vor, sie kommt in ihre Wohnung und findet dort ihren Exmann – tot ... Offenbar war sie nur zu einem Anruf in der Lage, offenbar wollte sie einen vertrauten Menschen bei sich haben. Bis dieser ganze Albtraum vorbei ist.«

»Sie rief an, Sie sind gekommen, und ...« Maritsch begann, an der Kappe seines Kugelschreibers zu kauen wie ein kleines Kind: In der fünften Klasse habe ich auch immer auf dem Kugelschreiber herumgekaut, wenn ich über meinen Mathematikaufgaben schwitzte.

»... und habe sofort bei Ihnen angerufen«, log ich.

»Und Sie haben das Zimmer nicht betreten?«

»Ich habe reingeschaut.« Wenn du schon angefangen hast zu lügen, dann lüge konsequent, nur dann entsteht aus der

Lüge eine wahrhaftige Partitur: Fagotte, Waldhörner, Harfe und Pauke.

»Sie haben also reingeschaut.«

»Ich habe mich überzeugt, dass Sheka ... Jewgenija, meine Freundin, die Wahrheit gesagt hat, und habe sofort angerufen. Sie sind sehr schnell gekommen.«

Maritsch überhörte meine kleine anbiedernde Schmeichelei.

»Ist es richtig, dass Ihre Freundin einige Tage nicht zu Hause war?«

»Sie war mit den Kindern auf der Datscha, bei Selenogorsk. Sie hat zwei Kinder. Heute Mittag ist sie zurückgekommen ... Und da war's passiert.«

»Diese Kinder ... äh ... sind die Kinder des Opfers?« Für seinen Dienstgrad zeigte Kirill Alexejewitsch überdurchschnittlichen Grips.

»Ja. Aber Bykadorow hat sie vor der Geburt sitzen lassen. Er lebt schon seit vielen Jahren nicht mehr mit seiner Familie zusammen.«

»Wie ist er denn in die Wohnung gekommen?«

Genau so, wie er in meine Wohnung gekommen ist, er hat sich aus dem Äther materialisiert, ganz einfach. Für Bykadorows Körper gab es keine Hindernisse, sei es die Wand eines Plattenbaus oder die Haut einer verliebten Frau.

»Wahrscheinlich hatte er einen Schlüssel.« Es war besser, wenn ich mein schmerzliches Wissen für mich behielt. »Noch von früher.«

»Wer hatte noch einen Schlüssel zu der Wohnung?«

Nur Lawrucha Snegir und ich, wir sind die Paten der Zwillinge. Jetzt saß die Patentante vor dem Hauptmann Maritsch, und der Patenonkel moderte schon seit anderthalb Monaten in der Pskowsker Region und restaurierte an irgendeiner Kirche vor sich hin. Eine würdige Verbannung, wenn man bedachte, dass Lawrucha halb Europa durchquert hatte und drei Monate lang in Mexiko herumhing, um den monumentalen Nachlass des Malers David Alfaro Siqueiros zu studieren, bevor er in der Pskowsker Region landete. Siqueiros konnte er nicht ausstehen, aber Lateinamerika liebte er mit Leib und Seele. Von dort hatte er seine ganzen Einmachgläser und seine krankhafte Liebe zu Lateinamerikanern mitgebracht.

»Ich hatte einen Schlüssel«, sagte ich. Lawrucha erwähnte ich nicht: Er sollte nicht auch noch in diese Unannehmlichkeiten verwickelt werden. »Ich habe ihn immer noch.«

»Aha. Sie sind ja auch, wie Sie sagen, eine nahe Freundin ...«

Die Küchentür öffnete sich, und ein Struwwelkopf zeigte sich im Türspalt.

»Du wirst staunen, Kirill, aber wie es aussieht, ist das derselbe Typ, der bei Goldman in Pawlowsk seine Visitenkarte hinterlassen hat. Der hat auch noch ein paar andere Dinger offen. Es ist schon eine Fahndung nach ihm ausgeschrieben.«

»Seid ihr bald fertig?« Kein Muskel bewegte sich in Maritschs Gesicht.

»Wir können seine Kleidung nicht finden. Er kann doch nicht nackt hier angeschwänzelt sein«, brummelte der Kopf und verschwand.

»Aa-ha ...« Kirill Alexejewitsch lehnte sich zurück und sah mich unverwandt an. »Haben Sie das gehört? Er ist nicht ganz so harmlos, der Exmann Ihrer Freundin. Was, sagten Sie, machen Sie beruflich, Katerina Mstislawowna, es ist mir entfallen ...«

»Es ist Ihnen entfallen, mich danach zu fragen«, antwortete ich bissig. »Ich habe eine Galerie auf der Wassili-Insel.«

»Ah ja, eine Galerie.« Maritschs Kugelschreiber kratzte über das Papier. »Sehr interessant. Sagt Ihnen der Name Goldman etwas?«

Der einzige Goldman, den ich kannte, der skrofulöse Osja aus der Parallelklasse, stolzer Besitzer einer Briefmarkensammlung zum Spezialthema Extremsportarten, lebte schon seit ein paar Jahren in Haifa.

»Nein. Der Name Goldman sagt mir überhaupt nichts.«

»Seltsam. Sie beschäftigen sich mit Kunst, Sie haben eine

Galerie, aber Sie haben noch nie etwas von Arkadi Arkadjewitsch Goldman gehört ...«

Verdammt nochmal, natürlich, vor etwa einem halben Jahr hatte ich diesen Namen in der Zeitung meines Sitznachbarn gesehen, als ich mich gerade in der Metro durchschütteln ließ. Arkadi Arkadjewitsch ... Der Name war von einem schwarzen Trauerrand umrahmt. Freunde und Verwandte trauern um den frühen Tod ... Ein großer Sammler ... Kameen, Miniaturen und Barockmalerei ...

»Warten Sie mal ... Das ist ein Sammler, stimmt's? Barockmalerei.«

»Na sehen Sie.« Maritsch schaute mich beinahe verliebt an. »Und Sie sagen, Sie kennen ihn nicht.«

»Aber der ist doch vor ungefähr einem halben Jahr gestorben. Ich habe die Todesanzeige gelesen.«

»Er ist allerdings gestorben, aber die Erben erfreuen sich bester Gesundheit. Genau genommen, der Erbe. Josif Semjonowitsch, der Neffe des Verstorbenen. Er wurde vor einer Woche bestohlen. Allem Anschein nach war der Exmann Ihrer Freundin an diesem Diebstahl unmittelbar beteiligt.«

»Soll ich jetzt vor Verzweiflung die Hände zum Himmel recken?«, fragte ich frech. Ich war wütend auf mich, aber noch mehr auf Bykadorow. Natürlich, mein heiliger Sebastian war ein begnadeter Dieb, nur ein Blinder konnte das übersehen. Nur ein Dieb konnte mit solcher Leichtigkeit fremde Wohnungen aufbrechen, in fremde Träume eindringen und ohne Dietrich die Herzen von verliebten Frauen öffnen ... Das mit den Autoradios vor vielen Jahren war nur ein Jungenstreich gewesen. Bykadorow war erwachsen geworden und hatte sich seriöseren und respektableren Aufgaben zugewandt.

»Das ist vollkommen unnötig. Ich würde mir gern Ihre Galerie ansehen. Wo, haben Sie gesagt, befindet sie sich?«

»Auf der Wassili-Insel, Ecke Sredni-Prospekt und Sechzehnte Linie. Ich bin dort für gewöhnlich von neun bis fünf, außer samstags und sonntags. Sie sind herzlich willkommen. Vielleicht finden Sie ja etwas für Ihre Frau. Oder für Ihre Schwiegermutter. Vorausgesetzt natürlich, Sie können es sich leisten.«

»Leider nein«, Maritsch lächelte breit. »Ich fürchte, das gibt mein Portemonnaie nicht her. Unser einziger Reichtum sind unsere Köpfe.«

»Machen Sie sich nichts draus, Hauptmann. Armut ist kein Laster.«

Maritsch gefiel mir immer besser, ich durchschaute diesen Menschen durch und durch. Ich las seine Gedanken. Klar, der Kunsträuber und die Galeristin, für die Nacht der Dieb und für den Tag die Hehlerin – eine nette Seilschaft, Schritt für Schritt in trauter Harmonie. Er hatte sich schon ein Schema zurechtgelegt, das er durchziehen würde, das sah man in seinen Augen und an der Falte zwischen den Brauen.

»Sie sind eine sehr amüsante junge Dame«, schnurrte Kirill Alexejewitsch.

»Schreiben Sie das auch in Ihr Protokoll?«

»Ich verzichte darauf. Unterschreiben Sie bitte!« Er schob mir das Blatt zu, und ich unterschrieb, ohne einen Blick darauf zu werfen. »Wenn wir Sie brauchen, werden wir Sie vorladen.«

Maritsch sprang auf, durchquerte die Küche und schaute in den Flur.

»Bringt mir die Wohnungseigentümerin«, befahl er dem uniformierten Polizisten, der sich vor der Tür die Beine in den Bauch stand. »Sie ist im Treppenhaus.«

»Ich glaube, das hat keinen Zweck«, versuchte ich, den Hauptmann zurückzuhalten.

»Was Zweck hat und was nicht, das entscheide ich.«

Ach ja, das entscheidest du, scher dich zum Teufel!

Ich füllte ein Glas mit Wasser und begab mich ins Treppenhaus zu Sheka, die dort immer noch saß, von allen vergessen. Ich schob den phlegmatischen Polizisten zur Seite und beugte mich zu ihr hinunter.

»Wie geht es dir?«

»Könnte besser sein.« Shekas Zähne klapperten gegen den Rand des Glases. »Bring mich hier weg ... Ich kann nicht mehr ...«

»Natürlich. Ihr wohnt erst mal bei mir. Du, Lawrucha und Katja, wenn sie zurückkommen. Wir rufen heute noch Snegir an ... Jetzt wird sich erst noch so ein Halsabschneider mit dir unterhalten, und dann fahren wir nach Hause ...«

Ich lieferte Sheka an Maritsch aus und blieb im Flur zurück. Bald darauf hatte ich aus den kurzen Dialogen der Polizisten ein relativ vollständiges Bild des Geschehens rekonstruiert.

Bykadorow war seit etwa sechsunddreißig Stunden tot (die genaue Zeit würde die Obduktion ergeben), die Todesursache war vermutlich Herzinfarkt (die exakte Todesursache würde die Obduktion ergeben). Keine Zeichen von Gewaltanwendung. Keine Spur von der Kleidung. Die Situation war hinreichend klar, die Sache konnte zu den Akten.

Aber niemand wusste so viel wie ich.

Das Bild, das jetzt unter der Verpackungsschachtel des schnurlosen Telefons lag, neben den kaputten Rollschuhen von Lawrucha junior. Das rothaarige Mädchen, das mir so erschreckend ähnlich sah.

Noch hätte ich Hauptmann Maritsch von dem Bild erzählen können, aber ich tat es nicht.

Später habe ich mich oft gefragt, warum ich es nicht getan habe. Nur deshalb, weil der Hauptmann die Galeriebesitzerin der Mittäterschaft verdächtigte? Oder hatte ich einfach Lust, das mit den Augenlidern flatternde Mädchen noch einmal zu betrachten?

Wie dem auch sei, ich sagte nichts, sondern schob eine Figur und machte den zweiten Zug ...

Vier Stunden später waren wir schon auf der Wassili-Insel. Hauptmann Maritsch, der uniformierte Polizist mit dem hängenden Schnurrbart und die hektische Meute der Milizionäre –

der ganze glühende Schrecken dieses Julitages lag hinter uns. Bykadorow war ins Leichenschauhaus gebracht worden, die beglückten Gaffer hatten sich zerstreut, und in der großen Stofftasche, zwischen Shekas Nachthemd und dem Pyjama der kleinen Katja, lag das Bild. Ich hatte die Taschen selbst gepackt und alles hineingestopft, was Sheka und die Kinder in der ersten Zeit brauchen würden. Dabei hatte ich keinen einzigen Fetzen gefunden, der Bykadorow gehören könnte. Es sah so aus, als sei er tatsächlich nackt in die Wohnung eingedrungen. Das wollte mir einfach nicht in den Kopf, und dabei war das noch nicht einmal der seltsamste Umstand. Etwas ganz anderes beunruhigte mich viel mehr. Und dieses andere verlangte von mir eine gute Portion Courage. Aber jetzt war es zu heiß für Courage.

In der Nacht, wenn die Hitze zurückgeht, dann erst werde ich mir erlauben können, Courage zu zeigen.

Ich schleppte die völlig erledigte Sheka hinter mir her und dachte an Bykadorow. Ich hatte ihn geliebt, ich hatte ihn wirklich geliebt, darauf hätte ich reinen Gewissens jeden Eid geschworen. Warum hatte mich dann sein Tod so ungerührt gelassen? Sogar am Tod eines x-beliebigen Wellensittichs hätte ich mehr Anteilnahme gezeigt. Abgerissene Blusenknöpfe, Träume in der Nacht von Freitag auf Samstag, vor Leidenschaft gesträubte Nackenhaare, Pupillen, die nach oben kippen – Nahkampfsex, der nach Kaffeebohnen roch –, das alles habe ich doch erlebt. Deswegen war ich zur Verräterin geworden und wäre es jederzeit wieder geworden, nur um in seinen Körper einzutauchen. Jetzt war er tot – und es ließ mich vollkommen kalt.

Ich war frei.

Zum ersten Mal seit sechs Jahren fühlte ich, dass ich frei war. Die Schlüssel zu der Einzelzelle meiner Leidenschaften hatten sich die ganze Zeit in den abgrundtiefen Taschen Bykadorows befunden. Jetzt war der Gefängniswärter tot, und ich konnte in die Freiheit hinaustreten.

In der nächsten Nachtverkaufsstelle erstanden wir eine Literflasche Wodka mit dem prosaischen Namen »Krücke« und eine Dose Schwarzmeer-Sprotten in Tomatensoße – ein letzter Gruß für den Mann, Vater und Liebhaber, eine Abschiedssalve aus dreiunddreißig Rohren: Bykadorow hätte diese Geste zu schätzen gewusst.

Nach dem zweiten Glas fing Sheka an zu heulen, und nach dem vierten bat ich sie um Verzeihung.

»Tja«, sagte Sheka. »Jetzt sind wir frei.«

Offensichtlich lag ihre Einzelzelle gleich neben meiner.

»Ich mag dich, Katja ... Und die Kinder lieben dich. Versprich mir, dass du nie mehr an ihn denkst.«

»Ich habe es dir schon versprochen ... Vor drei Jahren.«

»Ja ... Und jetzt versprich es mir noch einmal.«

Ich versprach es noch einmal, legte die sternhagelvolle Sheka ins Bett und ging, um Snegir anzurufen, in Opotschka in der Pskowsker Region. Er hatte mir die Telefonnummer auf dem Bahnhof gegeben, als Sheka und ich ihn zum Zug brachten. Ich hatte nicht gedacht, dass ich sie bräuchte – zu viel Ehre für Snegir. Aber jetzt drehte ich die Wählscheibe, um ihm vom Tod des »heiligen Sebastian« zu berichten.

Lawrucha war völlig verschlafen und kapierte erst gar nicht, was ich von ihm wollte, aber als er es dann endlich begriff, reagierte er sofort.

»Dieser Scheißkerl! Ich möchte wissen, warum er bei Sheka aufgekreuzt ist und nicht bei dir? Du warst doch die Letzte auf der Liste ... Die aktuellste Lieblingsfrau.«

»Ich denke, dass ich bei weitem nicht die letzte war, aber das spielt jetzt keine Rolle. Wann kannst du kommen?«

»Wann?«

Ich stellte mir vor, wie Lawrucha sich beim Überlegen seinen vom Schlaf warmen und noch etwas begriffsstutzigen Hintern kratzte.

»Du musst herkommen, Sheka braucht unsere Hilfe.«

»Und du?«

»Ich bin in Ordnung.«

»Ich hatte schon immer den Verdacht, dass ihr Kunstwissenschaftler allesamt seelenlose Zyniker seid ... Na gut, spätestens in drei Tagen bin ich da.«

»In zwei Tagen«, korrigierte ich ihn.

»Also gut«, seufzte er und beendete die Verbindung.

Ich legte den Hörer auf und deckte die schlafende Sheka mit einem Laken zu. Zwei Uhr, schmutziger Rest einer weißen Nacht – weder Fisch noch Fleisch, aber die beste Zeit für Courage. Die Stofftasche mit dem Bild, die zu nachlässig im Flur hingeworfen wurde, lockte mich. Ich kämpfte die Versuchung nieder, trank den Rest des Wodkas aus, ging ins Zimmer zurück und machte es mir zu Shekas Füßen bequem.

Und schlief ein.

Ich wachte auf, weil Sheka mich verzweifelt an der Schulter rüttelte. Im Flur jaulte Pupik zum Gotterbarmen.

»Katja«, flüsterte Sheka mit erstickender Stimme. »Was hat er, Katja?«

»Ich weiß nicht ... Er will eine Katze.« Ich nuschelte schlaftrunken das Erstbeste, was mir einfiel.

»Wieso denn eine Katze, er ist doch kastriert!«

»Was weiß ich, vielleicht Phantomschmerzen ...«

»Geh und beruhige ihn, Katja. Sonst werde ich verrückt ... O Gott, mir platzt der Schädel ...«

Hinter der fest verschlossenen Glastür geisterten die Schatten der Dämmerung umher, das Geraschel und Geseufze des Morgens. Ich dachte plötzlich an das Mädchen auf dem Bild – der jähe Schlag ihrer Wimpern, ein Schlag, der mit Leichtigkeit einen Taubenschwarm hätte aufscheuchen und in den blauen Himmel emporjagen können ...

»Katja! Beruhige ihn, bitte!«

Immer noch etwas schwer von Begriff schlurfte ich in den Flur.

Pupik saß neben der Tasche und stieß tiefe, kehlige Laute aus. Ich strich ihm über den Rücken.

»Was ist denn los, verdammt nochmal, Pupij Salusti Mauzian?!«

Der Kater hörte auf zu jammern und starrte mich an.

»Komm, ich gebe dir Futter, wenn ich schon mal wach bin ... Du bist ein Gauner, Pupik!«

In der Küche schüttelte ich lockend den Karton mit dem Trockenfutter, aber Pupik dachte gar nicht daran, sich zu seiner Untertasse zu begeben. Er saß immer noch im Flur und ließ den Kopf hin und her pendeln – von der Tasche zu mir und wieder zur Tasche. Er konnte sich nicht entscheiden.

Ich hätte es schon längst tun sollen.

Ich ging neben Pupik in die Hocke, öffnete die Tasche, zog den Pyjama von Katja junior heraus und berührte das Bild. Und zog die Hand sofort zurück.

Die Oberfläche des Bildes war lebendig.

Kühl und elastisch wie Haut. Wie die Schulter Bykadorows, an den ich bis ans Ende meiner Tage nicht mehr denken wollte. Das hatte ich geschworen.

Ich sollte am besten aus dieser Stadt verschwinden, in der es nicht einmal vernünftige Nächte gab: bloß regloses Wasser in den Kanälen, verlorene Seelen in den Brunnenschächten der Höfe und schartige Geländer ...

Pupik beruhigte sich auf einmal, übertrug mir die ganze Verantwortung und trollte sich, der Schwanz ein zufriedener Bogen, zu seinem Fressen. Ich beschloss in einem Anfall von Vernunft, dass das Bild bis zum Morgen warten könne, kehrte ins Zimmer zurück und legte mich wieder zu Shekas Füßen nieder. Aber ich war nicht mehr müde. Ich begann, über die Ereignisse des gestrigen Tages nachzudenken. Es kam kein besonders harmonisches Bild zu Stande, es gab erheblich mehr Fragen als Antworten.

Warum ging Bykadorow zu Sheka, um zu sterben?

Warum saß er völlig nackt in dem Sessel, und wo war die Kleidung, in der er gekommen war?

Woher stammte dieses Bild? Hier setzte ich ein vorsichtiges

Pluszeichen, indem ich die Information benutzte, die ich von Maritsch bekommen hatte: Höchstwahrscheinlich hatte Bykadorow es einfach geklaut.

Wer war dieses Mädchen?

Er war an einem Herzinfarkt gestorben, der vor Gesundheit strotzende Bykadorow. Er dürfte kaum gewusst haben, wo sich das Herz bei ihm befand oder sonst eines seiner Organe: Es gab weder Defekte noch Mängel bei ihm, das war kein Organismus, sondern eine Ansammlung von tadellos funktionierenden Knoten und Verbindungen. Und doch war er gestorben. Warum?

Und warum betrachtete er das Bild, als sein Herz versagte? Oder hatte sein Herz versagt, *weil er das Bild betrachtete*?

Ich fröstelte und rief mir sofort meinen Realitätssinn in Erinnerung. Ich lasse mich nicht in eine mystische Schlacht hineinziehen, ich werde mich mit allen mir zu Gebote stehenden Mitteln zur Wehr setzen. Und trotzdem, trotzdem ... Der tote Bykadorow war vollkommen gewesen, als ich ihn fand, er schien so wunderbar lebendig, und er führte mich zu dem Bild, er wies mir den Weg zu ihm. Er selbst war der Wegweiser. Als ich das rothaarige Mädchen an der Heizung entdeckt hatte, war seine Mission erfüllt. Der Tod kehrte zu seinen Pflichten zurück, und Bykadorows Körper zerfiel vor meinen Augen.

Auf wen hatte er gewartet? Wen wollten seine toten Augen sehen? Und warum hatte er die Spiegelsäule vor die Tür geschoben? Doch sicher nicht, um sich vor irgendjemandem zu schützen. Die schwache, zerbrechliche Spiegelsäule war ein vollkommen unzureichendes Hindernis, sogar Sheka hatte leicht damit fertig werden können ...

Ich hasse diese Stadt. Ich hasse diese trüben nächtlichen Gedanken.

Sheka weckte mich um eins. In ihren Händen hielt sie das Bild.

»Wo kommt das her?«, fragte sie.

»Aus deiner Wohnung. Es lag auf dem Schrank, da habe ich es mir einfach geschnappt.«

»Das ist kein Bild von mir.«

»Das weiß ich. Das ist nicht dein Stil. Zu düster für eine so helle Persönlichkeit wie dich.«

»Hör auf, mich auf den Arm zu nehmen! Wo kommt dieses Bild her?«

»Ich weiß es nicht. Es stand in dem Zimmer, als ich Byka ...« Ich erinnerte mich an meinen Schwur und verstummte.

»Warum hast du es nicht abgegeben?!«

»Ich weiß nicht«, gab ich ehrlich zu.

»Weil sie dir so ähnlich ist, stimmt's?«

»Ist dir das auch aufgefallen?«

»Das wäre jedem aufgefallen!« In Shekas blassblauen Augen flackerte unschöne Eifersucht. »Er kommt in meine Wohnung mit deinem Porträt und verreckt. Und ich soll es ausbaden.«

»Sheka, Sheka, was redest du da? Das kann gar kein Porträt von mir sein ... Das Bild ist mindestens zweihundert Jahre alt. Über den Daumen gerechnet. Ich denke, sogar mehr.«

»Wirklich?« Sheka beruhigte sich und schaute sich das Bild näher an. Ich stellte mich neben sie, und einige Minuten lang starrten wir wortlos das Bild an.

Jetzt, bei Tageslicht, hatte es nicht mehr diese magische Wirkung. Die großartige Arbeit eines alten Meisters, mehr nicht. Oder eine Imitation eines alten Meisters, aber ebenfalls großartig. Die kaum erkennbaren Augenbrauen des Mädchens hoben sich erstaunt, die Augen waren weit geöffnet. Ein Sonnenstrahl fiel auf das Bild, und in den Pupillen des Mädchens flackerte plötzlich das gleiche jenseitige Feuer auf, das ich in den erstarrten Augen Bykadorows gesehen hatte.

»Was hältst du davon?«, fragte ich Sheka leise.

»Weißt du, ich glaube, das ist ein sehr wertvolles Bild. Aber ich rühre es nicht an ...«

»O Gott.« Ich näherte mich dem Bild und untersuchte konzentriert seine Oberfläche. »Du solltest weniger Stephen King lesen. Vor allem nicht vor dem Schlafengehen.«

Nirgendwo eine Signierung, nichts, was auf den Schöpfer dieses Werkes hinwies. Die Gestalt des Mädchens war von einem weißen Umhang verhüllt, durch die feuerroten Haare schauten winzige Sterne hervor – ich zählte zwölf. In der rechten unteren Ecke des Bildes, fast verdeckt von den Falten des Umhangs, ruhte die Sichel des Mondes. Quer darüber lief eine schwer lesbare lateinische Inschrift. Ich konnte nur wenige Worte entziffern: »amica mea, et macula non ...« Ich drehte das Bild um: Die Rückseite war von einer dicken Schicht Ölfarbe bedeckt, die von der Zeit so gedunkelt war, dass man ihren ursprünglichen Ton nicht mehr feststellen konnte.

»Was willst du damit machen?«, fragte Sheka.

»Erst einmal warten wir auf Lawrucha. Er ist doch unser Fachmann für Restaurierungen. Wir finden heraus, was das für ein Bild ist und wem es gehört, und dann sehen wir weiter.«

»Du bist eine Abenteurerin.« Sheka seufzte neidisch. »Und du wirst noch mal im Gefängnis landen. Aber das merk dir, wenn du in der Scheiße sitzt, komm nicht zu mir. Ich muss die Kinder großkriegen ... Du willst es doch nicht etwa unterschlagen, Katja?«

»Natürlich nicht. Bloß ...«

Weiter kam ich nicht. Hinter dem Fenster erklang ein furchtbares Knattern und Stottern. Dieses liebliche Geräusch hätte ich jederzeit und an jedem Ort erkannt: Snegirs alter Moskwitsch fuhr feierlich in den Hof ein.

Snegir stürzte mit einem ganzen Korb voller zerdrückter Walderdbeeren und einer Flasche trübem Selbstgebrannten zur Wohnungstür herein. Er roch schon von weitem nach trockenen Kiefernadeln, Teer und Firnis. Lawruchas dunkelblonde Haarsträhnen waren ausgebleicht, und sein Gesicht hatte die Farbe von Ziegelsteinen.

»Na, wie geht's euch hier, meine armen Waisen?«, rief er dröhnend und schloss uns beide in die Arme.

»Scheußlich«, piepste Sheka.

»Und wo sind die Kleinen? Ich habe ihnen was mitgebracht.«

Snegir, der den kleinen Lawrucha vergötterte, überschüttete ihn mit Geschenken, die leider allesamt vollkommen unsinnig und unbrauchbar waren: Keramikpfeifen (Mini-Ziegenböcke, die jener Adik Owanessow herstellte), Pinsel aus Eichhörnchenhaar und Farbtuben. Der Gipfel seines Einfallsreichtums war eine aus Holz geschnitzte Pistole, die Lawrucha junior allerdings als hoffnungslos altmodisch verschmähte.

»Wir haben auch ein Geschenk für dich«, sagte ich zu Snegir.

»Ich weiß schon Bescheid. Aber was soll's, wie man sagt: Nichts währt ewig in der Welt. Trinken wir eins darauf, Mädels!«

»Warte mal. Erst musst du dir etwas ansehen.« Ich nahm Lawrucha an der Hand und ging mit ihm in das Zimmer, in dem das Bild stand.

Es warf ihn fast aus den Schuhen. Minutenlang bewegte er einfach den Kopf hin und her, schaute abwechselnd von mir zu dem rothaarigen Mädchen.

»Was hältst du davon?«

»Fantastisch!« Snegir seufzte laut und schüttelte die ausgeblichenen Haare. »Und jetzt glaube mal nicht an Seelenwanderung.«

»Mal abgesehen von der Ähnlichkeit, was sagst du zu dem Bild?«

Lawrucha nahm das Gemälde vorsichtig in die Hände und stellte es neben das Fenster.

»Woher habt ihr das?«, fragte er schließlich.

»Spielt das eine Rolle?«

»Ich denke, schon.« Lawrucha schnalzte mit der Zunge.

»*Er* hat es mitgebracht.« Sheka vermied es angestrengt, Bykadorows Namen auszusprechen. »Katja hat das Bild neben *ihm* gefunden.«

»Und wo hat er es her?«

»Man kann ihn nicht mehr fragen«, seufzte Sheka.

»Und was hältst du davon, du lausige Kunstwissenschaftlerin?«, wandte sich Lawrucha an mich.

»Tja, ich weiß nicht ... Nach der Malweise zu urteilen – späte deutsche Gotik. Oder ein Holländer. Oder eine gute Imitation.«

»Du spinnst wohl?!«, empörte sich unser Schöngeist Sheka. »Was denn für eine Imitation? So etwas habe ich nicht einmal bei Cranach gesehen ... Das ist ein echtes Meisterwerk ...«

»Hörst du, Katja?« Lawrucha zwinkerte mir zu. »Du bist ein Meisterwerk. Heiratest du mich?«

»Du bist ein Arschloch, Snegir«, schmollte Sheka. »Du hast mir doch schon einen Antrag gemacht! Letzten Mai, das hast du wohl vergessen, oder was?«

»Mädels, ich liebe euch eben beide. Ich schlage vor, wir gründen einen Harem. Einen Eunuchen haben wir ja schon.« Lawrucha streichelte Pupik, der ihm auf den Schoß gesprungen war.

Bevor ich mich darüber wundern konnte (Pupik schätzte Snegir eigentlich nicht besonders), begriff ich, dass es überhaupt nicht Lawrucha war, der meinen Kater interessierte: Das Bild zog ihn an. Viel mehr als Baldrian und Ersatzfleischbällchen. Genauer gesagt, das Mädchen auf dem Bild. Pupik machte einen Buckel und rieb sich an dem Rahmen.

»Du musst natürlich auch dabei sein, du Kenner!« Lawrucha schüttelte den Kopf und starrte wieder das Bild an. »Aber eigentlich hat Sheka Recht: Das ist wirklich ein Meisterwerk.«

»Ich setze mich über die Kataloge. Und du kümmerst dich um die Analyse«, sagte ich zu Lawrucha. »Vielleicht können wir feststellen, wann es gemalt wurde. Und dann diese Inschrift ... Man sollte vielleicht eine Infrarotfotografie machen lassen. Wenn wir Glück haben, kennen wir dann den Maler. Du bist doch Restaurator, Lawrucha, du hast Verbindungen.«

»Weißt du, was so was kostet? Merk dir, ich habe nur zwei Paar Hosen, das ist alles, was ich besitze ...«

»Ich hätte beinahe deinen ›Wintermorgen‹ verkauft«, sagte ich, um ihn aufzumuntern.

»Und wer ist der Verrückte?« Lawrucha tastete das Bild Zentimeter für Zentimeter mit den Augen ab, er machte keine Anstalten, sich von ihm zu trennen.

»Kein Verrückter, sondern eine Verrückte. Eine Schwedin aus dem Konsulat.«

»Mach keine Witze! Ist sie hübsch?«

»Hast du schon mal eine hübsche Schwedin gesehen?«

Jetzt erst erinnerte ich mich an den geplatzten Verkauf; ich musste diese Bestie mit der weißen Mähne anrufen, irgendwas faseln in der Art von »sorry« und ihr den »Wintermorgen« andrehen, solange es noch so heiß war. Dann hatten wir wenigstens etwas Geld, um mit dem Bild zu arbeiten, und danach würden wir weitersehen.

Ich teilte Lawrucha meine Pläne bezüglich des Bildes mit, aber da mischte sich Sheka wieder ein.

»Ich fände es besser, wenn ihr diesem Hauptmann von dem Bild erzählen würdet ... Was ist, wenn es geklaut ist?«

Ich zweifelte keine Sekunde daran, dass es geklaut war. A. A. Goldman grüßte aus dem Jenseits. Aber mich einfach so von dem Bild trennen, weg damit und tschüs, ohne auch nur zu versuchen, irgendetwas darüber herauszufinden – das konnte ich einfach nicht. Und dann diese unglaubliche Ähnlichkeit ... Warum hatte diese rothaarige Frau so viel Ähnlichkeit mit mir? Alle diese »Warums« klingelten mir im Ohr wie chinesische Glöckchen im Luftzug.

»Niemand hat vor, es zu unterschlagen, Sheka. Solche Sachen kann man nicht einfach behalten. Aber es ist einfach unsere Pflicht, herauszufinden, was das für ein Bild ist.«

»Ich mache da nicht mit. Und überhaupt fahre ich zurück

auf die Datscha, zu den Kindern. Meine Nerven sind am Ende.«

»Wir machen es so, Sheka.« Unser einziger Mann riss sich endlich von dem Bild los und nahm die Zügel in die Hand. »Ich fahre dich jetzt nach Selenogorsk, und dann kümmere ich mich um das Bild.«

»Und ich versuche, mir das Fröken zu krallen«, schloss ich fröhlich und sah Lawrucha an. »Ist es dir recht, wenn wir dein Honorar in diese entzückende Rothaarige investieren?«

»Du hast doch sowieso schon alles entschieden, Kat.«

»Abenteurerin«, brandmarkte mich Sheka wieder.

Ich brachte Sheka und Snegir zum Auto, kehrte nach Hause zurück und wählte die Nummer der Schwedin. Mit der Tür ins Haus, das wirkt in so einem Fall. Mit weinerlicher Stimme, die mein Englisch unwiderstehlich machte, setzte ich die schwedische Diplomatin davon in Kenntnis, dass tragische Umstände mich daran gehindert hatten, das Bild am gestrigen Tage zu verkaufen, aber wenn das Fröken nichts dagegen habe, sei ich immer noch bereit ...

Das Fröken hatte nichts dagegen.

Wir verabredeten, uns in anderthalb Stunden in der Galerie zu treffen. Tief befriedigt vom Verlauf dieses Gesprächs ging ich ins Bad: Bis zum »Walhalla« war es ein Spaziergang von zehn Minuten, ich hatte noch reichlich Zeit, mir die Ereignisse des vergangenen Tages vom Leib zu spülen und über die des folgenden nachzudenken.

Ich ließ meinen Körper in das heiße Wasser sinken und schloss die Augen. Die Kataloge. Ich musste alle einschlägigen Kataloge durchsehen, um den Stil zu identifizieren. Ich hatte kaum Zweifel daran, dass es sich um einen deutschen oder holländischen Maler handelte, aber einen so kühnen, so ungehemmten Strich hatte ich noch nie gesehen. Sogar der heimlich von mir verehrte Rogier von der Weijden blieb weit dahinter zurück. Auch Lucas Cranach ... Sheka hatte Recht. Das war wirklich ein Meisterwerk. Sogar in dem bedauernswerten Zustand, in dem es sich befand.

Ich dachte plötzlich an den verstorbenen Sammler aus Pawlowsk und an diese Todesanzeige, die ich in der Metro zufällig gelesen hatte. Starb unter tragischen Umständen. Ich glaube, genau diese Formulierung stand dort. Verdammt nochmal, konnte man in Bykadorows Fall von einem tragischen Tod sprechen? Und warum glaubte ich, dass das Bild irgendetwas mit Goldman zu tun hatte? Er hatte doch Barockmaler gesammelt, und da waren ganz andere Namen ...

Ich verscheuchte die Gedanken an den Sammler, spülte sie mit dem Badewasser durch den Abfluss, trocknete mich gründlich ab, und eine halbe Stunde später war ich auf dem Weg ins »Walhalla«. Das Bild steckte in einer Plastiktüte, in ein Laken gewickelt: Ich konnte mich einfach nicht von ihm trennen.

Das Erste, was ich sah, war Hauptmann Maritsch. Er lief mir bei der Buchhandlung »Nedr« über den Weg, die ich ab und an aufsuchte, um mir Kunstbücher anzusehen und die nette junge Verkäuferin zu begrüßen, die mich manchmal, als Zeichen besonderer Zuneigung, hinter den Tresen ließ.

»Guten Tag, Katerina Mstislawowna«, begrüßte mich Maritsch höflich. »Sie kommen zu spät.«

Du hast mir jetzt gerade noch gefehlt, dachte ich und drückte die Tüte mit dem Bild instinktiv an mich.

»Das ist ja wohl verständlich«, sagte ich finster. »Nach den gestrigen Ereignissen muss man erst mal wieder zu sich kommen«

»Kann ich Ihnen helfen?« Der Hauptmann streckte seine Pfote zuvorkommend nach der Tüte aus.

Ich prallte erschrocken zurück wie vor einer Vogelspinne.

»Nicht nötig, es ist nicht schwer.«

»Wie geht es Ihrer Freundin?«

»So la-la. Sie ist zu den Kindern nach Selenogorsk gefahren. Es wird doch keine Untersuchung geben, soweit ich verstanden habe?«

»Sie haben richtig verstanden. Aber ich habe ein paar Fragen an Sie.«

Ich wurde hellhörig.

»Deswegen hätten Sie sich aber doch nicht bei dieser Hitze hierher bemühen müssen. Sie hätten mich vorladen können.«

»Ich ziehe eine weniger förmliche Unterhaltung vor.«

Das glaube ich. In deinem Gesicht sind keine Spuren zermürbender Polizeiarbeit zu sehen. Mit ein wenig Fantasie könnte man dich für einen mittelmäßigen Geschäftsmann halten, mit der obligatorischen Garnitur aus gebrauchtem »Volkswagen«, Salamanderschuhen und Sommerurlaub im proletarischen Paradies Antalya ...

Unter den Argusblicken Maritschs schloss ich die Tür der Galerie auf.

Maritsch brauchte bloß zwei Minuten, um sich darin umzusehen. Während er sich mit der Ausstellung vertraut machte, verstaute ich die Tüte in der Tischschublade und schloss sie ab.

»Mhm-tja«, resümierte Maritsch schließlich und trommelte melancholisch mit den Fingerspitzen auf einem von Owanessows Ziegenböcken herum. »Die Eremitage ist das nicht gerade.«

»Verstehen Sie etwas von Malerei?«

»Eher weniger. Das sind alles Petersburger Maler, oder?«

Genauer gesagt, ein Petersburger Maler. Lawrenti Snegir, ein Meister der schlichten Landschaftsmalerei und nicht einmal Mitglied des Verbands.

»Ja, das sind alles Petersburger Maler«, sagte ich hochnäsig.

»Ich mag Rubens. Und Sie?«

»Sie sind doch nicht hierher gekommen, um mit mir über Malerei zu reden, oder?«

Maritsch tat so, als hätte er meine Bemerkung nicht gehört.

»Übrigens, was Rubens betrifft. Der verstorbene Arkadi Arkadjewitsch hatte einige Zeichnungen von Rubens. Kunsthistorisch sehr wertvoll.«

»Der Glückspilz.«

»Tja, die Zeichnungen wurden vor einer Woche auch gestohlen, ich habe Ihnen davon erzählt. Einer der Diebe, das steht jetzt fest, war der Exmann Ihrer Freundin.«

Du musst dich zusammenreißen, Kat. Ich schob die Hand in die Tasche meines Kleides und tastete nach dem Schlüssel zu der Tischschublade. Das gab mir Sicherheit.

»Und Sie glauben, dass sie in meiner Galerie gelandet sein könnten? Das ist einfach absurd, Hauptmann, Sie sollten wissen, dass man Kunstschätze von solchem Format nicht über eine vollkommen unbekannte Galerie verkaufen kann. Höchstens bei Sotheby's und frühestens nach einem Jahr.«

»Meinen Sie?«

»Nehmen Sie mich nicht auf den Arm.«

»Ich bitte Sie!« Maritsch machte sofort einen Rückzieher. »Nicht dass ich Sie verdächtige ...«

»Na, Gott sei Dank.«

»Zumal wir fast alle verschwundenen Gegenstände bereits wiedergefunden haben. Und die Diebe sitzen hinter Schloss und Riegel. Nur Herrn Bykadorow ist es gelungen, unterzutauchen.«

»Nicht allzu lange.« Ich hob zynisch einen Mundwinkel. »Und ist der Rubens zu seinem rechtmäßigen Besitzer zurückgekehrt?«

»Ja.«

»Sie haben gesagt, ›fast alle verschwundenen Gegenstände‹.« Ich konnte mich nicht zurückhalten, brennende Neugier übergoss mich wie eine Welle. »Also gibt es etwas, das man noch nicht wiedergefunden hat?«

»Na ja, nur ein paar unbedeutende Sachen, Kleinigkeiten. Mehrere Miniaturen und ein Glasmosaik von van Aelst ... Dann noch zwei unsignierte Werke. Die Festgenommenen haben ausgesagt, diese Gegenstände seien alle im Besitz des verstorbenen Herrn Bykadorow.«

Kein Wort von dem Bild, obwohl es natürlich unter die Kategorie ›unsignierte Werke‹ passen könnte. Trotzdem stieg meine Laune wieder.

»Erstens ist van Aelst keine ›Kleinigkeit‹, sondern ein hoch angesehener Maler. Zweitens ist es das Einfachste, alles auf einen Toten zu schieben. Sie sollten sich Ihre Festgenommenen mal richtig vornehmen.«

»Wahrscheinlich haben Sie Recht. Aber Tatsache ist, dass die Festgenommenen damals nicht wissen konnten, dass Herr Bykadorow schon tot war.«

»Also, was wollen Sie von mir, Hauptmann?«

»Ich dachte ...«

»Ich weiß, was Sie dachten. Sie suchen nach einer Verbindung zwischen der Galerie und den Diebstählen. Es gibt keine, Kirill Alexejewitsch. Über meine Galerie kann man solche Geschäfte unmöglich realisieren. Ich habe Bykadorow vor drei Jahren zum letzten Mal gesehen. Und ich wusste nie, was er eigentlich macht. Ich hoffe, meine Unwissenheit wird keine strafrechtlichen Konsequenzen nach sich ziehen?«

»Interessant ...« Maritsch lächelte sein heuchlerisches, routiniertes Lächeln und ließ die Mausefalle mit einem Knall zuschnappen. »Also vor drei Jahren, sagen Sie? Aber Ihre Freundin – seine Exfrau – sagt, sie hätte ihren verstorbenen Mann vor sechs Jahren zum letzten Mal gesehen. Also haben Sie sich mit ihm unabhängig von seiner Frau getroffen?«

Kein Muskel zuckte in meinem Gesicht, als ich das Erste sagte, was mir einfiel.

»Tja, unabhängig von seiner Frau getroffen, das ist etwas übertrieben formuliert. Wir sind uns zufällig an einer Straßenbahnhaltestelle begegnet. Hallo-hallo, mehr nicht.«

Maritsch hob bedauernd die Augenbrauen. Nein, ich bin eine zu harte Nuss für dich, Hauptmann! Vor weiteren Fragen rettete mich die Schwedin, die kam, um ihr Bild zu kaufen.

»Entschuldigen Sie, ich habe eine Kundin, Kirill Alexejewitsch«, sagte ich mit Engelsstimme. »Ich hätte Ihnen gerne geholfen, aber ...«

»Ja, natürlich, natürlich. Alles Gute.« Beleidigt schlich Maritsch zum Ausgang, und ich widmete mich Ingrid-Helga-Brigitta-Anna-Frieda.

Ich entschuldigte mich und tischte ihr eine herzzerreißende Geschichte über den Tod des Schöpfers des »Wintermorgen« auf. Er sei am Vortag gestorben, bei einem Autounfall, »a motor car is off the road«. Verzeih mir, Snegir, ich hoffe, du wirst noch hundert Jahre leben, aber der Tod eines Malers ist nützlich, weil er ihm zusätzliche Trümpfe gibt, der Tod eines Malers ist eine Spielart des Skandals, er kann ein erlöschendes Interesse wieder aufleben lassen ... Die Schwedin zeigte sich ganz unschwedisch sensibel und ließ sich sofort zwei weitere Bilder von Snegir zur Seite legen. Zwanzig Minuten später war ich unverhoffte Besitzerin von anderthalbtausend Dollar. Das reichte für die ersten Analysen des Bildes.

Seit der Abreise Shekas und Snegirs nach Selenogorsk waren zweieinhalb Stunden vergangen. Selbst wenn man das vorgerückte Alter des Moskwitsch und die notwendige Zeit zum Abküssen der Zwillinge berücksichtigte, konnte man erwarten, dass Lawrucha innerhalb der nächsten Stunde in Petersburg auftauchen würde. Ich wusste, er würde sich dort nicht lange aufhalten, weil das Bild auf ihn wartete. Er war davon bezaubert, genau wie ich. Er würde keine Zeit vergeuden ... Ich sollte nach Hause gehen und ruhig auf Lawrucha warten. Ich holte die Tüte mit dem Bild aus der Tischschublade und ging zur Tür ...

Und stieß wieder mit Maritsch zusammen. Er hatte die Galerie gar nicht verlassen.

Zum Teufel mit dir, lässt du mich irgendwann in Ruhe, oder nicht?

»Und?« Ich war nicht mehr in der Verfassung, die Liebenswürdige zu spielen. »Was gibt es denn noch, um Gottes willen?«

»Ich dachte nur, Sie möchten vielleicht etwas über das Schicksal des Verstorbenen erfahren.«

»Das habe ich längst.« Das war die reine Wahrheit: Die Brigade, die Bykadorow ins Leichenschauhaus gebracht hatte, hatte mir mitgeteilt, dass er verbrannt und auf dem städtischen Urnenfriedhof bestattet werden würde, soweit die Verwandten einverstanden wären. Ich war einverstanden und hatte sogar nachgefragt, wohin ich das Geld überweisen sollte.

»Und Ihre Freundin?«

»Sie wird wohl kaum zur Beerdigung gehen.«

»Und Sie?«

»Ich werde da sein.«

Du hast anscheinend vor, zur Beerdigung zu gehen, um dich davon zu überzeugen, dass Bykadorow nichts ins Grab mitnimmt?

»Ich wollte Ihnen noch etwas sagen, Katerina Mstislawowna ...« Maritsch schlug die Augen nieder, und die Falte zwischen seinen Augenbrauen zuckte verräterisch. »Vielleicht gehen wir irgendwo zusammen einen Kaffee trinken, wenn Sie möchten?«

»Ein andermal, Kirill Alexejewitsch«, sagte ich und hoffte von Herzen, dass es kein anderes Mal geben würde. »Es ist jetzt schon nach fünf, die Galerie wird jetzt geschlossen.«

Ich versuchte, Ruhe zu bewahren, hielt die Tüte möglichst unauffällig und schloss den Laden ab.

»Ich bringe Sie nach Hause.« Offensichtlich konnte sich Maritsch einfach nicht von mir trennen.

»Das ist nicht nötig. Ich wohne gleich um die Ecke.«

Ich beschleunigte meinen Schritt, um dem unseligen Hauptmann zu verstehen zu geben, dass die Audienz beendet war.

»Eine Frage noch, Katerina Mstislawowna ... Ist das Ihre natürliche Farbe?«

Ich stutzte.

»Was für eine Farbe?«

»Die Haarfarbe, meine ich ... Ich habe noch nie so rote Haare gesehen.«

»Ach Gott, Sie armes Wesen, Sie haben wohl noch gar nichts gesehen.« Ich konnte mir nicht verkneifen, ihn ein wenig zu piesacken. »Ja, das ist meine natürliche Farbe, Hauptmann ...«

Die Beerdigung war auf zwei Uhr angesetzt.

Eine halbe Stunde vor der Zeremonie rasten Snegir und ich über den Nepokoronich-Prospekt in Richtung des städtischen Urnenfriedhofs. Auf der fast schnurgeraden, kürzlich in Stand gesetzten Straße machte Lawruchas Moskwitsch glatte achtzig Sachen.

»Tja«, bemerkte Lawrucha tiefsinnig und schaltete. »O tempora o mores! Die einzige anständige Straße in der ganzen Stadt, und die führt zum Krematorium.«

Gestern, als er aus Selenogorsk zurückgekehrt war, hatte er sich das Bild geschnappt und nicht mehr hergegeben. Er rief ein paar seiner Bekannten an, die Kapazitäten auf dem Gebiet der Restauration waren, und vereinbarte eine Expertise. Der Abend verlief ohne Zwischenfälle, abgesehen von Pupiks Protest, der es entschieden ablehnte, sich von dem Bild zu trennen. Der Kater umkreiste das Gemälde, versuchte immer wieder, sich daran zu reiben und an seiner Oberfläche zu lecken.

»Verräter!«, schimpfte ich ihn aus.

»Da kann man nichts machen, eure Beziehung war schon immer etwas problematisch.« Man brauchte Lawrucha nur ein paar Tröpfchen Selbstgebrannten in den Schlund zu träufeln, schon wurde er zum Philosophen. »Du hast dir ja auch einiges geleistet ...«

»Lawrucha!«

»Ich wollte damit nur sagen, dass auch ein Kater mal das Recht auf einen Seitensprung hat.«

»Tiefsinniger Gedanke ... Wie lange dauert es, bis die Expertise fertig ist, was denkst du?«

»Die vorläufige – höchstens ein paar Tage. Was hast du vor, Kat? Du willst es doch nicht etwa im ›Walhalla‹ ausstellen?«

Snegirs Bemerkung über die Galerie ließ mich an Maritschs Besuch denken. Ich erzählte ihm davon, und das versetzte ihn sofort in finstere Stimmung.

»Mir gefällt das nicht, dass er um uns herumschleicht.«

»Das ist doch nicht weiter erstaunlich.« Ich wusste selbst nicht, wen ich mehr überzeugen wollte – Lawrucha oder mich. »Er untersucht einfach seinen Fall, das ist alles.«

»Eben. Aber *welchen* Fall?«

»Den Tod ...«

»Aber du hast doch selbst gesagt, dass die Todesursache vollkommen klar ist: Es war ein Herzinfarkt. Irgendwas stimmt da nicht.«

Ich wusste selbst, dass hier irgendetwas nicht stimmte ... Und dann die Bemerkung Malitschs über die anonymen Werke und seine Anspielung auf meine roten Haare ... Goldman war ein großer Sammler, also konnte man davon ausgehen, dass seine Sammlung katalogisiert war. Wenn das Bild tatsächlich Arkadi Arkadjewitsch gehört hatte, dann müsste es eine Beschreibung davon geben, vielleicht sogar eine Fotografie. Es war nicht auszuschließen, dass Maritsch dieses Foto gesehen hatte, und meine Ähnlichkeit mit dem gemalten Mädchen sprang einfach ins Auge ...

»Vielleicht gefällst du ihm einfach als Frau«, vermutete Lawrucha vorsichtig.

»Werd nicht komisch, Lawrucha!«

»Wieso denn? Du bist doch noch ganz proper ...«

»Lassen wir meine weiblichen Reize mal beiseite.«

»Hör mal, vielleicht hat Sheka ja doch Recht? Scheiß auf das Bild ... Übergeben wir es vertrauensvoll in die Hände unserer zuverlässigen vaterländischen Miliz.«

Ich sah Lawrucha an wie einen Marsmenschen.

»Das ist völlig unmöglich. Wie stellst du dir denn diese Übergabe vor? ›Entschuldigen Sie, Herr Hauptmann, da lag übrigens noch ein Bild neben der Leiche, das habe ich ganz vergessen. Gerade eben ist es mir eingefallen, zufällig ... Ich habe den inbrünstigen Wunsch, es der Justiz zu übergeben ...‹«

»Und warum nicht?«

»Ich kann nicht«, gab ich ehrlich zu und beugte mich zu Snegir. »Du kannst es doch selbst nicht, oder? So etwas fällt einem normalen Sterblichen nicht jeden Tag in die Hände ... Was ist, wenn es uns gelingt, den Schöpfer dieses Werkes zu ermitteln?«

»Lass uns doch mal vernünftig überlegen, Kat. Wenn dieses Bild einem großen Menschen aus Pawlowsk gehört hat, dann hat der bestimmt ebenfalls eine Expertise anfertigen lassen ...«

»Das ist noch nicht raus. Aber wenn es wirklich ein Original ist, kannst du dir vorstellen, was es dann wert ist?«

»Dann ist es einfach ein besonders schwerer Fall von Diebstahl. Du wirst großartig aussehen, im Gerichtssaal.«

»Also jetzt mal Klartext, Lawrucha.« Snegirs Gejammer ging mir auf die Nerven. »Machst du mit oder nicht?«

»Ich mache mit«, seufzte Snegir. »Sheka hat Recht, du bist eine Abenteurerin.«

Zu der Frage, ob legal war, was wir da vorhatten, kehrten wir nicht mehr zurück. Auf dem Weg zum Krematorium erzählte Lawrucha, dass er das Bild zur Expertise gegeben hatte, in die vertrauenswürdigen Hände von Wanja Bergman, einem Busenfreund von ihm. Bergman leitete die Untersuchung einiger Bilder der Eremitage und galt als Koryphäe auf seinem Gebiet.

Die Abschiedszeremonie für Bykadorow gestaltete sich recht bescheiden. Außer Lawrucha und mir befand sich nur noch ein Vertreter des Sozialdienstes im Saal, nicht besonders viel für so eine glamouröse Persönlichkeit wie Bykadorow. Ich dachte an seinen Körper, den ich so gut gekannt hatte und über den jetzt die Zungen der gleichgültigen Flammen leckten – na, immerhin, eine letzte Umarmung ... Für einen Moment fühlte ich mich scheußlich, und ich stützte mich auf Snegirs Arm.

»Guten Tag«, hörte ich eine leise Stimme hinter mir.

Natürlich Maritsch, lange nicht gesehen!

»Sie lassen mir gar keine Zeit, mich nach Ihnen zu sehnen, Hauptmann«, zischte ich durch die Zähne. »Wenigstens heute hätten Sie mich in Ruhe lassen können.«

»Die Pflicht«, seufzte Maritsch scheinheilig. »Möchten Sie mich nicht Ihrem Begleiter vorstellen?«

»Lawrenti Snegir«, sagte Lawrucha würdevoll. »Maler.«

»Ah ja? Ihre zauberhafte Begleiterin hat Sie gestern beerdigt«, verpetzte mich der Hauptmann, ohne mit der Wimper zu zucken: Offensichtlich hatte er mein rührseliges Geplauder mit der Schwedin belauscht. Hm, wenigstens konnte er Englisch. Ein Pluspunkt für Kirill Alexejewitsch.

»Was Sie nicht sagen!« Lawrucha streichelte mir sanft über die Wange.

»Das musste ich«, gestand ich. »Du weißt doch, wie hoch man Maler schätzt, wenn sie tot sind. Sonst hätte ich ihr nicht drei Bilder aufschwatzen können.«

»Kat ist unser kleiner Pfiffikus.« Snegirs Stimme klang anerkennend.

»Ich sehe schon ... Sie sind nicht wählerisch in Ihren Mitteln, Katerina Mstislawowna.«

»Wo Sie Recht haben, haben Sie Recht, Hauptmann. Immerhin passt das doch perfekt in Ihr Muster. Für Sie bin ich doch schon längst abgestempelt als kleine Spitzbübin und Gaunerin ...«

Eine Stunde später wurde die Urne mit Bykadorows Asche in einer winzigen Kammer aufgestellt. Wir standen einige Minuten lang schweigend davor und gingen dann zum Ausgang.

»Nehmen Sie mich mit ins Zentrum?«, fragte Maritsch, der uns keinen Schritt von der Seite wich.

»Aber gern!« Lawrucha war, im Gegensatz zu mir, die Liebenswürdigkeit selbst. »Wo wollen Sie hin?«

»Zum Litejni-Prospekt.«

»Litejni vier?«, fragte Lawrucha.

»Ja, wenn es geht.«

Litejni Nummer vier war die Adresse der Zentrale des Geheimdienstes FSB. Der sanftmütige Unschuldsengel Hauptmann Maritsch entpuppte sich als ernst zu nehmender Mann. Erheblich ernster zu nehmen, als es auf den ersten Blick den Eindruck gemacht hatte. Aber im Moment war mir das vollkommen schnuppe. Mich interessierte jetzt nur das Bild. Als wir im Auto saßen, schaltete ich demonstrativ das Radio an. Sofort dröhnte der letzte Hit von Lawruchas Lieblings-Star Alsu aus den Lautsprechern. Der Hauptmann verzog das Gesicht, offenbar mochte er keine Popmusik, nicht einmal gute.

Beim Abschied küsste mir Maritsch die Hand.

»Ich würde mich freuen, Sie möglichst lange nicht zu sehen, Hauptmann«, sagte ich.

»Ich fürchte, wir werden uns noch öfter begegnen«, parierte Kirill Alexejewitsch mit Würde. »Und meine Intuition hat mich noch nie im Stich gelassen ...«

»Dann bestellen Sie ihr einen Gruß von mir.«

Wir waren allein. Lawrucha stoppte den Moskwitsch an der Bordsteinkante, schaltete die Warnblinkanlage ein und steckte sich nervös eine Zigarette an.

»Ich möchte bloß wissen, was der gegen dich hat«, knurrte er.

»Wir hatten genug Zeit, uns kennen zu lernen ... Aber eigentlich verstehe ich das selbst nicht. Glaubst du, das wird uns Probleme machen?«

»Ich bin ja nicht Jesus und auch kein Kunstwissenschaftler, aber eins weiß ich: Um große Gemälde gibt es immer großen Wirbel. Vor allem, wenn sie unter Staatsschutz stehen.«

»Willst du etwa aussteigen?«, fragte ich.

»Ich stecke mittendrin ...«

»Ich habe den Eindruck, dass du nicht gerade froh darüber bist.«

»Kat«, Lawrucha drehte sich zu mir und berührte mit dem

Finger mein Kinn, »sag mal, hast du mir wirklich alles erzählt?«

Natürlich hatte ich Snegir nicht alles erzählt. Die Umstände der ersten Begegnung mit dem Bild hatte ich vorsichtigerweise unterschlagen: der Blick Bykadorows, der auf das Bild gerichtet war, seinen völlig nackten Körper, die Spiegelsäule, die vor die Tür geschoben war ... Die chinesischen Glöckchen der Fragen klingelten wieder in meinem Kopf, der vor Hitze verging.

»Absolut alles. Du weißt genauso viel wie ich.«

»Na gut. Jetzt schaukele ich zu Wanja, vielleicht hat er schon was herausgefunden.«

Plötzlich überlief es mich kalt. Und wenn der superkorrekte Bergman Alarm schlug und die ganze Kulturhauptstadt in Aufruhr versetzte?

»Kannst du dich auf Wanja verlassen, Lawrucha? Wird er niemandem von dem Bild erzählen?«

»Ich habe sein Wort«, beruhigte er mich. »Und außerdem ist er mein bester Freund, fast ein Bruder.«

»Ich wüsste ja gerne, was du ihm für eine Geschichte aufgetischt hast.«

»Ich habe ihm erzählt, ich hätte es einer Oma in Opotschka abgekauft. Für 'nen Appel und 'n Ei.« In puncto Pfiffigkeit konnte Snegir mir getrost das Wasser reichen. »Siehst du, für jemanden, der gerade bei einem Autounfall umgekommen ist, bin ich ziemlich einfallsreich.«

Das war ein kleiner boshafter Seitenhieb: Lawrucha hatte sich Maritschs Bemerkung darüber, wie ich die Schwedin verarztet hatte, gemerkt.

»Du wirst hundert Jahre alt«, sagte ich unbekümmert. »Ich fahre jetzt in die Eremitage zu Dinka. Ich will etwas nachsehen. Ich bin um neun zu Hause. Wenn du irgendwas erfährst, komm sofort zu mir.«

Dinka Koslowa, eine Studienkollegin aus der Akademie, hatte eine gute Stelle in der Abteilung für flämische Malerei gefunden und Zugang zu den Beständen der Eremitage. Ich hoffte, dort brauchbare Informationen über die Holländer und Deutschen auszugraben: Ich war immer noch der festen Überzeugung, dass unser unbekannter Maler entweder Deutscher oder Holländer war.

»Wir sollten das Bild fotografieren. Für eine vergleichende Analyse«, erklärte Snegir.

»Wozu?«, wunderte ich mich. »Ich habe es genau im Gedächtnis. Bis zum letzten Pinselstrich.«

Das war die reine Wahrheit: Das Bild lebte in mir, ich konnte mir jederzeit jedes einzelne Detail des Gemäldes vor Augen rufen, jede Falte im Umhang des Mädchens, jedes Sternchen in ihren roten Haaren.

»Ja, natürlich«, grinste Snegir. »Du hast einfach in deiner fernen Jugend zu viel Zeit vor dem Spiegel verbracht.«

»Aber jetzt bin ich neunundzwanzig und habe mein Verhalten radikal geändert«, tröstete ich Snegir.

»Was glaubst du, warum ist sie dir so ähnlich?«

»Du hast doch selbst von Seelenwanderung gesprochen. Also, in Bezug auf dieses Bild besitze ich das Recht der ersten Nacht.«

»Bleib auf dem Teppich, Kat«, ermahnte mich Lawrucha. »Ich habe das unbestimmte Gefühl, dass uns dieses verdammte Bild noch einigen Ärger einbringen wird.«

Warum habe ich bloß damals nicht auf seine Worte gehört?

Dinka empfing mich mit Gejammer. Vor allem ging es um die für Petersburg ungewöhnliche Hitze: Mamas zu hoher Blutdruck, Papas Blutarmut, vor November kein Urlaub, der Mann ging anscheinend fremd und ließ sich bei irgendeiner Buffet-Tussi in der Nähe der Admiraltejskij-Werften durchfüttern. Ich hörte ihr geduldig zu und brachte dann meine Bitte an.

»Dinka, könnte ich mir vielleicht mal ansehen, was ihr für

Material über holländische Malerei habt? Ungefähr sechzehntes bis achtzehntes Jahrhundert?«

»Du beschäftigst dich doch mit den Präraffaeliten.« Dinka zeichnete sich durch ein professionelles kunsthistorisches Gedächtnis aus. Ich hatte nicht vor, irgendjemanden in meine aktuellen Probleme einzuweihen, also bastelte ich mir eine improvisierte Antwort zurecht:

»Genau deshalb! Hast du denn nicht die neueren Forschungen über den Einfluss von Jean Bellegambe und seiner Nachfolger auf die »Bruderschaft der Präraffaeliten« verfolgt?«

Dinka willigte ein, und ich begab mich daran, alles, was an Material zugänglich war, zu studieren.

Die holländische Sammlung der Eremitage ist Gott sei Dank nicht sehr umfangreich, sonst wäre ich in der Flut der Informationen schlichtweg ertrunken. Trotzdem drehte sich mir gegen Abend der Kopf von all den Namen und Daten – der Meister der Frauen-Halbfigur, der Meister der Legenden über die heilige Maria Magdalena, der Braunschweiger Monogrammist ... Die Forscher waren wirklich pfiffig, das musste man zugeben. Was war leichter als das: Man sortierte Bilder nach gemeinsamen Stilmerkmalen und setzte irgendeinen Fantasienamen darüber.

Ich hätte gern gewusst, welchen Namen man unserem Maler geben würde, wenn das Bild möglicherweise nicht eindeutig zugeordnet werden konnte. Den Meister der Erscheinung der heiligen Katerina? Oder den Meister des Martyriums des heiligen Sebastian? Ich hatte mich durch das sechzehnte Jahrhundert hindurchgewühlt und ging zum siebzehnten über, aber ich fand nichts. Ich tröstete mich damit, dass die Analyse des Bildes uns ermöglichen würde, wenigstens ungefähr festzustellen, wann das Bild gemalt wurde. Das würde die Suche erheblich eingrenzen.

Auf jeden Fall lag jetzt unsere ganze Hoffnung bei Lawrucha.

Es wurde Abend, aber Lawrucha ließ sich nicht blicken. Ich

wanderte durch die Wohnung wie ein Tiger im Käfig, versuchte trübsinnig, zu lesen, und sah mir ein paar idiotische Krimiserien im Fernsehen an: Den Mörder erriet ich jedes Mal auf Anhieb, Hauptmann Maritsch hätte mich gut und gern in Sold nehmen können.

»Los, mach schon, klingle, du blödes Stück«, beschwor ich das schweigende Telefon.

Und Lawrucha reagierte.

Um halb zwei Uhr nachts rief er an und schnaufte erst mal lange in den Hörer.

»Was ist!«, fragte ich.

»Sitzt du gut?«, brummte Lawrucha heiser.

»Warum?«

»Wenn du stehst, dann setz dich erst mal. Die vorläufige Expertise ist fertig: fünfzehntes Jahrhundert. Dieses Bild ist unbezahlbar.«

Ja, natürlich, ich wusste es, ich habe es gefühlt, ich konnte mich nicht irren!

»Nimm ein Taxi und komm her. Sofort. Zu Wanja in die Restaurationswerkstatt. Du kannst dich auf etwas gefasst machen ...«

»Hättest du nicht früher anrufen können?« Dieser verdammte Snegir! »In fünfzehn Minuten gehen die Brücken auf ...«

»Saus los! Du schaffst es noch! Ich habe dir doch schon immer gesagt, zieh von deiner Insel weg auf den Prospekt-der-Veteranen! Oder in die Ingenieur-Graftio-Straße.«

Ich warf den Hörer auf die Gabel, ohne Lawrucha ausreden zu lassen, zwängte mich in meine Jeans und raste aus dem Haus.

Ich schaffte es. Ganze zehn Minuten später war ich schon bei Bergman. Ich brauchte nur die Leutnant-Schmidt-Brücke zu überqueren und hinter dem Platz der Arbeit in die Straße-der-

Dekabristen einzubiegen. Snegir erwartete mich vor der Tür der Restaurationswerkstatt.

»Los, erzähl!«, schrie ich, kaum dass ich das Auto verlassen hatte.

»Immer langsam. Alles in gebührend feierlicher Umgebung. Jetzt holen wir erst einmal Sekt, und dann stelle ich euch einander vor.«

»Wen denn vorstellen?«

»Das Bild und dich.«

Den ganzen Weg bis zur nächsten Nachtverkaufsstelle wahrte Snegir eisernes Schweigen. Ich sah, wie schwer ihm das fiel. Sein Gesicht bebte und zuckte, seine Wangen bliesen sich auf, und der Mund verzog sich unentwegt zu einem Grinsen. Ich bekam Angst – wenn er nur nicht platzte.

»Wenn du dein Geheimnis nicht innerhalb der nächsten fünf Minuten loswirst, trifft dich der Schlag«, warnte ich ihn.

»Hat er schon längst«, bekannte Lawrucha. »Gleich als die Infrarotfotografie fertig war und wir die Spektralanalyse durchgeführt hatten.«

»Das habt ihr schon gemacht? So schnell?«, staunte ich.

»Sie haben neue Geräte gekriegt, amerikanische ... Alles computergesteuert. Aber egal, das ist nebensächlich. Die Hauptsache ist, dass du ein Schlauköpfchen bist, Kat!«

Ich kannte Wanja Bergman seit vielen Jahren, aber noch nie hatte ich ihn in einem so erregten Zustand gesehen. Seine feine, nach allen Gesetzen des Goldenen Schnitts komponierte Glatze glänzte feucht, und an seinen Schläfen lief der Schweiß in Strömen herab. Wanja saß auf einer Stehleiter vor einer Wand voller Regale mit Fachliteratur und wühlte in einer Zeitschrift.

Und auf einer Staffelei am Fenster, hinter einem riesigen Vergrößerungsglas, stand das Bild.

»Da sind wir«, sagte Snegir und ließ den Sektkorken an die Decke knallen.

»Ich habe es gefunden.« Bergman sah uns aus blicklosen

Augen an. »Ein Artikel in der letzten Ausgabe des ›Bulletin der Britischen Akademie‹. Da steht etwas über ihn.«

»Über wen?« Ich starrte Bergman an.

»Über den Maler«, antwortete Snegir für Wanja.

»Ihr habt den Namen herausgefunden?«

»Mit sehr großer Wahrscheinlichkeit. Sieh es dir selbst an.«

Snegir goss virtuos Sekt in Keramikbecher.

»Was meinst du, ist sie ihr nicht ähnlich?«, fragte er Bergman.

»Wer?« Bergman kniff kurzsichtig die Augen zusammen.

»Na, Katja natürlich! Erstaunliche Ähnlichkeit ... Also, meine Freunde, auf den schönsten Tag in unserem Leben!«

Snegir trat zur Staffelei und stieß mit ihr an. Dann begann er, Fotos auf dem Fußboden auszubreiten.

»Also!« Snegirs Stimme war so feierlich, dass ich unwillkürlich erschauerte. »Zirka 1498–1499.«

»Fünfzehntes Jahrhundert«, flüsterte ich.

»Fünfzehntes Jahrhundert, Niederlande.« Snegir zeigte auf eines der Fotos. »Der volle Text der Inschrift unter dem Porträt lautet: ›Tota pulchra es, amica mea, et macula non est in te.‹«

»So schön bist du, meine Geliebte, kein Makel ist an dir«, antwortete Bergman wie ein dumpfes, kraftloses Echo.

»Genau. Diese Inschrift findet sich manchmal bei Darstellungen der Jungfrau Maria in der Gestalt der so genannten ›Gemahlin der Apokalypse‹. Ebenso wie der Mond, die zwölf Sterne, der weiße Umhang und der blaue Mantel.«

Nein, nichts konnte mich mehr zurückhalten. Ich ging zu dem Bild und berührte andächtig seinen Rahmen. Wenn Snegir mich nicht gehalten hätte, wäre ich auf die Knie gefallen. Sein gepresster Atem floss heiß über meinen vor Erregung feuchten Nacken.

»Achte auf den Verschluss am Umhang, Kat.«

»Was ist damit?«

Snegir griff meinen Arm und zog mich zum Computer.

»Wir haben die Details eingescannt. Pass auf, gleich wirst du verstehen, was ich meine ...« Seine Finger huschten schnell über die Tastatur. Auf dem Monitor erschien der Verschluss. Snegir stellte maximale Vergrößerung ein. Die Darstellung, die ich jetzt vor mir sah, erinnerte mich entfernt an eine Muschel.

»Na?« Snegir triumphierte. »Weißt du, was das ist?«

»Sieht aus wie eine Muschel.«

»So viel ist schon mal klar, Muscheln sind nicht dein Spezialgebiet. Das ist eine Auster.«

»Eine Auster?«

»Komm, denk mal ein bisschen schneller! Was hat man dir bloß an der Kunsthistorischen Fakultät beigebracht ...«

Eine dunkle Ahnung durchfuhr mich. Viertes Studienjahr, die Vorlesung eines Kunsthistorikers aus Amsterdam, mit dem vertrockneten Gesicht eines mittelalterlichen Mystikers ...

»Du willst damit sagen, das ist Lukas van Ostrea?«, fragte ich leise.

»Ja!« Lawrucha pfefferte den Becher mit dem Rest des Sekts auf den Boden. Er zersprang in tausend Stücke. »Ja, verdammt nochmal! Ja, ja, ja! Genau das will ich damit sagen. Lukas van Ostrea. Lukas Auster! Das ist sein Zeichen.«

Die Beine versagten mir den Dienst, und ich setzte mich auf die Erde, neben die Scherben des Bechers.

»Und jetzt lauschen wir unserem ehrwürdigen Iwan Theodorowitsch Bergman mit seinen letzten Informationen über Lukas van Ostrea.« Snegir machte es sich neben mir auf dem Fußboden bequem.

Bergman räusperte sich in eine vertrocknete Hand, die aussah wie die Klaue einer Eidechse.

»Zunächst die allgemeinen Daten«, begann er. »Lukas van Ostrea, genannt Lukas Auster. Geburtsjahr um 1466, das Todesjahr ist unbekannt. Eine der geheimnisvollsten und mystischsten Persönlichkeiten in der Geschichte der Kunst. Nur drei seiner Werke sind auf den heutigen Tag überkommen ...«

»Vier!«, platzte Snegir dazwischen.

»Nur drei seiner Werke sind auf den heutigen Tag überkommen. Eines befindet sich im Louvre, ein anderes im Museum des Prado in Madrid. Ein weiteres in Holland – in der so genannten Toten Stadt Ostrea. Der van Ostrea im Louvre, ›Hortus conclusus‹ – ›Verschlossener Garten‹ – wird von der Versicherung auf fünf bis fünfeinhalb Millionen Dollar taxiert. Das ist natürlich nur der Marktpreis. Ich rede nicht von seinem tatsächlichen Wert.«

Ich presste Snegirs Hand.

»Es gibt kaum gesicherte Informationen über van Ostrea, das meiste sind Legenden mit ziemlich ungutem Gehalt. Die Zeitgenossen hielten ihn für den ›Samen des Teufels‹.«

»Samen des Teufels?« Ich zog den Kopf zwischen die Schultern und dachte an die Flammen in Bykadorows Augen.

»Er war außerordentlich produktiv, hat einige Zeit in Brügge, in Gent und Antwerpen gearbeitet, ist aber nirgendwo länger geblieben. Skandale begleiteten ihn, viele seiner Auftraggeber starben unter ungeklärten Umständen gleich nach Vollendung der Bilder.«

»Starben sie eines gewaltsamen Todes?«, fragte Lawrucha.

»Nein, das ist es ja gerade ...«

Bykadorows Tod konnte man keinesfalls gewaltsam nennen: ein respektabler Herzinfarkt ... Ich zwang mich mühsam, nicht daran zu denken. Wir befinden uns am Ende des zwanzigsten Jahrhunderts, es herrscht ungebremster Materialismus, du musst die Dinge nüchtern betrachten, Kat!

»Niemand starb eines gewaltsamen Todes. Aber Augenzeugen berichteten, sie hätten das Gefühl gehabt, die Bilder würden ihrer Umgebung den Lebenssaft aussaugen.« Bergman blähte die Nüstern. »Seine Bilder sollen lebendiger als das wirkliche Leben gewesen sein. Sogar seine Gegner mussten zugeben, dass er ein unglaublicher Maler war. Er hatte übrigens noch einen Beinamen – ›Prüfstein des Antichrist‹.«

Wahrscheinlich hatte man ihn erst in späteren Zeiten so genannt.

»Alle Achtung!«

»Du hast gesagt, er sei sehr produktiv gewesen.« Snegir trank jetzt den Sekt aus der Flasche. »Warum sind dann nur so wenige Bilder erhalten?«

»Ein großer Teil wurde schon zu Lebzeiten Lukas Austers zerstört. Oder gleich nach seinem Tod. Ein paar durchgedrehte Bürger unternahmen eine Art Vergeltungsmission. In der ›Chronik der Stadt Gent‹ sind zwei oder drei Namen aufgeführt. Jakob de Fas, Piter der Schütze und ein gewisser Hendrik Aertensen. Der Letztere stammte aus der Toten Stadt Ostrea – der einzige Überlebende der Überschwemmung des Jahres 1499 ...«

»Und Auster selbst?«

»Über seinen Tod ist nichts bekannt. Man nimmt an, dass auch er bei der Überschwemmung umgekommen ist. Jedenfalls hat ihn nach dem Jahr 1499 niemand mehr gesehen.«

»Was mag es wert sein?«, fragte ich.

»Ich weiß nicht ... Es ist von den Abmessungen her größer als der ›Verschlossene Garten‹, und es befindet sich in ziemlich gutem Zustand ...«

»Aber das ist noch nicht alles, Kat.« Snegir drückte kräftig meine Schulter. »Das Interessanteste haben wir dir zum Nachtisch aufgehoben.«

»Ich glaube, jetzt kann mich gar nichts mehr verblüffen.« Mir drehte sich schon der Kopf, und mein Körper fühlte sich erschreckend schwerelos an.

»Das glaubst du! Der Witz nämlich ist der: Es ist eigentlich gar kein Bild.«

»Was soll das heißen – kein Bild?«

»Genauer gesagt, kein vollständiges Bild. Allem Anschein nach ist es *der äußere Flügel eines Triptychons*, Kat.«

»Der äußere Flügel eines Triptychons?«

»Komm, ich zeige dir die Rückseite. Wanja hatte die schlaue Idee, eine Infrarotfotografie zu machen. Auf der Rückseite befindet sich noch ein Bild, verdeckt von mehreren Schichten Ölfarbe.«

Ich drückte die Hände auf meine Wangen, und mein Herz schlug rasend.

»Und ihr wollt es freilegen?«

»Was meinst denn du? Natürlich wollen wir das. Wir machen eine Kompresse und nehmen die späteren Schichten ab, ganz einfach ... Keine Angst, du hast es mit dem besten Restaurator dieser Stadt zu tun.«

»Nein!«, rief ich gegen meinen Willen: Ich dachte wieder an Bykadorows halb geschlossene Augenlider, hinter denen die Hölle tobte.

»Ich erkenne dich nicht wieder. Du hast doch die ganze Sache in Gang gebracht. Jetzt können wir nicht mehr zurück. Wir müssen es einfach tun. Ein neues Werk Lukas van Ostreas zu entdecken, so eine Chance gibt es nur einmal im Leben!«

»Na gut.« Ich gab nach. »Gehen wir mal davon aus, dass ihr das wirklich hinkriegt. Und was dann?«

»Wir müssen es der Öffentlichkeit bekannt geben«, sagte Bergman gewichtig. »So eine Kostbarkeit kann man nicht lange verbergen.«

Snegir runzelte die Brauen: Auf der glatten und harmonischen Oberfläche des Restaurationskollektivs zeigten sich die ersten Risse einer Meinungsverschiedenheit.

»Nicht so hastig, Wanja. Du vergisst, dass das Bild mir gehört.« Snegir wickelte wieder sein Garn von der Oma aus Opotschka ab.

»Und was willst du damit machen?«

»Ich mache damit, was ich will«, fauchte Snegir plötzlich bissig. »Ich kann es zum Frühstück verspeisen oder Herrn Piotrowskij zum Namenstag schenken. Ich kann es auch versteigern lassen.«

»Du verstehst nicht, Lawrucha.« Wanja stieg endlich von der Leiter und lief nervös in der Werkstatt umher. »Das ist doch Nationaleigentum ...«

»Also bin ich Besitzer von Nationaleigentum. Nicht mehr und nicht weniger.«

»Nein ... Das verbiete ich dir ...«

Snegir starrte Wanja böse an.

»Ach, interessant, und wie willst du mir das verbieten? Hast du etwa vergessen, dass unser Staat das Privateigentum schützt?«

»Dieses Bild kann nicht ...«

»Ach, kann nicht!«

Mit unvermuteter Gewandtheit fiel der behäbige Snegir über den schmächtigen Wanja her, und einen Moment später rollten sie schon als verwickeltes Knäuel über den Fußboden. Ich schaute entsetzt auf diese grundlose und unerbittliche jungenhafte Rauferei zweier dreißigjähriger Dickschädel. Snegir ging wie ein Berserker auf Wanja los, aber der leistete ihm würdig Widerstand. Doch die Kräfte waren ungleich. Bald schlossen sich Snegirs derbe Hände um Bergmans Hals, und Wanja röchelte verzweifelt.

Es gelang mir nur mit großer Mühe, Lawrucha von ihm abzubringen. Ich musste ihm erst den restlichen Sekt über den Schädel gießen. Snegirs Hände lösten sich, und er krachte mit seinem ganzen Gewicht zu Boden. Wanja kroch wimmernd und stöhnend in die hinterste Ecke und verstummte.

»Verdammt, was war das«, krächzte Snegir. »Fast hätte ich dich umgebracht ... Ich war irgendwie weggetreten.«

»Dafür warst du nicht schlecht.« Wanja schluckte.

»Ich begreife überhaupt nichts ... Mir flimmert es vor den Augen.« Lawrucha war immer noch nicht richtig zu sich gekommen.

Ich drehte mich zu dem Bild um, und wieder schien mir, als flatterten die Wimpern der rothaarigen Jungfrau Maria. Oder war das bloß ein Lichtreflex?

»Na gut.« Ich versuchte, zwischen den durchgeknallten Restauratoren-Trotteln Frieden zu stiften. »Wir werden den Vorfall als erledigt betrachten und auf das Konto unserer strapazierten Nerven setzen. Uns fallen ja nicht jeden Tag solche Meisterwerke in die Hände.«

»Eben ... Entschuldige, Wanja.«

»Schon gut.« Der schmächtige Bergman hatte schon immer die Sanftmut der Mutter Theresa besessen.

»Idioten. Wenn man euch ansieht, glaubt man sofort an den ›Prüfstein des Antichrist‹. Anscheinend hat dieses Bild wirklich Einfluss auf Menschen ...«

»Quatsch!« Snegir schnitt eine Grimasse und starrte wieder Wanja an. »Hilfst du mir, die Schichten abzutragen?«

»Natürlich.« Bergman hatte sich fast beruhigt und setzte seine Brille wieder auf.

»Prima. Und du gehst am besten schlafen, Kat. Wir rufen dich morgen an.«

»Das hast du dir so gedacht«, explodierte ich. »Erstens will ich bei diesem historischen Ereignis dabei sein, und zweitens muss jemand auf euch aufpassen, sonst bringt ihr euch gegenseitig um.«

Mein Angebot wurde wohlwollend angenommen.

»Und wann gedenkt ihr anzufangen?«, fragte ich.

»Jetzt sofort.« Lawrucha brannte sichtlich darauf, mit der Arbeit zu beginnen. »Du kannst solange nach oben gehen, dich ein Stündchen aufs Ohr legen. Im Moment gibt es hier sowieso nichts Interessantes.«

»Und in einer Stunde gibt's schon was zu sehen?«, fragte ich ungläubig.

»Wanja hat eine neuartige Lösung, ein Geschenk von einem Kollegen aus den Uffizien. Also schlaf gut, teure Genossin. Zum Schlussakt des Dramas rufen wir dich. Restaurieren, das ist ein sehr intimer Prozess, verstehst du. Das Kamasutra ist nichts dagegen.«

Schließlich hatten sie mich überredet. Sie wollten das Bild ganz für sich haben, ungeteilt und ohne Zuschauer, so, wie man eine Frau haben will. Das war typisch männlich, aber ich wollte keinen Streit anfangen. Ich respektiere die Gefühle anderer.

Ich schnappte mir das »Bulletin der Britischen Akademie«,

in dem ein Lesezeichen an der Stelle mit dem Artikel über Lukas van Ostrea lag, und ging nach oben in die zweite Etage der Werkstatt, in Wanjas winzige Mönchszelle. Ich machte es mir auf dem Sofa bequem und schlug den Artikel mit dem prophetischen Titel »Deadly Kiss« auf.

Eigentlich ein bisschen zu romantisch für eine so konservative Zeitschrift. Der Name des Autors sah nicht sehr englisch aus, ein gewisser Lambert-Harry Jakobs. Ich blätterte einige Seiten weiter und schaute im Anhang nach: Lambert-Harry war ein ziemlich junger Mann und – davon abgesehen – Direktor des Museums der Toten Stadt Ostrea.

Von dem Foto sah mich eine typisch holländische, säuerliche Intellektuellen-Visage an: runde Brille, rundes Kinn. »Deadly Kiss« war zu schwierig für mein kümmerliches Alltagsenglisch; gut, dass der polyglotte Wanja wenigstens von den Absätzen, die die Biografie des Malers betrafen, schon eine grobe Übersetzung angefertigt hatte. Ein merkwürdiger Artikel, eine Mischung aus Lobrede, Essay und theosophischem Traktat. Offensichtlich war der löbliche Lambert-Harry Lukas Auster ernsthaft verfallen. Was würde der wohl für ein Gesicht machen, wenn er erfuhr, dass noch ein viertes Bild existierte?

Aber würde er überhaupt jemals davon erfahren?

Ich richtete mich auf Bergmans hartem Lager auf. Etwas in mir hinderte mich daran, den Triumph des Entdeckers zu genießen – als stünde ich auf brüchigem Eis, und unter meinen Füßen rollte kaum hörbar ein Abgrund. Nein, das hatte nichts mit dem »Prüfstein des Teufels« zu tun, ich war doch immer eine hart gesottene Realistin gewesen. Der verdammte Maritsch saß mir im Nacken, das war es. Solange die Herkunft des Bildes nicht endgültig festgestellt war, würde ich keine Ruhe finden. Denn ein Familienerbstück des begnadeten Diebes Bykadorow war es ja mit Sicherheit nicht! Plötzlich dachte ich, dass Snegir Recht hatte – wenn alles gut ablief und uns die Sterne weiterhin so günstig gesonnen waren (wie die Sterne in den roten Haaren der Jungfrau Maria), würden wir das Bild versteigern können.

Warum eigentlich nicht?

Ganz bestimmt würden sich Interessenten finden, vor allem, wenn man die Sache richtig aufzog. Und das brachte Geld. Mit der Armut war es vorbei für immer, ich konnte die Galerie aufbauen und auf internationales Niveau bringen, die besten Maler aufkaufen und mit großen Einsätzen spielen. Spielen, das war immer mein größter Wunsch. Spielen und gewinnen. Außerdem waren wir uns so ähnlich, das Modell von Lukas und ich, das sollte meine Chancen noch verbessern.

Ob ich wohl Verwandte in Holland hatte?

Meine Tante, die mir ihre Wohnung auf der Wassili-Insel vererbt hatte, und meine Mutter, die noch in Samarkand lebte, hatten mir jedenfalls nichts davon erzählt. Und über meinen Vater hatte ich nur irgendwelche Schauergeschichten gehört: Angeblich war er ein halbes Jahr nach meiner Geburt in einem Bewässerungsgraben ertrunken.

Ich hatte keine Lust mehr, allein da oben zu bleiben, und ging nach unten in die Werkstatt.

Lawrucha stand mit verschränkten Armen am Tisch, auf dem jetzt das Bild lag. Wanja bügelte vorsichtig eine Kompresse auf. Als die Prozedur abgeschlossen war, schälte er die gequollene Farbe mit einem Spatel ab und trug eine neue Kompresse auf.

»Und?«, fragte ich Snegir flüsternd.

»Die dritte Schicht ... Wir haben es bald, noch ein wenig Geduld ...«

Die Manipulationen mit Kompressen und Spatel dauerten eine Ewigkeit. Wanjas Finger zitterten ein wenig. Ich starrte wie hypnotisiert auf die rechteckige Fläche des Bildes: Sie war jetzt nicht mehr so undurchdringlich finster und stumpf. Unter dem dünnen Häutchen, das uns noch vom fünfzehnten Jahrhundert trennte, waren undeutliche Konturen zu erkennen. Wanja legte den Spatel zur Seite, nahm einen Wattebausch und tupfte vorsichtig die letzten Spuren der untersten Farbschicht ab.

Fertig.

In der Stunde des Stieres ließen wir die Dämonen ins Freie und ahnten nicht einmal, dass es Dämonen waren ...

Die letzte Schicht war entfernt, und das Bild, aus der Gefangenschaft der Jahrhunderte befreit, stand vor uns, leuchtend und schillernd in jungfräulichen, wie gerade eben aufgetragenen Farben. Niemals in meinem Leben hatte ich etwas Schöneres und gleichzeitig Grimmigeres gesehen.

Vier Gestalten auf Pferden, darunter die dunklen Feuer der Hölle, zermalmte Schatten unter den Hufen. Von der Stille, die in der Werkstatt hing, wollten mir die Trommelfelle zerplatzen.

»Was ist das?«, fragte ich.

»Sieht aus wie die Apokalyptischen Reiter.« Wanja schluckte krampfhaft. »O Gott, er ist wirklich ein großer Maler ...«

Von dem Bild ging eine seltsame Wärme aus – oder lag das an den Lampen, die davor standen? Ich wurde den Gedanken nicht los, dass das Bild atmete und dass die Nüstern der Pferde bebten.

»Verdammte Scheiße, sie werden uns noch zerstampfen ...« Lawrucha griff nach mir.

Sie wollten uns tatsächlich zermalmen, sie hätten es getan, sofort, im nächsten Augenblick, wenn der Käfig des Bildes sie nicht aufgehalten hätte. In den Augen der Reiter, in den Augen der Pferde, in ihren wehenden Mähnen lag so viel göttlicher Zorn, dass ich unwillkürlich einen Schritt zurücktrat.

»Die Pest auf dem weißen Pferd. Der Krieg auf dem roten Pferd. Der Hunger auf dem schwarzen Pferd. Der Tod auf dem Apfelschimmel. Und die Hölle folgt ihnen ...« Wanjas Stimme klang in die eisige Leere. Mir schien, der Apfelschimmel wandte den Kopf, und in seinen Pupillen blitzte es diabolisch.

Das Bild sog uns in sich hinein wie in einen Trichter, ich wusste nicht, wie lange wir so dagestanden hatten. Snegir kam als Erster zur Besinnung.

»Ich gehe Wodka holen«, stammelte er.

»Ich komme mit«, sagte ich sofort.

Als wir schon im Torweg waren, holte uns Wanja ein.

»Ich dachte, ich leiste euch Gesellschaft«, sagte er und sah zu Boden.

Lawrucha blieb stehen, reckte das Kinn in den klaren, schon gluterfüllten Himmel und lachte los.

»Hast Schiss gekriegt, was? Du hast Angst, mit ihnen allein zu bleiben! Gib es zu!«

»Quatsch, ich habe keinen Schiss gekriegt ... Aber trotzdem, irgendwie ist es mir nicht geheuer ...« Wanja kratzte sich den Hinterkopf.

»Moment mal, Kinder.« Ich durchschaute die beiden: sowohl Wanja als auch Snegir. »Also, jetzt lasst uns mal Klartext miteinander reden. Du fühlst dich doch auch nicht wohl in deiner Haut, Snegir. Sonst wärst du nicht losgerannt, Wodka holen. Stimmt's?«

»Also, wenn es um Wodka geht, renne ich immer, das ist schon mal sicher ... Aber davon abgesehen hast du Recht, Kat. Irgendwie komisch, auf einmal habe ich angefangen, über die Seele nachzudenken ... Dabei bin ich nicht einmal getauft, nebenbei bemerkt ... Und ich neige eher zu einer materialistischen Weltanschauung. Mir gefällt das alles nicht.«

»Na gut. Also einigen wir uns darauf: Wir, drei erwachsene Menschen, haben plötzlich Schiss gekriegt und sind weggerannt.«

Irgendwo hinter den Häusern, in weiter Ferne, hörten wir gedämpftes Donnergrollen. Der sensible Wanja zuckte zusammen, der unsensible Snegir kicherte.

»Was glaubt ihr, was kann das sein?«, fragte ich.

»Die Apokalyptischen Reiter kommen zu unserer Hütte galoppiert und schreien – GIB MIR DEIN HERZ!« Lawrucha packte mich an den Schultern, wie in dem lange vergessenen Kinderspiel. Ich schrie erschocken auf.

»Lass doch die Witze, Lawrenti«, sagte Wanja leise. »Die Bilder haben ihr eigenes Leben, und niemand weiß, was sie im Schilde führen.«

Wanja und Snegir betranken sich, in der Werkstatt, unter den sengenden Blicken der Reiter. Nur ich bekam keinen Tropfen runter, ich konnte einfach nicht trinken in unmittelbarer Nachbarschaft von so einem saftigen Batzen Dollar. Mir war klar, dass man die »Apokalyptischen Reiter« nicht lange geheim halten konnte, das Bild war einfach zu wertvoll. Hauptmann Maritsch schlich nicht umsonst um mich herum. Begleitet von Snegirs reckenhaftem Schnarchen und dem feinen Pusten Wanjas begann ich, einen Plan für die nächsten Tage zu skizzieren. Das Ergebnis sah folgendermaßen aus:

1. Nach dem Eigentümer des Bildes forschen.
2. Wenn in nahe liegender Zeit niemand einen Anspruch auf das Bild geltend machen sollte, würde ich den Verkauf vorbereiten.

Was den Verkauf des Bildes betraf, hatte ich ganz konkrete Pläne. Anfang September sollte in der Stadt eine große Auktion stattfinden, und die »Apokalyptischen Reiter« konnten dabei der Aufsehen erregende Posten sein, der schönste Brillant in der Krone.

Dann folgten einige Punkte zu Fragen der erforderlichen Expertisen und zur Ermittlung des Marktpreises. Der letzte Punkt war geradezu unanständig romantisch:

WIR SIND REICH.

Ich schämte mich nicht im Geringsten, denn das bedeutete das Gedeihen der Galerie, den Ankauf teurer Bilder, Eaton oder Cambridge für die Zwillinge und ein Festessen mit Lawrucha und Sheka auf den Champs-Elysées.

Ich würde mir, in Gedenken an Lukas van Ostrea, einen ganzen Eimer Austern bestellen.

Und dann tschüs, du Elendsdasein, tschüs, billige Unterwäsche, Mietschulden und polnische Kosmetik, tschüs, Schawarma aus Hundefleisch, und hallo, Eimer mit Austern!

Aber bis zum Eimer mit Austern war es noch weit: Mein Plan konnte schon beim ersten Punkt platzen.

Und wenn das Bild wirklich dem Erb-Neffen von Arkadi Arkadjewitsch gehörte? Ich zeigte ihm in Gedanken den Mittelfinger und dachte nach. Die Lösung war abenteuerlich und unmoralisch, so einfach wie frevelhaft: Ich hatte doch zwei Bilder, nicht nur eins! Selbst wenn die rote Bestie Goldmans Eigentum war – von den »Apokalyptischen Reitern« hatte kein Mensch jemals gehört. Folglich würde ich notfalls eben nur die Reiter verkaufen. Und mich, die Geliebte, Herrliche, Rothaarige, konnte man mit Ölfarbe übermalen.

Solche Blasphemie ließ mir die Haare zu Berge stehen. Nein, dazu wäre ich nicht im Stande. Weder vom moralischen noch vom ästhetischen Standpunkt her. Früher oder später würde die Jungfrau Maria wieder auftauchen – weil ihr von Gott selbst das ewige Leben verliehen worden war. Dann wäre ein Skandal unvermeidlich, und niemand würde mit mir noch etwas zu tun haben wollen. Niemand, gar nicht zu reden von den ernsthaften Kunden. Es blieb mir nichts anderes übrig, ich musste mich auf die Jagd nach den Besitzern des Bildes machen.

Ich musste den Rubikon überschreiten.

Ich saß schon seit einer Stunde in dem kleinen Bistro gegenüber dem Haus von Goldman. Ich trug ein strenges Kostüm (von Sheka geliehen), und auf meiner Nase thronte eine Brille (von Wanja Bergman geborgt). Diese Staffage sollte mir das erforderliche prüde Aussehen verleihen, das auf große Kunstsammler, die scheu sind wie Waschbären, so bestrickend wirkt.

Strategie und Taktik hatten wir in Lawruchas altem Moskwitsch ausgearbeitet. Er fand meine Idee, eine Exkursion zu dem Goldman-Erben zu unternehmen, keineswegs überragend, aber er akzeptierte sie als unvermeidliches Übel. Während der letzten drei Tage hatten wir bei allen bekannten Sammlern behutsam auf den Busch geklopft – keiner von ihnen hatte eine Liaison mit »amica mea«.

Ein letzter Kraftakt – und der Weg zum Besitz des Bildes war frei. Oder wir gingen mit Pauken und Trompeten unter.

»Na, wie sehe ich aus?«, fragte ich Lawrucha und schob die Brille auf die Nasenspitze.

»Zu frivol. Du gibst nicht gerade die typische Museumsmaus ab. Und schon gar nicht eine Mitarbeiterin der Staatsanwaltschaft.«

»Ich habe auch gar nicht die Absicht, wie eine Mitarbeiterin der Staatsanwaltschaft auszusehen. Ich will nur herausfinden, was sich hinter dem Terminus ›anonyme Werke‹ verbirgt, das ist alles. Ganz harmlos.«

»Na ja, harmlos ... Aber gut, was ist, wenn sich plötzlich herausstellt, dass unsere Reiter doch Goldman gehörten?«

»Dann kaufe ich ihm das Bild einfach ab. Ich heule ihm was vor und sage, dass man uns das Bild zum Schätzen in die Galerie gebracht hat ...«

»Und von welcher Kohle willst du das kaufen, kannst du mir das mal verraten?«

Das war eine der wenigen Fragen, auf die ich eine Antwort parat hatte. »Ich verkaufe meine Wohnung. Eine Zweizimmerwohnung auf der Wassili-Insel, zudem Altbau – so um die fünfundzwanzig bis siebenundzwanzig sollte die schon einbringen.«

»Du bist ja total übergeschnappt, Kat!«

»Was sind schon siebenundzwanzigtausend im Vergleich zu den Millionen, die auf uns warten? Bald können wir uns Häuser auf Mallorca kaufen. Oder auf Zypern, dort mag man die Russen ...«

»Die Russen mag man nur im Grenzgebiet zu China, und zwar deshalb, weil sie dort Daunenjacken kaufen. Und wo willst du wohnen, wenn du deine Wohnung verkauft hast?«

»Bei dir im Atelier. Oder bei Sheka. Ihr werdet mich doch nicht auf der Straße sitzen lassen. Zumal ich das alles für euch tue.«

»Für uns? Für deine Galerie machst du das. Und zu deiner eigenen Selbstbestätigung.«

»Na gut. Aber selbst wenn ... Vergiss nicht, Snegir, du bist Mitbesitzer des Bildes ... Also, frivol sehe ich aus?«

»Mehr als frivol. Deine roten Haare sind einfach obszön. Das habe ich schon immer gesagt.«

»Meine roten Haare sind ein taktisches Manöver, die dienen der Hypnose.« Ich ließ mir nie etwas gefallen. »Also, ich gehe jetzt. Drück mir die Daumen.«

»Warte!« Lawrucha runzelte die Stirn. »Und wenn er weiß, was das Bild wirklich wert ist?«

»Das glaube ich nicht. Erinnerst du dich, ich habe dir doch von dem Gespräch mit Maritsch erzählt. Er hat mir gesagt, der Diebstahl sei kurz nach der Tat aufgeklärt und ein Großteil der gestohlenen Gegenstände seinem Besitzer bereits wieder übergeben worden. Es fehlten nur ein paar unbedeutende Sachen, Kleinigkeiten, das waren seine Worte. Wenn der wahre Wert des Bildes bekannt wäre, würde es wohl niemand als Kleinigkeit bezeichnen.«

»Du solltest als Beraterin beim Präsidenten arbeiten!« Lawrucha klopfte mir beifällig auf die Schulter.

»Lieber beim Mossad.«

»Wann soll ich Sie abholen, Mademoiselle?«

»Keine Ahnung. Ich denke, zwei, drei Stunden sollten genügen, die Geschichte über die Bühne zu bringen.«

»Dann latsche ich solange durch den Park. Mache ein paar Skizzen.«

»Ein wahrer Künstler! Kein Tag ohne Studien.«

Lawrucha setzte mich vor dem Café ab, wo ich sofort ein Glas Saft und einen Gin Tonic bestellte. Und nachdem ich eine Stunde dort gesessen hatte und alle möglichen Vorgehensweisen in Gedanken durchgegangen war, begab ich mich zu der eisernen Tür in dem Zaun, hinter dem der ahnungslose Jossif Semjonowitsch Goldman auf mich wartete. Bevor ich auf den Klingelknopf drückte, brachte ich meine obszöne Haarpracht in Ordnung und zog Shekas asexuelles Kostüm zurecht.

So, die Operation konnte beginnen.

Der kleine Lautsprecher neben der Tür schwieg auch nach viermaligem hartnäckigen Klingeln. Ich war schon drauf und dran, wieder wegzugehen, als endlich eine Stimme sagte: »Ja?«

»Guten Tag, Jossif Semjonowitsch. Ich komme wegen des Einbruchs kürzlich.«

Das klang ganz neutral: Ich wollte meine Trümpfe nicht vor der Zeit auf den Tisch legen.

Das Türschloss schnappte, und ich betrat das Grundstück Goldmans. Wieder einmal war ich verblüfft von Bykadorow: In so eine Festung einzudringen war keine Kleinigkeit. Ein mehr als mannshoher Zaun trennte das Haus von der Straße, und die zweistöckige Villa selbst mit ihren vergitterten Fenstern sah aus wie eine mittelalterliche Burg. Fehlten bloß noch der Graben, eine Zugbrücke und abgeschlagene Räuberköpfe auf Pfählen vor den Toren.

Jossif Semjonowitsch war ein hagerer junger Mann in einem schlabberigen T-Shirt, bulgarischen Jeans Jahrgang 1977 und mit Latschen an den bloßen Füßen. Ein Wiesel, sonst nichts, eine zahme Ratte. Mit dem würde ich im Handumdrehen fertig.

»Ja, bitte?«, wiederholte Jossif Semjonowitsch und kniff kurzsichtig die Augen zusammen.

»Ich heiße Solowjowa, Katerina Mstislawowna«, sagte ich streng. »Ich bin Kunstexpertin.«

Papiere würde er wohl kaum verlangen, dafür war er zu intelligent.

»Bitte, kommen Sie herein.« Goldman junior trat zur Seite und ließ mich ein.

Das Erdgeschoss war voll gestopft mit Antiquitäten. Mahagonimöbel, chinesische Bodenvasen, ein Berg von Porzellan-Nippsachen auf dem Kamin. Und in der Ecke beim Fenster ein echtes Cembalo. Das Cembalo machte einen besonders starken Eindruck auf mich. Goldman führte mich zu einer Ottomane; auf dem Weg dorthin stieß er gegen einen Stuhl.

»Ich suche schon den ganzen Tag meine Brille. Ohne sie sehe ich fast nichts«, entschuldigte er sich. »Ich bin blind wie eine Fledermaus. Das liegt bei uns in der Familie.«

»Vielleicht sollten Sie sich operieren lassen?«

»Ich würde die Operation nicht vertragen, ich habe ein schwaches Herz. Das liegt auch in der Familie. Mein Onkel ist an einem Herzinfarkt gestorben.«

»Tut mir Leid ...«

Mein Mitleid war ihm völlig egal.

»Wann wird man mir meine Wertgegenstände zurückgeben?«, fragte mich Jossif Semjonowitsch.

Ich sah ihn fragend an.

»Sie haben mir doch versprochen, sie möglichst schnell freizugeben.«

»Sehen Sie, die Untersuchung ist noch nicht abgeschlossen. Ihr Rubens und die anderen gestohlenen Gegenstände sind Beweisstücke. Sie haben doch eine Bescheinigung erhalten?«

Meine schwungvolle Tirade im Stil der Rechtsanwaltsserie »Recht und Ordnung« zeigte Wirkung.

»Und was soll ich mit einer Bescheinigung anfangen?« Goldman verzog schmollend den Mund. »In einer Woche gehe ich außer Landes, es gibt für einige Bilder schon konkrete Kaufinteressenten. Sie bringen mich in eine sehr schwierige Lage.«

Du gehst also außer Landes – ausgezeichnet, das ist ja noch besser, als ich zu hoffen gewagt hätte!

»Das fällt nicht in meine Kompetenz. Ich bin lediglich im Rahmen dieser Untersuchung als Gutachterin bestellt.«

»Ich habe Sie noch nie gesehen«, stellte Goldman etwas verspätet fest.

»Ich bin unabhängige Gutachterin.«

Nicht einmal jetzt verlangte er Papiere von mir, dabei besaß ich doch sogar einen Wisch vom Künstlerverband, wenn auch einen ziemlich dürftigen. Den hatte mir Snegir am Vortag noch zurechtgebastelt; eines seiner Modelle arbeitete als Sekretärin im Verband.

»Es geht um Folgendes«, sagte ich mit zuckersüßer Stimme. »Die Angaben über einige der verschwundenen Sachen müssen präzisiert werden.«

»Hat man sie gefunden?«, fragte Jossif Semjonowitsch erschrocken.

»Noch nicht, nein ... Ich brauche nur möglichst detaillierte Beschreibungen. Wir beschatten mehrere verdächtige Kunstgalerien. Es ist durchaus denkbar, dass die Gegenstände aus Ihrer Sammlung auf dem schwarzen Markt auftauchen.«

»Gut.« Goldman war sanft wie ein Lamm. »Möchten Sie einen Tee?«

»Gern.«

Goldman verschwand, und ich setzte mich auf die Ottomane, an einen Tisch mit Einlegearbeiten aus Perlmutt, neben das Cembalo. Auf dem Tisch stand ein winziger chinesischer Götze, so hübsch, dass ich sofort Lust bekam, ihn in meinem Dekolleté verschwinden zu lassen. Jossif Semjonowitsch kam ein paar Minuten später mit einem Ordner und einer Schale mit Keksen zurück.

»Das Wasser kocht gleich. Es gibt ausgezeichneten grünen Tee. Sehr gut für die Leber.«

»Sehr aufmerksam.« Grünen Tee hasste ich wie die Pest.

Jossif Semjonowitsch sah mich an, in seinen kurzsichtigen Augen glomm Zuneigung auf.

»Heutzutage versteht kaum jemand etwas von grünem Tee. Er ist etwas für wirkliche Feinschmecker.«

»Ich bin voll und ganz Ihrer Meinung.« Meine Hand schob

sich wie von selbst auf den Ordner zu. »Wenn Sie gestatten, sehe ich mir jetzt die Unterlagen an.«

Zwei Miniaturen, ein Glasmosaik von van Aelst und die bewussten Bilder von unbekannter Hand. Aber hier waren nicht zwei, sondern drei Werke aufgeführt. Wahrscheinlich hatte sich Maritsch geirrt, als er die gestohlenen Kunstgegenstände aufzählte. Die Miniaturen waren mir schnuppe, sogar das Bild von van Aelst. Mich interessierte etwas ganz anderes. Und ich fand sofort, was mich interessierte. »Rothaarige mit Umhang«, unter diesem Titel war die Jungfrau Maria verzeichnet! Ich empfand plötzlich ein Gefühl brennenden Hasses auf diesen bebrillten Glückspilz. Aber je weiter ich die Papiere durchforschte, desto mehr wunderte ich mich. Sowohl die Miniaturen als auch der bedauernswerte van Aelst – eine »Kreuzabnahme« – und sogar die »Rast auf dem Weg nach Ägypten« eines unbekannten Künstlers des siebzehnten Jahrhunderts aus der Rubens-Schule waren mit echter jüdischer Gründlichkeit katalogisiert. Alle Werke waren bis in die winzigsten Details beschrieben, sogar die Risse und mechanischen Beschädigungen der Oberfläche waren angeführt. Zu jedem verzeichneten Stück waren Fotografien beigefügt. Nur die »Rothaarige mit Umhang« ...

Nicht ein einziges Wort, nur die Ordnungsnummer. Eine einzige Zeile, daneben ein Fragezeichen.

Während ich über diesen erstaunlichen Umstand nachdachte, kam Goldman mit einem Tablett zurück.

»Und?«, fragte er und goss die blassgrüne Brühe aus einer Kanne in kostbare chinesische Porzellantässchen.

»Sie haben eine einzigartige Sammlung«, sagte ich vollkommen aufrichtig.

»Mein Onkel war Sammler. Er war besessen davon.«

»Und Sie?«

»Ach, wissen Sie, ich bin wohl kaum würdig, seine Arbeit fortzusetzen. Ich habe den Barock schon immer zu pompös gefunden. Mich reizt die Gotik.«

Er ist doch ein Schatz, dieser Jossif Semjonowitsch! Und ein unverbesserlicher Asket – nur Asketen fahren auf Gotik ab.

»Wohin reisen Sie?«

»Ich habe es dem Untersuchungsführer schon gesagt ... Ich verlege meinen ständigen Wohnsitz nach Essen. Man hat mir dort eine sehr gute Stelle angeboten.«

Ein Schatz und ein Idiot. Wenn man so einen Sesam als Zuhause hatte, solche salomonischen Schatzkammern, dann brauchte man bis ans Ende seiner Tage nicht mehr zu arbeiten.

»Trinken Sie, bitte. Er ist nach einem alten tibetischen Rezept zubereitet.«

Ohne mit der Wimper zu zucken, nahm ich einen Schluck aus der Tasse.

»Er ist göttlich. Genauso göttlich wie Ihre Sammlung. Ich hoffe, sie wird bald wieder vollständig sein.«

»Das wäre großartig.«

»Mit Ihrer Erlaubnis, Jossif Semjonowitsch ... Wir interessieren uns für ein bestimmtes Bild. Leider gibt es davon keine Beschreibung. Ich meine die ›Rothaarige mit Umhang‹ ...«

Goldman verschluckte sich an seinem Tee und wurde so rot, als hätte ich etwas Unanständiges gesagt. Nein, dieser Vergleich ist nicht ganz korrekt: In seine Augen huschte ein Schimmer von Entsetzen.

»Warum ... Warum fragen Sie danach?«

»Weil es gestohlen wurde.«

»Aber ... ich habe es nicht angegeben ...«

»Was heißt – nicht angegeben?«, wunderte ich mich.

»Es steht nicht in der Liste der gestohlenen Gegenstände.«

Du bist eine dreifache Idiotin, Kat! Aber wer hätte auch ahnen können, dass Goldman so eine seltsame Beziehung zu dem Bild hatte? So seltsam, dass er nicht wollte, dass sein Verschwinden in der Öffentlichkeit bekannt wurde. Jedenfalls gehörte ihm das Bild – und zuvor seinem verstorbenen Onkel. Wer hatte wohl das Fragezeichen neben den Titel des Bildes gesetzt? Und warum gab es keine Beschreibung davon?

»Woher wissen Sie, dass es gestohlen wurde?«, insistierte Jossif Semjonowitsch.

»Die Miliz ermittelt zurzeit gegen einen illegalen Antiquitätenhändler. Es gibt Informationen, dass einige der gestohlenen Gegenstände aus Ihrer Sammlung sich in seinem Besitz befinden könnten.«

»Verstehen Sie mich nicht falsch ... Aber ich habe dieses Bild überhaupt nicht im Zusammenhang mit dem Diebstahl erwähnt.«

Das wurde ja immer schöner!

»Und warum nicht?«

»Es wurde an einem ganz anderen Ort aufbewahrt. Nicht dort, wo sich die übrigen gestohlenen Wertgegenstände befanden. Ich konnte nicht ahnen ...« Goldman biss sich plötzlich auf die Zunge. »Hat man es gefunden?«

»Noch nicht, aber ...«

»Gott sei Dank!« Goldmans blasses Gesicht bekam Flecken.

»Ich verstehe nicht ...«

»Ich hoffe, dass dieses Bild niemals gefunden wird.« Jossif Semjonowitsch rückte nahe an mich heran, und ich spürte deutlich den Magnesiageruch, der von seinen Haaren ausging. Magnesia und Baldrian. Seine Hand, die die Tasse hielt, senkte sich kraftlos, und einige Tropfen Tee fielen auf mein Kostüm.

Goldman bemerkte es nicht.

»Wir versuchen, es Ihnen zurückzubringen. In allernächster Zeit.« Ich schob vorsichtig die Hand mit der Tasse von mir weg.

»Sie haben mich nicht verstanden. Warum interessieren Sie sich dafür? Ausgerechnet für dieses Bild?«

»Ich habe es Ihnen doch schon gesagt. Dieses Bild ...«

»Dieses Bild hat meinen Onkel getötet«, stieß Jossif Semjonowitsch hervor.

Jetzt ging es aber los! Um meine Gedanken zu ordnen und den richtigen Ton zu finden, ließ ich erst einmal den Kopf des

Götzen hin und her schaukeln. Links-rechts, links-rechts, die Augen Schlitze, der Mund ein Schlitz – machst du auch alles richtig, Katja, Katenka, Kat, Katerina Mstislawowna? Und wirst du für deine Lügen nicht in der Hölle schmoren?

»Was sagen Sie da, Jossif Semjonowitsch? Sie sind doch ein rational denkender Mensch ...«

»Na gut, ich werde es Ihnen erklären ... Ich habe dem Untersuchungsführer nichts davon erzählt, weil man mich für verrückt gehalten hätte. Ich dachte, ich wäre für immer von dem Bild befreit.«

»Ich hoffe, wir können es Ihnen zurückbeschaffen.«

»Nein. Gerade das verlangt niemand von Ihnen.« Goldman versuchte, sich zusammenzunehmen. »Ich würde es am liebsten nie mehr wiedersehen, sogar niemals mehr etwas von ihm hören.«

»Sogar wenn sein Marktpreis mehrere tausend Dollar betrüge?«

»Egal wie viel es wert ist. Auf diesem Bild liegt ein Fluch. Es war erst seit einem Monat im Besitz meines Onkels. Und es hat ihn getötet.«

»Soweit mir bekannt ist, starb er an einem Herzinfarkt.«

»Was spielt das für eine Rolle, woran er gestorben ist ... Wir standen uns nie sehr nahe. Onkel Arkadi war ein sehr verschlossener Mensch. Seine Bilder waren seine Familie, er war besessen von ihnen. Aber eine besondere Bindung ... Nein, er band sich an nichts und niemanden, er kaufte und verkaufte, flammte auf und kühlte ab. Er war niemals verheiratet – seine Bilder waren sein Harem. Manchmal hat er sich von ihnen befreit, wie man sich von lästigen Konkubinen befreit. Und kaufte sofort neue. Er verliebte sich äußerst schnell.«

»Eine seltsame Form von Liebe, finden Sie nicht?«

»Er war überhaupt ein eigenartiger Mensch. Letztes Jahr war er zum Weihnachtsfest in ein kleines Dörfchen bei Kingissepp eingeladen, ich glaube, es hieß Ljalizy. Dort wohnt ein alter Studienkollege von ihm, irgendein ehemaliger Publizist, der sich dorthin zurückgezogen hat. Ein Misanthrop, wie er im Buche steht. Er hasst die Menschen, deshalb hat er vor vielen Jahren Petersburg verlassen. Von dort hat Onkel Arkadi das Bild mitgebracht.«

»Aus dem Dorf Ljalizy?«

Wie sollte denn bloß Lukas Auster in dem gottverlassenen Ljalizy gelandet sein?

»Ja. Das ist eine amüsante Geschichte. Onkel Arkadi hat erzählt, dass dieses Bild« – über das Gesicht des jungen Goldman lief eine Grimasse des Abscheus –, »dass ein Freund seines Vaters dieses Bild nach dem Zweiten Weltkrieg mitgebracht hatte. Er war Kommandant einer kleinen deutschen Stadt und hat es da mitgehen lassen, aus einem Schloss, das Göring gehört haben soll oder sonst jemandem aus der deutschen Führungselite. Das war damals üblich, man sammelte Trophäen ... Ein paar Gewehre mit Einlegearbeiten, ein paar Puppen für die Tochter, etwas Geschirr, eine Nähmaschine, einen Gobelin und dieses Bild.«

»Sehr amüsant.« Ich dachte, dass Lawrucha mit seiner Geschichte von der Alten aus Opotschka gar nicht so weit daneben gelegen hatte.

»Jedenfalls, Onkel Arkadi hat das Bild geschenkt bekommen.«

»Ein schönes Geschenk.«

»Ein schreckliches Geschenk. Mein Onkel hat sich nie mehr davon getrennt. Er hat es in seinem Arbeitszimmer aufgestellt.«

»Und hat er keinen Experten hinzugezogen? Hat er sich denn nicht mit der Geschichte des Bildes befasst?« Ich konnte kaum glauben, dass ein Sammler von solchem Niveau nicht einmal versucht haben sollte, etwas über das Bild in Erfahrung zu bringen.

»Doch, ich glaube, er hat jemanden hinzugezogen. Meiner Meinung nach sogar irgendeinen Ausländer ... Ich habe Ihnen doch gesagt, wir standen uns nicht besonders nahe. Aber als das Bild ins Haus kam, hat er einfach den Verstand verloren. Er saß oft stundenlang in seinem Arbeitszimmer davor. Er vernachlässigte alles. Ich sage es Ihnen ehrlich, ich hatte Angst, in die Nähe des Bildes zu kommen. Einmal war ich mehrere Stunden mit ihm allein in seinem Arbeitszimmer. Mein Onkel besaß ein wertvolles Buch, ein Bestiarium aus dem dreizehnten Jahrhundert. Ich arbeite gerade an einem Wörterbuch der Fabeln und Symbole, das ist mein Spezialgebiet ... Also, dieses Buch ließ mein Onkel niemals aus seinem Arbeitszimmer heraus. Aber er hat mir erlaubt, damit zu arbeiten. Am elften Januar, ich erinnere mich genau an das Datum ...«

»Und was ist an diesem elften Januar passiert?« – Mein Geburtstag, wie nett. Wenn alles gut geht, werden Lawrucha, Sheka, die Zwillinge und ich ihn irgendwo außerhalb der Grenzen unserer leidgeprüften Heimat verbringen.

»Ich blieb über Nacht. Wir waren beide in seinem Arbeitszimmer, ich saß am Schreibtisch, er im Sessel, vor dem Bild, es stand auf einer speziellen Staffelei ... Der Abstand zwischen ihm und dem Bild war nicht sehr groß und wurde Tag für Tag geringer. Mein Onkel sagte selbst, dass er ihm immer näher komme, dass er Lust habe, in das Bild hineinzusteigen und diese Frau zu besitzen.«

»Tatsächlich?« Ich schaute Goldman skeptisch an und schlug die Beine übereinander.

»Na ja, nicht ganz.« Er wurde verlegen. »Ich übertreibe ein wenig. Aber es ging in die Richtung, glauben Sie mir.«

Man konnte sich unschwer vorstellen, dass die Schönheit aus dem fünfzehnten Jahrhundert den alten Ziegenbock auf sündige Gedanken brachte.

»Und was ist denn nun am elften Januar passiert?«

»Also, ich habe mit dem Bestiarium gearbeitet, am Schreibtisch meines Onkels. Er befindet sich rechts in der Ecke, in der Nähe der Tür, gegenüber dem Fenster. Das Bild stand ebenfalls gegenüber dem Fenster. Mein Onkel saß in seinem Sessel, zwei Meter von ihm entfernt. Dieser Sessel hat nach einer Legende Pawel dem Ersten gehört ...«

»Schweifen Sie nicht ab, Jossif Semjonowitsch.«

»Ja, richtig ... Also, als es Mitternacht schlug, spürte ich plötzlich ... Verstehen Sie, ich sah es nicht, ich *spürte* ... dass sich in dem Arbeitszimmer etwas veränderte. Und diese Veränderung ging von dem Bild aus.«

»Welcher Art war diese Veränderung?« Jetzt war ich es, die sich zu Goldman beugte und aus irgendeinem Grund die Stimme senkte.

»Ich kann es schwer erklären ... Mir kam es auf einmal so vor, als wäre sie lebendig.«

»Wer?«

»Das Mädchen auf dem Bild!« Goldman flüsterte nur noch. »Ich hörte sie sogar lachen. Es war, als lachte sie direkt in meinem Kopf. Und dieses Lachen war ... wie soll ich es ausdrücken ... nicht sehr anständig.«

»Wie das Lachen einer Hure?«

»Aber nein!« Goldman schrak zusammen. »Das wollte ich damit keinesfalls sagen. Das wäre eine viel zu einfache Erklärung. Sie wusste alles über mich – das war es. Es ist mir peinlich, davon zu sprechen, aber ...«

»Aber Sie verspürten Begierde.« Völlig klar, nicht nur der Mossad rief nach mir, sondern darüber hinaus mindestens noch ein psychoanalytischer Lehrstuhl an einer Prestige-Universität.

»Genau!«, rief Goldman erleichtert. »Aber es war die niedrigste, gemeinste Begierde, die ich je verspürt hatte.«

Ich warf einen ironischen Blick auf Goldmans schmächtige Gestalt, seine schmalen femininen Schultern und das Flachland in der Gegend der Leiste.

»Für einen Moment empfand ich sogar Hass auf meinen Onkel, denn er war ja der Besitzer des Bildes. Niederträchtigen, gemeinen Hass. Ich betrachtete ihn als Rivalen, verstehen Sie, was ich meine?«

»Es fällt mir schwer.«

»Ich wollte ihn plötzlich töten. Vor meinen Augen schwammen Nebelschleier. Und dann bekam ich keine Luft mehr. Ich glaubte zu ersticken. Ich versuchte sogar, meinen Onkel zu Hilfe zu rufen, aber ich bekam einfach den Mund nicht auf. Und die ganze Zeit über klang ihr Lachen in meinem Kopf. Bedrohlich, Unheil verkündend und wunderschön. Irgendwie schaffte ich es, aus meinem Sessel zu kriechen. Auf allen vieren erreichte ich die Tür und bin so schnell wie möglich raus aus dem Arbeitszimmer. Wenn ich nur fünf Minuten länger dort drinnen geblieben wäre ... Ich glaube, ich wäre einfach gestorben.«

»Wirklich eine erstaunliche Geschichte«, murmelte ich. »Ich hoffe, es ging Ihnen dann besser.«

»Nicht gleich. Ich habe sofort mehrere Tabletten Nitroglycerin genommen. Danach ging es dann.«

»Und Ihr Onkel?«

»Er nahm meinen Anfall überhaupt nicht zur Kenntnis. Er hatte nur Augen für das Bild. Für das Mädchen auf dem Bild. Am nächsten Morgen verließ ich das Haus. Das Schlimmste war, dass ich die ganze Zeit zurückwollte. Sie noch einmal ansehen. Ich konnte mich kaum beherrschen. Zwei Wochen später, als sich meine Gefühle etwas beruhigt hatten, kehrte ich wieder nach Pawlowsk zurück.«

»Das Bestiarium, ich verstehe. Sie wollten unbedingt Ihre Arbeit zu Ende bringen.«

»Das habe ich mir auch gesagt. Ich muss meine Arbeit zu Ende bringen. Aber der wahre Grund war ein anderer. Als ich ins Haus kam ... Ich habe die Schlüssel, wissen Sie ... Also, als ich ins Haus kam, traf ich niemanden an. Zuerst dachte ich, mein Onkel sei nach Petersburg gefahren. Zu dieser Zeit hielt sich ein alter Bekannter, ein Antiquitätenhändler aus Oslo, in Petersburg auf. Aber es kam anders. Das Arbeitszimmer meines Onkels war verschlossen – von innen verschlossen. Ich ging um das Haus herum – sein Arbeitszimmer liegt im Erdgeschoss, die

Fenster sind vergittert ... Die Vorhänge waren zugezogen, das Oberlicht verriegelt. Ich spürte sofort, dass etwas nicht stimmt. Ich rief einen Schlosser, und wir brachen die Tür auf ...«

»Und Sie hörten wieder das Lachen?«

»Spotten Sie nicht, Jekaterina Mstislawowna ... Wir brachen die Tür auf und fanden Onkel Arkadi. Er saß immer noch vor dem Bild. In demselben Sessel, aber er war jetzt noch näher herangerückt.«

»Und?«

»Er war tot. Sein Gesicht war entstellt von einer furchtbaren Grimasse, es war ganz blau. O Gott, ich werde dieses Gesicht niemals vergessen. Eine Mischung aus Grauen und Genuss ... Seine rechte Hand war in die Sessellehne gekrallt, und die linke ... die linke zeigte auf das Bild.«

»Was hat die Autopsie ergeben?«, fragte ich mit der strengen Stimme eines Pathologen.

»Er starb an einem Herzinfarkt. Das war der offizielle Befund. Aber ich ... ich wusste, dass das Bild ihn getötet hat.«

Bykadorow war an einem Infarkt gestorben, Arkadi Arkadjewitsch auch – sieh an. Die Jungfrau Maria trieb ihr Wesen auf dem undankbaren Feld des Serienmordes.

»Sie halten mich wohl für verrückt?«, fragte Jossif Semjonowitsch und fuhr sich mit der Zunge über die trockenen Lippen.

»Aber nein ... Und was geschah weiter?«

»Ich versteckte das Bild. Ich schwor mir, es niemals wieder anzusehen, ich wollte es überhaupt nie mehr wiedersehen. Ich versteckte es auf dem Dachboden, zwischen altem Gerümpel. Vielleicht war das ja ein Frevel an der Kunst, aber das hier war kein Kunstwerk ...«

Oh, wie Sie sich irren, Jossif Semjonowitsch! Es ist ein Kunstwerk, und was für eins!

»Das war kein Kunstwerk«, wiederholte Goldman stur. »Ein Kunstwerk kann nicht töten, es ist zu einem anderen Zweck geschaffen.«

Auch hierin irrst du dich. Seit Jahrhunderten vernichten die Menschen einander, um in den Besitz kostbarer Dinge zu gelangen. Gibt es zu diesem Thema etwa keine Kommentare in deinem Bestiarium?

»Und dann dieser unheimliche Diebstahl ... Wissen Sie, ich sage das, auch wenn es ketzerisch klingt, ich war froh, als das Bild verschwunden war. Ich hielt das für Vorsehung. Wird man es finden?« Er legte flehend die Hände an die Brust.

»Ich weiß es nicht.« – Da war sie, meine Sternstunde! – »Und Sie wollen es nicht wieder in Ihrer Sammlung haben?«

»Nein! Früher oder später würde ich zu ihm zurückkehren. Und würde genauso schrecklich sterben wie mein Onkel ... Sie sind doch Expertin? Sie haben mit Bildern zu tun ...«

»Mit gestohlenen Bildern«, korrigierte ich vorsichtig. »Und wenn wir es finden, dann werden wir es Ihnen auf jeden Fall zurückgeben. Das ist Gesetz.«

Goldmans Körper, ohnehin schon sehr zart gebaut, fiel in sich zusammen, als drängten sich alle seine Organe, vom Herz bis zur Milz, zu einem kleinen Häuflein zusammen und zitterten vor Angst.

»Das ist so Gesetz«, wiederholte er. »Aber ich kann doch auf das Bild verzichten ...«

»Und wenn es sehr wertvoll ist?«

»Mir ist egal, wie viel es wert ist. Ich besitze sowieso tausendmal mehr, als ich jemals brauchen werde. Die Erbschaft war ein märchenhaftes Geschenk ... In einer Woche bin ich außer Landes, ich fahre in die Stadt, die mir immer gefallen hat, wo ich mich endlich in aller Ruhe meiner Forschungsarbeit widmen kann. Die Gotik, verstehen Sie, die Gotik, das ist alles, was mich interessiert. Und Essen, das ist Gotik. Ich will in Frieden steinalt werden und für mein Lebensziel arbeiten. Ich will von diesem Bild nichts mehr hören ...«

»Sie könnten es verschenken, wenn es sich irgendwann anfindet«, ließ ich jetzt schlau einfließen.

»Ich kann nicht ... Von diesem Bild geht eine Gefahr aus ... Ich möchte nicht, dass jemand anderes ...«

»Dieses Problem lässt sich ja lösen.« Von so einem Glück hätte ich nicht zu träumen gewagt. Ein panischer Intellektueller, der zu viele mittelalterliche Theosophen gelesen hatte, eine Archivratte, Besitzer allegorischer Mini-Tierchen, der Lukas Auster um jeden Preis loswerden wollte. »Wenn das Bild gefunden wird ...«

Die feinen Haare auf Goldmans Scheitel zitterten.

»... wenn das Bild gefunden wird, könnte ich mich darum kümmern. Unter der Bedingung, dass Sie mir die Rechte daran abtreten.«

»Sie sind eine mutige Frau.« Goldman kniff wieder kurzsichtig die Augen zusammen. »In einer Woche werde ich nicht mehr in diesem Land sein, Essen wartet auf mich. Und ich sehne mich nach Essen, wie nach dem gelobten Land ...«

»Ausgezeichnet.« Ich unterbrach seinen schwülstigen Sermon. »Dann sind Sie also einverstanden, Jossif Semjonowitsch?«

»Ich weiß es wirklich nicht ...«

»Sie haben ein Problem weniger, und ich nehme alle Konsequenzen auf mich«, versuchte ich den ängstlichen Wissenschaftler zu überreden.

»Meinen Sie?«

»Was gibt es da zu meinen? Wir setzen jetzt eine entsprechende Vereinbarung auf und lassen sie dann beim Notar beglaubigen. Sie fahren als freier und reicher Mann nach Essen.«

»Na gut«, sagte er endlich.

Es kostete mich Mühe, nicht aufzuspringen und ihn mit meinen Umarmungen zu erwürgen: Der Weg ist frei, von heute an nur noch grünes Licht, ein paar lausige Monate noch, und wir sind bis ans Ende unserer Tage versorgt!

»Was muss ich tun?«

»Sie müssen nur unterschreiben. Und dann gehen wir zum Notar. Haben Sie ein paar Stunden Zeit?«

»Natürlich. Ich muss nur meine Brille suchen und mich umziehen.«

»Wunderbar. Und ich formuliere inzwischen die Vereinbarung. Haben Sie Papier und einen Stift?«

Goldman gab mir einen Hundert-Dollar-Montblanc und mehrere Bogen teuren Papiers. Wenige Minuten später war das Schriftstück fertig. Demgemäß war ich die Vertraute J. S. Goldmans (eine unerlaubte Frechheit von mir), und alle Rechte und Pflichten bezüglich des Verkaufs des Bildes »Rothaarige mit Umhang« eines unbekannten Malers gingen auf mich über. Als ich den letzten Punkt aufs Papier gesetzt hatte, drehte ich die Kappe auf den Füller, gab dem Kopf des chinesischen Götzen einen übermütigen Stups und ließ meinen Blick neugierig durch den Raum schweifen. Ich war gerade beim Kaminsims angekommen, als Jossif Semjonowitsch, in einen Dreiteiler gewandet, wieder erschien. Er sah ausgesprochen feierlich aus: Diese Art Dreiteiler trägt man normalerweise zu Hochzeiten und Beerdigungen. In den Händen hielt er eine dunkle Hornbrille, die er mit einem Taschentuch putzte.

»Gott sei Dank, ich habe sie gefunden! Stellen Sie sich vor, sie lag unter dem Garderobentisch im Flur, ich wäre beinahe draufgetreten.«

»Es ist alles bereit, Jossif Semjonowitsch. Ich habe meine Personalien schon eingetragen. Sie haben sich nicht einmal meinen Ausweis angesehen, weder den Ausweis noch meine Lizenz, noch die Papiere vom Malerverband. Sie sind zu leichtgläubig.«

»Ich gebe zu, ich mag keine Papiere. Die Menschen müssen einander vertrauen. Sie sind doch nicht hergekommen, um mich übers Ohr zu hauen, oder?«

»Stimmt.« Ich wurde nicht einmal rot.

»Na also, ausgezeichnet.« Er setzte sich neben mich, rückte sich die Brille zurecht und griff nach dem Schriftstück. Der Arme, er musste tatsächlich halb blind sein, die Brillengläser waren enorm dick. »Entschuldigen Sie, dass ich Sie warten ließ«, sagte er höflich, während sein Blick schon über die Zeilen glitt.

»Aber das macht doch nichts!« Ich wäre bereit gewesen, tagelang hier zu sitzen, um mir die Jungfrau auf relativ legale Art unter den Nagel zu reißen.

»Wo muss ich unterschreiben?«

»Hier. Sie haben Ihren Pass und das Testament?«

Goldman setzte einen putzigen Schnörkel unter den Text und sah mich an und ... starrte wie gebannt in mein Gesicht.

Zuerst begriff ich nicht, was passiert war. Goldmans Augen hinter den dicken Brillengläsern weiteten sich schreckerfüllt und fielen beinahe aus den Höhlen. Seine schlecht rasierten Wangen färbten sich bläulich, und ich dachte, er fiele im nächsten Augenblick tot um.

»Was ist mit Ihnen, Jossif Semjonowitsch?« Ich neigte mich unwillkürlich zu ihm.

Goldman wich heftig vor mir zurück.

»Ich wusste es ... Ich wusste es, dass du wiederkommst, um zu töten, dass du uns nicht in Ruhe lässt ...«

»Was ist mit Ihnen?« Ich versuchte wieder, mich ihm zu nähern, aber er rutschte von der Ottomane herunter, fiel auf die Knie und streckte die dünnen blassen Hände in die Höhe.

»Ich wusste, dass du zurückkommst, du rote Bestie ... Ich habe es gespürt ...«

Rote Bestie ... Eine plötzliche Ahnung befiel mich, und ich musste an mich halten, um nicht loszuprusten: Meine Ähnlichkeit mit der Jungfrau Maria, ich hatte sie völlig vergessen. Die »Rothaarige mit Umhang« war mein genaues Spiegelbild, Goldman hatte einfach mein Gesicht bisher nicht richtig gesehen, weil er seine Brille nicht aufgehabt hatte. Jetzt war er zutiefst erschrocken. Ein verrückter Bücherwurm, ein Borkenkäfer, der sich kreuz und quer durch die Gotik Essens fressen wollte. Das alles wirkte komisch und erschreckend zugleich. Er hatte tatsächlich Angst vor mir, Todesangst, er glaubte an die schwarze Magie des Bildes. Na gut, umso besser. Flexibel war ich schon immer gewesen. Nicht ohne Grund nannte mich Sheka eine Abenteuerin.

Also jetzt oder nie. Die Apokalyptischen Reiter würden mit mir zufrieden sein.

Ich scheuchte die Reste von Gewissen in den für sie vorgesehenen Käfig (sie leisteten keinen großen Widerstand) und beschloss, die Rolle der roten Bestie anzunehmen.

»Sie brauchen keine Angst vor mir zu haben«, sagte ich mit neutraler Stimme und lachte.

Ein nach meinem Verständnis unanständiges Lachen. Anscheinend unterschied es sich nicht allzu sehr von dem Lachen des Mädchens auf dem Bild, denn Goldman erstarrte.

»Was willst du?«, stammelte er. »Was willst du von mir?«

»Vergessen Sie das Bild. Streichen Sie es für immer aus Ihrem Gedächtnis. Fahren Sie in Ihr Essen, und niemand wird Sie je belästigen. Niemand.«

»O Gott!«

»Rufen Sie nicht nach Gott. Versprechen Sie mir, dass Sie das Bild vergessen, sonst ... Sie wollen doch nicht das Schicksal Ihres Onkels teilen ...«

Goldman kauerte wie ein Häuflein Elend auf dem Fußboden. Für einen Moment tat er mir Leid, aber letzten Endes war er selbst schuld an dieser Posse; er selbst hatte mir dieses Spiel aufgedrängt.

»Versprechen Sie es?«

»Ja, ja, ja ...«

Ich beugte mich über ihn – der Geruch nach Magnesia und Baldrian verstärkte sich. Es war ja so einfach, ihm Angst zu machen!

Ich küsste Goldman auf die schweißbedeckte pergamentene Stirn – mit der ganzen Leidenschaft und Schamlosigkeit, deren ich fähig war. Jossif Semjonowitsch atmete kaum noch, einen schrecklichen Augenblick lang glaubte ich, er hätte seinen letzten Schnaufer getan.

Nein, er lebte doch, wenn er auch fast ohnmächtig war. Ich musste mich aus dem Staub machen, ehe er es sich anders überlegte.

Ich sammelte alle Papiere vom Tisch, ging zur Tür und zog sie hinter mir zu.

Jetzt brauchte ich einen Cognac, um auf die Beine zu kommen, und ich ging wieder in das Bistro gegenüber. Der Weinbrand half, aber nur für kurze Zeit. Es blieb ein Nachgeschmack zurück, der sich nicht wegspülen ließ. Ich schloss die Augen und wartete, dass mein Verstand das alles verarbeitete und, vor allem, es akzeptierte. Ich brauchte nicht lange zu warten. Zuerst fand ich die Situation grässlich, aber dann, nach einem weiteren Cognac, fing die Sache an, mir Spaß zu machen. Ich hatte das Zuspiel einfach angenommen und einen fast hoffnungslosen Ball aus der Ecke gefischt. Dafür gebührte mir ein Orden!

Letzten Endes war ja nichts Schreckliches geschehen: Der junge Goldman hatte in mir nur das gesehen, was er sehen wollte, ich hatte es ihm bloß nicht ausgeredet. Die Hauptsache jedenfalls war erreicht: Das Bild gehörte uns.

Ich war absolut sicher, dass Goldman niemandem erzählen würde, was hier vorgefallen war. Er würde nach Essen fahren und versuchen, alles zu vergessen. Und niemals zurückkehren. Ich glaubte nicht an die mystische Fähigkeit des Bildes, zu töten. Ich selbst hatte mich so lange in seiner Nähe aufgehalten – und es war nichts passiert.

Oder wirkte das Bild nur auf Männer?

Aber Lawrucha war heil und gesund, und Wanja Bergman, der seine asiatische Grippe nie loswurde, auch ...

»Störe ich?«, hörte ich eine honigsüße, allzu bekannte Stimme über mir.

»Wie könnten Sie mich stören? Setzen Sie sich zu mir, Hauptmann.«

Und der verflixte Hauptmann ließ sich auf dem Stuhl neben mir nieder. Kaum sah ich seinen idiotischen Bürstenschnitt und sein nicht weniger idiotisches Tweedjackett vor mir, verspürte ich unbändige Lust, mich auf der Stelle sinnlos zu betrinken.

»Darf ich Sie zu etwas einladen?«, fragte er.

»Kaffee. Sie wollten doch mit mir Kaffee trinken ...«

Während Maritsch Kaffee holte, hatte ich Zeit, meine Gedanken zu ordnen. Es hatte keinen Sinn, zu leugnen, dass ich wegen Goldman hier war, folglich musste ich die Wahrheit sagen. Ich hatte versucht, mit ihm über einige Bilder zu sprechen, aber er hatte mich nicht angehört, das würde meine Variante sein.

Der Hauptmann setzte sich an den Tisch und rührte in seiner Tasse.

»Ich habe Ihnen doch gesagt, wir sehen uns nochmal wieder«, begann er freundlich.

»Daran habe ich keinen Augenblick gezweifelt.«

»Mögen Sie Pawlowsk auch?«

»Ich bin ganz verrückt nach Pawlowsk. Ich komme schrecklich gern hierher. Hier gibt es einen wundervollen Park.«

»Und wundervolle Sammler«, bemerkte der Hauptmann anzüglich. »Was machen Sie hier, Jekaterina Mstislawowna?«

»Ich habe einen wundervollen Sammler besucht.«

»Mit Erfolg?«

»Nicht so ganz.«

»Nanu?« Maritsch sah mich mit gespieltem Mitleid an.

»Sie haben mich neugierig gemacht. Und da wollte ich mir die Sammlung selbst einmal ansehen. Ich bin schließlich Besitzerin einer Kunstgalerie. Ich habe gehört, dass Goldman das Land verlassen will und einige Stücke aus seiner Sammlung verkauft.«

»Und da wollten Sie diese Stücke kaufen?« Er glaubte mir kein Wort, das war nicht zu übersehen.

»Ich habe wohl kaum das Geld dazu. Nein, nur sportliches Interesse, weiter nichts. Gibt es Neuigkeiten über die gestohlenen Gegenstände?«

»Sie wissen genau, dass es nichts Neues gibt«, sagte Maritsch betont. Er hatte mich immer noch in Verdacht.

»Ich weiß es nicht. Aber ich hoffe, Ihr Heldenmut und Ihre Selbstlosigkeit werden früher oder später Früchte tragen und die gestohlenen Gegenstände werden zu den Eigentümern zurückkehren.«

Maritsch schwieg und konzentrierte sich auf seinen Kaffee.

»Wie gefällt Ihnen der Erbe?«, fragte er nach einer Weile.

»Sehr unterhaltsamer Typ.« Ich versuchte, halbwegs bei der Wahrheit zu bleiben. »Ein typischer Bücherwurm ... irgendwie nicht von dieser Welt. Leider fühlte er sich unpässlich, also musste ich meinen Besuch kurz halten. Hatten Sie auch vor, ihn aufzusuchen?«

»Das hatte ich vor, aber wenn Sie sagen, er fühle sich nicht wohl ... Ich fürchte, ich muss meinen Besuch verschieben. Haben Sie nicht Lust, eine kleine Ruderpartie zu machen, Jekaterina Mstislawowna? Im Park kann man sich Boote ausleihen.«

»Und deshalb sind Sie extra aus Petersburg hierher gezockelt? Um mit mir Boot zu fahren?«

»Warum denn nicht? Ich würde Sie gerne näher kennen lernen.«

Natürlich willst du mich näher kennen lernen, um bei der nächsten Gelegenheit die Handschnellen zuschnappen zu lassen.

»Ich fürchte, ich muss Sie enttäuschen. Ich habe Angst vor Wasser.«

»Schade. Weswegen sind Sie zu Goldman gegangen?« Er änderte seinen Ton so abrupt, dass ich erschrak.

»Ich habe es Ihnen schon gesagt ...«

»Und das soll ich Ihnen glauben?«

»Nehmen Sie es als eine kleine Denksportübung!«, parierte ich vorwitzig.

»Na gut. Letzten Endes ist es nicht so schwer, das herauszufinden.«

Der Hauptmann stand auf und ging zum Haus Goldmans.

Ich blieb ruhig sitzen: ganz heilige Einfalt, wie aus dem Bilderbuch. Sogar wenn Goldman ihn einließ und irgendwas von einem Bild faselte, das angeblich lebendig geworden war, würde Maritsch ihm schlicht und einfach nicht glauben. Aber Goldman hatte mir ja selbst gesagt, dass er befürchtete, für verrückt gehalten zu werden ... Und dann – er hatte das Bild gar nicht als gestohlen gemeldet.

Fünf Minuten später war Maritsch wieder zurück.

»Und?«, fragte ich mitleidig.

»Sie hatten anscheinend Recht. Er hat mich nicht empfangen. Schützte Unwohlsein vor.« Maritsch hätte mich gern beim Schlafittchen gekriegt, aber es gelang ihm nicht, und das brachte ihn sichtlich aus der Fassung.

»Sehen Sie. Man soll den Menschen glauben, sogar rothaarigen.«

Weiter kam ich nicht: Am Ende der Straße erschien Snegirs vorsintflutlicher Moskwitsch. Nie hatte ich mich mehr über sein Erscheinen gefreut. Der Moskwitsch stieß ein forderndes Hupen aus, und ich erhob mich.

»Auf Wiedersehen, Hauptmann. Heute können wir Sie leider nicht mitnehmen.«

Erst als ich die Autotür hinter mir zugeklappt hatte, fühlte ich mich in Sicherheit. Das ewige Kind Alsu, die wie immer aus Snegirs Autoradio trällerte, kam mir heute vor wie Montserrat Caballé und Maria Callas in einer Person. Endlich konnte ich mich entspannen!

»Schon wieder dieses Arschloch«, knurrte Snegir und ließ den Motor an. »Wieso hängt der dir eigentlich ständig auf der Pelle wie eine Klette?«

»Er hat zu arbeiten, Lawrenti. Wir übrigens auch. Und zwar viel.«

In Snegirs Gesicht tobte ein Kampf der Gefühle.

»Sag mir zuerst: ja oder nein?«

»Ja!«, schrie ich so laut, dass die Scheiben klirrten, und fiel Snegir um den Hals. »Ja! Das Bild gehört uns, Lawrucha!«

Snegir rückte keusch von mir ab.

»Ich würde mich an deiner Stelle nicht so freuen. Ist es sein Bild?«

»Ich habe dir doch gesagt – das Bild gehört uns!«

Und dann schilderte ich ihm in allen Einzelheiten meinen Besuch bei Goldman. Lawrucha seufzte nur und schüttelte ungläubig den Kopf. Er hielt das Ganze für einen blühenden Operettenunsinn.

»Ist er vielleicht schizophren?«, fragte er hoffnungsvoll.

»Schizophren, zwangsneurotisch, manisch depressiv, das ist doch völlig egal, er hat mir jedenfalls geschworen, mit niemandem jemals über das Bild zu sprechen. Außerdem ist er in einer Woche nicht mehr im Land.«

»Heute schwört er, und morgen ...«

Ich ließ Snegir nicht ausreden.

»Hast du nicht kapiert, Snegir? Er hat Angst vor dem Bild. Er hat es nicht einmal auf die Fahndungsliste setzen lassen. Er hat eine Todesangst.«

»Wie kann man vor einem Bild Angst haben?« Das war nicht ganz ehrlich von Snegir: Auch wir hatten in einem bestimmten Moment Angst gehabt.

»Aber uns war es doch auch nicht ganz geheuer, erinnere dich, als du die letzte Schicht abgenommen hattest ...«

»Das war etwas ganz anderes, Kat. Das war nicht Angst, das war das heilige Beben vor dem Großen. Von dem wahrhaft Großen geht immer eine Gefahr aus, einfach deshalb, weil wir nicht begreifen können, *wie* es geschaffen wurde. Aber ein Bild des Mordes zu beschuldigen – das ist eine Sache für den Psychiater.«

»Aber sein geschätzter Onkel ist immerhin tatsächlich gestorben.«

»An einem Infarkt.«

»Bykadorow ist auch an einem Infarkt gestorben ... Und beide hatten mit dem Bild zu tun.«

»Wir haben auch etwas mit dem Bild zu tun, und wir sind

heil und gesund und prall und rund, wie du siehst.« Snegir sprach genau das aus, was ich hören wollte. Ich beruhigte mich langsam.

»Also hielt er dich für ein lebendig gewordenes Gemälde?« Lawrucha lenkte das Gespräch auf ein anders Thema.

»Stell dir das vor!« Ich musste lachen.

»Ein Irrer. Und du, was hast du gemacht?«

»Ich hab ihn in dem Glauben gelassen. Und ihm ein bisschen Angst eingejagt, sonst nichts. Schließlich muss doch unsere Ähnlichkeit zu irgendetwas gut sein.«

»Glaubst du, er hält den Mund?«

»Mit Sicherheit. Der Bulle hat schon versucht, an ihn ranzukommen, aber er hat einfach nicht aufgemacht und Unwohlsein vorgeschoben. Er wird bis zu seiner Abfahrt krank sein, oder ich verstehe nichts von Menschen. Also können wir uns jetzt getrost um den Verkauf kümmern ...«

»Zunächst mal müssen wir herausfinden, ob es nicht vielleicht früher schon einmal gestohlen wurde.«

»Snegir, du bist ein Trauerkloß! Der Artikel in den »Meldungen ...«, den Wanja uns gezeigt hat, war doch ganz aktuell. Er ist erst im Mai erschienen. Und dort ist die Rede von lediglich drei bekannten Werken Ostreas! Von dreien! Im Mai war Goldman schon tot, und sein Neffe ...«

Ich stockte. Im Mai war Goldman schon seit drei Monaten tot, und sein Neffe hatte das Bild aus der Sammlung entfernt und auf dem Dachboden versteckt, wenn man ihm glauben durfte. Der Diebstahl war im Juni passiert, damals wurden mehrere Zimmer der Villa ausgeräumt: die, in denen sich die ganze Sammlung befunden hatte. Aber wie konnte es sein, dass ein Bild gestohlen wurde, das sich auf dem Dachboden befand, versteckt unter Gerümpel, also an einem Ort, wo es normalerweise niemand vermuten würde? Nur in einem Fall – *wenn man ganz gezielt genau nach diesem Bild gesucht hatte.* Warum hatte ich Goldman nicht danach gefragt? Jetzt würde ich es jedenfalls nicht mehr erfahren.

Bykadorow hatte es gefunden, obwohl es auf dem Dachboden war ...

Dieser Gedanke war mir sehr unbehaglich. Aber ich ging damit um wie mit allen unbequemen Gedanken. Ich verscheuchte ihn aus meinem Kopf.

Goldman reiste ab.

Er machte sich auf und davon nach Essen. Exakt eine Woche nach unserem Gespräch. Lawrucha, der ihn aus diskretem Abstand auf dem Flughafen Pulkowo beobachtete, bestätigte es. Jetzt hatten wir freie Hand. Wir konnten uns endlich voll und ganz dem Bild widmen.

Als Erstes mussten wir uns ein glaubwürdiges Märchen ausdenken, wie es ins »Walhalla« gekommen war. Die Geschichte von der Alten aus Opotschka war ein bisschen zu dünn, und schließlich kamen wir darauf, zwei Geschichten miteinander zu kombinieren: die von der Oma (in der Neufassung war sie eine verstorbene Großmutter Snegirs) und die vom Zweiten Weltkrieg. Ein ganzer Monat verging mit dem Studium aller möglichen Quellen, Lawrucha schlich sich sogar in die Kommission für die Rückgabe gestohlener Kriegskunst ein, und ich kehrte mithilfe von Dinka Koslowa im Archiv der Eremitage das Unterste zuoberst.

Wir verschickten unzählige Faxe an alle großen Galerien in der ganzen Welt. Das schwedische Geld für den »Wintermorgen« reichte nicht lange, Lawrucha musste seinen Moskwitsch verkaufen, ich meine kürzlich erst angeschaffte Waschmaschine »Ariston« und meine Stereoanlage.

»Ohne Räder bin ich wie ohne Hände«, brummelte Lawrucha.

»Wozu brauchst du Hände, du malst doch schon seit einem Jahr nichts mehr, du Pseudomaler!«, stutzte ich ihn zurecht.

»Und wie soll ich die Frauen umarmen, Kat? Und ihnen unter die Röcke greifen?«

»Warte mal ab. Wir verkaufen die »Reiter« und schaffen dir einen Mercedes Sechshundert an.«

»Ich brauche keinen Banditenschlitten. Ich möchte etwas Bescheidenes, einen dreitürigen Jeep, zum Beispiel ...«

»Du kriegst einen Jeep und ein Meerschweinchen und eine Trillerpfeife noch dazu ...«

Mit jedem Tag wurden das Meerschweinchen und die Trillerpfeife greifbarer: Das Bild war nirgendwo bekannt, niemand suchte danach, es gehörte keinem von den bekannten oder den weniger bekannten Museen und keiner Privatsammlung.

Es gehörte nur uns allein. Bevor der begnadete Dieb Bykadorow an die Tür zum Jenseits klopfte, hatte er uns ein königliches Geschenk gemacht ...

Nur ein einziges Mal fanden wir Zeit, zu Sheka und den Zwillingen nach Selenogorsk hinauszufahren. Die Geschichte von Lukas van Ostrea, die wir mit wechselnden Rollen erzählten, machte auf Sheka überraschenderweise einen befremdlichen Eindruck. Sie fing an zu weinen und sagte, wir schaufelten uns unser eigenes Grab. Das Bild werde uns eine Menge Unannehmlichkeiten bereiten, und es sei besser, es dem Staat zu übergeben, solange es noch nicht zu spät sei.

Warum habe ich damals nicht auf Shekas Worte gehört?

Zwei Wochen später erschien in einer kleinen Petersburger Kunstzeitschrift ein Artikel über die »Apokalyptischen Reiter«. Der Szenezeitschrift folgten die soliden akademischen Blätter, und bald gehörte es zum guten Ton auf den Intellektuellenpartys, über die »Reiter« zu reden.

Der vorgebliche Besitzer Lawrenti Snegir wurde sogar einige Male interviewt. Lawrucha heizte die Gerüchteküche nach Kräften an. Er gab kein einziges Foto der »Reiter« heraus. Niemand hatte das Bild gesehen, aber es war bereits berühmt.

Es wurden drei unabhängige Gutachten erstellt, von Spezialisten der Eremitage, des Puschkin-Museums und des New Yorker Metropolitan-Museums. Die Urheberschaft Lukas van Ostreas konnte niemand widerlegen. Bevor die Gutachten erstellt waren, gab es einen kleinen Zwischenfall: Der gewitzte

Agent eines großen amerikanischen Sammlers bot, ohne das Bild je gesehen zu haben, für die »Reiter« achthunderttausend Dollar. Aber Snegir, der am Abend zuvor ein bisschen zu viel Cognac genossen hatte, blieb stur.

»Ich möchte, dass meine ›Reiter‹ in Russland bleiben«, verkündete er.

Das war auch die Überschrift, unter der das letzte Interview mit Lawrucha veröffentlicht wurde.

In diesem Interview gab Lawrucha endlich bekannt, dass die Galerie »Walhalla«, mit der er zusammenarbeite, die »Apokalyptischen Reiter« zur Versteigerung bringen werde. Ich erfuhr zufällig davon, als ich am Kiosk in der Nähe meiner Wohnung die Zeitschrift »Die Kunst Sankt Petersburgs« kaufte. Die Zeitschrift wie ein Bajonett gefaltet, stürmte ich in Lawruchas Atelier. Er lag auf seinem durchgedrückten Sofa und schlürfte französischen Cognac.

»Achthunderttausend!« Ich warf Lawrucha die Zeitschrift ins Gesicht und hätte ihm am liebsten eine Kopfnuss verpasst. »Das ist doch ein irrsinniges Geld. Du hättest wenigstens mit dem Typen verhandeln können.«

»Mach dir nicht ins Hemd, Alte«, sagte Snegir gelassen. »Was sind schon achthunderttausend? Vielleicht ist es zwanzig Millionen wert ... Vielleicht sogar fünfzig.«

»Niemand gibt dir zwanzig Millionen für das Bild, niemand, hörst du? Sogar van Gogh auf der letzten Auktion bei Sotheby's ...«

»Das wird sich bei der Auktion ja herausstellen. Van Goghs gibt es haufenweise, aber von unserem kleinen Mystiker aus Holland sind nur vier Werke erhalten. Wir legen das Mindestgebot auf neunhunderttausend fest, und dann schauen wir mal.«

»Du setzt die Latte zu hoch, Snegir. Man sieht sofort, dass du keine Ahnung vom Markt hast.«

»Aber du hast anscheinend den großen Durchblick!«

»Man muss nicht den großen Durchblick haben, um zu wissen, wie das läuft. Bilder sind auch nur eine Ware wie jede andere. Es kommt auf den Namen an und auf die richtige Werbung. Van Gogh, das ist ein solider Name. Dasselbe kann man von Rubens, da Vinci und Michelangelo sagen. Niemand weiß, wie viel sie genau produziert haben. Immer mal wieder taucht etwas Neues von ihnen auf.«

»Und Bosch?« Lawrucha kniff die Augen zusammen.

»Bosch ist modern. Der gehört zum guten Ton. Jeder kennt ihn. Das ist quasi Pop, wenn man das so sagen kann.«

»Hey, jetzt trägst du aber ein bisschen dick auf, Kat... Bosch und Pop?«

»Im guten Sinn. Bosch ist Allgemeingut. Aber wer ist schon Lukas van Ostrea? Ein niederländisches Monster, halb Legende, halb Märchen, bekannt nur innerhalb eines ganz engen Kreises von Fachleuten ...«

»Aber du hast doch selbst gesagt, dass wir richtig dick absahnen können!« Lawrucha sackte enttäuscht in sich zusammen.

»Das sage ich immer noch. Auster ist sicher wahnsinnig interessant für die Museen und für die Forscher. Aber die haben einfach nicht das Budget. Und die Sammler haben ihre eigenen Prioritäten. Die interessieren sich nur für die Namen, die bewährt sind und sicheren Gewinn versprechen. Das ist wie bei altem Wein, Snegir ...«

»So, so, alter Wein.« Snegir kniff wieder die Augen zusammen. »Na gut, ich wollte es ja noch geheim halten, aber jetzt muss ich wohl damit rausrücken ... Heute hat nämlich so ein holländischer Sack hier bei mir auf der Matte gestanden und hat mir hundert Dollar geboten, nur um Lukas Auster zu sehen. Und du sagst, ich lege die Latte zu hoch ...«

»Und was hast du gemacht?« Ich war etwas irritiert von Snegirs Zynismus.

»Ich habe ihm gestattet, ein Auge darauf zu werfen.«

»Verdammt! Wir haben doch abgesprochen, die ›Reiter‹ bis zur Auktion niemandem zu zeigen.«

»Zweihundert Dollar schaden uns nicht.«

»Du hast doch gerade gesagt hundert.«

»Ich habe den Preis ein wenig raufgesetzt. Die ›Reiter‹ sind es wohl wert, noch dazu mit dir als Zugabe. Er bestaunt es immer noch.«

»Wer?«

»Na, dieser Holländersack.«

»Du hast ihn mit dem Bild allein gelassen?« Ich schnappte vor Empörung nach Luft.

»Was heißt allein? Wanja ist da, er passt auf.«

»Los, komm, wir fahren!«

»Wohin?«

»Zu dem Bild! Was ist, wenn er vorhat, es zu klauen?«

»Der sah nicht so aus«, sagte Snegir, aber er stand trotzdem auf und zog sich die Hose hoch. »Außerdem war das kein Straßenräuber, sondern ein ausgesprochen ehrwürdiger Mann. Lambert-Harry Jakobs aus Holland, der Direktor des Museums Lukas van Ostrea. Er ist extra nach Russland gekommen, ich konnte ihn nicht einfach in die Wüste schicken.«

Lambert-Harry Jakobs, natürlich, das war doch der Autor des Artikels in dem »Bulletin der Britischen Akademie«, der größte Fachmann für das Werk von Lukas Auster, Zerberus seines einzigen Bildes in Holland. Ich erinnerte mich an die runde Brille und die ausgezehrte Vegetarierphysiognomie Lambert-Harrys, und in meinem ein wenig verrohten Bewusstsein vermischte es sich mit Jossif Semjonowitsch Goldman. Warum waren diese Forscher einander bloß alle so ähnlich?

Eine halbe Stunde später waren wir schon in Bergmans Restaurationswerkstatt. Wanja empfing uns an der Tür und legte den Finger auf die Lippen.

»Was ist?«, wunderte sich Snegir.

»Gehen wir in die Küche ... Damit wir ihn nicht stören.« Wanja schob uns in eine Art fensterloses Klärbecken, das man nur mit einer guten Portion Fantasie als Küche bezeichnen konnte. In einer Ecke stand auf einem grob gezimmerten Gestell eine elektrische Herdplatte, der Fußboden lag voller leerer Tüten von chinesischen Instant-Nudelsuppen.

»Er sitzt schon seit drei Stunden da drin und starrt das Bild an«, berichtete Wanja. »Ich mache mir schon Sorgen, ob er nicht vielleicht tot ist.«

»Sehen wir nach«, schlug ich vor.

»Lieber nicht ...«, setzte Wanja an, aber ich war nicht mehr zu bremsen. Ich wusste nur zu gut, wie das Bild auf einige besonders sensible Menschen wirkte.

Lambert-Harry saß auf einem Stuhl vor den »Reitern«, die Hände auf die Knie gelegt.

Er sah seinem Foto in dem »Bulletin der Britischen Akademie« nicht im Geringsten ähnlich. Das heißt, die Gesichtszüge waren schon dieselben, aber der lebende Lambert-Harry wurde von einem inneren Feuer verzehrt. Er selbst schien nur wie ein überflüssiges Anhängsel zu seinen Augen. Die Augen – das war das Wichtigste an Lambert-Harry. Noch nie in meinem Leben hatte ich so fanatisch brennende Augen gesehen.

Um ihn irgendwie auf uns aufmerksam zu machen, nahm ich W. W. Filatows »Restauration von Ölmalereien«, das neben mir auf dem Zeitungstisch lag, in die Hand und ließ es auf den Fußboden fallen.

Keine Reaktion. Lambert-Harry hatte nicht mit der Wimper gezuckt.

Ich trat neben ihn und schnipste mehrmals mit den Fingern dicht an seinem Ohr. Derselbe Effekt. Da begriff ich: Die Augen, die fanatisch brennenden Augen, nur auf diese musste man Einfluss nehmen. Ich bewegte meine Hand vor seinem Gesicht hin und her. Das zeitigte Wirkung. Lambert-Harry Jakobs zuckte zusammen und starrte mich an.

»Good day«, sagte ich.

»Divine painting«, sagte er, fast ohne die Lippen zu bewegen.

Dieses Englisch war für mich eindeutig zu hoch, für das

weitere Gespräch musste ich also Bergman hinzuziehen. Der konnte ganz gut Englisch und war in der Lage, »beech« von »beach« zu unterscheiden. Während die beiden plauderten, sah ich mir Lambert-Harry ganz genau an. Ein steriles Gesicht ohne die Spur eines Lasters darin, als hätte er es aus seinem angebeteten fünfzehnten Jahrhundert ausgeborgt. Die Haare zu dunkel für einen Holländer, die Haut zu hell. Und die Augen ...

In dich kann man sich allein der Augen wegen verlieben, großer Junge Harryboy, schade nur, dass sie außer Lukas Auster nichts sehen. So werde ich dich nennen – Harryboy.

Harryboy musste irgendetwas gesagt haben, das Wanja aufregte; jedenfalls nahm er uns zur Seite und flüsterte hektisch.

»Der Typ ist sich nicht hundertprozentig sicher, aber er sagt, dass es sich höchstwahrscheinlich um den linken Flügel eines Triptychons handelt. Der Mittelteil befindet sich in seinem Museum in der Toten Stadt Ostrea ...«

»Tote Stadt, Tote Stadt ... Ich höre immer Tote Stadt! Was ist das?«, fragte ich.

»Die Tote Stadt, das ist der Ort, an dem Lukas Auster zum letzten Male lebend gesehen wurde. Sie ist im Jahre 1499 bei einer furchtbaren Überschwemmung im Meer versunken. Er hat dort ungefähr ein Jahr lang gearbeitet, und allem Anschein nach ist er bei der Flut zusammen mit den anderen Einwohnern umgekommen. Auf jeden Fall gibt es nach 1499 keine Informationen mehr über Auster. Und das Bild, das in der Toten Stadt aufbewahrt wird, ist eines seiner letzten Werke. Wenn nicht das letzte überhaupt.«

»Wie schön.« Das war alles, was ich herausbrachte. »Was hat er noch erzählt?«

»Vor allem hat er gejammert. Ihm ist klar, dass man für die »Reiter« einen irrsinnigen Haufen Geld hinblättern muss, aber die Wahrheit in der Kunst ist eben immer teuer. Wenn ihr heutiger Besitzer« – Wanja nickte zu Snegir – »bereit wäre, eine Geste des guten Willens zu zeigen ... Wenn ...«

»Was denn, er will, dass wir ihm das Bild schenken? Sollen wir es vielleicht noch signieren?« Snegir schnaubte ironisch und warf einen vernichtenden Blick auf den Holländer.

»Nicht ganz ... Er ist bereit, eine gewisse Summe hinzulegen. Aber die wäre natürlich erheblich niedriger als der Marktpreis. Eigenes Geld besitzt er nicht, aber es gibt eine Stiftung van Ostrea.«

»Wie viel?«, fragte Snegir im Ton eines Kleinkrämers aus Nishninowgorod. »Wie viel kann er konkret anbieten?«

Wanja ging zu dem Holländer und flüsterte ihm geziert etwas ins Ohr. Das Gesicht von Harryboy verzog sich gequält; offensichtlich war die Summe, die ihm zur Verfügung stand, eher lächerlich.

»Dreihunderttausend Dollar. Die Stiftung kann sie innerhalb von einem halben Jahr zusammenbekommen. Dann hofft er auch noch auf freiwillige Spenden.«

»Vergiss es.« Snegir reckte sich demonstrativ. »Sag ihm, das ist nicht seriös. Zumindest nicht solide.«

»Sag's ihm doch selbst«, schnappte Wanja plötzlich bissig. Offensichtlich war er auf Harryboys Seite.

»Eine Million, und zwar sofort. Zuzüglich eines angemessenen Betrags zur Kompensation des geschädigten Nationalstolzes.« Snegir hatte jeden Realitätssinn verloren, er war unnachgiebig. »Das ist das Bildchen wert.«

Der Holländer, den Kopf zwischen die Schultern gezogen, erwartete unser Urteil. Er war so rührend, dass ich beschloss, ihm die Pille ein wenig zu versüßen:

»Sag ihm, dass wir ihn zur Auktion erwarten. Vielleicht hat er ja Glück.« Armer Harryboy, du hast natürlich keine Chance.

Das wusste Harryboy selbst. Als Wanja ihm die Forderung des Besitzers übersetzte, öffnete und schloss er krampfhaft den Mund. Und starrte wieder auf das Bild. Das war das Einzige, was ihn interessierte. Ohne die »Reiter« aus den Augen zu lassen, bat er, das Bild fotografieren zu dürfen.

»Das geht in Ordnung. Sag ihm, dass das eigentlich gegen unser Prinzip ist, aber für einen so großen Fachmann und hohen Gast aus Holland ...«

Der große Fachmann rannte in das kleine Kabuff neben Wanjas Werkstatt und schleppte eine riesige Tasche mit Apparaten herbei. Eine volle halbe Stunde lang war er damit beschäftigt, winzige Fotolampen zu installieren, die Aufnahmen selbst nahmen mehr als eine Stunde in Anspruch. Harryboy konnte sich überhaupt nicht von dem Bild trennen, das sah ein Blinder. Er fotografierte es zunächst im Ganzen aus den verschiedensten Perspektiven, dann nahm er sich einzelne Details vor. Es war, als ob er das Bild entkleidete und wieder bekleidete. Offenbar wollte er es zum Paradestück seines kleinen Lukas-van-Ostrea-Tempels machen.

»Dieser Holländer gefällt mir nicht«, sagte Snegir, der vor lauter Langeweile einen Becher Tee nach dem anderen trank und dazu chinesische Nudeln schlürfte. »Schleicht um das Bild herum wie die Katze um den Brei. Dass er's bloß nicht mitgehen lässt ...«

Ich redete Lawrucha sofort ins Gewissen. Ich hatte Verständnis für den armen Harryboy: Er war besessen von Lukas van Ostrea, anders war seine krankhafte Neigung zu dem Bild nicht zu erklären. Seltsam, dass er immer noch lebte.

Ich beschloss, mein Englisch zu mobilisieren und ihn nach den Merkwürdigkeiten zu fragen, die man mit den Bildern von Lukas in Zusammenhang brachte.

»Sagen Sie, Harry – darf ich Sie Harry nennen? –, stimmt es, dass die Bilder von Auster sich an den Menschen rächen, die sie besitzen? Dass sie die Menschen in sich verliebt machen und sie in den Tod treiben?«

»Oh, das ist nur eine Legende, liebe Katrin, nur eine Legende ... Aber tatsächlich verlieben sich die Menschen auf die geheimnisvollste Art und Weise in seine Werke – verlieben sich in etwas, das es auf der Leinwand überhaupt nicht gibt ... Das ist wahr. In dieser Hinsicht ist Lukas van Ostrea der erotischste Maler in der Geschichte. In seinen Bildern, in den wenigen, die uns erhalten sind, hat das Böse Gestalt gefunden. Und das Böse ist immer erotisch.«

Das Böse ist immer erotisch.

Das trifft den Nagel auf den Kopf, Harryboy. Der begnadete Dieb, der Abschaum, die Missgeburt Bykadorow war sehr erotisch.

Nach drei Stunden gelang es uns endlich, Harryboy aus der Werkstatt herauszukriegen. Er sträubte sich mit Händen und Füßen, klammerte sich an Gegenstände und Vorwände, widmete sogar Bergmans Restaurations-Tätigkeit einige Aufmerksamkeit, bloß weil er sich von dem Bild nicht trennen wollte. Ich zweifelte keine Sekunde daran, dass er bis zur Auktion in Petersburg bleiben würde.

Die Auktion war auf den elften August angesetzt.

Dieses Datum werde ich nie vergessen. Bisher hatte uns das Bild keinerlei Unannehmlichkeiten bereitet: Der Tod Arkadi Arkadjewitschs und der Tod Bykadorows, auch der Anfall geistiger Verwirrung bei dem jungen Goldman und die Sticheleien Hauptmann Maritschs zählten nicht. Wir hatten mehr als einen Monat mit den »Reitern« verbracht und während dieser Zeit keine Unregelmäßigkeiten bemerkt, weder physische noch psychische.

Einige Tage vor der Auktion, als die »Reiter« wohlbehalten in der Tresorkammer einer Bank untergebracht worden waren, begann die heiße Phase des Rennens. Snegir, als Eigentümer des Bildes, wurde von einem Heer von Interessenten, die Vorverhandlungen über den Kauf des Bildes führen wollten, bestürmt. Die Unterhändler ließen die Telefonleitung heiß laufen und belagerten die Türen der Galerie. Die Unmenge von Komplimenten, die ich in dieser Zeit zu hören bekam, hätten wahrscheinlich Marilyn Monroe, Jacqueline Kennedy und Prinzessin Diana zusammengenommen nicht verdient. Snegir machte den Vorschlag, alle Komplimente aufzuschreiben und einmal wöchentlich dem raffiniertesten von ihnen einen Preis auszusetzen. Aber wir blieben unbeugsam: Wir sehen uns auf der Auktion, meine verehrten Damen und Herren. Ich verbrachte einige Tage mit Harryboy. Als Gesprächspartner taugte er nicht besonders viel, egal worüber wir uns unterhielten, das Gespräch kehrte immer wieder zu Lukas Auster zurück. Die Schönheit Petersburgs berührte ihn überhaupt nicht. Nur ein unauffälliges schäbiges Haus mit einem kleinen Türmchen an der fünfzehnten Linie Ecke Sredni-Prospekt brachte Leben in seinen Körper. Es erinnerte ihn an ein Haus in der Toten Stadt Ostrea, das genauso einen Turm hatte, nur die Zahl der Stockwerke stimmte nicht überein. In diesem Haus, in der ersten Etage über einem Fischladen, sollte der Legende nach Lukas van Ostrea seine Atelierräume gehabt haben. Harryboy raste eine halbe Stunde lang aufgeregt um das Haus herum, bis ich ihm genüsslich und süffisant erzählte, dass sich vor der Revolution in diesem eleganten Turm ein »öffentliches Haus«, also ein Bordell befunden hatte.

Harryboy wurde furchtbar rot: Mit Frauen hatte er offensichtlich nichts am Hut – nicht einmal mit öffentlichen.

Davon abgesehen war Harryboy ein ziemlicher Geizknochen, wie sich herausstellte. Das Höchste, was ich aus ihm herausmelken konnte, war ein Besuch bei McDonald's, wo er mir bei einer Coca-Cola in seiner charakteristischen schwermütig-pathetischen Manier einen seiner unvermeidlichen Vorträge hielt, dessen Fazit darauf hinauslief, dass die Bilder in die Länder gehören, in denen sie gemalt wurden. Nur so lasse sich die Ökologie dieser Länder erhalten. Während ich vergeblich auf die von Harryboy versprochenen Cheeseburger wartete, schlug ich ihm vor, sich mit seiner revolutionären Idee an die lokale Niederlassung von »Greenpeace« zu wenden.

Aber drei Tage vor der Auktion erschien ein Mensch, der mich Harryboy, die »Reiter« und alles andere vergessen ließ.

Dieser Mensch hieß Alexej Titow.

Er fuhr in einem superschicken Oberklasse-Mercedes vor, von zwei Jeeps eskortiert. Als ein ganzer Pulk robuster Bengel meine Galerie enterte, fiel mir für einen Moment das Herz in die Hose. Aber statt der Worte: »Das ist ein Raubüberfall! Alle hinlegen!«, sagte ihr Anführer, ein klein gewachsener, vertrockneter Asiat, ganz banal »Guten Tag«. Dann erschien Alexej Titow selbst, ein netter junger Mann mit dem Gesicht eines Finanzbetrügers. Tatsächlich kam mir dieses Gesicht düster bekannt vor.

»Guten Tag«, sprach er seinem Bodyguard nach. »Wo ist es?«

»Was?«, fragte ich irritiert.

»Das Bild, das Sie verkaufen. Es soll ja eine saftige Stange Geld kosten.«

»So saftig, dass Ihnen keine Tetanusspritze helfen wird.« Ich konnte solche Geschäftemacher nicht ausstehen – meine eigene Tante war diesen Typen zum Opfer gefallen.

Der nette junge Mann sah mich anerkennend an.

»Sie sind ein amüsantes Ding, wie ich sehe«, schmunzelte er zufrieden. »Darf ich mich vorstellen. Ich heiße Alexej Titow. Sagt Ihnen dieser Name etwas?«

»Der Kosmonaut, oder wie?«

»Der Kosmonaut hieß Herman«, erklärte Titow geduldig. »Und ich heiße Alexej Alexejewitsch. Ich will das Bild kaufen.«

»Die Auktion findet übermorgen statt.«

»Auktionen sind überflüssig. Ich nehme es unbesehen.«

»Sind Sie Sammler?« Das war eine rhetorische Frage: Sogar die Knöpfe an seinem Jackett wiesen ihn als Neuen Russen aus, der im Jahre 1991 mit dem Handel von Zitronen reich geworden war.

»Kann sein.«

Alles klar, du sammelst höchstens schmutziges Geld und Mordaufträge zur Beseitigung deiner Konkurrenz.

»Ich fürchte, unser Bild ist eine Nummer zu groß für Ihr Portemonnaie«, frotzelte ich, ohne zu ahnen, dass ich ihn damit persönlich beleidigte.

»Wie viel?«

»Eine Million zweihunderttausend Dollar«, sagte ich wie aus der Pistole geschossen. Lawrucha wäre stolz auf mich gewesen.

»Scheck oder bar?«, erkundigte sich der verdammte Neurusse.

»Eine Million zweihunderttausend, das ist das Mindestgebot. Es kann noch erheblich mehr werden.«

»Machen Sie mir ein Angebot.«

»Einen Kaffee vielleicht«, entfuhr es mir. »Nescafé.«

»Dann her damit!« Er schaute mich interessiert an.

Dieses Interesse galt mir selbst – meinen roten Haaren, Shekas asexuellem Kostüm, an das ich mich fast schon gewöhnt hatte, und den Schuhen mit den Pfennigabsätzen, in denen ich mir ständig Blasen lief.

»Wie heißen Sie?«, bequemte er sich endlich, nachzufragen.

»Jekaterina Mstislawowna.«

»Also Katja – sparen wir uns die Förmlichkeiten. Alles andere passt mir ganz gut. Was machen Sie heute Abend?«

»Aus dem Geschäft wird nichts. Das Bild wird vor der Auktion nicht verkauft.« Die Erfahrungen der letzten Tage sagten mir: Bleib standhaft, auch wenn deine vermeintlichen Verehrer, die ganz nebenbei auch noch hinter dem Bild her sind, dir eine nette Urlaubswoche auf Martinique anbieten.

»Lassen wir mal das Bild beiseite.« Titows Stimme klang etwas ungeduldig. »Was machen Sie heute Abend?«

»Wollen Sie mich ins Kasino ausführen? Oder in eine Striptease-Bar?«

»Heute gibt es in der ›Kapella‹ georgische Choräle. Hätten Sie nicht Lust, mir Gesellschaft zu leisten?«

Ich biss mir auf die Zunge: Die verunglückte Bemerkung

über die Striptease-Bar ließ mich billig aussehen, nicht ihn. Ohne auf die Einladung einzugehen, begab ich mich in mein Büro, schloss die Tür ab und trat vor den Spiegel.

So etwas hatte ich seit Bykadorows Zeit nicht mehr getan.

Ich kehrte mit einem Tablett in der Hand zurück und setzte mich dem jungen Mann gegenüber, ohne meinen Rock über die Knie zu ziehen.

So etwas hatte ich seit Bykadorows Zeit nicht mehr getan.

»Also, wie sieht es aus?«, fragte Alexej Alexejewitsch wieder und schlürfte geräuschvoll den löslichen Kaffee aus seiner Tasse. »Oder sind georgische Choräle nicht Ihr Geschmack?«

»Ich weiß nicht«, gestand ich offen.

»Das Ensemble ›Rustawi‹ und ein gemischter Chor der Patriarchenkirche. Ihr Kaffee ist übrigens fürchterlich. Eine richtige Brühe.«

Sein gleichgültiger, abfälliger Ton verletzte mich. Ich war für ihn eine kleine Subalterne in einem billigen Kostüm, und er war der große Chef mit der dazugehörigen Kampftruppe von Leibwächtern. Ihm war es völlig schnuppe, wo er den Frauen, die er aufgabelte, unter den Rock fasste: in einem Nachtclub oder in der Patriarchenkirche.

»Sie sind, wie ich sehe, aus guter Familie. Ihre Vorfahren besaßen vermutlich schon zu Zeiten der Sintflut eine eigene Jacht.«

»Kann schon sein. Was man von Ihnen nicht gerade sagen kann.«

Natürlich, ich war nicht nur eine subalterne, sondern obendrein noch aufmüpfige Inhaberin einer zweitklassigen, mit Keramikziegenböcken voll gestopften Galerie. Nur dank des Zusammenspiels einer Reihe von unglaublichen Zufällen war diese aufmüpfige Galeristin an einem riesigen Dollar-Segen beteiligt. Und sie tat, was normalerweise Pupik tat, wenn ihm etwas nicht passte. Pupij Salusti Mauzian pflegte in teures Schuhwerk zu kacken. Diese Möglichkeit stand mir leider nicht zu Gebote, deshalb schüttete ich kurzerhand meinen mittlerweile lauwarmen Kaffee zielsicher in die geschniegelte Fresse von Alexej Alexejewitsch Titow.

Die robusten Bengels seiner Leibwache fassten nach ihren Jackenschößen, aber Titow unterband ihren Diensteifer mit einer gebieterischen Geste. Er zog würdevoll ein Taschentuch hervor, wischte sich damit sein Gesicht und das rettungslos verdorbene Hemd ab und stand ohne ein Wort auf.

»Der Kaffee ist tatsächlich scheußlich. Eine richtige Brühe«, rief ich ihm hinterher und zog endlich meinen Rock über die Knie.

Du kannst mich mal kreuzweise!

In der Tür blieb Alexej Alexejewitsch stehen, drehte sich zu mir um und lächelte mich entwaffnend an.

»Ich erwarte Sie um fünf vor sieben vor der Kapella.«

Den Rest des Arbeitstages verbrachte ich in der Bibliothek »L. N. Tolstoj« in der Sechzehnten Linie. Ich studierte die Jahresbände von »Komersant«, »Delowoj Peterburg« und, für alle Fälle, auch einige Kriminaljournale sowie die Zeitschrift »Gesetzlos«; ich war bestens präpariert. Ich wusste jetzt sicher erheblich mehr über Alexej Alexejewitsch Titow als jedes seiner abrufbaren Mädchen, von seinen festen Geliebten gar nicht zu reden.

Er besaß die größte Brennstoff-Gesellschaft in der Region, dazu ein weit verzweigtes Netz von Tankstellen und ein nicht weniger weit verzweigtes Netz von Supermärkten. Von solchen Kinkerlitzchen wie einem Restaurant und zwei Kasinos gar nicht zu reden.

Also ein echter Tausendsassa. Was er wohl zahlte für die Nacht? Ich hatte keinesfalls die Absicht, in irgendeine Kapella oder sonst wohin zu gehen, aber auf für mich völlig unerklärliche Weise stand ich exakt um fünf vor sieben, Gewehr bei Fuß, vor der Tür der Kapella. Ich brauchte nicht zu warten: Alexej Alexejewitsch Titow war ein sehr pünktlicher Mann.

Derselbe Asiat aus seiner Leibwächtertruppe trat auf mich zu und forderte mich mit einem höflichen Neigen des Kopfes auf, ihm zu folgen.

»Was für einen Gürtel haben Sie?«, fragte ich.

Der Asiat, hochnäsig wie ein Lord der Admiralität, sah mich verständnislos an.

»Karate oder Aikido? Oder etwa Sumo-Ringen?«

Der Asiat enthielt sich jeder Antwort und führte mich in den überfüllten Saal.

Alexej Alexejewitsch erwartete mich schon. Er hatte sich unters Volk gemischt, das heißt, er saß in der fünften Reihe. Die Leibwächter waren in diskretem Abstand in allen vier Himmelsrichtungen um ihn herum verteilt, mit dem Ausdruck professioneller Langeweile auf den Gesichtern. Ich ließ mich in den Sitz links von Titow plumpsen. Zu seiner Rechten hockte irgendeine alte Schreckschraube.

»Guten Abend, Katja!«, grüßte Titow freundlich und entblößte eine Doppelreihe perfekter Porzellanzähne.

»Guten Abend.« Etwas Originelleres fiel mir nicht ein.

»Darf ich bekannt machen, das ist meine Mutter, Agnessa Lwowna.«

Die Schreckschraube drehte sich zu mir um und reichte mir eine vertrocknete Pfote, an der haufenweise Brillanten steckten. Jetzt wusste ich, warum mir Titows Gesicht vage bekannt vorgekommen war: Er sah seiner Mutter ähnlich.

Und ihr Gesicht konnte man nicht vergessen, weil es im Fernsehen und allen sonstigen hoch achtbaren Massenmedien permanent zu bewundern war.

Agnessa Lwowna Stouroye, eine bekannte Bürgerrechtlerin, Aktivistin der Helsinki-Gruppe und aktives Mitglied der Gesellschaft »Memorial«. Eine absurdere Allianz als diese zwischen Mutter und Sohn, Wohltäterin und Kapitalist, konnte man sich kaum vorstellen. Ich verkniff mir ein Grinsen und drückte die ausgestreckte Pfote. Agnessa zischelte mir irgendetwas zu in der Art von »sehr angenehm« und entblößte das gleiche Porzellan wie der Sohn. Es war ihr absolut nicht angenehm. Sie wünschte mich dahin, wo der Pfeffer wächst – wieder so eine Nutte, die ihr libidoaktiver Ljoschik mitgeschleppt hatte –, aber es musste wohl sein.

»Lieben Sie geistliche Musik?« Agnessa machte auf Konversation.

»Ich höre lieber Trash, Hip-Hop und Techno«, antwortete ich. »Darf ich einen Moment in Ihr Programm schauen, Alexej Alexejewitsch?«

Ich vertiefte mich in das Programmheft (Dirigent: Eteri Kochodse, das Gebet liest Johnny Dshandshalaschwili) und betrachtete verstohlen die bekannte Bürgerrechtlerin, ihr mit teurer Kosmetik zugekleistertes Gesicht. Dieses Gesicht, gezeichnet von den Klassenkämpfen mit den Agenten des KGB und nächtlichen Zechereien mit den Agenten des CIA, war ein Kunstwerk für sich. Lukas van Ostrea wäre mit so einem Modell sehr zufrieden gewesen. Sie hätte auf seinen Bildern den würdigen Platz der Alten eingenommen, die sich die Maske einer jungen Frau übergestülpt hat.

Die Personifikation der Lüge, hätte der junge Goldman gesagt, der Fachmann für Fabeln und Symbole.

Während des ganzen ersten Satzes konnte ich mich kaum auf die georgischen Choräle konzentrieren: Mich irritierten die Wellen versteckten Hasses, die von Agnessa ausgingen, und die stumpfen Hinterköpfe der Leibwächter, die mich von allen Seiten umgaben. Deshalb begrüßte ich das letzte Stück vor der Pause mit Enthusiasmus. Was sich wohl Alexej Alexejewitsch in der Pause für mich ausdenken würde?

Wir schlenderten zur Cafeteria. Titows Leibwächter hatten dort schon ein Eckchen für uns abgeriegelt. Er bestellte Champagner und Gebäck. Ich fiel unverzüglich darüber her.

»Na?«, fragte Alexej Alexejewitsch, der mir ergriffen zusah.

»Stellen Sie alle Ihre Nutten Ihrer Mutter vor?«, fragte ich und leckte mir die Sahne von den Fingern.

»Sie halten sich für eine Nutte?«

»Sie halten mich dafür.«

»Wie kommen Sie darauf?« Es hatte ihm direkt die Sprache verschlagen.

»Ist doch klar, wozu bin ich sonst gleich hier angetanzt. Wenn irgendein hergelaufener Dachdecker mich nach zehn Minuten zum gemeinsamen Kulturabend eingeladen hätte, hätte ich ihn umgehend in die Wüste geschickt.«

»Und mich?«

»Sie habe ich nicht in die Wüste geschickt, wie Sie sehen. Davon abgesehen finde ich Sie sehr erotisch.«

»Wirklich?«

»Das große Geld ist eben immer erotisch«, setzte ich meine Offenbarungen fort.

Während er darüber nachdachte, was er mir darauf antworten sollte, gesellte sich Agnes Lwowna zu uns.

»So, ich habe CDs gekauft«, sagte sie und hatte mit einem Blick das ganze Szenario taxiert: Ein reicher Einfaltspinsel und eine durchtriebene Verführerin. »Hat Ihnen der ›Hymnus auf den Apostel Paulus‹ gefallen, meine Liebe?«

»Ich verstehe leider nichts von geistlicher Musik. Das Konzert ist bestimmt sehr gut. Wenn auch ein bisschen eintönig.«

Ich leerte mein Glas in einem Zug und zwinkerte Agnessa zu.

»Haben Sie eigentlich manchmal Sehnsucht nach der Sowjet-Macht, Agnessa Lwowna?«

Agnessa presste ihre kampferprobten, von zahllosen Spionenküssen aufgeriebenen Lippen aufeinander.

»Ich warte im Saal auf dich«, sagte sie und entfleuchte, von zwei Leibwächtern begleitet.

Ich hatte mein Existenzrecht verwirkt.

»Du warst nicht besonders höflich zu meiner Mutter«, bemerkte Titow.

»Ich kann Bürgerrechtler nicht leiden«, antwortete ich unverblümt. »Genauso wenig wie den amerikanischen Imperialismus, die NATO und die Bombardierung Serbiens. Und außerdem kann ich es nicht leiden, wenn man mich ›meine Liebe‹ nennt.«

Ich hatte mein persönliches Programm dargelegt und sah Titow ins Gesicht. Wenn er das auch noch schluckte ...

Er schluckte es.

»Noch etwas Champagner?«, fragte er und ignorierte das dritte Pausenzeichen.

»Warum nicht?«

»Weißt du was? Lass uns zusammen essen gehen.«

»Zu den Zigeunern?«

»So etwas Ähnliches.«

»Und was ist mit den Chorälen?«

»Du hast Recht.« In Titows Augen stand deutlich sichtbar der Wunsch, die flegelhafte Rothaarige zu besitzen, hier und jetzt. »Es ist ein wenig eintönig.«

Und außerdem sitzt da drinnen deine Flagellanten-Mama, in deren Gegenwart du dich natürlich nicht in das Studium meines Körpers vertiefen kannst.

Titow rief die Leibwächter zu sich, wie man reinrassige Hunde ruft, mit einem trockenen Fingerschnipsen. Er flüsterte seinem Asiaten etwas ins Ohr, der nickte kurz und verschwand von der Bildfläche.

»Also, fahren wir?«

»Da ich schon mal hier bin, kann ich das Essen auch noch mitnehmen. Lassen wir ein bisschen die Sau raus.« Den zynischen Kommentar »Bitte Vorkasse!« verkniff ich mir.

Arme Agnessa Lwowna!

Wir traten aus der Kapella in die Abenddämmerung hinaus, die noch die Hitze des Tages atmete. Die Leibwächter deckten uns professionell ab, während der Asiat den Platz vor der Kapella mit den Augen absuchte und Titows superschicken Mercedes überprüfte.

»Du armer Kerl!«, sagte ich. »Deine Frau möchte ich nicht sein. Jedes Mal das Zittern kriegen, wenn man sich bloß ins Auto setzen will ...«

»Bisher habe ich dir noch keinen Heiratsantrag gemacht. Welche Küche bevorzugst du?«

»Völlig egal. Ich fahre nicht mit dir durch die Gegend, nur, um mir den Bauch voll zu schlagen!«

»Ach so?« Titow war etwas irritiert. »Und was dann?«

»Um mich zu amüsieren.«

»Und wie soll das aussehen?«

»Schauen wir mal.«

Hinter mir schwebte schemenhaft der Geist der »Apokalyptischen Reiter«, und ich wollte dem Benzinkönig keine Trümpfe in die Hände spielen. Ich verdarb ihm sein Spiel nach Strich und Faden, ich spielte verkehrt aus, ich bluffte und trickste und bediente seine Farben nicht. Sein Routine-Anmachplan zerfiel ihm vor den Augen in seine Bestandteile, und ich ließ ihm nicht die Zeit, sich etwas Neues auszudenken. Wenn er vorhatte, mich weich zu kochen, um dadurch an die »Reiter« zu kommen, dann hatte er sich gründlich verrechnet.

Endlich war die gesamte nähere Umgebung (das heißt, das Schussfeld) von dem flinken Asiaten abgecheckt, und wir stiegen in den Mercedes. Ich hatte mich noch nie als Devisennutte betätigt und war auch keine Business-Lady. Meine Erfahrungen beschränkten sich deshalb auf unsere fleißig rackernden Ladas, einen abgeschrubbten Opel-Kadett und Snegirs Moskwitsch. Nur ein einziges Mal war ich im Skoda eines Bekannten mitgefahren und hatte das für den Gipfel der Glückseligkeit gehalten.

Und jetzt ein Mercedes der Oberklasse, superschick, da hab ich nachher was zu erzählen, für Lawrucha und Pupik.

Dabei habe ich vollkommen vergessen, dass ich in zwei Tagen genug Geld haben werde, um mir einen eigenen Mercedes zu kaufen. Und eine kleine Villa auf der Krestowskij-Insel.

Ich schenkte diesem Gedanken ein Lächeln – und Alexej Titow gleich mit.

Das Restaurant hieß »Anais«, und der Portier öffnete uns die Tür mit echter französischer Galanterie.

»Ihr Privatetablissement?«, fragte ich Titow lässig.

»Nein. Ich pflege nicht in meinem eigenen Restaurant zu speisen.«

Eine würdige Antwort. Alexej Alexejewitsch Titow gefiel mir trotz seines Reichtums mehr und mehr. Und tatsächlich, gegen Ende des Abends spürte ich ein leichtes Kribbeln in den Fingerspitzen. Das erste Anzeichen von Verliebtheit. Er spürte es auch.

»Und?«, fragte er und hob sein Weinglas. »Ist Ihr Klassenhass auf mich langsam abgeklungen?«

»Ich bin glücklich geheilt.«

In dem Restaurant waren wir wieder zum »Sie« übergegangen, das passte besser zu den Kerzen, dem dezenten Wechsel der Gänge und dem intimen Halbdunkel.

Als er seine Hand auf meine legte, fiel mir plötzlich der ursprüngliche Eigentümer des Bildes aus dem Dorf Ljalizy ein.

Ljalizy. Das hatten wir vergessen. Wir waren alle Möglichkeiten durchgegangen, um den tatsächlichen Eigentümer des Bildes zu finden, nur an den Freund von Arkadi Arkadjewitsch Goldman hatten wir nicht gedacht. Er könnte im letzten Moment auftauchen und seinen Anspruch auf das Bild geltend machen. Bei diesem Gedanken lief es mir kalt über den Rücken.

»Was haben Sie, Katja?«, fragte Titow beunruhigt.

»Ich muss telefonieren.«

»So dringend?« Er wollte anscheinend meine Hand nicht loslassen.

»Nur ein kurzes geschäftliches Gespräch.«

»Um zwölf Uhr nachts?«

»Ich mache doch Geschäfte mit Bohemiens.« Zeit, ihm in Erinnerung zu rufen, dass ich, unter anderem, auch Besitzerin einer Galerie war.

Titow zog ein Funktelefon heraus und reichte es mir.

»Danke, aber ... Es handelt sich um ein vertrauliches Gespräch.«

»Geht es um das Bild?«, fragte Titow unerwartet kalt – und war mir augenblicklich unsympathisch. Fast hätte ich es vergessen: Ich war nur das Mittel zum Zweck, und der hieß immer noch die »Apokalyptischen Reiter«.

»Genau darum geht es.«

»Ich hoffe, Sie werden ein gutes Wort für mich einlegen«, sagte Titow und änderte sofort seine Taktik: Er zeigte ein süßes Lächeln.

Ich stemmte die Ellenbogen auf den Tisch. Der Klassenhass flammte mit neuer Kraft auf.

»Sind Ihre Zähne aus der Porzellanfabrik ›Lomonossow‹?«, fragte ich.

»Nein.«

»Also, Alexej Alexejewitsch, lassen Sie uns etwas klarstellen. Wenn Sie so fanatisch hinter dem Bild her sind, dann setzen Sie aufs falsche Pferd. Ich werde Ihnen dabei kaum von Nutzen sein können. Das Bild ist zur Auktion ausgeschrieben. Ich kann nichts hinter dem Rücken des Besitzers machen. Jetzt entscheidet einzig und allein das Geld.«

»Wie viel Prozent Kommission bekommen Sie?«

»Das dürfte Sie wohl nichts angehen.«

»Ich gebe Ihnen doppelt so viel, wenn Sie mir helfen, es an Land zu ziehen.«

»An Land ziehen« war ein sehr präziser Ausdruck. Titow hatte keinen blassen Schimmer von Kunst oder Kunstsammeln, und von einem holländischen Maler namens Lukas van Ostrea war ihm mit Sicherheit noch nie etwas zu Ohren gekommen. Seine Andeutung über eine Million Bargeld war ein simpler Bluff. Kein noch so betuchter Geschäftsmann kann eine solche Summe einfach aus der Tasche ziehen. Aber warum war er so scharf auf die »Reiter«?

»Es soll der Flügel eines Triptychons sein.« Er sah mich aufmerksam an. »Stimmt das?«

»Kann schon sein.«

»Und außerdem wird erzählt, dass die Frau, die darauf dargestellt ist, Ihnen wie aus dem Gesicht geschnitten ist. Stimmt das?«

Ich fiel fast vom Stuhl: Wir hatten aus Sicherheitsgründen die ganze Kampagne auf den »Reitern« aufgebaut und nach Möglichkeit die Jungfrau Maria verschwiegen. Es waren nirgends Fotos des Bildes veröffentlicht worden, und nur wenige Fachleute und Experten hatten es wirklich gesehen.

»Woher wissen Sie das?«

»Agenturangaben. Stimmt es, dass Sie ihr ähnlich sind?«

»Die Gerüchte sind stark übertrieben.«

Ein kaum merklicher Schatten lief über Titows Gesicht.

»Wozu wollen Sie das Bild haben, Alexej?«, fragte ich. »Sie sind doch gar kein Sammler.«

»Ich will es werden.«

Natürlich, in den Häusern der Reichen gilt das als guter Ton.

»Wissen Sie, was ich Ihnen raten würde? Wenn Sie so viel Geld übrig haben, beginnen Sie mit van Gogh. Achtundsiebzig Millionen für die »Sonnenblumen«, wie gefällt Ihnen das?«

»Gar nicht«, gab Titow ehrlich zu.

»Mögen Sie van Gogh etwa nicht?«

»Man sagt, dass dieser Maler nur drei Bilder hinterlassen hat. Und dieses ist das vierte.«

»Haben Sie überhaupt jemals etwas von Lukas van Ostrea gehört?« Mein Ton klang verdächtig nach Harryboy.

»Nur ganz allgemein.«

Nichts hast du vor diesem letzten August gehört. Das ist sonnenklar.

»Sein Marktwert ist nicht so hoch«, setzte ich die Einschüchterungsaktion dieses Benzinkönigs fort.

»Und warum wird dann so viel für ihn verlangt?«

»Es gibt bisher kein einziges Bild von van Ostrea in einer Privatsammlung.« Wieder dachte ich an das Dorf Ljalizy.

»Sehen Sie! Kein einziges!« Titow lehnte sich zufrieden zurück.

Jetzt durchschaute ich ihn: eine Leber, von der Zirrhose des Ehrgeizes zerfressen; Lungen, vom Blutschwamm der Geltungssucht befallen; ein Herz, das Hochmut durch die Adern pumpt. Er musste dieses einzigartige Stück besitzen, um sich in seinen eigenen Augen zu bestätigen. Und in den Augen seiner Umwelt. Einen Mercedes der Oberklasse hat jeder Zweite, ein Fotomodell als Geliebte hat jeder, aber so ein Bild, das sich noch niemals in einer Privatsammlung befunden hat ... Ich stellte mir Titows Villa vor, irgendwo in dem von den Neuen Russen okkupierten Repino. Oder in Komarowo. Er wird die »Reiter« auf den Kaminsims stellen, zwischen irgendwelche Porzellan-Hirten und -Hirtinnen. Jeden Mittwoch werden sie abgestaubt, und freitags empfängt Alexej Alexejewitsch seine ausländischen Geschäftspartner: »I hope you will feel at home with us«.

Sie trinken Bacardi und glotzen das Bild an. Das ist ein einzigartiges Stück, sagt Alexej Alexejewitsch, das einzige Gemälde des holländischen Malers Lukas van Ostrea, das sich in einer Privatsammlung befindet. Mit so einem Mann lohnt es sich, Geschäfte zu machen, werden die Geschäftspartner denken, das ist ein solider Mann. Ein Mann mit Geschmack. Ein reicher Mann, der an die Stabilität glaubt: Nur in einer stabilen Gesellschaft legt man sein Geld in Kunst an. So werden seine Partner denken. Und zücken die Füller, um seine Verträge zu unterschreiben.

Und dann kommen seine Kumpels angerauscht. Sie schütten sich Wodka rein, und Ljocha Titow verkündet großartig, dass er für das Bild eine Million Bucks abgedrückt hat. Ein verrückter Kerl, werden seine Kumpels denken, aber was für eine Seele, was für eine Großzügigkeit! In Russland mag man so was ...

Ich hätte das Bild am liebsten sofort diesem Asketen-Trottel Harryboy geschenkt, aber wir brauchten das Geld. Wir brauchen es sehr. Sheka, die Zwillinge, Lawrucha und ich auch ...

Lawrucha.

Ich musste ihn unbedingt sofort anrufen, das fehlte noch, dass dieses Ljalizy uns das Spiel vermasselte.

»Sie hören mir gar nicht zu.« Titows Stimme holte mich in die Wirklichkeit zurück.

»Ich habe genug gehört.« Ich stand auf. »Entschuldigen Sie, ich muss telefonieren.«

Ich benutzte das Telefon, das mir der Oberkellner liebenswürdig zur Verfügung stellte. Ich wählte die Nummer von Lawruchas Atelier und zählte die Klingelzeichen. Beim siebten Klingeln hob Lawrucha ab.

»Was bist du nur für ein Mensch, Kat? Störst friedliche Menschen beim Schlafen und Träumen.«

»Lawrucha.« Ich seufzte aufatmend in den Hörer. »Ljalizy!«

»Was ist mit Ljalizy?«

»Ich fahre hin.«

»Du spinnst!« Lawrucha war schlagartig wach. »Was ist das jetzt wieder für eine Schnapsidee?«

»Was ist, wenn er plötzlich in Petersburg auftaucht, dieser Publizist? Oder in der Zeitung von der Auktion liest? Und sein Eigentumsrecht geltend macht? Und erzählt, dass das Bild ein Geschenk an den Sammler Goldman war? Man wird uns verhaften ...« An dieser Stelle senkte ich meine Stimme. »Wegen Mittäterschaft bei dem Einbruch. Und wegen Unterschlagung von Beweisen ...«

»Wo bist du überhaupt?«

»In einem Restaurant.«

»Hast du diesen dämlichen Einfall mit der Leberpastete geschluckt, oder was?«

»Japanische Fischfladen«, parierte ich bissig.

»Alles klar. Du sollst so spät am Abend nicht so viel in dich hineinstopfen, wie oft habe ich dir das gesagt. Und überhaupt, warum sollte dieser verdammte Publizist auf einmal hier auftauchen wie aus der Geburtstagstorte?«, variierte Lawrucha das gastronomische Thema.

»Das kann doch passieren ...«

»Also erst einmal, was für ein Bild hat er denn Goldman überhaupt geschenkt?«

»Na, unseres ...«

»Welches von den beiden? Wir haben zwei Bilder, vergiss das nicht. Und wir verkaufen nicht deine Doppelgängerin, sondern die »Apokalyptischen Reiter«. Von denen hat bis zu diesem Sommer kein Mensch etwas gehört. Klaro? Und wenn du nach Ljalizy fährst und anfängst, dort herumzuschnüffeln ... Muss ich weiterreden?«

Klaro klarissimo. Der verschlafene Lawrucha zeigte sich wesentlich aufgeweckter als ich. Ich musste jetzt sogar über mich lachen: Was für eine Idiotin war ich bloß! Mit den »Reitern« brauchten wir nichts zu befürchten, weil sie vor Juli schlichtweg nicht existiert hatten. Zum soundsovielten Male empfand ich Rührung darüber, wie gut die Sterne uns gesonnen waren.

»Was ist, wieso sagst du nichts?«, fragte Lawrucha unzufrieden.

»Ich schwelge in stiller Begeisterung. Du hast Recht, Snegir. Ich werde nichts überstürzen.«

»Du bist ein kluges Köpfchen, Kat. Übrigens, mit wem tafelst du da im Restaurant? Hat etwa der Holländer plötzlich seine großzügige Ader entdeckt?«

»Aber nein, ein Landsmann von uns.«

»Na, schon gut, ohne Liebe soll man nicht ins Bett. Bis dann.«

Lawrucha legte auf. Ich blieb noch einen Moment neben dem Telefon stehen, dann bedankte ich mich bei dem Oberkellner, trat auf die Straße und atmete tief die kühle Nachtluft ein. Und wieder hörte ich fernes dumpfes Donnergrollen. Seltsame Scherze treibt die Natur: Donner ohne Gewitter und Regen, ein unnormal heißer Sommer, ein Bild, das aus dem Nichts aufgetaucht war ... In dieser Stadt ist alles möglich. An keinem anderen Ort der Welt konnte so etwas geschehen.

Das Schild des Restaurants »Anais« zwinkerte mir immer

noch mit seinen Neonleuchten zu, und Alexej Alexejewitsch Titow saß immer noch an seinem Tisch. Mich würde er nicht mehr wiedersehen, jedenfalls nicht bis zur Auktion. Agnessa Lwowna und der schnieke Mercedes winkten mir hämisch zu.

Ich überquerte die Straße, huschte in einen Torbogen, und wenige Minuten später stand ich schon am Ufer der Fontanka. Irgendwo weit weg hinter dem Newski baumelte, von elektrischen Lichtern erleuchtet, der frühe Morgenhimmel. Aber hier an der Fontanka war es dunkel und still. Genauso dunkel und still wie in meiner Seele. Und die, meine Seele, schwamm jetzt da unten im fast unsichtbaren Wasser, brach sich in den Wellen und gewann die unmöglichsten Konturen. Ja, genauso war es, diese Spiegelungen und Brechungen meiner Seele erschreckten mich. Innerhalb von kaum einem Monat hatte ich eine Menge von kleinen und großen Niederträchtigkeiten begangen, und ich fühlte mich großartig dabei. Aber wer sagt, dass das Gute die Norm ist und das Böse anormal?

Das Böse ist immer erotisch, hatte der asexuelle Lambert-Harry Jakobs gesagt. Wenn das stimmte, fände ich mich bald auf der Titelseite des Playboy wieder.

Dieser Gedanke gefiel mir so, dass ich losprustete. Ich klaubte ein kleines Steinchen aus der Uferbrüstung und warf es in den Fluss. Schade, dass es in der Nähe keinen Abstieg gab, sonst wäre ich zum Wasser hinuntergegangen und hätte vergnüglich meine Beine darin baumeln lassen. Übermorgen, nein, morgen schon fand die Auktion statt, die »Reiter« fänden einen neuen Besitzer und wir die Freiheit ...

»Woran denken Sie?«, klang hinter mir die honigsüße Stimme.

Ich drehte mich um. Richtig, Alexej Alexejewitsch Titow persönlich.

»Reizendes Städtchen, dieses Sankt Petersburg ...«

»Ja, nicht übel.« Ich war absolut nicht in der Stimmung, die Bekanntschaft zu vertiefen.

»Warum sind Sie weggelaufen?«

»Mir hing einfach diese Show zum Hals heraus, die Sie da um das Bild abziehen. Ich denke, Sie haben von mir erschöpfend Auskunft bekommen. Und ich hatte meinen Spaß.«

»Nur Ihr Abendessen haben Sie nicht bezahlt.« Diese Stichelei konnte er sich nicht verkneifen.

»Bei wem?«

»Bei mir.«

»Schicken Sie mir die Rechnung in die Galerie.«

Ich stieß mich von der Brüstung ab und ging in Richtung Newski. Alexej Alexejewitsch folgte mir. Wir gingen schweigend eine Weile nebeneinander her, bis wir den Lomonossow-Platz erreichten.

Ich sah ein Stück von uns entfernt ein Taxi auf uns zufahren und hob die Hand.

Titow hielt das für den geeigneten Anlass, das Gespräch wieder aufzunehmen.

»Ich bringe Sie nach Hause ...«

»Ich verzichte«, warf ich hin, aber die Hand senkte ich trotzdem.

»Es macht mir gar keine Mühe.«

Wie sollte es ihm auch Mühe machen: Hinter uns im trüben Dämmerlicht wartete die ganze Schlange seiner Jeeps und der Mercedes, der mir allmählich auf die Nerven ging.

»Ich bewege mich lieber ohne Eskorte.«

Titow fasste das als Befehl auf. Er ging zu seinen Leibwächtern, sprach kurz mit ihnen, und im nächsten Moment wendeten die Jeeps und fuhren mit unbekanntem Ziel davon. Titow hielt mir die Tür des Mercedes' auf, ich ließ mich wieder auf den Rücksitz fallen und verfluchte mich selbst wegen meiner Schwäche für das schöne Leben.

»Wohin?«, fragte Titow.

»Auf die Wassili-Insel. Fünfzehnte Linie.«

Der Asiat, der am Steuer saß, schnaufte skeptisch. Er glaubte niemandem, sogar die Löwen auf der Bankowskij-Brücke und das Denkmal von Barklay de Tolly am Kasanskij-Dom waren ihm verdächtig. Am Ende der Straße erschienen wieder die Jeeps. Sie fuhren jetzt hinter uns her und verringerten langsam den Abstand.

»Ist das nicht ein bisschen viel Begleitschutz?«

»Nein. Ich habe schon zwei Anschläge hinter mir.« In Titows Stimme schwang plötzlich ein alberner Stolz mit – was für ein waghalsiger Mann er doch war. »Ich habe vor, noch ein wenig zu leben, wenigstens bis zur Eishockey Weltmeisterschaft.«

»Und danach?«

»Danach bis zu den Olympischen Winterspielen.«

»Und danach?«

»Bis zu den Sommerspielen.«

Zehn Minuten später hielt die ganze Karawane vor meinem Haus in der Fünfzehnten Linie, ich dankte Titow kühl und stieg aus. Wieder folgte er mir. Und der Asiat folgte ihm. Zu dritt begaben wir uns zu einem Nachtkiosk, wo ich unter den wachsamen Blicken meiner Begleitung eine Flasche Bier erstand. Das rundete das Bild von mir ab: Bier ist ein Vergnügen für Arme.

»Also, alles Gute, Alexej Alexejewitsch. Wollen Sie das Bild immer noch kaufen?«

»Ja. Laden Sie mich zu einer Tasse Kaffee ein?« Die Lehre, die ich ihm in der Galerie erteilt hatte, hatte anscheinend nicht gefruchtet.

»Sie wissen doch, ich habe nur Nescafé.« Ich nahm einen Schluck aus der Flasche und sah ihn aus zusammengekniffenen Augen an.

»Ich weiß das ...« Er legte die Hände bittend an die Brust.

»Zum Teufel mit Ihnen, kommen Sie schon. Aber ich warne Sie, der Fahrstuhl funktioniert nicht, und ich wohne im fünften Stock.«

Sogar das schreckte Alexej Alexejewitsch nicht ab. Tapfer schleppte er sich hinter mir her. Und begann schon zwischen dem zweiten und dritten Stock, mir auf den Leib zu rücken.

»Was soll das?«, wunderte ich mich aufrichtig. »Haben Sie nicht genug Frauen von Ihrer Sorte?«

»Sie gefallen mir, Katja. Sie sind amüsant.«

Entweder war die Beleuchtung auf dem Treppenabsatz nicht ausreichend, oder das Bier war mir in den Kopf gestiegen, aber plötzlich fand ich ihn wieder ganz nett. Warum denn nicht, sagte ich mir. Ich bin amüsant, rothaarig und habe eine Glückssträhne, also warum sollte ich es mir nicht erlauben?

Und ich erlaubte es mir.

Ich erlaubte es, sobald die Wohnungstür hinter ihm zugefallen war. Ich erlaubte ihm, mich zu küssen und vorsichtig die Knöpfe meines Kostüms zu öffnen. Und dann, schon weniger vorsichtig, die Knöpfe der Bluse. Und ohne jede Vorsicht – den Verschluss meines BHs.

»Wo ist dein Bett?«, fragte Alexej flüsternd.

»Ich bringe dich hin.« Etwas Vernünftigeres als dieser Satz fiel mir in diesem Moment nicht ein.

»Ich bringe dich«, lachte er, und mir schien plötzlich, unter seinen Sohlen knirsche etwas.

Das waren doch nicht etwa die Schalen von Bykadorows Walnüssen?

Ich erwachte, weil ich keine Luft bekam.

Der schlafende Ljocha (in der Nacht, zwischen zwei Küssen, hatte er mir erlaubt, ihn so zu nennen) lag mit seinem ganzen Gewicht auf mir. Sogar im Schlaf ließ er mich nicht aus den Händen und kontrollierte die Lage. Ich befreite mich vorsichtig aus seinen Armen, streichelte Pupik, der im Sessel döste, und tapste barfuß zum Fenster. Ljochas Mercedes stand immer noch auf der gegenüberliegenden Straßenseite. Ich stellte mir vor, wie der treue Asiat vor sich hin schimpfte und mich auf den Mond wünschte, weil er sich meinetwegen die Nacht im Auto um die Ohren schlagen musste. Hungriger und frierender Leibwächter des Benzinkönigs, du hast eben Pech.

Ich machte eilig ein paar belegte Brote, füllte eine kleine Thermoskanne mit Kaffee und ging nach unten, um den Kettenhund zu füttern und mir gnädig zu stimmen. Die verglimmende Nacht hinter den Fenstern war wunderschön, und ich hoffte, dass es in Zukunft für mich noch mehr solcher Nächte geben würde.

Einige Minuten später war ich schon auf der Straße.

Der Asiat löste Kreuzworträtsel, als ich zaghaft an die Scheibe klopfte.

»Haben Sie ihn allein gelassen?«, fragte er statt eines Grußes.

»Er schläft. Ich sollte ihn doch nicht aufwecken, oder? Regen Sie sich nicht auf, ich habe die Wohnungstür abgeschlossen. Hier, das ist für Sie.« Ich gab ihm die Tüte mit den belegten Broten und die Thermosflasche.

Der Asiat knurrte ein bisschen, aber er nahm die Tüte. Dann überlegte er kurz und öffnete die Tür. Ich setzte mich neben ihn auf den Beifahrersitz.

»Sind Sie nicht müde?«, fragte ich.

»Das macht nichts. Ich bin es gewohnt.«

Meine Laune sank. Aber was hatte ich denn erwartet? So ein junger, ungebundener, reicher Mann bricht in null Komma nichts jedes Bett auf, wie ein Panzerknacker ein Schloss. Und ich, das arme Rotkäppchen, bin nicht einmal der größte Brillant in seiner Krone.

»Wie heißen Sie?«

»Shaik«, antwortete er widerwillig. »Mit Betonung auf der ersten Silbe.«

»Seltsamer Name.«

»Ganz normal. Kasachisch.«

»Stimmt es, dass es Anschläge gegeben hat? Auf Ihren Chef?«

Shaik sah mich an wie die Dienst habende Mata Hari. Er gab keine Antwort.

»Ich war noch nie in Kasachstan.« Es fehlte entschieden an Gesprächsstoff.

»Da haben Sie nicht viel versäumt.« Er steckte seine Nase wieder in das Kreuzworträtsel.

»Dann werde ich mal gehen ...«

»Ja ...«

Als ich zurückkam, war Ljocha schon aufgestanden und schlenderte in der Wohnung umher, verschlafen, nackt und entzückend schön. Er kaute ein belegtes Brot mit Wurst.

»Wo warst du?«, bestürmte er mich. »Ich bin fast verrückt geworden, als ich aufwachte.«

»Nirgends. Ich habe deinem Jungen etwas zu essen gebracht. Sonst nichts.«

Er betrachtete mich interessiert.

»Wozu?«

»Ich dachte, er hat vielleicht Hunger.«

»Ja?« Ljocha rieb sich die Nasenwurzel. »Da fällt mir ein ... Er arbeitet schon seit drei Jahren bei mir, und ich habe ihn kein einziges Mal essen sehen. Und schlafen auch nicht.«

»Er ist ja auch dein Leibwächter. Und Leibwächter dürfen nicht essen und nicht schlafen. Warum hast du eigentlich einen Kasachen genommen? Hast du keine vernünftigen Russen gefunden?«

»Sein Gesicht bereitet mir ästhetischen Genuss. Du übrigens auch.«

Sein letzter Satz machte mich böse. Klar, mein naturrotes Haar, das war es, was ihm ästhetischen Genuss bereitete. Ein extravagantes Bild aus dem fünfzehnten Jahrhundert, ein kasachischer Leibwächter und eine Gelegenheitsgeliebte mit roten Haaren, nicht irgendeine abgeschmackte Blondine oder triviale Brünette. So ein Sortiment musste ja sein Benzinherz erwärmen.

»Bei deinem Hang zur Exotik solltest du dich nicht mit Heizöl befassen, sondern mit dem Export von schwarzen Perlen. Oder Krokodile und Opossums züchten.«

»Ich werde darüber nachdenken«, sagte er ernst, und im nächsten Moment piepste die Uhr an seinem Handgelenk.

»Ich muss los«, seufzte er. »Es war sehr schön.«

»Mögen die Winde dir günstig sein«, gab ich ihm mit auf den Weg.

Es war sehr schön, platter geht's ja wohl nicht. Sehr schön und umsonst. Erschöpfende Auskunft über die »Reiter« erhalten, Einigung konnte nicht erzielt werden, dafür Galeristin ins Bett gekriegt. Nicht die Welt, aber wenigstens ein Trostpreis. Nimm deine Klamotten und scher dich zum Teufel.

»Bist du böse?«, fragte Ljocha unschuldig. »Bedauerst du, was passiert ist?«

»Nicht im Geringsten. Ich wollte es selbst.«

»Also, dann tschau.« Er küsste mich auf die Stirn.

»Grüß deine Mama von mir.«

»Unbedingt.«

Ich brachte ihn zur Tür und dachte mir unterwegs ein paar Trostworte aus. Ich würde sie brauchen, wenn ich allein war. Ljocha fasste nach der Türklinke und zögerte.

»Ich wollte dir etwas sagen, Katja ... Eigentlich schon gestern.«

»Dann hättest du es gestern sagen sollen«, bemerkte ich nüchtern. »Heute ist heute.«

»Ja. Heute ist heute. Ich möchte, dass du bei mir wohnst.«

Weder Titows ruhige Augen noch seine akkurat gebundene Krawatte hatten eine solche Wendung vermuten lassen. Ich begriff nicht sofort den Sinn dieses Satzes.

»Wie bitte?«

»Ich möchte, dass du bei mir wohnst«, wiederholte er geduldig.

»Du ... machst du jeder solche Angebote?«

»Nein. Du bist die Erste.«

»Und wie komme ich zu der Ehre?«

»Ich möchte immer mit dir zusammen sein.«

»Verstehe. Ich bin amüsant. Ich habe es nicht vergessen.«

»Bist du einverstanden?«

»Ich weiß nicht. Das Angebot kommt ein wenig plötzlich.«

»Für mich auch. Ehrlich gesagt.« Ljocha zog mich an sich. »Ich komme heute Abend bei dir vorbei. Ist dir sieben Uhr recht?«

»Du verlierst keine Zeit.«

»Warum Zeit verlieren, wenn doch alles klar ist?« Er drückte sich mit seinem ganzen Körper an mich. Er hatte es eilig zu leben: Bei seinem hektischen Beruf und nach zwei Anschlägen blieb ihm auch gar nichts anderes übrig.

»Morgen ist die Auktion. Verschieben wir es bis nach der Auktion.«

»Na gut«, gab Titow widerwillig nach. »Ich will sowieso hingehen. Ich kaufe dieses Bild, du wirst schon sehen!«

Er küsste mich eilig und öffnete die Tür. Auf dem Treppenabsatz war schattenhaft die Gestalt des Leibwächters Shaik zu erahnen.

»Sehen wir uns heute?«, fragte Ljocha zum Abschluss.

»Morgen. Morgen nach der Auktion.«

Ich schloss die Tür, stellte das Telefon ab und ging ins Bad. Morgen werde ich reich sein, und als Zugabe bekomme ich einen reichen Liebhaber. Einen schönen Liebhaber, einen rassigen Liebhaber. Einen Typ, der gut im Bett ist, das ist nicht unerheblich. Er wird nicht zulassen, dass die Galerie den Bach runtergeht, und mit seiner Hilfe und mit seinem Ehrgeiz kann ich Berge versetzen. Er wird mich in die Kreise einführen, von denen eine einfache Absolventin der kunsthistorischen Fakultät normalerweise nur träumen kann. Lawrucha fällt vom Hocker, wenn er davon hört ... »Du hast ein Schweineglück, Alte«, wird er grunzen, »ein teuflisches Glück!«

Teuflisches Glück. Das Wort trifft es genau – teuflisch.

Aber hat das nun etwas mit dem Bild zu tun, oder nicht? Wahrscheinlich ja – meine malerische Doppelgängerin ließ mich keine Sekunde in Ruhe; alle Kugeln gehen ins Loch, alle

Karten sind aufgedeckt. Das ist mein Spiel. Eine glänzende Zukunft erwartet mich, wenn ich es nicht dumm anstelle.

Und das war noch nie meine Art.

Die Auktion fand in einem Hotelneubau in der Uferstraße der Karpowka statt, einer russischen Ausgabe des Hilton, dem aktuellen Refugium der VIPs. Der Konferenzsaal des Hotels war brechend voll. Das Publikum zerfloss in Schweiß und Erwartung. Der wichtigste Posten des heutigen Tages, die Sensation der letzten dreieinhalb Wochen, das Bild von der Hand Lukas van Ostreas, war noch nicht aufgerufen worden. Lawrucha, in einen korrekten Anzug gewandet, war ungewohnt still und zappelte nervös neben mir herum. Ständig fasste er nach meinen Händen.

»Wie geht es dir?«, fragte ich mitfühlend.

»Wie dem Sünder in der Hölle. Ich sitze in der Pfanne, und der Satan persönlich brät mich.«

»So kann's gehen ...«

»Gebraten werden wir sowieso, das ist sicher.«

»Du bist ja vielleicht mies drauf, Lawrucha!«

»Dafür bist du in bester Laune, wie ich sehe.«

»In ein paar Stunden sind wir reich, Snegir ...«

Ich verließ Lawrucha und schaute mich im Saal um. Meine Laune fiel rasant in den Keller. Der Saal war gerammelt voll: überall angespannte Elch- und Entenjäger-Gesichter, die aus distinguierten Anzügen schauten, Katalogseiten raschelten steif, da und dort hüstelte man unterdrückt. In der Masse der Besucher konnte ich schnell die Bankiers und die großen Sammler, mehrere bekannte Juweliere und Prominente identifizieren. Aber von Ljocha im ganzen Saal keine Spur. Warum hatte er es sich wohl im letzten Moment anders überlegt?

»Wen suchst du?« Lawrucha stand wieder neben mir, fasste nach meinem Ellenbogen.

»Wie kommst du darauf, dass ich jemanden suche?«

»Ich durchschaue dich. Du suchst jemanden und kannst ihn nicht finden.«

»Lass mich in Ruhe!«

Vor weiteren Erklärungen bewahrte mich Harryboy, der plötzlich neben mir aufgetaucht war, wie aus dem Boden gewachsen.

»Guten Tag, Katrin!«, begrüßte er mich traurig. Selbst sein normalerweise munteres und korrektes Englisch klang lahm.

»Hallo«, schnauzte ich. Er kam mir gerade recht als Sündenbock für meine verlorenen Illusionen. »Und, haben Sie das Geld zusammengekriegt?«

»Oh, wenn Sie doch hätten warten können, Katrin ... Vielleicht wäre es mir gelungen ...«

»I am very sorry!«, sagte ich mit unverhohlenem Vergnügen.

»So ist das eben, altes Haus!« Lawrucha klopfte Harryboy nachsichtig auf die Schulter. »So sind wir hier! Wir wollen nichts, was uns nicht gehört, aber was wir haben, geben wir nicht weg.«

Lawruchas Fahne war schon von weitem zu riechen: In der Halle des Konferenzsaales war ein skandinavisches Buffet aufgebaut, und geschulte Kellner reichten Champagner. Dort in der Halle stieß ich auch auf die Schwedin aus dem Konsulat, die ich schon fast vergessen hatte. Dafür erkannte sie mich sofort.

»Sie sinn heute die Held von den Tag, Katja.« Ingrid (oder Hilda oder Brigitta oder Anna-Frieda) hob ihr Glas zum Gruß. »Sie haben versteckt in Ihre Galerie sso eine wertvoll Bild!«

Was die wohl hierher treibt?

»Wollen Sie es kaufen?«, fragte ich die Schwedin.

»Oh nein! Das ist su viel Geld ...« Sie entdeckte am anderen Ende der Halle irgendwelche Bekannte und winkte ihnen zu. »Entschuldigen Sie, Katja ... Ich wünsche Ihnen Glück ...«

Lawrucha, der die ganze Zeit in unserer Nähe gestanden hatte, war spürbar aufgelebt.

»Was war denn das für ein zauberhaftes Wesen?«, fragte er aufgeräumt. »Und warum stellst du sie mir nicht vor?«

»Für die bist du gestorben.«

»Hat sie dir das selbst gesagt?«

»Lawrucha, das ist die Schwedin, der ich deine Bilder verkauft habe ...«

»Ach so ... Aber vielleicht könnte ich ja auferstehen, wie Jesus Christus, was meinst du, Kat?«

»Für einen Jesus Christus hast du nicht das Format. Also musst du dich mit einheimischen Wesen zufrieden geben.«

»Mörderin!«

Das Geplänkel mit Lawrucha lenkte mich ein wenig von den Gedanken an Titow ab. Warum war er wohl nicht gekommen? Vielleicht hätte ich sein Angebot doch gleich annehmen sollen? Mir den Benzinkönig schnappen, bevor er es sich anders überlegte und solange er noch weich und fügsam war wie der Ton, aus dem Adik Owanessow seine Ziegenböcke knetete?

»Woran denkst du die ganze Zeit?« Snegir knuffte mich wieder mit dem Ellenbogen. »Los, komm. Der nächste Posten ist unserer.«

Ich schimpfte mich im Stillen aus. Wegen der dummen Grübeleien über Titow hatte ich vollkommen vergessen, warum wir hier waren. Die »Apokalyptischen Reiter« – die werden mir nie untreu sein. Lawrucha und ich stürmten im allerletzten Moment in den Saal und hätten beinahe das Eröffnungsritual verpasst. Ein Priester der Kunst stand hinter einem eleganten Pult und präsentierte mit geschulter Stimme unser Bild. Und jetzt endlich konnte ich die Schönheit und Feierlichkeit des Augenblicks genießen: Das Bild »Die Apokalyptischen Reiter« ... Fünfzehntes Jahrhundert ... Holz, Öl ... Niederlande ... Lukas van Ostrea, genannt Auster ... Mindestgebot ...

Ich sah die Mobiltelefone in den Händen der Agenten, die Nummerntafeln, die gesenkten Gesichter, Stiernacken und Stierschädel. Nur Titow war nicht unter ihnen. Die sparsamen

Ausländer blieben als Erste auf der Strecke: Lukas Auster war kein Name, für den man sein letztes Hemd geben würde. Dann fielen die meisten der großen Sammler. Die Gebote waren zu hoch. Jetzt stritten nur noch zwei einsame Kämpfer um die Palme: ein gepflegter älterer Bankier (Ich kannte sein Gesicht aus den großen Wirtschaftsjournalen) und ein junger Geschäftsmann, irgendeine dubiose Gestalt aus der Erdöl-Branche, wie ich hörte. Es machte wirklich Spaß, ihnen beim Bieten zuzusehen, sie trieben es bis auf die Spitze. Während ich sie beobachtete, vergaß ich alles. Der Bankier steigerte in kleinen vorsichtigen Schritten und klammerte sich mit Klauen und Zähnen an jeden Hunderter; der Geschäftsmann versuchte dagegen, den Widerstand des Gegners durch verwegene Attacken zu brechen. Mit vereinten Kräften überwanden sie die Eine-Million-Grenze, und den anderen im Saal stockte der Atem.

»Der alte Knacker steckt ihn in die Tasche, pass mal auf«, flüsterte Lawrucha mir erregt ins Ohr.

»Nein, der macht schlapp. Der ist zu geizig.« Ich war voll auf der Seite des jungen Hengstes. Seine Großzügigkeit füllte unsere ohnehin schon prallen Taschen immer weiter.

»Ach was, Kleinvieh macht auch Mist.« Lawrucha zeigte einen bemerkenswerten Scharfsinn, wie ich erst viel später zu würdigen wusste. »Der Junge hat nicht genug Puste, das ist ein Grünschnabel, glaub mir ...«

Ich ließ meinen Blick durch den Saal wandern und pickte sofort Harryboy aus der Menge heraus. Er vibrierte vor Hass und dem ohnmächtigen Verlangen, das Bild zu besitzen. Seine Haare waren verklebt und pappten wie Zement an seinem Schädel, sein Adamsapfel ging wie ein Kolben in dem engen Schlund seines Halses auf und nieder, und seine Augen verschlangen förmlich die unerreichbaren »Reiter«, die auf dem Podium aufgestellt waren. In wenigen Minuten fällt der Hammer, und du wirst es niemals wiedersehen, armer Harryboy.

Mit klarer und fester Stimme legte der Bankier noch ein

paar Hunderter drauf, und der junge Mann brach plötzlich zusammen, verstummte und verließ das Schlachtfeld. Das Jagdspringen war für ihn vorbei. Der Auktionspriester ließ seinen Hammer zweimal fallen und wollte gerade den dritten und letzten Schlag tun, da geschah etwas Unerhörtes: Ein unscheinbarer grauer Mensch in der letzten Reihe hob seine Nummerntafel – und bot eine Summe, die die letztgenannte um hunderttausend überbot. Das Gesicht des Bankiers verwandelte sich schlagartig in eine Maske des Zorns: Seine Stirn furchte sich wie das Meer bei Sturm, und seine Nasenflügel bliesen sich auf wie die Segel einer Feluke; ich hatte Angst, ihn treffe der Schlag. Er war definitiv nicht in der Lage, das Gebot, das der graue Mensch aus der letzten Reihe gemacht hatte, zu übertreffen. Die Trauben hingen für ihn entschieden zu hoch.

Der Hammer fiel zum dritten Mal, der Zuschlag war erteilt – und wir waren reich. Wir taten einen Hüpfer in die Upperclass.

»Sauber gedeichselt«, ächzte Lawrucha und wischte sich die verschwitzte Stirn mit seinem Schlips. »Super Taktik ...«

»Wovon redest du?«

»Von dem neuen Besitzer ... Er wartet einfach den kritischen Moment ab und semmelt dem alten Knacker voll eins in die Eier. Um das so professionell durchzuziehen, braucht man Nerven wie Drahtseile. Das ist ein Profi, ein echter Spieler. Ich denke, der arbeitet für jemanden, der hat nicht für sich selbst gekauft ...«

»Was du alles weißt, Snegir!«

»Und du pass auf, damit du was lernst! Solche Spielchen gehören übrigens auch zur professionellen Schulung von Galeristen.«

Ich starrte ihn verwundert an. Ich hätte nie gedacht, dass Snegir solche Kenntnisse besaß.

»Was ist, mach den Mund zu, Frau Millionärin.« Er zwinkerte mir zu.

»Ich wusste gar nicht, dass du so ein Fachmann bist.«

»Es gibt eine ganze Menge Dinge, die du nicht über mich weißt. Komm, begießen wir das freudige Ereignis mit Schampus.«

In der Halle setzte Snegir seine Lektion fort.

»Das ist Psychologie reinsten Wassers, Kat. Der Typ kennt sich einfach unwahrscheinlich gut mit Gesichtern aus. Er beobachtet die Auktionsteilnehmer und wartet den richtigen Moment ab. Klar, dass niemand die Gebote unendlich hochtreiben kann. Und auf einer habgierigen Fresse kann man immer das Limit ablesen.«

»Meinst du?«

»Ich bin sicher. Jeder Spieler verrät sich irgendwie, wenn er den Punkt erreicht hat.«

»Wie konnte er das sehen, er saß doch in der letzten Reihe?«

»Ist dir nicht aufgefallen, dass er ein Handy hatte? Wahrscheinlich saß jemand aus seiner Mannschaft in der Nähe des Bankiers, ebenfalls mit einem Telefon bewaffnet. Oder der Chef ...«

»Das sind doch nur deine Vermutungen, Lawrucha.«

»Aber begründete Vermutungen.«

Ich sah Snegir an. Äußerlich war er immer noch ganz der Alte: derselbe ulkige Schnabel, dieselben dicken Lippen und seine Schweineborsten, die keine Klinge bewältigte. Und immer noch dieselben runden glänzenden Vogelaugen.

Nichts hatte sich verändert, und alles hatte sich verändert. Ich warf mich Lawrucha um den Hals und unterdrückte mit Mühe einen Triumphschrei.

»Was soll das denn, Kat?«

»Es hat geklappt, Lawrenti! Wir haben das Ding in der Tasche, wir sind reich! Kapierst du das überhaupt?«

»Ehrlich gesagt, nein. Solange ich sie nicht in meinen Händen halte, unsere Scheinchen, glaube ich gar nichts ... Übrigens, wann kriegen wir das Geld eigentlich?«

»Heute nicht mehr, und auch nächste Woche noch nicht. Du

weißt doch, es gibt einen Haufen Formalitäten ... Und außerdem wird man dir so eine Summe kaum bar in die Hand drücken. Erst werden die Steuern abgezogen, dann wird ein Konto eröffnet und das Geld überwiesen ...«

»Lieber bei einer ausländischen Bank, einer Schweizer-Bank am besten.«

»Das wäre gut.«

»Jetzt kann ich endlich nach Italien fahren ...«

»Klar, und Weihnachten düsen wir nach Paris«, jubelte ich. »Wir nehmen Sheka und die Zwillinge und sausen los ... Und nach Barcelona: Ich habe schon lange davon geträumt, die Häuser von Gaudí zu sehen. Und überhaupt die ganze Welt ...«

Wir verließen auf der Stelle die Auktion, zwei freie und unabhängige junge Leute, und beim Ausgang des Hotels stolperten wir über Harryboy. Er stand ganz verloren neben einem Kübel mit einem exotischen Baum und steckte sich eine Zigarette an. Ich hatte ihn noch nie rauchen sehen.

»Na, alter Freund, jetzt ist alles vorbei«, sagte Lawrucha.

»Das war ein großer Fehler. Sie verstehen nicht ...«

»Wann fliegen Sie zurück, Harry?«, fragte ich.

»Am nächsten Mittwoch. Könnten Sie mich vielleicht mit dem Käufer bekannt machen?«

»Wir wissen nicht einmal, wer er ist, Harry.«

»Ja, natürlich.« Er warf ganz auf russische Art den Rest der Zigarette in den Kübel und schlich langsam zum Ausgang.

»Der Arme tut mir Leid«, sagte ich zu Lawrucha.

»Was soll's ... Der Sieger kriegt alles. Also wir. Und der neue Eigentümer des Bildes, selbstverständlich. Lass uns nach Selenogorsk fahren, Kat.«

Wie nicht anders zu erwarten war, teilte die tugendhafte Sheka unsere Begeisterung überhaupt nicht. Wir saßen eine ganze Stunde auf der windschiefen Terrasse ihrer Datscha und versuchten, sie von dem Glück zu überzeugen, das über uns hereingebrochen war.

»Macht, was ihr wollt!« Sheka presste kämpferisch ihre blassen Lippen aufeinander. »Aber ich nehme keine Kopeke von dem Geld ...«

»Du meinst, keinen Cent ... Das sind Dollar, Sheka! Ein Riesenhaufen Dollar«, leierte Snegir zum hundertsten Mal herunter. »Alle deine Probleme sind gelöst, bis an dein Lebensende. Deine und die unserer Patenkinder. Ihr lebt wie die Maden im Speck, allein von den Zinsen. Lawrucha junior schicken wir nach Eton, Katja nach Oxford ...«

»Nein. Das ist schlechtes Geld ...«

»Hör doch mal zu!« Lawrucha verlor allmählich die Geduld. »Wir haben niemanden ermordet und auch keine alte Oma überfallen. Wir haben einfach unsere Chance genutzt, und sonst gar nichts.«

»Dieses Geld bringt Unglück, ich fühle es.« Seitdem Bykadorow Sheka verlassen hatte, besaß sie übersinnliche Fähigkeiten. Jedenfalls behauptete sie das. »Wir sollten es einfach vergessen, wenn schon alles so gekommen ist. Wir sollten darauf verzichten ... Ich habe Kinder, und ich will in Frieden leben.«

Ich hielt mich am Ende aus der Diskussion heraus. Es war sowieso aussichtslos, die sture Sheka von irgendetwas überzeugen zu wollen. Schläfrige Schatten flossen träge über die Terrasse, Insekten, schwer von der Hitze, fielen in die Gläser mit dem Champagner, und irgendwo hinter den Bäumen seufzte der Meerbusen. Plötzlich durchfuhr mich ein Gefühl heftigen Neides auf die ganze Welt um mich herum. Diese Schatten haben niemanden betrogen, diese Insekten haben keine Bilder gestohlen, der abgestandene Champagner hat dem wahren Besitzer des Bildes niemals Angst gemacht, und dem Meerbusen wäre niemals eingefallen, einen gestohlenen Gegenstand versteigern zu lassen. Aber Lawrucha und ich, wir waren miese kleine Gauner und verdarben der Natur ihre Rechnung.

»Sheka!«, jammerte Snegir immer noch. »Denk doch mal

nach, Sheka ... Du bist eine allein stehende Mutter mit zwei Kindern. Sie werden doch größer ... Deine Batik verkauft sich beschissen. Und deine Aquarelle auch. Wenn deine Kinder irgendwann mal einen Computer von dir haben wollen und goldene Ohrringe, dann kriegst du das Heulen ...«

Warum es Snegir so wichtig war, von Sheka Absolution zu erhalten, verstand ich nicht so recht.

»Und wenn ich vor Hunger krepieren muss, ich werde das verdammte Geld niemals anrühren«, erklärte Sheka stolz.

»Also gut.« Lawrucha schob seinen Stuhl zurück und stand auf. »Komm, wir gehen, Kat. Unsere geliebte Freundin leidet offenbar an krankhafter Ehrlichkeit. Da hilft nur ein chirurgischer Eingriff.«

Als er schon an der Gartentür war, drehte er sich um und schrie:

»Du bist eine Idiotin, Sheka!«

Dann schnappte er sich die zwischen unseren Beinen herumwuselnden Zwillinge und küsste sie nacheinander ab. Zum Schluss brach es noch einmal aus ihm heraus:

»Eure Mama ist ein Dummkopf, Kinder. Eine Idiotin. Das könnt ihr ihr bestellen.«

Während der ganzen Fahrt nach Petersburg sprachen wir kein Wort. Der Besuch bei Sheka hatte bei uns eine bedrückende Stimmung hinterlassen. Wir hatten es nicht geschafft, ein Gefühl gegenseitiger Solidarität zu erzeugen. Die ehrliche Sheka war unsere schwache Stelle. Ich hätte in unserer amorphen Freundin nie solche Unbeugsamkeit und solchen eisenharten Starrsinn vermutet. Ich begriff einfach nicht, warum Sheka sich so sträubte, das Geld zu nehmen. Wir hatten doch wirklich niemanden ermordet. Wir hatten nur aufgehoben, was schlecht lag. Neun von zehn Menschen hätten an unserer Stelle genauso gehandelt. Ach, scher dich doch zum Teufel, Sheka!

»Findest du nicht auch?«, brach Lawrucha endlich das Schweigen, und ich fuhr erschrocken zusammen.

»Was meinst du?«

»Sheka. Das denkst du doch auch – scher dich zum Teufel, Sheka!«

»Du kannst Gedanken lesen. Na gut, warten wir ein bisschen. Der Sommer ist bald vorbei, dann gibt es keine Pilze mehr und keine Moosbeeren, kein Futter auf der Weide. Und wenn das Kindergeld mal wieder ausbleibt, kommt sie von selbst angekrochen.«

»Wollen wir's hoffen.« Damit zog Lawrucha einen Strich unter unsere Beziehung zu Sheka, die plötzlich einen hässlichen Riss bekommen hatte.

Wir trennten uns in der Metro. Snegir gab mir zum Abschied eine aufmunternde Bemerkung mit auf den Weg – »Macht nichts, bald werden wir uns in unserem privaten Panzerwagen fortbewegen, Alte.« –, ich sprang in meinen Zug, und zwanzig Minuten später lief ich schon über den versifften Bahnsteig meiner schmerzlich vertrauten Metro-Station »Wassiliostrowskaja«. Unter meinen Füßen schmolz der Asphalt, die schweißverklebten Obdachlosen bettelten um leere Flaschen, an den Kiosken lief ein flotter Handel mit Zeitungen, Eis und Shawarma aus Hundefleisch. Und auf einmal fiel mir ein, dass ich mich bald von all dem trennen würde.

Eine Trennung ohne Bedauern.

Ich werde mich davon trennen und einen Leibwächter aus einer nationalen Minderheit einstellen. Einen genauso treuen und genauso schlitzäugigen wie Titows Shaik. Noch treuer und noch schlitzäugiger. Mein zukünftiges Geld verpflichtet mich dazu und erlaubt es auch. Ich werde ein reiches Miststück sein, und meine Galerie wird auf den Newski umziehen. Ich fliege auf sämtliche bedeutenden Auktionen – nach Paris, nach London, nach New York. Ich baue mir eine richtige professionelle Mannschaft auf, und dann vermiete ich meine Leute an alle, die Bilder oder was auch immer inkognito kaufen wollen.

»Pass doch auf, wo du hinläufst, Trampeltier! Mach deine Glupschen auf!«, bellte mich ein dickes Weib mit Einkaufsnetz an.

Ich hatte schon den Mund aufgesperrt, um nach Herzenslust zurückzukeifen, aber ich klappte ihn gleich wieder zu. Mit solchen Kleinigkeiten soll man sich gar nicht abgeben, wenn vor einem hehre Gipfel leuchten.

Die Gipfel leuchteten noch mehr, als ich einen von Titows Jeeps erkannte, der neben meinem Hauseingang parkte. Der Junge hat nicht gelogen, er hat tatsächlich etwas für mich übrig und will mich sehen. Na also, die Glückssträhne geht weiter.

Als ich mich dem Jeep fast auf Kontrollschussentfernung genähert hatte, stieg Shaik aus. Gewohnheitsmäßig checkte er mich mit den Augen ab.

»Hallo«, sagte ich. »Haben Sie mir meine Thermoskanne wiedergebracht?«

»Wie lange brauchen Sie zum Packen?« Er würdigte mich nicht einmal einer Antwort.

»Was packen?«

»Sie wissen schon Bescheid. Ich soll Sie zum Chef bringen.«

»Und wenn ich nicht will?«

»Ausgeschlossen.« In seinen schmalen Augen leuchtete das Warnlicht »Hochspannung« auf. »Das müssen Sie mit ihm selbst klären. Ich führe nur einen Befehl aus.«

Ein Schritt zu weit links oder ein Schritt zu weit rechts – erschießen. Alles klar.

»Kommen Sie mit hoch?«, fragte ich sanft.

»Wenn es nötig ist.«

In Begleitung des Leibwächters stieg ich zu meiner Wohnung hinauf. Der Leibwächter, treu der Psychologie des Umkleideraums, wartete im Flur. Ich ließ mich erst einmal in einen Sessel fallen und sah mich im Zimmer um. Das polierte Buffet mit dem Kristall (ein Andenken an meine verstorbene

Oma), der Kronleuchter, hergestellt unter den Zwiebeltürmen von Kishi (ein Andenken an die verstorbene Tante), drei Landschaften (Gruß von Lawrucha) und der Gobelin mit den Teekannen darauf, die aussahen wie voll gefressene Enten (Gruß von Sheka).

Und Pupik.

Pupik schenkte Titows Leibwächter nicht die geringste Beachtung. Er sprang mir in die Arme und rieb seinen Rücken an meinem Kinn.

»Wir verlieren Zeit«, sagte Shaik.

»Ich muss mich konzentrieren.«

Im Dunkel des Flurs glänzten seine Augen; er könnte ein großartiges Modell sein, Vorbild für irgendeinen Gott Iguans, ich sollte ihn Snegir empfehlen ... Der verdammte Kasache, treu den barbarischen Traditionen seiner Steppenheimat, dachte gar nicht daran, mir zu helfen, als ich einen Koffer vom Schrank zog. Ich warf einen Stoß Unterwäsche und ein paar Kleider hinein. Meine Kosmetik und die Shorts, die Bykadorow so gefallen hatten, flogen hinterher. Dann waren die Schuhe Marke »Caterpillar« an der Reihe, bevorzugtes Objekt der Niederträchtigkeiten meines Katers. Ich warf die Schuhe direkt auf die Kleider und ließ die Verschlüsse zuschnappen.

»Ich bin fertig.«

»Dann gehen wir.«

»Warten Sie, Shaik. Der Kater. Aber ich habe keinen Korb ...«

Der Korb, in dem er während der traurigen Tage meines Verrats von Haus zu Haus gereist war, lag in Shekas Sommerhaus.

Shaik geruhte endlich, das Zimmer zu betreten. Er schnappte sich den Kater an seinem dicken Nacken, und ich erwartete, dass der sofort loszappeln und dem unerwarteten Angreifer das Gesicht zerkratzen würde. Aber Pupik blieb mucksmäuschenstill und rührte keine Pfote: Er spürte, mit wem er es zu tun hatte.

Wir gingen nach unten – ich mit dem Koffer, Shaik mit dem Kater. Er setzte sich hinters Steuer, warf Pupik auf den Rücksitz und ließ den Motor an. An seinem rechten Handgelenk baumelte ein goldenes Armband, ein hübsches und geschmackvolles Stück, wie man es bei seiner subalternen Stellung gar nicht erwartet hätte. Feine goldene Kettenglieder und zwei kleine Brillanten am Verschluss, der in Form eines Tierkopfes gestaltet war.

»Ein wertvolles Stück«, bemerkte ich.

»Familienschmuck. Ich werde es der ersten Frau schenken, die mir gefällt.«

Nach der Gelassenheit des Handgelenks zu urteilen, dürfte ich wohl kaum diese Frau sein.

»Wohin fahren wir?«, fragte ich und lehnte mich zurück.

»Das werden Sie schon sehen.«

Eine erschöpfende Auskunft.

Wir überquerten in raschem Tempo alle Brücken von der Wassili-Insel bis zum Schwarzen Fluss, gelangten auf die Ausfallstraße und rasten in Richtung Selenogorsk. Wozu hatten wir uns den weiten Weg durch die Hitze von Sheka nach Petersburg quälen müssen, um eine Stunde später denselben Weg wieder zurückzufahren? Meine Abreise aus Petersburg sah eigentlich wie ein banales Kidnapping aus: ein Banditenjeep mit einer Gaunervisage am Steuer. Ich versuchte, mit dem finsteren Kasachen ein saloppes Gespräch anzufangen, aber alle meine Bemühungen wurden im Keim erstickt.

Wir fuhren nicht ganz bis Selenogorsk. Hinter Sestroretzk bog Shaik in eine Nebenstraße, und kurz darauf preschte der Jeep am Ufer des Meerbusens entlang.

»Müssen Sie eigentlich so rasen, verehrter Freund«, stieß ich aus, tief in meinen Sitz gedrückt. »Sie werden noch harmlose Zivilisten überfahren. Oder einen Hasen in eine Briefmarke verwandeln.«

Ein Lächeln schlitzte das Gesicht des Kasachen, aber er zügelte es sofort. Die kleinen Cafés und Restaurants am Straßenrand wurden von einer lang gezogenen Reihe von Villen abgelöst. Meine überstürzte Liebesromanze raste auf ihre Entscheidung zu. Shaiks Jeep bog auf einen unscheinbaren asphaltierten Weg ab.

»Wir sind da«, knurrte der Kasache.

»Ich sehe es.«

Die übermannshohe, mit Videokameras bewehrte Mauer aus roten Ziegelsteinen machte auf mich einen ziemlich üblen Eindruck. Goldmans durchaus ansehnliche Villa sah im Vergleich zu diesem Meisterwerk architektonischer Fantasie wie eine schäbige Waldhütte aus.

»Tja. Das ist kein Haus, sondern das Bezirksgefängnis von Massachusetts«, sagte ich.

»Waren Sie da schon mal?« Dem Kasachen fehlte jeder Sinn für Humor.

»Nein, aber ...« Ich fand keine Argumente zu Gunsten des Bezirksgefängnisses und zog es vor, die Klappe zu halten.

Die schweren Tore glitten geräuschlos zur Seite, und wir gelangten an ein Wärterhäuschen. Aus dem niedrigen Fenster lugte der finstere Unterkiefer eines Wachmanns hervor.

»Muss ich jetzt meine Papiere vorzeigen?«, frotzelte ich.

»Noch nicht.«

Der Jeep fuhr den Weg entlang, vorbei an hohen Kiefern, einem Tennisplatz (welche Pracht!) und einem Swimmingpool (welche Herrlichkeit!) und hielt vor einer zweistöckigen Villa. Da hatte ich wieder was zum Erzählen für Snegir und Sheka. Zumal Sheka gar nicht weit weg war, nur ein paar Dutzend Kilometer entfernt ...

Ganz nah und gleichzeitig unerreichbar weit weg, wenn man unsere Beziehung in Betracht zog, die sich wegen des Bildes so jäh verschlechtert hatte.

Das Hauptportal der Villa öffnete sich, und auf die Veranda stürmte ein junger Mann, in dem ich ohne Mühe den Geschäftsmann erkannte, der auf der Auktion die ganze Zeit die Gebote hochgetrieben hatte. Ich erschrak: Wäre seine Katholische Heiligkeit, der Patriarch von Georgien, Ilja der Zweite, aus der Villa getreten, hätte mich das weniger beeindruckt. Der Geschäftsmann sprang wie ein kleines Teufelchen auf den Jeep zu, gab Shaik die Hand und öffnete respektvoll meine Tür.

»Guten Tag«, sagte er ebenso respektvoll.

Kein Hauch von Arroganz. Meine Stimmung stieg: Wenigstens einer auf diesem Sperrzonen-Territorium, der etwas für mich übrig hatte. Ich nahm Pupik, der von der Reise ganz durchgedreht war, stieg aus dem Auto und folgte dem Geschäftsmann.

Ljocha erwartete mich im Salon, der eher wie ein überdachtes Stadion aussah. Normaler Eurostandard, nichts Überragendes, sagte ich mir und hatte mich schon wieder im Griff. Pupik fing an zu zappeln wie ein Wilder, und ich musste ihn laufen lassen.

Dann schaute ich den lächelnden Titow an. Er kam eilig auf mich zu und küsste mich ungestüm.

»Du bist gekommen. Ich bin glücklich.« Sein Glück wirkte ebenfalls hastig, um nicht zu sagen – gehetzt.

»Ich bin gekommen. Aber ich kann nicht sagen, dass ich glücklich wäre. Dein Kasache ...«

»Ich sage ihm, dass er höflicher sein soll.«

»Nicht nötig. Wozu hast du mich hierher geholt?«

»Ich möchte, dass du immer bei mir bist.« Das klang genauso wie sein programmatisches »Ich will dieses Bild an Land ziehen«.

»Wir kennen uns doch gar nicht.«

»Mir ist es genug. Ich hatte Sehnsucht ...«

Der Geschäftsmann erschien und unterbrach Ljochas flammende Geständnisse. Er brachte meinen abgewetzten Koffer und stellte ihn neben einen Sessel. Jetzt erfüllte er offenbar die Funktion eines Hotel-Boys.

»Sind das deine ganzen Sachen?«, wunderte sich Ljocha, und plötzlich spürte ich eine leichte Wut, die mir in den Kopf stieg wie guter Wein.

»Fürs Wochenende reicht das. Wo ist mein Zimmer?«

»Dein Zimmer?«

»Natürlich mein Zimmer ... Du wirst doch wohl Gästezimmer haben!«

»Ich dachte ... Na gut. Ich bringe dich.«

Wir stiegen in die zweite Etage, defilierten an einer ganzen Flucht von Zimmern vorbei, bis zur Decke angefüllt mit Büchern, Waffen und neuester Technik. Titow blieb vor einer Tür stehen und öffnete sie.

»Bitte!«

Hinter der Tür befand sich ein Schlafzimmer. Breite, über eine ganze Wand reichende Fenster, die auf den nahe gelegenen Meerbusen schauten. Ich trat ans Fenster, klopfte an die Scheibe und fragte scharfsinnig:

»Kugelsicher?«

»Ja. Woher weißt du das?«

Ach du Armer, Armer ...

»Festliches Abendessen in einer Stunde«, verkündete Ljocha fröhlich.

»Und welchen Anlass hat der Festschmaus?«

Er kam zu mir, fasste mich an den Schultern und drehte mich zu sich um. Dann begann er, ganz langsam und gar nicht hastig, die Knöpfe meines Kostüms zu öffnen.

»Erstens, du bist zu mir gekommen. Und zweitens ... Ach was, das erzähle ich dir später ...«

Die Stunde reichte uns bei weitem nicht.

Mir gefiel Ljochas Körper: Er war genauso durchtrainiert wie sein ganzes hektisches Leben. Und darin bestand auch der wesentliche Unterschied zwischen Ljocha und Bykadorow. Bykadorow war ein kontemplativer Typ, sogar in der Liebe. Er konnte stundenlang meine Hände und meine Haare untersuchen, ließ mit unendlicher Geduld seine Finger über meine

Haut wandern, ließ sie sich verirren und wieder zum Hauptweg zurückkehren.

Titow war ganz anders: Er schätzte eine Situation augenblicklich ein und entwarf eine Strategie. Er hatte eine blitzschnelle Auffassungsgabe. Bykadorow hatte mehrere Monate gebraucht, um mich zu erkunden. Ljocha hatte eine Nacht ausgereicht – die erste.

Auf dem Gipfel unseres Vergnügens öffnete sich die Zimmertür, und auf der Schwelle stand der Geschäftsmann.

»Verdammt!«, kreischte ich wenig damenhaft auf und versuchte, mich mit dem Laken zuzudecken.

»Was ist denn?«, fragte Ljocha unwirsch, ohne etwa auf die Idee zu kommen, von mir abzulassen.

»Es ist Zeit. Agnessa Lwowna ist schon da.«

»Na gut. In fünfundzwanzig Minuten kommen wir runter.«

Der Geschäftsmann verschwand, und ich fiel sofort über Ljocha her.

»Deine Leute könnten ja wenigstens anklopfen! Das ist eine Schweinerei, echt!«

»Entschuldige«, flüsterte Ljocha hastig und küsste mich. »Ich hab nicht daran gedacht. Ich werde es ihnen sagen ... Ich werde es anordnen.«

Aber mein Zorn verflog sofort, sobald Ljocha seine warmen, ungeduldigen Lippen in mir vergrub: Was hast du von dem Herrscher so eines Mini-Imperiums denn erwartet? Er käme nie auf die Idee, sich vor einem Hund oder einer Katze oder einer Schnecke am Hang zu verstecken. Oder vor einer Soldatenwanze. Und aus nichts anderem besteht sein ganzes Gesinde ...

Fünfundzwanzig Minuten später stiegen wir schon die Treppe hinunter. Ljocha mit seinem unglaublichen Gefühl für Zeit hatte Tempo gemacht und war mit dreiundzwanzig Minuten ausgekommen. Zwei Minuten für die Klamotten – Kosmetik war in dieser knappen Rechnung nicht einkalkuliert.

Agnessa Lwowna saß schon am gedeckten Tisch und langweilte sich. Um sich die Zeit zu vertreiben, rauchte sie eine zerknitterte »Bjelomor« – wahrscheinlich in stillem Gedenken an ihre in freiheitsliebenden Küchengesprächen verflossene Jugend und Reifezeit. Ich konnte mir ein Grinsen nicht verkneifen: Für die Mutter eines Millionärs hatte sie einen merkwürdigen Geschmack.

»Guten Abend«, sagte ich und hielt die Hände linkisch hinter dem Rücken.

Agnessa würdigte mich keines Blickes.

»Du hast sie also doch hergebracht«, wandte sie sich an ihren Sohn.

»Mama!«

Genauso hatten sie sich wahrscheinlich in Titows weit zurückliegender Kindheit wegen eines zugelaufenen Hündchens gezankt.

Ljocha setzte sich seiner Mutter gegenüber an das andere Ende des Tisches und begann, mich mit den Augen zu verschlingen. Ich setzte mich zu Agnessa. Der Geschäftsmann öffnete den Wein.

»Für mich Wodka, Dementij, wie üblich«, sagte Agnessa mit eisigem Ton.

Der Mini-Dementij nickte und goss genauso elegant Wodka in Agnessa Lwownas Glas, wie er neulich die Gebote auf der Auktion erhöht hatte. Der Wodka glänzte in dem schweren Kristall so verführerisch, dass ich beschloss, es Agnessa nachzutun.

»Ich hätte auch nichts gegen einen Schluck Wodka einzuwenden«, sagte ich mit unschuldiger Stimme. Agnessa presste die Lippen aufeinander, und Ljocha lächelte mich strahlend an.

Er hob sein Glas und sagte feierlich:

»Heute ist ein großartiger Tag. Ich habe es geschafft.«

Ljochs nackte Ferse berührte mein Bein (er hatte sich unter dem Tisch inzwischen die Schuhe ausgezogen), und den letzten Satz bezog ich naiverweise auf mich.

»Du bist ein Idiot«, parierte Agnessa. »So ein Haufen Geld ...«

»Ich habe eine große Überraschung für dich, Mutter. Ich denke, du wirst erheblich besser von Katja denken, wenn ... Aber zuerst lasst uns darauf trinken!«

Agnessa kippte den Wodka weg wie ein Stabsfeldwebel. Ich folgte ihrem Beispiel.

Danach arbeiteten wir schweigend eine Weile mit Gabeln und Kiefern.

»Was machen Sie eigentlich, meine Liebe?«, fragte Agnessa.

»Katja hat eine Galerie auf der Wassili-Insel«, antwortete Ljocha für mich.

»Ich bin Kunstwissenschaftlerin. Spezialgebiet Präraffaeliten.«

Ich kann mir schon denken, was du für eine Kunstwissenschaftlerin bist, las ich auf ihrem faltigen Gesicht. Spezialgebiet Oralsex und sonstige Perversitäten, so eine bist du!

»Hat sie das verkuppelt?«

»Katja hat damit nichts zu tun.«

»Alexej, kann ich dich einen Augenblick sprechen?«, forderte endlich Agnessa Lwowna mit verkniffenem Mund.

»Hat das nicht Zeit bis nach dem Abendessen?«

»Nein, sofort.«

»Na gut.« Seine Ferse glitt Abschied nehmend über meinen Unterschenkel. Er zog schnell seine Schuhe an und folgte seiner Mutter aus dem Raum.

Agnessa hielt es nicht einmal für nötig, die Tür zu schließen, um mich damit noch mehr zu kränken. Ich säbelte melancholisch an meinem Fleisch herum und lauschte dem äußerst unerfreulichen Gespräch zwischen Mutter und Sohn.

»Wie soll ich das verstehen, will sie hier wohnen?«, quiekte Agnessa mit schriller Stimme.

»Ich habe sie eingeladen.«

»Wozu?«

»Weil ich es so will. Ich will, dass sie hier ist ... Bei mir. Sie gefällt mir. Sie gefällt mir sehr ...«

»Du kennst so viele anständige Mädchen, aber nicht eine davon hast du mit hierher gebracht ... Ljudotschka zum Beispiel, die Tochter von Iraida Germanowna, sie hat sich deinetwegen so gegrämt ...«

Arme Ljudotschka, braves Mädchen, Aspirantin und Erbin der Bürgerrechtsbewegung, der Intonation Agnessas nach zu urteilen. Ich goss mir Wodka nach, stand auf und ging zur Tür. Die Stimmen von Ljocha und Agnessa wurden deutlicher.

»Deine Ljudotschka interessiert mich nicht. Katja bleibt.«

»Kennst du sie schon lange?«

»Spielt das eine Rolle?«

»Glaube deiner Mutter. Sie ist eine typische Erbschleicherin. Sie ist hinter deinem Geld her. Willst du sie etwa heiraten, was Gott verhüten möge?«

»Vielleicht.«

Ich fiel beinah auf den Hintern. Eine unverhoffte Wende, Donnerwetter.

»Das erlaube ich nicht ... Du bringst irgendeine Nutte ins Haus ...«

Zeit, sich einzumischen. Ich gab der Tür einen Stoß mit dem Fuß und setzte ein bezauberndes Lächeln auf.

»Ich bin keine Nutte, Agnessa Lwowna, ich bin Spezialistin für Präraffaeliten. Und was das Geld angeht ... Ich bin ausreichend versorgt, glauben Sie mir, und mehr als das. Sie dürfen Ihr Geld behalten. Also keine Angst, Sie können nach Herzenslust weiter spenden, für die Not leidenden Opfer politischer Repression.«

Agnessas Gesicht bekam rote Flecken.

»Flegelin!«

»Ich habe mich ebenfalls sehr gefreut, Sie kennen zu lernen.«

Ljocha, der unserer Zankerei mit belustigtem Staunen lauschte, hob die Hände.

»Also, Mädchen, es reicht. Ihr werdet eure ganze Streiterei gleich vergessen, das verspreche ich euch. Kommt mit.«

Und ohne auf uns zu warten, verschwand er im Flur.

»Na dann, Agnessa Lwowna ...« Ich zwinkerte ihr zu und unterdrückte mit Mühe den Wunsch, ihr eins in ihre verdörrte, von Jahrzehnten Dissidententum ausgemergelte Seite zu boxen.

Agnessa erstickte fast vor Wut, aber ihr fiel keine Antwort ein. Sie drehte sich auf dem Absatz um und stürzte ihrem Sohn hinterher.

»Dementij!«, rief ich mit herrischer Stimme, und der treue und brave Dementij wuchs augenblicklich aus dem Boden.

»Sie wünschen?«

»Wodka!«

Dementij goss mir mit sichtlichem Vergnügen Wodka ein, und ich trank ihn mit ebenso sichtlichem Vergnügen aus. Jetzt, da die Temperatur meiner Wut auf hundertachtzig gestiegen war, war ich willens, jedem eine Schlacht zu liefern.

»Wo ist denn dein Chef hingegangen?«, fragte ich.

»Ins Arbeitszimmer.«

»Bring mich hin.«

»Sie gehen forsch ran«, bemerkte Dementij, übrigens ohne jede Missbilligung.

Ljochas Arbeitszimmer lag ganz am Ende des Flurs, direkt unter dem Schlafzimmer, in dem wir solch unvergessliche anderthalb Stunden verbracht hatten. Eine Stunde und fünfundzwanzig Minuten, wenn man genau sein wollte. Dementij hielt mir galant die Tür auf, und ich unterdrückte den Impuls, ihm ein nicht existierendes Stück Zucker in sein Hundemäulchen zu stecken.

Das Erste, was ich sah, waren die »Apokalyptischen Reiter«.

Sie standen auf einer speziell gefertigten Staffelei, im weichen Licht perfekt arrangierter kleiner Fotolampen. Wer immer die »Reiter« hier im Arbeitszimmer aufgestellt hatte, verstand sich offensichtlich darauf, wie man ein Bild zur Geltung brachte. Die »Reiter« sogen alle umliegenden Gegenstände wie ein gigantischer Trichter in sich auf, sie veränderten den Raum auf wunderlichste und bizarrste Weise.

»Na, was sagt ihr dazu?«, fragte Ljocha selbstzufrieden.

»Du hast es also doch gekauft«, flüsterte ich.

Agnessa Lwowna saß vollkommen kraftlos in einem Sessel.

»Das war eine heiße Geschichte, sag ich euch!«, begeisterte sich Ljocha.

Er ging zu den »Reitern« und drehte die Staffelei vorsichtig einmal um ihre Achse. Die rothaarige Jungfrau Maria rauschte mit fliegenden Umhangschößen majestätisch ins Arbeitszimmer herein. Und wieder einmal war ich frappiert von unserer erstaunlichen, unglaublichen Ähnlichkeit.

»Das ist nicht einfach ein Bild, Mama. Das ist ein Teil eines Triptychons, wie die Fachleute sagen. Darf ich vorstellen: Die Jungfrau Maria – ich bitte um gebührenden Respekt!«

Agnessa betrachtete aufmerksam die Rothaarige in dem Umhang, dann richtete sie ihren Blick auf mich.

»Hast du es auch bemerkt?« Ljocha legte seinen Arm um meine Schultern. »Katja hat es irgendwie geschafft, einem großen Künstler am Ende des fünfzehnten Jahrhunderts Modell zu sitzen.«

Agnessas Unterkiefer hing herab.

»Tatsächlich ... Eine verblüffende Ähnlichkeit. Hast du dir deshalb so eine ... hm ... so ein Mädchen ausgesucht?«

Ich war zu überrascht, um beleidigt zu sein.

»Aber nein ... Katja habe ich etwas früher kennen gelernt ...«

»Und was willst du mit diesem Bild machen?«, fragte Agnessa nüchtern.

»Es wird die Grundlage meiner Sammlung.«

»Hast du jetzt vor, Kunst zu sammeln?«

»Warum nicht?« Ljocha lächelte unbekümmert. »Meine Mittel erlauben es mir. Zumal meine Freundin eine Galerie hat. Sie ist vom Fach.«

»Präraffaeliten, ich erinnere mich.«

»Ich hoffe, ihr werdet euch gut vertragen, Mama.«

An Agnessas sehnigem Hals klirrte die Kette aus großen Rohperlen: Mach dir keine Hoffnung, mein Sohn.

»Aber wie ... wie kann das sein? Das Bild hat doch jemand ganz anderes gekauft!«, meldete ich mich zu Wort.

»Das war einer von meinen Leuten, Katja!«

Lawruchas Vermutungen waren hundertprozentig in Erfüllung gegangen. Ljocha hatte seine Konkurrenten taktisch ausgeschaltet – und hatte gewonnen.

»Eigentlich war alles ganz einfach. Ich selbst habe mich auf der Auktion nicht blicken lassen und habe stattdessen ein paar von meinen Jungs hingeschickt. Dementij hat die ganze Zeit die Gebote angehoben, um den Konkurrenten zu zermürben. Ich wusste ungefähr, was für eine Summe ihm zur Verfügung steht. Und als der kritische Moment erreicht war, kam ein anderer von meinen Leuten aus dem Hintergrund und hat ihm den Todesstoß versetzt.«

»Das ist dir ja großartig gelungen.« Dieses Kompliment musste ich ihm machen.

»Mir gelingt alles großartig.«

Agnessa stand auf und schwebte zur Tür, jeder Zoll Gleichgültigkeit gegenüber den Auktionsgroßtaten ihres Sohnes. Wir waren allein, und Ljocha fiel wieder über mich her. Und wieder schien mir, als flatterten die Augenlider des Mädchens auf dem Bild.

»Man sagt, Lukas Auster sei der geheimnisvollste Maler in der Geschichte der Kunst gewesen.«

»Kann sein.« Ljocha barg das Gesicht in meinen Haaren.

»Erschreckt dich dieses Bild?«, fragte ich ihn beiläufig.

»Nicht die Spur. Es inspiriert mich. Morgen wird es die Hauptattraktion des Abends sein.«

»Morgen?«

»Ich habe vor, eine kleine Party zu geben. Nur ein paar enge Freunde. Geschäftsleute, ein, zwei angesehene Experten, jemand aus der Stadtverwaltung ... Ich möchte euch vorstellen, dich und das Bild. Ist dir das recht?«

Wie könnte es mir nicht recht sein? Morgen werden mir seine einflussreichen Freunde den Hinterkopf tätscheln und mich mit einem einzigartigen Bild Lukas' van Austers vergleichen. Eine nette Aussicht.

»Und darf ich ... darf ich auch jemanden einladen?«

»Wen denn?«, fragte Ljocha misstrauisch.

»Zwei Freunde von mir. Sehr enge Freunde.«

»Männer?« In Ljochas Stimme klang der Unterton des Besitzers.

»Was heißt Männer ... Der eine ist der ehemalige Eigentümer des Bildes, Lawrenti Snegir. Er ist Maler und Restaurator. Und meine Freundin.« Ich hatte noch nicht die Hoffnung aufgegeben, mich mit Sheka wieder zu versöhnen.

»Ich weiß nicht ...«

»Pass mal auf ...« Ich beschloss, Charakter zu zeigen. »Ich war schon ein paar Jahre auf der Welt, bevor du mir über den Weg gelaufen bist. Und ich habe die feste Absicht, meine Gewohnheiten zu behalten, und meine Freunde auch.«

»Schon gut, schon gut! Natürlich, lade sie ein, ich werde mich freuen, sie kennen zu lernen ... Aber denk daran, ich bin krankhaft eifersüchtig.«

»Ich werd's mir merken.«

Ljocha sah sich ungeduldig suchend im Arbeitszimmer um und überlegte, wo er mich am besten flachlegen konnte. Er entschied sich schließlich für das Bärenfell, das auf dem Boden lag.

»Ist dir das recht?«

Wie denn nicht? Aber als der harte tote Bärenpelz mir die Wange zerkratzte, hörten wir vom Ende des Flurs her furchtbares Geschrei. Agnessa.

»Alexej!!! Alexej, komm, schnell!«

»O verdammt«, Ljocha unterbrach höchst ungern die Untersuchung meiner Brust. »Ich habe ihr eine Wohnung auf dem Newski gekauft, aber nein ... Man lässt mir einfach kein Privatleben ...«

Er stand auf, machte sich im Gehen die Hose zu und lief aus dem Arbeitszimmer. Ich warf noch einen Blick auf das Bild und folgte ihm.

Agnessa stand im Esszimmer und starrte voller Entrüstung auf den Tisch. In der Mitte des Tisches, auf einem sauberen Teller aus Meißner Porzellan, prangte ein dubioser und reichlich unappetitlicher Haufen.

»Was ist das?«, fragte Agnessa.

»Keine Ahnung.« Ljocha näherte sich dem Tisch. »Meiner Meinung nach ist das Scheiße.«

»Katzenscheiße«, korrigierte ich ruhig. Pupik blieb sich auch hier treu. Die Anpassung an den neuen Lebensraum verlief nicht ohne Reibungen.

»Katzenscheiße?«, quietschte Agnessa. »Was soll das, hast du dir eine Katze angeschafft?«

»Das ist meine Katze. Genau genommen, ein Kater«, bemerkte ich.

»Siehst du, Mama, alles hat sich ganz einfach aufgeklärt«, lachte Ljocha.

»Sie hat auch noch eine Katze mitgebracht?«

»Einen Kater«, unterbrach ich müde. »Ich konnte ihn doch nicht auf die Straße setzen.«

»Ich fahre! Ich setze keinen Fuß mehr in dieses Haus, solange diese ... dieser ...« Agnessa starrte hilflos von dem Teller zu mir.

»Morgen um sieben, Mama. Wir erwarten dich ...«

Aber Agnessa hörte ihrem Sohn schon nicht mehr zu. Sie schoss wie eine Gewehrkugel aus dem Esszimmer. Das fing ja wirklich lustig an, das Leben mit dem erfolgreichen Geschäftsmann ...

Zur Unterbindung weiterer Exzesse wurde Pupik für den nächsten Abend in die Besenkammer hinter der Küche verbannt. Noch am selben Tag rief ich Lawrucha an und lud ihn zu der Party ein. Er nahm diese Nachricht mit Enthusiasmus auf.

»Gala-Anzug obligatorisch«, gurrte ich in den Hörer. »Und rasier dich. Es wird eine edle Gesellschaft sein. Vielleicht kann man jemandem deine Bilder andrehen.«

»Du bist ja komplett verbürgerlicht, Alte. Was ist das überhaupt für einer, dein neuer Besitzer?«

Ich beschrieb Titows Vorzüge und diktierte ihm die Adresse. Lawrucha schnaufte.

»Ziemlich weit weg bist du da gelandet.«

»Ökologisch sauberer Ort. Soll ich Sheka einladen, oder holst du sie ab?«

»Mit der setzt du dich lieber selbst auseinander.«

»Gut. Sei um sieben da, und komm ja nicht zu spät.«

Ich fand die Telefonnummer von Shekas Sommerhausnachbarin und wählte die Nummer. Fünf Minuten gingen dafür drauf, die Nachbarin zu überreden, Sheka Sokolenko ans Telefon zu rufen. Weitere zwanzig Minuten, um Sheka selbst zu überzeugen.

»Ich bitte dich sehr, komm ... Es ist sehr wichtig für mich.«

»Ich kann nicht, Katja ... Du weißt doch, ich habe hier niemanden, bei dem ich die Kinder lassen kann.«

»Sprich dich mit der Vermieterin ab, sie ist doch so ein Engel.«

»Ein gestürzter Engel ...«

»Bloß für lausige zwei Stunden ... Du wirst abgeholt und wieder gebracht, kein Problem.«

»Du hast schon lange keine Probleme mehr.« Das war ungerecht, aber ich schluckte diese Pille.

»Bitte, Sheka ... Lass mich nicht im Stich!«

Das war ein etwas unfaires Manöver, aber mir blieb nichts anderes übrig. Und Sheka willigte ein.

Die Party begann Punkt sieben. Ein kleines separates Rasenstück war dafür vorbereitet, von wo aus man einen guten Blick auf den Meerbusen hatte. In den hohen Kiefern rauschte der Wind, sanfte Wellen rollten ans Ufer, Ljocha war nett, das am selben Morgen gekaufte Kleid saß großartig, und das Fehlen jeglicher Unterwäsche gab meinen Bewegungen die nötige Pikanterie. Na gut, Liebe auf den ersten Blick war es nicht (für Bykadorow hatte ich einen zu hohen Preis gezahlt), aber Ljocha war nicht dumm, außerdem war er ehrlich zu mir und gar nicht schlecht im Bett. Das war ein ganz passables Startkapital. Ljocha war es schon wert, sich mit dem überflüssigen Misstrauen seiner Leibwächter abzufinden und vielleicht sogar den Versuch zu unternehmen, seine Mama zu bändigen.

Agnessa Lwowna erschien jedoch nicht zu der Party, und man kann nicht sagen, dass ich darüber besonders traurig gewesen wäre.

Ljochas Freunde erwiesen sich als solide Herren mit guten Manieren. Ich wurde ihnen als Freundin des Gastgebers vorgestellt, und sie küssten der Reihe nach achtungsvoll meine Hand. Und als einer der höheren Staatsbeamten damit an der Reihe war, fühlte ich mich einfach großartig. Dein neues Leben fängt nicht schlecht an, Katerina. Du bist einfach für dieses Leben geschaffen.

Die Hauptattraktion des Abends war tatsächlich das Bild, genau genommen meine fantastische Ähnlichkeit mit der Jungfrau Maria. Nachdem die hohen Gäste sie von allen Seiten beschnuppert hatten, konnte ich mich der Komplimente kaum mehr erwehren. Alexej Alexejewitsch Titow hatte erreicht, was er erreichen wollte: Alle Pfeile trafen voll ins Ziel. Man befragte mich beiläufig über meine Galerie und hörte genauso beiläufig meinen Antworten zu. Nach Ablauf einer Viertelstunde war ich glückliche Besitzerin von einem Stapel Visitenkarten, mehrerer Einladungen zu diversen Präsentationen sowie zweier Eintrittskarten zu der Ausstellung »Technische Anlagen für die Erdöl verarbeitende Industrie«.

»Sie sind reizend, Katenka, wir sind jederzeit für Sie da.« Das klang wie Musik in meinen Ohren. Ich war offensichtlich für den Glamour geschaffen. Weder Verwaltungsmenschen noch Beamte, noch Geschäftsleute machten mir Angst, ich wirkte vollkommen natürlich. Sogar mehr als sonst. Ein paar kluge Gedanken, ein paar gelungene Witze, ein paar Tropfen teures Parfüm an meinen Handgelenken – es gehörte nicht viel dazu, all diese Männer zu zähmen. Ich begeisterte mich so für ihre machtvollen Falten und starken Stirnwülste, dass ich dabei Lawrucha und Sheka ganz vergaß. Ich brauchte keine Beziehungsgruppe mehr.

Aber sie kam, wenn auch verspätet.

Als Erster erschien Lawrucha auf der Vorzeigewiese, mit Harryboy als Zugabe. Harryboy, von dem ich mich schon längst auf Nimmerwiedersehen verabschiedet hatte.

»Alexej Titow. Lawrenti Snegir«, stellte ich vor. »Sagt euch Guten Tag, Jungs.«

Die Jungs drückten einander die Hände.

»Und der Zweite – ist das deine Freundin?«, fragte Ljocha eifersüchtig.

»Die Freundin kommt später. Das ist Lambert-Harry Jakobs aus Holland. Der größte Fachmann für das Werk von Lukas van Ostrea. Er war auf der Auktion.«

Harryboy lächelte schüchtern.

»Ausgezeichnet. Sie werden mir doch etwas über das Bild erzählen, Lambert-Harry?« Ljocha zog Harryboy auf die Seite, und ich fiel über Lawrucha her.

»Wieso zum Teufel hast du ihn mitgebracht?«

»Er hat mich regelrecht angefleht ... Er hat gesagt, er müsse das Bild ein letztes Mal sehen, er könne nicht abreisen, ohne sich von ihm zu verabschieden, und so weiter.«

»Bemerkenswerte Leidenschaft. Na gut. Der Holländer wird uns auch nicht weiter stören. Soll er das Publikum mit mittelalterlichen Horrorstorys belustigen. Ich verstehe bloß nicht, wo Sheka bleibt.«

Vor anderthalb Stunden war der treue Shaik losgeschickt worden, Sheka abzuholen.

»Du hast sie überzeugt?«

»Ich denke, das ist ein guter Anlass, sich zu versöhnen ...«

»Tja ...« Lawrucha beobachtete die Herde der Mächtigen, die in der Nähe weideten, und kippte Champagner in sich hinein. »Gar nicht schlecht hast du's hier, Alte. Ein steiler Aufstieg. Mancher strampelt sich sein ganzes Leben nach so was ab und kriegt es nicht.«

»Ich habe wohl Glück gehabt«, sagte ich einfach und winkte Sheka, die auf der Wiese erschienen war. »Da kommt unser unbeugsamer eiserner Felix Dsherschinskij!«

»Tatsächlich, sie ist gekommen. Na gut, ich verzieh mich, mal hören, was die klugen Leute so zu erzählen haben ...«

Der nachtragende Lawrucha nickte Sheka kalt zu, ließ uns stehen und gesellte sich zu dem Schwarm von Männern. Eine Minute später quasselte er schon fröhlich mit einem der Gäste, demselben, der mir die Einladung zu der Ausstellung »Technische Anlagen für die Erdöl verarbeitende Industrie« aufgedrängt hatte.

»Na, wie geht's dir?«, fragte ich Sheka. »Warum kommst du so spät?«

»Lawrucha hat Durchfall. Und Katja hat ein Riesentheater veranstaltet. Kaum hatte ich Larfa so weit, dass sie mich für anderthalb Stunden weglässt ... Du weißt doch, wie zänkisch die Alte ist.«

Larissa Fjodorowna, Überlebende der Leningrader Blockade, die sich äußerlich auf siebzig konserviert hatte, obwohl sie die achtzig weit überschritten hatte, war bekannt für ihre streitsüchtige Natur.

»Und wo ist dein Typ?«, fragte Sheka neugierig.

»Er kommt bald.«

Etwas Seltsames geschah mit mir – ich sah Sheka plötzlich mit den übersättigten Augen von Titows Gästen: ein anspruchsloses Sommerkleid aus Baumwolle, ein verbranntes Gesicht, spärliche Augenbrauen und kurz geschnittene Fingernägel. Aus ihren Sandalen, die wir vor zwei Jahren zusammen gekauft hatten, ragten die Zehen in alle Richtungen heraus, der Teufel hole sie!

»Komm, wir ziehen dir was anderes an«, flüsterte ich Sheka zu.

»Wozu?«

»Hier sind lauter hohe Tiere ... das ist etwas peinlich ...« Es wäre besser gewesen, ich hätte das nicht gesagt.

»Was ist, schämst du dich meinetwegen, Katja?«, fragte Sheka gekränkt.

»Du spinnst!« Ich legte ihr den Arm um die Schultern. »Ich dachte ... Vielleicht ist dir eins von meinen angenehmer ...«

»Von deinem Freier bezahlt?« Sheka hatte die Struktur meiner Beziehung zu Titow gleich durchschaut. »Nein, ich bleibe lieber wie ich bin. So kann ich ein bisschen deine Geldsäcke schockieren.«

Sie nahm ein Glas Champagner und trank es in einem Zug aus.

»Und wo ist dieser Teufel? Lawrucha?«

»Er war grad irgendwo hier.«

»Ich gehe ihn suchen. Wir müssen uns sowieso versöhnen ...«

Sheka ging davon, eine absurde und gleichzeitig graziöse Erscheinung. Und wieder regten sich abscheuliche Gedanken in mir – Gedanken, die ich mir niemals verzeihen werde. Ich hätte sie nicht einladen sollen. Mit dem Durchfall ihrer Kinder und der windschiefen Datscha (fünfzig Dollar im Monat).

Der Abend verlief wie geplant, ich erfüllte mit Leichtigkeit die Rolle der Gastgeberin auf einem reichen Gut. Einer der Gäste kam nach seinem x-ten Glas Cognac auf die glänzende Idee, zum Meerbusen hinunterzugehen und in den warmen Wellen zu plantschen. Aber erst nach dem Martini wurde dieser Gedanke aufgegriffen. Die Zungen und die Krawatten der Gäste lösten sich ganz von selbst, sogar Sheka fasste sich ein Herz und fügte sich ganz natürlich in die kleine, aber eingeschworene Männergesellschaft ein.

»Du hast eine nette Freundin«, flüsterte mir Titow zu. »Sehr unbefangen.«

»Wer ist das da bei ihr?«

»Borodin, von der Stadtverwaltung. Gute Beziehung. Er ist für die Verwaltung der staatlichen Immobilien verantwortlich ... Schlichte Landnaturen sind genau nach seinem Geschmack.«

Ich wies Ljocha nicht wegen seiner Unverschämtheit zurecht, im Gegenteil – ich kicherte gemein. Er umarmte mich.

»Verdammt, du bist wahnsinnig schön ...«

Ich wusste selbst, dass ich schön war; den ganzen Abend über hatte ich die unverhohlen lüsternen Blicke von Titows Gästen auf mir gespürt. Nimm dich zusammen, Kat, das ist nur eine Seite der Medaille.

Aber ohne unangenehmen Zwischenfall ging der Abend natürlich nicht zu Ende: Lawrucha, inzwischen sternhagelvoll, goss ein Glas Punsch über mein Kleid. Ich vergaß augenblicklich den feinen Ton und haute ihm eins auf den Rücken.

»Du hast mein Kleid versaut, du Trampel!«, flüsterte ich. »Vierhundert Dollar ...«

»Na und ... Was soll das, Kat, was ist schon ein verhunztes Kleid. Bald wirst du einen ganzen Lastwagen voll von solchen Kleidern haben. Hauptsache, der Ruf ist nicht lädiert. Hast du den Holländer gesehen?«

»Nein, warum?«

»Wenn du ihn siehst, sag ihm, er wird erwartet. Die Gesellschaft dürstet danach, einem Vortrag über mittelalterliche Gruselmalerei zu lauschen.«

»Gut, ich sag's ihm.«

Fluchend schleppte ich mich nach oben, um mich umzuziehen.

Drinnen war kein Mensch. Die einbrechende Dämmerung gab dem Haus etwas Geheimnisvolles, und ich fühlte mich wie eine der Gemahlinnen Ritter Blaubarts. Sicher gab es in diesem Haus ein Zimmer, das niemand betreten durfte ... Ich war schon einen ganzen Tag hier, aber bis jetzt hatte ich es noch nicht erkundet, obwohl man mir alles Mögliche vorwerfen kann, nur nicht fehlende Neugier. Ich ging in die Küche und ließ den gekränkten Pupik aus der Abstellkammer, nahm ihn auf den Arm und küsste ihn auf die feuchte Nase.

»Na, Pupij Salusti Mauzian, es läuft doch alles ganz fantastisch, findest du nicht?«

Pupik hatte keine Meinung dazu, er versuchte bloß, mich mit der Pfote auf die Wange zu tatschen.

»Du bist auch nicht besser«, seufzte ich und ließ den zänkischen Kastraten von meinem Arm herunter.

Als ich in die erste Etage kam, konnte ich mich doch nicht beherrschen. Am Ende des Ganges, auf einer speziellen Staffelei im unverschlossenen Arbeitszimmer, standen eine Million Dollar – auf die in diesem Moment niemand achtete. Der allergewöhnlichste Vibrator zur Befriedigung der Lust. Letztendlich ist aller maßlose Ehrgeiz, sind das Streben nach Macht und die Gier nach Reichtum nichts anderes als menschliche Lüsternheit ...

Ich betrat das Arbeitszimmer und stand eine Weile reglos vor den schwach beleuchteten »Apokalyptischen Reitern«. In der von der Hitze erschöpften beginnenden Nacht waren sie noch schöner und noch grimmiger als sonst. Hatte ich das Recht gehabt, sie mir anzueignen? Zur Richterin ihres letzten Rennens zu werden, in dem das blasse Pferd des Todes so deutlich an der Spitze lag?

Ein leichtes Geraschel hinter mir ließ mich zusammenzucken.

Ich drehte mich um. In der Ecke, zu einem Knäuel zusammengesunken, saß Harryboy. Er konnte sich immer noch nicht von seinen »Reitern« losreißen, am liebsten hätte er sie am Zügel genommen und fortgeführt, wohin auch immer – am besten in die Tote Stadt Ostrea ...

»Sie haben mich erschreckt, Harry«, sagte ich vorwurfsvoll.

»Verzeihen Sie«, sagte er ohne jeden Akzent, und ich wunderte mich nicht einmal darüber. Zwei Wochen nutzlosen Wartens hatten das ihre getan. Sein angebeteter Lukas blieb in Russland, und jetzt musste er lernen, mit ihm auf Russisch zu kommunizieren ...

»Man sucht Sie, Harry.«

»Mich?«

»Die Gesellschaft möchte einen kleinen Vortrag über Lukas Auster hören.«

»Ich weiß nicht ...« Harryboy drückte sich noch tiefer in den Sessel.

»Na los, Harry. Das wird Ihnen Spaß machen.«

Ein zweifelhafter Spaß, angesichts der Unmengen von Alkohol, die schon geflossen waren, aber darüber wollte ich mich jetzt nicht umständlich verbreiten. Während ich versuchte, den armen Holländer zu überreden, quietschte die Tür, und Pupik spazierte mit hochgerecktem Schwanz ins Arbeitszimmer herein – noch ein Verehrer des Werkes von Lukas Auster.

Pupik tapste gemächlich durch das Arbeitszimmer, als wäre er hier zu Hause, und streckte sich auf dem Fußboden vor dem Bild aus.

»Gehen Sie, Harry?«, fragte ich.

»Ja, natürlich ...«

Harryboy hätte lieber mit dem Kater getauscht, das war offensichtlich. Aber ich hatte keineswegs vor, den langen Holländer am Genick zu packen und aus dem Arbeitszimmer zu schleppen. Ich ließ die beiden leblosen Kadaver auf dem Schlachtfeld ihrer Leidenschaften zurück und begab mich in mein Zimmer.

Ich zog mich um, brachte rasch mein Make-up in Ordnung, ging zur Tür und griff nach der Türklinke – und stellte erstaunt fest, dass die Tür verschlossen war.

Wollte sich Ljocha einen Scherz mit mir erlauben?

»Lass die Witze«, sagte ich streng.

Hinter der Tür blieb es still. Nur vom Ende des Ganges her hörte ich eilige Schritte. Ich rüttelte noch einmal an der Klinke und lachte nervös auf. Die Situation war vollkommen absurd, wenn man bedachte, dass vor meinem Erscheinen in diesem Haus die Türen überhaupt nicht verschließbar gewesen waren. Am Vorabend, nachdem Ljocha und ich in dieser recht eindeutigen Situation ertappt worden waren, hatte ich selbst darauf bestanden, dass die Schlafzimmertür mit einem Schlüssel versehen wurde. Nur, so eine schnelle Reaktion hatte ich von Ljocha nicht erwartet.

»Mach auf!«, bat ich noch einmal.

Wieder kam keine Antwort.

»Idiot«, rief ich, überlegte einen Moment und fügte hinzu: »Idioten!«

Stille.

Ich lief im Schlafzimmer hin und her. Dann ging ich zum Fenster und trommelte mit den Fingern gegen das kugelsichere Glas. Keine Spur von dem guten alten Fensterriegel, nur eine glatte Oberfläche und das leise Summen der Klimaanlage! Hol dich der Teufel mit deinen zwei Anschlägen!

Ich streckte mich auf dem Bett aus und legte die Hände unter den Kopf. Der Zorn auf Ljocha verflog nach und nach. Früher oder später würde er auftauchen – ich würde hier nicht ewig sitzen. Und wenn er auftauchte, würde ich ihm eine Bartholomäusnacht veranstalten. Und mich dann, wenn alle Hugenotten restlos erledigt waren, von ihm besitzen lassen ...

Dieser Gedanke versöhnte mich mit meiner unerfreulichen Lage, und ich merkte gar nicht, dass ich einschlief.

Ich wachte auf, weil meine Hand kribbelte. Es war dunkel. Noch ganz benommen, setzte ich mich auf und schüttelte den Kopf.

Ich warf einen Blick auf die Uhr – ich hatte nur fünfunddreißig Minuten geschlafen –, stand auf und beschloss, einen neuerlichen Sturm auf die Tür zu unternehmen.

Sie gab sofort nach. Ich kam mir vor wie eine Vollidiotin, stieß die Tür auf und trat in den Gang. Der Schlüssel steckte von außen im Schloss. Ich konnte mich nicht erinnern, ihn gesehen zu haben, als ich das Zimmer betreten hatte. Wie dem auch sei, Ljocha konnte sich auf etwas gefasst machen.

Ohne einem Menschen zu begegnen, ging ich nach unten, trat auf die Terrasse und sog die frische Luft durch die Nase: Es lebe die Freiheit! In einem Korbsessel saß Shaik mit dem unvermeidlichen Kreuzworträtsel in der Hand.

»Wunderschöner Abend«, sagte ich zu ihm, als sei nichts geschehen. »Ich sehe zum ersten Mal einen Kasachen, der Kreuzworträtsel löst.«

»Haben Sie überhaupt schon mal einen Kasachen gesehen?«

Auf der Akademie, bei den Malern, hatten ein paar Kasachen studiert. Sie soffen ohne jedes Maß, und genauso prügelten sie sich mit den Mongolen. Und dabei waren sie ziemlich anständige Maler.

»Ich hatte bereits das Vergnügen.«

»Schön für Sie.«

Ich ließ Shaik mit der »Erfindung von A. F. Moshaiski« und einer »Figur aus der Oper ›Bajazzo‹ von R. Leoncavallo« allein und ging dem Geräusch der Stimmen nach, an dem Rasen vorbei, auf dem ein wüstes Durcheinander von Sesseln, Tischen und den Überresten des Essens und der Getränke herrschte. Der Liebhaber schlichter Landnaturen unterhielt sich angeregt mit einem Mann, der mir als Direktor eines privaten Wachdienstes vorgestellt worden war. Sie nickten mir synchron zu, und der Liebhaber der Landnaturen ließ den interessierten Blick eines Platzhirsches im Ruhestand über mein Kleid gleiten.

Die Party war inzwischen in ihre Schlussphase getreten.

Auf der dunklen Wasseroberfläche des Meerbusens, nicht weit von Titows Jacht mit dem geläufigen Namen »GULAG«, waren einige verwegene Köpfe zu sehen. Lawrucha und Harryboy saßen direkt am Wasser im Sand und tranken mit Cognac Brüderschaft.

»Wo ist Sheka?«, fragte ich und zögerte, Ljochas Namen

auszusprechen. Ich würde ihn selbst finden und zur Rede stellen.

»Sie ist abgefahren.« Lawrucha reckte sich und fiel in den Sand.

»Wie – abgefahren?«

»Du weißt doch, sie hat Kinder und kann nicht so lange bleiben.«

»Verstehe. Und ihr nutzt die Zeit sinnvoll, wie ich sehe ...«

»Hm. Wo hast du deinen Allerliebsten gelassen?«

»Weiß ich doch nicht.«

»Ich dachte, ihr habt euch den Freuden der Liebe hingegeben ... Das dachten alle ...«

»Ist er nicht da?«

»Nein. Jedenfalls habe ich ihn seit mindestens einer halben Stunde nicht gesehen.«

Ich schlenderte über den schmalen Streifen des pedantisch sauberen Strandes und klapperte den ganzen Gästebestand ab. Ljocha war nicht unter ihnen.

»Na, hat dich dein Bräutigam verlassen?«, fragte Lawrucha und kicherte schlüpfrig.

Ohne ihn einer Antwort zu würdigen, kehrte ich zum Haus zurück. Shaik saß immer noch auf der Terrasse.

»Haben Sie Alexej gesehen?«, erkundigte ich mich mit sachlicher Stimme.

Der Kasache legte sofort die Zeitschrift zur Seite, und in seine Schlitzaugen trat Besorgnis.

»Waren Sie nicht mit ihm zusammen?«

»Wie Sie sehen, nicht.«

»Aber er ...« Das undurchdringliche Gesicht Shaiks war mit einem Schlag nicht mehr undurchdringlich. Zum ersten Mal sah ich, wie tektonische Wellen über die Oberfläche seiner fast toten glatten Haut liefen, wie die Wangenknochen spitzer wurden und die Lippen sich spannten. Der Kettenhund war sichtlich erregt, obwohl ich den Grund seiner Aufregung nicht verstand.

Mit unbeschreiblicher, fast animalischer Grazie schnellte sein Körper aus dem Sessel und eilte ins Haus. Ich folgte ihm.

Er brauchte etwa sieben Minuten, um das Haus zu durchsuchen, er orientierte sich in den Räumen der Villa erheblich besser als ich. Die ganze Zeit über nahm er sein Walkie-Talkie, das normalerweise an seinem Gürtel baumelte, nicht vom Ohr.

»Andrej, ist der Chef rausgefahren?«, hörte ich ihn fragen. Andrej hieß der Typ, der Dienst am Tor hatte.

Die Antwort schien ihm nicht zu gefallen. Er begann, mit doppelter Energie im Haus herumzusuchen. Kurz danach hörte ich in der ersten Etage lautes Klopfen. Allem Anschein nach hämmerte Shaik an die Tür des Arbeitszimmers.

»Chef? Sind Sie hier, Chef?« Die Stimme des Leibwächters klang immer noch respektvoll ruhig.

Ich war alles andere als ruhig. Das Arbeitszimmer Titows in der ersten Etage ... Das Arbeitszimmer Goldmans im Erdgeschoss. Und im Inneren dieser Arbeitszimmer, die so wenig miteinander gemein hatten, schimmerte in kaltem Licht das Bild Lukas van Ostreas ... In kaltem Licht oder in höllischem Feuer?

Meine Beine versagten mir den Dienst. Mir wurde schwarz vor Augen, und ich ließ mich in einen der tiefen Sessel fallen.

Warum musste ich an das Bild denken? Warum wusste ich, dass Ljocha in dem Arbeitszimmer sein würde? Er konnte sonst wohin gegangen sein. Aber dann müsste Shaik in jedem Fall davon wissen, der kurze asiatische Schatten, der Schutzengel mit dem schwarzen Karategürtel um die Hüften ... Aber Shaik hämmerte gegen die Tür, und es kam keine Antwort.

Ich nahm meine letzten Kräfte zusammen, stand auf und schleppte mich die Treppe hinauf. Das nahm viel mehr Zeit in Anspruch als vermutet: Ich zögerte auf jeder Stufe, um den Augenblick des Ankommens wenigstens für einige Momente hinauszuschieben. Ich wusste ja, was mich erwarten würde ...

Viel später, als die Ereignisse dieses Abends allmählich in die Ferne rückten und nichts als dumpfe Trauer zurückließen, stellte ich mir immer wieder die Frage, warum ich die tragische Geschichte von Goldmans Tod sofort auf Ljocha projizierte. Aber ich hatte es getan, und ich hatte Recht.

Auf der Treppe liefen mehrere Wächter professionell leise an mir vorbei. Als ich schließlich die erste Etage erreichte, belagerte ein Pulk von Leibwächtern die Tür zum Arbeitszimmer.

»Chef, sind Sie hier?«, redete Shaik immer noch auf die geschlossene Tür ein. Die Tür schwieg.

»Was sollen wir tun?«, fragte einer der Wächter, jener Andrej, der Torhüter.

»Er ist bestimmt nicht rausgefahren?«

»Nein.«

»Und am Ufer ist er auch nicht?« Eine rhetorische Frage. Wenn Shaik vor dem Haus saß, bedeutete das zwangsläufig, dass sich Ljocha im Haus befand, das forderten die Sicherheitsbestimmungen.

»Was machen wir jetzt?«

»Brecht die Tür auf«, befahl ich zu meiner eigenen Überraschung.

Jetzt erst bemerkten die Wächter, dass außer ihnen noch jemand da war. Und dieser Jemand gefiel ihnen absolut nicht. Scher dich dahin, wo du hergekommen bist, in die Gosse, konnte man mühelos in ihren Gesichtern lesen.

»Tut, was sie sagt«, befahl der Kasache trotzdem.

»Vielleicht ist das keine so gute Idee ...« Andrej betrachtete skeptisch die hohe Eichentür.

»Der Chef ist im Haus«, sagte Shaik mit leiser, farbloser Stimme. »Ich habe ihn nicht rausgehen sehen.«

»Und wenn er durch die Küche gegangen ist?«

»Er benutzt niemals die Hintertür, das wäre gegen seine Gewohnheiten.«

Und wieder sahen sie mich an: Ich allein war ein empörender Verstoß gegen alle Regeln. Eine Zerstörerin aller Gewohnheiten.

»Haben Sie nicht gehört?« Unwillkürlich trat ich hinter Shaik. »Das sind mir ein paar Leibwächter. Viele Köche verderben eben den Brei ...«

Das hätte ich lieber nicht gesagt. Die Wächter ballten synchron die Fäuste und warfen sich mit ganzer Kraft gegen die Eichentür.

Sie gab sofort nach. Oder fast sofort. Und wieder befiel mich das irreale Gefühl, das alles schon einmal gesehen zu haben. Genau so hatte sich Shekas Schlafzimmertür geöffnet, als ich versuchte, zu Bykadorow hineinzukommen. Nur war die Tür nicht aus Eiche, sondern aus furniertem Presskarton. Und die Spiegelsäule war davor geschoben.

Was hat wohl Ljocha benutzt?, überlegte ich ganz nüchtern, und als ich mich bei diesem Gedanken ertappte, schrie ich auf. Ich wusste, was ich hinter der Tür sehen würde.

Ich allein wusste es.

Direkt hinter der Tür ertönte ein Gepolter, und die Wächter stürzten ins Arbeitszimmer.

Ein elegantes Schreibpult aus Mahagoni, das mir am Vortag schon aufgefallen war, lag jetzt auf dem Boden. Das Schreibpult war vor die Tür geschoben worden – Ljocha hatte vergeblich versucht, sich damit von der Außenwelt abzuriegeln.

Genauso wie Bykadorow.

Dann sah ich Ljocha.

Er lag auf dem Boden, zu Füßen des Bildes. Die Fotolampen beleuchteten leidenschaftslos seinen nackten Körper, der genauso vollkommen war wie der Bykadorows. In den Mulden von Ljochas Wirbelsäule stand Schweiß, und die gekrümmten Finger krallten sich ins Parkett. Nur einen Moment weiter, und er wäre in das Bild eingedrungen ... Nein, er hatte sie nicht nur betrachtet wie Bykadorow, er wollte sie besitzen. Ich hatte nie geahnt, dass der Tod so viel Leidenschaft in sich bergen und so wunderschön sein konnte. Ich begehrte den toten Ljocha so, wie ich den lebenden nie begehrt hatte.

Von diesen sträflichen, widernatürlichen Gedanken wurde mir übel.

»Hör auf zu schreien!« Andrejs Stimme drang wie durch dickes Glas zu mir.

Ich habe geschrien? Ich schreie?

»Verschwinde, raus hier!«

Ich schüttelte verzweifelt den Kopf.

»Nein!«

Er ergriff mich, schleppte mich in die Ecke und stieß mich in den Sessel. Von hier aus hatte ich einen guten Blick auf die Opferungsszene: Die Gemahlin der Apokalypse in den schummerigen Falten ihres Umhangs und ihr verhinderter Liebhaber. Die anderen – lebenden – Figuren passten ganz und gar nicht in die Komposition. Einer der Wächter hieb wie ein Verrückter auf die Tasten des Telefons, die anderen standen ratlos in einem Halbkreis um den Körper ihres Chefs.

»Rettungsdienst? Ist da der Rettungsdienst?«

Shaik hockte sich neben den Körper seines Chefs und berührte vorsichtig mit den Fingern dessen Hals.

»Den Rettungsdienst brauchen wir nicht ... Er ist tot.«

Tot.

Ich brach in hysterisches Lachen aus.

Shaik stand ganz ruhig auf, kam zu mir und schlug mir ins Gesicht. Das wirkte: Ich war augenblicklich still.

»Nichts darf berührt werden. Alle müssen das Arbeitszimmer verlassen. Andrej, ruf Juchno her.«

Juchno. Ich hatte mir die Goldprägung auf der Visitenkarte gemerkt, die mir vor ein paar Stunden überreicht wurde, als Ljocha noch lebte und behauptet hatte, ich sei wahnsinnig schön ... Aber in seinem allerletzten Moment hatte er die »Rothaarige mit Umhang« mir vorgezogen. Er hatte mir – mich vorgezogen ... Und Wladimir Michailowitsch Juchno war der Chef des Wachdienstes »Adler«.

Der Adler – eines der vier Tiere der Apokalypse. Lukas van Ostrea wäre zufrieden gewesen.

»Bring sie hier weg!« Shaik deutete mit dem Kinn in meine Richtung. Ich drückte mich noch tiefer in den Sessel und klammerte mich an die Armlehne.

»Ich weiß nicht ...«, sagte Andrej zweifelnd.

»Na gut. Soll sie hier bleiben. Ruf Juchno und hol Wasser ... Für die da ...«

Andrej verschwand, Shaik und ich blieben in dem riesigen Arbeitszimmer allein. Er untersuchte sorgfältig die Oberfläche der dicht verschlossenen Fenster, die aus demselben kugelsicheren Glas wie die im Schlafzimmer waren. Ich wusste das, weil Ljocha mir am Vortag erst stolz erklärt hatte, dass seine Villa genauso abgesichert sei wie die Residenz des Präsidenten.

Shaik ließ von den Fenstern ab und widmete sich dem Bild. Er betrachtete es aufmerksam und berührte mit seinen barbarischen Fingern die Oberfläche.

»Nicht ...«, bat ich mit schwacher Stimme.

»Was – nicht?« Er drehte sich nicht einmal um.

»Berühren Sie das Bild nicht ... Das ist ein Ostrea.«

Mit zwei Sprüngen war er neben meinem Sessel und setzte mir den Fuß aufs Knie.

»Mir ist das scheißegal, ob das ein Ostrea ist oder sonst was ... Mein Chef ist tot, verstehst du? Und vor einer Dreiviertelstunde war er noch gesund und munter. Ich will eine Erklärung von dir.«

»Von mir?«

Sein Instinkt funktionierte noch tadellos. Ich war die Einzige, die das Bild ganz genau kannte; die wusste, welche Ernte es eingefahren hatte. Ich wusste über die »Rothaarige mit Umhang« mehr als irgendjemand sonst. Und trotzdem weniger als Ljocha und Bykadorow. Aber ich lebte, und deshalb konnte mein Wissen nicht absolut sein.

»Ich höre«, drängte der Kasache.

»Ich habe nichts zu sagen. Lass mich in Ruhe.«

»Wieso hast du gewusst, dass wir die Tür aufbrechen müssen?«

»Ich weiß nicht ... Du hast es doch auch gewusst.«

»Es war alles in bester Ordnung, bis du hier aufgetaucht bist. Du bist kaum einen Tag im Haus, und der Chef ist nicht mehr am Leben.«

»Na und?« Ich kam langsam wieder zu mir. »Du kannst mir nicht die Schuld an seinem Tod in die Schuhe schieben, egal wie viel Mühe du dir gibst. Die Tür war von innen verschlossen und mit Möbeln verbarrikadiert, stimmt's?«

Der Kasache knirschte mit den Zähnen; am liebsten hätte er mich jetzt an vier Pferde gebunden und ihnen eins über die Kruppe gegeben. Nur mein zerfetztes Fleisch hätte ihn befriedigen können. Und seine Trauer sättigen. Er war seinem Chef aufrichtig verbunden, er war ihm treu ergeben, wie nur ein Orientale treu sein kann – ich hatte es ja gesehen. Und er hatte gesehen, dass ich es sah. Seine Kaltblütigkeit hatte ihn verlassen, und er wusste nicht, was er mit sich anfangen sollte.

»Du weißt etwas.«

»Was soll ich wissen?«

»Da steckt doch irgendetwas dahinter ...«

»Das musst du besser wissen.« Im Unterschied zu Shaik kannte ich Ljocha nicht schon seit drei Jahren.

»Warum ist sie dir so ähnlich?«, fragte er plötzlich und deutete mit dem Kinn auf das Bild.

»Das solltest du den Künstler fragen.«

Während Shaik überlegte, was er mir antworten sollte, betraten zwei Männer das Arbeitszimmer – Andrej, der ein kleines Glas mit Cognac in der Hand hielt, und Wladimir Michailowitsch, der Chef der Wachfirma »Adler«. Nach seinem angespannten Gesichtsausdruck zu urteilen, war Juchno schon informiert. Er hockte sich neben Ljochas Leiche und fühlte am Hals nach dem Puls, genau wie Shaik es wenige Minuten zuvor getan hatte.

»Er ist tot«, sagte der Kasache. Er sprach diese Worte noch mehrmals mit unterschiedlicher Betonung vor sich hin, konnte es scheinbar noch immer nicht ganz begreifen.

»Ich sehe es. Was ist hier passiert?«

»Ich weiß nicht. Vor ungefähr einer Dreiviertelstunde ist er ins Haus gegangen. Ich bin auf der Terrasse geblieben.«

»Und sonst war niemand im Haus?«

»Sie.« Shaik deutete mit dem Kinn auf mich.

Juchno sah mich an wie ein Kopfjäger sein potenzielles Opfer.

»Stimmt das?«

»Ja. Ich habe mich umgezogen. Ein kleines Malheur, jemand hatte mir Punsch über das Kleid gegossen.«

»Und weiter?« War das etwa derselbe, der mir kurz vorher noch die Hand geküsst hatte? Fehlte nur noch, dass er mir die Fingerabdrücke abnahm und mich fotografierte, von vorn und im Profil.

»Ich habe mich umgezogen.«

»Eine Dreiviertelstunde lang?«

»Ja. Außerdem habe ich mein Make-up in Ordnung gebracht. Ich sehe gern anständig aus ...«

Meine Intuition gab mir ein, dass ich diesem Typen meine kindische Geschichte von der verschlossenen Tür lieber nicht vorsetzen sollte. Erstens würde mir niemand glauben; zweitens hätte nur Ljocha bestätigen können, dass ich eingeschlossen war. Aber Ljocha war tot, und es war sinnlos, auf seine Aussage zu setzen. Und drittens schließlich wirkte meine erzwungene dreißigminütige Gefangenschaft zugegebenermaßen ziemlich merkwürdig. Und es gab schon genug Merkwürdigkeiten in diesem Haus.

»Na gut.« Juchno ließ von mir ab und wandte sich Shaik zu. »Was sagst du dazu?«

»Sie hat nichts damit zu tun«, antwortete er seufzend. »Kann sein, dass sie die Letzte war, die den Chef lebend gesehen hat. Aber sie hat nichts damit zu tun.«

»Argumente!« Offensichtlich hatte Herr Juchno früher mit den Rechtsschutzorganen zu tun gehabt.

Shaik führte Juchno zum Fenster und klopfte an die Scheibe.

»Kugelsicher und außerdem nicht zu öffnen. Um ins Arbeitszimmer zu kommen, mussten wir die Tür aufbrechen.«

»Sie war von innen verschlossen?«

»Das ist es ja. Sie war überhaupt nicht abgeschlossen. Der Chef hatte das Schreibpult vor die Tür geschoben. Wir mussten sie gewaltsam aufdrücken ...«

»Drehen wir ihn um.«

Zu zweit drehten sie Ljochas Leiche um und untersuchten sie eine Weile. Ich wusste, dass sie keine Zeichen von Gewaltanwendung finden würden. Und sie fanden keine.

»Was denken Sie, was passiert ist?«

»Ich weiß es nicht.« Juchno schabte sich das Kinn. »Das wird die Obduktion ergeben. Jedenfalls sieht es nicht nach Mord oder Selbstmord aus.«

»Das denke ich auch.«

»Und warum ist er nackt?«, fragte Juchno plötzlich.

»Und warum hat er das Schreibpult vor die Tür geschoben?«, knurrte Shaik und deckte die Leiche des Chefs mit dessen eigener Kleidung zu, die direkt neben ihm auf dem Boden lag.

Das war eine dichterische Freiheit, eine Abweichung vom Drehbuch des Todes in Shekas Wohnung: Bykadorows Kleidung war unauffindbar gewesen. Ich dachte plötzlich daran, dass der tote Bykadorow dem toten Ljocha Titow etwas voraushatte – er hatte noch ein Rätsel mehr hinterlassen ...

»Ich verstehe überhaupt nichts«, schimpfte Juchno wieder. »So etwas habe ich noch nie erlebt.«

»Nicht nur du«, bemerkte Shaik.

»Seltsam, wie er da liegt ...« Endlich fiel Wladimir Michailowitsch Juchnos nüchterner Blick auf das Bild. »Als ob er dorthin gelangen wollte.«

»Genau so sieht es aus.«

»Ich wüsste gern, was hier passiert ist.«

»Ich auch«, erwiderte Shaik. »Aber sie sagt es nicht.«

Die Jungfrau schaute mit der hochmütigen Gleichgültigkeit einer teuren Prostituierten auf uns herab. War sie denn überhaupt die Jungfrau Maria?, durchfuhr es mich. Wer hatte Lukas van Ostrea als Modell gedient? Und was für Geheimnisse bewahrte diese Frau – schreckliche oder vielleicht ganz unschuldige? Vielleicht hatte sie vor fünf Jahrhunderten ihr Kind umgebracht? Oder ihren Liebhaber? Oder ihren alten Vater? Wer sie auch gewesen sein mochte, sie kannte sich im Morden aus. Im Morden und in der Liebe ...

»Ihr seht euch ähnlich.« Herr Juchno riss sich von dem Bild los und starrte mich wieder an. »Eine verblüffende Ähnlichkeit. Kaum zu fassen.«

»Sie weiß etwas«, wiederholte Shaik.

»Das Mädchen auf dem Bild oder die hier?«

»Die eine wie die andere«, antwortete der Kasache, und ich wunderte mich wieder über seinen Scharfsinn.

»Stimmt das, Katja?«, fragte Juchno sanft. Er wechselte die Masken des guten und des bösen Untersuchungsführers mit der Virtuosität eines Zauberers.

»Natürlich nicht.« Ich wunderte mich selbst über meine Ruhe.

»Aber Sie werden zugeben, dass ein absolut gesunder Mensch normalerweise nicht einfach unter so extravaganten Umständen das Zeitliche segnet.«

»Ich kann dazu nichts sagen. Ich war oben und habe mich umgezogen ... Dann ging ich runter zur Bucht. Wir sind uns doch dort begegnet, Wladimir Michailowitsch ...«

»Ich erinnere mich.«

»Ich habe Ljocha gesucht ... Ich bin ins Haus zurückgegangen und habe seinen Leibwächter gefragt ...«

»Sie hat mich gefragt, ob ich den Chef gesehen hätte«, bestätigte der Kasache finster. »Obwohl sie ganz genau wusste, dass er im Haus war.«

»Ich? Ich hatte keine Ahnung, dass er ins Haus zurückgegangen war ...«

»Tatsächlich nicht?«

»Sie lügt«, erklärte Shaik plötzlich. Auf diese neue Wendung der Story war ich nicht gefasst. Anscheinend war ich beim Schlussakt eines Dramas zugegen, das nicht ich diktierte.

»Warum lügt sie?«, wunderte sich Juchno.

»Wir sind zusammen zum Haus gegangen, der Chef und ich. Er hat zu mir gesagt: ›Wir kommen bald.‹ Wir. Er meinte sich und sie.« Shaik deutete mit dem Kinn auf mich. »Bevor er das Haus betrat, hatte er mit jemandem telefoniert. Er sagte: ›Entschuldigen Sie, ich werde erwartet.‹ Sie hat auf ihn gewartet. Sie war im Haus.«

Alle seine Worte, alle seine haltlosen Beschuldigungen prallten von mir ab wie von einer Wand.

»Sie sind ein Idiot, Shaik«, sagte ich mit Nachdruck. »Sie mögen vielleicht ein guter Leibwächter sein, obwohl ich auch daran meine Zweifel habe ...«

Shaik machte eine Bewegung auf mich zu, aber Juchno hielt ihn zurück.

»Lass sie weiterreden.«

»Sie mögen vielleicht ein guter Leibwächter sein, aber logisch denken können Sie nicht. Selbst wenn das alles stimmt, was Sie jetzt erzählt haben, erklärt das immer noch nicht die Hauptsache.«

»Und was soll das sein?«

»Sein Tod. Es gibt keine Zeichen von Gewaltanwendung, stimmt's? Und die Tür war von innen verbarrikadiert, das Fenster nicht zu öffnen. Als er starb, war niemand in seiner Nähe.«

»Du ...« Shaik erstickte fast, er hatte vollkommen vergessen, dass er noch vor wenigen Augenblicken selbst meine Unschuld hatte zugeben müssen. »Du ... Du hast ihn wahrscheinlich vergiftet. Da hast du deine fehlenden Zeichen von Gewaltanwendung.«

»Ich?!«

Dieser Gedanke war absurd und verletzend. Und trotzdem der logischste. Wie sonst hätte man das so geheimnisvolle Ende Alexej Alexejewitschs erklären sollen? Ein vollkommen gesunder Mensch, der fest vorhatte, wenigstens bis zu den Olympischen Winterspielen zu leben?

Wieder schaute Andrej ins Arbeitszimmer herein.

»Die Gäste ... Sie werden unruhig.«

»Sag ihnen, wir kommen gleich.« Juchno ging zur Tür und schloss sie sorgfältig. Dann wandte er sich wieder mir zu. »Das ist eine ernste Anschuldigung.«

»Aber denken Sie doch mal nach, aus welchem Grund hätte ich ihn denn töten sollen?«

Tatsächlich, aus welchem Grund? Ich hatte ihn nicht geliebt, jedenfalls nicht so leidenschaftlich, wie ich Bykadorow liebte. Ich liebte ihn nicht, aber ich hätte ihn lieben können. Ich wollte ihm gefallen, er stieg mir ein wenig zu Kopf – nur ein wenig, wie ein guter, erlesener Wein ... Aber selbst wenn man diesen romantischen Rotz beiseite ließ und die Sache nüchtern betrachtete ... Der lebende Titow hätte mir vieles geben können, wenn nicht alles. Der tote Titow hingegen hatte für mich keinerlei Sinn – genau wie meine Anwesenheit in diesem Haus jetzt ihren Sinn verloren hatte. Seine gesamte Dienerschaft sah in mir nur eine Straßennutte, die das große Los gezogen hatte ... Und nicht nur die Dienerschaft. Wladimir Michailowitsch Juchno, Chef eines privaten Wachdienstes, dachte genauso.

»Sie hatten wohl wirklich keinen Grund.« Er lächelte mitleidig.

»Das weiß man nicht ... Vielleicht war es ja irgendein ganz banaler Grund«, beharrte der Kasache.

»Na gut. Nehmen wir mal an, ich hätte ihn vergiftet.« Ich erkannte meine eigene Stimme nicht mehr, so zynisch und fremd klang sie. »Ich hätte ihm irgendein raffiniertes, starkes Gift gegeben. Ich hätte ihn sogar dazu bringen können, sich auszuziehen ...«

An dieser Stelle meiner Tirade kicherte Wladimir Michailowitsch sinnig.

»Aber wie hätte ich ihn dazu bringen sollen, das Schreibpult vor die Tür zu schieben?«

»Vielleicht hatte er vor irgendetwas Angst«, vermutete Juchno vorsichtig.

»Wenn er vor irgendetwas Angst hatte, dann bestimmt nicht vor mir. Immerhin haben wir die letzte Nacht in demselben Bett verbracht.«

Shaik knirschte wieder mit den Zähnen. Ein ekelhaftes Geräusch, verdammt nochmal!

»Sie hat Recht, Shaik. Sieh dir mal sein Gesicht an.«

Obwohl Juchno sich an den Kasachen gewandt hatte, trat ich ebenfalls näher. Titows Gesicht war verzerrt von einer Grimasse: einer Mischung aus Schrecken, Wollust und noch etwas anderem. Was das war, konnte ich nicht erkennen. Seine Augenlider waren nicht ganz geschlossen – genau wie bei Bykadorow. Und genau wie bei Bykadorow glomm in ihnen ein überirdisches Feuer.

Ich schauderte und wandte mich ab. Der Zorn auf Ljocha kam mit neuer Kraft über mich: Der Halunke hatte die Erwartungen, die ich in ihn gesetzt hatte, nicht erfüllt. Er hatte mich in eine weitere unangenehme Geschichte hineingezogen. Und ließ meine Neugier unbefriedigt. Ich war nur zwei Schritte von dem Geheimnis entfernt und hatte keinen Schlüssel zu ihm. Ich konnte nur die Tatsachen konstatieren. Und die Tatsachen flüsterten mir ins Ohr: Innerhalb eines Monats bist du zur Zeugin von zwei fast gleichen Todesfällen geworden. Aber die Gründe für diese Todesfälle hast du nicht herausgefunden.

»Na gut, überlassen wir ihn den Experten.« Juchno wollte sich die Finger nicht verbrennen. »Wo ist hier das Telefon?«

Shaik deutete auf Titows Schreibtisch.

»Ich werde mal ein paar von meinen Leuten anrufen. Wir können absolut keinen Trubel gebrauchen. Man wird das noch zu einem Auftragsmord aufblasen ...«

Während Juchno telefonierte, schickte Shaik Andrej los, ein Laken zu holen, um die Leiche zuzudecken. An mir hatte er jedes Interesse verloren. Ich wollte nicht im Arbeitszimmer bleiben, aber nach draußen zu den Freunden des toten Ljocha wollte ich erst recht nicht. Am besten war es wohl, das Ende der Untersuchung abzuwarten. Das Schlimmste, was mir drohte, war ein offizielles Verhör. Aber so etwas hatte ich schon einmal erlebt, und ich hatte keine Angst davor. Ich fand es nur bedrückend.

Wladimir Michailowitsch konnte sich immer noch nicht von dem Bild losreißen.

»Man könnte annehmen, das wären Sie«, sagte er wieder. »Haben Ihre Vorfahren vielleicht in Holland gelebt? Das ist doch ein holländisches Bild, wenn ich mich nicht irre.«

»Meine Vorfahren lebten in Samarkand.«

»Und warum haben Sie rote Haare?«

»Keine Ahnung. Sonst noch Fragen?«

»Wissen Sie wirklich nicht, was hier vorgefallen ist?«

»Nein.«

»Ich glaube, es wäre besser für Sie, von hier zu verschwinden. Nachdem Ihre Aussage aufgenommen wurde, selbstverständlich ...«

Alles klar. Seine Visitenkarte konnte ich ins Klo spülen. Und alle anderen Visitenkarten auch. Mein rasanter Karrierestart als Salonlöwin hatte ein genauso rasantes Ende gefunden.

»Ja. Ich verstehe.«

»Es tut mir sehr Leid, Katja.«

Doch nicht um die stürmische Nacht, die wir miteinander hätten verbringen können? Ich überlegte, dass ich nicht gerade das Bild einer leidenschaftlichen Geliebten abgab. Keine Zeichen von Trauer auf meinem Gesicht. War es der Wiederholungseffekt nach der Geschichte mit Bykadorow? War ich etwa in Wirklichkeit ein herzloses Ungeheuer?

»Sie wirken nicht gerade traurig«, bemerkte Juchno, als hätte er meine Gedanken gelesen.

»Ich kann es einfach nicht glauben ... Ich bin noch ganz außer mir.«

»Dafür denken Sie aber ziemlich klar.«

»Sie meinen, ich müsste die Hände ringen und wehklagen?«

Juchno gab keine Antwort, dafür sah Shaik mich mit heimlichem Triumph an: Siehst du, du kleines Miststück, nicht nur ich glaube dir nicht!

»Und was ist das?« Juchno war hinter dem Sessel, der am weitesten von mir entfernt stand, in die Hocke gegangen. »Hat Alexej sich eine Katze zugelegt? Er konnte doch Katzen nicht leiden.«

Pupik! O Gott, Pupik! Ich stürzte zu Juchno und stolperte dabei beinahe über Ljochas Leiche. Pupik lag auf dem Boden und gab kein Lebenszeichen von sich. Mein armer Kater, zänkischer Kastrat, Liebhaber von Trockenfutter, frischer Leber und Tomaten, das beste Heizkissen im kalten Februar und mein bester Tröster ...

»Pupik!«, flüsterte ich und fiel neben dem Kater auf die Knie.

»Ist das Ihre Katze?«

»Ja, mein Kater ... Ja ...«

»Der einzige Zeuge«, konstatierte Wladimir Michailowitsch. »Leider kann er uns nicht helfen.«

Der arme Pupik lag auf dem Boden ausgestreckt und reckte hilflos die Pfoten. Es sah aus, als wollte er die Pose des toten Ljocha nachahmen. Ich strich dem Kater mit zitternder Hand über die Seite und zuckte zurück. Das Fell blieb in großen Büscheln an meinen Fingern hängen. Pupik maunzte schwach.

»Er lebt ... O Gott, er lebt«, stammelte ich. »Man muss einen Tierarzt rufen ...« Der Zustand des armen Pupij Salusti Mauzian ließ mir im Grunde keine Hoffnung, aber trotzdem, trotzdem ...

»Sind Sie verrückt geworden?«, flüsterte mir Juchno gedämpft ins Ohr. »Da liegt die Leiche des Hausherrn, und Sie jammern über einen Kater. Sehen Sie denn nicht, dass der nicht mehr zu retten ist?«

»Vielleicht kann man ihm noch helfen ... Ich brauche einen Tierarzt.« Ich zog eine Decke vom Sessel, hob den Kater auf und legte ihn auf den Stoff.

»Ich fürchte, er hat keine Chance.«

»Sind Sie Tierarzt?«, fragte ich böse. »Ich fahre in die Stadt.«

Er fasste mich schmerzhaft an der Schulter.

»Sie können hier nicht weg, solange Ihre Aussage nicht aufgenommen wurde.«

»Ich fahre.« Das schwache, verzagte Maunzen Pupiks verlieh mir Entschlossenheit.

»Sie fahren nicht.«

»Wie wollen Sie mich davon abhalten? Wollen Sie mich an die Heizung ketten?«

»Zum Teufel mit Ihnen, Sie verrücktes Weib. Ich rufe meinen Tierarzt an. Letztes Jahr hat er meinen Hund gerettet.«

Mir kamen die Tränen.

»Er kommt nicht rechtzeitig ... Es sind anderthalb Stunden Fahrt bis Petersburg. Er kommt zu spät ...«

»Er wohnt hier in Selenogorsk. Beruhigen Sie sich, ich rufe ihn sofort an.«

Vollkommen kopflos ließ ich mich neben dem Kater niedersinken. O Gott, warum hatte ich ihn bloß aus der Abstellkammer gelassen? Und warum war er mir ins Arbeitszimmer hinterhergekommen? Aber im Arbeitszimmer saß ... Harryboy. Er konnte sich von dem Bild nicht losreißen. Und ihm war nichts passiert ... Aber das war jetzt völlig unwichtig. Ich legte meine Wange auf das kalte Parkett neben das spitze Mäulchen Pupiks. Noch nie hatte ich ihn so sehr geliebt.

»Pupik, stirb nicht, du darfst mir auch jeden Tag in die Schuhe kacken, mein Junge ... Nur stirb nicht, bitte ...«

Um fünf Uhr morgens war alles vorbei.

Bis heute ist mir die Chronologie dieser Augustnacht im Gedächtnis, und mit jedem Tag, der mich von ihr entfernt, werden die Einzelheiten nur noch prägnanter und deutlicher. Damals wusste ich noch nicht, dass Titows Tod nur ein Vorspiel zu den blutigen Ereignissen war, die später folgten.

Und um fünf Uhr morgens war alles vorbei.

Eine Stunde später kamen die Leute, die Juchno angerufen hatte. Sie schickten alle vom Tatort weg und verbrachten dann einige Zeit hinter den verschlossenen Türen.

Wieder eine Stunde später starb Pupik. Der Tierarzt, den der barmherzige Wladimir Michailowitsch aus Selenogorsk gerufen hatte, konnte nur noch den Tod feststellen.

»Woran ist er gestorben, Doktor?«, fragte ich mit lebloser Stimme.

»Ich weiß es nicht.« Der Tierarzt, ein untersetzter älterer Herr mit Schnurrbart und den Koteletten des russischen Autokraten Alexander des Dritten, zuckte die Achseln. »Vielleicht irgendeine besonders aggressive Infektion ... Wenn Sie wollen, kann ich eine Obduktion durchführen.«

»Ich bitte darum, Doktor.«

Schnurrbart und Koteletten Alexanders sträubten sich, und seine umfangreiche, ohnehin rosige Glatze rötete sich noch mehr. Er zog Wladimir Michailowitsch auf die Seite und flüsterte ihm etwas ins Ohr. Juchno kam zu mir zurück.

»Das wird Sie hundertfünfzig Dollar kosten. Und fünfundzwanzig für die Visite«, überbrachte er mir den bescheidenen Wunsch des Tierarztes. »Ich hoffe, diese Summe ist für Sie tragbar?«

»Ja.«

»Na, wunderbar.« Der Tierarzt nahm den toten Körper des Katers an sich. »Kommen Sie morgen bei mir vorbei, dann kann ich Ihnen Genaueres sagen.«

»Danke.«

Die winzige Insel Pupij Salusti Mauzians löste sich von dem Kontinent meines Lebens, um für immer in den kalten Wassern des Styx zu verschwinden. Ich fing an zu heulen.

»Na, Gott sei Dank«, sagte Wladimir Michailowitsch. »Wenigstens etwas, das Sie berührt.«

Während meine Zeugenaussage aufgenommen wurde, dachte ich ununerbrochen an Pupik. Ihr Name, Fräulein ...? Sie befanden sich auf Einladung des Hausherrn hier? Ja. In welcher Beziehung standen Sie zu ihm? Wir stehen in intimer Beziehung ... genauer gesagt, wir standen in intimer Beziehung ... Um welche Uhrzeit gingen Sie nach oben, um sich umzuziehen? Ich erinnere mich nicht ... Wie lange waren Sie im Schlafzimmer? Ich weiß nicht, vielleicht vierzig Minuten ... Wann haben Sie Titow zum letzten Mal gesehen? Ich weiß es nicht mehr ... Nochmal, wo haben Sie Titow zum letzten Mal gesehen? Auf dem Rasen vor dem Haus. Worüber haben Sie gesprochen? Ich erinnere mich nicht, nichts Besonderes, normales Geplauder ... Nein, ich habe Titows Leiche nicht gefunden, ich war mit den anderen zusammen, als wir sie fanden. Wie kamen Sie darauf, dass er im Arbeitszimmer sei und dass die Tür aufgebrochen werden müsse? Weil das die einzige verschlossene Tür in der ganzen Villa war. Das hatte ich jedenfalls aus dem Verhalten von Titows Leibwächtern geschlossen. Sie waren zu der fraglichen Zeit im Schlafzimmer? Ja. Und Sie haben nichts gehört? Das Arbeitszimmer befand sich doch direkt darunter. Nein, ich habe absolut nichts gehört, das Haus hat eine gute Schalldämmung ...

Über mein kleines Abenteuer im Schlafzimmer schwieg ich mich aus. Es hätte ausgesehen, als wollte ich mir auf die Schnelle ein Alibi konstruieren.

Als mich die Ermittler aus ihren Krallen entließen, fühlte ich mich um Jahre gealtert. Lawrucha versuchte, mich zu trösten.

»Komm, sei ganz ruhig, Alte. Niemand beschuldigt dich. Du lebst, und das ist die Hauptsache ...«

»Ich lebe, aber Pupik nicht ...«

»Du schaffst dir einen neuen Kater an. Und nennst ihn genauso ...«

»Was haben sie dich gefragt, Lawrucha?«

»Das, was sie alle fragen. Wo waren Sie, was haben Sie getrunken, wie sind Sie hergekommen ...«

»Und was hast du gesagt?«

»Die Wahrheit. Ich habe gesagt, dass meine Arbeitskollegin die Geliebte des Gastgebers ist.«

»Sehr witzig. Und Harryboy?«

»Plappert englisch und tut, als würde er keinen Pieps russisch verstehen. Keiner hat was aus ihm herausgekriegt. Ich musste den Übersetzer spielen und erklären, dass er der größte Fachmann für das Werk Lukas van Ostreas überhaupt ist.«

»Und sie?«

»Haben gefragt, wer Lukas van Ostrea ist.«

»Verstehe. Weißt du, Lawrucha, bevor ich nach oben ging, habe ich ihn gesehen.«

»Wen? Deinen Bräutigam?«

»Aber nein, Harryboy. Er saß im Arbeitszimmer, vor dem Bild.«

»Na und? Er ist doch nur seinetwegen hergekommen. Um sich zu verabschieden.«

»Ja, ich verstehe ...«

Aber ich verstand gar nichts. Harryboy hatte viel mehr Zeit mit dem Bild verbracht als der arme Titow – und ihm war nichts passiert. Und auch Lawrucha, Bergman und mir war nichts passiert, obwohl wir einen sehr engen Kontakt mit den »Reitern« gehabt hatten. All diese Gedanken hämmerten mir in den Schläfen, aber ich hielt es für das Beste, sie auf später zu verschieben.

Um vier Uhr morgens, als alle Aussagen aufgenommen waren und die Leiche Titows nach Petersburg zur Obduktion gebracht worden war, kam Agnessa. Vor dieser Begegnung hatte ich mich gefürchtet, und doch konnte ich ihr nicht entgehen. Offensichtlich war sie schon im Bilde, deshalb gab sie mir sofort eine Ohrfeige.

»Verschwinden Sie aus diesem Haus, Mörderin!« Sogar ihre Trauer war hochmütig.

»Hören Sie mich an, Agnessa Lwowna ...«

Aber sie hörte mir nicht zu. Ihr Sohn – der einzige Sohn – befand sich jetzt im Leichenschauhaus.

»Wenn herauskommt, dass du ... du billige Nutte, etwas damit zu tun hast ... auf irgendeine Art und Weise ... Ich bringe dich hinter Gitter, darauf kannst du dich verlassen. Egal wie, das kriege ich hin ...«

»Es tut mir Leid ...«

»Es tut dir Leid?« Sie erstickte fast vor Wut und Kummer.

»Glauben Sie mir ...«

»Alles war gut, bis du aufgetaucht bist. Und jetzt ist er nicht mehr da ... Alexej ...«

Sie fing an zu weinen, dumpf und ohne Tränen. Die schwarzen Perlen an ihrem Hals schienen mit ihr zu trauern. Ich dachte an den armen Pupik und weinte ebenfalls los. Vollkommen unerwartet nahm sie meine Hand, und ich barg mein Gesicht an ihrer fast gewichtslosen, knochigen Schulter. So standen wir eine Weile, dann zog sie sich genauso plötzlich zurück.

»Verschwinden Sie aus meinem Haus. Und nehmen Sie Ihren Kater mit.«

»Er ist tot.«

»Verschwinden Sie trotzdem.«

»Ja. Ich verstehe.«

Lawrucha und Harryboy warteten auf der Terrasse auf mich. Bevor wir gingen, sprach ich noch kurz mit Juchno.

»Ich hoffe, ich brauche Ihnen nicht erst zu sagen, dass dies hier vertraulich zu behandeln ist?«

»Nein, das brauchen Sie nicht.«

»Wenn irgendwelche neuen Umstände ans Tageslicht kommen, wird man Sie anrufen. Und ich empfehle Ihnen, einstweilen die Stadt nicht zu verlassen. Das ist in Ihrem eigenen Interesse.«

»Ich würde gern das Resultat der Obduktion erfahren.«

»Ich werde Ihnen davon berichten.«

»Das wäre sehr liebenswürdig.«

Unter den geistesabwesenden Blicken der Leibwächter, die von einem Moment auf den anderen ihren Chef und Ernährer verloren hatten, verließen wir die Villa. Die Türen fielen hinter uns ins Schloss.

»Haben wir einen Spaß gehabt«, platzte Lawrucha heraus. »Wirklich ein netter Abend. Da hast du uns eine schöne Suppe eingebrockt, Kat...«

»Das ist schrecklich ... Dreadful unlucky chance«, stimmte Harryboy zu. »Aber was geschieht jetzt mit dem Bild?«

Wir sahen den in seinen Leidenschaften hemmungslosen Holländer erstaunt an.

»Wie kannst du denn jetzt daran denken, Harry? Ein Mensch ist umgekommen ... Na, ja, ein Mensch ... und Katerina ist der Kater verreckt ... pardon, gestorben ... der Lieblingskater ... Und du bist schon wieder bei deinem Bild!«

Offensichtlich waren Harryboy und Lawrucha nach dem Cognac-Gelage am Strand zum »Du« übergegangen.

»Ich denke ... Vielleicht wäre es sinnvoll, mit der Mutter des Verstorbenen über das Bild zu reden? Vielleicht ... Die Holländer wären glücklich.«

Dass zumindest Harryboy glücklich wäre, wenn schon nicht sämtliche Holländer, daran bestand nicht der geringste Zweifel.

»Hör mal, Harry.« Solch egoistisches Interesse an dem Bild frappierte sogar Lawrucha. »Vielleicht hast du ja den Typen um die Ecke gebracht, mit irgendeinem mittelalterlichen Zaubertrank? Um an das Bild ranzukommen? Truly?«

Harryboy war in der russischen Umgangssprache nicht besonders stark beschlagen, aber der allgemeine Tenor der Rede war bei ihm angekommen. Er bekam rote Flecken im Gesicht, und in seine Augen traten ganz kindliche Tränen.

»Sehr schlecht, so zu denken.«

»Schon gut, das war doch bloß ein Witz. Ein Witz ...«

Während Lawrucha mit Harryboy zankte, war es vollkommen hell geworden. Die bedrückende Nacht lag hinter uns, und erst jetzt merkte ich, wie kaputt ich war. Ich setzte mich auf den Koffer, den ich die ganze Zeit geschleppt hatte (von den beiden Männern war keiner darauf gekommen, ihn mir abzunehmen), und legte den Kopf auf die Knie. Lawrucha hockte sich vor mich und strich mir vorsichtig übers Haar.

»Sei ganz ruhig, Kat. Harry hat Recht, das ist ein schrecklicher Unglücksfall. Was soll man da tun?«

»Du verstehst nicht, Lawrucha ...«

»Ich verstehe ganz genau. Aber niemand ist schuld daran, dass das passiert ist. Danke Gott, dass wir noch leben. Und dass uns diese Marodeure nicht kurzerhand erschossen haben. Oder hattest du dich inzwischen etwa schon unsterblich in ihn verliebt?«

»Darum geht es nicht ...«

»Na also. Ich schlage vor, wir gehen zur Bucht runter und schwimmen ein bisschen. Das Leben geht weiter. Du kannst bei mir wohnen, wenn du willst. Bis alles geregelt ist.«

»Ich kann nicht. Sie wollen mich anrufen. Das hast du doch selbst gehört ...«

»Dann wohne ich eine Weile bei dir. Wir bringen erst unseren guten Freund aus Holland ins Hotel.« Snegir knuffte den weltgrößten Fachmann für das Werk Lukas van Ostreas in die Seite. »Und danach beschäftigen wir uns mit angenehmeren Dingen. Wir bekommen noch das Geld, falls du das vergessen hast.«

Total vergessen, Lawrucha. Über die Todesfälle hatte ich tatsächlich nicht mehr an das Geld gedacht, das uns die »Apokalyptischen Reiter« eingebracht hatten. Das Geld. Es würde mir helfen, mich von den Erinnerungen zu befreien. Ich hoffte aufrichtig, die rothaarige Jungfrau Maria nie mehr wiederzusehen. Sie war mir zu blutdürstig ...

»Nimm wenigstens meinen Koffer, Lawrucha. Du kümmerst dich um gar nichts mehr.«

»Unter einer Bedingung: Wir gehen jetzt sofort schwimmen. Waschen uns diesen ganzen Dreck vom Leibe.« »Dieser ganze Dreck« klang aus Lawruchas Mund wie »All that Jazz«, übermütig und synkopisch. »Dann kommen wir wenigstens sauber in Petersburg an.«

Er scheuchte mich von dem Koffer herunter, hob ihn übermütig auf die Schulter und wackelte damit zum Strand. Harryboy und ich zockelten hinterher.

Als wir Lawrucha eingeholt hatten, stand er schon bis zu den Knien im Wasser und spritzte sich gerade nass. Ich rümpfte die Nase: Lawrucha wählte seine Unterhosen nie nach modischen Gesichtspunkten aus, er trug immer und ausschließlich grauenhafte Liebestöter aus schlabberiger Baumwolle.

»Los, kommt!«, schrie er.

Harryboy schüttelte den Kopf. Offensichtlich misstraute er dem ökologischen Zustand des Finnischen Meerbusens. Aber ich ging gleich so, wie ich war, in meinem Kleid, ins Wasser. Im nächsten Moment schwamm ich schon neben Lawrucha.

»Und?«, fragte er. »Ist das Wasser gut?«

»Wunderbar!«

»Zum ersten Mal seit zwei Jahren, dass ich schwimme. Das Leben ist doch eine fantastische Angelegenheit.«

»Was hältst du von der ganzen Sache, Lawrenti?«, fragte ich und spuckte Wasser.

»Was soll ich denn denken?«

»Dieser Tod, kommt der dir nicht merkwürdig vor?«

»Ich weiß nicht ... Die Menschen sind immer maßlos erstaunt, wenn jemand stirbt.«

»Erst Bykadorow und dann Ljocha. Und wenn man berücksichtigt, was mir Goldman erzählt hat ...«

Lawrucha drehte sich auf den Rücken und schwamm einige Minuten schweigend.

»Was denn, glaubst du wirklich, dass das Bild sie umgebracht hat?«

»Ich weiß es nicht ... Ich habe dir nicht alles erzählt. Damals, als das mit Bykadorow passiert ist, kam ich zuerst auch nicht in Shekas Schlafzimmer rein. Bykadorow hatte die Spiegelsäule vor die Tür geschoben.«

Mein plötzliches Geständnis schien Snegir nicht besonders zu beeindrucken.

»Ja, das ist seltsam.«

»Mehr als seltsam.«

»Jedenfalls können wir darüber nur Vermutungen anstellen. Und ich will keine Vermutungen anstellen. Ich will mir ein Atelier einrichten – irgendwo in Acapulco. Und die Kohle dafür haben wir mithilfe dieses Bildes bekommen. Man muss auch dankbar sein können, Kat.«

»Erinnerst du dich, was Harryboy in seinem Artikel geschrieben hat? Der Samen des Teufels!«

»Also muss man dem Teufel danken ...« Ein logischer Gedanke.

Und warum eigentlich nicht? Armer Pupik ...

»Es hatte schon zwei Anschläge auf ihn gegeben«, sagte ich plötzlich.

»Auf wen?«

»Auf Titow. Beide erfolglos. Mit Leibwächtern und kugelsicherem Glas umgeben – und trotzdem sterben ...«

»Tja, Glück für seine Konkurrenten. Er hat den Mordauftrag quasi selbst erteilt. Für eine Million Dollar. Hat sich ziemlich teuer eingeschätzt, der Junge ...«

Ich kam nicht dazu, zu antworten – Lawrucha tauchte.

Er hatte den Mordauftrag selbst erteilt ... Für eine Million Dollar ... Lawrucha hatte Recht. Titows Konkurrenten würden glücklich sein, sie brauchten sich nicht die Hände schmutzig zu machen. Keine Kosten für den Killer, keine durchlöcherten

Köpfe oder sonstigen Sauereien. Sehr wirkungsvoll und – vor allem – ohne Spuren. Aber warum hat das Bild ihn getötet und uns kein Haar gekrümmt? Warum starben nicht alle Personen, die das Bild besaßen, sondern nur jeder Zweite? Ich wurde abrupt unter Wasser getaucht – das war Snegir, der mich an den Beinen gefasst hatte. Vor Überraschung fing ich wild an zu strampeln, vor meinen Augen sah ich grüne, strudelnde Fluten, und plötzlich begriff ich ...

Ich begriff!

Ich befreite mich aus Lawruchas Händen, versetzte ihm einen Schlag auf den Hinterkopf und schnellte an die Oberfläche.

»Jetzt verstehe ich alles, Snegir!«

»Was hast du denn jetzt schon wieder verstanden?« Lawruchas Kopf schaukelte auf den Wellen wie eine Boje.

»Das Bild rächt sich nur an seinen Eigentümern! Oder an denen, die sich dafür halten.«

»Zum Arzt, und zwar schnell.« Lawrucha wandte sich zum Ufer.

Er schwamm in weiten, starken Zügen, ich hatte Mühe, ihm zu folgen.

»Lawrucha!«

»Zum Arzt! Zum Psychiater!«

»Warte, lass mich doch mal ausreden!«

»Ich will diesen Quatsch nicht hören. Ein Bild, das tötet ... Lass dir was Originelleres einfallen. Das ist doch Steinzeit, Mann o Mann.«

»Nimm es doch einfach mal an. Nimm es als gegeben an. Wenigstens mir zuliebe.«

»Dir zuliebe? Na gut. Ich höre.«

»Ich habe dir doch erzählt, wie Goldman gestorben ist. Und dann Bykadorow. Und Ljocha. Aber mit uns ist alles in Ordnung. Und mit dem verrückten Harry auch. Was meinst du, warum?«

»Keine Ahnung.«

»Weil sie die Eigentümer waren. Goldman wurde das Bild geschenkt. Und Titow hat es gekauft.«

»Und dein romantischer Dieb?«

Lawrucha watete ans Ufer und streckte sich im Sand aus. Ich legte mich neben ihn.

»Er hat es doch gestohlen. Genauso wie wir auch. Er konnte überhaupt nicht sein Eigentümer sein. Also hätte ihm nichts passieren dürfen, deiner Version zufolge.«

»Und wenn er beschlossen hat, es zu behalten?«

Der Sand unter Snegirs Körper knirschte.

»Was für eine Schnapsidee! Er war ein Dieb. Ein Dieb klaut doch nicht ein Bild, um es zu behalten. Schon gar nicht so ein Bild. Wo hätte er es aufhängen sollen? In seiner Zelle?«

»Aber ... Du hast doch selbst gesagt, er sei ein romantischer Dieb gewesen. Du weißt doch gar nicht, was in seinem Kopf vorging. Vielleicht wollte er es einfach immer bei sich haben.«

»Quark!«, sagte Snegir mit Bestimmtheit. Ich wunderte mich, wie er so sicher sein konnte. »Was sollte er denn da bei sich haben wollen? Deine hehre Gestalt, oder was?«

»Wenn man es von meiner Warte aus betrachtet, passt alles zusammen. Wir haben doch nie vorgehabt, es zu behalten. Wir wollten es von Anfang an verkaufen ... Wir waren nicht gefährlich, deshalb ist uns nichts passiert.«

»Ich glaube nicht an diese ganze Mystik.«

»Du brauchst es auch nicht zu glauben. Und ich brauche es nicht zu glauben. Aber Tatsache bleibt Tatsache: Man fand sie tot vor dem Bild. Es muss eine Erklärung dafür geben.«

»Aber nicht so eine blödsinnige.«

»Und die Herzinfarkte – bei Goldman und bei Bykadorow –, findest du die auch blödsinnig? Und an Ljochas Körper hat man auch keine Spuren von Gewalt gefunden.«

»Du hast doch selbst gesagt, dass dieser verdammte Goldman ein schwaches Herz hatte ...«

»Aber die anderen waren kerngesund.«

»Wer weiß ...«

»Ich weiß es.«

Lawrucha hatte eine Sandburg gebaut und grub jetzt eifrig einen Tunnel.

»Das musst du besser wissen. Du warst ja mit den beiden im Bett, nicht ich ... Hast deine Männer zu Tode gehetzt. Und jetzt breitest du deine Reize vor meiner Nase aus, du schamloses Wesen.«

Ich hielt unwillkürlich die Hände vor die Brust; das nasse Kleid, das mir am Körper klebte, wirkte tatsächlich aufreizend.

»Und überhaupt, wäre ich offizieller Untersuchungsführer, hätte ich mir dich mal vorgenommen.«

»Dann zeig mich doch an «, fauchte ich.

»Nein, das werde ich nicht tun. Ich mag dich, und überhaupt will ich nichts mehr davon hören. Weder von diesem Bild noch von diesem Maler.«

Lawrucha stand auf und zerstampfte mit kindlichem Vergnügen seine Sandburg. Und mit der Sandburg wurde auch meine wackelige Gedankenkonstruktion eingestampft. Sheka wollte sowieso von Anfang an mit all dem nichts zu tun haben, jetzt sprang Lawrucha ab, und ich war mit diesen unheimlichen Rätseln allein. Übrigens hatte ich die ganze letzte Nacht nicht einmal an Sheka gedacht. Niemand hatte an sie gedacht.

»Wir müssen zu Sheka fahren«, sagte ich zu Snegir.

Lawrucha, der mit einem Bein in der Hose hopste, fiel in den Sand.

»Wozu?«, fragte er.

»Wir müssen ihr alles erzählen. Sie warnen.«

»Meinst du, sie wird sich darüber freuen, oder was? Sie wird wieder anfangen, uns einen Knopf an die Backe zu labern, von wegen schlechtes Geld und so weiter. Du kannst es ihr später erzählen, wenn sich alles geregelt hat. Man muss dieser ehrlichen Idiotin nicht unnötig Trümpfe in die Hände spielen.«

»Meinst du?«

»Ich bin sicher!«

»Und wenn man sie ausquetscht?

»Wer sollte sie denn ausquetschen?! Sie ist doch gar nicht mehr da gewesen, als all das passiert ist. Du weißt doch, der kleine Lawrucha hatte Durchfall. Ich habe sie persönlich einem von den Leibwächtern übergeben, der sie nach Hause bringen sollte ...«

Harryboy, der sich bis dahin abseits gelangweilt hatte, wurde jetzt merklich lebhafter.

»Gehen wir zurück, Katrin?«, fragte er.

»Nein. Wir gehen nie mehr dorthin zurück, Harry.«

»Aber das Bild ... Vielleicht will diese Frau – seine Mutter – es verkaufen ... Ich möchte mit ihr sprechen. Ich habe natürlich nicht viel Geld ... wie heißt das auf Russisch ... Cash ... Aber ...«

Der verdammte Holländer mit seinem verdammten Bild ging mir allmählich auf den Sender. Lawrucha hatte anscheinend meine Laune bemerkt. Er schnappte sich Harryboy an dessen spitzen Ellenbogen und zog ihn den Pfad entlang. Ich schleppte mich mit meinem Koffer hinterher. Der abgewetzte Griff schnitt mir schmerzhaft in die Handfläche, aber lieber die Klamotten schleppen als Harryboy zuhören. Ich starrte böse auf seinen Hinterkopf: undurchdringlich ruhig. Selbst wenn der Himmel auf die Erde fiele, sogar wenn alle Mühlenwinde Hollands in eine Richtung wehten – Harryboy würde das gar nicht tangieren. Für ihn gab es nur Lukas Auster. Oh ja, für eine Person war der Tod Alexej Alexejewitsch Titows nützlich. Von dessen Konkurrenten mal abgesehen, selbstverständlich ... Und diese Person bist du, Harryboy.

Solange Ljocha lebte, war für dich hier nichts zu holen. Aber jetzt ist er tot, und man weiß noch nicht, was Agnessa mit dem Bild anfangen will. Morgen wirst du bei ihr auf der Matte stehen – daran zweifle ich nicht im Geringsten – und wirst ihr irgendwas von dem unglaublichen historischen Wert des Bildes vorquasseln. Über seine Bedeutung für Holland. Die Bilder müssen in den Ländern leben, in denen sie gemalt wurden, und so weiter – das ist dein Gedanke. Vielleicht wird das Agnessa ja einleuchten ...

Und dann – du warst der Letzte, der Ljocha lebend gesehen hat. Außer Pupik und der Jungfrau Maria selbstverständlich. Du bist im Arbeitszimmer geblieben, als ich es verließ, um nach oben zu gehen. Und dann ...

Dann wurde ich im Schlafzimmer eingeschlossen.

Von wem?

Das Bild kann töten ... ich bin fast bereit, daran zu glauben ... aber kann es einen Schlüssel im Schloss umdrehen? Das ist ein bisschen zu viel des Guten ...

Ich stolperte und wäre beinahe der Länge nach hingeschlagen. Die eleganten Schuhe, in denen ich die ganze Nacht herumgelaufen war, eigneten sich wenig fürs Gelände ... Ich öffnete den Koffer und holte die Shorts, ein T-Shirt und die »Caterpillar«-Schuhe mit der bedrohlich dicken Profilsohle heraus. Pupiks Lieblingsschuhe ... Armer Kater.

Durch vereinzelte Kiefern hindurch war die Landstraße zu sehen, und als ich dort anlangte, verhandelte Lawrucha bereits mit dem Fahrer eines Lada.

»Bis Petersburg, Chef. Wir zahlen in Dollar«, sagte Snegir und zwinkerte Harryboy zu. Klar, auf wessen Rechnung er fahren wollte.

»Ich fahre nicht mit«, sagte ich.

»Warum das denn?« Lawrucha machte eine finstere Miene. »Willst du etwa doch zu Sheka?«

»Nein. Es ist wegen Pupik. Ich muss ihn beim Tierarzt abholen. Er hat versprochen, eine Obduktion duchzuführen. Es ist nicht weit. In Selenogorsk. Aber fahrt ihr ruhig nach Petersburg, wenn ihr wollt.«

»Kommt nicht infrage. Ich lasse dich nicht in diesem Zustand zurück. Wir fahren mit ...«

Der Tierarzt hatte mir nichts Tröstliches mitzuteilen. Er nahm nur einen Teil der vereinbarten Bezahlung.

»Ich verstehe überhaupt nichts«, sagte er. »Die Innereien sind vollkommen unversehrt. Äußerlich sieht es aus wie eine Infektion, aber ich habe keine Bestätigung dafür gefunden.«

»Und warum hat er das Fell verloren?«

»Das Fell kann aus ganz verschiedenen Gründen ausgehen. Das ist eine ganz natürliche Reaktion auf eine schwere Krankheit.«

»Er war vollkommen gesund, Doktor.«

»Ja. Jedenfalls konnte durch die Obduktion nichts Pathologisches festgestellt werden.«

»Was war es dann?«

»Es tut mir Leid, ich weiß es nicht ... Wenn Sie wollen, kann ich eine chemische Analyse des Gewebes durchführen. Ich denke nicht, dass das etwas bringt, aber ...« Alexander der Dritte sah skeptisch auf mein T-Shirt und meine Shorts, die in ihrer Jugend einmal echte »Lee-Cooper«-Jeans gewesen waren.

Das würde mich ein rundes Sümmchen kosten, klar.

»Danke, ich glaube, das ist nicht nötig.«

Der Gedanke, Pupiks Kadaver auf dem kalten Untersuchungstisch zurückzulassen, noch dazu auf unbestimmte Zeit, war mir unerträglich. Ich wickelte den Kater in ein sauberes Handtuch und verließ das Behandlungszimmer. Snegir und Harryboy warteten draußen auf der Straße auf mich. Snegir trank Bier, Harryboy steriles Mineralwasser Marke »Polustrjowo«.

»Nimm einen Schluck«, sagte Lawrucha zu mir. »Dann geht es dir besser.«

»Ich möchte nicht ...«

»Du musst.« Snegir nahm vorsichtig das Bündel aus meinen Händen.

»Es tut mir sehr Leid, Katrin.« Wenigstens jetzt zeigte Harryboy so etwas wie Mitleid, und ich war ihm dafür dankbar.

»Was ist, machen wir uns auf die Socken?«, fragte Snegir.

»Nein. Ich möchte ihn hier begraben, am Meerbusen.« Den toten Pupik mit in die Stadt zu nehmen, das wäre einfach zu viel für mich gewesen.

»Wie du willst.«

Wir begruben Pupij Salusti Mauzian unter einer Kiefer, ganz nah am Meerbusen. Snegir machte ein akkurates Hügelchen und klopfte es sorgfältig an den Rändern fest.

»Ruhe in Frieden, Pupik. Und obwohl ich den Verstorbenen nicht besonders leiden konnte, aufgrund seines zänkischen Charakters, lasst uns jetzt trotzdem seiner gedenken ...«

Snegir hielt Harryboy die Bierflasche hin, aber der schüttelte ablehnend den Kopf.

»Das musst du. Das ist so Sitte. Russische Sitte. Verstehst du?«

»Ich habe schon Cognac getrunken ...«

»Cognac ist Cognac, und Bier ist Bier. Das ist doch euer Nationalgetränk! Und den Cognac hat du dir vor einer Ewigkeit genehmigt! Auf den Frieden seiner Seele, das ist heilig.«

Harryboy nahm also doch die Flasche, wischte den Flaschenhals ab und trank einen kleinen Schluck.

»Gutes Bier haben wir, was? Besser als eure Konservierungsmittelbrühe.« Lawrucha blieb sich wieder einmal treu. »Natürlicher Geschmack, ohne künstliche Aromastoffe.«

»Ich trinke nicht so gern.«

»Ich seh's. Du machst gar nichts gern. Keine Passionen, keine Süchte. Todlangweilig!«

Das war ungerecht gegenüber Harryboy. Man konnte ihm alles Mögliche vorwerfen, sogar eine gewisse Geringschätzung von Bier – aber nicht fehlende Leidenschaft. Harryboy versuchte gar nicht erst, sich vor dem unbeherrschten Maler zu rechtfertigen. Wir waren für ihn nur ein lästiges Hindernis auf dem Weg zu Lukas Auster. Auch Ljocha war ein lästiges Hindernis gewesen. Und dieses war jetzt beseitigt.

Ich sah Harryboy aufmerksam an.

Ein glattes, unauffälliges Gesicht, nur die Augen wirkten geradezu widernatürlich. Als hätte der, der Harryboy schuf, die Oberfläche seines Gesichtes mit einem einfachen Stemmeisen geschnitzt – und zu tief geschnitten. Harry fing meinen Blick auf und lächelte schüchtern.

Mit so einem Lächeln im Gesicht konnte man töten. Jeden.

Ich kam erst spät am Nachmittag zu Hause an. Ich weinte nach Herzenslust über den leeren Schüsseln Pupij Salusti Mauzians und schlief ein. Direkt in der Küche, auf dem Fußboden, der noch nach Katzenfutter roch. Ich erwachte vom penetranten Klingeln des Telefons.

Wladimir Michailowitsch Juchno war am Apparat.

»Guten Tag, Katja. Wie fühlen Sie sich?«

»Wie sollte ich mich wohl fühlen?«

»Ich habe die Ergebnisse der Obduktion bekommen. Wenn es Sie interessiert ...«

Alexej Titow starb an einem Herzinfarkt. Es wurde kein Gift in seinem Körper gefunden. Wladimir Michailowitsch Juchno sprach mir sein aufrichtiges Beileid aus. Ich wartete, ob er mir noch einmal sagen würde, was er am Vorabend unisono mit all den anderen Gästen geäußert hatte: »Sie sind ganz reizend, Katenka, wir sind jederzeit für Sie da« ... Oder wenigstens andeutete, dass man irgendwann mal eine Tasse Kaffee ... Aber nichts dergleichen geschah. Gleich legt er auf und verschwindet für immer aus meinem Leben.

»Was ist mit dem Bild?«, fragte ich.

»Das weiß ich nicht. Das ist nicht mein Aufgabenbereich. Warum fragen Sie?«

»Einfach so.«

»Ich weiß nicht, was Agnessa Lwowna damit machen wird ...«

Ich konnte mir gut vorstellen, wie mein verhasstes Gesicht, dazu noch mit jener lateinischen Inschrift versehen, ihr jeden

Tag vor den Augen stand, und fröstelte. Agnessa würde das Bild wohl kaum bei sich behalten, und dann war da noch Harryboy, der sich überhaupt nicht beruhigen konnte. Von dem hatte ich auch langsam genug.

»Also ist die Untersuchung abgeschlossen?«

»Es gab gar keine Untersuchung. Alexej ist an einem Herzinfarkt gestorben. Kann ich mit Ihrer Verschwiegenheit rechnen?«, fragte er wieder.

Ljochas nackter Körper, der ausgestreckt vor dem Bild lag, sein vollkommen unerklärlicher Tod, das Mädchen, das mir so ähnlich war ...

»Natürlich, Wladimir Michailowitsch.«

»Es hat mich gefreut, Sie kennen zu lernen. Schade, dass es unter solchen Umständen geschehen ist.«

»Kommen Sie mal in der Galerie vorbei«, piepste ich. »Wir haben einige sehr gute Maler ausgestellt.«

»Ich interessiere mich nicht sehr für Malerei, Katja. Alles Gute ...«

Ich legte den Hörer auf und schimpfte mich nach Strich und Faden aus: Du bist ja völlig durchgeknallt, kommst im unpassendsten Moment mit deiner Galerie ... Ich lief ziellos in der Wohnung umher, bevor ich wieder in meine »Caterpillar« stieg und mich in den »Pirat« begab.

»Pirat« hieß meine Lieblingskneipe an der Ecke der Siebten Linie. Dorthin verlegte ich meine Verabredungen mit allen meinen Verehrern und ließ sie dort stundenlang alle möglichen Rettungsringe von irgendwelchen Kriegsschiffen bewundern sowie eine Uniform, die man einem Kapitän zur See vom Leibe gerissen und hier ausgestellt hatte. Die Liste der Sehenswürdigkeiten wurde ergänzt von einem Steuerrad, einem Maschinentelegrafen und einem Satz Signalflaggen. Irgendwie hatte ich schon immer eine Neigung zum Meer, die ich mir selbst nicht erklären konnte: Größere Wasserflächen hatte ich zum ersten Mal gesehen, als ich von Samarkand nach Petersburg zu meiner Tante zog, um auf der Malschule zu lernen. Seitdem waren viele Jahre vergangen. Ich hatte mich zwar längst ohne Bedauern von meinem Mädchentraum, einmal einen Absolventen der Frunse-Akademie zu heiraten, verabschiedet, aber die Sympathie zum Meer war geblieben. Und ich befriedigte sie auf unschuldigste Art und Weise, wenn ich im »Pirat« saß. Hier, zwischen Bierkrügen und gesalzenen Erdnüssen, im kompakten wabernden Zigarettenrauch, konnte ich am besten nachdenken.

Ich bestellte Kaffee, Erdnüsse und ein Glas vom billigsten Wein – »Das Lächeln der Mona Lisa«, genau mein Stil – und setzte mich an einen Tisch am Fenster.

Also.

Zwei Leichen in einem Monat. Und der arme Pupik. Und Goldman, den durfte man auch nicht außer Acht lassen. In allen drei Fällen befand sich das Bild von Lukas van Ostrea am Ort ihres Todes. Ich war im Grunde zu praktisch, um wirklich an eine mystische Vorbestimmung des Gemäldes zu glauben, aber doch wieder nicht so praktisch, um eine solche Vorbestimmung völlig unbeachtet zu lassen. Vor allem, wenn man an die überlieferten Legenden über Lukas Auster dachte: »Der Samen des Teufels«, »Prüfstein des Antichrist«, und so weiter ... Ich nahm einen Schluck Wein, schloss die Augen und fing an, logische Ketten zu bilden: Goldman – Bykadorow – Ljocha Titow. Alle drei starben an einem Herzinfarkt, während sie das Bild betrachteten. Bykadorow und Ljocha Titow waren unbekleidet, während Goldman nicht einmal die Hosenknöpfe geöffnet hatte. Sowohl Bykadorow als auch Ljocha hatten versucht, die Tür zu verbarrikadieren, Goldman hatte seine Tür nur verschlossen. Warum? Ich legte aus den Nüssen ein Fragezeichen, und sofort kam die Antwort. Goldman hatte die Tür aus dem einfachen Grund abgeschlossen, weil er im Gegensatz zu den anderen beiden Jungs einen Schlüssel hatte. Deshalb hatten sie das benutzt, was sie gerade zur Hand hatten.

Also, alle drei waren Eigentümer des Bildes; eine Ausnahme

war nur Bykadorow, aber wer weiß, was für Gedanken ihm in den Kopf gekommen waren. Vielleicht hatte er tatsächlich beschlossen, das Bild zu behalten, und das Bild hatte es gespürt? Das Böse ist immer erotisch, wie Harryboy sagte. Die Motive Bykadorows und Ljochas waren mir vollkommen klar, der Grund, warum sie sich ausgezogen hatten, war reine Lust. Lüsternheit, präzise gesagt ... Aber auch Goldman wurde doch von Begierde verzehrt, wenn man seinem Neffen glauben konnte. Und doch hatte er sich nicht ausgezogen. Warum? Ich warf ein paar Nüsse in meinen Mund und schrieb diesen Punkt dem ganz normalen Schamgefühl eines alten Mannes zu. Wenn man außerdem bedachte, dass Goldman Jude war ... Die Juden waren nicht nur leidenschaftlich, sondern auch keusch, wenn man der Bibel glauben durfte.

Und der Bibel glaubte ich.

Aber ich glaubte nicht an Mystik. Lawrucha hatte Recht. Ein Bild kann einfach nicht töten. Töten, das heißt, jemandem in den Kopf oder in das Herz schießen, ein Messer in den Leib stoßen, mit einem Montier-Eisen einen Schädel einschlagen, Thallium in den Frühstückskaffee schütten oder Zyankali in den Cocktail. Ja, man kann einen Menschen zum Herzinfarkt treiben, wenn man ihm ständig auf die Nerven geht und mit gezielten Bosheiten peinigt, aber dafür braucht man Zeit, und zwar nicht zu knapp. Man braucht jemanden, der das professionell betreibt. Die rothaarige Jungfrau Maria sieht nicht wie so eine Professionelle aus. Und warum hatten Bykadorow und Ljocha sie so sehr begehrt, dass ihr Herz es nicht aushielt? Und warum begehrten Lawrucha oder Wanja Bergman sie nicht? Und wenn Harryboy sie begehrte, warum war er dann heil und gesund? Mir drehte sich der Kopf von all diesen Gedanken, und ich nahm noch ein »Lächeln der Mona Lisa«. Dann legte ich aus den Nüssen ein akkurates H.

Harryboy.

Der größte Fachmann für Lukas van Ostrea; der die »Reiter«

um jeden Preis haben will. Er lebt in Holland, in irgendeiner mystischen Toten Stadt Ostrea, die es nicht einmal auf einer Landkarte gibt. Dort sammelt er Informationen über den Maler und bewacht fanatisch ein einziges Bild. Den Mittelteil eines Triptychons. Und die »Apokalyptischen Reiter« sind der linke Flügel davon, wenn man Harryboy glauben kann. Bis auf den heutigen Tag sind nur drei Werke erhalten, die »Reiter« sind das vierte, da kann man sich schon ein Bein ausreißen, um sie zu kriegen. Aber so ganz konnte ich diese Leidenschaft für Lukas Auster doch nicht verstehen. Malerei, selbst großartige Malerei, kann nicht das Leben ersetzen. Ich wusste das, schließlich war ich Kunstwissenschaftlerin.

Eine beschissene Kunstwissenschaftlerin bist du. Eine Diebin, sagte ich mir, hob mein Glas mit dem restlichen »Lächeln der Mona Lisa« darin und stieß mit dem Aquarium am Fenster an. In dem Aquarium lagen Muscheln und künstliche Algen in malerischer Unordnung durcheinander. Die ganze Komposition krönte eine Gummieidechse, die raubgierig lächelte. Harryboys Lächeln war ganz anders. Er war in dem Arbeitszimmer, bevor Ljocha Titow dort starb. Und Pupik.

Über Titows Feinde wusste ich nichts – sicherlich gab es welche, immerhin waren zwei Anschläge auf ihn verübt worden. Heute konnten seine Feinde triumphieren. Ljocha war auf der Strecke geblieben, ohne die Olympischen Spiele abzuwarten. Aber Ljocha war ein Sprinter, ein Sprinter in jeder Hinsicht: im Leben, in seinen Umgangsformen, in seinen Beziehungen, im Bett. Er hatte es zu eilig zu leben, als hätte er gewusst, was passieren würde. Sein Herz hatte das nicht ausgehalten. Bykadorow war ein Langstreckenläufer; trotzdem hatte auch sein Herz kapituliert ...

Von allen mir bekannten Personen hatte nur Harryboy einen Vorteil von Ljochas Tod. Für ihn bestand jetzt die reale Chance, sich mit der alten Bürgerrechtlerin zu einigen und sich das Bild zu erstklassigen Konditionen unter den Nagel zu reißen. Und was, wenn er tatsächlich bei Ljochas Tod nachgeholfen hatte? Ich nahm eine Nuss aus dem Buchstaben, und die logische Kette brach auseinander. Die beiden anderen Todesfälle hatten nichts mit Harryboy zu tun. Er war nach Petersburg gekommen, gleich nachdem er von dem Bild erfahren hatte. Vorher hatte er von seiner Existenz nichts gewusst. Auch nicht von der Existenz jenes begnadeten Sammlers und jenes begnadeten Diebes. Aber Bykadorow und Goldman waren genauso gestorben wie Ljocha.

Nein, so kam kein schlüssiges Ergebnis zu Stande. Es passte vorne und hinten nicht. Ich presste meine Hände an die Schläfen und schwor mir: Du wirst niemals mehr an das Bild denken. Was du erlebt hast, ist genug. Und die finanzielle Entschädigung ist einfach nur gerecht. Sollen die Apokalyptischen Reiter sonst wo in ihre Hörner blasen und die Jungfrau Maria jemand anderen verführen. Ich steige aus diesem Spiel aus.

Kaum hatte ich diesen Entschluss gefasst, beruhigte ich mich endlich. Und lächelte mir zu mit dem Lächeln der Mona Lisa, das am Grunde des Glases lag. Da hörte ich ein leises Klopfen an der Fensterscheibe.

Auf der Straße vor dem niedrigen Fenster des »Pirat« stand Hauptmann Kirill Alexejewitsch Maritsch, der fast schon aus meinem Gedächtnis entschwunden war. Maritsch fletschte freundlich die Zähne. Ich fletschte zurück: Du hast mir gerade noch gefehlt. Dann winkte ich ihm: Kommen Sie rein, genieren Sie sich nicht. Maritsch ließ sich nicht lange bitten. Als er den »Pirat« betrat, streifte seine Schulter leicht die kleine, auf Hochglanz polierte Schiffsglocke, die neben der Eingangstür angebracht war.

»Guten Abend, Katerina Mstislawowna«, grüßte er galant. »Was für ein Zufall, Sie hier zu treffen. Darf ich Sie zu etwas einladen?«

»Wein«, sagte ich.

Kurz darauf kam Maritsch mit einem Glas Wein und einer Tasse Kaffee an meinen Tisch zurück.

»Was ist denn mit Ihnen?«, fragte ich finster. »Trinken Sie nicht im Dienst?«

»Ich bin im Augenblick nicht im Dienst.« Er setzte sich mir gegenüber. »Ich war bei einem Bekannten, er wohnt hier ganz in der Nähe, in der Smolenka.«

»Ach, hören Sie doch auf zu schwindeln. Sagen Sie lieber die Wahrheit – schnüffeln Sie mir nach? Haben Sie mich unter Beobachtung gestellt?«

»Ich gestehe es.« Er senkte den Blick und rührte in seiner Tasse. »Aber nur ganz privat.«

»Mein Kater ist tot«, sagte ich.

»Das tut mir Leid. War er krank?«

»Ach nein. Er ist einfach gestorben, das war's. Er hieß Pupik. Pupij Salusti Mauzian ...«

»Schöner Name.«

»Und wie läuft Ihre Untersuchung?«

»Es geht voran. Ich habe gehört, Sie hätten ein sehr wertvolles Bild verkauft?« Maritsch zeigte eine bemerkenswerte Informiertheit, und das bestärkte mich in meiner Überzeugung, dass er nicht zufällig hier im »Pirat« erschienen war.

»Kann sein«, antwortete ich vorsichtig.

»Und haben Sie eine gute Kommission bekommen?«

»Die habe ich noch nicht. Und überhaupt – das geht Sie gar nichts an.«

»Wer weiß ... wer weiß.« Er platzierte einen ersten, vorsichtigen Schlag. »Und was ist das für ein Bild?«

»Die ›Apokalyptischen Reiter‹. Fünfzehntes Jahrhundert. Lukas van Ostrea. Dieser Name wird Ihnen kaum etwas sagen. Er ist nur einem engen Kreis von Fachleuten bekannt.«

»Und für wie viel haben Sie es verkauft?«

»Das ist Geschäftsgeheimnis. Was haben Sie noch so gehört?«

Maritsch versenkte seine Hand in das Aquarium auf dem Fensterbrett und hob die Eidechse am Schwanz hoch. Er sah mich nicht an.

»Ein selten ekliges Ding.« Die Eidechse sah wirklich nicht sehr appetitlich aus. Und ihr Maul wirkte irgendwie hinterlistig.

»Kommen Sie ein andermal her. Es gibt manchmal Guppies und spanische Dublonen. Sie wechseln oft die Dekoration. Das sind große Spaßvögel hier.«

»Ja. Spaßvögel gibt es bei uns reichlich.« Wieder führte Maritsch ein kleines Manöver durch: Diesmal war es ein Täuschungsmanöver. »Ich habe noch gehört, es sei nicht einfach ein Bild, sondern der Flügel eines Triptychons.«

»Das stimmt.« Ich trommelte mit den Fingerspitzen an mein Weinglas. »Ein doppelseitiges Gemälde.«

Maritsch zog ein kleines Notizbuch aus der Tasche.

»›Tota pulchra es, amica mea, et macula non est in te‹«, sagte er Silbe für Silbe, den Blick nicht von dem Büchlein hebend. »›So schön bist du, meine Geliebte, kein Makel ist an dir.‹ Klingt hübsch, nicht wahr?«

»Da muss ich Ihnen Recht geben.« Der Angstschweiß stand auf meiner Stirn, aber ich hielt mich tapfer. Sollte Maritsch zuerst seine Karten aufdecken.

»So schön bist du, meine Geliebte, kein Makel ist an dir«, wiederholte Maritsch nachdenklich und sah mir direkt in die Augen. Hab ich dich erwischt, du kleine Diebin, las ich in seinen leidenschaftslosen Pupillen. Dir werde ich zeigen, wie man raubt und plündert und die Untersuchung in die Irre führt.

»Sprechen Sie von mir?«, fragte ich frech und schlug die Beine übereinander. »Ich fühle mich geschmeichelt.«

»Oh, ich fühle mich auch geschmeichelt. Das Mädchen auf dem Bild ist Ihnen sehr ähnlich.«

»Morgen färbe ich mir die Haare nussbraun.«

»Nicht doch. Das Rot steht Ihnen. Aber Stehlen steht Ihnen gar nicht.«

Es geht los!

»Stehlen? Wovon reden Sie?« Kein Muskel zuckte in meinem Gesicht.

»Sie wissen sehr gut, wovon ich rede. Das bedauerliche Missverständnis mit dem Ex-Mann Ihrer Freundin.«

»Was denn, haben Sie etwas Neues herausgefunden?«

Allem Anschein nach war Maritsch doch nicht so abgebrüht, wie er gern sein wollte. Seine Kiefer mahlten, und er sah mich mit starrem Blick an.

»Der Sachverhalt ist unverändert. Ich habe Ihnen von den gestohlenen Gegenständen erzählt. In Goldmans Katalog ist ein Bild erwähnt. Es heißt ›Rothaarige mit Umhang‹. Aber im neuesten Verzeichnis der Sammlung fehlt dieses Bild.«

»Was Sie nicht sagen? Wurde es auch gestohlen?«

»Spielen Sie nicht die Dumme! Sie wissen ganz genau, dass die ›Rothaarige mit Umhang‹ und das Bild, das Sie auf der Auktion verkauft haben, identisch sind.«

Am liebsten hätte ich mich jetzt unter dem Tisch verkrochen und geflennt. Ich konnte diesen süßen Kinderwunsch kaum in mir unterdrücken, doch ich musste durchhalten.

»Sie irren sich, Hauptmann. Ich habe kein Bild verkauft. Ich habe den Flügel eines Triptychons verkauft. Das wird Ihnen jeder Experte bestätigen.«

»Ihre Experten sind mir völlig schnuppe.« Er schlug sich ungeduldig mit der Hand aufs Knie. »Es ist dasselbe Bild. Und wir wissen das beide.«

»Ich weiß gar nichts. Diese ... wie hieß sie ... ›Rothaarige mit Umhang‹ ... Ist sie als gestohlen gemeldet?«

Jetzt oder nie. Wenn Jossif Semjonowitsch Goldman, dieser elende Liebhaber von Fabeln und Symbolen, mich reingelegt und ausgesagt hatte, dass ich ihn eingeschüchtert hatte ... Dann saß ich in der Patsche..

Aber Jossif Semjonowitsch, das scheue Seelchen, hatte mich nicht reingelegt – Maritsch schwieg.

»Ist es gestohlen gemeldet?«, wiederholte ich meine unschuldige Frage. Es klang spöttisch.

»Nein.« Maritsch machte einen Rückzieher. »Es ist nicht als gestohlen gemeldet. Leider.«

»Warum ›leider‹?«

Maritsch beugte sich über den Tisch und flüsterte:

»Weil ich dich nicht schnappen kann, obwohl ich sicher bin, dass du nicht so ein Unschuldslamm bist, wie du scheinst!«

»Sie halten mich für ein Lamm?«, spottete ich weiter. »Sehr bedauerlich. Ich würde gern wie Maria von Ägypten wirken.«

»Auf mich wirkst du wie ein ausgekochtes Luder und ein skrupelloses noch dazu. Es wird ein böses Ende mit dir nehmen, das verspreche ich dir.«

»Ich werde mich bei Ihren Vorgesetzten über Sie beschweren, Herr Hauptmann. Bei Ihrer Aufsichtsbehörde. Sie haben mich beleidigt und bedroht, und Sie versuchen, mir etwas anzuhängen ... Was soll das, sind Sie nicht etwas zu eifrig, Kirill Alexejewitsch?«

»Diese Geschichte mit dem Bild gefällt mir nicht. Und ich habe den Verdacht, dass Sie irgendwie an dem Einbruch bei Goldman beteiligt waren.« Er schien seinen unbeherrschten Ausbruch schon zu bedauern. Sehr schön, dieses Gefühl musste ich ein wenig unterstützen und pflegen.

»Nein, ich war nicht daran beteiligt. Ehrenwort«, sagte ich vollkommen aufrichtig. »Ich habe einfach die Fahrlässigkeit begangen, den verstorbenen Bykadorow zu kennen. Und ich war zur unpassenden Zeit am unpassenden Ort.«

»Und wie sind Sie zu diesem verdammten Flügel gekommen?«

»Oh, das ist der reinste Kriminalroman ...« Ich sah Maritsch bedeutungsvoll an. »Pardon, Hauptmann! Mein Bekannter ... Sie kennen ihn. Lawrenti Snegir ...«

»Der Verstorbene.« Die Lippen des Hauptmanns verzogen sich zu einem ironischen Lächeln. Er vergaß nie etwas.

»Das tut mir Leid. Manchmal muss man zu solchen unschuldigen Scherzen greifen ... Sie verstehen, die Zeiten sind schwer, man will schließlich überleben.«

»Was Sie nicht sagen ...«

»Also. Lawrenti hat es irgendwo in der Provinz gekauft. Ganz zufällig. Und dann stellte sich heraus, dass es sehr wertvoll ist.«

»Wie wertvoll?«

»Verkaufen Sie mich nicht für dumm, Kirill Alexejewitsch. Sie sitzen nicht zum Spaß hier mit mir. Sie wissen genau, was es wert ist. Wir werden unsere Steuern ordnungsgemäß bezahlen, da können Sie sicher sein.«

»Steuern sind nicht mein Ressort.«

»Verzeihen Sie. Aber wenn Sie so ein Kämpfer für die Gerechtigkeit sind ... Dann können Sie mir noch einen Wein bestellen.«

Maritsch stand wortlos auf, ging zum Tresen, und ich konnte wenigstens eine Minute Luft schöpfen. Von diesem netten inoffiziellen hochnotpeinlichen Verhör waren mir Rücken und Achseln nass geworden. Ich spürte jetzt einen feinen Schweißgeruch, den auch das Eau de Cologne »True woman in blue«, das mir Lawrucha zum letzten Frauentag geschenkt hatte, nicht überdecken konnte. Sheka hatte übrigens eine analoge Schachtel bekommen – »True woman in red«. Ich beobachtete Maritsch verstohlen. Wenn er nicht ein verdammter Bulle wäre, hätte ich vielleicht versucht, ihn anzubaggern. Dann hätte ich mich immer donnerstags mit ihm im »Pirat« getroffen. Seine Hände waren schön – Hände, die mir am liebsten den Hals zugedrückt hätten. Und er hatte einen gut geschnittenen Mund. Und gerade große Zähne, mit denen er mich gern in Stücke gerissen hätte. Das wäre eine hübsche Allianz geworden – der Bulle und die Diebin, ein Diener des Gesetzes und eine hart gesottene Abenteurerin.

Übrigens, so hart gesotten auch wieder nicht, aber lernfähig.

Maritsch kehrte mit zwei Gläsern Wein zurück: Jetzt hatte er den superteuren auserlesenen »Alicante bouche« genommen, den ich mir seit einem halben Jahr nicht mehr hatte leisten können. Eine großzügige Geste, alle Achtung.

»Wollen Sie sich aufwärmen, Hauptmann?«

»Ja.«

Maritsch hob sein Glas, und wir stießen an.

»Sie haben mir nicht gesagt, dass der neue Eigentümer des Bildes letzte Nacht gestorben ist«, sagte er sanft, und ich verschluckte mich fast an dem »Alicante«.

Die Exekution ging weiter. Jetzt wurde ich auf die Folterbank gespannt.

»Sie haben mich nicht danach gefragt.«

»Aber von Ihrem Kater haben Sie mir erzählt ...«

»Den Kater habe ich mehr geliebt. Sind Sie in dieser Sache auch zugange? Sie sind ein vielseitiger Mann, wie ich feststelle.«

»Petersburg ist eine kleine Stadt, Katerina Mstislawowna. Hier stirbt nicht so oft jemand von dem Kaliber eines Alexej Titow. Sie waren doch letzte Nacht dort, richtig?«

»Ist das ein Verhör?«

»Nein. Das ist einfach ein Gespräch bei einem guten Glas Wein.«

»Ja. Ich war letzte Nacht dort. Ich hatte sogar Gelegenheit, in der vorangehenden Nacht mit ihm zu schlafen.« Der »Alicante bouche« stieg mir in den Kopf, und ich kam in Fahrt. »Also, was meinen Sie, entspreche ich dem Dienstgrad eines ausgekochten Miststücks?«

»Voll und ganz«, sagte der Hauptmann ruhig. »Und was können Sie mir über seinen Tod erzählen?«

»Nichts. Ich weiß nur, dass er an einem Herzinfarkt gestorben ist. Und ich habe nichts damit zu tun.«

»Sie haben nichts damit zu tun ...« Maritsch kniff die Augen zusammen. »Nur sind Sie zufällig immer in der Nähe, wenn gewisse Herren sterben. Das macht mich etwas stutzig.«

»Reiner Zufall. Irgendwann finden wir uns alle neben einem Toten. Früher oder später.«

»Vielleicht sollten Sie sich zur Pathologin umschulen lassen? Solcherart Philosophie ist ganz nach deren Art.«

»Mein Beruf füllt mich völlig aus.«

»Der Handel mit gestohlenen Bildern?« Das konnte er sich nicht verkneifen.

»Lassen Sie das.« Das Gespräch begann, mir lästig zu werden. »Sie haben keine Beweise.«

»Noch nicht. Seien Sie vorsichtig, Katerina Mstislawowna ...«

Er drohte nicht, er sprach nur eine sanfte Warnung aus: Sei vorsichtig, Kat, wir behalten dich im Auge. Aber mir war es im Übrigen entschieden schnuppe, was er von mir hielt. Früher oder später würde er es leid sein, mir auf der Pelle zu hocken. Und ich würde mich hüten, ihm Gelegenheit zu geben, mich am Kragen zu fassen. Das Geld, das mir die »Apokalyptischen Reiter« eingebracht hatten, reichte locker, um mein Leben von Grund auf zu ändern und diesen Kommissar Cattani für Arme für alle Ewigkeit in die Vergessenheit zu versenken.

»Seien Sie vorsichtig«, sagte Maritsch noch einmal.

»Ist das eine Drohung?«

»Eine Warnung. Sie gefallen mir, und darum warne ich Sie nur.«

Ich stieß wieder mit ihm an.

»Ich werde es mir merken. Und ich werde vorsichtig sein.«

Es machte mir Spaß, ihn zu ärgern. Mir gefiel das Gefühl, dem Gesetz ein Schnippchen zu schlagen. Dieser Milizspürhund reißt an der Leine, aber er kommt nicht los, er achtet das Gesetz. Ich achte ebenfalls das Gesetz. Ich bin ein gesetzesfürchtiges Mädchen.

»Bringen Sie mich nach Hause, Hauptmann?«, fragte ich lächelnd.

»Entschuldigen Sie, ich habe noch zu tun.«

»Dann erlauben Sie mir, mich zu verabschieden.«

Wir verließen gemeinsam den »Pirat«. Ich ging den Malij-Prospekt entlang, und der Hauptmann eilte mit ausgreifenden Schritten zur Metro. Oder tat er nur so, als ginge er zur Metro?

Vor meinem Haus erwartete mich eine weitere Überraschung: Shaiks Jeep, der in der Nähe des Eingangs parkte. Als ich ihn sah, bekam ich einen tüchtigen Schreck und überlegte sogar, von hinten um den Block zu gehen und dann über den Durchgangshof zu meiner Hintertür. Aber ich verwarf diesen Gedanken: Die hervorstechende Eigenschaft solcher Menschen war: warten können. Shaik würde vor meiner Haustür einfach Wurzeln schlagen, und früher oder später müsste ich ihm doch in die Arme laufen. Besser war es, die Angelegenheit gleich hinter mich zu bringen.

Shaik hatte mich schon gesehen und ließ die Scheinwerfer mehrmals aufblinken. Ich ging zu dem Jeep.

»Wir müssen reden«, sagte er knapp.

»Kommen Sie mit rauf?«

»Nein. Setzen Sie sich.«

Ich musste gehorchen. Ich ging um den Jeep herum, öffnete die Tür und ließ mich auf den Sitz fallen. Eine Weile saßen wir schweigend. Fing ja lustig an, das Gespräch.

»Wie geht es Agnessa?«, fragte ich.

»Schlecht.«

»Ja. Ich verstehe. Was wollten Sie mir sagen?«

»Der Chef ist an einem Herzinfarkt gestorben.«

»Ich weiß. Juchno hat mich angerufen und es mir erzählt. Liebenswürdigerweise.«

Shaik trommelte mit den Fingern auf dem Steuerrad.

»Ich glaube nicht daran.«

»Dass er an einem Herzinfarkt gestorben ist?«

»Daran, dass es ein natürlicher Tod war. Sehr viele Leute wollten ihn aus dem Weg räumen.«

»Ich wollte es nicht ... Ehrenwort.«

»Wie haben Sie ihn kennen gelernt?«

Ich starrte Shaik an wie einen Idioten.

»Sie waren doch dabei. Ich habe ihn zum ersten Mal in meiner Galerie gesehen. Bis zu diesem Zeitpunkt wusste ich nichts von seiner Existenz.«

»Sie erscheinen ganz zufällig in seinem Leben, und drei Tage später ist er tot. Geht ins Haus, zu Ihnen, und kommt nicht mehr wieder.«

»Was denn, führen Sie jetzt Ihre eigene Untersuchung durch?«

»Nein, ich will einfach verstehen, was passiert ist.«

»Ich kann Ihnen nicht helfen, Shaik. Ich war doch nicht sein Leibwächter, sondern Sie.« Das war ein Schlag unter die Gürtellinie, direkt unter seinen schwarzen Karategürtel. Er hatte nicht auf seinen Chef aufgepasst, er hatte seinen Job schlecht gemacht.

Shaiks Gesicht verfinsterte sich.

»Was ist das für ein Bild?«

O Gott, noch so ein Kunstwissenschaftler, so ein Amateurexperte!

»Wozu wollen Sie das wissen, Shaik?«

»Weil sein Tod irgendwie damit zusammenhängt. Und er hat es aus Ihren Händen entgegengenommen, wenn man das so sagen darf.«

»Es ist ein sehr außergewöhnliches Bild. Aber bis jetzt hat es sich ruhig verhalten. Keine Beschwerden vom vorigen Eigentümer.«

»Dieser Dickwanst, der auf der Party war?« So nebenbei versetzte der schmale Shaik dem schwerfälligen Phlegmatiker Lawrucha einen Seitenhieb.

»Tja ... eigentlich, ja.«

»Ist er ein Bekannter von Ihnen?«

»Das kann man so sagen.« Komplize wäre richtiger, dachte ich.

»Ich möchte mit ihm sprechen.«

»Er wird wohl kaum mit Ihnen sprechen wollen. Sie sind schließlich kein Polizist, wenn ich das richtig sehe.«

Der treue Kasache würde Mettwurst aus Lawrucha machen: Ein paar Griffe irgendeiner fernöstlichen Kampfsportart, das Knie auf die Gurgel, und Lawrucha wäre fertig.

»Er ist kein Fachmann«, sagte ich schnell. »Er ist nur durch einen Zufall an das Bild gekommen. Er wusste nicht, wie wertvoll es in Wirklichkeit ist. Alle Expertisen wurden erst später erstellt. Ein unglaublicher Glücksfall, sonst nichts.«

»Ein unglaublicher Glücksfall ...«

Shaik beugte sich über die Rückenlehne, griff ein Paket, das hinten lag, und gab es mir.

»Nehmen Sie.«

»Was ist das?«, fragte ich erschrocken.

»Ihr Bild. Agnessa Lwowna will es nicht in ihrem Haus haben.«

In meinem Kopf rauschte es.

»Das geht doch nicht ... Die »Reiter« wurden an Titow verkauft. Für sehr viel Geld, für ein Wahnsinnsgeld. Agnessa muss das doch wissen.«

»Sie weiß es.«

»Und?«

»Ich habe es Ihnen gesagt. Sie will dieses Bild nicht. Und das ist ihr gutes Recht als einzige direkte Erbin des Vermögens ihres Sohnes. Der Chef hat kein Testament hinterlassen.«

»Nein. Ich kann das nicht ...«

Ohne ein Wort zu sagen, stieg Shaik aus dem Auto und ging zum nächsten Abfallkorb neben einem Kiosk. Wie gebannt folgte ich ihm mit dem Blick. Shaik warf das Bild in den Behälter und kehrte genauso gemächlich zum Auto zurück. Zwei zerlumpte Obdachlose, die neben dem Kiosk herumwühlten, beobachteten den Kasachen mit großen Augen. Einer der beiden machte einen Schritt auf den Abfallkorb zu. Ich stürzte stolpernd vorwärts und kam dem unternehmungslustigen Obdachlosen um wenige Sekunden zuvor. Ich drückte das Paket fest an die Brust und schrie:

»Kretin!«

Shaik startete in aller Ruhe den Motor. Er wollte gerade losfahren, als ich mich mit den Händen in den offenen Fensterspalt krallte.

»Warten Sie! Ich kann es nicht nehmen ...«

»Das ist Ihre Sache«, knurrte er.

»Sie verstehen nicht. Es ist wahnsinnig viel Geld wert. Man kann es nicht einfach so weggeben, das geht nicht.«

»Was wollen Sie?«

»Wenn Agnessa ... Wenn Agnessa es nicht haben will, muss sie eine schriftliche Erklärung abgeben. Verstehen Sie? Dieses Bild ist eine kunsthistorische Kostbarkeit.«

»Kapieren Sie eigentlich gar nichts? Agnessa Lwowna hat ihren einzigen Sohn verloren, kommen Sie ihr jetzt nicht mit irgendwelchem Papierkram!«

»Ja, natürlich ... Aber trotzdem ... Eine Million Dollar«, flüsterte ich und beugte mich ganz nah zu dem Kasachen. »Und vom historischen Gesichtspunkt aus ist dieses Bild überhaupt unbezahlbar. Ich kann es nicht nehmen ... Ich kann es nicht bei mir aufbewahren.«

»Ich führe nur einen Befehl aus.«

»Dann schreiben Sie mir wenigstens irgendwas auf, eine Bescheinigung!«, rief ich verzweifelt.

»Was für eine Bescheinigung?«

»Ich ... Ich weiß nicht ... Dass das Bild zur vorübergehenden Aufbewahrung an Solowjowa Jekaterina Mstislawowna übergeben wurde. Und wenn alles geregelt ist ... Wenn es Agnessa wieder besser geht ... Dann reden wir weiter.«

»Ich schreibe nichts.«

»Dann ... Dann versprechen Sie mir, dass Sie Agnessa Lwowna von diesem Gespräch berichten. Und teilen Sie mir mit, wann Sie bereit ist, mich zu empfangen. Ich bringe Ihnen das Bild zurück. Es gehört Ihnen. Verstehen Sie?«

»Ich führe nur einen Befehl aus«, wiederholte der Kasache stur.

»Was sind Sie bloß für ein Mensch!«

Vor dem Kiosk hatte sich inzwischen schon ein kleiner Menschenauflauf gebildet, erheblich größer als jede Schlange, die jemals dort vor dem kleinen Fensterchen wegen »Baltika«-Bier angestanden hatte. Und wenn das nun nicht nur alles friedliche Bürger waren, wenn jemand von ihnen meinem wirren Gespräch mit dem Kasachen zugehört hatte und begriff, dass da vor dem gewöhnlichen versifften Hauseingang eine Komikerin mit einer Million Dollar in Packpapier herumstand? Trotz der Hitze brach mir der kalte Schweiß aus.

»Bringen Sie mich«, bat ich, die Stimme zu einem hysterischen Flüstern gesenkt.

»Wohin?«

»Bis zu meiner Wohnung. Wenigstens ... Ich kann nicht einfach so mit einem Haufen Geld unter dem Arm durch die Gegend spazieren.«

»Meinetwegen.«

In Shaiks Begleitung stieg ich in den fünften Stock. Ich betrachtete meine kümmerliche Wohnungstür, die nur ein Schloss hatte, als sähe ich sie zum ersten Mal. Es war ein Klacks, so eine Tür mit der Schulter einzudrücken. Da steht mir ja eine lustige Nacht bevor, vielen Dank. Wenn bloß Lawrucha zu Hause ist ...

»Könnten Sie so lange warten, bis ich einen Anruf gemacht habe?«

Shaik zuckte die Achseln, aber er blieb.

Ich rang verzweifelt die Hände und drehte die Wählscheibe. Lawrucha ging nicht ans Telefon. Auch der Apparat von Wanja Bergman blieb still.

»Ich muss los«, sagte Shaik. »Sie haben zwei Anrufe gemacht, es war nur von einem die Rede.«

»Möchten Sie nicht vielleicht bleiben?«

Er sah mich an wie eine Verrückte. Ich biss mir auf die Zunge: Eine blödsinnigere Bitte konnte man sich wohl nicht ausdenken. Wie käme ein fremder Leibwächter dazu, auf mich und das Bild aufzupassen? Umso mehr, als sein Chef tot war und die Hausherrin ihn beweinte ...

»Wann ist die Beerdigung?« Ich versuchte, ihn irgendwie festzuhalten.

»Übermorgen.« Shaiks Augenbrauen zogen sich über der

Nasenwurzel bedrohlich zusammen: Lassen Sie sich nicht einfallen, dort aufzukreuzen, Mädchen.

»Rufen Sie mich an, wenn ... wenn Agnessa sich erholt hat?«

Er gab keine Antwort und zog die Wohnungstür leise hinter sich ins Schloss. Ich war allein. Nein, wir waren zu sechst: ich, die rothaarige Jungfrau Maria und die vier Apokalyptischen Reiter. Ich konnte es immer noch nicht glauben: Das Bild hatte einen Kreis in den feindlichen Himmel beschrieben und war zu mir zurückgekehrt. Ich hatte alle meine Kräfte aufgeboten, um es nie wiedersehen zu müssen. Fast war ich davon überzeugt gewesen, es für immer losgeworden zu sein. Und jetzt lag es in der Küche auf dem Tisch, und mehrere Tote lasteten auf ihm.

Lawrucha kam nicht, obwohl ich ihn jede Viertelstunde anrief. Auch Wanja Bergman war nicht zu Hause. Ich konnte niemanden erreichen, der die Verantwortung mit mir hätte teilen können. Und die Telefonnummer von Harryboys Hotel wusste ich nicht. Ich setzte mich neben der Heizung auf den Fußboden und fing an, meine Lage zu überdenken. In Petersburg gab es nicht allzu viele Wohnungen, in denen eine Million Dollar lagen. Ich konnte natürlich auf alles pfeifen und wieder in den »Pirat« gehen, der rund um die Uhr geöffnet hatte. Ich konnte auch zu Sheka fahren, aber dann ließe sich nicht vermeiden, dass wir über die letzte Nacht redeten. Oder ich konnte auf eine Party gehen, zu irgendeinem befreundeten Maler, mich mit Wodka zuschütten, auf den Stühlen schlafen und auf diese Art und Weise schmerzlos in den nächsten Tag kommen.

Ich konnte auch zu Hause bleiben.

Die Tür verbarrikadieren, mich mit einem stumpfen Küchenmesser bewaffnen und ... Gute Idee – die Tür verbarrikadieren. Genau das hatten Bykadorow und Ljocha getan. Bykadorow und Ljocha. Und jetzt trat ich in ihre Fußstapfen. Bei diesem Gedanken erschrak ich zuerst heftig. Dann näherte ich mich vorsichtig dem Bild. Dieser Gedanke – »Ich trete in ihre

Fußstapfen« – drehte sich vor meinen Augen und schimmerte wie ein geschliffener Diamant. Und auf jeder seiner Seitenflächen stand: Warum denn nicht?

Warum sollte ich denn ihrem Weg nicht folgen?

Wenn in dem Bild etwas war – konnte dieses »Etwas« jeden Moment erscheinen. Und ich konnte mich entweder von seiner völligen Harmlosigkeit überzeugen oder von seiner dämonischen Bestimmung. Außerdem befand ich mich im Vorteil. Ich wusste, von welcher Seite Gefahr drohte. Weder Ljocha noch Bykadorow wussten das. Aber ich, ich wusste es.

Gewarnt sein heißt gewappnet sein.

Die Versuchung war so groß, dass ich ihr nicht widerstehen konnte. Ich wühlte in meinem Medizinschränkchen herum und fand das »Validol«, das Sheka am Tag von Bykadorows Tod hier liegen gelassen hatte. Das war zwar nicht das Optimum, aber besser als nichts. Jetzt musste ich nur noch die Nacht abwarten, die beste Zeit für Offenbarungen und die Auflösung schlichter Geheimnisse.

Den restlichen Abend verbrachte ich stumm vor dem Fernseher und zappte mich durch die Kanäle; »Omen« mit Gregory Peck als rächender Engel, »Werwolf« nach Stephen King und als Vorspeise »Akte X« – als hätten sich die Fernsehfritzen abgesprochen, den von der Hitze geschwächten Petersburger Bürgern nach Kräften Angst einzujagen. Als Vorgruppe gar nicht so schlecht, und im Hauptteil unseres Galakonzerts tritt die legendäre holländische Gruppe »Die Apokalyptischen Reiter« mit ihren Rassehengsten auf. Der Impresario ist Lukas van Ostrea, besser bekannt als Lukas Auster.

Der Anblick des gegenüberliegenden Hauses stimmte mich nicht gerade optimistisch. Es stand schon seit einem halben Jahr leer und schaute mich jetzt aus düsteren Augenhöhlen an. Ich räumte die Wohnung auf – das hatte ich vor einem ganzen Monat zum letzten Mal getan –, stellte mich unter die Dusche und futterte danach zwei Teller Cornflakes mit Milch, obwohl Lawrucha Recht hatte, wenn er sagte, man sollte abends nicht mehr so viel in sich reinschaufeln. Die übrige Zeit bis um zwölf Uhr verbrachte ich in einem Zustand hysterischer Fröhlichkeit. Wenn mir etwas passierte, würde ich nicht einmal Zeit haben, Leichenflecken zu bekommen: Am nächsten Morgen wollten wir den gesegneten Holländer Harryboy verabschieden. Und Lawrucha hatte den Schlüssel zu meiner Wohnung. Von Shekas Wohnung auch. Und ich hatte den Schlüssel von ihren beiden Höhlen. So hielten wir es seit den Zeiten der Akademie, als wir uns unanständig nah waren und keiner einen Schritt ohne die anderen unternahm. Um meine sterblichen Überreste brauchte ich mir also keine Sorgen zu machen. Lawrucha würde sie rechtzeitig finden ... Ich wählte noch einmal Snegirs Nummer, und wieder antwortete mir nur das Freizeichen.

Umso besser. Jetzt konnte ich mich nicht mehr drücken. Wenn ich Schiss hatte, dann nur ein bisschen. Angst war noch nie eine meiner hervorstechenden Eigenschaften gewesen. Ich zeichnete mich eher durch eine gesunde Abenteuerlust, gesunden Zynismus und gesunde Neugier aus. Und all das hatte nicht nur die Katze (armer Pupik), sondern auch die Gemahlinnen Blaubarts ins Verderben gestürzt. Und auch Mata Hari das Leben erheblich verkürzt.

Als in der Küche der Timer piepste, öffnete ich das Paket mit dem Bild.

Es ist so weit.

Mit dem Bild in den Händen ging ich ins Zimmer. Eine ganze Weile dachte ich erst einmal nach – wie der Esel zwischen den zwei Heuhaufen –, wie ich das Experiment beginnen sollte. Die Logik riet mir: Flirte mit den »Apokalyptischen Reitern«, Kat. Alle vier sind reife Männer, keineswegs unansehnlich. Sogar der Reiter des Todes macht eine ganz passable Figur. Aber sowohl Bykadorow als auch Ljocha waren von meiner Doppelgängerin zur Strecke gebracht worden. Und da ich mich schon einmal entschieden hatte, in die Fußstapfen der beiden zu treten ...

Ich seufzte, drehte das Bild um, stellte es auf einen Stuhl und schob eine Lampe davor. Es war natürlich keine Fotolampe wie in Titows Villa, aber Bykadorow war schließlich ganz ohne künstliche Beleuchtung ausgekommen. Durch meine Arbeit in der Galerie hatte ich gelernt, wie man mit Licht umging. Ich fand die optimale Position – keine Lichtreflexe und Spiegelungen auf der Bildoberfläche. Ich ließ mich in einem Abstand von anderthalb Metern in einem Sessel nieder, sodass ich all die winzigen Details genau betrachten konnte, die ich ohnehin schon kannte.

Nach einer halben Stunde wurde es mir langweilig. Ich bekam Lust, mich auf dem Sofa auszustrecken, etwas zu trinken und den Krimi zu lesen, den ich am Bücherstand in der Metro gekauft hatte. Ich schwärmte für Frauenkrimis mit ihren beschränkten Sujets und ihren genauso beschränkten operettenhaften Heldinnen, die regelmäßig das gesamte FSB um den Finger wickelten, nebenbei den Personalbestand ganzer Banken in ihr Bett schleppten und am Ende in einem klotzigen Rolls Royce mit dicken Bündeln von Devisen unter den Sitzpolstern durch die Gegend fuhren. Eine bessere humoristische Literatur gab es nicht. Die Namen der Autorinnen dieser Schmonzetten konnte ich mir nie merken. Lawrucha hatte ihnen auf seine lockere Art einen Universalnamen verpasst: Schnüffelowas.

»Warum liest du eigentlich diesen ganzen Mist, Kat?«, zeterte Lawrucha. »Irgendeine Iwanowa, Petrowa, Schnüffelowa ... Steck deine Nase lieber mal in ein Buch von Kurt Vonnegut.«

»Kurt Vonnegut ist ein lausiger Schriftsteller, aus dem unsere Übersetzer einen guten gemacht haben. Und überhaupt mag ich keine ernste Literatur.«

»Schnüffelowas sind natürlich besser«, brummte Lawrucha, aber er konnte nichts machen.

Jetzt lag das Buch der nächsten Schnüffelowa unter meinem Sofa, und statt mich ihm zu widmen, saß ich hier und glotzte das Bild an. Überlegen wir einmal sachlich: Um

Ljocha Titow zu erledigen, hatte das Bild höchstens eine halbe Stunde gebraucht. Ich sitze hier schon länger als eine halbe Stunde – und nichts ist passiert. Der Umhang der Jungfrau Maria gibt kein Lebenszeichen von sich, und nicht einmal ihre Augenlider flattern. Dabei habe ich es doch selbst gesehen ...

Oder habe ich mir das nur eingebildet?

Ich streckte die Beine aus und legte den Kopf auf die Seite – der Blickwinkel veränderte sich, und der blutrote Verschluss am Umhang der Jungfrau Maria schien mir plötzlich näher gerückt: Ich erkannte ganz deutlich das Monogramm Lukas Austers. Jetzt sah der Verschluss tatsächlich aus wie eine Muschel; eine lebende Muschel, die irgendwo in der Tiefe des Ozeans in einer Höhle lag. Obwohl ich fürchtete, dieses zerbrechliche Gleichgewicht zwischen mir und dem Bild zu stören, hob ich den Blick zum Gesicht des Mädchens. Nein, es war nicht lebendig, aber es schien, als ob es lebte. Erst in diesem Augenblick erkannte ich wirklich, welche Kraft Lukas Auster ausübte. Die ganze Zeit hatte ich vor der Tür gestanden und nicht einmal geahnt, dass sie verschlossen war. Und jetzt stieß ich sie nur leicht an, und sie gab nach. Bruchstücke von Gedanken und Bildern huschten mir durch den Kopf, der sich auf einmal vollkommen leer anfühlte. Das Mädchen auf dem Porträt hatte Lukas Auster geliebt. Aber sie liebte ihn nicht, wie ein Modell den Maler liebt, sondern wie eine Frau einen Mann liebt, mit der allernormalsten irdischen Liebe, nicht sehr weltbewegend, ohne große Chancen und nicht allzu romantisch. Und sie war tot, als Lukas sie malte. Es ist nicht einfach ein wunderschönes Gesicht, es ist ein wunderschönes totes Gesicht. Es ist vollkommen, und vollkommen kann nur der Tod sein ... Auch Bykadorow und Ljocha hatten nach Vollkommenheit gestrebt – um ihrer toten, vollkommenen Partnerin ebenbürtig zu werden.

Ich behielt noch immer den Blickwinkel bei. Ich wanderte durch das Bild, wie Touristen durch eine fremde Stadt wandern – ausdauernd und ohne Eile, ein Foto auf dem großen Platz im Zentrum, mit den Brunnen im Hintergrund und Tauben auf der Schulter. Ein leichter Schüttelfrost, eine Leere im Inneren – sonst nichts. Keine Anomalien, nichts Krankhaftes.

Die Exkursion ging zu Ende, und ich war heil und lebendig aus der unbekannten Stadt zurückgekehrt, nur dass jetzt das Wissen von der Vollkommenheit des Todes auf mir lastete. Ich musste noch einmal den Blickwinkel verändern – es konnte ja sein, dass noch eine weitere Stadt auf mich wartete ...

Ein hartnäckiges Klopfen weckte mich: Jemand schlug mit den Fäusten gegen die Tür. Das konnte nur Lawrucha sein. Ich schüttelte mich und versuchte, zu mir zu kommen. Die Sonne schien ins Zimmer, auf dem Fußboden brannte die Lampe, und das unschuldige Bild hatte sich nicht von der Stelle bewegt. Hatte ich etwa die ganze Nacht süß vor diesem Porträt geschlafen, das drei Menschen umgebracht hatte? Tja, wenn die Jungfrau Maria wirklich eine Mörderin war, hatte sie sich heute wohl einen freien Tag genommen.

Das Klopfen an der Tür wurde lästig. Ich erhob mich mühsam aus dem Sessel und reckte meine steifen Glieder. Und ging öffnen.

In der Tür stand Lawrucha. Er war sichtlich angeheitert.

»Wie spät ist es?«, fragte ich seufzend.

»Nach sieben. Was ist, spinnst du? Warum gehst du nicht ans Telefon und machst die Tür nicht auf?«

»Du hättest ja selbst aufschließen können, du hast doch den Schlüssel.«

»Ich hab mich nicht getraut. Kann ja sein, dass du schon wieder so einen Geldbonzen bei dir hast ... Komm, wir müssen los.«

»Wohin?«

»Hast du das etwa vergessen? Wir bringen den Holländer zum Flughafen. Der Flug geht in anderthalb Stunden.«

»Ich habe gestern versucht, dich anzurufen. Wo warst du?«

»Bei Harry. Wir haben Abschied gefeiert und nicht zu knapp. Er hängt unten rum.«

»Und warum ist er nicht mit heraufgekommen?« Ich ging ins Bad, putzte mir hastig die Zähne und spritzte mir kaltes Wasser ins Gesicht.

»Ihm ist schlecht. Ich habe den armen Kerl im Tordurchgang abgestellt. Er ist ein armer Irrer, Kat, einer von der Sorte, die man am liebsten vor dem Eingang der Eremitage ans Kreuz nageln will.«

»Ihr geht mir echt auf den Senkel! Alle beide!«, seufzte ich.

»Gestern ist er übrigens zu deinem verblichenen Bräutigam gefahren«, berichtete Lawrucha und senkte die Stimme. »Er wollte mit seiner Mami über das Bild sprechen.«

»Reichlich taktlos, dieser Mensch. Und wie hat die Mami reagiert?«

»Sie hat ihn rausgeschmissen. Sie hat gesagt, sie will weder mit ihm noch mit dem Bild irgendetwas zu tun haben.«

Ich nahm Lawrucha an der Hand.

»Du wirst lachen, Lawrenti ... Komm, ich möchte dir etwas zeigen.«

Ich stieß Lawrucha fast mit Gewalt ins Zimmer.

»Wir kommen zu spät zum Einchecken, du mit deinen komischen ...« Lawrucha brach mitten im Wort ab und starrte das Bild an. Ich hatte ihn noch nie so erschüttert gesehen. »Was ist das denn?«

»Unser Bild«, sagte ich einfach. »Unsere Million Dollar. Plus dem Geld, das wir noch zu kriegen haben. Also – herzlichen Glückwunsch.«

Lawrucha ging durch das Zimmer und ließ die Fingergelenke knacken. Dann machte er den Mund auf und ließ ihn wieder zuklappen.

»Was ist, hat es dir die Sprache verschlagen?«

»Wieso ist es wieder hier?«, fragte er.

»Einfach so.«

»Was denn ... Hast du es nochmal gemopst?«

»Nein. Agnessa Lwowna hat es mir wiedergegeben; Ljochas Mutter.«

»Aber ... das ist doch unmöglich!«

»Es ist möglich, wie du siehst. Und bloß, weil die Jungfrau Maria mir so ähnlich sieht. Und weil das Bild schuld am Tod ihres Sohnes ist. Also hat sie es uns zurückgegeben.«

»Zurückgegeben? Eine Million Dollar? Weiß sie denn überhaupt, was dieses Bild wert ist?«

»Angeblich weiß sie es. Aber sie pfeift auf das Geld. Was machen wir jetzt, Lawrucha?«

Lawrucha ließ sich in einen Sessel fallen und rieb sich die Schläfen.

»Lass uns das später klären, Kat. Ich bin jetzt nicht in dem Zustand, einen vernünftigen Gedanken zu fassen. Wir müssen es loswerden.«

»Und wie, bitte sehr? Sollen wir es in den Müllschlucker werfen?«

»Mir gefällt das alles nicht ...« Er trat zu dem Gemälde und legte seine Handflächen darauf. »Lass uns erst mal losfahren, sonst kommt der arme Harry tatsächlich noch zu spät zu seinem Flugzeug.«

»Und das Bild?«

»Das lassen wir hier.«

»Ich kann es nicht hier lassen ... Das musst du doch verstehen. Was ist, wenn es gestohlen wird? Vielleicht weiß schon jemand ...«

»Umso besser. Die Diebe beklauen sich gegenseitig, und die ehrlichen Leute freuen sich ... Komm, lass uns fahren, Kat.«

Ich raste durch die Wohnung. Mein schlichtes Heim bot keinerlei brauchbares Versteck, Spülbecken oder Hängeboden kamen nicht infrage. Endlich fand ich einen Platz: Ich legte die »Reiter« vorsichtig auf den Boden meines Kleiderschrankes. Jetzt bringen wir Harryboy zum Flughafen, und dann – komme, was kommen muss ...

Als wir schon auf der Treppe waren, bat ich Lawrucha, Harryboy nichts von dem Bild zu erzählen.

»Willst du dem Jungen nicht eine Freude zum Abschied machen?« Snegir grinste.

»Und du willst wohl, dass er nie hier verschwindet? Dass er hier bleibt und uns auf die Nerven fällt?«

»Dann gib ihm doch einfach das Bild. Wir haben unsere Kohle doch schon abgegriffen, warum so kleinlich sein? Ein Geschenk Russlands an das befreundete Holland. Drück's ihm am besten jetzt gleich in die Hand.«

»Bist du völlig durchgeknallt?! So ein Bild gibt man doch nicht einfach weg ...«

»Warum denn, du hast es doch selbst umsonst gekriegt.«

»Nicht ich, sondern wir.«

»Du, wir ... Was spielt das für eine Rolle. Wir haben unseren Teil ...«

»Das ist eine kunsthistorische Kostbarkeit ... Nach den Zollgesetzen darf man etwas, das älter als hundert Jahre ist, überhaupt nicht außer Landes bringen ... Nur in Ausnahmefällen ...«

»Das ist doch ein Ausnahmefall.«

Wir traten auf die Straße. Auf der Bordsteinkante neben dem Eingang saß Harryboy, mit einer Flasche in der Hand (Sieh mal einer an, was für ein Fortschritt). Auf seinem Rücken baumelte ein magerer Rucksack. Der größte Fachmann für Lukas van Ostrea war ein echter Asket. Er war praktisch ohne Gepäck nach Russland gekommen. Und genauso kehrte er zurück. Wenn man die unerträgliche Last des Wissens nicht zählte, dass die »Apokalyptischen Reiter« hier blieben ...

Fast wären wir zu spät zum Einchecken gekommen. Aber Harryboy fand noch genug Zeit, sich über Agnessa Ljowna zu beschweren, die ihn nicht hatte empfangen wollen. Er habe natürlich Verständnis dafür, aber ... Leider könne er nicht länger in Russland bleiben, sein Visum laufe heute ab ... Wenn ich so liebenswürdig wäre, wenn wir so liebenswürdig wären ... Wenn wir die Verhandlungen mit Agnessa übernehmen könnten und er seinerseits in Holland die Lage sondieren würde, was den Kauf des Bildes anging ... Oh, er würde diese Geste zu schätzen wissen! Wir müssten ihn unbedingt besuchen ... Um mit eigenen Augen zu sehen ... Er sei fest davon überzeugt, dass es sich bei den »Reitern« um den linken Flügel des Triptychons handele, der mittlere Teil befinde sich bei ihm in der Toten Stadt ... Wir müssten das unbedingt sehen ... Er schicke uns eine Einladung, sobald er in Holland sei ... Und wir unsererseits ... Diese manische Leidenschaft Harrys für das Bild begann mich ernsthaft zu beunruhigen. Er war besessen, und besessene Menschen waren mir nicht geheuer. Ich fürchtete sie mehr als Bilder, die töten. Bilder, die töten. Ein Bild, das tötet. Ununterbrochen dachte ich daran, was heute Nacht passiert war. Genau genommen daran, was nicht passiert war. Und nicht passieren konnte. Ich hatte mich einfach von dem jungen Goldman und seinem Mystizismus beeinflussen lassen. Es musste eine Erklärung für alle diese Todesfälle geben! Ich wollte bloß wissen, warum Ljocha mich im Schlafzimmer eingesperrt hatte? Ein blöder Witz, der jetzt nie aufgeklärt werden würde ...

»Und wenn er es gar nicht war, wer war es dann?« Habe ich etwa laut gesprochen?

Ich hatte laut gesprochen, und Harryboy und Lawrucha starrten mich an.

»Was sagst du?«, fragte Lawrucha.

»Ich habe dir nicht erzählt ... Oder habe ich es dir erzählt? Als ich in Ljochas Todesnacht im Schlafzimmer war, hat mich jemand eingesperrt. Ich dachte, Ljocha wollte mir einen Streich spielen. Nur wenn es nicht Ljocha war, wer war es dann? Und wozu hat derjenige das getan? Vielleicht hatte er Angst, dass ich etwas sehen könnte? Oder jemanden ...«

Harryboy sah von Lawrucha zu mir. Er konnte unserem Gespräch nicht folgen.

»Worüber sprechen Sie, Katrin?«

»Ach, nichts.« Lawrucha warf mir einen viel sagenden Blick zu. »Schaffen wir uns den Burschen vom Hals, und dann reden wir. Ich bin von lauter Verrückten umgeben, aber wirklich.«

»Sprecht ihr mit der Eigentümerin des Bildes?«, leierte Harryboy wieder sein Sprüchlein ab. »Ich versuche, so schnell wie möglich wiederzukommen ...«

»Wir reden schon mit ihr, krieg dich mal ein. Und überhaupt, es wird Zeit!«

»Ich rufe euch an ...«

»Unbedingt.« Lawrucha klopfte Harryboy auf die Schulter. »Los, mach voran. Siehst du nicht, der Zoll wird schon nervös ...«

Harryboy winkte uns zum Abschied zu und verschwand in der Menge der Glückspilze, die nach Amsterdam flogen. Lawrucha und ich begaben uns ins Flughafenbüfett. Snegir bestellte ein paar warme Gerichte, einen Salat und ein kaltes Bier. Ich hatte überhaupt keinen Hunger, aber aus Solidarität stocherte ich mit der Gabel in dem Salat herum.

»Also schieß los, was ist damals passiert?«

»Als ich nach oben gegangen bin, um mich umzuziehen, hat mich jemand im Schlafzimmer eingesperrt. Ich dachte, es war Ljocha ... dass er sich einen Scherz erlauben wollte.«

»Ziemlich blöder Scherz.«

»Nicht nur blöd, sondern absolut sinnlos. Solche Witze waren gar nicht seine Art. Er wäre hinter mir hergekommen und hätte die Tür abgeschlossen. Aber von innen ...«

»Familienporträt mit Interieur. Verstehe.« Lawrucha feixte.

»Aber wenn es nicht Titow war?«

»Wer käme denn auf den Gedanken, hinter dir her zu schleichen, um dich in deinem Zimmer einzuschließen?«

»Das frage ich mich ja auch.«

Ich schwieg und sah Lawrucha an. Einige abstruse Vermutungen drängten sich mir auf, aber ich ließ sie nicht an mich heran.

»Und wenn das etwas mit Ljochas Tod zu tun hat?«

»Wie denn?«, erwiderte Lawrucha.

»Das weiß ich auch nicht ... Ich habe heute die ganze Nacht vor dem Bild gesessen ...«

Lawrucha beschäftigte sich konzentriert mit einem zähen Stück Fleisch.

»Tja ... Ich sage dir was, Kat. Lukas Auster ist meiner Meinung nach so was wie Aids. Und es wird nicht nur durch Geschlechtsverkehr übertragen, sondern auch durch Tröpfcheninfektion.«

»Du hast nicht zugehört, Snegir. Ich habe schon hundertmal mit dir über diese Todesfälle gesprochen. Und ich habe beschlossen, es an mir selbst zu überprüfen.«

»Was zu prüfen?«

»Wie das Bild auf Menschen wirkt.«

»Und wie wirkt es?«

»Das ist es ja gerade, überhaupt nicht.«

»Tja ... Das entspricht doch deiner Theorie, dass das Bild nur seine Eigentümer tötet.«

»Ja, verdammt. Das gebe ich ja zu. Aber die Sache mit dem Schlafzimmer passt nicht in diese Mystik.«

»Was meinst du damit?«

»Die Tür wurde nicht nur zugeschlossen, sie wurde auch wieder geöffnet. Kaum eine halbe Stunde später. Als Ljocha schon tot war. Und wenn er schon tot war, dann konnte er wohl kaum die Tür aufschließen, verstehst du? Das heißt, es war jemand anderes.«

»Schlau kombiniert.«

»Ich habe Ljocha im ganzen Haus und auch draußen überall gesucht, wie du dich sicher erinnerst – vielleicht gehörte das auch zum Plan? Und als ich ihn nicht finden konnte, bin ich zurück zu dem Leibwächter gegangen. Er saß auf der Terrasse. Was dann folgte, weißt du ja.«

»Ja.« Lawrucha zeigte immer noch kein besonderes Interesse an meinen verworrenen Überlegungen.

»Und dann, als wir die Leiche gefunden hatten ... Titows Leibwächter, der Kasache, du hast ihn gesehen ... Also der Kasache war davon überzeugt, dass Ljocha zu mir ins Haus gegangen war. Ljocha hatte es ihm selbst gesagt.«

»Und weiter?«

»Ich dachte ... Wenn jemand ihm gesagt hat, dass ich auf ihn warte ... Aber nicht im Schlafzimmer, sondern im Arbeitszimmer ... Und er ist ins Arbeitszimmer gegangen.«

Lawrucha fiel der Kiefer herunter. Er verschluckte sich beinahe an seinem Fleisch und fing laut an zu husten. Ich klopfte ihm auf den Rücken.

»O Mann!«, krächzte er, als er wieder Luft bekam. »Du hast wohl zu viele Schnüffelowas gelesen?«

»Warte doch mal ... Unterbrich mich nicht ständig.« Eine seltsame, fieberhafte Inspiration trieb mich immer weiter. Noch ein kleiner Schritt – und ich durchbreche die Mauer, die das Geheimnis umgibt. Dann sehe ich klar vor mir, was passiert ist, dann kann ich alle Teile dieses schrecklichen Mosaiks zusammenfügen. »Vielleicht war ich einfach ein Köder, verstehst du? Ljocha sollte ins Arbeitszimmer gelockt werden, und das hat ja auch wunderbar geklappt. Und damit ich nicht zufällig auftauche und den Plan verderbe, hat man mich in dem Schlafzimmer eingesperrt. Und später wieder herausgelassen.«

»Was für einen Plan meinst du eigentlich?«

»Ich weiß nicht ... Ein Bild kann vielleicht töten, aber es kann nicht einen Schlüssel im Schloss umdrehen. Das hat ein Mensch gemacht. Vielleicht der Mörder ...«

Lawrucha schüttelte mitleidig den Kopf und legte mir die Hand auf die erhitzte Stirn.

»Was für ein Mörder? Ljocha starb eines natürlichen Todes, an einem Herzinfarkt.«

»Woher weißt du von dem Infarkt? Soweit ich mich erinnere, habe ich dir nichts davon erzählt ...«

»Die Spatzen pfeifen es von allen Dächern. Ich bin mit Harryboy bei der Alten aufgelaufen. Ich konnte ihn doch nicht allein gehen lassen ... Dort sprechen alle darüber ...«

Mein ganzer Eifer verflog. Ein Herzinfarkt. Ein natürlicher Tod. Keine äußeren Verletzungen, keine Spuren von Gift im Organismus. Die Version »vorsätzlicher Tod« war zum Greifen nahe gewesen, aber jetzt entglitt sie mir wieder. Mein Kartenhaus war zusammengestürzt ...

»Aber irgendjemand hat mich doch eingeschlossen ...«

»Warum nimmst du das eigentlich so wichtig? Eingeschlossen – aufgeschlossen, was soll's? Eine Erklärung für den Tod ist das nicht. Und überhaupt, hast du jemandem davon erzählt?«

»Nein, du bist der Erste.«

»Du hättest es den Untersuchungsbeamten erzählen müssen.«

»Wozu? Die haben mich sowieso schon schief angeguckt.«

»Stimmt auch wieder. Gut, ich schlage vor, wir sprechen nicht mehr darüber. Wir kommen sowieso nicht dahinter.«

»Und was werden wir mit dem Bild machen? Ich möchte ungern, dass es bei mir bleibt ...«

»Uns wird schon etwas einfallen, Kat...«

»Versprich mir, dass uns etwas einfällt.«

Natürlich wird dir etwas einfallen, mein einziger Freund, mein treuer Sawraska, mein buckliges Pferdchen, mein Gefährte und Mitstreiter. Natürlich denkst du dir etwas aus, Snegir ...

Zweiter Teil

Niederlande, Herbst 1999

Ich fliege nach Amsterdam.

Es sind noch keine drei Wochen vergangen, seit ich mich von Harryboy verabschiedet habe, und jetzt, in einer knappen Stunde, wird er mich in der Ankunftshalle des Amsterdamer Flughafens mit dem schwer auszusprechenden Namen »Schiphol« erwarten. Harryboy hat mich ganz überraschend angerufen; zwischen sorgfältigem Russisch und sorgfältigem Englisch hin und her wechselnd, schrie er ins Telefon:

»Ich habe die Fotos entwickelt, Katrin ...«

»Herzlichen Glückwunsch«, antwortete ich höflich.

»Es ist ein Teil des Triptychons ... ›Die Apokalyptischen Reiter‹ sind der linke Flügel, really ... Und noch etwas – das Triptychon selbst ist offenbar Teil eines Rätsels, eine Botschaft von Lukas. Sie müssen das sehen ... Sie müssen kommen ...«

»Wohin?«

»Hierher, nach Holland ... Haben Sie mit Agnessa über das Bild gesprochen? Wir müssen sie unbedingt wiedervereinen, zwei Teile of the entire ...« Harry bekam vor Aufregung fast keine Luft mehr.

Eine Botschaft von Lukas Auster – das war etwas Neues.

»Können Sie herkommen? Ich schicke Ihnen sofort eine Einladung. Ich habe Bekannte im holländischen Konsulat, sie wissen Bescheid, über meine Reise und so weiter ... Man wird Ihnen unverzüglich ein Visum ausstellen. Werden Sie kommen, Katrin? Wenn Sie das sehen ... dann helfen Sie mir ganz bestimmt, das Bild hierher zurückzubringen. Katrin, ich bitte Sie ...«

Holland, warum nicht. Ich war noch nie in Holland gewesen. Die vergangenen zwei Monate hatten mich ohnehin vollständig zermürbt, und das Treffen mit Agnessa Lwowna hatte mir den Rest gegeben. Ich war alles andere als erpicht darauf gewesen, sie noch einmal wiederzusehen, aber das Schicksal der geheimnisvollen »Apokalyptischen Reiter«, die jetzt quasi heimatlos waren, musste irgendwie geregelt werden ... Shaik hatte mich angerufen und mir in seiner üblichen ungehobelten Art mitgeteilt, dass Agnessa Lwowna mich erwartete, um alle Formalitäten zu regeln. Obwohl ich mit diesem Anruf gerechnet hatte, kam er für mich wie ein Schlag aus heiterem Himmel. Egal, wie ich mich verhielte, man würde mir in jedem Fall Zynismus vorwerfen, das war mir völlig klar.

Auf Wunsch der Alten trafen wir uns in dem Café im »Haus des Journalisten« am Newski-Prospekt: Sie schrieb immer noch gelegentlich bissige Pamphlete in rechtsgerichteten Zeitungen. Eine geschlagene Stunde verbrachte ich damit, die passende Kleidung für unser wenig vergnügliches Treffen zusammenzustellen. Das einzige schwarze Kleid, das ich besaß – Schultern frei, Rücken frei, Schenkel frei –, hätte sie mit Sicherheit als offenen Hohn empfunden. Ein fröhliches Sommerkleid ging natürlich auch nicht. Ich durchwühlte meinen ganzen Kleiderschrank von oben nach unten und von unten nach oben und wählte schließlich eine neutrale Baumwollhose und eine schlichte schwarz-weiß karierte Bluse. Das schien mir meinem Verhältnis zu Agnessa und ihrem verstorbenen Sohn angemessen.

Ich war zehn Minuten zu früh am vereinbarten Treffpunkt, aber Agnessa war schon da, in Begleitung des Kasachen.

»Guten Tag, Agnessa Lwowna ...«

Sie konnte sich in ihrem Hass nur mühsam beherrschen, aber sie riss sich zusammen.

»Guten Tag. Sie wollten mich sprechen?«

»Ja. Es geht um das Bild.«

»Ich habe Ihnen das Bild übergeben. Was wollen Sie noch von mir?«

»Sie können es mir nicht einfach so übergeben. Alexej ... Ihr Sohn hat dafür sehr viel Geld bezahlt. Und eigentlich gehört es überhaupt nicht in eine Privatsammlung, es ist im Grunde genommen Nationaleigentum. Ich kann es nicht annehmen.«

»Und ich kann es nicht behalten ... Es ist mir unerträglich, jeden Tag Ihr Gesicht vor mir zu sehen und zu wissen, dass mein Junge ...«

»Ich verstehe Ihre Gefühle«, sagte ich vorsichtig.

»Sie?« Sie lachte ein trockenes, lebloses Lachen, das sich anhörte wie der Schrei eines Adlers. »Wie könnten Sie das verstehen, ein jämmerliches käufliches Luder, das nur hinter dem Geld anderer Leute her ist!«

»Ich brauche das Geld anderer Leute nicht. Deshalb möchte ich das Bild an die rechtmäßige Eigentümerin zurückgeben.«

»Das Bild bleibt bei Ihnen.«

Agnessas Verhalten kam mir ziemlich merkwürdig vor. Warum wollte sie so hartnäckig, dass ich das Bild behielt?

»Wenn Sie es unbedingt loswerden wollen ... dann können Sie es doch verschenken, zum Beispiel an die Eremitage. Oder an den holländischen Staat.« Na warte, Harryboy, dafür musst du aber was springen lassen, als Provision.

»Die Holländer haben großes Interesse an dem Bild gezeigt, sie würden einiges dafür zahlen. Sie haben sogar extra einen renommierten Spezialisten für das Werk dieses Malers nach Russland geschickt ...«

»Der Brillenträger aus deiner Bande«, schnappte Agnessa. »Der ist genauso ein Halunke wie du ... Mein Sohn war noch nicht unter der Erde, das stand er schon vor meiner Tür ...«

Harryboy, Harryboy, du bist immer so übereifrig!

Agnessa hatte sich inzwischen ein wenig abreagiert und war deutlich ruhiger geworden.

»Was muss ich tun, damit dieses Bild für immer aus meinem Leben verschwindet? Und Sie mit ihm?«

»Sie bestehen also darauf?« Mir graute davor, wieder zur Eigentümerin dieses Bildes zu werden.

»Ich bleibe dabei. Wer weiß, irgendwann bringt es mich genauso um, wie es meinen Sohn umgebracht hat ...«

Ach, daher wehte der Wind! Es war nicht irgendeine Laune, aus der heraus sie mir »die Reiter« anhängen wollte, sondern der raffinierte psychologische Plan einer vor Kummer wahnsinnigen Frau, die perfide Rache einer Dissidentin.

»Sie sind doch Materialistin, Agnessa Lwowna ... Sie müssten verstehen ...«

»Alexej hatte nie Probleme mit seinem Herzen. Er war kerngesund. Ich glaube nicht an diesen Herzinfarkt.« Sie wollte immer noch nicht wahrhaben, dass ihr Sohn tot war.

»Ich weiß nicht, was ich Ihnen sagen soll ...«

Shaik drückte vorsichtig ihren Ellbogen.

»Alles in Ordnung, mein Lieber.« Agnessa riss sich zusammen. »Sagen Sie mir, was ich unterschreiben soll, ich unterschreibe.«

Wir gingen zum nächsten Notar, und eine Stunde später verließ ich das Büro als Eigentümerin des Bildes. Die Aussicht, »Die Reiter« in meiner Wohnung zu haben, behagte mir ganz und gar nicht, und ich beschloss, das Bild so schnell wie möglich loszuwerden. Ich musste Harryboy anrufen, ihn nach Russland bestellen und inzwischen schon die Dokumente für die Übereignung des Bildes vorbereiten. Das würde einigen bürokratischen Aufwand erfordern; alle möglichen staatlichen Stellen und Kommissionen mussten ihre Zustimmung erteilen. Und wenn das alles nicht klappte – was soll's, dann blieben immer noch die Museen. Sogar die Eremitage würde es sich zur Ehre anrechnen, einen Lukas Auster in ihren Beständen zu haben ...

Aber Harryboy kam mir zuvor.

»Kommen Sie nach Holland, Katrin?«, schnaufte er aufgeregt in die Sprechmuschel.

»Ja. Aber setzen Sie sich mit Ihrem Konsul in Verbindung,

damit man mir das Visum schneller ausstellt. Vielleicht wickeln Sie es über Kulturaustausch oder so was ab.«

»Geht in Ordnung. Sie werden staunen, was ich herausgefunden habe.«

»Auf Sie wartet auch eine Überraschung, Harry«, sagte ich generös. Ich hatte den Austernliebhaber lange genug im Ungewissen gelassen.

»Betrifft es ›die Reiter‹, Katrin?«

»Kann schon sein.« Sein nüchterner Ton ärgerte mich ein wenig.

»Ich erwarte Sie also in Amsterdam, Katrin. Und grüßen Sie, wie heißt das ... charming Lawrenti.«

Innerhalb von zehn Tagen hatte ich alle konsularischen Formalitäten erledigt. Und jetzt flog ich nach Amsterdam. Das Bild war sicher in einer Bank verwahrt, damit alle Beteiligten ruhiger schlafen konnten, vor allem ich, die neue Eigentümerin. Zwei Stunden vor dem Abflug saßen Lawrucha und ich in meiner Küche und glotzten auf das winzige Stück Park vor meinem Fenster. Nach dem unerträglich heißen Sommer schien sich die Natur plötzlich zu besinnen: Der September wurde kühl.

»Du hast es gut, du fährst nach Holland«, seufzte Lawrucha.

»Du könntest ja mitfahren.«

»Ich kann nicht, du weiß doch ... Wanja und ich haben gerade einen kleinen Nebenjob. Wir restaurieren die Wandmalereien in einer Musikschule, einem ehemaligen Gymnasium. Irgendwas vom Schlage unseres unvergesslichen Nikolaj Konstantinowitsch Rerich.«

»Ich wusste gar nicht, dass Rerich mal Gymnasien ausgemalt hat.«

»Ich habe ja nicht gesagt, dass es von Rerich selbst ist ... Ich habe gesagt: irgendwas vom Schlage eines Rerich ... Also, dann grüß mal unseren wilden Holländer. Ich habe dir ein paar Flaschen ›Baltika‹ in die Tasche gesteckt. Die kannst du ihm geben. Aber komm ja nicht auf die Idee, sie im Flugzeug auszusüffeln!«

»Schon gut ...«

Gerade als wir aufbrechen mussten, klingelte das Telefon. Eigentlich hatten wir keine Zeit mehr, aber ich nahm trotzdem den Hörer ab.

»Katja, ich bin es! Ich habe schon hundertmal versucht, dich zu erwischen ...«

Sheka.

Sofort zwickte mich das schlechte Gewissen. Seit zwei Wochen waren wir einfach nicht dazu gekommen, bei ihr vorbeizufahren. Ich wusste nicht einmal, ob sie darüber informiert war, dass Alexej Titow im Verlaufe der Party, zu der ich sie sozusagen gewaltsam mitgeschleppt hatte, gestorben war. Shekas Stimme, durch Störgeräusche verzerrt, verschwand immer wieder; anscheinend war die Leitung nicht in Ordnung.

»Von wo aus rufst du an?«, fragte ich.

»Von Zuhau... gera...ute zurückgekommen ...«

»Wieso ist denn die Verbindung so schlecht? Ich kann dich kaum verstehen.«

»Lawrucha junior hat das Telefon runtergeworfen ... Das Gehäuse ist zerbrochen ...«

Das Knistern und Gezische wurde unerträglich.

»Ich fahre jetzt weg«, schrie ich in den Hörer. »Nach Holland.«

»Was machst du da?«

»Ich erkläre es dir, wenn ich zurück bin, ich habe jetzt keine Zeit. Du hast mich gerade noch erwischt ...«

»Ich muss unbedingt mit dir sprechen ...« Shekas Stimme verschwand wieder. »...ichtig. Hörst du mich – es ist sehr wichtig ... ich habe in der Zeitung gelesen ... übe...rsche ...«

»Was? Sprich lauter, ich höre gar nichts ...«

»Dein Freund, ist er gestorben?«

Jetzt geht es los! Jetzt fängt Sheka an, mich systematisch zu nerven, weil ich ihr nicht Bescheid gesagt habe. Wahrscheinlich hatte sie gerade eine uralte Zeitung gelesen und war jetzt völlig aufgelöst und durcheinander. Lawrucha hatte Recht, man musste Sheka vor solchen Dingen bewahren.

»Warum bist du nicht ...orbeigekom...? ... ichs mir gesag...«

»Ich komme zu spät, Sheka!«, flehte ich.

»...arte ... Ich ...uss dir etwas ... ehr...ichtiges sagen ... Ich ...ast etwas, dort, im Sommerhaus ... Das ist schreckli...«

»Wir reden, wenn ich wieder zurück bin. Ich drücke dich! Und die Patenkinder auch! In einer Woche bin ich wieder da, dann sprechen wir ...«

Ich warf den Hörer auf die Gabel.

»Sheka?«, fragte Snegir, der an der Tür stand und von einem Fuß auf den anderen trat.

»Ja, das war sie, unser Herzchen. Sie ist schon in Petersburg. Wir sind wirklich Schufte, wir haben uns überhaupt nicht um sie gekümmert. Vielleicht lässt du dich heute mal bei ihr sehen, Snegir.«

»Wie geht es ihr?«

»Sie hat von Titows Tod aus der Zeitung erfahren.«

»Hat sie dir was vorgejammert?«

»Sie wollte mir etwas sagen, was mit der Party damals zusammenhängt, aber die Verständigung war einfach furchtbar. Dein frecher Liebling hat das Telefon demoliert ... Du kannst ihr meinen Apparat vorbeibringen, sie soll ihn vorläufig behalten.«

»Heute kann ich nicht. Ich fahre morgen Abend. Aber jetzt mach ein bisschen fixer, sonst kannst du hier am Smolensker Friedhof spazieren gehen, anstatt an den prächtigen Amsterdamer Grachten ...«

Im Hof wartete Snegirs neuer »VW-Passat« auf uns. Das Bild trug seine ersten Früchte. Sollte den ersten Stein auf mich werfen, wem ausländische Autos nicht gefielen.

Harryboy hatte sich nicht im Geringsten verändert. Dasselbe abgewetzte Jeanshemd, das er in Petersburg die ganze Zeit getragen hatte, dieselben Jeanshosen, dieselben Schuhe. Er drückte mir zur Begrüßung fest die Hände, aber zu einem freundschaftlichen Kuss auf die Wange ließ er sich nicht hinreißen. Dabei dachte ich plötzlich, dass ich das eigentlich ganz gern gehabt hätte. Eine Romanze mit einem Ausländer fehlte mir noch in meiner nicht allzu reich bestückten Sammlung.

»Ich freue mich, Sie zu sehen, Katrin. Sie haben ja keine Ahnung, was Sie hier erwartet«, sprudelte er hervor, ohne meine Hände loszulassen. Wie er wohl im Bett ist, dieser Asket und Bilderforscher? Ob er Lukas Auster überhaupt je mal für eine Sekunde vergessen kann?

»Ich freue mich auch, Sie zu sehen, Harry. Ich habe Neuigkeiten für Sie.«

»Und ich für Sie.«

»Wo fahren wir hin?«

»Zu mir, in die Tote Stadt Ostrea. Das ist in der Nähe von Harlingen.«

»Was, jetzt gleich? Aber ...«

Ich hatte während des Flugs einen Reiseführer über die Niederlande studiert. Am liebsten wollte ich nach Amsterdam. Die Stadt sah auf den farbigen Fotos ganz reizend aus.

»Ich würde mir gern Amsterdam ansehen, Harry.«

Harryboy verzog das Gesicht, offenbar passten ihm meine touristischen Pläne gar nicht in den Kram.

»Amsterdam ist vollkommen uninteressant«, sagte er mit einem säuerlichen Lächeln. Wer hätte das gedacht? Was für ein himmelschreiender Mangel an Patriotismus!

»Ach bitte, Harry. Das habe ich mir schon so lange gewünscht ... Anschließend erzähle ich Ihnen, was es Neues über ›Die Reiter‹ gibt.« Eine kleine Erpressung konnte nicht schaden.

»Was gibt es denn Neues?«

»Zuerst Amsterdam.«

Harryboy ging mir spornstreichs auf den Leim.

»Also gut«, sagte er. »Four hours ... Reichen Ihnen vier

Stunden? Denken Sie daran, wir müssen vor Einbruch der Dunkelheit in Harlingen sein ... Wenn Sie das sehen, Katrin, werden Sie alles andere vergessen.«

Ich schaute Harryboy mitleidig an: Wie wenig du brauchst, um alles zu vergessen!

Wir luden meine Sachen in Harryboys riesigen alten Ford und stiegen ein. Das Auto war in einem unglaublichen Zustand, es sah aus wie ein räudiges Schaf in einer prächtigen Herde aus lauter nagelneuen Renaults, Peugeots, VWs und Citroëns. Ich fragte mich, auf welch seltsamen Wegen dieser altersschwache, rundum zerbeulte Amerikaner wohl mitten im Herzen Europas gelandet sein mochte. Wir brauchten volle zehn Minuten, um den Motor anzuleiern und das gute Stück in Gang zu bringen. Das Geknatter, Gejaule und Gehuste, das der Ford dabei von sich gab, brachte die gesamte Umgebung in Aufruhr.

»Ist es weit bis zur Stadt?«, fragte ich.

»Nein, zwanzig, fünfundzwanzig Minuten.«

»Meinen Sie, dass man uns mit so einem ... hmm ... Auto da überhaupt reinlässt?«

Meine Frage brachte mir einen vorwurfsvollen Blick ein.

Harryboy erwies sich als ein ganz guter Fahrer, er erlaubte sich sogar, ein wenig zu rasen: Wir bewegten uns mit der für den Ford-Opa höchst beachtlichen Reisegeschwindigkeit von sechzig Stundenkilometern vorwärts. Sämtliche Einzelteile des Wagens zitterten und bebten, und ich hatte ernste Befürchtungen, dass wir es nicht bis nach Amsterdam schaffen würden. Ich sollte Harryboy schleunigst von den »Reitern« erzählen, um ihm vor dem unabwendbaren Tod auf der Autobahn wenigstens noch eine Freude zu bereiten. In diesem Überbleibsel von einem Auto gab es nicht einmal Sicherheitsgurte – wahrscheinlich waren sie einfach vermodert.

»Sind Sie sicher, dass das Auto unterwegs nicht auseinander fällt, Harry?«, fragte ich nach der ersten Viertelstunde dieses verrückten Rennens.

»Keine Angst, Katrin«, beruhigte er mich. »Ich fahre schon seit fünfzehn Jahren damit, und es ist nie etwas passiert.«

»Na, dann ... Ich habe gehört, in Amsterdam soll es ein Sexmuseum geben.« Diese Information hatte ich meinem Reiseführer entnommen. »Stimmt das?«

Harry verringerte die Geschwindigkeit von sechzig auf vierzig Stundenkilometer und sah mich vorwurfsvoll an.

»Interessieren Sie sich für so etwas, Katrin?«

»Na, ja, wie soll ich sagen ...« Unter seinem keusch entrüsteten Blick schämte ich mich für alle Errungenschaften der Menschheit auf diesem speziellen Gebiet – vom »Kamasutra« bis zu den obszönen Graffiti in den Bahnhofstoiletten. »Es wäre vielleicht einfach interessant, mal einen Blick dort hineinzuwerfen.«

Wahrscheinlich hätte ich mir lieber ein etwas romantischeres Besichtigungsobjekt wünschen sollen, zum Beispiel die lutherische Rundkirche oder das alte jüdische Viertel.

»Ich mag Amsterdam nicht. Mir sind hier zu viele Menschen. Ich komme nicht gern her.«

»War Lukas van Ostrea auch dieser Meinung?«

»Lukas van Ostrea hat nie in Amsterdam gearbeitet. Zu seiner Zeit war das ein ganz gewöhnliches, unbedeutendes Städtchen.«

Jetzt ist mir alles klar, Harryboy, du brauchst nicht weiterzureden. Das berühmte Amsterdam von heute hatte mit Lukas Auster nicht das Geringste zu tun, dieses Amsterdam gehörte dem goldenen siebzehnten Jahrhundert Rembrandts. Und Auster, das ist das ausgehende fünfzehnte Jahrhundert ...

Harryboy war ein lausiger Fremdenführer: Er ging lustlos mit mir einmal um den Dam herum und blieb an der Ecke Damrak stehen. Eine Weile betrachtete ich schweigend das weiß schimmernde Freiheitsdenkmal, das von Scharen junger Leute umlagert war. Jungs und Mädchen lagen oder saßen bunt gemischt direkt auf dem Straßenpflaster – bemerkenswerte westeuropäische Zwanglosigkeit.

»Na, los, erzählen Sie schon, Harry ...«

»Von meiner Entdeckung?« Harryboy wurde lebhaft.

»Über Amsterdam.«

Kaum hatte er den Mund aufgemacht, wurde mir klar, dass es völlig sinnlos war, ihn zu quälen. Schließlich hatte ich eine ganze Woche vor mir, ich würde sicherlich noch einmal Gelegenheit haben, nach Amsterdam zu fahren und durch diese Straßen zu spazieren, alleine, ohne den langweiligen Harry, der mir meine erste Begegnung mit dieser Stadt nach Kräften verdorben hatte. Er würde nicht eher Ruhe geben, bis wir uns endlich in seine Tote Stadt begaben. Eine seltsame Wortverbindung – Tote Stadt; hier in Amsterdam war sie vollkommen fehl am Platze, wo es zwischen Häusern und Grachten nur so wimmelte von Menschen, Autos und Fahrrädern. Ein märchenhafter Anblick. So ungefähr stellte ich mir Gottes persönliches Ferienparadies vor.

Immerhin ließ sich Harry herab, mir die bittere Pille ein wenig zu versüßen, das heißt, er unternahm mit mir eine kleine Rundfahrt durch die Grachten: Ouwezijds Voorburgwal, Singel, Herengracht, Prinsengracht (»Das ist die berühmteste der Amsterdamer Grachten, Katrin«, quetschte Harryboy leidenschaftslos aus sich heraus. »Sie führt um das ganze Stadtzentrum herum.«), Oudeschans ... Amsterdam verzauberte mich, die Stadt erinnerte mich an eine nackte ägyptische Katze, arrogant und ganz vom Bewusstsein ihrer Einzigartigkeit erfüllt. Ich war nie in Petersburg verliebt gewesen, aber Amsterdam schlug mich sofort in seinen Bann. Nach kaum einer Stunde war ich der Stadt vollkommen verfallen.

Zur Unterzeichnung der Kapitulationsurkunde wählte ich den Rembrandtsplein, einen hinreißend schönen Platz mit einer kleinen Grünanlage und einem Rembrandt-Denkmal in der Mitte. Dort befand sich ein winziges urgemütliches Café neben dem anderen, und es war gerade die richtige Zeit für ein spätes Mittagessen oder ein frühes Abendbrot. Seltsam, da spaziere ich, Katja Solowjowa, tatsächlich in Westeuropa durch die Straßen und fühle mich so heimisch wie in meiner eigenen Küche. Ich machte Harryboy den Vorschlag, einen kleinen Imbiss zu nehmen, aber er lief sofort Sturm gegen diesen meiner Meinung nach äußerst vernünftigen Einfall.

»Beruhigen Sie sich, Harry«, sagte ich sanft. »Ich zahle für mich selbst, ich habe Geld.«

»Mir gefällt es hier einfach nicht ... Ich mag diesen Platz nicht. Gehen wir lieber zum Torbekeplein, das ist ganz in der Nähe ...«

»Aber warum denn? Hier ist es doch sehr nett.«

»Kommen Sie«, sagte Harryboy starrsinnig und fast grob, ganz auf russische Art.

Das Seltsame war, dass Harryboy gegen diesen Platz, der nach Rembrandt benannt war, nicht nur schlichte Abneigung, sondern einen heftigen, massiven Widerwillen empfand. So massiv, dass ich ihm nachgeben musste. Der Torbekeplein befand sich tatsächlich ganz in der Nähe. Wir machten es uns auf der Terrasse eines kleinen Cafés bequem und bestellten uns einen Zichoriensalat und Wein. Nach dem dritten Schluck kam mir plötzlich ein Gedankenblitz.

»Sie haben etwas gegen Rembrandt, Harry!«

Harryboy sagte eine ganze Weile gar nichts: Ich hatte ins Schwarze getroffen.

»Stimmt, ich mag Rembrandt nicht ...«, sagte er schließlich. »Alle sind hier ... wie sagt man ... von Rembrandt geblendet. Von Rembrandt und van Gogh.«

Und du hättest natürlich gern, dass alle Leute von Lukas Auster geblendet wären, Harryboy, und dass sie von nichts anderem mehr reden! Wahrscheinlich träumst du heimlich davon, dass man Holland in Ostrea-Land umtauft. Und als Staatsflagge müsste der »Verschlossene Garten« an sämtlichen Fahnenmasten wehen, auf Seide gedruckt! Harryboys Eifersucht und Gekränktheit waren so absurd und gleichzeitig so rührend, dass ich Lust bekam, ihm über den Kopf zu streichen.

»Sie sind ungerecht, Harry. Rembrandt ist ein großer Maler.«

»Lukas van Ostrea, das ist ein großer Maler. Rembrandt ist bloß ein jämmerlicher Epigone. Er hat Lukas den Ruhm gestohlen. Alle haben sie gestohlen ...«

»Sagen Sie das bloß nicht den Kunstwissenschaftlern, Harry!« Ich legte den Finger auf die Lippen. »Die werden Sie kreuzigen. Und Sie werden nicht am dritten Tag auferstehen, denken Sie dran.«

»Lukas ist mehr als Malerei, Katrin. Lukas ist das Geheimnis des Seins, verstehen Sie?«

Ich seufzte schwer. Etwas verwirrt, dieser Mensch. Er hat seinen Lukas Auster in jede einzelne Zelle seines Körpers eingesaugt. Sogar in den Gläsern seiner biederen Brille sieht man den Abglanz des apokalyptischen Feuers. Lukas Auster hatte es meisterhaft verstanden, solch ein Feuer zu entfachen.

»Fahren wir zu Ihrer Toten Stadt, Harry. Sonst fressen Sie mich noch bei lebendigem Leibe auf, und ich werde meine Heimat nicht mehr wiedersehen ...

Wenn man den Verkehrsschildern glauben durfte, fuhren wir nach Harlingen.

Genauer gesagt, nicht nach Harlingen selbst, sondern in ein kleines Fischerdorf im Nordosten des Landes. Während der Fahrt beobachtete ich Harryboy ununterbrochen. Nur ganz am Anfang hatte ich mich für die Landschaft interessiert, die an uns vorbeizog: alle diese kleinen ordentlichen Städte, Mühlen, schiffbaren Kanäle, Schleusen und Drainage-Anlagen. Der Geruch des für uns noch unsichtbaren Meeres war überall gegenwärtig, sogar in den Abgasen und in den sterilen Sandwiches, die Harryboy an einer Tankstelle kaufte. Er war überall, ich nahm ihn ganz deutlich wahr.

»Deus mare, Batavus litora fecit ...«, sagte Harryboy lächelnd. »Gott hat das Meer geschaffen, die Holländer das Ufer. Das ist wirklich wahr, Katrin. Sie werden es bald verstehen.«

Von da an hatte ich nur noch Augen für Harry. Er kehrte in sein heimisches Nest zurück, zu einem Waisenkind namens Lukas van Ostrea – und diese Rückkehr war ein faszinierendes Schauspiel. Je mehr wir uns Harlingen näherten, desto ausdrucksvoller wurde Harryboys Gesicht. Als ob es aus dem Winterschlaf erwachte und die Farben der Außenwelt in sich aufnähme. Harrys normalerweise konturenloses Kinn reckte sich kampflustig vor, die Wangenknochen wirkten plötzlich ausgeprägt, die flache Stirn erhaben. Seine tief sitzenden, glühenden Augen hatten jetzt nichts Befremdliches mehr, sein Gesicht wurde wunderbar vollkommen. Verdammt, er ist so schön! Ich sitze hier mit dem schönsten Mann Hollands im Auto, und er hat versprochen, mir ein Geheimnis zu verraten. Von Harryboy ging eine Energie aus, die mir vollkommen unerklärlich war. Wäre er nicht so ein beinharter Asket gewesen, hätte ich vielleicht gesagt: erotische Energie. Ich zweifelte jetzt sogar daran, dass er wirklich ein solcher Asket war. Ich zweifelte jetzt an allem. Diese Metamorphose, die er direkt vor meinen Augen durchmachte, erschreckte und faszinierte mich gleichzeitig. Ich konnte diese Wandlung nicht enträtseln, so wie ich in Petersburg das Geheimnis des Bildes nicht hatte enträtseln können. Er hatte versprochen, mir etwas Außergewöhnliches zu zeigen – deswegen war ich nach Holland gekommen. Wirklich nur deswegen? Nachdem er angerufen hatte, hatte ich die Reise geplant, ohne auch nur eine Sekunde zu zögern. »Sie sehen mich so an, Katrin ...« Harryboy lächelte. Auch sein Lächeln war erotisch.

»Ich sehe Sie überhaupt nicht an.« Ich war so verlegen, als wäre ich beim Masturbieren erwischt worden. »Ich höre Ihnen nur zu. Sie sagten gerade ...«

»Ich sprach über die Tote Stadt. Sie liegt auf einer Insel, Katrin.«

Gratuliere, Katerina Mstislawowna, man bringt dich auf eine Insel.

»Es gibt hier viele Inseln. Bei uns herrscht ein ständiger

Kampf zwischen dem Land und dem Meer – ein für die Menschen nicht immer erfolgreicher Kampf. Die Friesischen Inseln liegen direkt vor Harlingen. Heute gibt es dort eine große Zahl von Seekurorten. Aber die Tote Stadt ist etwas ganz anderes ...«

Von diesem nichts sagenden Satz wurde mir plötzlich seltsam unbehaglich zu Mute. »Etwas ganz anderes«. Auch Harryboy ist ein ganz anderer geworden. In meiner Kindheit in Samarkand hatte ich jede Nacht mit der Angst gekämpft: Kaum kroch die Dunkelheit in mein Zimmer, nahmen gewöhnliche und vertraute Gegenstände die fantastischsten Formen an. Sie waren plötzlich nicht mehr das, wofür sie sich am Tage ausgegeben hatten. Erst im Alter von zehn Jahren hatte ich mich endgültig von dieser Angst vor der Nacht befreit. Jetzt kehrte sie wieder zurück. Ich hätte darauf bestehen müssen, dass Lawrucha mitkam ...

Wir fuhren an Harlingen vorbei und erreichten das Fischerdorf an der Küste. Die Dämmerung war inzwischen hereingebrochen. Als Erstes klapperte Harryboy die Lebensmittelläden ab, und bald war der Rücksitz des Fords mit Kisten beladen.

»Sind Sie verrückt geworden, Harry? Das reicht ja für eine ganze Kompanie.«

»Ich komme nicht so oft hier raus. Außerdem habe ich Besuch – Sie.«

Harry lenkte den Ford zu einer Anlegestelle: Er war fest entschlossen, sofort loszufahren. Während ich zusah, wie er die Kisten in ein Motorboot lud, das genau so vorsintflutlich aussah wie sein Auto, kam Wind auf. Mein geliebtes Meer roch plötzlich nach Moder und Verwesung. Nein, eine nächtliche Überfahrt reizte mich absolut nicht.

»Hören Sie, Harry ...« Ich versuchte, meine Stimme so unbekümmert wie möglich klingen zu lassen. »Es gibt doch hier sicherlich ein Hotel. Ich könnte bis morgen hier bleiben. Und Sie holen mich dann ab ...«

»Wozu?«, wunderte sich Harryboy.

»So mitten in der Nacht irgendwohin aufs Meer hinauszufahren ...«

»Was heißt irgendwohin? Haben Sie etwa Angst, Katrin? Sie sehen ganz aufgeregt aus ...«

»Wirklich? Ich bin einfach so voller Eindrücke ... Ein neues Land. Sie müssen das verstehen.«

»Kommen Sie ...« Er nahm meine Hand.

»Nein.« Ich konnte nur mit Mühe an mich halten, um mich nicht hier, direkt auf dem Weg, einfach auf die Erde zu setzen.

»Ich verstehe, Katrin ...« Harryboy schüttelte den Kopf, und plötzlich sah ich mich mit seinen Augen: eine zänkische russische Frau, die beim Anblick des Meeres hysterisch wird. Ziemlich peinlich.

»Also gut. Gehen wir irgendwohin und trinken ein Gläschen. Dann bin ich so weit, ich verspreche es Ihnen ...«

Er sah sich wohl oder übel genötigt, einzuwilligen.

Ich steuerte auf eine winzige Kneipe zu, die direkt am Ufer lag – gleich gegenüber der Anlegestelle, an der sich Segeljachten, Motor- und Ruderboote drängten. Im Inneren war die Gaststätte mit den berühmten blau-weißen Delfter Kacheln ausgekleidet, für die die Touristen so schwärmen, und mit Kupferstichen von Landschaftsansichten aus dem alten Holland geschmückt.

Harryboy war hier ein guter Bekannter: Er nickte grüßend in alle Richtungen. Ich fing einige wohlwollende Blicke auf: Anscheinend hielt man mich für Harryboys Freundin. Und die Kellnerin, eine betagte Matrone in Holzschuhen und mit bekleckerter Schürze, zwinkerte mir sogar zu: Verpass deine Chance nicht, Mädchen, Harryboy ist eine gute Partie! In dieser Kneipe, die den drolligen Namen »Zum Jungfrauenheim« trug, fiel die Anspannung von mir ab. Vom Fenster aus blickte man auf die Anlegestelle. Verschiedene Hinweisschilder waren dort aufgestellt, und ich fand schnell, was ich suchte: DIE TOTE STADT OSTREA. AUSFLÜGE. Anscheinend ist es doch ein ganz normales, ehrbares Museum und kein Vampirnest. Und

Harryboy ist ein ganz normaler, ehrbarer Mitarbeiter dieses Museums – sein Direktor und Chef-Wissenschaftler.

»Sie haben versprochen, mir etwas zu erzählen, Katrin.«

Das Bier und der Salzhering waren hervorragend, der Name der Kneipe trug das Seine zur Hebung meiner Laune bei, und ich beschloss, Harryboy nicht mehr länger auf die Folter zu spannen.

»›Die Reiter‹ befinden sich in meinem Besitz, Harry. Ich bin bereit, Verhandlungen aufzunehmen.«

Seine Reaktion war vollkommen unerwartet: Er hätte mich beinahe geschlagen.

»›Die Reiter‹ sind in Ihrem Besitz? Und Sie haben mir den ganzen Tag kein Wort davon gesagt? Das ... Das ist inhumanity, Katrin ... Das hätten Sie mir nicht antun dürfen ...«

»Ach, lassen Sie das doch, Harry!« Ich starrte ihn unverhohlen an. Warum hatte ich früher nicht bemerkt, wie schön er war, dieser Holländer? »Also, ich habe das Spiel eröffnet, jetzt sind Sie an der Reihe.«

»Können wir dann losfahren?«

Jetzt, nach der wunderbaren Verwandlung Harrys, nach dem Bier unter all den gutmütigen Holländern und nachdem ich das beruhigende Schild an der Anlegestelle – DIE TOTE STADT OSTREA. AUSFLÜGE – gesehen hatte, war ich endlich bereit zu fahren.

»Ja.«

Bevor wir die Kneipe verließen, schüttelten wir noch diversen Stammgästen die Hand. Harryboy handelte sich sogar einen Kuss von einer imposanten Blondine ein, die aussah, als wäre sie eben einem Rubensgemälde entsprungen. Nur dass sie bestimmt keine Jungfrau war.

»Man mag Sie hier, Harry«, sagte ich.

»Das ist nur wegen der Toten Stadt; sie ist für die Leute eine zusätzliche Einnahmequelle. Die Touristen machen gern Inselausflüge. Die meisten Leute hier leben davon ...«

Und sie sehen dabei ziemlich wohl genährt aus. Ich drehte

mich neugierig um. Die Blondine stand immer noch in der Tür des »Jungfrauenheims«. Aber ihr Gesicht hatte sich jetzt verändert: Das Lächeln, mit dem sie uns nachschaute, wirkte seltsam traurig. Als ob sie vor etwas warnen wollte (uns? mich?), aber nicht den Mut dazu hatte. Ich schüttelte mich, um dieses Lächeln loszuwerden; ich befahl mir, es zu vergessen – und vergaß es sofort.

Am Wasser war es kühl. Ich nahm einen Pullover aus dem Rucksack und zog ihn an. Harry half mir beim Einsteigen ins Boot, machte die Seile los und startete den Motor.

»Ist es weit?«, fragte ich.

»Zwanzig Minuten. Höchstens eine halbe Stunde.«

»Aber man sieht doch gar nichts ... Wie finden wir denn bei der Dunkelheit den Weg?«

»Ich bin so viele Jahre hier, ich könnte diese Fahrt mit verbundenen Augen machen. Außerdem gibt es ja Instrumente. Beruhigen Sie sich, Katrin. Und ziehen Sie sich etwas über, es wird kalt sein auf dem Wasser.«

Er warf mir eine Jacke zu und zog selbst genau die gleiche an. Dann holte er aus einem Ablagefach ein Basecap mit der Aufschrift »Küstenwache der USA«. Er zog es tief in die Stirn, sah mich ulkig an und salutierte.

»Wir können ablegen.«

»Warum denn Küstenwache der USA, Harry? Wir sind doch in Holland ...«

»Das ist ein Geschenk von einem Freund, einem großen Verehrer von Lukas; er ist bei der Küstenwache in San Diego.«

Du bist unverbesserlich, Harryboy. Jeder, der sich ein wenig für Lukas Austers Pinseltätigkeit interessiert, wird automatisch zu deinem Freund.

Die Lichter des Fischerdorfes blieben immer weiter zurück, und mich ergriff plötzlich ein heftiges Gefühl von Einsamkeit. Zwanzig Minuten in der völligen Dunkelheit der Nordsee können sich zu Jahren und Jahrhunderten hinziehen ...

»Erzählen Sie mir etwas über die Insel, Harry.«

»Oh, das ist eine lange Geschichte. Vor uns liegt jetzt das ganze fünfzehnte Jahrhundert, wissen Sie? Jene schreckliche Flut des Jahres 1499 setzte die ganze Provinz unter Wasser. In einer einzigen Nacht starben über zehntausend Menschen. Auch Lukas war unter den Toten. Man nimmt es jedenfalls an, weil er nach der Flut nie mehr gesehen wurde.«

Ich barg mein Kinn im Kragen der Jacke: Unsere Nussschale schaukelte über dem schwarzen Schlund des Meeres, und unter ihrem Kiel ruhten die von Wasser und Muscheln zerfressenen Friedhöfe der versunkenen Städte. Dabei konnte man schon das Jammern kriegen.

»Danach zog sich das Meer allmählich wieder zurück. Aber ein Teil des Festlands lag immer noch unter Wasser. Die Tote Stadt tauchte mal auf, mal verschwand sie wieder, je nach Laune des Meeres. Erst in diesem Jahrhundert hat man sie mit Poldern befestigt. Wissen Sie, was Polder sind, Katrin?«

Jetzt wird er mir einen Vortrag über Hydrotechnik halten, wovon ich natürlich keine blasse Ahnung habe.

»Man hat die Insel mit Dämmen umsäumt und das Wasser ins Meer gepumpt. Jetzt ist die Tote Stadt Ostrea nicht mehr bedroht.«

Nein, außer von den Überfällen der Touristen, die ihre Namen in die Wände ritzen, Bier trinken und dabei in ihren Reiseführern die Sehenswürdigkeiten abhaken. Nach der Toten Stadt kommt Utrecht mit seiner berühmten Universität und der St. Pieterskerk, Rotterdam mit dem Hafen und Den Haag mit dem verdammten Internationalen Gerichtshof ...

»Waren Sie eigentlich irgendwann einmal verheiratet, Harry?«, fragte ich plötzlich.

»Warum fragen Sie das?« Er hätte beinahe das Steuerrad losgelassen.

»Einfach so. Ich weiß gar nichts über Sie.«

Das entsprach nicht ganz der Wahrheit. Ich wusste alles, was man über Harry wissen musste: Er war immer noch der größte Spezialist für das Werk Lukas van Ostreas. Alles andere

– Augenfarbe, Haarfarbe, Lieblings-Fußballmannschaft und Penisumfang – war vollkommen nebensächlich.

»Obwohl Sie wahrscheinlich ohne Ihren Maler vollkommen uninteressant sind.«

Harryboy nahm diese Bemerkung keineswegs als Beleidigung. Nach einer Weile sagte er plötzlich:

»Ich war verlobt.«

»Und? Hat sie Sie verlassen, weil sie eifersüchtig auf Ostrea war?«

»Ja.« Er sah mich mit plötzlichem Interesse an. »Sie wollte nicht hier leben. Sie sind ein sehr scharfsinniger Mensch, Katrin.«

»Ich kann sie verstehen. Die meisten Frauen haben ein Problem mit Missionaren. Jedenfalls Frauen, die halbwegs richtig im Kopf sind ...«

Plötzlich tauchte vor uns die Insel auf; sie wirkte eigentlich eher wie ein bloßes Hindernis auf unserem Weg, über das wir einfach drüberholpern würden. Die kleine Anlegestelle wurde von zwei trüben Laternen erleuchtet.

»Las Vegas ist das nicht gerade«, bemerkte ich.

»Ich muss Strom sparen.«

»Was ist das denn? Versucht da jemand, ein Motorrad zu starten?«

»Das ist ein Diesel-Aggregat.«

Diese verdammte Insel missfiel mir von Anfang an ganz entschieden: Irgendwann war an diesem Ort einmal eine Stadt gewesen, irgendwann einmal hatten Menschen hier gelebt – und jetzt war da nur noch ein Museum, zwanzig Minuten von der Küste entfernt, ein winziges Stück Land im bleiernen Wasser der Nordsee. Sogar der Friedhof der Kuscheltiere schien mir reizvoller.

»Ich hoffe, es gibt von hier aus eine Verbindung zur Küste?«, fragte ich.

»Natürlich, Katrin. Wir haben Telefon.«

Das beruhigte mich ein wenig.

»Und fahren die Schiffe nicht dagegen? Gegen Ihr Museum?«

»Die Fahrrinne liegt weiter nordwestlich. Das hier ist ein Bärenwinkel, wie ihr Russen gern sagt. Vom Herbst bis zum Frühling kommt kein Mensch hierher. Die Touristensaison beginnt erst Ende Mai. Nach den Chroniken war es im Mai, als das Meer dieses Land verschlang.«

»Moment mal, Harry.« Eine plötzliche Vermutung durchfuhr mich. »Soll das heißen, Sie sind hier alleine?«

»Was meinen Sie damit?«

»Ist kein Wächter da, kein Aufseher?«

»Doch, natürlich gibt es Personal. Alleine könnte ich das nicht schaffen. Im Sommer gibt es zwei Führer und zwei Techniker: Sie halten die Häuser in Ordnung und warten die Pumpstation und die Drainagen.«

Na schön, je mehr Leute, desto lustiger ist es. Aber bevor ich noch einen Atemzug tun konnte, fuhr Harryboy fort.

»Jetzt ist allerdings niemand auf der Insel. Außerhalb der Saison gibt es hier kaum Ausflügler. Deshalb ist nur ein Techniker da. Aber ich habe ihm eine Woche freigegeben. Er ist zu sich nach Hause gefahren, nach Lelystad ...«

Lelystad, das ist doch ziemlich weit weg.

»Haben Sie denn in der näheren Umgebung keine Techniker gefunden?«

Harryboy zögerte.

»Das wäre mir natürlich lieber, aber ... Die Anwohner mögen diesen Ort nicht, obwohl er sie ernährt. In gewisser Hinsicht. Ab und zu arbeiten hier Studenten – Historiker und Kunstwissenschaftler. Manchmal sogar Hydrotechniker ...«

»Und wo liegt das Problem?«

»Sehen Sie ... die Friesen – in den Küstengebieten wohnen hauptsächlich Friesen – sind ein sehr abergläubisches Volk. Sie glauben, über der Insel liege ein Fluch.«

»Aber die Leute mögen Sie doch, Harry!« Ich erinnerte mich an das freundliche Händeschütteln in der Kneipe.

»Ach, die halten mich für einen armen Irren. Sie denken jedes Mal, wenn ich auf die Insel fahre, ich komme nicht mehr zurück. Sie warten schon seit vielen Jahren darauf.«

»Und Sie?«

»Ich komme immer wieder zurück, wie Sie sehen.«

Jetzt verstand ich das traurige Lächeln der Rubens-Blondine.

»Hat das ... Hat das etwas mit Lukas van Ostrea zu tun, Harry?«, fragte ich vorsichtig.

»Ich möchte nicht über dieses Thema sprechen.« Harryboy machte ein finsteres Gesicht. »Ich bin Wissenschaftler, Katrin. Für mich ist das alles bloß Aberglaube ...«

Ein netter Aberglaube, wenn man bedenkt, dass Austers langer Arm bis nach Russland reichte und schon die Herzen dreier Menschen zum Stillstand gebracht hatte ... Das Fischerdorf, das jetzt hinter der unsichtbaren Linie des Horizontes lag, schien mir auf einmal der behaglichste Ort auf Erden, wie eine Arche Noah mit allem Komfort.

Harryboy lud die Kisten auf den Steg.

»Für mich ist das alles Aberglaube«, wiederholte er. »Um alles wirklich Große ranken sich immer die bizarrsten Legenden, weil man es einfach nicht erklären kann. Um das Große zu begreifen, muss man sich selbst darüber erheben. Dann wird man es wie eine Landschaft vor sich sehen – wie der Blick in ein Tal, vom Gipfel eines Berges aus. Verstehen Sie, was ich meine, Katrin?«

»Ja, Sie meinen Größenwahn. Ein typischer Fall für den Psychiater.«

Harryboy nahm meinen Rucksack und warf ihn sich über die Schulter. Dann griff er eine der Kisten und lief über den Steg an Land. Mir blieb nichts anderes übrig, als die zweite Kiste zu nehmen, die mit Milchpulver, Keksen und Kaffee voll gepackt war, und ihm zu folgen.

Die Residenz des Holländers war ein typisches friesisches Haus und besaß durchaus ein gewisses dekoratives Flair. Ein nettes Spielzeug. Das Haus stand direkt an der Anlegestelle, auf Pfählen gebaut.

Als ich eintrat, machte sich Harryboy schon am Kamin zu schaffen. Das Feuer wollte nicht so recht in Gang kommen, Harry brachen ständig die Streichhölzer ab, und er wurde nervös.

»Ich wette, die Touristen lieben Ihre Hütte. Schlicht und geschmackvoll, ganz nach traditioneller Bauweise.«

»Fühlen Sie sich wie zu Hause, Katrin.« Harryboy verfügte über die glückliche Fähigkeit, alle meine Sticheleien an seinen Ohren vorbeirauschen zu lassen. Das konnten bisher nur Snegir und Sheka ... Was hatte sie mir bloß vor der Abreise noch sagen wollen? Es war ihr scheinbar sehr wichtig gewesen ...

Ich spazierte im Zimmer umher: Vor den hohen Fenstern mit den vielen Sprossen zog sich eine lange Arbeitsplatte entlang, die Harry offenbar als Schreibtisch diente; zwischen einem wahren Wust von Papieren stand ein Computer, und überall türmten sich Bücher, aus denen zahllose Papierschnipsel herausragten. Ich warf einen kurzen Blick auf das Titelblatt eines schwergewichtigen Folianten: Jahrgang 1651. Donnerwetter, Harryboy hielt sich hier offenbar einen ganzen privaten Harem von bibliophilen Raritäten.

Die Bücher nahmen die eine Hälfte des Zimmers ein. Die andere Hälfte gehörte ganz der Fotografie und der Malerei. Vergrößerungen von Detailaufnahmen irgendwelcher Skizzen und Studien, gelungene Kopien einzelner Details – jedes davon mit einer ausführlichen Beschriftung auf Holländisch versehen. Harryboy war der pedantischste Kunstwissenschaftler, den ich je getroffen hatte. Ich empfand eine gewisse Beschämung, weil ich selbst mich so offensichtlich am anderen Ende des Spektrums befand: Mein jämmerlicher Ordner mit den Materialien über die Präraffaeliten verstaubte auf meinem Hängeboden.

Harryboy hatte endlich das Feuer entfacht und verschwand hinter einer Trennwand, um Teewasser aufzusetzen. Ich ließ meinen Blick weiter durchs Zimmer schweifen: Die biedere Kaminecke wirkte beruhigend auf meine angespannten Nerven – eine schmiedeeiserne Zange, Delfter Fayencen, schwere silberne Kerzenständer ... Jede Touristin, die zufällig hier hereinkommt, vielleicht um einen Schluck Wasser zu trinken, wird entzückt sein. Aber wenn sie sich ein wenig gründlicher umsieht, erwartet sie eine Enttäuschung – ein schmales, fast mönchisch strenges Bett in einer Wandnische, auf dem nur ein trister Schlafsack liegt. Um Harryboys Keuschheit musste man sich jedenfalls keine Sorgen machen. Keine Frau, die etwas auf sich hält, wird sich auf diesem Jammerbild eines Bettes niederlassen. Es sieht aus, als habe er selbst kaum darauf Platz. Und wo werden seine Gäste untergebracht – alle diese Studenten der Kunsthistorie und die ausgewachsenen Hydrotechniker?

»Und wo wohnen Ihre Gäste, Harry?«

»In der Stadt selbst. Das ist nicht weit von hier, drei Minuten zu Fuß. Da gibt es so eine Art kleines Hotel. Normalerweise bereite ich dort alles extra vor, aber jetzt macht das keinen Sinn ... Sie werden hier wohnen.«

Ich sah mich zweifelnd in dem Zimmer um: Außer der Gefängnispritsche, einem Bürostuhl und einer kleinen geschnitzten Bank gab es hier nichts, was irgendwelche Ähnlichkeit mit einer Schlafstelle hatte.

»Und wie stellen Sie sich das vor, Harry?«

»Ich werde auf einer Liege hinter der Trennwand übernachten.« Er erschien wieder im Zimmer, mit einer Teekanne in der Hand. »Aber ich glaube, wir kommen heute gar nicht zum Schlafen.«

»Ehrlich gesagt, ich falle bald um vor Müdigkeit. Ich habe einen langen Tag hinter mir, einen sehr langen Tag. Lassen Sie uns doch das alles auf morgen verschieben.«

»Ich wollte Ihnen etwas zeigen ... Ich habe nämlich die Fotos von den ›Apokalyptischen Reitern‹, die ich in Petersburg gemacht habe, vergrößert. Natürlich können sie das Original nicht ersetzen, das ist ganz klar. Aber ich habe sie mit dem zentralen Teil des Triptychons verglichen.«

»Und?« Allmählich hing mir diese ewige Leier, dass die »Reiter« zu seinem Triptychon gehören sollten, zum Hals heraus.

»Es ist ein zusammenhängendes Werk, Katrin ... Eine Einheit. Ich habe die Abbildungen des linken Flügels und des zentralen Teils nebeneinander gelegt, und plötzlich wurde im Hintergrund etwas sehr Seltsames erkennbar.«

»Was meinen Sie?«

»Die Linien der Hintergrundzeichnung, die ich bis dahin für ganz willkürlich gehalten hatte, bildeten plötzlich ein bestimmtes System, eine Art Muster. Wissen Sie, was ich meine, Katrin?«

»Nicht so ganz.« Ich nahm einen Schluck Tee aus meinem Keramikbecher und verbrannte mir beinahe die Zunge. Er war brühend heiß. »Scheiße!«

»Was ist los?«

»Sie hätten mir sagen können, dass Sie mir kochendes Wasser geben! Da brennt man sich ja die Zunge weg ...«

»Entschuldigen Sie ...«

»Schon gut. Reden Sie weiter, Harry.«

»Also. Die Linien ergeben ein bestimmtes Bild. Das war es, was ich meinte, als ich von der Botschaft Lukas Austers sprach. Leider kann ich nichts Endgültiges sagen, weil ich nicht das Original, das Bild selbst, besitze. Auf einer Fotografie geht immer etwas verloren. Ich bearbeite gerade die Daten auf dem Computer, aber ich brauche das Original, Katrin. Ich brauche das Original!«

Harryboy sah mich flehend an. Deshalb hast du mich also hierher bestellt: damit ich von der Wichtigkeit des Augenblickes erfüllt werde und versuche, das Bild für dich aufzutreiben, da du selbst das nicht hingekriegt hast!

»Sie können sich überhaupt nicht vorstellen, wie wichtig das für die Wissenschaft ist. Für die Erforschung von Lukas ... Es sind doch nur vier Arbeiten erhalten geblieben, und dabei wissen wir bis heute von mehreren Dutzend, wenn nicht hunderten.«

»Ja, er war außerordentlich produktiv. Ich habe Ihren Artikel gelesen.« Die Augen fielen mir zu. Auch der stärkste Tee konnte der Forderung meines Organismus nach einem soliden Quantum gesunden Schlafes nichts mehr entgegensetzen.

»Allein hier in der Toten Stadt hat er in einem Jahr sicher zehn Bilder gemalt. Er hat zwei Triptychen vollendet ...«

»Freut mich, zu hören. Heutzutage arbeitet ja niemand mehr mit solchem Elan.« Ich war fast schon eingeschlummert, als Harryboy mich ohne viel Federlesens an der Schulter rüttelte.

»Katrin, schlafen Sie nicht ein, ich bitte Sie! Sie müssen sich das mit eigenen Augen ansehen.«

»Aber doch nicht jetzt.«

»Interessiert Sie das denn gar nicht? Sie stehen an der Schwelle einer großartigen Entdeckung, und es interessiert Sie nicht?« Er sah mich böse an.

»O Gott, Sie hätten sich lieber mit einem anderen Maler beschäftigen sollen, Harry!«, schimpfte ich wütend. »Mit einem, der nicht so beschissen geheimnisvoll ist ...«

»Katrin, Sie sollen nicht so fluchen!« Harryboy sprang von dem Computerstuhl, auf dem er gesessen hatte, auf und begann, im Zimmer hin und her zu laufen. »Sie dürfen nicht ... Ich kann nichts anderes tun, ich sühne eine Schuld an Lukas Auster ...«

Meine Müdigkeit war wie weggeblasen. Ich sah Harry verblüfft an.

»Eine Schuld? Was für eine Schuld?«

»Wissen Sie ...« Er beruhigte sich sofort und setzte sich vor mich hin auf den Fußboden. »Meine Vorfahren stammen von hier. Sie haben an diesem Ort, in dieser Stadt gewohnt, als die Flut kam.«

Ich öffnete den Mund, aber ich wusste nicht, was ich sagen sollte: Es wäre ja albern gewesen, ihn wegen einer Tragödie zu bemitleiden, die sich im fünfzehnten Jahrhundert ereignet hatte.

»Bei der Katastrophe hatte sich nur ein einziger Mann retten können. Er war kurz vor dem Unglück geschäftlich nach Utrecht gefahren. Am Tag, bevor Lukas Auster sein Triptychon, die ›Apokalypse‹, in der Kirche der heiligen Agathe aufstellen sollte. Dieser Mann hieß Hendrik Aertensen, meine Familie stammt von ihm ab.«

Hendrik Aertensen. Irgendwo hatte ich diesen Namen schon gehört ...

»Hendrik Aertensen«, wiederholte ich. »Ist das alles, was man von ihm weiß, dass er der einzige Überlebende dieser Flut war?«

»Nein, er ist dadurch bekannt geworden, dass er danach sein ganzes Leben der Aufgabe widmete, die Bilder van Ostreas zu zerstören. Er war davon besessen«, fuhr Harry mit klangloser Stimme fort. »Während der Flut sind seine Frau und sein noch ungeborenes Kind umgekommen. Hendrik war der Überzeugung, Lukas trage die Schuld an der Flut. Und er habe sich auch aller sonstigen Todsünden schuldig gemacht.«

»Der Samen des Teufels«, sagte ich nachdenklich. »Ihr Vorfahre dachte, dass die Bilder töten.«

»Ein Aberglaube! Ein Bild kann nicht töten, das begreifen Sie doch?«

»Aber er glaubte es«, wiederholte ich stur.

»Nach der Tragödie begab sich Hendrik Aertensen nach Gent und steckte Lukas' Atelier in Brand. Mehrere wunderbare Werke sind in Flammen aufgegangen. Aertensen heiratete in Gent zum zweiten Mal, aber gleich nach der Geburt seiner Tochter machte er sich auf die Suche nach weiteren Bildern. Er glaubte nicht daran, dass Lukas tot war und Holland in Ruhe lassen würde. Alles das ist in den Chroniken festgehalten, die in den Archiven der Universität von Rotterdam aufbewahrt werden. Ich besitze Kopien dieser Chroniken. Ich bin im Zuge meiner Forschungen über Lukas darauf gestoßen. Sie können sich vielleicht vorstellen, wie es mir ging, als ich von dieser unseligen Verbindung meines Urahnen zu Lukas erfuhr ... Seitdem versuche ich ... wie sagt man? The chain of centuries ... Die zerrissene Kette der Jahrhunderte wiederherzustellen ... Verstehen sie mich jetzt? Die Geschichte der Zivilisation wird ohne Lukas van Ostrea niemals vollständig sein.«

Wer hätte gedacht, was sich in diesem klugen holländischen Kopf doch für wirre Gedanken tummelten! Ich versuchte aufrichtig, seine hehren Gefühle nachzuempfinden, aber ich brachte es nicht fertig. Ich war eben nur eine unbedeutende Spezialistin für Präraffaeliten, eine lumpige Diebin, die sich eine Million Dollar angeeignet hatte, abzüglich Steuern, eine kleine Abenteurerin und Liebhaberin kitschiger Frauenkrimis.

Anscheinend hatte auch Harry das begriffen. Er stand auf und berührte mein Knie.

»Gut, ich werde Sie nicht mehr quälen, Katrin. Schlafen Sie sich aus, wir verschieben das auf morgen ...«

Ich hörte ihm schon nicht mehr zu. Ich fiel auf das harte Bett und schlief auf der Stelle ein. Keine Träume, keine flüsternden Stimmen, keine Schatten, nur ein greller Blitz irgendwo in meinem Innern. Von diesem Blitz wachte ich auf. Zuerst begriff ich überhaupt nicht, wo ich mich befand. Harryboy stand vor mir, erschreckend schön, mit einer dünnen Decke in den Händen. Er betrachtete angespannt mein Gesicht: Gier und Zärtlichkeit schienen ihn förmlich zu zerreißen. O Gott, was für finstere Begierden verbergen sich doch am Grund der menschlichen Seele!

Ich beobachtete Harryboy durch halb geschlossene Augenlider und wagte nicht, mich zu rühren. Eine unvorsichtige Bewegung konnte ihn provozieren – und die Gier trägt den Sieg über die Zärtlichkeit davon und reckt triumphierend die Fäuste.

Harry trat noch einen Schritt näher – und wieder geschah eine bizarre Veränderung mit seinem Gesicht ... Das war plötzlich ein Gesicht aus einer anderen Zeit, aus einem anderen Jahrhundert. Wahrscheinlich hatte sein Urahn Hendrik Aertensen genau diesen Ausdruck von Gier auf seinem Gesicht gehabt, als er Lukas' Atelier in Gent in Brand steckte. Ich muss diesem Wahnsinn Einhalt gebieten, sonst landet er gleich mit einem Satz neben mir im Bett. Und ich werde nicht Nein sagen können.

»Ist etwas passiert, Harry?«, flüsterte ich gepresst.

»Nein, nichts. Ich habe Ihnen bloß eine Decke gebracht, am Morgen wird es frisch.«

Er begriff, dass ich ihn ertappt hatte, und versteckte sich sofort hinter der Maske des objektiven Forschers, des großen Spezialisten für das Werk Lukas van Ostreas.

»Der Bürgermeister dieser Stadt hatte eine Tochter«, sagte Harry und deckte mich zu. »Sie starb, kurz bevor das Meer die Stadt auslöschte. Aber das ist eine ganz andere Geschichte, sie hat mit der Flut nichts zu tun; eine sehr traurige Geschichte. Sie hat Lukas Auster geliebt. Aertensen berichtet davon in seinen Aufzeichnungen.«

Warum erzählt er mir das?

»Und wie ging es weiter?«

»Sie ist ertrunken. Hendrik Aertensen behauptet, Lukas habe sie dazu gebracht und sie dann gemalt, als sie schon tot war. Ihr Porträt zierte später den linken Flügel des Triptychons. Das Interessanteste dabei ist, dass sie auch Katrin hieß, genau wie Sie ...«

Die »Rothaarige mit Umhang«, die Jungfrau Maria mit dem Gesicht der nicht allzu begabten Absolventin der Kunstakademie Katja Solowjowa – also deshalb kam es mir an jenem Morgen so tot vor! Das ruhige Lächeln Harryboys, das mir einen Tag zuvor in Amsterdam noch so zahm, so gemütlich erschienen war, erschreckte mich jetzt, erschreckte mich aufs Tiefste. Wozu erzählte er mir das alles?

»Wozu erzählen Sie mir das alles, Harry?«

»Ich finde es immer wieder erstaunlich, wie die Geschichte

ganz unterschiedliche Menschen zusammenschmiedet. Wie die Dinge auf einmal in einem vollkommen anderen Licht erscheinen ... Wer hat etwas davon, dass der Nachkomme Aertensens versucht, das wiederherzustellen, was sein Vorfahr vernichtet hat? Wer hat etwas davon, dass ein Mädchen den fehlenden Teil des Triptychons findet, das der Geliebten seines Schöpfers wie aus dem Gesicht geschnitten gleicht? Was hat das alles zu bedeuten? Bedeutet es, dass wir an viel stabileren Fäden hängen, als wir gemeinhin annehmen? Glauben Sie an Gott, Katrin?«

»Nein«, flüsterte ich.

»Ich glaube auch nicht an Gott ... Ich glaube nicht an Gott, aber ich glaube ...« Er lächelte und ließ diesen Satz unvollendet. Woran mag er wohl glauben, dieser Mensch, der mit solcher Inbrunst den »Samen des Teufels« anbetet? Er, der kurz vor Titows Tod in dessen Arbeitszimmer war; der nicht den leisesten Hauch von Mitleid für die bedauernswerte Agnessa zeigte; er, der plötzlich einigermaßen Russisch sprach, obwohl er doch, als wir uns kennen lernten, noch keinen ganzen russischen Satz zu Wege brachte. Man kann doch nicht in zwei Wochen eine Sprache lernen ... Hatte er in Wirklichkeit schon früher Russisch gekonnt? Und was machte ich hier, auf dieser Insel, die mir ganz nach einer Mausefalle aussah?

»Ich glaube, ich habe Ihnen Angst gemacht. Mystische Koinzidenzen machen jedem Angst, man darf sich nicht darum kümmern ...« Harryboy hatte sich wieder im Griff, und seine schüchterne Gelassenheit kehrte zu ihm zurück.

Ich holte tief Luft.

»Das macht mir absolut keine Angst. Ich bin schließlich ein nüchterner Mensch, Sie hatten doch Zeit genug, sich davon zu überzeugen. Aber danke für die Decke, Harry. Gute Nacht.«

Er lächelte mich an und verschwand wieder hinter der Trennwand. Den Rest der Nacht lauschte ich in die Dunkelheit, aber es war nichts zu hören, kein Geräusch, kein Quietschen, kein vorsichtiges Atmen. Das gibt es doch nicht, dachte ich konsterniert – Harryboy war hinter der Trennwand verschwunden, als hätte er sich in der von Holzgeruch getränkten Luft aufgelöst.

Sich in Luft auflösen und spurlos verschwinden – eine sehr nützliche Eigenschaft für einen Mörder ...

Als ich die Augen aufschlug, war Harryboy nicht da. Durch die Fenster fiel weiches, dämmeriges Licht ins Zimmer: Die Sonne würde sich heute nicht blicken lassen. Das schmale, harte Bett hatte meine Muskeln vollständig mürbe gemacht. Mein ganzer Körper tat mir weh. Noch eine Nacht auf diesem Folterbrett würde ich nicht durchstehen. Ich reckte mich vorsichtig, und dabei kam mir unser seltsames nächtliches Gespräch wieder in Erinnerung – wer sagt denn, dass du die nächste Nacht überhaupt noch erlebst? Ich lächelte über meinen unverhofften Anfall von schwarzem Humor und beschloss, mich auf die Suche nach Harryboy zu begeben.

Aber ich kam nicht weit: Auf dem langen Brett vor dem Fenster rührte sich plötzlich der Computer und piepste vor sich hin. Sieh an, Harryboy, du kriegst ja sogar E-Mails. Es war nur eine einzige einsame Nachricht, wie ich auf dem Bildschirm bemerkte, und ich konnte mich nicht zurückhalten, sie zu öffnen.

»Absolutely effective without any traces. Congratulations. Bob.«

»Absolut effektiv, keine Spuren. Gratuliere. Bob«, übersetzte ich automatisch.

Was für eine nette E-Mail, und noch dazu aus Amerika. Womöglich von diesem Typen von der Küstenwache? Ich setzte mich in den Bürostuhl und drehte mich ein paar Mal um die eigene Achse. Absolut effektiv, keine Spuren. Genau das hatte ich vor gar nicht langer Zeit selbst gedacht ... Aber ich konnte mich nicht mehr erinnern, in welchem Zusammenhang. Neben dem Computer stand ein Foto – das einzige in diesem Raum, auf dem nicht Details von irgendwelchen Gemälden zu sehen waren. Es war eine ganz gewöhnliche Polaroidaufnahme:

Harryboy lächelte in bester Laune in die Kamera; neben ihm stand ein junger Typ, ebenfalls bester Laune. Ein sehr beeindruckender Mensch, alle Achtung, mit einem leichten hawaianischen Einschlag, eine Mischung zwischen Keanu Reeves und Jason Scott Lee – diese spezielle Hollywood-Mischung, die mich um den Verstand brachte. Ich drehte das Foto um: »Bob und Harry. San Diego. Oktober 1998«. Bob und Harry, Tom und Jerry, Lolek und Bolek – was gehen dich diese Leute überhaupt an? Ich stellte das Foto zurück und sah mir die Bücher an, die auf dem improvisierten Tisch ausgebreitet waren. Gut, dass Harryboy keinen richtigen Schreibtisch besaß, sonst hätte ich jetzt sicher meine neugierige Nase in die Schubladen gesteckt ...

Die Bücher enttäuschten mich nicht: Sie bestätigten Harryboys Reputation als ernst zu nehmender Forscher voll und ganz. Ein Haufen alter Manuskripte, die meisten davon vom Anfang des sechzehnten Jahrhunderts, Unmassen höchst ernsthafter Kunstzeitschriften, ganze Stapel von Fotokopien und dazwischen diverse Einschreibebriefe – aus Frankreich, Belgien und New York: stabile Umschläge mit langen Reihen ausländischer Briefmarken, verwischte Poststempel. Harry führt einen regen Briefwechsel, wie es sich für einen richtigen Forscher gehört, und du, Katerina Mstislawowna, solltest dich schämen für deine kümmerliche Dissertation, die immer noch nicht fertig ist. Während ich weiterkramte, sann ich ein Weilchen über dieses dankbare Thema nach, aber plötzlich stieß ich auf ein Buch, das mir sehr sonderbar vorkam. Das heißt, sonderbar war eigentlich nur die Tatsache, es hier an diesem Ort zu finden.

»Voodoo«.

Ich durchforstete mein Gedächtnis und kratzte alles zusammen, was ich an kümmerlichen Kenntnissen auf diesem Gebiet besaß – im Wesentlichen ziemlich reißerische Impressionen aus zweitklassigen amerikanischen Horrorfilmen. Wenn ich mich richtig erinnerte, handelte es sich dabei um einen haitianischen Kult, der auch in Amerika eine erkleckliche Zahl von Anhängern hat – schwarze Magie, Würmer, die aus den

Nasenlöchern kriechen, und so was. Was machte dieses Buch in Harryboys Mönchszelle? Vorsichtig schlug ich das Titelblatt auf. Verlegt in New Orleans ... Was hat Harryboy mit New Orleans zu tun? Hatte es vielleicht irgendein Tourist hier liegen lassen? Oder dieser Bob von dem Foto?

»Guten Morgen, Katrin!«

Ich schrak zusammen und hätte das Buch fast auf den Boden fallen lassen. Möglichst unauffällig schob ich es wieder unter die anderen Bücher zurück. Das fehlte mir gerade noch, dass Harry dachte, ich wühlte in seinen Sachen herum wie ein dilettantischer Geheimagent.

»Guten Morgen, Harry!«, sagte ich, als das Werk verstaut war, ließ den Bürostuhl mit einer schnellen Bewegung herumschwingen und zauberte das strahlendste Lächeln auf mein Gesicht, dessen ich fähig war.

»Wie haben Sie geschlafen?«

»Ausgezeichnet ...«

Ich zog es vor, mich an unsere nächtliche Szene nicht zu erinnern.

Harryboy musterte mich misstrauisch. Jetzt, bei hellem Tageslicht, fühlte ich mich ihm wieder überlegen: Die Nacht hatte auf Harry eine dämonisierende Wirkung, sie passte nicht zu ihm. Aber jetzt sah er wieder schlicht und einfach herzig aus.

Ich stand auf.

»Kommen Sie, ich zeige Ihnen die Insel«, sagte er.

»Wie wäre es mit einer Tasse Kaffee vorweg?« Kleinigkeiten wie Zähneputzen und die Säuberung meiner sterblichen Hülle ließ ich höflichkeitshalber unerwähnt.

»Ja, natürlich.«

Er verschwand wieder hinter der geheimnisvollen Trennwand.

»Wo kann ich mich waschen?«, fragte ich laut.

»Verzeihen Sie, Katrin, daran habe ich gar nicht gedacht. Kommen Sie, ich zeige es Ihnen ...«

Harry steckte mich in eine ökologisch einwandfreie transportable Dusche, eine kuppelartige Kabine mit mattierten Seitenwänden. Ich ließ den weichen Wasserstrahl auf meinen Scheitel prasseln, schloss die Augen und prustete vor Vergnügen: Das letzte Mal hatte ich in Petersburg geduscht. Jetzt spüle ich mir das alles erst mal gründlich vom Leib: den Flug, den Staub Amsterdams, den Käsegeruch aus dem »Jungfrauenheim« und die Strapazen der letzten Nacht. »Absolut effektiv, keine Spuren«, summte ich vor mich hin.

»Absolut effektiv, keine Spuren. Gratuliere. Bob«.

Auf einmal schien mir das Wasser eiskalt – es war mir wieder eingefallen.

Absolut effektiv, keine Spuren – das waren meine Gedanken, als ich den toten Titow sah. So war er nämlich gestorben: ohne ein Zeichen von Gewaltanwendung. Und Harryboy ... Harryboy war dort gewesen, aber niemand hatte ihn am Tatort angetroffen.

Jetzt bekam diese E-Mail plötzlich einen ganz anderen, einen bedrohlichen Sinn. Warum war ich hierher nach Holland gekommen? Warum hatte Harry mich herbestellt? Mein eifriges Gedächtnis versorgte mich unverzüglich mit verschiedenen Details, die mir vorher nebensächlich und harmlos erschienen waren, sich aber plötzlich zu einem ganz neuen, vollkommen fantastischen Bild zusammenfügten.

Harry hatte mir am vorigen Abend erklärt, er habe eine spektakuläre Entdeckung gemacht, die mit dem Triptychon in Zusammenhang stehe. Was hatte das mit mir zu tun? Ich war nie eine Spezialistin für Lukas van Ostrea gewesen, alles, was ich in dieser Hinsicht vorweisen konnte, war die kümmerliche Vorlesung im vierten Studienjahr ... Und trotzdem hatte er mich hierher bestellt. Es handele sich um eine Sache, die mich interessieren werde, hatte er mir versprochen.

Damals auf dem Flughafen Pulkovo, unmittelbar vor seiner Abreise nach Holland, war mir eine Bemerkung herausgerutscht, die ihn hatte aufhorchen lassen ... Ich hatte von der verschlossenen Schlafzimmertür erzählt und gesagt, dass ich vielleicht eingesperrt wurde, um zu verhindern, dass ich etwas ganz Bestimmtes sehen könnte; oder jemanden ganz Bestimmtes. Harryboy, der mich nicht aus den Augen gelassen hatte, während ich sprach, hatte plötzlich gefragt:

»Worüber sprechen Sie, Katrin?«

Ja, genau das waren seine Worte. Er verstand ja kaum Russisch. Oder hatte er nur so getan?

Hinter den Mattglaswänden der Dusche erschien plötzlich ein Schatten. Ich spitzte die Ohren: Das konnte nur Harryboy sein, sonst war doch niemand auf der Insel; sofern man Harryboy glauben konnte. Aber konnte man das tatsächlich?

»Sind Sie das, Harry?«, fragte ich mit unsicherer Stimme.

Keine Antwort.

Der Schatten hinter dem Mattglas bewegte sich, aber er blieb. Hastig drehte ich die Hähne zu und lauschte wieder angespannt: Diese Art Duschszene erinnerte mich fatal an Hitchcocks »Psycho«. Gleich wird die Duschwand zur Seite geschoben – und dann?

Was dann?

Ich verscheuchte die aufkommende Panik wie eine Horde räudiger Hunde, setzte mich in die Hocke und starrte die Schiebetür an. Sie rührte sich nicht. Schließlich bewegte sich der Schatten ein letztes Mal und verschwand. Eine Gänsehaut lief mir über die nackten Schultern. Es dauerte einige Zeit, bis sich der Aufruhr in meinem Inneren gelegt hatte. Ich schob vorsichtig die Glastür zur Seite.

Niemand.

Ich sprang aus der Dusche, trocknete mich rasch ab und zog mir hastig Jeans und Hemd über. Dann begab ich mich mit stolz erhobenem Haupt zu Harryboy.

Er wirtschaftete immer noch in seiner improvisierten Küche herum, röstete Toastscheiben und bestrich sie geschäftig mit Erdbeermarmelade.

»Alles in Ordnung?«, fragte er lächelnd.

»Ja. Wasser ist einfach etwas Großartiges.«

»Ihr Frühstück ist fertig.«

Ich nahm die Tasse und biss ein riesiges Stück Toast ab. Mehr Natürlichkeit, Katerina Mstislawowna, dein rotes Haar verlangt danach!

»Sie haben eine E-Mail bekommen, Harry«, sagte ich und versuchte dabei, ganz entspannt zu wirken. »Ich habe sie geöffnet.«

»Ich habe sie schon gesehen. Danke.« Kein einziger Muskel rührte sich in seinem Gesicht. »Von einem Freund aus San Diego.«

»Der von der Küstenwache?«

»Ja, genau der.«

Seltsam, dass er seinen Freund erwähnte. Ich hatte mir nicht das geringste Interesse an dieser E-Mail anmerken lassen.

»Er ist ein echtes Original«, fuhr Harryboy vorsichtig fort.

Wo du Recht hast, hast du Recht. Alleine der Text ist was wert!

»Was Sie nicht sagen!«

»Er hat Lukas im Metropolitan Museum zum ersten Mal gesehen und war vollkommen hingerissen. Dann hat er einen Artikel von mir im »People« gelesen und mir geschrieben. Das war vor fünf Jahren. Er hat mich mehrere Male hier besucht. Und ich war auch einmal bei ihm in San Diego.«

Ich hatte fast den Eindruck, Harryboy wollte sich rechtfertigen oder eine Erklärung abgeben – für diese E-Mail, für das Foto neben dem Computer und sogar für das Buch über den Voodoo-Kult, das so offen auf seinem Schreibtisch lag, dass ich es nicht hatte übersehen können. Mir war noch nicht ganz klar, ob eine bestimmte Absicht dahinter steckte. Aber ich beschloss, das Spiel mitzuspielen.

»Lukas van Ostrea ist doch ein ziemlich seltsames Hobby für einen Amerikaner, finden Sie nicht?«

»Bob liebt jede Art von Mystik. Er ist besessen davon.«

»Dann ist es natürlich verständlich. Na gut, ich bin so weit, Harry, jetzt können Sie mir Ihre Insel zeigen – und das Bild.«

Wir gingen zur Anlegestelle. Der niedrige Himmel war von Wolken verhangen, es wehte ein durchdringender Wind, und das Meer sah grau und düster aus. Nein, das war nicht das Meer, an dem ich leben wollte, an dem ich morgens die Möwen füttern und mit meinem Dackel Gassi gehen wollte. Noch weniger wünschte ich mir, hier zu sterben. Direkt vor mir schaukelte das Motorboot auf dem Wasser, und ich fühlte mich einigermaßen beruhigt: Immerhin konnte ich die Insel jederzeit verlassen.

Im Licht des hellen Tages konnte ich die Insel endlich in Augenschein nehmen. Sie war nicht größer als ein geräumiges Fußballstadion. Die Tote Stadt Ostrea selbst war nur ganz winzig, aber von ergreifender Majestät. Unmittelbar hinter Harrys Haus begann eine Straße, deren schartige und zersprungene Steine das Andenken an das fünfzehnte Jahrhundert noch in sich bargen. Zu beiden Seiten dieser Straße stand etwa ein Dutzend ziemlich gut restaurierter Häuser. Sogar die Wetterhähne auf den Dächern und die Ornamente über den Türen waren erhalten: aus Stein gemeißelte Muscheln, die glatten Körper von Delphinen und Aalen, Wassermolche und Blätter mir vollkommen unbekannter Pflanzen.

»Haben Sie das etwa alles aus dem Meer geborgen?«, fragte ich.

»Nein, nicht alles. Wir haben mehr als zehn Jahre gebraucht, um alles das zu restaurieren, was noch übrig geblieben war. Mehrere Gebäude wurden nach alten Vorbildern neu gebaut. Was Sie hier sehen, ist eine typische holländische Stadt vom Ende des fünfzehnten Jahrhunderts ...«

»Damit könnten Sie ja richtig Geld verdienen, Harry. Wenn Sie aus allen diesen Häusern Hotels machen würden, könnten Sie sich hier vor Touristen nicht mehr retten.«

Harryboy sah mich vorwurfsvoll an.

»Sie reden wie eine Amerikanerin, Katrin.«

»Ach ja?«

»Nur die Amerikaner suchen in allem ... wie heißt das ... unmittelbaren Gewinn. Dabei sagt man doch, die Russen seien vollkommen unpraktisch.«

»Das ist ein Ammenmärchen, Harry. Es gibt sehr unterschiedliche Arten von Russen. Ich bin zum Beispiel ein sehr praktischer Mensch.«

Ich lasse mir niemals einen Profit entgehen. Darin unterscheide ich mich deutlich von der armen Agnessa Lwowna, die so ein wertvolles Bild einfach aus den Händen gegeben hat. Für mich war das schlicht exzentrisch, und ich konnte mir bis heute nicht erklären, warum sie das getan hatte – zumal sie doch so eine aufgeklärte Dissidentin war, die sich ihr Leben lang immer an »Freiheit«, »Freies Europa« und »Stimme Amerikas« orientiert hatte. Und trotzdem ... Ihr Hass auf das Bild und auf mich war sehr irrational, sehr russisch; Agnessa schreckte wirklich vor nichts zurück, diese ungeheure Menge Geld bedeutete ihr gar nichts, wenn sie mich nur irgendwie treffen, mich auf irgendeine Art quälen oder verletzen konnte – oder mich sogar zu Grunde richten, wenn man an die Gerüchte über die mystische Bestimmung des Bildes glaubte, von denen sie mit Sicherheit wusste.

Vergebliche Liebesmüh, Agnessa Lwowna!

Ich bin diesen Aufwand nicht wert. Aber vielleicht hat ja Harryboy Glück und wird eines Tages doch noch stolzer Besitzer des linken Flügels seines geliebten Triptychons. Und Ihnen bleiben ja sowieso Ihre ganzen Millionen ...

»Sie hören mir gar nicht zu, Katrin!«

»Entschuldigen Sie, Harry. Sie sagten gerade, die Russen seien unpraktisch. Und ich habe gesagt, das ist ein Irrtum.«

»Leider.«

»Denken Sie mal über meinen Vorschlag nach, Harry. Warum sollte man nicht auch im Winter Touristen hierher holen? Sie selbst haben mir doch von der Liebe zwischen Lukas Auster und der Tochter des Bürgermeisters erzählt.« Ich sah ihn prüfend an: Ich wusste immer noch nicht, was ich von der

Szene in der vergangenen Nacht halten sollte. Sie passte so gar nicht zu meinem Bild von Harryboy.

»Und?« Er blickte mich argwöhnisch an.

»Das ist doch ganz einfach. Sie schmücken diese Legende ein wenig aus und starten einen ordentlichen Medienrummel. Die Leute mögen solche Geschichten. Alle Menschen suchen unentwegt nach Beweisen für die ewige Liebe.«

»Aber Sie glauben doch gar nicht an die ewige Liebe.«

»Ich glaube überhaupt nicht an die Liebe.« Das, was ich in den letzten zehn Jahren erlebt hatte, einschließlich Bykadorow und Ljocha, konnte man wohl kaum Liebe nennen. »Leidenschaft, ja. Aber Leidenschaft und Liebe sind zwei ganz verschiedene Dinge.«

»Finden Sie?«

»Natürlich. Leidenschaft ist das natürliche Bedürfnis des Körpers, Energie auszustoßen, und Liebe ist einfach Schizophrenie, Persönlichkeitsspaltung, vermischt mit Größenwahn.«

»Sie machen mir Angst, Katrin.« Harryboy schüttelte den Kopf.

»Keine Panik! Also, weiter: Nach einer massiven Gehirnwäsche der wehrlosen Medienkonsumenten eröffnen sie hier eine Herberge, zum Beispiel ein Hotel für Jungverheiratete. Flitterwochen auf einer Insel in der Nordsee, ist das nicht exotisch? Sollen diese Idioten hier von morgens bis abends Liebe machen, und in den Pausen können sie dann Ihren weltberühmten Hering fangen. Das ist doch eine großartige Idee, Harry. Ich schenke sie Ihnen.«

»Warum ist sie Ihnen so ähnlich?« Harryboy leierte schon wieder sein ewig gleiches Liedchen herunter. Diesen Vergleich mit meiner Doppelgängerin aus dem fünfzehnten Jahrhundert werde ich wohl bis an mein Lebensende nicht mehr los.

Ich lief die Vortreppe des nächststehenden Hauses hinauf und rief aufgeräumt: »Darf ich reingehen?«

»Natürlich. Diese Häuser sind doch ein volkskundliches Museum, Katrin.«

Klar, der einsame Mittelteil des Triptychons braucht Unterstützung. Es werden sich nicht allzu viele Idioten finden, die bloß wegen eines Bildes hier herausfahren.

Ohne auf Harry zu warten, stieß ich die Tür auf und trat ein. Ein volkskundliches Museum, Harry hatte Recht.

Leblose Wände und lebloser Hausrat zwischen dünnen Absperrseilen, jeder Gegenstand akkurat mit einem Schildchen versehen, Temperatursensoren. Sogar die Luft schien mir steril. Keine Spur von Leben. Meine Laune sank schlagartig: Ich hasste volkskundliche Museen, seit mich ein früherer Verehrer, ein Angehöriger des Volkes der Swan, bei jeder passenden und unpassenden Gelegenheit in das Völkerkunde-Museum auf dem »Platz der Künste« geschleppt hatte, wo ich mir in der georgischen Abteilung haufenweise bemalte Krüge, gestrickte Stiefel und kaukasische Burkas ansehen musste. Ich hätte das alles lieben sollen, seinetwegen, aber ich schaffte es beim besten Willen nicht ...

»Das ist ein typisches holländisches Haus vom Ende des fünfzehnten Jahrhunderts«, brummte Harryboy hinter mir.

»Ach, lassen Sie doch, Harry, ich habe keinen Eintritt bezahlt.«

»Interessiert es Sie?«

»Ich kann nicht gerade behaupten, dass ich begeistert wäre. Erzählen Sie mir lieber, ob in diesem Haus mal jemand gelebt hat, im fünfzehnten Jahrhundert?«

»Nein ... Das haben wir neu gebaut. Aber es ist eine genaue Kopie ...«

»Das bezweifle ich nicht. Sogar Ihre arme Hütte macht mehr Eindruck. Wenn Sie mir wenigstens etwas Echtes, etwas Authentisches zeigen könnten ... Gehen wir weiter, Harry!«

Ich ließ ihn stehen und setzte mich vor dem Haus auf die Stufen, um auf ihn zu warten. Er brauchte eine ganze Weile, um die Kränkung zu verdauen. Endlich trat er aus der Tür und setzte sich neben mich.

»Sie sind ein sehr seltsamer Mensch, Katrin.«

»Da kann man nichts machen.«

»Jetzt weiß ich nicht einmal ... Ich habe Angst, Ihnen Lukas Auster zu zeigen.«

»Warum?« Ich hob erstaunt die Augenbrauen.

»Allein schon Ihre Anwesenheit ... Ihre verächtliche Einstellung zu all dem hier, das könnte ihn beleidigen.«

»Beruhigen Sie sich, Harry. Es ist nur ein Bild. Ich glaube kaum, dass es plötzlich anfängt, mit Füßen nach mir zu treten oder mir die Tür zu weisen.«

»Es ist nicht einfach ein Bild. Es ist ein lebendiges, selbstständiges Wesen, es lebt sein eigenes Leben, es hat viel mehr gesehen als wir beide zusammen, und es weiß viel mehr als wir. Schon allein deshalb verdient es Achtung.«

»Das bestreite ich gar nicht, Harry. Ich versuche ja, es zu achten.«

Harryboy stand auf und ging die Straße entlang. Ich folgte ihm. Dieses fünfzehnte Jahrhundert hier war nichts als ein riesiger Betrug, Lametta, billiges Bonbonpapier. Und Harry, so ergeben er ihm auch war, war nicht im Stande, es glaubhaft zu verkörpern. Dabei ist es ganz einfach, Harryboy, was dir fehlt, ist lebendiges Fleisch, sonst nichts. Du solltest öfter mal mit einer Frau schlafen oder dich ab und zu mal in der Kneipe »Zum Jungfrauenheim« voll laufen lassen und dann mit dem Fahrrad durch die Gegend rasen und ein paar Mal von der Brücke fallen – es wäre alles einfacher für dich. Aber du hast immer nur mit toten Gegenständen zu tun gehabt, und das will niemand ...

»Harry! Warten Sie!«, schrie ich, aber er schaute sich nicht einmal um.

Erst ganz am Ende der Straße konnte ich ihn einholen.

»Sie wollten etwas Authentisches sehen, Katrin«, stieß er hervor. »Es gibt hier etwas Authentisches: das einzige Haus, das die Flutkatastrophe überstanden hat. Wir haben es nicht angerührt, alles ist so geblieben, wie es war.«

»Großartig. Wird dort das Bild aufbewahrt?«

»Aber nein! Das Bild braucht eine spezielle Umgebung, Raumtemperatur und Lüftung müssen genauestens reguliert werden. Feuchtigkeit greift es an. Das Haus, das ich meine, gehörte Rogier Longteren, dem Fischhändler. Lukas hatte die oberste Etage als Atelier gemietet; leider ist sie nicht erhalten geblieben. Nur das Erdgeschoss steht noch, in dem sich das Fischgeschäft befand.«

Jetzt übernahm Harryboy die Initiative: Er schritt vor mir her durch eine Tür mit reich verzierter Einfassung. Also von hier hatten seine Restaurateure ihre Inspiration bezogen! Der halb verwitterte, vom Meer zerfressene Stein ließ noch immer deutlich die bizarren Formen märchenhafter Seeungeheuer erkennen. Ich hätte schwören können, dass solche Wesen jenem Rogier Longteren niemals ins Netz gegangen waren.

Ich folgte Harry ins Innere des Hauses. Hier gab es keinerlei Hausrat, die schmalen hohen Fenster waren ohne Scheiben, nur nackter Stein und der bleierne Himmel darüber – statt eines Daches. Ich berührte mit den Fingerspitzen die Wand – und sie reagierte augenblicklich; so wie ein menschlicher Körper auf eine Berührung reagiert.

Mir wurde seltsam zu Mute. Diese Wände hatten wirklich vieles gesehen. Ich zog meine Hand erschrocken zurück und drehte mich zu Harryboy um.

Er lächelte zufrieden über die Wirkung, die er erreicht hatte.

»Wie gefällt Ihnen das? Ist das etwas Authentisches, Katrin, ist das echt?«

»Ja, das ist es.«

»Das Bild ist gleich hier nebenan.«

Ich fühlte mich spürbar wohler, als wir dieses Gespenst eines Hauses, des Fischladens von Rogier Longteren, verließen. Diese lebendige Erscheinung des späten Mittelalters war doch etwas zu viel für mich.

Unmittelbar neben dem Skelett des Fischhändlerhauses stand ein anderes Gebäude, das offenbar erst vor kurzem errichtet worden war. Dieses Haus hatte mit der übrigen Inselarchitektur nichts gemeinsam, es war ein schlichter Würfel, der sich aus lauter kleineren Würfeln zusammensetzte: poröser Kalkstein, ein Material, das fast über die Wärme eines menschlichen Körpers verfügt. Oberhalb dieses Würfels thronte eine gläserne Kuppel. Harryboy schloss die Tür auf. Dies war anscheinend die einzige Tür auf der Insel, die abgeschlossen wurde.

»Bitte, seien Sie vorsichtig«, flüsterte er.

»Warum?«, fragte ich genauso leise.

»Das Bild reagiert empfindlich auf Fremde.«

»Sieh an, was für ein Sensibelchen!«

Einige Minuten hielten wir uns in einer winzigen Garderobe auf – oder einem Raum, der aussah wie eine Garderobe. Harryboy zog seine Schuhe aus und forderte mich auf, dasselbe zu tun.

»Es gibt zwei Säle«, sagte er. »Im ersten finden Sie alles, was wir über Lukas van Ostrea und seine Zeit zusammentragen konnten. Auch mehrere Gemälde, die seinen Nachfolgern zugeschrieben werden.«

»Hatte er Nachfolger?«

»Ja. Aber keiner von ihnen erreichte auch nur im Ansatz das Können eines Lukas van Ostrea. Man sagt, er habe seine Farben nach einem geheimen Verfahren hergestellt, das er selbst entdeckte. Dieses Geheimnis ging allerdings mit seinem Tod verloren ...«

Ich dachte an die Farben unserer »Reiter« – sie hatten über die Jahrhunderte nichts von ihrer Leuchtkraft eingebüßt.

Harry führte mich in den ersten Saal. Die Wände in diesem Raum waren mit gedunkelter Eichentäfelung ausgekleidet und die Fensterpfosten mit Kupfer belegt. In Glasvitrinen ruhten alte Manuskripte, Radierungen und Handzeichnungen.

»Das ist ein Geschenk der Universität von Utrecht. Dies hier ein Geschenk der Universität von Rotterdam. Und dieses Buch kommt aus der Münchner Pinakothek«, kommentierte Harry. »Das sind alles Dinge, in denen in irgendeiner Form von Lukas van Ostrea die Rede ist ...«

Harrys Gesäusel beeindruckte mich nicht im Geringsten. Das fünfzehnte Jahrhundert war für mich einfach viel zu weit entfernt. Vielleicht würde mich ja die Begegnung mit dem Mittelteil des Triptychons ein wenig aufmuntern.

Aber das interessanteste Ausstellungsstück war für mich immer noch Harryboy selbst. Die Metamorphosen, die auf dem Weg nach Harlingen begonnen hatten, setzten sich fort. Erst hier, in diesem winzigen Museum, lebte er richtig auf.

Harry trat zu der Tür, die in den Hauptsaal führte, und stieß sie mit theatralischer Geste auf.

»Kommen Sie, Katrin.«

Und ich trat ein.

Das Bild befand sich an der gegenüberliegenden Wand hinter einem dicken Schutzglas. Seine Abmessungen stimmten mit denen der »Reiter« überein, das heißt, es war nicht besonders groß. Und doch füllte es den Raum vollkommen aus. Es schwebte gleichsam über dem Saal, von weichem, fließendem Licht umhüllt, das von der Decke, von den sterilen weißen Wänden und von dem hellen Fußboden ausging. Das futuristische Interieur, das das Bild in seinem Zentrum barg, schien ganz und gar nicht unpassend. Im Gegenteil, es trat taktvoll in den Hintergrund und erlaubte dem Betrachter, sich vollkommen auf das letzte Werk Lukas Austers zu konzentrieren.

Langsam ging ich auf das Bild zu.

Der Mittelteil, Harryboy hatte Recht.

Die Darstellung zeigte alle Ereignisse nach dem Erscheinen der apokalyptischen Reiter in präziser chronologischer Folge.

Der Anblick des Jüngsten Gerichtes ließ mich erschaudern: brennende Städte und sinkende Schiffe, schreckliche Ungeheuer, die die Sünder verschlangen, die Engel des Todes – und das Tier ... Das Tier, dessen Zahl die 666 ist. Alle seine sieben Köpfe waren abstoßend und wunderschön zugleich. Mich ergriff auf einmal panische Angst: Was, wenn es plötzlich das schwache Glas durchbräche und sich die Lava aller menschlichen Sünden über die Insel ergösse und sie verschlänge? Und danach frisst sie das Meer und die Küste und das ganze winzige Holland ... Mein Blick hastete über das Bild, in der Hoffnung, irgendeinen Halt, eine Stütze zu finden, irgendeine Rettung vor dem Tier.

Aber es gab keine Rettung.

Das Tier nahm von mir Besitz, es hob seine sieben Köpfe, und ich sah in seinen Gesichtern menschliche Züge: wunderschöne Augen, üppig geschwungene Lippen, aufreizend gebogene Wimpern ...

»Katrin!«

Widerwillig riss ich mich von dem Bild los.

»Sie stehen jetzt schon seit einer halben Stunde davor, Katrin.« Wie durch einen Nebel drang Harrys Stimme zu mir. »Es ist ein großartiges Bild, finden Sie nicht?«

»Es ist der Triumph des Bösen«, sagte ich schaudernd und hasste mich jetzt für diese halbe Stunde schamloser Intimität mit dem Tier. »Wie konnte Gott das zulassen?«

»Sie glauben doch nicht an Gott, Katrin ...«

»Es wäre besser, ich glaubte an ihn. Lassen Sie uns gehen, Harry.«

Als ich den Saal verließ, hatte ich nur den einen Gedanken – wieder hierher zurückzukehren. Ich brauchte sehr lange, um meine »Caterpillar« zuzuschnüren, erheblich länger, als man normalerweise dafür braucht. Der Holländer hatte mich mit meinen unschicklichen Gedanken vor dem Bild ertappt, und jetzt versuchte ich krampfhaft, den Anschein zu erwecken, als hätte es auch nicht den leisesten Hauch eines unschicklichen Gedankens gegeben.

Auf dem Weg zurück zu Harryboys Refugium sprach keiner von uns ein Wort. Erst dort fühlte ich mich außer Gefahr. Harry zeigte sich von seiner besten Seite, er machte auch im Haus keinen Versuch, mit mir zu reden. Ich streckte mich auf der schmalen Pritsche aus und schloss die Augen. Es gab keine

Hoffnung. Lukas Auster hatte die Sünde so reizvoll gemacht und die Buße so süß, dass man nicht widerstehen konnte. Auch ich, das praktische russische Mädchen Katja Solowjowa, konnte nicht widerstehen. War es das, weswegen sich die Bürgermeisterstochter Katrin in den Schöpfer dieser Bilder verliebt hatte?

»Es ist bedauerlich, dass die Heilige Inquisition Ihren vergötterten Maler nicht in die Finger gekriegt hat, Harry!«

»Warum?« Harry schob seine Nase diskret ein Stück hinter der Trennwand hervor.

»Sie hätte diese Gotteslästerung im Keim erstickt, und alle Probleme hätten sich erledigt.«

Und der alte Goldman wäre noch am Leben, fügte ich im Stillen hinzu. Und der begnadete Dieb Bykadorow hätte noch so manch eine Frau verführt. Und Ljocha Titow könnte immer noch sein Erdölimperium regieren ...

»Sind Sie böse auf das Bild, Katrin?«

»Ich bin böse auf mich selbst.«

»Ich kann Sie verstehen ...«

»Beenden wir das Thema.«

»Gut.« Er war erstaunlich nachgiebig; aber er hatte ja auch erreicht, was er wollte. Ich hatte das Bild gesehen, und es hatte mich gepackt. Er war selbst Zeuge davon gewesen.

Nein, ich konnte mich nicht geschlagen geben, weder Lukas Auster noch Harryboy. Ich sprang vom Bett auf und lief nervös im Zimmer hin und her. Ich musste mich beherrschen, um nicht das Delfter Porzellan vom Kaminsims zu fegen und auf den Fußboden zu knallen.

»Nein, wir beenden das Thema noch nicht, Harry!«, rief ich erregt, und sofort kam er wieder hinter seiner Trennwand hervor, setzte sich in den einzigen Sessel und starrte mich an.

»Ich höre Ihnen zu, Katrin.«

»Das ist einfach Teufelswerk, reines Teufelswerk. Und Sie dienen ihm, Sie sind ein Satanist, Harry! Sie haben erzählt, er habe dieses Triptychon für einen Altar geschaffen?«

»Für den Altar der Kirche der heiligen Agatha, so steht es in den Chroniken. Leider ist die Kirche selbst nicht erhalten geblieben.«

»Sie konnte unmöglich erhalten bleiben. Wie sollte eine Kirche erhalten bleiben, die über ihrem Altar die Botschaft des Teufels trug.«

»Warum des Teufels?«

»Weil dort nirgendwo das geringste Zeichen von Gott zu sehen ist. Kein Zeichen, keine Hoffnung. Alles ist erlaubt. Dieses Werk ist eine einzige Rechtfertigung für die Sünde. Sie verwahren auf Ihrer Insel die Rechtfertigung für die Sünde, und zwar jeder Sünde, auch der Todsünde!«

»Und was ist Schlechtes daran?« Harry strich sich mit seinen schlanken Fingern über das Kinn und lächelte mich an.

Dieses Lächeln stieß mich vor den Kopf wie ein unerwarteter Schlag aus dem Hinterhalt.

»Wie ist das Bild eigentlich in Ihren Besitz gekommen, Katrin?«, fragte Harry plötzlich.

Ich hatte alles Mögliche erwartet, außer dieser Frage. Darauf war ich nicht vorbereitet. Harry sah mich durchdringend an, seine Augen zogen mich aus, Stück für Stück: Sie schnürten sorgsam meine Stiefel auf, streiften mir die Jeans und das Hemd ab. Dann kamen Haut und Muskeln an die Reihe und schließlich das Herz, das auf einmal ganz leer war. Er wollte bis zum Kern gelangen, zu dem Wissen, das nur Lawrucha, Sheka und ich besaßen.

»Aber das wissen Sie doch selbst, Harry«, stammelte ich. »Sie kennen Lawrucha sehr gut, er ist durch einen unglaublichen Zufall auf dieses Bild gestoßen ...«

»Ja. Ich weiß es. Aber was ist die Wahrheit?«

Hat etwa dieser verdammte Idiot Lawrucha in seinem Suff alles ausgeplaudert? In den letzten Tagen vor Harrys Abreise hatten die beiden verdächtig häufig zusammengeklebt, wie Pech und Schwefel ... Lawrucha wäre das durchaus zuzutrauen; wenn er genug »Baltika«-Bier intus hat, weiß er nicht mehr, was er tut. Verdammt, apropos »Baltika« – die beiden Flaschen kullerten immer noch in meinem Rucksack herum –, ein Gruß aus dem Venedig des Nordens. Ich musste sie Harry endlich übergeben. Aber ich würde ihm ganz bestimmt nicht erzählen, dass ich das Bild schlicht und einfach einem Toten geklaut hatte!

»Ich habe ein Geschenk für Sie, Harry. Von dem Besitzer des Bildes, dem Vorbesitzer«, sagte ich mit Nachdruck.

»Von wem?«

»Von Lawrucha.«

»Ich glaube kaum, dass er der Vorbesitzer war. Geben Sie mir Ihr Geschenk.«

Ich brachte die Bierflaschen aus dem Rucksack zum Vorschein und überreichte sie Harry.

»Wunderbar«, sagte er. »Die werden wir zum Abendessen trinken. Obwohl ich russisches Bier nicht so besonders mag ...«

Die Aussicht, noch eine weitere Nacht hier zu bleiben, behagte mir überhaupt nicht; ich wollte diese verdammte Insel mit ihrem aufreizenden Bild noch vor Einbruch der Dunkelheit verlassen. Aber anstatt mich ans Festland zu bringen, lud Harry mich zum Abendessen ein.

»Darauf war ich eigentlich nicht eingestellt«, sagte ich zaghaft. »Ich habe das Bild ja jetzt gesehen ... Die ›Reiter‹ sind wohl tatsächlich der linke Flügel Ihres Triptychons ... Sie haben mich überzeugt ... Das Bild befindet sich bei mir in Petersburg ... Ich habe Ihnen schon gesagt, ich bin bereit, mich dafür einzusetzen, dass das Bild nach Holland kommt. Zu Ihnen, Harry ...«

»Darüber bin ich sehr froh, ich habe es mir schon so lange gewünscht ...«

Ich frage mich nur, wie lange und wie sehr du dir das gewünscht hast ... Harrys Zimmer – der Computer, der Kamin, all die Manuskripte und Fotografien – verschwammen mir vor den Augen; und Harry selbst verwandelte sich mit rasender

Geschwindigkeit von einem höflichen Wissenschaftler in einen Feind, der mir seine Bedingungen diktierte. Ich war jetzt beinah sicher, dass er ganz genau darüber Bescheid wusste, wie wir an das Bild gekommen waren. Er wusste es und wollte es sich zu Nutze machen.

»Ich möchte gern fahren, Harry.«

»Wann?«

»Heute. Ich fahre nach Russland zurück und kümmere mich sofort um alle Formalitäten. Sie wollen doch sicher, dass es möglichst schnell hier bei Ihnen ist?«

»Auf einen Tag mehr oder weniger kommt es nicht an. Ich habe Ihnen noch nicht alles gezeigt.« Er machte sich offen über mich lustig.

»Mir ist das vollkommen genug, was ich gesehen habe, ich bin überwältigt, Lukas ist wirklich ein großartiger Maler ...«, stieß ich in einem Atemzug hervor.

Ich wollte nicht länger bleiben: Harrys zweideutiges Lächeln stand noch vor meinen Augen, und seine Worte, dass die Rechtfertigung aller Sünden die ehrbarste, gottgefälligste Sache der Welt sei, klangen mir noch im Kopf. Was hatte er wohl damit gemeint?

»Fahren Sie mich zum Festland, Harry?«, fragte ich.

»Es tut mir Leid.« Er lächelte wieder und hob entschuldigend die Hände.

»Was soll das heißen: ›Es tut mir Leid?‹«

»Ich wollte Ihnen nicht die Laune verderben ... Ich dachte, Sie würden sowieso einige Tage hier bleiben, solange, bis der Techniker zurückkommt ... Er kennt sich mit der Maschine aus.«

»Mit was für einer Maschine?«

»Es ist nämlich so, dass der Motor heute Morgen gestreikt hat. Und zum Rudern ist es zu weit.«

»Was heißt das: ›Der Motor hat gestreikt‹?«

»Ich weiß nicht, er funktioniert einfach nicht mehr. Ich verstehe nichts von Motoren.«

Er sah mir direkt in die Augen. Es war der reine Hohn.

»Aber ... Sie können doch jemanden von der Küste hierher bestellen? So weit ist das doch nicht ... Außerdem haben Sie ein Telefon, im Dorf wird doch bestimmt ein Mechaniker zu finden sein ... Ich bezahle es.«

»Darum geht es nicht. Nur, erstens ist heute Sonntag ...«

Tatsächlich, es ist Sonntag, verflucht nochmal. Ich bin gestern in Amsterdam angekommen, am Samstag. O Gott, war das wirklich erst gestern?

»Und zweitens?«, fragte ich. Harry lächelte wieder.

»Und zweitens, wie gesagt: Die Leute hier in der Gegend mögen die Tote Stadt Ostrea nicht so besonders.« Harryboy legte die Betonung auf »hier«. »Man kriegt sie nicht auf die Insel.«

»Und was machen wir jetzt?«, fragte ich dumm.

»Abwarten. Piet kommt übermorgen zurück. Kein Problem, Katrin.«

»Wer ist Piet?«

»Der Techniker.«

Ich allein mit zwei Männern, und das nach dieser letzten Nacht. Ich dachte daran, wie seltsam Harry mich angesehen hatte. Was hatte das zu bedeuten, und warum hatte er mir diese Geschichte von der Tochter des Bürgermeisters erzählt, warum wollte er mich so plump erschrecken?

»Ich habe nur ein Zehntage-Visum ...«, sagte ich schwach. Ich gab eine Bastion nach der anderen auf.

»Aber Sie sind ja gestern erst angekommen. Sie haben noch viel Zeit.«

Viel Zeit wofür? Unser Gespräch schien mir von Minute zu Minute absurder: eine hysterische Tussi, die völlig durchdreht, und ein sittsamer Wissenschaftler, der versucht, sie zu beruhigen. Warum regte ich mich überhaupt so auf? Vielleicht hatte der Motor ja wirklich den Geist aufgegeben? Ich musste mich zusammenreißen und versuchen, den Grund meiner plötzlichen Panik herauszufinden. Inzwischen wurde Harry von einer Flut von E-Mails zugeschüttet. Ich ließ ihn damit allein, zog meine Jacke an und schlich mich aus dem Haus.

Das Boot schaukelte immer noch friedlich auf den Wellen. Ich gab ihm einen Tritt gegen die Bordkante – ein nutzloser Trog, ein Stück Blech, ein Verräter, das bist du! Aber dann besann ich mich einen Moment und sprang hinein: Dies war ein verhältnismäßig sicherer Ort, vielleicht der einzige Ort, der mich vor meinen eigenen aufrührerischen Gedanken schützen konnte. Wenn ich jetzt anfing, mich auf der Insel herumzutreiben, würden mich meine Füße unvermeidlich zur Wohnstatt des Bildes führen. Und ich wollte nicht, dass es so weit Besitz von mir ergriff, wie es von Harryboy Besitz ergriffen hatte. Ich hatte schon genug Probleme mit den »Reitern« ...

Ich saß auf der harten, feuchten Bank und starrte blicklos vor mich hin. Ich versuchte, meine Gedanken zu ordnen, aber es wollte mir nicht gelingen – zu magisch wirkte diese Landschaft um mich herum: die schweren Wellen, die aussahen wie aus Sand und deren behäbige Kämme den Kämmen der Dünen glichen. Sollte sich irgendwann einmal das TIER aus dem Meer erheben, so fände es nirgendwo einen besseren Ort als diesen.

Die Verlockungen der Sünde, hatte Harry gesagt, das sei absolut nichts Schlechtes. Ein richtiger Wissenschaftler ist immer ein Philosoph, und auch Harryboy bekennt sich zu einer bestimmten Philosophie. Er wurde niemals angenagt vom Rost des wirklichen Lebens – aber nur dadurch entstehen die einfachsten menschlichen Gefühle. Von solchen Dingen ist Harry vollkommen frei, jede Regung des Herzens ist für ihn nur ein logisches Schema ... Es ist vielleicht einfach, sich ein Schema für einen Mord auszudenken, aber ein Schema für das Leben – so etwas wäre nichts als ein nutzloses Blatt Papier.

Ich schüttelte mich: Wie kam ich auf diesen Gedanken – Schema für einen Mord? Wer redete denn von Mord? Ich war wohl doch ein wenig übergeschnappt von all dem, was ich im vergangenen Sommer erlebt hatte. »Absolut effektiv, keine

Spuren«, so lautete doch die seltsame Nachricht, die Harryboy aus Amerika bekommen hatte. Genau dasselbe geschah jetzt mit mir: Mein sonst so besonnenes, kühles Hirn trieb hilflos in einem Strom aus Verbrechen und ging langsam unter. Vielleicht würde es bald einfach ertrinken. Und zurück blieben ...

... keine Spuren.

Was bedeutete das – keine Spuren?

Und was hatten Harrys Verdächtigungen zu bedeuten? »Wie ist das Bild in Ihren Besitz gekommen?« Lawrucha war ein Esel, niemand außer ihm hatte das dem Holländer auf die Nase binden können. Niemand außer Snegir, Sheka und mir kannte den vorherigen Besitzer des Bildes. Nicht einmal die Miliz, mit Hauptmann Maritsch an der Spitze, hatte irgendwelche Beweise gegen uns gefunden ...

Es schien mir auf einmal ziemlich sinnlos, hier auf der Bank zu hocken und ungelegte Eier auszubrüten. Ich stand auf und ging nach vorn zum Steuer. Der Zündschlüssel steckte im Schloss. Ich versuchte den Motor anzulassen. Ich hatte ein wenig Erfahrung im Steuern von Wasserfahrzeugen – zum Glück wusste Harry nichts davon. Nach dem bildhauernden Swan mit der viel zu hohen Stirn, der mich bis zum Abwinken mit Volkskunde und Filmen von Tengis Abuladse gepeinigt hatte, war ein neuer Verehrer in mein Leben getreten; und der war Eigentümer eines Ausflugsbootes. Einen ganzen Sommer lang fuhr ich unter seiner Anleitung kreuz und quer durch die Flüsse und Kanäle Petersburgs, und manchmal veranstaltete ich für meine Malerfreunde eine Party an Deck. Diese Feten auf dem Wasser erfreuten sich großer Beliebtheit, und mein Meerwölfchen ertrug tapfer den Mehrverbrauch an Kraftstoff. Als die Ausflugs-Saison schließlich vorbei war, gab ich ihm den Laufpass; aber Bootfahren hatte ich gelernt.

Ich setzte mich also ans Steuer und drehte den Schlüssel: Die Ladeanzeige leuchtete auf, aber der Motor ruckte nur ein paar Mal widerwillig, nieste kräftig und verstummte. Nach dem fünften Versuch sah ich ein, dass meine Mühen vergeblich waren, und spuckte wütend in die Nordsee. Harryboy hatte nicht gelogen: Der Motor funktionierte nicht.

Der Motor streikt, der Techniker kommt erst übermorgen, und Harryboy hat mir zu verstehen gegeben, dass er erheblich mehr weiß, als er wissen sollte. Der verdammte Snegir hat mich verraten. Wenn ich zurück bin, werde ich mal ein ernstes Wörtchen mit ihm reden. Fragt sich bloß, wann das sein wird.

Tja, die Antwort darauf weiß ganz allein der Wind. Ich lächelte freudlos ...

Noch ein letztes Mal versuchte ich, den Motor zu starten, wieder ohne Erfolg.

Harryboy persönlich konnte den Motor außer Betrieb gesetzt haben. Nach dem sechsten und letzten Versuch stand mir dieser Gedanke so klar vor Augen, dass ich selbst überrascht war. Diese Folgerung war das Ergebnis einfacher Logik. Warum war ich nicht schon früher darauf gekommen, warum hatte ich Harry so naiv geglaubt?

Am Vortag, als wir auf der Insel angekommen waren, hatte der Motor noch kein Zeichen von Verdruss zu erkennen gegeben, er hatte uns brav und ohne zu mucken ans Ziel gebracht. Am Abend hatte sich Harryboy nicht im Geringsten für den Motor interessiert. Weshalb war ihm also an diesem Morgen plötzlich eingefallen, daran herumzufummeln und ihn zu überprüfen? Er hatte doch gar nicht vorgehabt, irgendwohin zu fahren ... Warum überprüft man den Motor, wenn man gar nicht fahren will?

An diesem einfachen und klaren Gedanken hakte ich fest und hatte plötzlich keine Lust mehr weiterzudenken: Wer konnte sagen, wohin das führte, wenn man dieser Frage allzu gründlich nachging. Obwohl die Antwort ohnehin auf der Hand lag: Harryboy wollte, dass ich auf der Insel blieb.

Aber wozu?

Meine Hände waren kalt geworden. Ich ließ das nasse Steuerrad los und schob sie unter die Jacke, um sie aufzuwärmen. In der Innentasche steckte ein flacher, eckiger Gegenstand. Ohne zu überlegen, zog ich ihn hervor, und erst als ich sah, was es war, begriff ich, dass ich vorhin in der Eile Harrys Jacke statt meiner angezogen hatte. Unsere beiden Jacken waren vollkommen identisch, es war nicht verwunderlich, dass ich sie verwechselt hatte.

In meiner Hand hielt ich Harrys Pass.

Eher aus Neugier als mit einer bestimmten Absicht öffnete ich das wichtigste Papierchen Lambert-Harry Jakobs, Staatsbürger des Königreichs der Niederlande.

In dem Pass klebte das gleiche Foto, das ich schon im »Bulletin der Britischen Akademie« gesehen hatte. Harryboy ließ sich anscheinend nicht so gern fotografieren. Ich betrachtete eine Weile versonnen seine Professorenbrille, dann blätterte ich weiter. Der Pass war übersät mit Visastempeln: Amerika, Japan (was hat er wohl in Japan gemacht?), Ägypten, Peru ...

Und Russland.

Zwei russische Visa.

Das wunderte mich etwas. Im Juli, als wir Harryboy kennen gelernt hatten, hatte er Lawrucha und Wanja erklärt, er sei zum ersten Mal in Russland. Aber sein erstes russisches Visum war auf Februar datiert! Aus welchem Grund sollte es der ehrbare Harryboy nötig haben zu lügen? War es nicht vollkommen egal, wie oft er schon in Russland gewesen war? War es nicht ganz gleichgültig, ob er im Juli oder im Februar zum ersten Mal dort war?

Februar ... Irgendetwas Wichtiges war im Februar passiert. Ich presste die Hände an die Schläfen – und die Lösung kam ganz von selbst.

Im Februar war Arkadij Arkadjewitsch Goldman gestorben.

Ja, jetzt erinnerte ich mich genau. Die Todesanzeige in der Zeitung, und dann das Treffen mit seinem vor Angst wie gelähmten Neffen. Als ich ihn fragte, ob irgendwelche Experten das Bild begutachtet hätten, hatte er erzählt, seiner Meinung nach hätte sein Onkel mehrere Gutachter bestellt und mindestens einen sogar aus dem Ausland kommen lassen.

Einen aus dem Ausland. Auch Harryboy war Kunstexperte, das durfte man nicht vergessen. Vielleicht hatte seine Reise nach Russland gar nichts mit Arkadij Arkadjewitsch zu tun gehabt, aber warum hatte Harry uns nicht gesagt, dass er früher schon einmal in Russland gewesen war? Warum hatte er diese Reise verheimlicht?

Am einfachsten wäre es, Harry selbst zu fragen. Aber aus irgendeinem Grund wollte ich das nicht. Wäre nicht dieser blöde Motor gewesen, der doch nicht von selbst kaputtgehen konnte ... Und wäre nicht diese blöde, künstlich trockengelegte Insel gewesen – auf der wir beide ganz allein waren; nur wir beide und dieser Mittelteil des Triptychons, das er vergötterte.

Und sonst gar nichts.

Im Sommer, als ich – ohne zu einem Ergebnis zu kommen – die Möglichkeit eines vorsätzlichen Mordes an Alexej Titow überdachte, hatte ich mich an eine beliebte Formulierung aus meinen Frauenkrimis (»Schnüffelowas«, wie Lawrucha gesagt hätte) gehalten.

Suche nach dem, dem es nutzt.

Titows Tod nutzte seinen Konkurrenten – um das herauszufinden, brauchte man kein Orakel. Aber in Titows Villa hatte sich keiner seiner Konkurrenten aufgehalten – das waren alles gute und vertrauenswürdige Freunde gewesen, die Titow selbst eingeladen hatte. Und Ljocha war, aufgrund seiner einschlägigen bösen Erfahrungen, äußerst vorsichtig gewesen.

Schon damals hatte ich an Harryboy gedacht: Ich hatte ihn dort im Arbeitszimmer angetroffen, und er träumte leidenschaftlich davon, das Bild zu besitzen. Ljochas Tod kam ihm sehr zustatten. Und alles kam genau so, wie der Holländer es wollte. Aber damals hatte ich ihn von der bescheidenen Liste der Verdächtigen gestrichen, und zwar nur aus dem Grund, weil ich glaubte, er könne mit den beiden vorherigen Morden nichts zu tun gehabt haben. Ich glaubte, er wäre in diesem Sommer zum ersten Mal in Russland gewesen.

Doch jetzt hielt ich seinen Pass in der Hand, und der sagte etwas ganz anderes.

Im Februar.

Warum hatte er gelogen?

»Katrin!« Harrys Stimme erklang hinter mir, und ich zuckte zusammen. »Wo stecken Sie denn, Katrin?«

»Hier bin ich. Ich wollte nur ein wenig Luft schnappen.« Schnell versteckte ich Harrys Pass in der Innentasche der Jacke.

Harryboy kletterte ins Boot und setzte sich mir gegenüber auf die Bank. Er trug die gleiche Jacke wie ich. Meine Jacke. Bestimmt wusste er ganz genau, wo er seinen Pass verstaut hatte, und er brauchte nur in die Tasche zu fassen ... in genau die gleiche Tasche ... und er würde sofort merken, dass sein Pass nicht da war. Oder hatte er es schon bemerkt und war genau deshalb hierher gekommen? Er würde mich ertränken wie ein Katzenbaby, in dem engen Spalt zwischen dem Boot und dem Steg. Genau das hatte er doch gemeint, als er mir in der Nacht die Geschichte vom Tod der Bürgermeisterstocher erzählte, die mir so ähnlich sei.

Absolut effektiv, keine Spuren.

Das Bild stand mir plötzlich so deutlich vor Augen, dass sich meine Hände unwillkürlich an der Bank festkrallten. Aber so einfach ergebe ich mich nicht, er ist kein allzu kräftiger Bursche, dieser Harryboy ...

Der nicht allzu kräftige Harryboy sah mich an und lächelte. Nur flößte mir jetzt sogar sein schüchternes Lächeln, an das ich mich inzwischen schon gewöhnt hatte, Angst ein. Ich hatte nicht die geringste Ahnung, was er im Schilde führte.

»Herrliche Aussicht hier.« Ich sagte das Erste, das mir einfiel.

Es war keine besonders passende Bemerkung: Vom Boot aus sah man nur die Anlegestelle, ein Stück von Harrys Haus und das graue freudlose Meer.

»Ich genieße sie seit fünfzehn Jahren«, pflichtete Harry mir bei. »Ich kann nirgendwo anders leben, ich habe mich daran gewöhnt. Sie werden sich auch bald daran gewöhnen. Man gewöhnt sich schnell an die Insel ...«

Was will er damit nun schon wieder sagen ...

»Aber sonst scheint es niemanden hierher zu ziehen.«

»Das Bild hat Sie sehr beeindruckt, das habe ich Ihnen angesehen. Es hat Sie wirklich berührt. Aber das Bild ist ein Teil der Insel. Oder die Insel ist ein Teil des Bildes. Verstehen Sie mich, Katrin?«

»Nicht so ganz. Lassen Sie uns reingehen, Harry. Mir ist kalt.«

Da tat er etwas, das ich absolut nicht erwartet hatte. Er beugte sich zu mir herüber, nahm meine Hände und führte sie an sein Gesicht. Sein Atem war sanft und brennend zugleich, und diese theatralische Geste war mir nicht sehr angenehm, aber ich hielt es für besser, still zu halten. Solange Harryboys Hände mit mir beschäftigt waren, konnte er nicht in seine Jackentasche greifen und entdecken, dass der Pass nicht mehr drin war.

»Hat Ihnen Petersburg gefallen, Harry? Sie waren doch zum ersten Mal in Russland ...« O Gott, welcher Teufel reitet mich da?

»Ich weiß nicht. Ich habe ein etwas gestörtes Verhältnis zu großen Städten ... Ich glaube, wenn Amsterdam ihnen in die Hände fiele, sähe es ein paar Hundert Jahre später genauso trostlos aus.«

»In wessen Hände?«

»In ihre – der Russen. Sie sind viel zu sehr mit ihrer Seele beschäftigt und mit ihrer Politik, um ihre Aufmerksamkeit an solche Nichtigkeiten wie Städte zu verschwenden.«

»Sie tun den Russen Unrecht, Harry. Ich bin auch eine Russin.«

»Nein, Sie sind ganz anders ...«

Ganz anders – was meinte er damit? Harry hatte mir schon einmal vorgehalten, ich sei zu pragmatisch ... Oder verglich er mich mit dieser Holländerin, die vor fünfhundert Jahren hier gelebt hatte?

»Warum haben Sie mich hierher bestellt, Harry?«

»Ich wollte, dass Sie das Bild sehen. Und noch etwas anderes ... Sie sind sehr klug, Katrin. Ich weiß bloß nicht, ob das gut ist oder schlecht ...«

Was sollte das nun wieder heißen? Mir kam diese Szene am Flughafen in den Sinn, als ich Harry meine Mord-Theorie erklärte und er so merklich nervös wurde.

»Wissen Sie, ich hatte einen kleinen Hintergedanken, als ich Sie hierher einlud.«

Tja, der beschädigte Motor ließ daran keinen Zweifel. Am besten spielte ich das naive rothaarige Dummerchen.

»Sie sind unvoreingenommen, Katrin. Ich möchte, dass Sie mir helfen, das Rätsel zu lösen.«

»Ich weiß nicht ...«

»Ich habe das Gefühl, Ihnen könnte es gelingen. Ich glaube, es gibt eine Verbindung zwischen Ihnen und der Insel – und dem, was hier geschah.«

»Das ist doch lächerlich, Harry. Ich bin noch nie weiter als bis nach Ungarn gekommen.«

»Das spielt überhaupt keine Rolle. Sie hatte den gleichen Namen wie Sie, Katrin. Und Sie sind ihr wie aus dem Gesicht geschnitten. Das ist kein Zufall.«

»Und sie hat ein böses Ende genommen, Ihre Bürgermeisterstocher. Ich möchte ungern ihr Schicksal teilen.«

»Das ist nicht zwingend, Sie müssen keineswegs so enden wie sie.«

Harrys Worte klangen so düster, dass ich endlich meine Hände zurückzog. Wollte er mir drohen?

»Und wie sonst?«, fragte ich herausfordernd.

»Oh, Sie haben mich völlig falsch verstanden, Katrin. Wahrscheinlich ist mein Russisch nicht gut genug ... Ich wollte Sie nicht erschrecken, ich wollte nur sagen – das Schicksal bietet viele verschiedene Möglichkeiten ...«

Wie wahr. Ich hatte tatsächlich verschiedene Möglichkeiten gehabt. Ich hätte den Hörer nicht abnehmen müssen, als mich Sheka wegen des toten Bykadorow anrief. Ich hätte das Bild nicht mitnehmen müssen. Und ich hätte nicht nach Holland kommen müssen. Aber ich bin gekommen und sitze jetzt in diesem leblosen Boot, dessen Motor Harryboy absichtlich außer Betrieb gesetzt hat – daran hatte ich jetzt keinen Zweifel mehr.

»Die Möglichkeit eines warmen Zimmers gefällt mir jetzt am besten«, sagte ich, und Harryboy stand sofort auf.

Er sprang auf den Steg und reichte mir galant die Hand. Ich ergriff sie und dachte düster, dass ich seine Hände im Auge behalten sollte.

»Verstehen Sie etwas von Bootsmotoren, Katrin?«

»Wie kommen Sie darauf?«, fragte ich argwöhnisch.

»Ich habe gehört, wie Sie versucht haben, den Motor zu starten.«

Also deshalb bist du so schnell auf der Bildfläche erschienen, jetzt durchschaue ich dich!

»Nein, überhaupt nicht. Der Schlüssel steckte, und da habe ich einfach probiert ... Ich dachte, es funktioniert genau wie beim Auto.«

»Und?«

»Es hat nicht geklappt. Wir müssen wohl doch auf den Techniker warten. Ich weiß nur nicht, was ich zwei ganze Tage auf dieser Insel machen soll.«

»Sie werden sich nicht langweilen, das verspreche ich Ihnen, Katrin.«

Inzwischen waren wir beim Haus angekommen. Harry half mir aus der Jacke, dann zog er seine eigene aus. Ich blieb unter einem Vorwand an der Garderobe zurück und tauschte unauffällig die Jacken aus. Damit war die Gefahr gebannt, vorausgesetzt, er hatte die Verwechslung nicht doch schon bemerkt.

Ich machte es mir auf dem Bett bequem, schlug die Beine übereinander und starrte Harryboy an.

»Also, los, zeigen Sie mir Ihren Vergnügungspark.«

»Vergnügungspark?«

»Ja. Riesenrad, Schießbude, Geisterbahn ... Sie haben mir versprochen, dass ich mich nicht langweile.«

»A-ah ... Sie haben einen originellen Humor, Katrin.«

Harryboy verschwand hinter der Trennwand, hinter der er, zu meiner großen Verwunderung, immer neue Gegenstände hervorzauberte, und kehrte mit einer eleganten Holzleiter zurück. Er stellte sie vor eines der Regale, kletterte auf die oberste Sprosse und zog eine riesige Mappe hervor, wie sie normalerweise zum Aufbewahren von Skizzen und Studien benutzt wird. Er legte die Mappe auf den Fußboden und öffnete sie. Sie enthielt riesige Fotografien vom Mittelteil des Triptychons.

Die Fotos hatten für mich absolut nichts Beängstigendes – ihnen fehlte diese mystische Anziehungskraft, die das Gemälde selbst besaß.

Sie waren völlig ungefährlich.

Mit Vergnügen machte ich mich daran, mir die Bilder anzuschauen. Gebändigt durch das Kamera-Objektiv, wirkte das TIER vollkommen zahm und harmlos. Aus den sieben Köpfen blickte nichts Menschliches mehr hervor, und nichts erinnerte an die Verlockungen der Sünde. In einigen der Figuren und in bestimmten Landschaftsformationen erkannte ich Motive von Bosch, nur waren sie bei Lukas Auster sehr viel raffinierter gestaltet.

»Ich fotografiere dieses Bild jetzt schon seit zehn Jahren«, berichtete mir Harry bereitwillig. »Und jedes Mal finde ich etwas Neues.«

»Vielleicht sind Sie einfach ein unaufmerksamer Mensch?«, bemerkte ich lächelnd.

»Oh doch, ich bin aufmerksam. Sehr aufmerksam«, unterbrach mich Harry, und seine Stimme war plötzlich eiskalt.

Verstehe – wehe, jemand sagt etwas Schlechtes über sein Lieblingsbild! Das verträgt er nicht.

»Entschuldigen Sie, Harry ...«

»Hier, schauen Sie!« Er legte mehrere Fotos vor mich hin, die auf den ersten Blick alle vollkommen gleich aussahen.

»Was für ein Spielchen soll das sein? Suche zehn Unterschiede?«

»Ich verstehe nicht, was Sie meinen ... Dies ist ein Foto, das ich vor sieben Jahren gemacht habe.« Er tippte auf die erste Vergrößerung. »Und das hier habe ich vor fünf Jahren aufgenommen. Das nächste stammt aus dem Sommer 1997. Die Zwischenstadien habe ich absichtlich ausgespart. Sehen Sie es, Katrin?«

Mir fiel an den Fotos nichts Außergewöhnliches auf, und ich gab es offen zu.

»Hier, am Unterleib des TIERES ... Vergleichen Sie.«

Ich hatte nicht die geringste Lust, mir die Weichteile der Zahl 666 anzusehen, und nur aus Respekt gegenüber Harrys leidenschaftlichem Forschergeist warf ich einen flüchtigen Blick darauf.

»Ich habe keine Ahnung, was Sie meinen, Harry ...«

Er schob die Fotos zur Seite und zog ein weiteres Sortiment von Vergrößerungen aus der Mappe. Sie zeigten Detailaufnahmen des Gemäldes: Das TIER, das aus dem Abgrund emporsteigt.

Wieder legte Harry drei verschiedene Fotos desselben Bildausschnittes vor mich hin – in chronologischer Reihenfolge: 1992, 1995 und 1997 – die Jahreszahlen waren mit einem Textmarker in die rechte obere Ecke geschrieben.

Jetzt endlich begriff ich, was er meinte.

Das TIER stieg tatsächlich aus dem Abgrund herauf.

Im Verlauf der sieben Jahre hatte sich sein Körper merklich verlängert. Dieser Bewegungseffekt ließ mich erschaudern – obwohl ich den Grund meiner Angst in diesem Moment noch nicht wirklich begriff.

»Sehen Sie es, Katrin?«, flüsterte Harry, und ich zuckte zusammen. »Sehen Sie es?«

»Ja, jetzt sehe ich es.«

»Es steigt empor.«

Ich kicherte unsicher.

»Was wollen Sie damit sagen, Harry?«

»Nichts. Nur, dass es emporsteigt.«

»Das ... Das ist bloß eine Mystifizierung, Sie wollen doch nicht etwa behaupten, dass ...« Ich brach ab.

»Das ist keine Mystifizierung, Katrin ...«

»Aber das kann nicht sein, geben Sie es zu, Harry.« Ich suchte die Fotos mit den Augen ab. »Es kann einfach nicht sein. Ein Bild ist ein unbeweglicher Gegenstand. In einem Bild kann sich nichts verändern. Das ist einfach Blödsinn. Haben Sie diese Aufnahmen schon mal jemandem gezeigt?«

»Nein.«

»Warum nicht?« Hier, weit weg von dem Bild, vor mir nur sein blasses fotografisches Abbild, konnte ich mir diese Kühnheit, diesen Hochmut erlauben.

»Wem hätte ich es denn zeigen sollen, Katrin. Mir hätte niemand geglaubt. Man hätte mich der Verfälschung verdächtigt. Aber ich schwöre Ihnen, das ist es nicht. Ich fotografiere einfach, sonst nichts. Ich erforsche das Bild – und bin mit meinen Forschungen noch lange nicht am Ziel ... Ich weiß bisher nur: Es ist nicht einfach nur ein Bild – es ist noch etwas anderes.«

Das Feuer im Kamin flackerte hell auf. Ich zuckte zusammen und lachte ungläubig.

»Erzählen Sie keinen Unsinn, Harry!«

»Aber Sie sehen es doch selbst ...«

»Ich sehe nur ein paar ganz gute Fotos. Wer sagt mir, dass es keine Fotomontagen sind ...«

Harryboy hob protestierend die Hände.

»Ehrenwort, ich habe nichts getan, als das Bild auf Zelluloid zu fixieren. Über den Zeitraum der letzten zehn Jahre ... Und vor sieben Jahren begannen diese Veränderungen ...«

Verdammt, einer von uns beiden musste doch irgendwie vernünftig denken können! Nach einem Moment der Besinnung übernahm ich die Rolle des vernünftigen Menschen.

»Wie sind Sie überhaupt auf die Idee gekommen, das Bild mit so beneidenswerter Regelmäßigkeit zu fotografieren, Harry?«

Vor meinen Augen flimmerten auf einmal dunkelrote Wollsocken: Harry flitzte durchs Zimmer, holte aus einem kleinen bauchigen Holzschränkchen eine angebrochene Flasche Brandy hervor und füllte zwei Gläser. Das war genau, was ich jetzt brauchte: unmöglich, Harrys Gefasel mit nüchternem Kopf anzuhören. Ich kippte das bernsteinfarbene Gebräu in einem Zug hinunter, ohne auch nur einen Blick darauf zu werfen. Harry trank noch nicht; er drehte nervös sein Glas in den Händen.

»Das sollten Sie wissen, Katrin ... Sie haben doch mit Galerien zu tun. Und Ihr charming friend Bullfinch ist doch Restaurator, oder nicht?«

»Na und?«

»Man muss ein Bild regelmäßig fotografieren, vor allem ein so altes, man muss seine Oberfläche beobachten, den Zustand der Farbe ... Analysen machen, die Temperatur überwachen ... Das sind elementare Regeln, Katrin.

Ich habe irgendwann die Fotos miteinander verglichen und das entdeckt, was Sie jetzt sehen. In den darauf folgenden Jahren habe ich das Bild dann systematisch fotografiert. Dabei habe ich bemerkt, wie es sich veränderte.«

»Ja. Es verändert sich tatsächlich.« Ich starrte wieder die Aufnahmen an.

»Allerdings kann ich nur die Veränderungen konstatieren. Mehr steht nicht in meiner Macht.« Harryboy trank mit großen, hastigen Schlucken und füllte sein Glas sofort wieder. »Noch einen Brandy, Katrin?«

»Natürlich.«

»Meine Rolle ist jetzt die eines Pförtners, des Apostels Petrus mit dem Schlüssel quasi, nur stehe ich nicht vor dem Paradies ... Verstehen Sie, Katrin?« In seinen Augenwinkeln flackerte sorgsam versteckter Wahnsinn, und unwillkürlich rückte ich von ihm ab.

»Sie sind wohl eher eine Hebamme«, entgegnete ich und

klopfte mit dem gekrümmten Finger auf die Abbildung des TIERES, aber Harryboy wusste meinen Humor nicht zu würdigen.

»Sie sollten sich Ihre Witze sparen, Katrin ... Was wissen Sie über die Apokalypse?«

»Nichts. Ich bin Atheistin, das habe ich Ihnen doch schon gesagt.«

Harry ließ sein Glas stehen, robbte auf den Knien zu der Mappe und zog einen weiteren Stapel von Bildern heraus.

»In der Offenbarung des Johannes steht, dass das TIER nicht allein erscheinen wird.« Harryboy tippte auf eines der Fotos, die einen weiteren Detailausschnitt des Gemäldes zeigten. »Diese Aufnahme ist die zeitlich jüngste. Ich habe sie erst vor kurzem gemacht, nachdem ich aus Russland zurück war ...«

Fast hätte ich gefragt: nach dem ersten oder nach dem zweiten Mal? – Aber ich konnte mich beherrschen.

»Sehen Sie, Katrin, das hier, das ist der, der das Feuer vom Himmel fallen lässt und ›die Bewohner der Erde in Versuchung führt‹, das erste TIER anzubeten. So steht es im Buch der Offenbarungen ...«

Das Ungeheuer war äußerst abstoßend: ein schuppiger Körper, die scharfkralligen Pranken eines Löwen, das Maul von Geschwüren bedeckt, Hörner, spitz und krumm wie Türkensäbel. Ein grelles Licht ging von diesem Monster aus, dessen Strahlen auf die Köpfe der Sünder niederfielen.

»Und jetzt die beiden Vorangehenden.« Harry schob mir zwei weitere Aufnahmen zu. »Das ist der gleiche Bildausschnitt.«

Jetzt sah ich die Evolution des ZWEITEN TIERES, seine Verwandlung aus einem Lamm in ein Monster, mit eigenen Augen. Auf den älteren Aufnahmen war das Licht, das von ihm ausging, noch weich und sanft, es schlich in die wankelmütigen Herzen und hüllte sie ein.

»Das ist eine Mystifikation, eine Fotomontage. Ich glaube Ihnen nicht, Harry.«

Er fasste meine Hände und drückte sie an seine erhitzte Stirn.

»Ich wünschte, ich glaubte auch nicht daran ... Oh, wie sehr wünschte ich mir das, Katrin ...«

Harryboy verstreute die Aufnahmen im ganzen Zimmer, stürzte wieder zu den Regalen und zerrte aus dem untersten Fach einen riesigen Holzkasten hervor. Mit größter Vorsicht brachte er daraus ein uraltes Buch zum Vorschein, einen mächtigen Folianten mit einem Einband aus angekohltem Saffianleder. Zwischen den Einbanddeckeln befanden sich nur wenige Blätter, der größte Teil des Buches existierte nicht mehr. Vorsichtig wendete Harryboy einige Seiten um und fand die Stelle, die er suchte.

»Das ist die Lebensbeschreibung des Lukas van Ostrea, die Biografie des Malers, aus der Feder seines Schülers Just Leeuwen. Leider ist der größte Teil des Manuskriptes im siebzehnten Jahrhundert einem Feuer zum Opfer gefallen. Warum gerade diese Blätter erhalten geblieben sind, weiß niemand ...«

»Vorsehung, wahrscheinlich.«

»Das weiß niemand«, wiederholte Harryboy mit Nachdruck. »Diese Seiten beziehen sich allerdings nicht auf die letzte Schaffensperiode ... Zu der Zeit hatte Lukas noch Schüler, und das geheime Rezept seiner Farbherstellung, das jetzt unwiederbringlich verloren gegangen ist, war noch nicht erfunden. Leeuwen hat Auster nach Antwerpen und Brügge begleitet und noch in verschiedene andere kleinere Städte, je nachdem, wo Lukas seine Aufträge bekam. Er verließ Auster, bevor dieser den Auftrag für das Gruppenporträt der Schützengilde in der Toten Stadt erhielt. Im Grunde genommen ist er vor ihm geflohen. Er schreibt das zwar nicht direkt, aber man kann es zwischen den Zeilen lesen ...«

»Worüber mögen sie sich wohl in die Haare gekriegt haben?«

»Offenbar fing Leeuwen irgendwann an, seinen Meister aus tiefstem Herzen zu hassen. Warten Sie, hier ist die Stelle.« Harry rückte seine Brille zurecht und las ausdruckslos vor. »Ich kann dieses Böse nicht begreifen, das er auf seinen Schultern trägt ... Ich kann nicht einmal sagen, dass es wirklich das Böse ist. Eher ist es ein WISSEN über das BÖSE ...«

»Das ist genauso nebulös wie sinnlos«, meinte ich. »Hat nicht jeder Mensch ein eigenes Wissen über das Böse? Habe ich etwa nicht Recht, Harry? Man kann dieses Wissen nennen, wie man will – wie wär's zum Beispiel mit Intuition? Ist das nicht ein passendes Synonym?«

Harry zuckte zusammen und ließ beinahe das Buch fallen.

»Warum gebrauchen Sie dieses Wort, Katrin?«

»Oh, wenn es Ihnen nicht gefällt, kann ich andere anbieten: Liebe, Hass, Schönheit, Missbildung. Je nachdem, wie Sie den Begriff ›Das Böse‹ interpretieren.«

»Nein«, widersprach Harryboy. »Sie haben zuerst die Intuition genannt.«

»Na und?«

»Lukas Auster verfügte über eine übermenschliche Intuition ... Sie wissen doch, Katrin, die Holländer haben immer gegen das Meer gekämpft. Das Wort ›Niederlande‹ kommt nicht von ungefähr. Im dreizehnten und vierzehnten und auch noch in den folgenden Jahrhunderten wurde unser Land immer wieder von verheerenden Überschwemmungen heimgesucht. Es gab unzählige Opfer, und man unternahm gigantische Anstrengungen, um der Wasser Herr zu werden. Die letzte große Flutkatastrophe war im Jahre 1953. Damals traten Rhein, Maas und Schelde über die Ufer, es starben mehr als 1800 Menschen. Im Jahre 1953, müssen Sie bedenken!«

»Was hat das mit Lukas Auster zu tun?«

»Entschuldigen Sie, ich schweife ab. Im fünfzehnten Jahrhundert gab es ständig Überschwemmungen, viele Opfer, zerstörte Städte. Und Lukas Auster war nicht einmal davon betroffen. Er verließ eine Stadt, und kaum war er gegangen, kam das Wasser. So sah es Just Leeuwen, so sahen es die, die nach Lukas' Tod versuchten, seine Bilder aufzuspüren.«

»Und was glauben Sie?«

»Ich glaube etwas ganz anderes, Katrin, etwas ganz anderes ... Lukas Auster verfügte über eine übernatürliche Intuition – Sie selbst haben dieses Wort ausgesprochen, denken Sie daran. Es war das, was Leeuwen das ›Wissen über das Böse‹ nennt. Es gibt Lebewesen, die Erdbeben im Voraus spüren, Katzen zum Beispiel. Auster spürte Überschwemmungen im Voraus.«

»Ein Seher«, feixte ich.

»Offenbar hatte er gewisse übersinnliche Fähigkeiten. Aber in der Toten Stadt blieb er und ging mit ihr unter. Dieses eine Mal hatte seine Intuition nicht funktioniert.«

»Na, und?«

»Hatte sie nicht funktioniert, oder wollte er nicht, dass sie funktioniert?« Harry rückte seine Brille zurecht. »Was ist, wenn er in diese Stadt gekommen war, um zu sterben?«

Ich lachte nervös, und mein Lachen hallte aus den Ecken des Zimmers wider, klirrte in den Porzellantellern und kehrte zu mir zurück.

»Und warum musste er sterben?«

»Weil jemand anderes geboren werden sollte. Jemand, dem Lukas den Weg bereitet hatte.«

»Und wer soll dieser Jemand sein?« Der Brandy war zu stark, er stieg mir mit solcher Kraft in den Kopf, dass das Gesicht Harryboys, dieser verschreckten Hebamme des TIERES, mir vor den Augen verschwamm.

Die Hebamme mit den funkelnden Brillengläsern wedelte mit den Fotos vor meiner Nase herum.

»Das Tier, Katrin. Verstehen Sie, deshalb!«

Ins Krankenhaus, zum Psychiater, hätte der gute Lawrenti Snegir jetzt gesagt. Aber Snegir war weit weg, in unserem himmlisch friedlichen Petersburg. Und ich hockte auf dieser verdammten Insel, ich sah das Bild, ich sah die Fotos und war fast bereit, es zu glauben.

Aber ich wollte es nicht glauben. Zu viel Brandy ...

»Seien Sie kein Dummkopf, Harry. Glauben Sie etwa, dass am Ende des zwanzigsten Jahrhunderts, nachdem die Sputniks durchs Bolschoj-Theater gesaust sind ...«

»Ich verstehe nicht ...«

»Das ist ein russischer Witz, Harry, entschuldigen Sie ... Glauben Sie wirklich, dass ich hier und heute, im Herbst 1999, diesen ganzen Blödsinn glauben kann?«

»Sehen Sie, jetzt sind Sie auch bei den Zahlen. Lassen Sie die Eins weg und drehen Sie die Ziffern um, dann wird daraus 666.«

»Was für eine tiefsinnige Bemerkung!«

»Hören Sie auf!« Ich fürchtete, Harryboy würde mich im nächsten Moment schlagen, aber er stellte nur mit einer heftigen Bewegung das Glas auf den Fußboden. Der Brandy spritzte über die Fotos. »Lassen Sie mich ausreden.«

»Schon gut, ich höre ja zu.«

»666 – und das TIER steigt empor. Sie haben es selbst gesehen. Sie haben das Bild gesehen. Sie waren fassungslos ...«

»Aber ...«

»Es hat Sie erschüttert, geben Sie es zu.«

»Es ist ein ziemlich starkes Stück, das bestreite ich gar nicht. Und was weiter?«

»Nach der Aussage Hendrik Aertensens ...«

»Ihres törichten Vorfahren ...«

»Ja. Nach der Aussage Hendrik Aertensens war das Letzte, was Lukas van Ostrea gemalt hat, der Altar für die Kirche der heiligen Agatha: das Jüngste Gericht. Die Flut kam in der Nacht, bevor das Triptychon in der Kirche aufgestellt werden sollte.«

»Dreadful unlucky accident«, sagte ich langsam.

Ein schrecklicher Unglücksfall, so hatte Harryboy Titows Tod genannt. Ich hatte mir diesen Ausdruck gemerkt.

»Lukas hätte, seiner Intuition folgend, die Stadt verlassen müssen. Aber er tat es nicht; er blieb. Er blieb, um das TIER herauszulassen. Verstehen Sie?«

O Gott! Langsam dämmerte mir, in welchen Schlamassel ich geraten war. Das tote Boot an der Anlegestelle der Toten Stadt, die Nordsee, die mich vom Festland trennte, ein sonderbares Bild im Herzen der Insel.

Und ein Verrückter.

Wieso hatte ich das nicht eher eingesehen?

Lambert-Harry-Jakobs, der sanfte Harryboy, war über seine Forschungsarbeit am Werk eines wenig bekannten Malers schlicht und einfach verrückt geworden ... Er hatte es ziemlich lange geschafft, sich zu verstellen, sogar ich war darauf hereingefallen.

»Katrin ... Ich bitte Sie, Katrin ... Sie dürfen das nicht falsch verstehen ...«, sagte Harryboy bittend.

»Aber nein ...«, sagte ich so sanft wie möglich, wie man mit einem kleinem Kind spricht. »Das tue ich doch gar nicht. Im Gegenteil, ich höre Ihnen aufmerksam zu, Ehrenwort.«

»Ich sehe es doch ... Ich sehe doch, dass Sie mir nicht glauben. Aber Sie werden mir schon noch glauben ... Oh ja, das werden Sie ...«

Sein starrer Blick war direkt auf meine Nasenwurzel gerichtet. Gleich zieht er eine Leuchtpistole aus der Tasche und jagt mir eine Leuchtpatrone in die Stirn. Und dann bleibt mir gar nichts anderes übrig, als ihm zu glauben. Ich sah mich schwermütig im Zimmer um. Kein besonders günstiger Ort zur Verteidigung, Harryboy hatte sich erheblich vorteilhafter postiert – gleich hinter ihm befand sich der Kamin mit den typischen Utensilien: Zange, Schürhaken und Schaufel. Für diese Gegenstände hätte ich jetzt mein letztes Hemd gegeben.

Kaminzange und Schürhaken – die idealen Werkzeuge, um sich gegen Verrückte zu schützen. Wie gern hätte ich Harry damit eins über seine runde Brille gegeben, aber ich kam nicht an sie heran.

»Harry, Sie müssen das verstehen«, begann ich einen schwachen Versuch der Rechtfertigung. »Ich komme aus einer vollkommen anderen Welt. Ich hatte nie mit Lukas Auster zu tun. Sie können sich überhaupt nicht vorstellen, wie weit ich von all dem entfernt bin. Und Sie wollen, dass ich innerhalb von einer halben Stunde das alles vollständig verinnerliche und alles glaube, was Sie erzählen? Denken Sie doch einmal logisch, Harry, Sie sind schließlich Wissenschaftler. Geben Sie mir etwas Zeit ...«

»Ich weiß nicht, wie viel Zeit wir noch haben.«

Nicht besonders viel, das ist wahr. Übermorgen kommt der Techniker ... Aber kommt er wirklich übermorgen? Und wenn er kommt, woher nehme ich die Gewissheit, dass er nicht genauso durchgeknallt ist wie Harry? Ich sollte mich lieber selbst um den Motor kümmern. Nicht umsonst kenne ich mich ein wenig damit aus, schließlich habe ich oft zugesehen, wie mein Kapitän in Petersburg seinen Schiffsmotor repariert hat ...

Ich bewegte mich in einem Halbkreis durch das Zimmer und rückte der Kaminzange ein wenig näher. Jetzt könnte ich nach ihr greifen. Wenn Harry bloß meine Absicht nicht vorher durchschaute.

Aber Harryboy war viel zu sehr von seinem TIER in Anspruch genommen.

»Ich weiß nicht, wie viel Zeit wir noch haben«, wiederholte er. »Aber Argumente gibt es mehr als genug.«

»Dann schießen Sie los«, willigte ich ein.

»Beginnen wir mit dem Ende. Sie sind meine Kronzeugin, Katrin.«

Dieses Spiel kannte ich doch schon. Allerdings wäre es mir jetzt lieber gewesen, Kirill Alexejewitsch Maritsch säße vor mir.

»Warum ich?«

»Ihre erstaunliche Ähnlichkeit mit dem Mädchen auf dem Bild. Sogar die Namen stimmen überein. Und Sie sind zusammen mit dem verschwundenen Teil des Triptychons in Erscheinung getreten, mehr noch, Sie besitzen diesen Teil. Ich werde jetzt nicht im Einzelnen darauf eingehen, wie Sie zu dem Bild gekommen sind.«

Tu mir den Gefallen, Harryboy!

»Obwohl das durchaus wichtig ist ... Bevor das Bild in Ihre Hände kam, hatten bereits mehrere Menschen ihr Leben verloren, richtig?« Harryboys Haltung hatte sich, während er sprach, auffallend verändert. Er wirkte auf einmal wie ein Untersuchungsführer. Aber woher wusste er von Bykadorows Tod? Wir hatten doch nie darüber gesprochen, genauso wenig wie über Arkadij Arkadjewitsch Goldman, den ersten Eigentümer des Bildes ...

»Zumindest ein Mensch hat sein Leben verloren, ja, und zwar fast vor Ihren Augen«, sagte ich ausweichend.

»Sehen Sie! Das Bild, das sich in Russland befindet, ist zwar Teil eines Triptychons, aber trotzdem verfügt es über eigene Kräfte.«

»Und deswegen haben Sie mich hierher bestellt?«

»Ich habe Sie nicht bestellt, ich habe Sie eingeladen. Ich glaube, Sie können mir helfen, den Schlüssel zu finden. Genau Sie, die rothaarige Katrin ...«

»Den Schlüssel? Was für einen Schlüssel?«

»Ich glaube, Lukas hat uns etwas hinterlassen. Er konnte nicht einfach sterben. Er hinterließ einen Schlüssel, und ich habe einen Abdruck dieses Schlüssels gesehen. Ich glaube, ich habe ihn gesehen ...«

»Ich bin nicht sicher, ob ich verstehe, wovon Sie reden.« Verrückten gegenüber zeigt man sich am besten loyal. Geduld und Wohlwollen, Katerina Mstislawowna!

»Sie werden es gleich verstehen, Katrin.«

Harryboy kramte jetzt mit doppelter Energie in seinen Fotografien herum und suchte die beste Aufnahme des Zentralteils des Triptychons heraus. Dann griff er wieder nach der Mappe und zog eine weitere Vergrößerung hervor.

»Hier, sehen Sie. Das sind die Aufnahmen von den ›Reitern‹, die ich in Petersburg, in der Werkstatt Ihres Bekannten Wanja Bergman gemacht habe. Erinnern Sie sich?«

Natürlich erinnerte ich mich: Die Fotolampen, mit denen Harry die ›Reiter‹ eingekreist hatte, die verschiedenen Objektive und wechselnden Perspektiven. Damals schien uns Harryboy nichts als ein harmloser Fachmann für Lukas van Ostrea zu sein, und ich hatte keinerlei ungute Gefühle ihm gegenüber.

»Ja. Ich erinnere mich.«

»Und jetzt werde ich die Teile des Triptychons zusammenfügen ... Ich lege sie so nebeneinander, wie der linke Flügel des Triptychons und der Zentralteil zusammengehören.«

Harryboy legte die Fotografien zurecht, und die Darstellung des Jüngsten Gerichts weitete sich aus. Die Apokalyptischen Reiter fügten sich perfekt mit der Erscheinung des TIERES zusammen.

»Verstehen Sie jetzt, dass es ein Ganzes ist?«

»Ja, jetzt verstehe ich.« Harryboy kämpfte um die ›Reiter‹, er brauchte sie mehr als irgendetwas anderes auf der Welt. Und er besaß die edelsten Rechte darauf.

»Ich brauche die ›Reiter‹, Katrin!« Er sah mich flehend an.

»Ich habe doch schon gesagt, die Verhandlungen können in nächster Zeit beginnen. Bloß eins noch, Harry ... Wo ist der dritte Flügel? Der rechte?«

»Ich weiß es nicht ...«

»Und wie sind Sie zu dem Mittelteil gekommen?«

»Oh, das ist auch so eine alte Geschichte. Ich habe Ihnen doch von der schrecklichen Katastrophe des Jahres 1953 erzählt. Man fand es in einem Haus am Ufer des Rheins, dessen Bewohner in den Fluten umgekommen waren. Das Bild wurde hierher gebracht, in die Tote Stadt. Erst nach diesem Ereignis wurde die Tote Stadt zu einem Museum.«

»Und wie sind Sie hierher gekommen, Harry?« Es tat mir gut, Harryboy all diese einfachen, normalen Fragen zu stellen, denn so konnte ich ihn ein Stück weit von der gefährlichen Grenze zum Wahnsinn weglocken.

»Ich studierte damals an der Amsterdamer Universität, als ich zum ersten Mal von Lukas Auster hörte. An der Naturwissenschaftlichen Fakultät.«

Tja, so ist das, die Studenten der Naturwissenschaften verfallen am häufigsten dem Mystizismus, genau wie die Kernphysiker leidenschaftliche Kirchgänger sind.

»Ich bin auf einem Ausflug hierher gekommen, ganz zufällig, mit meinen Freunden, mit meinem Mädchen; und da sah ich das Bild ... Und ich hörte ...«

»Von Ihrer Freundin?«

»Aber nein ... es war das Bild ... Ich stand davor, und es sagte mir: ›Du musst hier bleiben, Lambert-Harry ...‹«

Das wird ja immer schöner, Harryboy; Stimmen hörst du also auch noch. Aber Jeanne d'Arc hat ja auch Stimmen gehört, und das hat sie nicht daran gehindert, zur Nationalheldin Frankreichs zu werden ... Ich sah diesen Sommerausflug ans Meer förmlich vor mir, diese fröhliche, ahnungslose Freizeitgesellschaft. Der junge Harryboy und sein Mädchen, eine typische Holländerin mit breitem Mund; ihre Freunde aus der Universität, wahrscheinlich alle leicht angetrunken, ein Häuflein ausgelassener Studenten, die Bier, Heringe und die »Sex Pistols« liebten oder irgendetwas in der Art. Harryboy fing schon auf dem Ausflugsboot an, seine Freundin zu befummeln, er hatte nichts anderes im Sinn, als möglichst schnell auf der Insel anzukommen und dort, im Schatten altholländischer Häuschen, seinem Mädchen in das seidene Höschen zu fassen. Stattdessen sah er das Bild. Und auf einen Schlag war alles anders.

Die arme Braut.

»Ich habe mich hier niedergelassen, zuerst als Helfer. Ich achtete auf den Zustand der Häuser und hielt sie in Ordnung. Und später dann, als der Direktor des Museums starb, nahm ich seine Stelle ein.«

»Ich hoffe, der Tod des Direktors ...«

»Oh, nein, er war lange krank. Er hatte Magenkrebs ... Ich bin schon seit fünfzehn Jahren hier.«

»Und Ihre Freundin?«

»Wie gesagt, wir haben uns getrennt. Sie wollte nicht ... Sie hat mich nicht verstanden.«

Ich möchte die Idiotin sehen, die das verstanden hätte!

»Und plötzlich sind Sie da, Katrin.«

Ich hätte ja gern gewusst, welche Rolle er mir hier zugedacht hatte.

»Und gleichzeitig sind die ›Reiter‹ aufgetaucht ... Das ist ein Zeichen. Und das hier ist auch ein Zeichen. Das allerwichtigste.«

Harryboy wandte sich wieder den Fotografien zu.

»Sehen Sie, Katrin. Beide Teile des Triptychons können als künstlerisch eigenständige Werke betrachtet werden. Aber wenn man sie zusammenfügt ... Achten Sie auf die Landschaft im Hintergrund.«

Gehorsam starrte ich auf die Fotos, aber ich konnte nichts Auffälliges bemerken. Die Linien der zurückweichenden Ozeane und die zerbrochenen Bergketten waren nicht mit derselben Sorgfalt gemalt wie die Hauptfiguren der Komposition. Ich versuchte, das TIER und sein Gefolge außer Acht zu lassen, denn obwohl ich Harrys Offenbarungen gegenüber sehr skeptisch eingestellt war, rief das Bild bei mir doch eine unbestimmte Angst hervor.

»Ich sehe nichts, Harry! Was sollte denn da sein?«

Über einen Stapel Zeitschriften stolpernd, stürzte er an seinen Tisch, kramte wie ein Wilder herum und brachte schließlich eine Lupe zum Vorschein.

»So. Damit wird es Ihnen klarer werden.«

Die Oberfläche des Fotos rückte näher, sogar die Struktur der Vergrößerung wurde deutlicher.

»Ein sehr guter Abzug!«

»Sie müssen genauer hinsehen. Einige Linien des mittleren und des linken Teiles treffen zusammen. Ich möchte, dass Sie sich das ganz genau anschauen.«

Endlich begriff ich, was er von mir wollte. Ich machte mich eifrig daran, die bewussten Nahtstellen durch die Lupe zu untersuchen. Anfangs tat ich es mehr aus Höflichkeit, aber nach und nach erkannte ich, was Harry mir verdeutlichen wollte. Die eigentümlichen Schwünge und Bogen an den Rändern der Fotos, die für sich genommen keinen Sinn ergaben, verbanden sich auf einmal zu einem zusammenhängenden Bild, zu einer Art Plan.

»Sehen Sie es, Katrin?«, fragte Harry flüsternd. »Sehen Sie es jetzt?«

»Warten Sie, Harry ... Sie wollen damit sagen, dass hier irgendein geheimes ...«

»Alle Linien zeigen auf etwas. Auf etwas, das jemand, der genügend Informationen besitzt, finden kann ... Das ist der Schlüssel, von dem ich gesprochen habe, Katrin.«

Es sah wirklich so aus, als hätte Harry die Wahrheit gesagt, aber ich hatte es nicht eilig, mich auf diese Wahrheit einzulassen. Vielmehr musste ich ihm, als nüchterner Mensch, erst einmal eine Enttäuschung bereiten.

»Mag sein, dass Sie Recht haben, aber wir werden trotzdem nichts finden.«

»Und warum nicht?«, fragte er gekränkt.

»Weil wir nicht alle Informationen besitzen, die wir brauchen, Harry. Vergessen Sie nicht, uns fehlt das dritte Bild.«

Das sagte ich mit gutem Grund: Auf der Seite des mittleren Fotos, wo sich der dritte Flügel anschließen sollte, erstreckte sich die gleiche eigentümliche, bizarre Landschaft. Auch ihr war es in dem engen Rahmen des Bildes zu eng. Sie drängte förmlich über ihre Grenzen hinaus.

»Ich habe es doch gesagt ... Ich war sicher, dass Sie genau begreifen werden, worum es geht.«

»Und wenn er dieses Triptychon nicht mehr zu Ende malen konnte?«

»Das ist ganz ausgeschlossen, Katrin. Hendrik Aertensen berichtet unmissverständlich, dass der Altar vollendet wurde. Lukas brauchte ihn nur noch aufzustellen ...«

Aber ich hörte Harry nicht mehr zu: Ich vertiefte mich jetzt angespannt in die Untersuchung der Fotos. Die Sünder knieten in großen Scharen vor dem TIER, und abscheuliche Ungeheuer fielen hinterrücks über sie her – selbst Bosch, der anerkannte Meister des Thrillers der frühen Renaissance des Nordens, wäre vor Neid erblasst. Einer der Sünder, der die Tiara des Papstes trug, wurde von einer ganzen Meute winziger Wesen gepeinigt, die halb Mensch, halb Skorpion waren: Diese Szene war so ausdrucksvoll dargestellt, dass ich den Blick nicht abwenden konnte.

Auch hier bildeten die Konturen der Berge, der Wasserfluten und der entwurzelten Bäume ein erkennbares Muster, einen Plan; obwohl es nirgendwo einen rechten Winkel gab, formten sie, wenn man das Bild aus einer bestimmten Perspektive betrachtete, ein ziemlich gleichmäßiges Rechteck.

»Es muss einen bestimmten Sinn haben«, flüsterte Harryboy, der inzwischen ganz nahe an mich herangerückt war, mir ins Ohr. »Glauben Sie nicht auch, Katrin?«

»Selbst, wenn man annähme, dass wir es hier mit einem Plan zu tun haben ...«

»Na endlich! Jetzt glauben Sie es auch ...«

»Selbst, wenn wir das annähmen, wären wir nicht viel weiter. Was für ein Plan sollte das sein? Der Grundriss eines Zimmers? Oder eines Hauses? Oder einer Stadt?«

»Städte wurden in dieser Gegend nie nach einem Grundriss gebaut. Sie folgten immer den Linien der Küste, der Dämme und Dünen.«

»Also eine Stadt kann es nicht sein. Wieso kommen Sie dann darauf, dass dieser Plan ... nennen wir es einmal einen Plan ... sich auf die Tote Stadt Ostrea bezieht?«

»Ich weiß es nicht ... Ich gehe einfach davon aus. Die Tote Stadt war Austers letzter Zufluchtsort. Seine letzte Wirkungsstätte ... Geben Sie mir den Schlüssel, Katrin! Sie werden ihn finden, ich bin davon überzeugt.«

Ich war so sehr in die Untersuchung der Fotos vertieft gewesen, dass ich nicht mehr auf den verrückten Harryboy aufgepasst hatte. Sein Gesicht, flehend und bedrohlich gleichzeitig, schwebte plötzlich dicht über mir. Er umfasste mein Kinn mit einer Hand, und auf einmal spürte ich eine unglaubliche Leichtigkeit und Leere in mir. Noch einen Augenblick und er küsst mich ...

Harryboys Atem ging stockend, seine Lippen öffneten sich, und eine Reihe weißer feucht glänzender Zähne kam zum Vorschein. Seine Haare rochen nach sämtlichen alten Manuskripten, die jemals geschrieben worden waren – nach der halb verbrannten ledergebundenen Biografie Lukas Austers, nach den Aufzeichnungen Hendrik Aertensens, die ich nie gesehen hatte, nach den kompletten Handschriftensammlungen der Universitäten von Rotterdam und Utrecht.

Gleich küsst er mich.

Jetzt.

Ich schloss die Augen. Und nichts passierte.

»Geben Sie mir den Schlüssel, Katrin«, sagte er wieder – und die Magie seines Haars, die Magie seiner hellen Augen hinter den Brillengläsern zerbrach. Ich fühlte mich grausam betrogen.

»Geben Sie mir den Schlüssel ... Erfüllen Sie Ihre Bestimmung, Katrin!«

Es geht schon wieder los.

»Was für eine Bestimmung, Harry?«

»Sie wissen es doch.«

»Wie kommen Sie denn bloß darauf, dass ich dort etwas finden könnte? Ich weiß nicht einmal, wo ich suchen soll. Und vor allem nicht – was ...«

Harrys Finger lösten sich.

»Von morgens bis abends sehe ich mir diese Fotos an. Ich habe das Realitätsgefühl verloren. Ich nehme sie kaum mehr wahr. Aber Sie – Sie sehen sie zum ersten Mal. Es muss Ihnen gelingen.«

Ich hörte Harryboy nicht mehr zu. Diese Insel in der Nordsee – sie wirkte so seltsam auf mich. Alles war hier voller Geheimnisse und versteckter Bedeutungen, voller Zufälle, die auf den ersten Blick idiotisch schienen und vielleicht gar nicht idiotisch waren. Tatsächlich hatte Harryboy mir den Floh mit seinem mystischen Schlüssel ins Ohr gesetzt ...

Und plötzlich, als ich mich schon vollkommen verdreht und misslaunig fühlte, sah ich etwas. Etwas, das zu dem Schlüssel passte.

Ein Schloss.

Im ersten Moment begriff ich gar nicht, was ich sah, und es dauerte eine ganze Weile, bis mir dämmerte, dass die Lösung möglicherweise dicht vor mir lag. Nein, ich hatte mich nicht ohne Grund an dieser Szene festgebissen, die die Tortur des Papstes durch die Skorpione darstellte. Von einem plötzlichen Gedanken angetrieben, unterzog ich diesen Bildausschnitt nochmals einer gründlichen Untersuchung: Der weit geöffnete Mund des Greises mit der Tiara, der von den Dämonen gepeinigt wurde, hatte tatsächlich Ähnlichkeit mit einem Schlüsselloch. Die blutroten Lippen wirkten irritierend frivol und lenkten von ihrem eigentlichen Sinn ab. Und trotzdem, trotzdem ...

Jetzt konzentrierte ich mich auf die halb menschlichen, halb skorpionischen Wesen: Ihre Schwänze schienen das Gesicht des Alten mit der Tiara heftig zu peitschen.

Nahkampfsex, hätte Bykadorow dazu gesagt. Der Ausdruck passte perfekt auf diese beinahe obszöne Szene. Ich hatte dieses Wort immer nur als Umschreibung für das Liebesspiel gebraucht; jetzt begriff ich seine wahre Bedeutung.

Die Skorpionenschwänze verflochten sich in einem bizarren Tanz, sie legten sich in eine Art rhythmische Welle, sie wollten etwas sagen ...

»Haben Sie ein Blatt Papier, Harry?«, fragte ich tonlos.

»Natürlich.« Er richtete sich gespannt auf.

»Geben Sie mir eins, bitte ...«

»Haben Sie etwas entdeckt?« Harryboy sah mich mit wahnsinniger Hoffnung an.

»Ich weiß es noch nicht. Geben Sie mir Papier und Stift.«

Harry stürzte zu seinem Schreibtisch und suchte hektisch darauf herum. Stapel von Zeitschriften und Büchern flogen in alle Richtungen auseinander, und im nächsten Moment war er zurück und übergab mir erwartungsvoll die Schreibutensilien. Ich legte mich flach auf den Fußboden und begann, den Tanz der Skorpionenschwänze auf den Papierbogen zu übertragen. Es gelang mir recht gut. Nicht umsonst hatte ich in grauen Vorzeiten die Malschule besucht. Natürlich besaß ich nicht den millionsten Teil der Begabung Austers, und so entbehrte meine sorgfältige Kopie jeder tieferen Bedeutsamkeit: Es waren naturalistisch abgebildete Gliederfüßler aus der Klasse der Spinnenartigen, nicht mehr und nicht weniger.

»Und?«, japste Harryboy, der meine Manipulationen gebannt verfolgte.

»Dein verdammter Maler, er ist wirklich ein Genie«, zischte ich durch die Zähne.

Harryboy lächelte selbstzufrieden.

Meine Skorpionenschwänze waren nur hässlich, es fehlte ihnen der Zauber von Sünde und Buße. Ich beschloss, die Abbildung von allen überflüssigen naturalistischen Details zu befreien, unterdrückte den Hang zur kunstvollen Kopie in mir und nahm ein neues Blatt. Er wollte unbedingt verhindern, dass man ihn nachahmte, dieser Lukas Auster, deshalb hatte er auch alle seine Schüler vertrieben. Aber er wusste nicht, dass nach ihm Barock, Rokoko und Klassizismus folgen würden. Er hatte keine Ahnung von Moderne und Postmoderne ...

Also – keine Ausschweifungen und keine Eigenwilligkeiten.

Ich zeichnete noch einmal die gleichen Skorpionenschwänze nach, aber diesmal ganz schematisch; so erhielt ich ein Muster aus einer Reihe ganz einfacher Linien. Und in diesen Linien erkannte ich plötzlich eine Art Monogramm. Ich vereinfachte die Zeichnung ein weiteres Mal, indem ich mehrere Schnörkel, die mir überflüssig erschienen, wegließ. Es blieben nur ein paar horizontal und vertikal angeordnete Striche und in der Mitte ein Ring – ehemals ein zu einem Bogen geformter, im Zustechen begriffener Schwanz.

Es war schon sehr viel Fantasie vonnöten, um darin Buchstaben zu erkennen. Ich probierte eine Weile herum, verstärkte die Linien, die mir am sinnvollsten schienen, kombinierte und verglich, und schließlich entstand ein Wort – aber ein vollkommen sinnloses:

TOLLE.

Ich knüllte das Blatt zusammen und warf es zur Seite. Mein Enthusiasmus war verflogen, meine naiven Bemühungen, etwas zu finden, was gar nicht existierte, kamen mir jetzt lächerlich vor.

»Und, was haben Sie gefunden, Katrin?«, fragte Harryboy vorsichtig.

»Nichts. Ich dachte einen Moment ... Aber ich habe mich geirrt, Harry. Ich bin einer Psychose verfallen. Und Sie sind schuld daran.«

Harry nahm das zusammengeknüllte Blatt, faltete es sorgsam auseinander und betrachtete es. Er starrte viel zu lange darauf, fand ich, zu lange für so einen Unsinn.

»Sie ...« Seine Stimme versagte, und er starrte mich an. »Sie haben es geschafft, Katrin. Sie haben das Rätsel gelöst, mit dem ich mich schon so lange herumgeschlagen habe.«

In Harryboys blicklosen Augen standen Tränen, er war weiß wie ein Laken, so blass wie der Papst, der von den Schwänzen gegeißelt wurde.

»Sie scherzen, Harry.«

»Nicht im Geringsten. Wissen Sie, was das bedeutet – ›Tolle‹?«

»Keine Ahnung.«

»Das ist Latein. Das Wort ›Tolle‹ heißt übersetzt ›Nimm an dich!‹!«

»Oh!« Mir trat der Schweiß aus den Poren.

»Aber jetzt das Wichtigste.« Er griff wieder nach meinem Pulloverärmel. »Was soll ich an mich nehmen, Katrin? Was? Und wo ist es?«

Ich zuckte mit den Achseln. »Woher soll ich das wissen ...«

»Sie wissen es, Katrin. Sie müssen es wissen.«

»Warum?«

»Warum? Warum haben Sie gerade diesen Bildausschnitt ausgesucht? Es gibt allein im Mittelteil des Triptychons siebenundsiebzig solcher Detailszenen.«

»Wirklich?«

»Ich kann Ihnen jede einzelne aufzählen, ich spüre jede einzelne in mir ...«

»Sie haben eben kein besonders gutes Gespür.« Diese Bemerkung konnte ich mir nicht verkneifen, aber Harryboy war nach wie vor taub für meine Sticheleien.

»Versuchen Sie, sich zu erinnern, wieso ausgerechnet dieser Heuschreckenschwarm Sie angezogen hat.«

Gute Frage.

»Wieso Heuschreckenschwarm? Das sind doch Skorpione, wenn ich richtig sehe ...«

»Katrin! Dafür muss man einfach die Offenbarung des Johannes kennen. Wenn der fünfte Engel die Posaune bläst, öffnet sich der Schacht des Abgrunds. Und die Heuschrecken fallen über alle die her, die nicht Gottes Siegel auf der Stirn tragen. Dabei wurde ihnen Macht gegeben, wie die Skorpione auf Erden Macht haben ...«

»Also doch Skorpione?«

»Ja. Warum haben Sie sie ausgesucht?«

»Eigentlich waren es nicht die Skorpione. Es lag an dem Papst, an seiner Tiara und an seinem Gesicht.«

»Was ist daran so Besonderes?«

Ja, Harryboy, du bist wirklich weit weg vom wirklichen Leben, wenn sogar das Gesicht eines Menschen, der gerade mit Skorpionengift voll gepumpt wird, nichts Besonderes für dich ist ...

»Sie haben mich mit Ihrem Gequassel über den Schlüssel furchtbar genervt, Harry ... Und ich musste mich anstrengen ...«

»Wissen Sie, wo er ist?«

»Nein, wo der Schlüssel ist, weiß ich nicht ... Aber ich glaube, ich weiß, wo das Schloss ist. Wenn Sie wirklich Latein können und das Wort richtig übersetzt haben ...«

»Ich kann Latein. Und ich habe das Wort richtig übersetzt.«

»Also, die Worte ›Nimm an dich‹ beziehen sich vielleicht nicht nur auf den Schlüssel, sondern auch auf das Schloss. Sehen Sie mal.«

Ich nahm ein sauberes Blatt und zeichnete das Gesicht des Papstes. Jetzt kümmerte ich mich nicht mehr darum, ob die Zeichnung ähnlich wurde, es kam mir auf das Muster an. Dieses Mal klappte es erheblich besser: Der Mund des Papstes, vom Schrei zerrissen, sah jetzt eindeutig aus wie ein Schlüsselloch.

»Was sagen Sie dazu, Harry?« Ich war mit mir selbst zufrieden.

Harry griff nach dem Papier; seine Hände zitterten heftig.

»Sieht das nicht aus wie ein Schloss?«

»Ganz erstaunlich ... Ganz erstaunlich, Katrin ... Ich wusste, dass Sie es finden. Sie mussten es finden ... Ich hatte Recht. Oh, wie Recht ich hatte ... Sie hat mir der Himmel geschickt ...«

»Reden Sie keinen Quatsch«, blaffte ich den erregten Harryboy an, und er hielt augenblicklich den Mund. Ich vertiefte mich wieder in die Untersuchung meiner Zeichnungen.

Ich war jetzt selbst neugierig geworden. Hierbei ging es ja nicht um das Bild, vor dem man auf der Hut sein sollte, sondern nur um eine Denksportaufgabe, die es zu lösen galt. Und das konnte doch nicht so schwer sein.

»Ich verstehe nur eins nicht. Warum sind Sie nicht selbst darauf gekommen, Harry?«

»Ich habe auf Sie gewartet. Ich brauchte Sie«, sagte er todernst.

»Na gut, wenn wir schon mal so lustig dabei sind ... Machen wir weiter.«

Ich legte geschäftig die fertigen Zeichnungen vor mir aus und nahm ein neues, letztes Blatt Papier – jetzt mussten die Einzelteile miteinander verbunden werden. Immer dem gleichen Schema folgend, kopierte ich sorgfältig den Mund, also das Schlüsselloch, und das Monogramm mit den lateinischen Buchstaben und setzte sie in die Mitte des Blattes. Jetzt musste ich nur noch die Linien aus den beiden Landschaften übertragen, und der Plan war fertig.

Es war tatsächlich ein Plan; aber er ergab nicht nur ein Rechteck, wie wir angenommen hatten.

Es waren zwei Rechtecke. Das eine stand senkrecht auf dem anderen, und an seiner Flanke klebte das Monogramm. Als meine Arbeit beendet war, schob ich das Blatt zur Seite und erfreute mich eine Weile still am Werk meiner Hände.

»Ich finde es ganz hervorragend gelungen, Harry. Da haben Sie Ihren Plan. Ist es das, was Sie wollten? Bin ich jetzt frei?«

Ich hatte das einfach nur so dahingesagt, aber Harry ging nicht auf meinen spielerischen Ton ein.

»Was heißt das – frei?«, fragte er misstrauisch.

»Ich habe doch meine Mission erfüllt, oder?«

»Und was soll ich jetzt damit machen?«, fragte Harry hilflos.

»Woher soll ich das wissen? Ich bin doch nicht Kassandra. Ich besitze auch keinen Wahrsagesalon. Fragen Sie Ihren wunderbaren Lukas Auster!«

»Wie?« Er nahm alles vollkommen ernst, der Arme!

»Schwenken Sie Kaffeesatz, tropfen Sie Wachsorakel, rufen Sie meinetwegen die Geister oder was auch immer.«

»Machen Sie Witze, Katrin?«

Na, Gott sei Dank, der Groschen ist gefallen! Sogar Pupij Salusti Mauzian begreift schneller ... beziehungsweise, begriff schneller.

»Ja, ich mache Witze. Ehrlich gesagt, ich habe keine Ahnung, was man damit machen soll. Vielleicht war ja Ihr Lukas ein Scherzbold. Vielleicht hatte er eine heimliche Leidenschaft dafür, den Mädchen, die in ihn verliebt waren, kleine Botschaften zu hinterlassen ... Direkt auf seinen unsterblichen Leinwänden.«

Harryboys Augen blitzten auf, und der Wahnsinn, der die

ganze Zeit in seinen Augenwinkeln gelauert hatte, schoss in seine Pupillen.

»Sie ...«, sagte er leise, »Sie sind sein Mädchen, Katrin. Sie erinnern sich nur nicht daran ... Es ist so viel Zeit vergangen. Aber Sie werden sich daran erinnern, ganz bestimmt ...«

Ganz ruhig, Katerina Mstislawowna! Dieser Holländer ist hier auf seiner einsamen Insel vollständig übergeschnappt. Manchmal hat er klare Phasen, vielleicht sogar über größere Zeiträume, vor allem, wenn er unter Menschen ist. Aber das ändert nichts an der Sache. Die Hauptsache ist jetzt, Ruhe zu bewahren. Einem Geistesgestörten musste man gerade in die Augen schauen, ich meinte, das irgendwo mal gelesen zu haben. Und man musste ganz sanft und beruhigend mit ihm reden. Und ganz sanft und behutsam versuchen, ihn in eine andere Richtung zu lenken.

»Es tut mir Leid, Harry. Ich bin eine einfache russische Staatsbürgerin, sonst nichts. Ich heiße Jekaterina Mstislawowna Solowjowa. Ich verrate Ihnen sogar mein Geburtsjahr: 1970. Und nicht 1477 oder so was.«

»1479«, sagte Harry leise. »Die Tochter des Bürgermeisters, Katrin, starb, als sie zwanzig war.«

»Na, sehen Sie!«, rief ich etwas zu fröhlich. »Das passt nicht auf mich. Alle Fristen sind längst abgelaufen. Ich bin eine alte Schachtel. Eine alte Jungfer. Ein Blaustrumpf. Entschuldigen Sie. Vielleicht versuchen wir jetzt, den Motor zu reparieren? Ich kenne mich ein bisschen damit aus.«

»Ich glaube kaum, dass Ihnen das gelingen wird«, sagte er, bedächtig seine Worte setzend. »Das ist ein sehr komplizierter Motor. Er ist schon öfter kaputt gewesen, und nur ein professioneller Mechaniker konnte ihn reparieren.«

»Ach, Harry! Ich kann ihn mir ja einfach mal ansehen.«

Harrys Augen leuchteten auf – gehetzt und triumphierend zugleich. Ich hatte vollkommen vergessen, dass ich behauptet hatte, von Motoren nicht das Geringste zu verstehen. Er hatte mich ertappt.

»Sie haben doch gesagt, Sie verstünden nichts von Motoren. Und jetzt wollen Sie ihn plötzlich reparieren ... Sie sind sehr launisch, Katrin. Ich kann Ihnen das Boot nicht anvertrauen. Das ist unsere einzige Verbindung zum Festland.«

»Schlechter kann ich den Motor nicht machen.«

»Nein, Katrin.«

Geschieht dir ganz recht, Katja, in Zukunft wirst du nachdenken, bevor du anfängst zu lügen. Und vergiss nie, was du für Lügen erzählt hast, dann fällst du auch nicht auf die Nase – wenn ich die zehn Gebote schreiben sollte, wäre das das erste Gebot ... Die einzige Verbindung zum Festland, sieh an ... Und wie kommt dann der Mechaniker hierher?

»Und wie kommt dann der Mechaniker hierher?«

Harryboy verzog das Gesicht.

»Er wird gebracht ... Ich nehme Verbindung mit dem Festland auf und melde, dass unser Boot ausgefallen ist.«

»Na, sehen Sie, wir riskieren gar nichts.«

»Sie werden den Motor nicht reparieren, Katrin«, sagte Harry.

Ich begriff, dass es nichts mit meinen technischen Fähigkeiten zu tun hatte. Nein. Er ließ es mich einfach nicht tun.

»Harry, das ist doch dumm. Sie können mich hier nicht festhalten. Schließlich bin ich Bürgerin eines fremden Landes ...«

»Sie sind eine Diebin, Katrin«, brach es aus ihm heraus. »Sie und Ihr Freund. Sie haben das Bild gestohlen, es hat Ihnen niemals gehört.«

Ach, so ist das also, du Schweinehund! Jetzt zeigst du endlich dein wahres Gesicht. Da kommt es ans Licht und grunzt fröhlich.

»Interessant, und wem hat es gehört?«

»Es hat anderen Leuten gehört, die ... die gestorben sind. Sie haben das für sich ausgenutzt.« Unser wunderbares Verhältnis ging mit erschreckendem Tempo den Bach runter.

Ich lachte laut auf, obwohl ich jetzt am liebsten geweint hätte.

»Das können Sie nicht beweisen, Harry! Und wenn Sie weiter solchen Quatsch reden und mich weiter so kränken, dann werden Sie den fehlenden Teil des Bildes nie bekommen, das verspreche ich Ihnen!«

»Dann muss ich wohl nach Essen fahren. So weit ist das ja nicht.«

Auf diese Wendung der Dinge war ich überhaupt nicht vorbereitet. Essen, der Ort, an dem sich der gutmütige Jossif Semjonowitsch niedergelassen hatte. Er hatte auf das Bild verzichtet, er hatte nicht einmal seinen Verlust gemeldet, aber wenn Harryboy von dieser Sache Wind bekommen hatte, nutzte uns das alles nichts. Diese bebrillte Kreatur war zu allem fähig. Er würde den jungen Goldman in null Komma nichts um den Finger wickeln, und dann konnten wir uns auf einige Probleme gefasst machen, Lawrucha und ich.

Essen – das war ein unerlaubter Griff, und Harryboy wandte ihn an, ohne lange zu fackeln. Und das nach allem, was ich für ihn getan hatte, gerade eben noch! Das war ein Dolchstoß in den Rücken, ein Schlag unter die Gürtellinie. Aber wart's ab, auch eine Frau kann man nicht so einfach aufs Kreuz legen, erst recht nicht eine so russische, so rothaarige, so verwegene wie mich.

»Das Boot ist kaputt, Harry«, erinnerte ich ihn.

»Sie geben sich nicht so schnell geschlagen, Katrin«, sagte Harry.

»Natürlich nicht. Wegen einer unglücklichen Liebe ginge ich nicht ins Wasser – wie Ihre Liebste aus dem fünfzehnten Jahrhundert, die Lukaspassion.«

»Vorsicht, Katrin. Sie sind hier auf seinem Territorium.«

Das sind ja heitere Aussichten – zwei Tage mit einem Verrückten unter einem Dach.

»Harry, lassen Sie uns Frieden schließen. Trinken wir lieber noch einen Brandy.«

Ich könnte natürlich versuchen, ihn betrunken zu machen, er ist ja nicht so firm in diesem traditionellen russischen Zeitvertreib. Ich pumpe ihn mit Brandy voll, und dann nehme ich mir das Boot vor. Oder ich versuche, zur Küste Kontakt aufzunehmen. Auf einen SOS-Ruf müssen sie schließlich reagieren.

»Oh, Sie sind ein raffiniertes Ding, Katrin.« Harryboy lachte. »Ich werde nicht mit Ihnen trinken. Das ist mir zu gefährlich.«

»Und Sie meinen, mit Ihnen ist es nicht gefährlich? Und ob das gefährlich ist! Ich glaube, ich drehe hier noch durch!«

»Was ist denn mit Ihnen los, Katrin?« Er nahm meinen Ausbruch ganz gelassen, fast schmunzelnd auf. »Ich finde, Sie übertreiben ein wenig ...«

Er hatte Recht. Um wirklich durchzudrehen, bin ich viel zu inkonsequent. Ich falle immer von einem Extrem ins andere. Was mir jetzt fehlte, war eine globale Idee. Nur globale Ideen ziehen Verrückte an ... Harryboy hatte eine Unmenge globaler Ideen. Die Suche nach dem Schlüssel, zum Beispiel. Oder das Eintreffen des TIERES am Ende des Jahres, das sich mit den Sechsen schmückt ... Oder meine bizarre »Mission« – obwohl ich die seltsamerweise beinahe zu Ende geführt hatte. Jetzt konnte ich geopfert werden. Nicht umsonst hatte Harry gesagt, das Ende der Tochter des Bürgermeisters sei nie aufgeklärt worden ... Zum wievielten Mal bedauerte ich, dass ich in diese Reise eingewilligt hatte. Sollte ich hier jemals wieder heil rauskommen, würde ich um jeden Ausländer einen weiten Bogen machen.

Während ich so vor mich hingrübelte, hörte ich plötzlich ein tiefes Atmen irgendwo aus dem Inneren der Insel. Ich spürte es mehr, als ich es hörte. Ich schaute irritiert um mich, nein, es hatte sich nichts verändert. Harryboy saß mir immer noch gegenüber, die Fotos lagen immer noch zwischen uns, und das Feuer glomm immer noch ruhig im Kamin. Nichts hatte sich verändert, und trotzdem hatte ich dieses Geräusch gehört.

»Was war das?«, fragte ich. Meine Lippen waren plötzlich trocken wie Löschpapier.

»Ich weiß nicht.« Harrys Gesicht war undurchdringlich.

»Aber Sie haben doch auch dieses Geräusch gehört, Harry?«

»Was für ein Geräusch?«

»Also, für eine Idiotin halte ich mich nicht. Und man muss sich schon sehr anstrengen, um mich zu erschrecken.«

»Tatsächlich?«

Harryboy beugte sich graziös nach vorn – ich hätte solche Grazie in seinem eckigen Körper niemals vermutet – und ergriff den Schürhaken: meine einzige Hoffnung auf weiter Flur.

»Was war das, Harry?« Ich ließ den Schürhaken nicht aus den Augen. Er wird dieses Ding jetzt doch wohl nicht auf meinen armen Kopf fallen lassen!

Harry drehte sich zum Kamin, schob den Schürhaken unter die Holzscheite und rüttelte kräftig.

»Ich bin froh, dass Sie es auch gehört haben«, sagte er einfach.

»Was ist das?«

»Ich weiß es nicht. Es hat vor kurzem angefangen, vor ein paar Wochen. Als ich aus Petersburg zurückgekommen bin.«

Ich wusste schon, was Harryboy damit sagen wollte: Alles begann, nachdem er auf die Insel zurückgekehrt war und die Fotos entwickelt hatte. In dem Augenblick, als er die Bilder nebeneinander legte und eine merkwürdige Gesetzmäßigkeit zu erkennen glaubte; als er zu ahnen begann, dass es irgendwo eine Tür geben musste – oder irgendetwas Ähnliches, irgendeine Art von Ausgang ... Wozu sonst das ganze Gerede über den Schlüssel?

O ja, Wahnsinn ist ansteckend, das lässt sich nicht leugnen.

Harry schwieg lange. Er überließ es mir, selbst zu einer Einschätzung zu kommen.

»Befindet sich hier eine seismisch aktive Zone?« Ich wollte es einfach nicht wahrhaben.

»Nein. Hier gibt es nur das Wasser, das uns bedroht. Aber wir haben gelernt, es zu besiegen.«

Ja, das Wasser könnt ihr beherrschen, aber alles andere? Was ist mit all den einsamen Wahnsinnigen, so wie du einer bist, die die Menschheit zwingen wollen, die Welt mit ihren Augen zu sehen?

»Und was halten Sie davon, Harry? Haben Sie keine Angst?«

»Doch.«

»Ich an Ihrer Stelle wäre längst hier abgehauen, egal wohin ...«

»Wollen Sie es denn nicht wissen? Wollen Sie den Weg nicht zu Ende gehen? Sie haben ihn doch schon betreten, Katrin ...«

»Ich ziehe es vor, die Ereignisse vom Festland aus zu beobachten. Ich sitze lieber gemütlich auf meinem Sofa und erfahre vom Ende der Welt aus der Zeitung, Harry.«

»Sie sind vorsichtig.«

»Ja.«

»Warum wollen Sie mir nicht helfen? Ich bin sicher, wenn Sie nur wollten ...«

»Ich habe für Sie schon alles getan, was ich konnte. Jetzt brauchen Sie nur noch die Augen aufzumachen, Harry. Befriedigen Sie Ihren Forscherdrang.«

»Nein, ich habe mich nicht richtig ausgedrückt. Sie sind nicht vorsichtig, Sie haben Angst.«

Wenn ich im Moment vor etwas Angst hatte, dann nur vor Harry mit dem Schürhaken in den schlanken Intellektuellenfingern.

»Angst? Wovor?«

»Dass sich herausstellt, dass das alles wahr ist. Sie wollen sich nicht eingestehen, dass Sie an die Existenz des TIERES geglaubt haben, dass Sie von Anfang an von der Vorbestimmung des Bildes wussten. Und dass der Tod die ereilt, die mit ihm in Berührung kommen.«

»Aber wir beide sind doch noch am Leben, Harry.«

»Wir sind am Leben, weil wir berufen sind. Wir haben den Weg bereitet, und jetzt müssen wir die Bilder vereinen. Ohne uns kann das nicht geschehen, ohne Sie, Katrin. Deshalb sind Sie auf die Insel gekommen.«

Verdammt, er ist nicht nur verrückt, er ist ein ausgemachter Psychopath! Was soll das heißen: ›den Weg bereiten?‹

Ich stand auf.

Gib dich so natürlich und ungezwungen wie möglich, Katerina Mstislawowna. Du darfst ihm nicht zeigen, dass du tatsächlich Angst hast.

»Wo wollen Sie hin, Katrin?«

»Ich will mir ein wenig die Beine vertreten«, sagte ich betont unbekümmert. »Luft schnappen und über das nachdenken, was Sie gesagt haben. Es könnte sich lohnen.«

»Warten Sie.« Er machte keinen Versuch, mich zurückzuhalten, und ich nahm das als gutes Zeichen. »Denken Sie daran, dass Lukas Sie nicht zufällig ausgewählt hat. Damals nicht und heute auch nicht.«

Das ist ja wirklich nicht auszuhalten!

»Hören Sie! Ich bin vielleicht Atheistin, aber das, was Sie hier anstellen, mit mir und mit sich selbst ... das ist waschechter Satanismus. Sie werden in der Hölle schmoren, Harry.«

Sehr tiefsinnig bemerkt, vor allem angesichts des Jüngsten Gerichtes, das ganz in der Nähe hinter dickem Schutzglas hing. Ich versuchte, möglichst ruhig zu bleiben, und schritt in aufrechter Haltung zur Garderobe. Harry folgte mir. Den Schürhaken hielt er immer noch umklammert.

»Verwechseln Sie nicht die Jacken, Katrin, wie letztes Mal«, sagte er.

Verdammt, natürlich, er hatte gewusst, dass ich seine Jacke angezogen hatte.

Harrys Blick schien mich zu durchbohren. Er war ein würdiger Gegner.

»Gut«, sagte ich. »Ich habe Ihre Papiere gesehen.«

»Ich weiß, dass Sie maßlos neugierig sind. Sie nehmen sich, was Ihnen nicht gehört.«

»Leider. Die Sowjetmacht hat mich verdorben. Aber Sie sind auch kein Engel, Harry. Sie waren doch schon im Februar in

Petersburg. Wahrscheinlich, um jemandem den Weg zu bereiten – sagen wir es mit Ihren Worten. Wie sollten Sie sonst über Essen Bescheid wissen?«

»Essen, das ist Ihr größtes Problem, Katrin. Wenn dieser Mann auf einmal anfängt zu reden ... Dann kommt raus, dass Sie das Bild gestohlen haben. Wie haben Sie das eigentlich angestellt, Katrin?« Harryboy sah mich neugierig an.

Bis jetzt hatte sich noch keiner von uns aus der Reserve locken lassen, keiner hatte sich wirklich eine Blöße gegeben, wir hatten alle direkten Beschuldigungen peinlichst vermieden, alle Beweise unterschlagen, und virtuos von unserem Schweigerecht Gebrauch gemacht. Und solange wir dieses Recht in Anspruch nahmen, waren wir Verbündete. Solange wir nichts voneinander wussten.

»Wie haben Sie das nur gemacht, Katrin?«, ließ sich Harryboy wieder hören.

»Das müssten Sie doch wissen, Harry. Über Essen wussten Sie doch auch Bescheid ...«

Aber er wusste es nicht, das stand in seinem angestrengten Gesicht deutlich zu lesen. Also war es doch nicht Snegir – charming friend Bullfinch, wie sich Harryboy so fein ausgedrückt hatte. Ich hatte den treuen Lawrucha umsonst verdächtigt. Er war der Einzige, der alle Einzelheiten der Operation »Rothaarige mit Umhang« kannte. Er und ich. Angenommen, Lawrucha hätte im Suff angefangen zu plaudern, hätte er das bestimmt nicht für sich behalten ... Nein, Snegir hat nicht geredet. Also hatte Harryboy andere Informationsquellen, von denen ich keine Ahnung hatte. Nicht umsonst war er bei Titow aufgekreuzt. Seine Anwesenheit war offensichtlich alles andere als zufällig gewesen.

»Trotzdem, ich möchte es gern von Ihnen hören«, sagte Harry da gerade.

Jetzt bluffte er offensichtlich. Die Einzelheiten meiner Abenteuer in Pawlowsk kannte er nicht.

»Ein anderes Mal, Harry.«

»Na gut«, willigte er überraschend schnell ein. »Warten Sie, ich helfe Ihnen in die Jacke.«

Ganz reizend: Und das nach allem, was wir einander gesagt hatten.

»Na, wie sehe ich aus?«, fragte ich ein wenig kokett.

»Je mehr ich Sie anschaue, desto weniger Ähnlichkeit haben Sie mit einer Geliebten von Lukas van Ostrea.«

Dieser schlichte Satz verletzte mich aus irgendeinem Grund.

»Nicht unschuldig genug, wollten Sie wohl sagen? Aber inzwischen sind so viele Jahre vergangen ... Zeit genug, meine Unschuld zu verlieren, finden Sie nicht?«

»Seien Sie vorsichtig, was Sie sagen, Katrin.«

»Oh, mein Russisch ist so schlecht«, sagte ich und ahmte Harry nach. »Ich meinte etwas ganz anderes. Vielleicht ist meine Weste ja nicht ganz weiß, aber ich bin keine Mörderin.«

Später, als ich meinen kurzen Aufenthalt auf der Insel rekapitulierte, fragte ich mich, wieso ich das in diesem Moment gesagt hatte. Bei allem, was geschehen war: die Fotos, die Harryboy mit solcher Hingabe aufgenommen hatte; das Atmen im Herzen der Insel; die befremdliche Wirkung, die das Bild auf mich ausübte; und auch Harryboy mitsamt seinen Stimmen, seiner Mission und seiner Suche nach dem Schlüssel. Der wahnsinnige Harryboy. Wäre er ein Mörder, wäre alles viel leichter zu verstehen.

Es wäre besser, bei den Ereignissen dieses heißen Sommers in Petersburg hätte es sich um ganz gewöhnliche Mordfälle gehandelt – eine Sache der Mordkommission, sonst nichts. Man hätte sie schlimmstenfalls als ungelöste Fälle zu den Akten legen können. Es wäre besser, Harryboy wäre ein Mörder. Es wäre besser, ich selbst wäre eine Mörderin ...

»Ich bin keine Mörderin, Harry.«

»Wer redet denn hier von Mord, Katrin?«

Der verdammte Schürhaken pendelte in seiner Hand und hypnotisierte mich.

Ich wich zurück zur Tür und tastete nach der Klinke.

»Bleiben Sie nicht so lange«, rief mir Harryboy nach. »Sonst muss ich Sie suchen. Man kann sich hier leicht verirren. Viel leichter, als Sie denken ...«

Ich hörte nicht mehr zu. Ich rannte wie von der Tarantel gestochen nach draußen, bog um die Ecke und hastete die Straße hinauf. Leicht zu verirren, leicht zu verirren, leicht zu verirren, pochte es in meinen Schläfen, leicht zu verirren, so leicht, dass man spurlos verschwindet. War es nicht das, was Harryboy meinte, er, der sich schon längst hoffnungslos in seinem fünfzehnten Jahrhundert verirrt hatte?

Erst als ich mich in einer der sterilen Katen (»ein typisches holländisches Haus aus dem fünfzehnten Jahrhundert«) verkrochen hatte, atmete ich auf. Die Gegenstände um mich herum beruhigten mich, sie brachten mir mein Gefühl für die Realität zurück. Sie strahlten die Gegenwart hunderter von Touristen aus, vollkommen normaler Menschen, für die auch das Bild im Zentrum der Insel nicht mehr als ein alltäglicher Gegenstand war, der ihr ästhetisches Bedürfnis befriedigte, absolut ungefährlich, sicher hinter dickem Panzerglas verwahrt, wie ein Tier im Käfig.

Das TIER.

Auf dieser Insel bekam das Wort »Tier« eine vollkommen andere Bedeutung.

Ich stieg die knarrende, noch gar nicht so alte Treppe in den ersten Stock hinauf und trat ans Fenster: Von hier aus hatte man einen guten Blick auf Harryboys Haus, auf die Anlegestelle und das Boot, das auf den Wellen sanft schaukelte. Die strenge Landschaft der Insel hatte einen gewissen Charme. Zu einem anderen Zeitpunkt hätte ich diesen Charme bestimmt genießen können, jetzt aber suchte ich überall nach düsteren

Vorzeichen, nach Bestätigungen finsterster Mutmaßungen. Ich stieg über die Absperrseile und machte es mir auf dem breiten holländischen Bett mit dem geschnitzten Rückenteil bequem. Dann begann ich, in aller Ruhe über Harryboy und all die seltsamen Vorgänge auf dieser Insel nachzudenken.

Die Aufnahmen. Ich hatte die Fotografien selbst gesehen. Es war unwahrscheinlich, dass es sich um Fälschungen handelte. Denn wozu sollte sich jemand die Mühe gemacht haben, mithilfe raffinierter Computerprogramme die Bilder zu manipulieren? Harry hatte versichert, dass er die Fotos niemandem gezeigt hatte, aus Angst, für einen Fälscher gehalten zu werden. Und nur um mich für sich einzunehmen, würde er kaum solch einen Aufwand betreiben.

Daher also die Schlussfolgerung: Die Aufnahmen sind echt.

Und Harryboy? Hatte sich der harmlose Wissenschaftler mit seiner fixen Idee zu einem Priester des Bösen gemausert? Auf den ersten Blick macht er den Eindruck eines ganz normalen Menschen ...

Ich klopfte mir die Museumskissen zurecht und stemmte meine »Caterpillar« gegen das Fußteil des Museumsbettes.

Aber wer sagt denn, dass er nicht normal ist? Sind seine Handlungen nicht absolut logisch? Auf irgendeine Art und Weise hat er schon im Februar die Information erhalten, dass ein weiterer Flügel des Triptychons aufgetaucht ist. Er begibt sich umgehend nach Russland, lernt Goldman kennen, und möglicherweise bittet er ihn sogar, ihm das Bild zu überlassen. Der Alte lehnt ab. Seitdem hungert er nach der »Rothaarigen mit Umhang«.

Nein.

Ich setzte mich auf.

Nein, im Februar konnte Harryboy noch nichts von den »Reitern« gewusst haben, weil sie noch gar nicht zum Vorschein gekommen waren. Wir selbst hatten sie ja erst im Sommer entdeckt. Was also hat Harryboy zu der Jungfrau Maria geführt, die damals noch ein vollkommen selbstständiges Porträt war? Was hatte ihn von seiner Insel gelockt, die er nur äußerst selten und ungern verließ?

Die Frage blieb für dieses Mal unbeantwortet. Mir fehlten die nötigen Informationen. Deshalb wandte ich mich den Ereignissen des Sommers zu, bei denen Harry ja kräftig mitgemischt hatte. Wo immer das Bild in Erscheinung getreten war, war auch er zugegen gewesen, wie eine persönliche Eskorte. Es war ihm sogar gelungen, sich mit dem arglosen Lawrucha anzufreunden und sich an seinem Rockzipfel in Titows Villa einzuschleichen. Er war in dem Arbeitszimmer, kurz bevor Titow sich dorthin zurückgezogen hatte – um es nicht mehr lebend zu verlassen. Und der arme Pupik, der einzige Tatzeuge ...

Ich seufzte.

Und wenn Harryboy die übernatürlichen Fähigkeiten des Bildes einfach in die richtige Bahn gelenkt hatte ... Es wäre durchaus möglich, dass er mich an jenem Abend eingeschlossen hatte, damit das Bild mir keinen Schaden zufügte: Titow und ich waren während der ganzen Party einander nicht von der Seite gewichen. Und Harryboy brauchte mich hier, heil und gesund ...

Verdammt, verdammt, verdammt!

Wie ich es auch drehte und wendete, ich stieß immer wieder auf irgendwelche Mystik, auf die Existenz des Bösen und die Ankunft des Antichrist. Und das mitten in Europa.

Ich versuchte, meine aus den Fugen geratene Logik wieder in den Griff zu kriegen, indem ich mir immer wieder sagte: Für all das, was mit dem Bild zu tun hat, gibt es eine Erklärung. Lukas Auster war ein großer Maler, und seine Bilder rufen bei den Menschen starke Empfindungen hervor, sicher, bei manchen sogar extreme Empfindungen. Es mag sein, dass allzu labile Naturen das nicht verkraften. Aber all diese Legenden, die sich um Lukas Auster ranken, benutzt jemand für seine Zwecke. Harryboy, zum Beispiel.

So weit, so gut.

Was bedeutet dann diese verschlüsselte Aufforderung ›Nimm an dich!‹ in dem Bild? Was soll man nehmen und woher? Vielleicht geht es ja um einen Schatz? Fünfzehntes Jahrhundert, die Kaufleute aus Brügge, Rotterdam und Antwerpen – und Lukas Auster, der in ihrem Auftrag malt ... Es ist anzunehmen, dass er ein vermögender Mann war. Er hat die Stadt nicht verlassen, obwohl er die Flut kommen sah. Das heißt, er wollte bleiben. Aber bevor das Wasser kam, hat er etwas versteckt ... Wäre Harryboy nicht hier gewesen, hätte ich mich unverzüglich auf die Jagd nach diesem Schatz gemacht, schließlich stand ich kurz vor der Lösung des Rätsels. Die Lorbeeren konnte mir niemand mehr entreißen, nicht einmal Harryboy. Vielleicht spielte er ja einfach nur den Priester, und in Wirklichkeit war er ganz banal hinter schnödem Mammon her? So betrachtet sähe die Sache vollkommen logisch aus, und ich würde übergangslos aus einem mystischen Thriller in einen Abenteuerroman schlittern.

Aber ich kam nicht dazu, mich lange an meinen niederen Gedanken zu erfreuen. Ich hörte plötzlich wieder dieses Atmen im Herzen der Insel, kaum merklich, aber trotzdem wie beschwörend; es ließ mein gesamtes Gedankengebäude augenblicklich zusammenstürzen. Ich musste hier abhauen, und zwar möglichst schnell. Einen günstigen Moment abpassen, wenn Harryboy sich zu seinem Bild begab, um die schwarze Messe abzuhalten, und versuchen, den Motor in Gang zu bringen. Warum hatte ich das nicht getan, als ich allein an der Anlegestelle war? Ich hatte eine gute Viertelstunde Zeit gehabt. Stattdessen musste ich meine Nase in Harryboys Pass stecken und mir unnötige Schwierigkeiten einhandeln ...

Es wird dir nichts geschehen, Katja, früher oder später wirst du hier wegkommen ... Früher oder später. Und irgendwann wirst du dich an diese Reise nur noch als romantischstes Abenteuer deines Lebens erinnern. Und Sheka und Lawrucha werden sich köstlich amüsieren, wenn du ihnen erzählst, was du hier erlebt hast. Sheka und Lawrucha, wie weit weg sind sie. Wie weit ...

Einen Moment lang nickte ich ein, aber als Dielenbretter quietschten, war ich schlagartig hellwach. Jemand kam die Treppe herauf. Von wegen jemand, außer Harryboy gab es hier niemanden. Das wurde mir in derselben Sekunde bewusst, in der ich begriff, wo ich mich befand. In dem schmalen Rechteck des Fensters hing tiefe Nacht, also musste ich schon mehrere Stunden in dieser volkskundlichen Gruft verbracht haben. Mit der Dunkelheit kehrten alle meine Ängste zurück, und Harry schien mir keineswegs mehr wie ein harmloser Verrückter. Die Schritte kamen immer näher, und das trieb mich zu einer vom Standpunkt des gesunden Menschenverstandes aus gesehen vollkommen unerklärlichen Handlung. Leise wie eine Maus ließ ich mich von dem jungfräulichen Spitzenlaken hinuntergleiten und kroch unter das Bett.

Etwas Dummeres hätte man sich kaum einfallen lassen können, aber eine Begegnung mit Harry in finsterster Nacht wollte ich um jeden Preis vermeiden.

Er ließ nicht lange auf sich warten. Unter der Bettdecke hervor, die nicht ganz bis zum Fußboden reichte, sah ich den Lichtkegel einer Taschenlampe, niedrige Stiefel und rote Socken.

»Katrin«!, flüsterte Harryboy sanft. »Wo sind Sie, Katrin?«

Ich hielt den Atem an – und dachte plötzlich: das Laken! Als ich unter das Bett kroch, hatte ich es nicht mehr zurechtziehen können; es musste ganz zerknittert sein.

»Warum verstecken Sie sich? Seien Sie nicht albern ...«

Gleich wird er die Decke anheben und mich entdecken – ein ausgewachsenes Frauenzimmer, zusammengerollt zu einem kleinen Knäuel. Etwas Blöderes konnte mir wirklich nicht einfallen.

Aber Harryboy machte keine Anstalten, die zerknitterte Decke gerade zu ziehen, und auch nicht, unter das Bett zu schauen. Er löste sorgsam den Strick vom Haken, über den ich einfach drübergestiegen war, und setzte sich auf das Bett. Jetzt sah ich die Socken mit den straffen Gummibändern dicht vor mir. Und die Schuhe mit den kräftigen Sohlen. Ich sollte jetzt unter dem Bett hervorkommen, das war wirklich zu lächerlich. Irgendwie würde ich meine kindische Angst schon überspielen können ... Gerade wollte ich mich zu erkennen geben und Harryboy lachend an seinen roten Socken ziehen – kein Geschmack, Harryboy! –, als neben seinem Stiefel der Schürhaken erschien. Harryboy stellte ihn akkurat zwischen seine Füße, mit einem leisen dumpfen Geräusch setzte er auf dem Fußboden auf. Ein gewichtiges Argument in einem Streit, zweifellos.

»Sie sind doch ein erwachsener Mensch, Katrin«, sprach Harryboy in mahnendem Ton weiter. »Lassen Sie uns ins Haus zurückgehen. Ich habe etwas zum Abendessen vorbereitet.«

Das stimmt. Du hast das Abendessen für dein TIER vorbereitet, und ich werde der erste Gang sein.

»Lassen Sie uns reden, Katrin ...«

Reden können wir, klar, aber was willst du mit dem Schürhaken?

Ich beschloss, standhaft zu bleiben. Wenn es darauf ankam, würde ich mich schlafend stellen. Er würde doch nicht einem schlafenden Mädchen den Schürhaken über den Kopf hauen.

»Sie sind schon seit vier Stunden weg.«

So lange!

»Ich mache mir Sorgen!«

Nein!

»Ich habe Ihnen doch gesagt, dass man sich in der Toten Stadt verlaufen kann ...«

Wirklich!

»Sie ist ganz anders, als es auf den ersten Blick scheinen mag ...«

Was du nicht sagst!

»Sie sollten nachts nicht hier herumlaufen. Allein ...«

Danke für den Rat.

»Es kann alles Mögliche passieren ...«

Das stimmt allerdings.

»Aber Sie brauchen keine Angst zu haben ...«

Aha. Vor allem nicht, wenn ich an den Schürhaken denke.

»Vielleicht scheine ich Ihnen ja etwas seltsam ...«

Allerdings, und wie seltsam, Harryboy.

»Aber in Wirklichkeit ist alles viel einfacher und gleichzeitig komplizierter, Katrin.«

Einfacher bestimmt nicht, das ist schon mal sicher.

»Die Tote Stadt braucht Sie, Katrin. Sie müssen das Geheimnis enträtseln ... Den ersten Schritt haben Sie schon getan ...«

Du wiederholst dich.

»Tun Sie jetzt den zweiten ...«

Nur nichts übereilen.

»Ich warte auf Sie, Katrin. Ich werde im Haus auf Sie warten. Wir können alles in Ruhe bereden. Wahrscheinlich haben Sie Fragen. Ich bin bereit, Ihnen zu antworten ...«

Wer's glaubt, wird selig. Wir werden alles übereinander wissen – und dann werden wir zu Feinden. Und ein Feind mit einem Schürhaken ist ein gefährlicher Feind.

»Ich warte auf Sie. Kommen Sie bald.«

Das Bett über mir quietschte: Harryboy stand auf, der Schürhaken entschwebte, und die roten Socken entfernten sich. Wieder knarrten die Dielenbretter.

Ein Täuschungsmanöver.

Jetzt wirst du unten warten, bis ich aus meinem Versteck hervorkomme, und dann schnappst du mich und schleppst mich zu deinen Fotos. Und dann traktierst du mich wieder mit deinen ewigen Vergleichen mit der Bürgermeisterstochter.

Offensichtlich war Harryboy nicht sehr geduldig. Drei Minuten später war er schon wieder da. Ich lag immer noch zusammengekrümmt unter dem Bett. So, das Spiel ist aus. Noch eine Sekunde, und er zieht mich an meinen roten Haaren aus meinem Versteck ...

Harryboy trat vor das Bett, aber nur, um es in Ordnung zu

bringen. Er schüttelte die Laken und zog die Tagesdecke zurecht. Dann hängte er den Absperrstrick wieder ordentlich an den Haken.

»Ihr seid sehr unordentlich, ihr Russen«, sprach er in den leeren Raum hinein.

Harryboys Schritte waren längst verklungen, als ich immer noch unter dem Bett lag. Sein Verhalten war mir nicht geheuer, absolut nicht geheuer. Aber er war taktvoll – noch. Er brauchte mich – noch.

Ich hatte keine Uhr und keine Orientierungsmöglichkeit in dem dunklen Bauch des Hauses. Aber ich konnte auch nicht bis in alle Ewigkeit hier bleiben. Ich wartete, bis ich ein wenig ruhiger geworden war. Dann verließ ich endlich mein Versteck und schlich auf Strümpfen vorsichtig nach unten. Von Harryboy war keine Spur zu sehen, aber er hatte mir vorsorglich eine brennende Lampe dagelassen. Sie stand auf dem Tisch und beleuchtete mit ihrem gleichmäßigen matten Licht das Erdgeschoss. Im Stillen bedankte ich mich bei dem fürsorglichen Irren, drehte den Docht ein wenig höher und schaute mich um. Es wäre sicher nicht verkehrt, sich irgendwie zu bewaffnen, falls Harryboy doch noch Schwierigkeiten machen sollte.

Aber der Alltag der vor Jahrhunderten verblichenen Holländer bot nur die unschuldigsten Dinge: bunte Stickereien, geschnitzte Regale, Porzellangeschirr und Nippsachen aus Metall, mit denen man höchstens eine Bierflasche aufmachen konnte.

Ich trat aus dem Haus, zog die Tür sorgfältig hinter mir zu – und schaute mich verblüfft um: Die ganze Straße entlang leuchteten in allen Häusern trübe Lichter aus den Erdgeschossfenstern. In den leeren Fensterhöhlen wirkte der helle Schein ganz und gar unwirklich. Anstatt den Häusern ein wenig Wärme zu geben, verstärkte er den Eindruck der Verlassenheit. Sogar Gräber wirken bewohnter, wenn am Totensonntag Kerzen auf ihnen brannten. Möglicherweise ging Harryboy von

Haus zu Haus und stellte in jedem eine Lampe auf, ging überall in den ersten Stock, zog die Decken auf den Betten zurecht, überprüfte die Absperrseile – und hielt in jedem eine Rede, wie ich sie vorher gehört hatte.

Ich lief die Straße entlang, wollte den Lichtern in all diesen Fenstern entkommen. Von hier aus war die ganze Insel gut zu übersehen. Nur zwei Häuser waren dunkel – Harryboys Hütte und das Gerippe des Fischladens von Rogier Longteren. Ich dachte einen Moment nach und ging dann entschlossen auf Letzteren zu. Vielleicht konnte ich ja Harryboys Annäherungsversuchen entgehen, wenn ich mich in den Schutz des fünfzehnten Jahrhunderts begab.

Ich hatte die leblosen Wände noch gut im Gedächtnis. Aber in der Dunkelheit der Nacht wirkte dieser Ort wunderlich verwandelt und machte vergessen, dass dieses Haus das einzige auf der Insel war, das der Vergangenheit gehörte. An der Stirnseite klaffte eine schmale Fensteröffnung, die von einem seltsam trügerischen Licht ausgefüllt war – gleich dahinter ragte die beleuchtete Mattglaskuppel des Museums auf. Einen Moment lang stand ich wie verzaubert von diesem wundersamen Anblick. Und dann erwachte das Haus plötzlich zum Leben, füllte sich mit den Schatten der Menschen, die vor langer Zeit einmal hier gelebt hatten. Die Werkstatt von Lukas Auster hatte sich oben im ersten Stock befunden. Jetzt gab es dort nur noch die nackten Wände, aber der Geist des Malers war immer noch an diesem Ort zugegen, darauf hätte ich schwören können. Er füllte dieses Haus mit seinem Atem und hielt es lebendig. Überall um mich herum war Geflüster und Geschrei.

Der Lärm – wo? In meinen Ohren? In meinem Kopf? In meinem Herzen? – war unerträglich; ich sank auf die Steine nieder – und im selben Moment hörte ich Harryboys Stimme hinter mir.

»Endlich habe ich Sie gefunden, Katrin ...«

Fast hätte ich vor Schreck aufgeschrien. Mit einem Satz war ich auf den Beinen, meine schweren »Caterpillar« ließen kleine Kieselsteine nach allen Seiten fliegen. Harryboy stand lächelnd vor mir und hielt die Hände hinter dem Rücken versteckt.

»Endlich habe ich Sie gefunden, Katrin«, sagte er noch einmal leise.

»Verdammt, haben Sie mir einen Schreck eingejagt ...«

»Warum haben Sie sich versteckt?«

»Wie kommen Sie denn darauf? Ich habe mich doch nicht versteckt. Ich bin bloß ein bisschen spazieren gegangen.«

»Und wie war Ihr Spaziergang?«

»Wunderbar. Haben Sie diese Illumination hier veranstaltet?«

»Außer uns beiden ist niemand auf der Insel.«

»Richtig. Das war eine dumme Frage von mir, entschuldigen Sie. Es sieht sehr beeindruckend aus.«

»Wirklich?«

»Ja. Machen Sie so etwas öfter?«

»Heute zum ersten Mal. Es ist hübsch, finden Sie nicht? Ich habe Sie gesucht.«

»Wozu denn?« Ich gab meiner Stimme einen möglichst lässigen Klang. »Ich bin doch da.«

»Es war gar nicht so einfach, Sie aufzuspüren, Katrin«, gestand Harryboy.

»Und wozu wollten Sie mich aufspüren? Ich wäre ganz von allein zurückgekommen.«

Die Stimmen und Schatten hatten sich zurückgezogen. Harryboy hatte sie offenbar mit seiner sterilen Gegenwart verschreckt.

»Ich wusste, dass Sie hierher kommen würden, Katrin. Früher oder später mussten Sie hierher kommen. Die Dunkelheit zieht Sie an. Sie suchen sich immer einen dunklen Winkel. Ich musste nur an allen anderen Orten Licht machen ...«

Sehr interessante Interpretation.

»In welchem Sinn meinen Sie das?«, fragte ich.

»In jedem Sinn, Katrin. In jedem Sinn.«

Harryboy schaltete plötzlich die Taschenlampe ein – ich hörte nur das trockene Klicken des Schalters – und richtete den Lichtstrahl auf mein Gesicht. Die starke Lampe blendete mich, und ich wandte mich ab.

»Hören Sie auf, Harry. Was sind das denn für Gestapo-Methoden, wirklich!«

»Sehen Sie, ich hatte Recht. Sie mögen die Dunkelheit«, bemerkte Harryboy, aber er senkte die Taschenlampe.

Fortan begnügten wir uns mit dem diffusen Licht, das von der Museumskuppel ausging. Harryboy bewegte sich graziös im Kreis um mich herum, und mir blieb nichts anderes übrig, als mich dem Rhythmus dieses seltsamen Tanzes zu unterwerfen. So drehten wir uns mehrmals um eine imaginäre Achse, bis Harryboy endlich anhielt – in der für ihn denkbar günstigsten Position: Ich stand jetzt im vollen Licht der Kuppel, während er fast ganz in der Dunkelheit untertauchte. Ich sah nur den schwarzen Schatten seiner Silhouette.

Genauso wolltest du es doch haben, Harryboy: ich voll im Licht und du im Dunkeln.

Harryboy war jetzt ganz still geworden. Obwohl ich sein Gesicht nicht sah, spürte ich, dass er mich begierig anstarrte. Er hatte alle meine Laster ans Licht gezogen, und jetzt wollte er sie unter die Lupe nehmen.

»Und?«, fragte ich. »Was kommt jetzt?«

»Jetzt verstehe ich ihn«, sagte er langsam; seine Stimme war bloß noch ein Hauch.

»Wen?«

»Lukas ... Ich verstehe, warum er Sie gewählt hat, Katrin ... Ich hätte Sie auch gewählt.«

»Reden Sie keinen Unfug, Harry. Ich bin völlig durchgefroren, ich bin müde, ich will schlafen.«

Er hörte mir überhaupt nicht zu; der Abstand zwischen uns verringerte sich langsam. Die Taschenlampe fiel ihm aus der

Hand und klirrte auf den Steinboden – offenbar hatte er sie absichtlich fallen lassen.

»Katrin, Sie sind genau so, wie er Sie gesehen hat.«

Hinter mir befand sich die Tür. Was hinderte mich daran, mich umzudrehen und wegzurennen? Ich war unfähig, mich zu bewegen. Aus Harryboy schien die ganze Leidenschaft hervorzubrechen, deren er mächtig war. Die Gier nach der Frau, die irgendwann einmal dem großen Maler gehört hatte. Jetzt wollte auch Harryboy sie besitzen, um Lukas Auster zu spüren. Seltsamerweise beängstigte mich das nicht im Geringsten. Im Gegenteil, eine ungeahnte Lust stieg plötzlich in mir auf und strömte wie eine heiße Welle durch meinen Körper. Harryboy sah mich mit Lukas' Augen, und auch ich spürte auf einmal genau das, was die Tochter des Bürgermeisters gespürt haben musste, die Frau, die in ihrer unglücklichen Liebe ertrunken war.

Harryboy kam langsam näher – als fürchtete er, das fragile Gleichgewicht der Jahrhunderte, das zwischen uns bestand, könnte plötzlich zerbrechen. Sein Gesicht trat aus der Dunkelheit hervor – blass und verzückt. Die Leidenschaft machte seine Züge spitzer – wie der Tod, anders konnte es auch nicht sein: Hier, vor authentischer Kulisse, durchlebten wir noch einmal ein Stück, hinter dem schon lange der Vorhang gefallen war. Die Schatten und das Flüstern kehrten zurück, sie überwachten uns, sie wussten ganz genau, was geschehen würde.

»Sie sind wunderschön, Katrin«, Harryboys Lippen bewegten sich kaum, aber ich konnte jedes Wort, jeden Buchstaben von ihnen ablesen. »Sie sind wunderschön ...«

Wieder hörte ich das seltsame Geräusch aus dem Innern der Erde. Diesmal klang es ganz nah, aber es machte mir jetzt keine Angst mehr. Ich war bereit zu glauben, dass ich seit vielen Jahrhunderten auf diesen Mann, auf diese Worte gewartet hatte. Ich war bereit, alles zu glauben ...

Harryboy legte mich vorsichtig auf den Steinboden, der sich auf einmal weich und nachgiebig anfühlte, und begann, vorsichtig meine Jacke zu öffnen. Er hatte immer noch Angst, mich zu berühren, ich sah, welche Überwindung es ihn kostete ... Und als sein blasses Gesicht endlich dem meinen ganz nahe war, schloss ich für einen winzigen Moment in Erwartung seines Kusses die Augen ...

Doch ... der Zauber verpuffte. Harryboy war wieder Harryboy. Über mir stand deutlich sichtbar das Rechteck des Himmels, eingefasst von den scharfen Kanten der Wände des Fischladens von Rogier Longteren – anders gesagt, zwei Rechtecke, ein großes und ein kleines, der schmalere Teil des Hauses und der breitere. Die Umrisse dieser Rechtecke erinnerten mich lebhaft an den rätselhaften Plan, den ich vor wenigen Stunden skizziert hatte. O Gott, ist es etwa so einfach?

»Harry!«, brachte ich mühsam hervor und stemmte meine Hände gegen seine Brust. »Harry, ich habe ihn gefunden ...«

Meine schrille Stimme, vielleicht zu schrill, ernüchterte den Holländer sofort. Sein Körper, der mir einen Moment zuvor noch fast gewichtslos erschienen war, lastete jetzt schwer und ungelenk auf mir, wie der Körper eines Vergewaltigers.

»Ich habe ihn gefunden, Harry!«

»Wen?«

»Den Schlüssel, von dem Sie gesprochen haben ... Er ist hier. Das Wort in dem Bild ...«

»Tolle ...«

»Ja, ›Nimm an dich!‹. Ich glaube, ich weiß, was damit gemeint ist.«

»Warten Sie, ich verstehe überhaupt nichts, Katrin ...«

»Zwei Rechtecke, Harry, wie auf dem Plan – ein großes und ein kleines Zimmer. Verstehen Sie, Harry?«

»Ich ... ich weiß nicht ...«

»Erinnern Sie sich, wo sich das Schlüsselloch befand, der offene Mund des Greises in der Tiara? Wissen Sie noch?«

Ich sah den Plan deutlich vor mir. Zwei nebeneinander liegende Rechtecke und das Schlüsselloch an der linken Seite des kleineren. Meine Worte überschlugen sich, als ich versuchte,

Harry meine Idee zu erklären. Er sah mich erschrocken an, seine Augen schienen aus den Höhlen springen zu wollen.

»Verstehen Sie nicht, Harry? Verstehen Sie denn nicht?«

Ich konnte nicht zu Ende sprechen, das Seufzen und Stöhnen im Inneren der Insel wurde immer deutlicher: Es schien, als blähte sie sich auf oder hallte von einem weit entfernten Erdbeben wider oder als träfe sie die Druckwelle einer Explosion. Harryboy war vollkommen durcheinander, er griff immer wieder nach meinen Händen.

»Ich wusste es ... Ich wusste, dass Sie ihn finden, Katrin ... Kommen Sie ... Wir holen den Plan und überprüfen es ...!«

Er stand auf und half mir auf die Beine. Als wir die Taschenlampe nicht finden konnten, stürzten wir wie auf Kommando zur Tür und rasten nach draußen.

»Schneller, Katrin, schneller, kommen Sie«, flehte Harryboy.

Seine plötzliche und so menschliche Eile brachte mich zum Lachen.

»Jetzt beruhigen Sie sich doch, Harry. Lukas Auster hat fünfhundert Jahre auf Sie gewartet. Er wird es auch noch ein wenig länger tun ...«

»Sie haben Recht, natürlich, Sie haben Recht ... Aber ich flehe Sie an, Katrin, schneller!«

Wir waren jetzt wie Goldsucher, die der Rausch gepackt hatte. Erst als wir bei ihm zu Hause angekommen waren, erlaubten wir uns, Atem zu schöpfen.

Harryboy stürzte zu den Zeichnungen und Fotos, die immer noch auf dem Fußboden vor dem Kamin herumlagen: Er legte sie nebeneinander und drehte sie hin und her.

»Sie haben Recht, Katrin, Sie haben Recht«, sagte er unentwegt vor sich hin. »Sie haben Recht, o Gott, wie einfach und genial alles ist!«

Ich sah ihm dabei zu, wie er vor dem Kamin herumwirtschaftete, und spürte plötzlich, dass ich todmüde war. Aber ich spürte auch noch etwas anderes.

»Haben Sie denn keine Angst, Harry?« Vor meinen Füßen lagen die Fotos, auf denen das Tier aus dem Abgrund aufstieg.

»Angst? Wovon reden Sie, Katrin?«

»Ein Bild, das tötet; seltsame Geräusche im Inneren der Insel. Die Aufnahmen, die Sie seit sieben Jahren machen. Haben Sie keine Angst?«

»Aber die Botschaft ... Dort steht ›Nimm an dich!‹. Wir müssen es an uns nehmen, Katrin. ER selbst verlangt es von uns. Er hat es vorausgesehen, er wusste, dass fünf Jahrhunderte später gerade Sie kommen würden, um das Geheimnis zu lüften ... Wir verlieren nur Zeit, Katrin ...«

»Und wenn alles das wahr ist, was Sie mir heute erzählt haben? Sie haben doch selbst gesagt – Lukas hat den Weg bereitet ... Und Sie ahnen auch, wem er den Weg bereitet hat. Es ist vielleicht besser, wenn das Geheimnis ein Geheimnis bleibt!«

»Nein!«, unterbrach mich Harryboy schroff. »Nein! Man kann doch nicht den Schlüssel im Schloss umdrehen und dann vor der Tür stehen bleiben! Er hat gesagt ›Nimm an dich!‹. Und wir nehmen es an uns, Katrin. Ich werde es nehmen, was es mich auch kosten mag.«

»Sogar wenn die ganze Welt zur Hölle fährt.«

Harryboy sah mich mit wilden Augen an, und seine Stimme klang hart wie Metall.

»Wir dürfen keine Zeit mehr verlieren, Katrin. Wenn Sie nicht mitkommen, dann gehe ich eben allein. Aber ...«

Weiter kam er nicht. Die gespannte Stille des Hauses wurde plötzlich vom schrillen Läuten des Telefons durchbrochen. Ich zuckte zusammen, aber ich beruhigte mich gleich wieder: Wer immer jetzt anrief – dieser Anruf kam aus der wirklichen Welt, und er würde uns in die Realität zurückbringen.

Harry warf einen ärgerlichen Blick auf das Telefon.

»Nehmen Sie schon ab, Harry«, riet ich sanft. »Es klingelt, hören Sie denn nicht?«

Er gehorchte nur widerwillig. Eine Weile hörte er zerstreut zu; dann reichte er mir den Hörer.

»Es ist für Sie, Katrin. Ihr Freund. Ich habe vergessen, mich bei ihm für das Bier zu bedanken ...«

Snegir! Was für eine Überraschung! Ich nahm den Hörer und hörte das vertraute Schnaufen.

»Lawrucha, was willst du denn?«

»Dein komischer Holländer hat mir die Telefonnummer gegeben ... Gott sei Dank hat er sie mir gegeben.« Snegirs Stimme, matt und leblos, erschreckte mich. Trotzdem sagte ich, ohne nachzudenken:

»Snegir, du bist wunderbar zu verstehen ... Was ist los, hältst du es nicht mal zwei Tage ohne mich aus? Dann heirate mich, ich werde nicht Nein sagen ...«

»Sheka«, stieß er gepresst hervor; dann schwieg er.

In seinem Schweigen lag etwas Erschreckendes, etwas Endgültiges. Mein Magen krampfte sich augenblicklich schmerzhaft zusammen.

»Was ist passiert, Snegir?«

Er sagte immer noch nichts. Ich hörte nur seinen schweren Atem und dann ein seltsames Geräusch, wie ein krampfhaftes Schluchzen.

»Was ist? Ist ihr etwas passiert? Rede doch, Lawrucha!«

»Sie ist nicht mehr.« Ein dumpfes Schluchzen am anderen Ende der Leitung. »Sie ist nicht mehr, Katja ...«

»Was soll das heißen – sie ist nicht mehr?« Diese Worte, so schwer, so unerträglich schwer, hatten nichts mit mir zu tun, sie konnten nichts mit mir zu tun haben.

»Sie ist tot ... Sie wurde ermordet ... Letzte Nacht ... Verzeih ... Du musst herkommen ... Wir müssen alles regeln ...«

Für einen Moment schien sich alles um mich zu drehen, und als ich wieder einigermaßen klar denken konnte, hörte ich nur noch das Besetztzeichen aus dem Hörer.

»Snegir!«, schrie ich in die tote Sprechmuschel. »Snegir! Das ist nicht wahr ... Nein ... Das kann nicht wahr sein ... Hörst du mich, Snegir?«

Ich ließ den Hörer fallen und sank zu Boden. Die Insel, die

Tote Stadt Lukas Austers, Harryboy mit seinen jämmerlichen Zeichnungen und den Fotolampen – das alles war jetzt bedeutungslos. Holland war bedeutungslos und alle Bilder aller Museen der ganzen Welt zusammengenommen. Snegir litt an irgendeiner seltsamen Geistesverwirrung, es war nur ein dummer Scherz, ein dummer, brutaler Scherz – aber solche Scherze sind gar nicht seine Art.

»Ich muss abreisen, Harry«, sagte ich mit dumpfer, brüchiger Stimme. »Sofort. Ich muss nach Russland zurück.«

»Was ist?«, fragte Harryboy.

»Ich glaube ... meine Freundin ... Sie haben sie gesehen ... Sheka ... Es ist etwas Schreckliches passiert. Ich muss fahren, Harry, jetzt sofort. Sie verstehen ...«

»Sie wissen doch, Katrin.« Harry verzog ärgerlich das Gesicht. »Das Boot ist nicht fahrbereit. Ich kann Ihnen nicht helfen. Der Mechaniker kommt erst übermorgen.«

»Ich kann nicht hier bleiben, verstehen Sie denn nicht?! Ich muss fahren, ich muss, verdammt nochmal!«

»Es tut mir Leid.« Er konnte kaum seinen Ärger verbergen, und auf einmal hasste ich diesen sauberen Holländer, ich hasste ihn so sehr, wie ich niemals einen Menschen gehasst hatte.

Ich setzte mich auf den Rand des harten Bettes und ließ den Kopf auf die Arme sinken. Sheka ... Unsere blöden, wirren Schwüre; ihre ulkigen Zehen, die nach allen Seiten aus den Sandalen ragten. Was sollte das heißen – ermordet? Snegir hat einfach den Verstand verloren, und ich auch.

Harryboy trug hastig die Fotolampen zusammen und machte sich daran, das Rätsel um den letzten Willen Lukas Austers zu lösen.

Mir war Austers letzter Wille vollkommen egal. Ich würde jetzt zu dem Boot gehen und von der Insel verschwinden ... Und wenn ich schwimmen musste ...

»Kommen Sie, Katrin?«, fragte Harry vorsichtig, und ich verstand zuerst gar nicht, was er meinte.

»Was?«

»Kommen Sie mit?«

»Haben Sie denn nicht begriffen, was passiert ist? Sie sind ein Ungeheuer, Harry ...«

Er antwortete nicht und schlich sich so unauffällig wie möglich aus dem Haus. Jetzt hüpft er fröhlich die Straße entlang, dachte ich, und Sheka ist tot. Man hat sie ermordet ... O Gott, werde ich etwa verrückt? Einen Tag vorher hatte ich noch mit ihr gesprochen ... Warum hatte mich dieser verdammte Holländer hierher bestellt, und warum war ich gekommen?

Jähe Wut und jäher Hass auf Harryboy übergossen mich: Er ist ein Ungeheuer, ein herzloses Subjekt, ein Verbrecher ... Ich steigerte mich in diese Wut hinein und begann hemmungslos, Harryboys asketischen Alltag zu zerstören: Was ich greifen konnte, flog auf den Fußboden: Bücher, Stöße von Papier, die verdammten Delfter Teller, die Fotografien und – scheiß drauf – sämtliche Plastikbecher und der dicke Bierhumpen voller Kugelschreiber und Bleistifte. Nachdem ich diverse Regale auf diese Art verwüstet hatte, machte ich mich über den Tisch her. Harrys zahllose Notizbücher flogen eins nach dem anderen über meine Schulter, sein ganzes Lukas Auster gewidmetes Machwerk landete auf dem Fußboden.

Warum bin ich bloß hierher gekommen? Wäre ich nur in Petersburg geblieben, hätte ich ihr nur zugehört, dann wäre das nicht passiert ... Ich versuchte zu weinen, aber ich konnte nicht. Ich konnte es immer noch nicht glauben.

An ihren Tod zu glauben hieße, sie zu verraten. Ich hatte sie schon einmal verraten, und das würde nicht mehr geschehen. Niemals.

Niemals, niemals ...

Es dauerte eine Weile, bis ich wieder zu mir kam. Harryboys Zimmer war hoffnungslos verwüstet: Berge von Papier lagen auf dem Fußboden, zerfledderte Bücher, zerknitterte Seiten, zerrissene Einbände. In meinem Wahn begann ich, alles wieder aufzuräumen, ich musste irgendetwas tun, damit ich nicht ständig an Sheka dachte, daran, was passiert war ...

Während ich versuchte, die ganze Verwüstung wieder halbwegs in Ordnung zu bringen, stieß ich plötzlich auf ein kleines Notizbuch. Ein geprägter Ledereinband, eine Art Damen-Kalender. Eher mechanisch als mit bewusster Absicht schlug ich ihn auf. Auf der ersten Seite stand in akkurater Handschrift: RUSSIA.

Es folgte eine Liste mit Dutzenden von Telefonnummern und darunter irgendwelches Gekritzel. Ich steckte das Buch in die hintere Tasche meiner Jeans und vergaß es sofort.

Sheka.

Sheka, das war das Einzige, woran ich jetzt denken konnte, während ich dort auf dem Fußboden saß und wahllos Bücher von links nach rechts und von rechts nach links legte. Wenn stimmte, was Snegir mir am Telefon gesagt hatte ... O Gott, wie ich hoffte, dass es nicht wahr wäre ... Arme Kinder, Katja junior und Lawrucha junior, die besten Zwillinge der Welt ...

Ich tastete mit den Händen über den Boden, raffte Kugelschreiber und Bleistifte zusammen und steckte sie in den Bierkrug – und hätte fast den kleinen, unscheinbaren Stutzen übersehen, der inmitten der bunten Stifte steckte. Dieser Hundesohn von Harry, jetzt war mir alles klar. Dieser Stutzen gehörte ohne Zweifel in den Bootsmotor. Harryboy hatte ihn entfernt, und deshalb ließ sich der Motor nicht starten.

Ich sah den Stutzen und spürte eine seltsame Erleichterung – eine Art ohnmächtiges Glücksgefühl.

So, das war's, Harry. Ich gehöre dir nicht mehr und auch nicht Lukas oder der Insel.

Ich schnappte meinen Rucksack und lief zur Anlegestelle, den Stutzen fest in der Hand. Mit einem Feuerzeug, das ich von Harrys Tisch genommen hatte, leuchtete ich mir den Weg, öffnete die Abdeckung des Motors und brachte den Stutzen an. Der Motor startete augenblicklich, und wenige Minuten später hatte ich der Toten Stadt Ostrea schon den Rücken gekehrt. Das Meer atmete in mein Gesicht, und hinter mir seufzte immer noch die Insel. Aber jetzt war mir vollkommen schnuppe, was Harryboy dort aus der Vergangenheit herausangelte. Ich werde nie mehr hierher zurückkehren und werde dich sofort vergessen. Nein, du hast es nicht einmal verdient, vergessen zu werden ...

Dritter Teil

Sankt Petersburg, Herbst 1999.

Ich erinnere mich kaum, wie ich die Küste erreichte und das Boot an der Anlegestelle festmachte; beim Anblick der gemütlichen Lichter in den Fenstern der Gaststätte »Zum Jungfrauenheim« krampfte sich mein Herz schmerzhaft zusammen – als ich diese Lichter zum ersten Mal gesehen hatte, war die Welt noch eine ganz andere gewesen. Und auch ich hatte mich verändert. Ich fuhr noch in derselben Nacht per Anhalter nach Amsterdam. Ein Belgier, der Heringe nach Le Mans brachte, nahm die rothaarige Russin gerne mit und belästigte sie nicht einmal mit neugierigen Fragen.

»I don't understand«, war das Einzige, was diese rothaarige Russin sagte, und das reichte aus, um den ganzen Weg bis Amsterdam in internationalem Schweigen verbringen zu können.

Ich verstand tatsächlich gar nichts mehr. Während meines Aufenthalts in Holland war mein so klares, einfaches Leben dort, in Petersburg, in tausend Stücke zerbrochen. Der Rucksack stand neben meinen Füßen, aber Sheka war tot ...

Ich nahm die erste Maschine nach Petersburg, nachdem ich Lawrucha ein Telegramm mit der Nummer des Fluges geschickt hatte. Ich hatte ihn die ganze Zeit telefonisch nicht erreichen können. Die vier Stunden, die ich bis zum Abflug warten musste, wanderte ich ziellos durch Amsterdam, ohne irgendetwas wahrzunehmen. Auf der Kalverstraat, ganz in der Nähe des Muntplein, kaufte ich ein paar kleine Souvenirs und Geschenke: bemalte Holzschuhe, Keramikteller mit aufgemalten Mühlen und einen Kupferstich. Die Holzschuhe kriegt Lawrucha, damit kann er auf dem ewig schmutzigen Fußboden in seinem Atelier rumpoltern. Und die Teller sind für Sheka, die hatte schon an der Akademie einen unerklärlichen Hang zu Keramik, und der Kupferstich ... O Gott, was rede ich da, Sheka ist doch tot ...

Ich konnte es trotz allem nicht glauben.

Und als die Maschine auf dem Flughafen Pulkovo landete, glaubte ich es immer noch nicht.

Lawrucha holte mich ab. Er war unrasiert, seine Wangen eingefallen. Ich hatte nicht geahnt, wie sehr ein Mensch sich in nur drei Tagen verändern kann. Er roch stark nach Wodka – vielleicht küsste er mich deshalb nicht. Er nahm mir schweigend meinen Rucksack ab und ging mit hängenden Schultern vor mir her zum Ausgang.

Also ist es wahr.

Ich stürzte ihm nach und packte ihn heftig an den Armen. Dann drehte ich seinen kraftlosen Körper zu mir um und nahm sein Gesicht in meine Hände.

»Was ist passiert, Snegir? Erklär es mir doch endlich!«

»Sie ist nicht mehr, Kat.« Lawruchas Gesicht verzerrte sich krampfhaft. »Sie ist tot. Man hat sie ermordet ...«

Der Rucksack fiel aus seiner Hand, und etwas zerbrach darin mit verräterischem Klirren, vermutlich ein Keramikteller. Aber ich brauchte keine Teller mehr – Sheka war tot.

»Lawrenti«, flüsterte ich verzweifelt. »Jetzt reiß dich mal zusammen und erzähl mir alles!«

»Ich kann nicht.« Er schluchzte dumpf. »Jetzt nicht. Später ... Komm, lass uns was trinken ... Ich kann nicht, kann nicht, kann nicht ...«

Ich gab ihm eine kräftige Ohrfeige, um ihn zur Besinnung zu bringen, aber diese normalerweise sehr hilfreiche Maßnahme blieb vollkommen wirkungslos. Er stand einfach vor mir –

ein ausgewachsener Mann, unbeschwerter Alkoholiker, Liebling der Malermodelle jenseits der vierzig – und kleine Tränen rollten aus seinen Augen und verschwanden in den harten Borsten auf seinen Wangen.

»Komm, Kat... Lass uns was trinken, mir platzt sonst der Kopf.«

»Bist du mit dem Auto da?«

»Nein ... Ich habe in den letzten zwei Tagen von morgens bis abends getrunken, damit ich nicht ständig darüber nachdenken muss.«

Wir setzten uns ins Flughafenrestaurant und bestellten Wodka und Salzgurken. Da Salzgurken nicht zu haben waren, mussten wir uns mit Käse und Oliven zufrieden geben. Nach dem dritten Glas fing Lawrucha an zu sprechen.

»Sie wurde ermordet.«

»Und wie ist es passiert?«, fragte ich, und mein sachlicher, kalter Ton ließ mich innerlich frieren.

»Was bist du bloß für ein Mensch, Kat!« Lawrucha sah mich starr an. »Sheka, unsere Sheka ... ist jetzt im Leichenschauhaus, und irgendwelche Scheiß-Pathologen weiden sie aus ... Wie kannst du bloß so ruhig bleiben?«

»Ich bin nicht ruhig, hörst du, ich bin absolut nicht ruhig«, flüsterte ich mit kalter Wut. »Aber einer muss doch einen klaren Kopf behalten. Das bin eben ich, das herzlose Monster Kat. Also, was ist passiert?«

»Gestern Abend kam ein Anruf ... Jemand sagte mir, Sheka sei ermordet worden. Man hatte sie auf einer Baustelle in Kuptschino gefunden, nicht weit von ihrer Wohnung ... Du kennst diese Baustelle, Kat... Die Arbeiter traten morgens ihre Schicht an und fanden sie. Sie wurde durch einen Messerstich ins Herz getötet. Es waren mehrere Stiche. Beim letzten Mal ist das Messer sehr tief eingedrungen ... der Täter ließ es stecken. Wahrscheinlich bekam er es einfach nicht mehr heraus ...«

»Wer?«

»Ich weiß doch nicht ... Der Mörder.« Lawrucha goss sich Wodka nach; seine Hand zitterte. »Trinken wir auf Sheka ...«

Ich legte die Hand über mein Glas.

»Nein. Zuerst erzähl mir alles.«

»Lass mich doch in Ruhe! Ich habe dir alles erzählt ... sie wurde ermordet, man hat sie erstochen. Sie lag auf einer Baustelle, neben einem Kran, in ihrem grauen Mantel. Du kennst doch ihren Mantel ... wir haben ihn ja zusammen gekauft, im ›DLT‹ ... Der Mantel hat die Wunden verdeckt. Sie lag einfach so da. Mit dem Gesicht nach unten.«

»Hast du sie gesehen?«

Er sah mich erschrocken an. Dann nahm er sein Glas und leerte es mit einer heftigen Bewegung. Wodka lief über sein Kinn.

»Ja, ich habe sie identifiziert ... Morgen müssen wir sie aus dem Leichenschauhaus abholen. Wir müssen uns um die Beerdigung kümmern. Ich ... ich glaube ... ich kann das nicht ...«

»Schon klar. Ich kümmere mich darum.« Jetzt goss ich mir doch noch einen Wodka ein und kippte ihn weg, ohne ihn zu spüren. »Und die Zwillinge? Wo sind sie jetzt?«

»Bei Wanja Bergman.«

»Verstehe.«

Das Schrecklichste war, dass der kleine Lawrucha und die kleine Katja jetzt ganz allein waren. Außer Snegir und mir hatten sie niemanden mehr. Die Oma war vor einigen Jahren gestorben, schon vor der Geburt der Zwillinge. Und der einzige Verwandte, ein Cousin, war Ende der Achtzigerjahre nach Deutschland ausgewandert. Aber das würde ich später klären, zunächst wollte ich alles über Sheka wissen.

Sheka, die mit einem Messer in der Brust auf dem Gelände einer Baustelle lag, in der Nähe ihrer Wohnung.

»Sie ... Hat man sie ... Wurde sie vergewaltigt, Lawrucha?«, fragte ich zaghaft.

Wieder sah er mich erschrocken an: als wären allein derartige Worte schon eine Schändung.

»Nein ... Ich glaube nicht.«

»Und gibt es einen Verdacht? Hat man schon jemanden gefunden?«

»Ich weiß nicht. Nein ... Komm, trinken wir noch was, Kat...«

Eine Stunde später verließen wir das Restaurant. Lawrucha war voll wie eine Haubitze, schlief gleich im Taxi ein und wurde nicht wach, bis wir die Wassili-Insel erreichten. Ich hatte Mühe, ihn wachzurütteln und aus dem Taxi herauszubugsieren. Er fiel auf die Knie und übergab sich in den Rinnstein. Das machte mich plötzlich unbeschreiblich wütend. Ich ließ Lawrucha auf dem Asphalt liegen, ging zu einem Kiosk und kaufte eine Zweiliterflasche Mineralwasser. Ich schraubte sie auf und goss ihm die halbe Flasche über den Kopf.

»Los, steh auf, du Scheißkerl! Du hast wirklich nicht das geringste Verantwortungsgefühl ... Musstest du dich unbedingt so voll laufen lassen?«

Ich wuchtete ihn fluchend hoch und schleppte ihn zum Hauseingang. Er brummelte nur dumpf vor sich hin, sein Kopf baumelte schlaff auf seiner Brust. Ich zerrte und schleppte ihn bis in den fünften Stock. Dort lehnte ich ihn an die Wand und schloss meine Wohnungstür auf. Als ich das Licht anschaltete, fiel mein Blick als Erstes auf das Telefon – und nicht einmal jetzt weinte ich. Vor drei Tagen hatte ich noch mit Sheka telefoniert. Wegen einer Störung in der Leitung hatte ich fast nichts verstanden, aber Sheka hatte mir etwas sagen wollen. Etwas Wichtiges. Aber ich hörte ihr nicht zu, ich war schon zu spät dran, ich musste zum Flughafen. Hätte ich damals gewusst, dass meine Reise nach Holland mit diesem schrecklichen Anruf Lawruchas enden würde, ich wäre nicht gefahren. Ich wäre überhaupt niemals mehr in ein Flugzeug gestiegen, wenn ich damit Sheka hätte retten können ...

Vom Treppenabsatz her hörte ich ein schwaches Geräusch.

Lawrucha saß vor meiner Tür und weinte, den Kopf auf die Knie gelegt. Seine Tränen riefen nun Zorn in mir hervor. Zorn und Neid – sorgfältig verborgenen Neid –, denn ich konnte meinen Gefühlen nicht so hemmungslos, so einfach und aufrichtig freien Lauf lassen wie Snegir, ich konnte es nicht. Vielleicht, weil ich immer noch nicht ganz an Shekas Tod glaubte? Lawrucha war im Leichenschauhaus gewesen, er hatte Shekas Leiche gesehen. Ihr Tod war für ihn endgültig und unumkehrbar. Ich aber hatte immer noch eine winzige Hoffnung, dass alles nur ein böser Traum war, dass es Tag würde und von all dem Schrecken nur etwas kalter Schweiß auf der Stirn zurückbliebe ...

Ich schleppte Snegir in die Wohnung und legte ihn aufs Sofa. Er klammerte sich an meine Hände, wollte sie nicht loslassen.

»Sheka«, wiederholte er immer wieder. »Sheka, Sheka ... Wenn du sie gesehen hättest, Kat... Sie lag da auf dem Tisch, sie sah so erstaunt aus, so überrascht, als würde sie selbst nicht glauben, dass sie tot ist ... Verstehst du?«

Ich ließ Lawrucha auf dem Sofa jammern, ging in die Küche und gab zwanzig Tropfen Baldrian in ein Glas. Es hatte keinen Sinn, jetzt eine zusammenhängende Schilderung aus ihm herausholen zu wollen. Er würde nur immer weiter jammern und nach Wodka verlangen. Warum stehen die Männer dem Tod immer so hilflos gegenüber? Ich vergaß, dass der Baldrian für Snegir bestimmt war, und trank ihn selbst.

Bald hämmerte mein Herz nicht mehr ganz so verzweifelt. Der erste Schock war allmählich überstanden, und jetzt zwang ich mich, in die Wirklichkeit zurückzukehren.

Ich musste an die Kinder denken. Lawrucha hatte sie zu dem unverbesserlichen Junggesellen Wanja Bergman verfrachtet, als er zum Flughafen fuhr, um mich abzuholen. Aber Wanjas elende Werkstatt voll von chinesischen Nudeltüten war wohl nicht der passende Ort für zwei Fünfjährige. Sheka hatte niemanden, also mussten die Zwillinge bei mir wohnen. O Gott, was soll nur werden ...

Ich tröpfelte wieder Baldrian in das Glas und ging ins Zimmer zurück.

Lawrucha war auf dem Sofa eingeschlafen, zusammengerollt wie ein kleines Hündchen – das tat er immer, wenn er sich vor einer Verantwortung drücken wollte. Er flüchtete sich in den Schlaf oder zu seinen Weiber-Modellen oder in irgendeine gottverlassene Hinterwäldlergegend, um Kirchen zu restaurieren. Ich rüttelte ihn erbarmungslos wach und hielt ihm den Baldrian unter die Nase.

»Los, trink!«

»Gib mir lieber Wodka ...«

»Du hast für heute genug gehabt«, sagte ich streng.

»Du bist ein herzloser Mensch, Kat...«

»In welchem ... In welchem Leichenschauhaus ist sie, Snegir?«

»Ich hab's mir aufgeschrieben. Der Zettel ist in meiner Jacke ... Komm, trinken wir noch was, gedenken wir unserer Freundin Sheka Sokolenko ...«

»Später. Wer führt die Untersuchung?«

»Wozu willst du das wissen?«

»Du bist wirklich völlig neben der Kappe, Snegir. Ich will wissen, was passiert ist.«

»Sie werden dich wie eine Zitrone ausquetschen, Kat. Sie haben mich den ganzen Tag lang verhört ...«

»Wie sind sie überhaupt auf dich gekommen?«

»In Shekas Manteltasche ... Da waren die Rechnungen, für mein Telefon und für die Wohnung. Ich hatte ihr das Geld gegeben, aber zum Bezahlen ist sie nicht mehr gekommen.«

Das war eine alte Geschichte: Nachdem im vorletzten Jahr Snegirs Telefon wegen chronischen Zahlungsverzugs abgestellt worden war, hatte die korrekte Sheka die Pflicht auf sich genommen, sich um Lawruchas Rechnungen zu kümmern. Er selbst gab sich mit solchen Dingen aus Prinzip nicht ab, er war der Meinung, der Staat schulde ihm wesentlich mehr als er, der Maler Snegir, dem Staat. Außerdem war es für ihn eine echte Quälerei, eine Bank zu betreten.

»Sie haben mich einen ganzen Tag lang terrorisiert: In welcher Beziehung standen Sie zu dem Opfer ...« Snegir schluckte. »Was haben Sie in der Nacht des Mordes gemacht ...«

»Und was hast du in der Mordnacht gemacht?«

»Du bist genau wie die ... Ich war bei Wanja. Er hat einen riesigen Auftrag abgegriffen, aus Moskau. Deshalb hat er sich dermaßen voll laufen lassen, dass ich die ganze Nacht an seinem Lager hocken und Händchen halten musste. Ich hab ihn kaum wieder hingekriegt, er hätte fast den Löffel abgegeben. Du weißt doch, es gibt nichts Schlimmeres als einen besoffenen Abstinenzler ...«

»Na gut. Penn weiter. Ich fahre jetzt die Kinder holen. Wann sollen wir ... sie abholen?«

»Morgen ... Kat, du ...« Snegir sah mich flehend an.

Schon klar, Lawrucha war mit solchen Problemen hoffnungslos überfordert. Kein Rückgrat.

»Also gut, ich kümmere mich darum.«

Ich rief bei Wanja Bergman an. Er nahm den Hörer sofort ab, als hätte er neben dem Telefon gesessen.

»Wanja, ich bin's.«

»Bist du schon zurück? Hier ist ...«

Ich hatte keine Lust, mir das Ganze jetzt noch einmal von Wanja anzuhören.

»Ich weiß schon Bescheid. Wie geht es den Kindern?«

Wanja seufzte schwer.

»Sie haben mir drei Tuben mit weißer Farbe zertreten. Aber ihnen geht's gut. Ich habe ihnen was zu essen gegeben.«

»Chinesische Nudelsuppe?«

»Nein. Ich habe Joghurt gekauft. Sie haben gegessen, und jetzt schlafen sie ... Willst du sie abholen?«

»Lass sie erst mal schlafen. Einen Tag können sie noch bei dir bleiben. Morgen habe ich mit der Beerdigung zu tun. Ich komme am Vormittag bei dir vorbei und bringe was zu essen mit. Lawrucha ist vollkommen im Eimer, auf den können wir nicht rechnen. Kannst du dir ja vorstellen.«

»So ein Unglück, o weh, Katja«, jammerte Wanja wie ein

altes Klageweib. »Sie können hier bleiben, aber nur noch morgen. Übermorgen fahre ich nach Moskau.«

Ich legte den Hörer auf und sah Snegir an. Er lag da, den Kopf unter Kissen gesteckt.

»Du schläfst ja gar nicht, Snegir.«

»Nein«, sagte er leise.

»Und du bist auch nicht so betrunken, wie du tust.«

»Nein ...« Er setzte sich auf und legte den Kopf auf die Arme. »Wie soll man das ertragen, Kat?«

»Reiß dich zusammen. Es ist passiert, und man kann es nicht ungeschehen machen.«

»Du bist ein Miststück«, sagte Snegir aus vollem Herzen. »Dich lässt das alles kalt ... Wer hat sie bloß umgebracht, Kat? Und warum? Warum, Kat? Wegen dieses verdammten Geldes, oder was?«

»Was denn für Geld?«

»Ein Freund von mir hat es ihr vorbeigebracht ... Siebenhundert Dollar. Er hat gesagt, jemand habe eine Batik von ihr gekauft.«

»Für so viel Geld?« Ich sah Snegir zweifelnd an.

»Ach Quatsch ... Natürlich nicht. Aber du weißt doch, in welcher Situation sie war. Sie hätte es abgelehnt, wenn ich ihr das Geld einfach so gegeben hätte. Du erinnerst dich doch sicher daran, was sie von dem Geld aus der Versteigerung gehalten hat. Mein Freund sollte ihr erzählen, der Kunde habe bar bezahlt und gleich noch ein paar Sachen bestellt. Was glaubst du, wie sie sich gefreut hat!«

»Hast du der Polizei davon erzählt?«

»Musste ich doch ... Aber ich habe gesagt, ich hätte es ihr geborgt, sonst hätte ich ihnen den Kunden angeben müssen ... Sie wird es ja jetzt nicht mehr erfahren.«

»Und das Geld?«

»Sie hatte kein Geld bei sich. Nur ein paar Münzen ... Und zu Hause waren nur noch zweihundert Dollar.«

Ein sinnloser Mord, vollkommen sinnlos. Vielleicht wegen

fünfhundert Dollar. Sie war bestimmt in eine Wechselstube gegangen, und irgendjemand hatte beobachtet, dass sie eine große Summe bei sich trug ...

Ich hatte Angst, daran zu denken, was dann geschah. Hätte man sie nicht einfach nur bestehlen können, ihr das Geld wegnehmen und fertig? Ich erinnerte mich plötzlich an unser Gespräch in ihrer Selenogorsker Datscha, zwei Monate zuvor. Wie waren noch ihre Worte? Ich fühle, dass dieses Bild uns großes Unglück bringt. Du musst es geahnt haben, arme Sheka. Das schlimmste Unglück ist eingetreten. Kaum war ich nach Holland abgereist ...

Holland. Die Tote Stadt Ostrea. Harryboy. Und das verrückte »Nimm an dich!« des Lukas Auster.

Fast hatte ich an die Existenz des Tieres geglaubt, aber die ganze Apokalypse mit all ihren Heerscharen von Gerechten und Sündern war nichts im Vergleich mit dem Tod dieses einzigen Geschöpfes – der kleinen Malerin Sheka mit den dünnen Augenbrauen ...

Wer hat sie getötet? Und war ihr Tod wirklich ein Zufall?

Sheka wurde auf dem Nowo-Wolkowskoje-Friedhof begraben.

Die Tage bis zur Beerdigung vergingen wie im Fieber. Ich klapperte alle möglichen Büros ab und trug die erforderlichen Papiere zusammen. Ich sprach mit dem Untersuchungsführer, einem älteren Mann mit verdrossenem Gesicht, der Sheka und diesen ganzen Fall hasste. Es war für ihn von Anfang an ein unlösbarer Fall. Keine Indizien am Tatort, keine Zeugen, keine Spuren, ein vollkommen sinnloser Mord. Lawrucha hatte die Wahrheit gesagt – Shekas Brieftasche war noch in ihrem Mantel gewesen, fünf Rubel in Münzen hatten sich darin befunden.

Sheka hatte sich offenbar nicht einmal gewehrt. Erst der letzte Stich hatte sie getötet; das Messer steckte noch in der

Brust, als man sie fand. Ein ganz normales billiges Küchenmesser, wie sie zu hunderttausenden verkauft wurden. In meiner eigenen Küche flogen allein mehrere Exemplare von dieser Sorte herum. Sie waren im Nu stumpf und ließen sich schlecht schärfen.

Der Untersuchungsführer befragte mich lang und breit, ob Sheka irgendwelche Feinde gehabt habe. Aber die Tat sah kaum nach einem sorgfältig geplanten Mord aus. Zu unsystematisch, zu rasend waren die Stiche, die auf Shekas schlanken Körper niedergegangen waren.

Ich bestätigte, dass Sheka in der Regel die Rechnungen unseres gemeinsamen Bekannten Snegir eingezahlt hatte; deshalb hatten sich die Quittungen in ihrer Manteltasche befunden.

»Der Täter war offensichtlich kein Profi«, erklärte mir der Untersuchungsführer. »Wir werden Sie herbestellen, wenn es erforderlich werden sollte.«

Die Abschiedszeremonie verlief in aller Bescheidenheit. Außer Lawrucha und mir waren noch ein paar Studienkollegen von der Akademie da – die paar, die noch nicht ganz dem Suff verfallen waren; die, die sich nicht in den Westen abgesetzt hatten; die, die sich noch nicht erfolgreich vermarktet hatten. Während der Totenmesse hielt ich die Zwillinge an ihren Kapuzen fest. Der kleine Lawrucha und die kleine Katja hatten noch nicht begriffen, was dort eigentlich vor sich ging. Sie wussten nichts vom Tod. Sie ließen sich von den Krähen ablenken, die in dichten Scharen auf den Ästen der kahlen Pappeln saßen, von den matt glänzenden Rohren der beiden Fagotte und von der leisen Geige. Lawrucha hatte drei seiner Kumpels, arbeitslose Musiker, bestellt, damit wir Sheka mit den Klängen von »Stabat Mater« von Pergolesi verabschieden konnten: mit der Musik, die sie am meisten liebte.

Ich fühlte mich innerlich wie versteinert. Wie durch einen Schleier sah ich Shekas Gesicht, es wirkte ruhig, trug aber einen Ausdruck grenzenlosen Erstaunens. Seltsam, dass ich das winzige Muttermal auf ihrer Wange nie bemerkt hatte, als sie noch lebte, und die genauso winzige Narbe am Kinn auch nicht.

Ich war nicht vorbereitet auf diesen Verlust.

Gleich wird man den Sarg zunageln, und ich werde meine Sheka niemals wiedersehen. Niemals. Wir werden nie mehr zusammen in ihrer kleinen Küche in Kuptschino sitzen und Bier trinken, nie mehr werden wir uns zusammen im »Kristall-Palast« einen so lausigen Film wie »Titanic« mit dem noch lausigeren Leonardo di Caprio ansehen. Nie mehr werde ich ihre keuschen Liebesgeschichten mit ironischem Grinsen kommentieren ... Nie mehr ...

Lawrucha gab mir einen Rippenstoß.

»Geh, verabschiede dich, Kat...«

Ich küsste Sheka auf die kalte wächserne Stirn, und meine Lippen fühlten sich genauso kalt und wächsern an. Du hattest Recht, Sheka, du hast es vorausgeahnt, Sheka ... Verzeih mir, wenn du kannst ...

»Verzeih mir, Sheka.«

Lawrucha stützte mich, sonst wäre ich direkt neben dem Grab hingesunken.

»Verzeih mir, verzeih mir ...«

»Beruhige dich, Kat, es ist nicht deine Schuld.« Snegir zog mich gewaltsam von Sheka fort.

»Es ist unsere Schuld, Snegir ...«

»Nicht hier, Kat... Wir können später darüber reden, wenn du willst. Wir trinken was und reden.« Lawrucha und ich hatten jetzt die Rollen getauscht.

Zwei Tage lang war er schlichtweg unzurechnungsfähig gewesen, und die ganze Organisation der Beerdigung hatte allein auf meinen Schultern gelastet. Jetzt, als alles beinah vorbei war, kehrten seine Kräfte langsam zu ihm zurück, dafür schienen mich die meinen zu verlassen. So eng sind wir miteinander verbunden – was bei dem einen zunimmt, geht dem anderen verloren, wir sind wie kommunizierende Röhren.

»Tante Katja, Tante Katja!« Die kleine Katja zupfte an meinem Ärmel. »Ist Mama tot, Tante Katja?«

Ich hockte mich hin und drückte den mageren kleinen Körper fest an mich. Das Mädchen duftete nach frisch gewaschenen Haaren und Vanillekeksen: die Gerüche, die Shekas ganzes Leben bestimmt hatten und die ich so liebte.

»Nein, die Mama ist nicht tot, sie ist im Himmel ... Du weißt doch, Katja ...«

»Ich weiß, Gott nimmt alle Menschen in den Himmel auf.«

»Die Mama sieht dir jetzt von der allerschönsten Wolke aus zu. Du musst nur die schönste Wolke am Himmel suchen, und darauf sitzt ganz bestimmt die Mama und schaut zu dir herunter. Sie kann uns jetzt alle sehen.«

»Jetzt gerade?«

»Jetzt gerade ...«

»Und warum hat Mama dann die Augen zu, Tante Katja? Man kann doch gar nichts sehen, wenn die Augen zu sind, ich hab es ausprobiert! Man sieht gar nichts ...«

Ich starrte sie hilflos an. Ich hatte noch nie gewusst, wie man mit kleinen Kindern reden sollte, ich war immer viel zu verblüfft von dem, was sie sagten.

»Tante Katja, darf ich dir ein Geheimnis verraten?«

»Natürlich, Liebes.«

Katja fasste meine Hand mit ihrem klebrigen kleinen Händchen – Lawrucha hatte den Zwillingen Bonbons zugesteckt – und führte mich hinter das nächstgelegene Grab.

»Was ist denn, mein Mäuschen?«, fragte ich. Mein Herz wollte vor Liebe und Mitleid zerreißen.

Katja runzelte ihre winzigen Augenbrauen, die genauso hellblond waren wie die ihrer Mutter, und fragte ganz ernst:

»Tante Katja ... Was meinst du, wenn ich Gott bitte, dass er Mama am Wochenende zu uns lässt ... Samstag und Sonntag, wenn wir nicht im Kindergarten sind ... Das wird er doch bestimmt erlauben? Er ist doch so gut ... Lässt er die Mama dann zu uns? Wein doch nicht, Tante Katja ...«

Lawrucha junior, der uns gefolgt war, fasste mich um den Hals und flüsterte mir ins Ohr:

»Ich muss mal, Tante Katja ...«

»Aha, dann geh schnell zu Onkel Lawrenti, der wird etwas zu deiner Rettung unternehmen.«

Lawrucha lief mit vorsichtigen tapsigen Schritten über das glitschige Laub zu Snegir. Ich band Katja den Schal zurecht, wischte mit einem Taschentuch ihre verschmuddelten Finger ab und hörte hinter mir eine Stimme.

»Guten Tag, Katerina Mstislawowna!«

Diese Stimme hätte ich unter tausenden erkannt, so sehr war sie mir, in der kurzen Zeit, die wir uns kannten, auf die Nerven gegangen.

Maritsch.

Ich drehte mich abrupt um. Natürlich, Kirill Alexejewitsch höchstpersönlich. Supermodischer Mantel, supermodisches Halstuch, supermodische Schuhe. Die Arbeit bei den Ermittlungsorganen wurde offensichtlich gar nicht so schlecht bezahlt.

»Wenigstens heute hätten Sie mich in Ruhe lassen können, Hauptmann«, knurrte ich ärgerlich.

»Ich verstehe Ihre Gefühle vollkommen«, sagte er mit einer beschwichtigenden Geste. »Ich möchte Ihnen mein Beileid aussprechen ...«

»Sie sprechen mir Ihr Beileid aus? Haben Sie denn gar kein Gewissen, Kirill Alexejewitsch?«

»Ich muss mit Ihnen reden, Katerina Mstislawowna. Ich weiß, dies ist weder die passende Zeit noch der passende Ort, aber trotzdem ...«

»Dies ist weder die passende Zeit noch der passende Ort, Hauptmann.«

»Ich werde Ihre Zeit nicht lange in Anspruch nehmen.« In seiner sanften Stimme spürte ich professionelle Härte, in seinen Fingerspitzen lauerten die Krallen.

»Na schön«, willigte ich ein.

Zwischen rostigen Grabkreuzen hindurch sah ich Snegirs blasses Gesicht. Er hielt Lawrucha junior an der Hand und sah traurig und beunruhigt zu uns herüber. Als er meinen Blick auffing, zog er die Augenbrauen fragend hoch und bewegte die Lippen: Was will der denn schon wieder?

»Warten Sie einen Moment auf mich, Hauptmann«, sagte ich kurz und ging mit Katja zu Snegir.

Snegir machte mir sofort eine Szene.

»Was soll das denn, verdammt nochmal, Kat? Kann der uns nicht endlich mal in Ruhe lassen?«

»Es dauert nur zwei Minuten. Warte am Haupteingang auf mich, ich komme gleich nach.«

Ich ließ Katja bei Snegir und kehrte zu dem Hauptmann zurück. Lawruchas Musiker hatten ihre Instrumente schon verstaut, seine Maler-Kollegen begaben sich gemessenen Schrittes in Richtung Ausgang, und die Mitarbeiterin der Eremitage Dinka Koslowa – die einzige abstinente Person aus der ganzen Gesellschaft – rückte noch schnell einen Kranz auf dem Grabhügel zurecht: Auch an diesem Ort konnte sie ihren unverbesserlichen Hang zu Symmetrie und bürokratischer Ordnung nicht verleugnen.

Das war's also, Sheka.

Ein frischer Erdhügel und ein kleines Porträt, nach einem Passbild angefertigt – das war alles, was blieb.

Maritsch sah sich mit traurigem Blick die Gräber in Shekas Nachbarschaft an: »Chlobistin, Igor Weniaminowitsch, 1932–1999, Grischpun, Emma Karlowna, 1947–1999, Kasakow, Sawelij Petrowitsch, schlaf ruhig, lieber Ehemann, Vater, Großvater ... Ich hoffe, all diese Menschen sind nicht auch auf so furchtbare Art gestorben wie Sheka ...«

»Was wollten Sie mir sagen, Hauptmann?«

»Nochmals ... Mein aufrichtiges Beileid. Was wird jetzt mit ihren Kindern?«

»Das weiß ich noch nicht. Also, Sie wollten mich sprechen ...«

»Ja.« Maritsch fasste mich unter. Von weitem gesehen musste das ganz natürlich wirken: die vom Unglück gebrochene Freundin und ein Bekannter der Freundin, der sie stützt. Wir passten ganz gut zusammen: eine Rothaarige und ein Brünetter.

Wir gingen eine Weile schweigend die von der letzten Sonne des Herbstes erwärmte Allee entlang. Maritsch hielt immer noch meinen Ellenbogen an sich gedrückt.

»Lassen Sie mich los«, sträubte ich mich endlich. »Ich habe nicht vor, Ihnen wegzulaufen, Hauptmann.«

»Warum sind Sie so böse?«, sagte Maritsch und schüttelte den Kopf, aber er ließ meinen Ellenbogen in Ruhe. »Ich wollte Sie nach einigen Details fragen. Über Ihre Freundin.«

»Wozu?«

»Wissen Sie ... Ich habe – indirekt – mit diesem Fall zu tun.«

Ich blieb abrupt stehen.

»Ach! Ich habe allmählich den Eindruck, dass Sie in sämtlichen Straftaten in dieser Stadt ermitteln.«

»Aber nein, keineswegs. Es ist nicht so, dass ich offiziell in diesem Fall ermittle. Es gibt da nur gewisse Seltsamkeiten. Ihre Freundin war doch einige Zeit mit dem verstorbenen Bykadorow zusammen. Die Stücke aus Goldmans Sammlung, die er gestohlen hat, sind bis heute nicht wieder aufgetaucht. Vielleicht stand Ihre Freundin all die Zeit über irgendwie mit Bykadorow in Verbindung ... Sie war Malerin, und die Gegenstände aus der Sammlung könnten ...«

»Nein«, unterbrach ich Maritsch grob. »Sheka hat Bykadorow mehrere Jahre vor seinem Tod zum letzten Mal gesehen. Sie konnte nichts damit zu tun haben ...«

»Aber es ist doch möglich, dass Sie nicht alles wissen.«

»Ich war ihre beste Freundin.«

»Es gibt Dinge, die man seinen besten Freunden nicht erzählt, Katerina Mstislawowna. Man kann sein ganzes Leben lang neben einem Mörder oder einem Dieb leben und weiß es nicht ...«

»Wovon reden Sie, Hauptmann?« Ich sah ihn entsetzt an.

»Das Leben ist sehr tolerant. Solche Begriffe wie das ›absolut Gute‹ oder das ›absolut Böse‹ lehnt es vollkommen ab.«

»Nein. Sheka war der ehrlichste Mensch auf der Welt. Sie hätte niemals etwas Verbotenes getan.«

Wenn ich dir nur von dieser Szene auf der Datscha erzählen könnte, Hauptmann, wenn ich es nur könnte! Sheka hatte damals das Geld abgelehnt, obwohl sie es doch viel nötiger brauchte als Lawrucha und ich. Wenn du ihre beleidigten Augen gesehen hättest, dir wäre kein Schatten eines Verdachts geblieben, nicht einmal ein Schatten ...

»Schon gut, schon gut, ich wollte Sie nicht aufregen. Wir überprüfen einfach alle Möglichkeiten, und diese halten wir für die wahrscheinlichste in Bezug auf den Mord an Ihrer Freundin.«

»Die wahrscheinlichste?«

»Na ja, einfach, weil alle anderen nicht recht überzeugen. Sie hatte keine Feinde, das haben Sie selbst bestätigt, und Ihr Freund auch. Alle ihre Bekannten haben das bestätigt.«

»Aber vielleicht ... Sie hatte doch Geld. Fünfhundert Dollar. Das ist heutzutage eine ganze Menge ...« Ich machte mich ziemlich lächerlich mit meinen blödsinnigen Mutmaßungen. »Irgendein Gauner ...«

Maritsch schüttelte den Kopf. »Ich glaube nicht, dass es ein Raubüberfall war.«

»Aber sie hatte doch kein Geld bei sich ... Und einen Tag vorher hatte Lawru ... hatte ein Bekannter von Snegir ihr eine große Summe überbracht.«

»Ja, ich weiß, wir haben die Zeugenaussagen Ihres Bekannten und des Bekannten Ihres Bekannten. Und als sie gefunden wurde, hatte sie tatsächlich kein Geld bei sich. Trotzdem, diese Version schließen wir aus.«

»Und warum?«

»Sie wurde nicht auf der Baustelle umgebracht, Katerina Mstislawowna.«

»Nicht auf der Baustelle?«

»Nein. Hat der Untersuchungsführer Ihnen das nicht gesagt?«

Ich erinnerte mich an das abwesende Gesicht des Untersuchungsführers und an sein förmliches Verhör. Dieser Mensch hatte sich nicht im Geringsten für mich interessiert: Ich war keine nahe Verwandte Shekas und hatte mich zum Zeitpunkt des Mordes in Holland befunden. Das bewiesen Visa, Flugtickets und das komplette Orchester der holländischen und russischen Zollbeamten zur Genüge.

»Nein, hat er nicht. Aber ich wäre Ihnen dankbar, Hauptmann, wenn Sie mir alles über die näheren Umstände ihres Todes sagen könnten, das Sie wissen.«

»Natürlich.« Seine Bereitwilligkeit beinhaltete einen Hintergedanken, das war mir klar: Information gegen Information. »Sie war bereits tot, als man sie zu der Baustelle brachte. Der Tod ist gegen Mitternacht eingetreten.«

Wo sollte sich denn Sheka um Mitternacht noch herumgetrieben haben, sie konnte doch die Kinder nicht allein zu Hause lassen ...

»Man hat sie an einem anderen Ort ermordet, dann die Leiche in einen Teppich gewickelt und auf die Baustelle gebracht. Wir haben Teppichfasern auf ihrem Mantel gefunden. Das sind alle Indizien, die wir haben.«

»Und niemand hat etwas gesehen?«

»Der Ort ist sehr abgelegen, nur ein kleiner Platz bei den Bauwagen ist beleuchtet, wo der Wächter übernachtet.«

»Und der hat auch nichts gehört?«

»Die Stelle, an der wir sie gefunden haben, liegt am anderen Ende der Baustelle. Außerdem war der Wächter total betrunken. Als die Miliz kam, nachdem sie von den Arbeitern gerufen wurde, war er nicht vernehmungsfähig. Verstehen Sie, hätte jemand sie wegen des Geldes umgebracht, auch für ein paar lausige Hundert Dollar, so was kommt vor, hätte man sie sicher am Tatort liegen lassen. Verstehen Sie?«

»So ungefähr.«

»Das ist doch ganz einfach, Katja.« Zum ersten Mal nannte er mich beim Vornamen. »Stellen Sie sich vor, Sie würden jemanden überfallen und berauben. Sie nehmen Ihrem Opfer das Geld ab, das Opfer leistet Widerstand, es kommt zu einer Rangelei. Sie stechen mehrmals mit dem Messer zu. Das Messer steckt aus irgendeinem Grund in der Leiche fest, sie schaffen es in der Eile nicht, er herauszuziehen, was würden Sie tun? Sie würden die Leiche liegen lassen und sehen, dass Sie wegkommen. Oder würden Sie sich einen Teppich besorgen, die Leiche darin einwickeln und durch die Gegend karren, wobei Sie damit rechnen müssen, einem unserer tüchtigen Verkehrpolizisten aufzufallen? Und das alles wegen fünfhundert Dollar? Das macht doch keinen Sinn, finden Sie nicht auch?«

»Nein, das macht keinen Sinn«, sagte ich leise.

»Das sieht nicht nach einem normalen Raubüberfall aus, habe ich nicht Recht, Katja?«

»Doch, Sie haben Recht.«

Verdammt nochmal, natürlich! Warum hatte ich unbedingt an diese idiotische Raubmordversion glauben wollen? Doch nur deshalb, weil ich dann von jeder Verantwortung freigesprochen wäre und Lawrucha, ich und das verdammte Bild nichts damit zu tun hätten. Shekas Worte hallten wie Glockenschläge in meinem Schädel wider: ›Dieses Bild bringt uns Unglück.‹ Und jetzt auch noch Maritsch mit seinen idiotischen Fragen.

»Sagen Sie, Katja, hatte Ihre Freundin in der letzten Zeit ...« Er suchte nach den passenden Worten. »Sagen wir mal – einen näheren Freund?«

»Nein. Jedenfalls weiß ich nichts davon. Allerdings haben wir uns in diesem Sommer, ehrlich gesagt, selten gesehen. Aber so etwas hätte mir Sheka ganz bestimmt erzählt. Warum fragen Sie?«

»Wir versuchen einfach, festzustellen, mit wem sie in letzter Zeit Kontakt hatte, sonst nichts.«

»Sie war den ganzen Sommer über mit den Kindern auf der Datscha, Hauptmann. Wir haben sie ein paar Mal besucht. Nein, davon weiß ich nichts.«

»Shekas Nachbarin, Larissa Fjodorwna, hat gesagt, sie habe mehrmals Besuch von einem jungen Mann gehabt. Beziehungsweise von mehreren jungen Männern ...«

»Das kann nicht sein.« Sheka und Horden von Männern – das schien mir geradezu widernatürlich. Außerdem hatte sie mir kein Wort davon gesagt, und Sheka hatte es nie lange verheimlichen können, wenn sie verliebt war. »Sheka war sehr wählerisch in ihren Beziehungen. Ein Erziehungsfehler mütterlicherseits, wissen Sie ...«

»Die Nachbarin behauptet, sie habe verschiedene Autos gesehen ...«

»Ach Gott, was sollen denn das für Autos gewesen sein? Wahrscheinlich der alte Moskwitsch von Snegir, der Sheka zur Datscha gebracht hat, im Juli. Snegir hat ihn jetzt verkauft ...«

»Und sich dafür einen Passat angeschafft. Sie sind offenbar ganz plötzlich zu Reichtum gekommen, Ihr Bekannter und Sie. Wirklich erstaunlich.«

Ich hatte keine Lust, schon wieder zu diesem Thema zurückzukehren. »Das wissen Sie doch. Wir haben das Bild verkauft, Snegirs Bild. Das Geld wurde mittlerweile überwiesen, und meine Kommission auch. Die Steuern sind bezahlt, Hauptmann, ich kann Ihnen die Quittung vorlegen.«

»Das hat Zeit«, sagte der Hauptmann nebulös, und mir gefiel der Ton, in dem er das sagte, überhaupt nicht. »Und was die Autos angeht ... Es waren ausländische Wagen, ziemlich teure Modelle.«

Ausländische Wagen.

Ich musste sofort an die Party in Ljochas Villa denken. Damals war Sheka von einem von Titows Leibwächtern abgeholt worden. Larfa hatte vermutlich deren Autos gesehen, ganz einfach. Und alle Leibwächter Titows waren auffallend jung und mit knackigen Hinterteilen versehen gewesen. Ich hätte

Maritsch natürlich darauf hinweisen können, aber ich wollte Sheka, auch wenn sie tot war, nicht in diese Geschichte hineinziehen. Es war sowieso nichts mehr zu ändern.

Aber Maritsch wusste es schon.

»Ihre Freundin war doch auf dieser Party, die Titow anlässlich des Erwerbs dieses Bildes veranstaltete ...«

»Ja«, stimmte ich widerwillig zu. »Aber ich glaube nicht, dass das etwas zu bedeuten hat. Sheka verließ die Party lange, bevor sie zu Ende war. Lange, bevor das Unglück passierte ... Sie wurde nicht einmal als Zeugin vorgeladen. Außerdem ist Titow an einem Herzinfarkt gestorben. Das alles kann mit ihrem Tod also nichts zu tun haben?«

»Vielleicht nicht«, bemerkte Maritsch. Dann schwieg er einige Zeit nachdenklich.

Ich räusperte mich diskret.

»Also, wo waren wir stehen geblieben?«, fragte der Hauptmann, aus seinen Grübeleien hochfahrend.

»Bei der Aussage der Nachbarin, Larissa Fjodorwnas.«

»Ich selbst habe sie nicht verhört, aber unsere Leute haben sie ausgiebig befragt. Sie waren volle zwei Stunden bei ihr, aber es ist fast nichts dabei rausgekommen. Nur das mit den Autos konnten wir ihr aus der Nase ziehen, und das auch erst, nachdem sie wirklich alles abgeladen hatte, was sie über den Bürgermeister, das Sozialamt und die Bezirkspoliklinik loswerden wollte.«

»Man muss eben wissen, wie man mit dem einfachen Volk umgeht, Hauptmann.«

»Die hätte eine waschechte Spionin unter Stalin sein können, alte Schule.« Maritsch schüttelte den Kopf. »Aber sie weiß auch nichts. Ihre Freundin war tatsächlich ein sehr bescheidener Mensch und sehr anständig ... Nicht so wie ...«

Nicht so wie du, Katerina Mstislawowna, führte ich in Gedanken seinen Satz zu Ende. Für dich sind das Fremdworte. Du klaust teure Gemälde, gehst mit jedem ins Bett, und überhaupt ... Das einzig Gute an dir sind deine roten Haare.

»Reden Sie weiter, Hauptmann.«

»Das ist schon alles ... Ich sage Ihnen etwas, Katja ... Erinnern Sie sich an unser Gespräch in dieser Kneipe? Wie hieß sie noch?«

»Der ›Pirat‹.«

»Genau, der ›Pirat‹. Passt übrigens sehr gut zu Ihnen. Wenn Sie mir damals alles erzählt hätten, alles, was Sie wissen ... Dann wäre Ihre Freundin vielleicht noch am Leben ...«

Ich biss mir auf die Lippen.

»Ich habe Ihnen alles erzählt.«

»Na gut. Wie war es in Holland?«, wechselte Maritsch das Thema.

»Ich hab's vergessen. Ich nehme an, es war nett ... Und jetzt entschuldigen Sie mich, Hauptmann, ich muss los. Die Kinder warten auf mich, und Lawrenti. Die Totenfeier ...«

Ich fürchtete, Maritsch könnte sich an meine Fersen heften – aber glücklicherweise schien er das nicht vorzuhaben. Der Hauptmann nahm behutsam meine Hand und sah mir in die Augen.

»Ich gebe Ihnen meine private Telefonnummer, Katja. Wenn Ihnen noch etwas einfallen sollte ... Oder wenn Sie irgendwelche verdächtigen Personen bemerken – rufen Sie mich an.«

Er gab mir ein doppelt gefaltetes Blatt Papier, und ich steckte es kommentarlos in die Tasche.

»Ich bin trotzdem der Meinung, dass der Mord an Ihrer Freundin in irgendeiner Art und Weise mit dem Fall Bykadorow zu tun hat. Vielleicht wusste sie doch etwas über die verschwundenen Kunstgegenstände.«

»Das glaube ich nicht ...«

»Solange wir das Motiv für den Mord nicht kennen, können wir den Kreis der Verdächtigen nicht einmal ungefähr eingrenzen.«

»Der Untersuchungsführer hat gesagt, Sheka sei offensichtlich nicht von einem Profi ermordet worden.«

»Das ändert nichts an der Sache. Ein professioneller Dieb ist nicht unbedingt ein professioneller Mörder. Das sind zwei Paar Schuhe.«

Maritsch sah mich noch einmal bedauernd an, drehte sich um und ging schnell die Allee hinunter.

»Hauptmann!«, rief ich ihm nach. »Gib es wirklich nicht die geringsten Hinweise?«

»Leider nicht. Bis dicht an die Baustelle führt ein Asphaltweg, und ein Teil des Zaunes ist zerstört. Wahrscheinlich hat man die Leiche ...« Er stockte verlegen. »Wahrscheinlich hat man Ihre Freundin mit dem Auto zu der Baustelle gebracht und sie gleich hinter dem Zaun abgelegt. Außerdem hat es in der Nacht geregnet, das heißt, falls es irgendwelche Reifenspuren gegeben haben sollte, wurden sie weggewaschen.«

»Und wenn der Wächter nicht betrunken gewesen wäre?«

»Selbst dann ... Den Platz hätte man kaum besser wählen können, es war der abgelegenste Winkel auf der ganzen Baustelle.«

»Und das Messer?«

»Keine Fingerabdrücke. Der Mörder war sehr vorsichtig.«

»Aber Sie haben doch gesagt, es war kein Profi.«

»Dafür muss man kein Profi sein, Katja. Sogar Sie hätten Ihre Fingerabdrücke beseitigt.«

»Aber warum hat er die Schlüssel und die Quittung in der Tasche gelassen, warum hat er sie nicht mitgenommen oder vernichtet?«

»Ich denke, das muss er uns selbst erzählen. Wenn wir ihn haben.«

»Sie glauben, Sie kriegen ihn?«

»Ich hoffe es ... Diese Kneipe hat mir sehr gefallen, der ›Pirat‹ ... Sind Sie oft dort?«

»Gelegentlich.«

»Also dann, auf Wiedersehen, Katja. Rufen Sie mich an!«

»Auf jeden Fall, Hauptmann. Und halten Sie uns auf dem Laufenden, wenn Sie etwas herausgefunden haben ...«

»Natürlich.«

Von hinten sah er überhaupt nicht wie ein Untersuchungsführer aus, sondern einfach wie ein gut gekleideter junger Mann.

Lawrucha war für eine Woche nach Finnland gereist.

Besser gesagt, er war einfach abgehauen, unter dem Vorwand, seine ruinierten Nerven kurieren zu müssen. Die Kinder waren zu mir gezogen und sehnten sich furchtbar nach ihrer Mutter. So sehr, dass ich sie jeden Abend zu mir ins Bett nehmen musste. Katja wartete sehnlichst auf die Wochenenden; sie hoffte, dass der liebe Gott die Mutter zu ihnen zu Besuch lassen würde. Lawrenti wartete auf nichts, er hörte einfach auf zu sprechen. Die kleine Katja nahm die doppelte Last auf sich, sie gewöhnte sich schnell an die Rolle einer Simultanübersetzerin für Lawruchas versteinerte Trauer.

Meine Wohnung füllte sich mit kleinen Schuhen und Overalls, Mini-T-Shirts und Pyjamas, mit Katjas ramponierten Puppen und Lawruchas Roboter-Monstern. Morgens kochte ich fluchend Haferflocken in Milch und schleppte die in der Regel noch halb schlafenden Kleinen zum Kindergarten. Glücklicherweise hatte mir Snegir seinen »Passat« dagelassen, samt Vollmacht in seiner krakeligen Handschrift. Zweimal täglich kutschierte ich zum Kindergarten in Kuptschino und wieder zurück auf die Wassili-Insel. In der Zeit dazwischen verhandelte ich mit Malern – die Galerie sollte, sie musste weiterlaufen.

Das erste Wochenende war für mich wie ein Geschenk des Himmels. Ich schlief, solange es möglich war, wie ein Stein, und nach dem Mittagessen zog ich mit den Kindern durch die Geschäfte. Sie ertrugen ihren Verlust tapfer, ohne es selbst zu begreifen; sie hatten sich eine Barbie-Puppe mit Reit-Set und einen Karton Legosteine verdient.

Aber als ich ihnen dann einen Riesenhaufen Spielzeug gekauft hatte, nahm mich Katja zur Seite:

»Tante Katja, Lawrucha sagt, wir brauchen nichts«, sagte sie leise.

»Was braucht ihr nicht?« Ich sah Lawrenti fragend an, der finster auf seine Fußspitzen starrte.

»Wir brauchen kein Spielzeug. Er sagt, die Mama soll wiederkommen. Er wird auch nie mehr betteln und weinen. Und er will auch keine Soldaten. Er hat es versprochen. Wenn sie nur wiederkommt ...«

»Sie kommt nicht zurück, Katja«, sagte ich. Das war hart, aber sie mussten die bittere Wahrheit wissen, um sich irgendwann damit abfinden zu können.

»Ich weiß.« Katjas Augen standen voller Tränen. »Sie ist tot ... Aber vielleicht kommt sie irgendwann und holt uns?«

Die halbe Nacht lang hielt ich die schlafenden Kinder an mich gedrückt und weinte bitterlich. Ich hasste Sheka, die Snegir und mich verlassen hatte; ich hasste mich dafür, dass ich keinen rechten Zugang zu den Kindern finden konnte; ich hasste sogar Katja und Lawrucha – dafür, dass sie sich nach ihrer Mutter sehnten. Ich hatte Angst, daran zu denken, was aus ihnen werden sollte, Angst, sie bei mir zu behalten ... Nein, für solche Heldentaten war ich nicht gemacht. Sie in ein Heim zu geben, brachte ich nicht übers Herz.

Lass es einfach laufen, wie es läuft, pflegte Lawrucha in solchen Fällen zu sagen. Das renkt sich schon irgendwie ein.

Am Montag, nachdem ich die Kinder in den Kindergarten gebracht hatte, fuhr ich nach Selenogorsk zu der alten Larissa Fjodorwna. Ich hatte die letzten Tage ununterbrochen an Sheka gedacht, egal, was ich tat, ob ich Kinderkleider wusch oder an der Fontanka im Stau stand. Die Nächte waren für mich zu einer wahren Qual geworden. Nein, es war kein Zufall, dass mir Maritsch wieder über den Weg gelaufen war, der so felsenfest davon überzeugt war, dass es einen Zusammenhang zwischen dem Mord und dem Diebstahl der Bilder aus Goldmans Sammlung gab; das war absolut kein Zufall.

Sheka hatte Bykadorow nicht getroffen, sie hatte keine

Ahnung von seinen dunklen Geschäften. Sie war viel zu ehrlich.

Und trotzdem war ausgerechnet diese ehrliche Sheka, die Beste von uns dreien, ermordet worden.

Unser letztes Gespräch, kurz vor meiner Abreise nach Holland, ging mir nicht aus dem Kopf. Sie hatte mir etwas sagen wollen, etwas sehr Wichtiges. Vielleicht etwas, das mit der Party bei Titow zu tun hatte. Hätte ich mehr Geduld gehabt – vielleicht wäre Sheka noch am Leben.

Ich musste so viele Informationen wie möglich über Shekas letzte Lebenstage zusammentragen, und deshalb fuhr ich nach Selenogorsk.

Larfa empfing mich mit einem mürrischen Brummen.

Ich kannte sie seit vielen Jahren – seitdem Sheka die Datscha gemietet hatte. Ich hatte nie ein besonders freundschaftliches Verhältnis zu ihr gehabt. Es war vollkommen unmöglich, zu Larfa überhaupt irgendein Verhältnis zu haben. Die Mehrzahl ihrer alten Freunde und Bekannten hatten sich schon längst ins Jenseits begeben, aber für Larfa lebten sie weiter: auf den Fotos, die sie sich jeden Tag anschaute; in den Briefen, die sie immer wieder las; in den alten Filmen, für die sie schwärmte. Sie stritt mit ihren längst verstorbenen Freundinnen, flirtete mit ihren längst vermoderten Verehrern, ganz wie früher. Ihre Beziehung zu Menschen, die schon seit langem tot waren, füllte sie vollkommen aus. Sonst gab es fast nichts, was sie interessierte – mit Ausnahme biografischer Romane und der Zeitschrift »Argumente und Fakten«.

In Selenogorsk kaufte ich einen Kuchen und die letzte Nummer von »Argumente und Fakten«, um mir die Alte etwas gewogener zu stimmen, fuhr dann die paar Kilometer über die neue Landstraße und war schon bei Shekas ehemaliger Datscha. Larfa wohnte hier das ganze Jahr über. Manchmal erhielt sie Besuch von ihren Neffen (»Diese Verbrecher, von mir erben die nichts, keine Kopeke, nichts! Und das schreibe ich auch in mein Testament: null-Kom-ma-nichts!«) oder von ein paar alten Freundinnen (»Ninotschka werde ich mein Zimmer auf der Petrogradsker Seite überschreiben, das ist ein sehr gutes Zimmer. So schreibe ich es in mein Testament: Das Zimmer – für Ninotschka.«).

Aber den größten Teil des Jahres lebte Larfa hier ganz allein, zwischen ihren Fotos, den Briefen und den alten Grammofonplatten von Isabella Jurjewa.

Ich stieß die schiefe Gartenpforte auf und schritt langsam über den kaum erkennbaren, unter abgefallenem Laub halb begrabenen Weg. Auf dem Land war der Herbst mild, nicht so ungestüm wie in der Stadt. Auf der leeren Veranda standen in einem Dreiliter-Einmachglas ein paar zerzauste späte Chrysanthemen, es roch muffig, und am Treppengeländer hing noch ein Wolltuch, das Sheka irgendwann einmal hier vergessen hatte. Ich kniff einen Moment die Augen zu: Mir schien, gleich würde Sheka aus der Tür treten und mich sanft und still anlächeln.

Es ist alles in Ordnung, du darfst jetzt nicht die Fassung verlieren, Jekaterina Mstislawowna.

Ich riss mich zusammen, trat auf die Veranda und klopfte laut an die Tür: Die Alte war ein wenig schwerhörig.

Larfa öffnete die Tür, musterte mich misstrauisch von Kopf bis Fuß und presste die Lippen aufeinander.

»Guten Tag, Larissa Fjodorowna«, sagte ich und verschanzte mich schnell hinter den »Argumenten und Fakten«. »Sie werden ja immer jünger! Sie sehen großartig aus.«

»Lüg nicht, Katerina«, sagte Larfa herablassend. »Das ist Sünde.«

»Aber nein, Larissa Fjodorowna, man hält Sie doch höchstens für siebzig.«

Die Alte sah mich gekränkt an.

»Meine Krankenschwester hat kürzlich gesagt, ich sehe aus wie fünfundsechzig. So. Und du sagst siebzig!«

Ich biss mir auf die Zunge.

»Na, dann komm rein, wenn du schon mal da bist«, ließ

Larfa sich endlich herab und riss mir die Zeitschrift aus der Hand.

»Ich habe Kuchen mitgebracht.«

»Den kannst du gleich wieder mitnehmen. Ich habe Zucker, dass ihr euch das nie merken könnt! Ihr denkt immer nur an euch selbst. Na, eine hat jetzt ausgedacht.« Das war eine Anspielung auf Sheka.

Im Wohnzimmer tickte eine vorsintflutliche Uhr, es roch genauso muffig wie auf der Veranda. Nein, Larfa wird nie sterben, dachte ich plötzlich, sie wird sich einfach zwischen dem Herbstlaub verflüchtigen, und das war's.

Um den Hals der Alten baumelte ihre Brille an einer Schnur, und auf dem Tisch lag ein dickes Buch, aus dem ein Lesezeichen herauslugte, daneben eine angebrochene Packung Haferkekse. Die Zwillinge liebten Haferkekse, wie konnte ich das vergessen; ich musste gleich morgen mindestens ein Kilo davon kaufen.

»Was lesen wir denn Schönes?«, fragte ich munter.

Larfa hob das Buch an und zeigte mir den Einband: Henry Picker – »Hitlers Tischgespräche«.

»Ein ziemlich ernstes Buch.«

»Ein kluger Mensch war das.« Larfa klopfte mit dem gekrümmten Finger auf den Bucheinband, der das Porträt Hitlers zeigte. »Aber ... er hat sich verrechnet. Ver-rech-net! Setz dich, Katerina. Stehen macht nicht klüger, sondern müde Beine.«

Ich setzte mich auf einen Stuhlrand, wartete geduldig, bis Larfa die »Argumente und Fakten« von vorn bis hinten durchgeblättert hatte, hörte mir eine deftige Portion Seufzen und Stöhnen bezüglich der gegenwärtigen politischen Lage an und ging dann allmählich daran, sie behutsam auszufragen. Dabei war einiges an Taktik und Fingerspitzengefühl erforderlich, damit die zänkische Alte nicht einfach zuklappte wie eine Auster.

»So ein Unglück, Larissa Fjodorwna ... Sheka ist nicht mehr ...«

»Sie hätte eben weniger mit solchen Kavalieren herumscharwenzeln sollen«, schnauzte Larfa ohne das geringste Mitgefühl. »Ich habe zu ihr gesagt, besinn dich, Jewgenia, du hast schließlich Kinder. Aber so ist das. Setzen Kinder in die Welt und dann ab durch die Mitte. Gestorben, das hat man gern, und der Staat kann jetzt für die Blagen sorgen. Die Leute haben einfach keine Verantwortung. Deshalb haben wir auch so eine Sauwirtschaft im Lande.«

O Gott, wie hat Sheka bloß so viele Jahre mit diesem Drachen Tür an Tür wohnen können? Am liebsten hätte ich laut losgeschrien, aber ich beherrschte mich.

»Ist eigentlich jemand bei Ihnen gewesen?«, fragte ich.

»Na, und ob ... Eine ganze Meute. Die sind hier den ganzen Tag lang überall herumgekrochen und haben ihre Nasen in sämtliche Ecken gesteckt. Die haben mich verrückt gemacht mit ihrer ganzen Fragerei.«

»Und was haben Sie denen erzählt?«

»Nichts habe ich erzählt. Ich kenne diese Bande. Ich hatte mal einen Verehrer, der war bei den Organen. Schreiber beim Geheimdienst, beim NKWD, ein widerlicher Mensch. Wir sind mal in den Vergnügungspark auf der Jelagin-Insel gegangen, und da wollte ich Boot fahren. Na, was glaubst du wohl, ist er mit mir Boot gefahren? Fiel ihm gar nicht ein, da hätte ich warten können bis Neujahr! Kurz vor dem Krieg ist er gestorben. Der NKWD hielt es ja nicht für nötig, dem armen Kerl zu helfen. Nein, diese ganze Bande kann mir gestohlen bleiben, das sag ich dir. Außerdem weiß ich sowieso nichts über deine Freundin. Ich habe ja wirklich versucht, das Mädchen zu verstehen, aber da war beim besten Willen nichts zu machen. Ihr seid alle gleich, du und Sheka, mit diesem Snegir da ... Ich verstehe das nicht. Ich ver-ste-he das nicht! Schlawinert zwischen euch herum, von dir zu ihr, von ihr zu dir, und weiß nicht, wo er hingehört, wankelmütig wie die Scheiße im Eisloch, sage ich immer, Gott verzeih mir. Und ihr seid mir erst ein paar Herzchen – eine Frau muss auf sich achten, aber ihr, ihr habt überhaupt keinen Stolz! Bei mir wäre so ein Galan in hohem Bogen rausgeflogen, aber ihr, ihr dummen Luder! Wo sind denn die Kinder jetzt?«

»Bei mir.« Ich versuchte, die Moralpredigt der Alten an meinen Ohren vorbeirauschen zu lassen.

»Katerina, mach keine Dummheiten! Gib die Kinder ins Heim, was willst du mit so einer Last? Du bist doch noch ein junges Ding, du findest einen Mann, und was machst du dann mit den Kindern? Kinder sind keine kleinen Katzen, man kann sie nicht im Eimer ersäufen. Und außerdem, du weißt doch, was nicht dein eigen Fleisch und Blut ist, das bleibt dir immer fremd. Denen kannst du's kübelweise in den Hintern reinblasen, wenn du dich umdrehst, spucken sie auf dich. Du fütterst sie und ziehst sie groß, und wenn du alt bist, guckst du in die Röhre. Aber mir kann es ja egal sein. Ich hab mein Leben gehabt, und die Spritzen kriege ich umsonst. Und nächstes Jahr gebe ich das Zimmer an Ninotschka ab und ziehe ins Heim, und ihr könnt mich alle mal im Mondschein besuchen. Und die Neffen kriegen nichts. Ga-ar ni-chts! An mir beißen die sich die Zähne aus.«

»Hat Sheka wirklich Besuch gehabt?«

»Jetzt fängst du auch noch an! Die haben mich schon genug gepiesackt. Ja, sie hat Besuch gehabt, zwei oder drei Mal, immer irgendwelche Kerle mit teuren Autos. Wir haben früher nicht im Luxus gelebt, dafür haben wir ruhig geschlafen. Aber du siehst ja: heute im Auto, morgen im Sarg ...«

Gut, dass ich Lawruchas »Volkswagen« in der Nähe abgestellt hatte und nicht damit vorgefahren war. Sonst wäre ich für die Alte auch eine Kandidatin für den »Sarg« gewesen.

»Und was waren das für Leute, Larissa Fjodorowna?«

»Woher soll ich das denn wissen? Sheka hat mir doch nichts erzählt. Der eine war so ein Dunkler, das weiß ich genau.«

»Ein Georgier?« Ich versuchte angestrengt, mich an jeden unserer Bekannten, der irgendwie orientalisch aussah, zu erinnern, aber außer Adik Owanessow fiel mir niemand ein. Nur hatte Adik erstens nie ein Auto besessen, schon gar nicht ein teures, und zweitens wäre er nie auf die Idee gekommen,

Sheka anzubaggern. Er stand auf eine ganz andere Sorte Frauen: große Brüste, keine Taille und kolossaler Hintern (»Fass auf Beinen«, war Lawruchas Kommentar dazu).

»Nein, kein Georgier, Katerina. Ich weiß, wie Georgier aussehen.«

»Ein Schwarzer?«

»Ich habe doch gesagt, ein Dunkler!«

»Ein Aserbaidschaner?«, riet ich weiter.

»Also ich sage mal: vielleicht ja, vielleicht nein«, meinte Larfa und kniff schlau die Augen zusammen. »Und mehr kriegst du aus mir nicht heraus.«

»Was soll das heißen: vielleicht ja, vielleicht nein?«

»Das kannst du verstehen, wie du willst. Die da, die Milizanäre, haben auch nichts verstanden, aber das muss ja nicht meine Sorge sein, ich muss ja nicht für die überall in den Ecken herumschnüffeln wie ein Bluthund. Und Bange machen lasse ich mich auch nicht, Katerina. Ich habe die Blockade überlebt, und den Rest werde ich mit Gottes Hilfe auch noch überstehen.«

Alles klar, die Fahrt nach Selenogorsk war ein Schlag ins Wasser. Mehr würde ich aus Larfa nicht herauskriegen, selbst wenn sie mit dem »Dunklen« auf ihrer Veranda Tee getrunken hätte. Das Merkwürdigste an dieser Geschichte war, dass Sheka selbst mir von dieser unverhofften Romanze kein Wort erzählt hatte. Ich dachte plötzlich an das nahe gelegene Ferienheim, das seit einiger Zeit renoviert wurde; dort arbeitete ein ganzer Schwarm schnauzbärtiger Türken. Sheka ging abends gerne in der Nähe des Ferienheims mit den Kindern spazieren – es gab dort einen ganz guten Kinderspielplatz mit Schaukeln, Kletterstangen und einer kleinen Rutsche. Viele von den Türken fuhren gebrauchte ausländische Autos. Die schrullige Alte hätte sie für Luxusautos halten können (und die Türken selbst für »Dunkle«).

Das war eine ziemlich dürftige Erklärung, aber möglich war alles ... Ich könnte bei dem Ferienheim vorbeifahren und unauffällig mit den türkischen Arbeitern reden ...

»Also dann, vielen Dank, Larissa Fjodorwna«, sagte ich. »Ich habe mich gefreut, Sie bei guter Gesundheit zu sehen ...«

»Du schwindelst, aber macht nichts. Komm vorbei, wenn du in der Nähe bist.«

»Auf jeden Fall.« Ich stand erleichtert auf. Ein lausiger Detektiv war ich.

»Du schwindelst schon wieder«, sagte die schlaue Alte tadelnd. »Ich fühle, dass wir uns nicht mehr wiedersehen. Warum solltest du mich denn besuchen, wenn sogar meine Neffen sich höchstens einmal im Jahr hier blicken lassen? Ach, Katerina, da sind noch ein paar Sachen. Nimm alles an dich, vielleicht kannst du's noch brauchen.«

Seltsam, dass die eifrige Einsatztruppe nicht Shekas gesamtes Zeug eingesammelt hatte; zweifellos ein böser Schnitzer.

»Was denn, sie haben nicht alles mitgenommen?«

»Die Milizanäre? Denen werd ich das gerad' in den Rachen werfen! Die hab ich schön an der Nase herumgeführt«, kicherte die Alte. »Ich habe ihnen Waljas Zimmer gezeigt und gesagt, dort hätten sie gewohnt, die Sheka und die Kinder.«

Walja war Larfas ältere Schwester, sie war 1961 gestorben, am 12. April, am Tag der Raumfahrt. Seit diesem Tag hatte Larfa einen Hass auf Jurij Gagarin und die gesamte Weltraumforschung.

»Aber Larissa Fjodorowna! Sie behindern die polizeilichen Ermittlungen!«

»Ich habe dir doch gesagt: Ich mag die Milizanäre nicht. Die sollen gefälligst sehen, wie sie weiterkommen, sonst gewöhnen sie sich noch dran, dass der liebe Gott die Arbeit für sie macht ...«

Ich ging hinüber in den anderen Teil des Hauses – dort hatte Sheka mit den Zwillingen gewohnt: zwei winzige Zimmer und eine kleine Terrasse, jene Terrasse, auf der Snegir und ich damals saßen und versuchten, sie zu überreden, das Geld zu nehmen.

Die Erinnerung daran traf mich heftig: Meine Knie wurden

weich, und ich setzte mich auf einen Stuhl mitten in dem fast leeren Zimmer. Mehrere Stücke Kinderkleidung, ein Paar Kindersandalen und Shekas Sommerkleid – das war die ganze Habe, die ich mitnehmen sollte. Außerdem noch ein kleines Häuflein Spielzeug und Lawruchas Fahrrad. Das hatte Sheka wohl nicht mit in die Stadt nehmen wollen, oder vielleicht wollte sie es später abholen.

Aber an ihrer Stelle war jetzt ich gekommen.

Ich legte die Kleidungsstücke gewissenhaft zu einem kleinen Stoß zusammen, hockte mich dann vor das Spielzeughäuflein und fing an durchzusortieren: eine zerlöcherte Gummiente, ein genauso löchriger Ball, ein Tier-Lotto, ein Fieberthermometer (aus dem Set ›Der kleine Doktor‹), ein Paar kaputte Handschellen (aus dem Set ›Der kleine Polizist‹) und ein schmuddeliger Filzhund.

Ich nahm den Hund in die Hand. Den wollten die Zwillinge bestimmt nicht mehr: Ein Knopfauge fehlte, und eine Vorderpfote hing nur noch an einem Faden. Ich wollte den zerrupften Köter gerade wieder weglegen, als ich unter der Schnauze das dünne Kettchen bemerkte. Lawrucha junior hatte sich viel Mühe gegeben, er hatte ihm ein richtiges Halsband geflochten.

Ein begabter Junge.

Ich zog versonnen an dem Halsband und begriff auf einmal, dass es längst nicht so ein schlichtes Ding war, wie ich zuerst angenommen hatte. Dünne goldene Kettenglieder, zwei glänzende Punkte auf dem Verschluss, der wie ein Tierkopf geformt war ... So etwas Ähnliches hatte ich schon einmal irgendwo gesehen.

Und zwar vor noch gar nicht so langer Zeit.

Fast hätte ich dem armen Hund den Kopf abgerissen, und als die dünne Kette schließlich in meine Hand glitt, wusste ich es: Nein, das war nicht als Halsband gedacht gewesen.

Es war ein goldenes Armband.

Zwei Brillanten am Verschluss.

Olivbraune Hände am Steuer eines Jeeps. Shaik, Titows

Leibwächter. Das Armband hatte ihm gehört, ich konnte mich sehr gut daran erinnern. Aber was machte es hier, in diesem leeren Zimmer, inmitten von vergessenem Kinderspielzeug?

Ich zog mich am Ohrläppchen und lachte leise. Es hatte sich doch gelohnt, hierher nach Selenogorsk zu kommen – wegen eines Armbands.

Was hatte der Leibwächter damals noch zu mir gesagt, mit der trügerischen asiatischen Ruhe in seinem Gesicht? »Ich schenke es dem ersten Mädchen, das mir gefällt.« Ja, ungefähr so. Aber es ging mir nicht in den Kopf, dass dieses Mädchen meine arme tote Sheka gewesen sein sollte ... Wann sollte er sich in sie verliebt haben? Shaik war zu Sheka gefahren, um sie zu der Party abzuholen, und sie hatten fast eine Stunde gebraucht, obwohl die Fahrt von Larfa zu Titows Landhaus normalerweise nicht mehr als fünfzehn Minuten dauern konnte.

Und dann noch mit einem guten Auto.

Shaik hatte Sheka mit dem Jeep abgeholt.

Ein »Dunkler«, hatte Larfa gesagt. Vielleicht ja, vielleicht nein.

Shaik war Asiate, aber er hatte keine weit auseinander stehenden Mandelaugen wie zum Beispiel Adik Owanessow, sondern schmale Schlitzaugen. Ein Asiate. Ein Dunkler.

Vielleicht ja, vielleicht nein.

Hab ich dich erwischt, Shaik.

Ich lauschte eine Weile auf das Rauschen in meinem Kopf. Ein Nebendarsteller, den ich schlicht vergessen hatte, tauchte im letzten Akt plötzlich wieder auf und stellte das ganze Stück auf den Kopf. Sheka hatte dem Kasachen gefallen, das Armband war der Beweis. Wie es an den Hund geraten war, war eine andere Frage, die mich im Moment nicht kümmern sollte. Wichtig war etwas ganz anderes: Hatten sich Sheka und Shaik nach dem Tod seines Chefs noch einmal getroffen, und welche Konsequenzen hatten sich ergeben?

Was war mit Shaik, und wann hatte er meine Freundin zum

letzten Mal gesehen? Wo war er jetzt, und warum war er nicht bei der Beerdigung gewesen?

Meine Wangen brannten, und eine seltsame hektische Wärme lief über meinen Körper: Ich wollte Antwort auf diese Fragen, und ich wollte sie sofort. Ich stand auf, steckte das Armband in die Tasche und schnappte mir den abgewetzten Filzhund und den schmalen Stoß Kleidung.

Sonst hatte ich hier nichts mehr verloren. Ach, Larfa, grauer Zerberus der Blockade, listige Alte, ihre Schrulligkeit und tief verwurzelte Abneigung gegen die Vertreter des Gesetzes hatten mir unverhofft einige zusätzliche Trümpfe in die Hand gegeben. Ich müsste schon ein undankbares Luder sein, wenn ich sie nicht wenigstens noch einmal besuchte.

Wenn sich alles endgültig aufgeklärt hat.

Dann werde ich sie besuchen, einfach so, aus heiterem Himmel – und bringe ihr Hitlers komplette Biografie mit oder Goebbels' Tagebücher und kaufe ihr etwas Nettes zum Tee, Diabetikergebäck natürlich.

Ich wartete, bis sich mein wie rasend pochendes Herz etwas beruhigt hatte. Dann ging ich zurück zu Larfa.

»Na, hast du dir was genommen?«

»Ja, ein paar Kindersachen. Also, ich gehe dann, Larissa Fjodorowna.«

»Na, geh mal.«

Als ich schon an der Tür war, hielt sie mich zurück.

»Auf welchem Friedhof habt ihr sie begraben?«

»Auf dem Nowo-Wolkowskoje-Friedhof.«

»Na ja, da ist es nicht schlecht. Aber mit mir nicht, das sage ich dir. Nur Krematorium, Katerina. Kre-ma-to-rium! Sauber, schön und vor allem schnell. Das kann ich dir nur empfehlen.«

Ich versprach, darüber nachzudenken, und ging hinaus.

Auf der Veranda standen immer noch die verwelkten Chrysanthemen. Ich setzte mich auf die Bank, die noch feucht war vom letzten Regen, streckte die Beine aus und schloss die Augen. Es war ein erfolgreicher Tag gewesen, der erfolgreichste der ganzen letzten Woche. Ich wusste jetzt mehr als irgendjemand anderes, und zum ersten Mal spürte ich Erleichterung. Dieses verdammte Armband war nicht ohne Grund hier in der Datscha gewesen. Shaik hatte es wohl kaum hier verloren. Und selbst wenn er es verloren hätte, hätte Sheka es ihm auf jeden Fall zurückgegeben. Sie mit ihrer lästigen Ehrlichkeit hätte sogar eine Sicherheitsnadel zurückgegeben. Es gab nur eine Erklärung: Er hatte es Sheka tatsächlich geschenkt. Dem einzigen Mädchen, das ihm gefiel. Aber warum war er dann nicht mehr aufgetaucht?

Shaik.

Vielleicht ja, vielleicht nein.

Larfa mit ihrer Altweiber-Schlauheit hatte nicht nur Shaik, sondern die ganze Situation überraschend treffend beschrieben.

Vielleicht ja, vielleicht nein.

Vielleicht das eine, vielleicht etwas ganz anderes.

Vom ersten Moment an, seit Shekas verzweifeltem Anruf im »Walhalla«, nachdem sie den toten Bykadorow gefunden hatte, war alles so gewesen: Alle an dieser Geschichte beteiligten Personen hatten irgendwann einmal neue Masken anprobiert und wetteiferten darin, sich gegenseitig zu betrügen. Ein blödsinniger Maskenball erstarrter Figurinen. Aber unter einer der Masken verbarg sich Shekas Mörder, der aller Wahrscheinlichkeit nach nicht nur der Mörder Shekas war.

Maritsch hatte Recht. Niemand würde wegen jämmerlicher fünfhundert Dollar eine in einen Teppich gewickelte Leiche in seinem Kofferraum durch die Gegend karren und dabei sein Leben riskieren. Vielleicht lag die Lösung des Rätsels in Shekas letztem Anruf.

Ich zupfte versonnen ein paar Blütenblätter von einer der trockenen Chrysanthemen und rief mir dieses Telefongespräch nochmals ins Gedächtnis. Soweit ich es zwischen den Störgeräuschen heraushören konnte, war der Inhalt des Gespräches etwa folgender gewesen: Sie wollte mit mir sprechen, weil sie in Titows Villa irgendetwas gesehen hatte – irgendetwas Schreckliches ...

Etwas Schreckliches.

Ich versuchte, mich daran zu erinnern, wie sie dieses Wort ausgesprochen hatte, aber es wollte mir nicht gelingen; und es blieb aus dem Zusammenhang gerissen. Eigentlich konnte es sich nicht um ein konkretes schreckliches Vorkommnis handeln, sonst hätte Sheka sofort Alarm geschlagen. Wahrscheinlich bezog sich das Wort eher auf ihre persönliche Einschätzung eines Vorkommnisses, auf eine Ahnung oder ein Gefühl. Vielleicht hatte sie etwas ganz Nebensächliches beobachtet, etwas, das ihr seltsam vorkam, mehr nicht. Dieses »Etwas« war so unbedeutend, dass sie es zunächst sogar vergessen hatte. Und erst später, als sie wieder in der Stadt war und von Titows Tod erfuhr, hatte sie sich daran erinnert und einen Zusammenhang hergestellt. Das Bild, das sie dann vor Augen sah, hatte ihr plötzlich Angst gemacht. Deshalb hatte sie mich angerufen. Weil sie sonst niemanden anrufen konnte. Weil sie sich nicht vorstellen konnte ...

Ich legte den Kopf auf die Knie und zwang mich, weiter zu denken.

Weil man sich nicht vorstellen kann, dass ein Mensch, der einem nahe steht, etwas tun kann, was zum Tod eines anderen Menschen führt.

Ja, so konnte es gewesen sein.

Ich hob mein Gesicht zu dem seltsam zerrissenen Himmel. Er sah aus wie ein Sieb, durch dessen Löcher blasse Sonnenstrahlen schienen.

»Was wolltest du mir nur sagen, Sheka? Was wolltest du nur sagen?«

Keine Antwort. Nur das leise Rascheln der fallenden Blätter.

Nein, so komme ich nicht weiter. Ich muss von hier weg, ich muss zurück nach Petersburg. Unterwegs werde ich einen Abstecher zu Titows Villa machen. Mein Besuch wird keinen Verdacht erregen, ich bin einfach zufällig in der Gegend und wollte mal reinschauen – um mich nach Agnessas Gesundheit zu erkundigen; um noch einmal mit ihr über das Bild zu reden. Ja, das passte am besten: Ich wollte noch einmal mit ihr über das Bild reden.

Ich stand eine Weile unentschlossen vor den fest verschlossenen Toren der Villa. Hinter den hohen Mauern bewegte sich nichts, aber das wunderte mich nicht weiter. Agnessa hatte nach dem Tod ihres Sohnes sicher nicht hier wohnen wollen, und die Meute der Leibwächter hatte sich in alle Winde zerstreut, kaum dass ihr Chef das Zeitliche gesegnet hatte. Ich konnte bestenfalls damit rechnen, den Pförtner anzutreffen.

Ich hupte noch einmal und sagte mir: Zwei Minuten noch, dann kehre ich um. Endlich taten die Türen einen Ruck und schoben sich auseinander. Aus dem Fenster des Wächterhäuschens sah ich Ljochas Kammerdiener, Majordomus und Zeremonienmeister Dementij herauslugen.

Ich freute mich über ihn wie über einen alten Bekannten. Ich musste lachen: Er sah total zerzaust und verschlafen aus; sein eilig über den nackten Leib gezogenes Hemd stand offen, und aus seinem Hosenstall zwinkerte mir eine jungfräulich weiße Unterhose zu.

»Hallo«, sagte Dementij. »Du bist das? Dich hätte ich ja nicht erwartet! Was treibt dich denn her?«

Sein saloppes »Du« war mir erheblich sympathischer als das respektvoll kühle »Sie«, mit dem er mich zwei volle Tage lang traktiert hatte. Ljochas Tod hatte ihn schlagartig von allen Pflichten dessen Frauen gegenüber befreit. Außerdem war er ziemlich angeheitert.

»Ach, ich war gerade in der Nähe.«

Dementijs äußeres Erscheinungsbild ließ eindeutig darauf schließen, dass Agnessa nicht im Hause war.

»Wie spät haben wir's eigentlich?«, fragte er nüchtern.

»Kurz nach zwei.« Verdammt, ich hatte mich bei Larfa ganz

schön vertrödelt, um fünf musste ich die Zwillinge abholen – und bis Petersburg brauchte ich anderthalb Stunden ... Blieben mir höchstens fünfzig Minuten ...

»Du kommst gerade richtig ... In einer Stunde sollen hier irgendwelche Leutchen antanzen.«

»Was für Leutchen?«

»Weiß ich doch nicht. Die wollen sich das Haus ansehen ...«

»Wird es verkauft?«

»Mhm. Agnessa will es loswerden. Was soll sie jetzt noch damit?«

»Und ... bist du allein hier?«

»Fast.« Dementij zwinkerte mir zu.

Nun war klar, wobei ich ihn gestört hatte ...

Ich fuhr den Volkswagen auf den Parkplatz am Haus, während Dementij ungeduldig auf mich wartete, von einem Bein auf das andere hüpfend.

»Also schieß los, was führt dich her«, fragte er.

Ich beschloss, mich strikt an meinen vorgefassten Plan zu halten. »Ach, ich wollte Agnessa besuchen, um mit ihr noch mal über das Bild zu reden ...«

»Sie ist seit dem Sommer nicht mehr hier gewesen. Ich habe sturmfreie Bude.«

»Und die Wache?«

»Hat sich ausgewacht. Die sind alle irgendwo anders untergekrochen.«

»Tja, da kann man nichts machen. Lädst du mich wenigstens zu einem Tee ein?«

»Tee? Mal sehen, ob wir welchen finden.«

Ich folgte ihm ins Haus.

Auf der Terrasse standen immer noch die Korbmöbel. Ich gab dem Schaukelstuhl im Vorbeigehen einen Schubs. In diesem Stuhl hatte Shaik an jenem Abend gesessen. Von der Terrasse aus hatte man einen guten Blick über die Wiese auf ein Stück Strand hinter hohen Kiefern. Titows Jacht lag nicht mehr am Ufer.

Dementij folgte meinem Blick.

»Die Alte hat die Jacht verkauft. Du bist ja nicht mehr dazu gekommen, darauf herumzugondeln, mein Beileid. Das hätte dir gefallen, was?«

»Meinst du?«

Dementij verschwand in Richtung Küche und rief mir im Weggehen zu:

»Komm nicht auf die Idee, irgendwas zu klauen. Hier ist alles bis auf den letzten Knopf abgezählt und inventarisiert.«

»Danke für die Warnung«, schnurrte ich.

Als ich allein war, stieg ich in den ersten Stock hinauf und betrat das Arbeitszimmer. Um dorthin zu gelangen, musste ich durch das Wohnzimmer gehen, wo unser legendäres und einziges pseudofamiliäres Mittagessen stattgefunden hatte. Ich ließ meine Hand über die Lehnen der schweren Mahagonistühle gleiten; die jetzt herrenlose Einrichtung wirkte eigenartig trübe und fast abstoßend. Seit anderthalb Monaten erst wohnte Ljocha nicht mehr hier, und schon machte das Haus einen vollkommen vernachlässigten Eindruck. Ich ging ein Stück über den Flur und stieß die Tür zum Arbeitszimmer auf; sie gab widerstandslos nach.

Drinnen hatte sich fast nichts verändert: Das hölzerne Schreibpult, mit dem Titow versucht hatte, das Bild und sich vor der Außenwelt zu schützen, stand an seinem Platz, die Sessel trugen Schutzbezüge, in den Fensterrahmen blinkte immer noch das kugelsichere Glas. Es herrschte eine Stille, dicht wie Watte, ich fühlte mich wie in einer Gruft. Als Shaik und ich Titow fanden, war es in diesem Zimmer genauso still gewesen.

Ich setzte mich in einen Sessel – jenen Sessel, in dem damals Harryboy gehockt hatte.

Irgendetwas an dieser Stille war seltsam.

Genau.

Damals, als wir Titow fanden, war die Klimaanlage ausgeschaltet gewesen, während sie vorher die ganze Zeit in Betrieb gewesen war. Mir war das sofort aufgefallen, weil Klimaanlagen für mich etwas Fremdes waren, an das ich mich erst hatte gewöhnen müssen, wie an den Lärm der Meeresbrandung oder an das Rauschen der Bäume vor dem Fenster. Titow war längst daran gewöhnt, und alle anderen Bewohner des Hauses auch, nur ich nicht.

Damals, in der Todesnacht, war es im Arbeitszimmer so still gewesen wie heute, aber ich hatte dem keine Bedeutung beigemessen. Jetzt fiel es mir wieder ein ... Ich musste Dementij unbedingt danach fragen. Aus der Ecke, in der ich saß, konnte ich sehr gut die Stelle einsehen, an der das Bild gestanden hatte. Die Fotolampen waren entfernt worden, ebenso die Staffelei. Das Mörder-Bild war sang- und klanglos abtransportiert und in die Verbannung einer großen Petersburger Bank geschickt worden. Dort würde es bleiben, bis über sein Schicksal entschieden worden war.

Ich verließ das Arbeitszimmer und blieb noch eine Weile an dem Fenster stehen, das sich am Ende des Ganges, an seiner Schmalseite, befand. Von hier aus hatte man eine recht hübsche Aussicht. Wer würde wohl in Zukunft aus diesen Fenstern die lokalen landschaftlichen Schönheiten begaffen? Ein kleiner korrupter Beamter aus der Stadtverwaltung möglicherweise? Oder der Vorsitzende eines Sportvereins? Oder irgendeiner von Ljochas Konkurrenten?

Direkt gegenüber der Tür zum Arbeitszimmer befand sich eine weitere Tür. Ich öffnete sie einen Spalt und erblickte eine Treppe, die in den zweiten Stock führte. Im Gegensatz zur Haupttreppe war sie sehr schlicht gehalten. Mehrere Wandleuchter im Stil einer pompösen Pseudo-Klassik erleuchteten sie. Mit ein paar schnellen Schritten war ich im zweiten Stock und fand mich unmittelbar vor der Tür des Schlafzimmers, in dem ich mit Ljocha ein paar nette Stündchen verbracht hatte und in dem ich in meiner letzten Nacht in diesem Haus eingesperrt gewesen war.

Sehr interessant.

Warum hatte die Person, die mich einsperrte, nicht diese Treppe benutzt? Ich hatte klar und deutlich gehört, wie sich die Schritte den Flur hinunter in Richtung Haupttreppe entfernten.

Ich drückte die Klinke nieder und betrat das Schlafzimmer. Ein spitzes Kreischen empfing mich. In dem breiten Bett saß ein Mädchen und presste erschrocken eine Decke vor die Brust. Ein gewöhnliches, hübsches, langweiliges Gesicht und genauso langweilige blonde Locken. Exakt der Stil des disziplinierten Dementij. Es ist immer dasselbe: Kaum ist der Hausherr tot, tummelt sich der Lakai in seinem Bett.

Das ganze Schlafzimmer stand voller Champagnerflaschen, und überall lagen usbekische Dattelpflaumen herum. Unter meinen Füßen zerknackte eine Weintraube.

»Wer sind Sie?«, fragte das Mädchen.

»Und wer sind Sie?«

»Ich habe zuerst gefragt.« Die dünne Stimme des Mädchens verhieß nichts Gutes.

Na schön, ich hatte die letzten Stunden viel zu viel gegrübelt. Es war höchste Zeit, ein wenig auszuspannen und sich zu amüsieren.

»Dieser Schweinehund!«, sagte ich laut. »Der soll sich bloß blicken lassen.«

Meine vor kaum beherrschter Wut bebende Stimme klang überzeugend.

»Ich verstehe nicht«, sagte der Lockenkopf.

»Was gibt es da zu verstehen. Ich bin seine Frau. Und du bist offensichtlich eine ganz gewöhnliche Straßennutte. Wie lange geht das hier schon?«

»Er ... er hat mir nichts gesagt ...«

»Das wundert mich nicht.«

Ich flegelte mich in einen Sessel und sah mir Dementijs Flamme gründlicher an. Dem Mädchen wurde es unter meinen Blicken offenbar unbehaglich, aber sie behielt sich im Griff. Sie sprang aufgeregt aus dem Bett und defilierte auf schamloseste

Art und Weise vor mir auf und ab. Die gesamte Ausstattung des Mädchens bestand aus einem Paar Strapsen und schwarzen Strümpfen. Na also, eine ganz gewöhnliche Nutte.

Ich hob eine Dattelpflaume vom Teppich auf, brach sie auf und begann, melancholisch zu kauen.

»Das müssen Sie selbst mit ihm klären«, sagte das Mädchen. »Ich will mich nicht in Ihre Familienstreitigkeiten einmischen.«

»Keine Sorge«, beruhigte ich das Mädchen, und im selben Augenblick wurde die Schlafzimmertür sperrangelweit aufgerissen.

Auf der Schwelle erschien Dementij. Er rollte einen verchromten Servierwagen herein und sah aus, als könnte er kein Wässerlein trüben. Auf dem Wagen standen eine Flasche Mineralwasser, eine Dose mit löslichem Kaffee und eine Kanne – und der unvermeidliche Champagner.

»Na, Mädchen, habt ihr euch schon miteinander bekannt gemacht?«, fragte er.

Bevor Lockenköpfchen auch nur den Mund aufmachen konnte, legte ich los.

»Du hast ja wohl einen Totalknall, Dementij. Schleppst hier irgendwelche Nutten an, noch dazu die übelste Sorte!«

»Wie bitte?«, sagte Dementij gedehnt. »Ich verstehe nicht.«

»Wenn hier jemand was nicht versteht, dann wohl ich«, kreischte das Lockenköpfchen schrill. »Du lädst mich hierher ein, verkündest großartig, wir würden ordentlich die Sau rauslassen und uns prima amüsieren, und auf einmal tanzt deine Frau hier an und beleidigt mich!«

»Was für eine Frau?« Dementijs Augenbrauen hoben sich erstaunt.

»Na ich, ich bin deine Frau«, warf ich locker hin. Dann prustete ich laut los.

Es dauerte ein halbes Minütchen, bis er kapiert hatte, dann fiel er in mein Lachen ein: Er wusste meinen trivialen Humor zu schätzen. Das Lockenköpfchen blickte verwirrt von einem zum anderen.

»Das war ein kleiner Scherz, Rita-Spätzchen«, wandte sich Dementij an das Lockenköpfchen und verschluckte die letzten Lacher. »Guck sie dir doch an! Sieht die wie eine Ehefrau aus?«

»Und wer ist sie dann?«

»Die war mal die Geliebte meines Chefs. Ein seltenes Luder«, stellte Dementij mich mit sichtlichem Vergnügen vor. »Den Chef hat sie nicht gekriegt, er hat direkt vor ihrer Nase ins Gras gebissen, und jetzt treibt sie ihre Späße mit so einfachen Sterblichen wie mir.«

»Solche Witze verstehe ich nicht«, nörgelte Rita-Spätzchen schmollend.

»Reg dich nicht auf«, sagte Dementij begütigend. »Du bist wirklich eine Komikerin, Katja.«

»Ein altes Laster von mir. Also, was ist, Rita-Spätzchen, trinken wir einen Kaffee, auf unsere Bekanntschaft?«

Rita-Spätzchen fauchte böse und zog sich einen dünnen Fetzen über den Leib, der anscheinend ein Kleid sein sollte. Mir gönnte sie keinen Blick mehr. Dementij übrigens auch nicht. Ich goss den Kaffee ein und hob meine Tasse.

»Auf unsere Bekanntschaft.«

Das gekränkte Rita-Spätzchen sagte nichts und ging zur Tür.

»Wo willst du hin?«, fragte Dementij besorgt.

»Aufs Klo ...«, antwortete Rita-Spätzchen mit Würde und knallte die Tür demonstrativ hinter sich zu.

Als sie verschwunden war, sahen wir uns einige Sekunden lang schweigend an.

»Wo hast du die denn aufgegabelt, Dementij?«

»Das geht dich gar nichts an.«

»Die ist doch eine richtig billige Nutte. Dabei hast du etliche Jahre in einem anständigen Haus gearbeitet.«

»Wieso machst du denn hier so einen Stress? Hast du nicht gekriegt, was du wolltest?«

»Ach was, das ist einfach mein Temperament. Rothaarige sind doch immer so ... Übrigens, die Klimaanlage ist gar nicht eingeschaltet, wie ich merke ...«, erwähnte ich ganz nebenbei.

»Stimmt. Seit Agnessa weg ist. Wozu Strom vergeuden?«

»Und als Titow noch da war, da war sie doch immer eingeschaltet?«

»Immer. Aber wozu interessiert dich das?«

»Einfach so. Hätte er sie problemlos abschalten können, oder war das kompliziert?«

»Wieso kompliziert? Das ist eine ganz normale Anlage. Aber der Chef hat sie nie ausgeschaltet. Er hatte einen Fimmel für Klimaanlagen, die hier hat er aus Italien kommen lassen. Die ließ sich mit verschiedenen Duftnoten bestücken, unser Chef hatte ein feines Näschen. Die Gerüche, das war für ihn ein Stück Lebensqualität. Sogar seine Frauen hat er nach dem Geruch ausgesucht.«

Ach, ist ja interessant!

»Dann hat ihm mein Geruch wohl gefallen. Wahrscheinlich irgendwas zwischen Meeresbrise und städtischer Mülldeponie.«

»Ja, genau das hab ich auch gedacht, als ich dich das erste Mal sah.« Dementij beugte sich zu mir. »Manchmal denke ich, es ist ganz gut, dass du nicht allzu lange hier warst. Sonst hätten wir Probleme gekriegt. Wie hast du es bloß geschafft, ihn so schnell an die Leine zu legen?«

»Ich bin einfach ein schlimmes Mädchen, das mögen die Männer«, sagte ich.

»Kann sein, vielleicht hast du Recht.«

»Arbeitest du weiter bei Titows Mutter?«

»Aber nein.« Dementij seufzte. »Wenn das Haus verkauft ist, kann ich meine Sachen packen.«

»Und was machst du dann?«

»Ich finde schon was.«

»Aber irgendwer wird doch bei der Alten bleiben? Wenigstens der Kasache ... Der war doch der Familie treu ergeben.« Ich steuerte zügig auf das Thema zu, das mich interessierte.

»Treue ist teuer«, bemerkte Dementij tiefsinnig. »Je höher der Lohn, desto größer die Treue.«

»Also ist er nicht mehr bei Agnessa?«

»Shaik? Natürlich nicht. Eine Woche nach der Beerdigung war er weg.«

Aha, das war offenbar das kasachische Verständnis von Samurai-Ehre.

»Der ist doch ein echtes Tier. Ohne Gefahr geht er ein. Beim Chef konnte er sich austoben, seinen Jagdinstinkt ausleben. Aber was soll er bei der Alten? Das ist doch das reinste Mausoleum, da erstarrt ihm ja das Blut in den Adern.«

»Und wo ist er jetzt?«

»Warum willst du das wissen?«

»Bloß so ... Ich kenne da so einen Bonzen, der einen Leibwächter sucht, und da fiel mir dieser Kasache ein. Sieht sehr exotisch aus und versteht sein Geschäft. Gibst du mir die Telefonnummer?«

»Welche Telefonnummer?«

»Von diesem Shaik.« Ich ließ meine Stimme so beiläufig wie möglich klingen.

»Woher soll ich denn seine Telefonnummer wissen?«

Reinfall auf der ganzen Linie. Ich lehnte mich im Sessel zurück und schaute auf meine Hände, um meine Enttäuschung zu verbergen.

»Schade, ich hab ihn diesem Bonzen so angepriesen.«

»Tja, ich weiß nicht ... Versuch es doch mal beim Wachdienst ›Adler‹.«

Oha! Noch jemand, den ich vergessen hatte! Wladimir Michailowitsch Juchno. Er und Shaik gaben ein reizendes Pärchen ab, die beiden hatten sich bei der Untersuchung von Titows Tod mächtig ins Zeug gelegt.

»Danke, Dementij. Für den Kaffee und so weiter. Hast du eine Ahnung, wie ich Agnessa erreichen kann? Du weißt, wegen des Bildes.«

»Agnessa kann man anrufen, kein Problem. Sie selbst meldet sich mehrmals die Woche hier und fragt nach, wie es mit dem Verkauf der Villa steht.«

»Und wie steht es damit?«

»Verdammt!« Dementij sprang hektisch auf. »Um drei wollen die hier antanzen, und ich sitze herum und quatsche mit dir ...«

Als wir beim Volkswagen ankamen, hielt Dementij mir galant die Tür auf und erlaubte sich einen kleinen Anmachversuch.

»Gibst du mir deine Telefonnummer? Wir könnten uns doch mal treffen, bisschen plaudern und so weiter. Du bist ein amüsantes Ding.«

»Amüsantes Ding.« Das waren genau Titows Worte – Herr und Hündchen hatten wohl den gleichen Geschmack.

»Such dir lieber eine anständige Frau, ehe es zu spät ist«, mahnte ich und tätschelte ihm die Wange.

»Du willst wohl, dass ich vor Langeweile sterbe?«

Ich rauschte majestätisch durch die Tore der Villa nach draußen und hupte kurz zum Abschied. Ich hatte alles erfahren, was ich wissen wollte; oder fast alles. Es war gar nicht schwer gewesen. Jetzt musste ich nur überlegen, was ich mit den neuen Informationen anfangen sollte. Shaik allein war schon ein ziemlich schweres Kaliber, jemand, den man mit Vorsicht genießen sollte, aber im Doppelpack mit Wladimir Michailowitsch Juchno war er ein schier unüberwindliches Hindernis auf dem Weg zur Wahrheit. Fast genauso bedrohlich wie das Tier mit der Zahl 666. Vor dem Tier war ich davongelaufen. Noch einmal würde ich nicht fliehen.

Lawrucha junior hasste Schals und Mützen wie die Pest. Früher, als Sheka noch lebte, hatte er jeden Herbst mit lautem Geheul und Spektakel begrüßt: Es war schier unmöglich gewesen, ihm irgendeine Kopfbedeckung zu verpassen. Jetzt leistete er schweigend Widerstand. Kaum zog ich ihm die Mütze über, riss er sie wieder herunter und warf sie mir vor die Füße.

Die brave Katja stand daneben und wartete geduldig auf den Ausgang unseres wortlosen Gefechts. Ich schwor mir jedes Mal, kein böses Wort fallen zu lassen, aber nachdem ich diese Aktion zum dritten Mal durchgemacht hatte, konnte ich mich kaum beherrschen, dem widerborstigen Bengel die Ohren lang zu ziehen, und schimpfte los:

»Willst du vielleicht im Kindergarten übernachten, Lawrenti? Dann sag's ruhig, und erspar deiner Schwester und mir diesen Zirkus.«

Lawrucha sah seine Schwester finster an und zupfte sich am Ohr.

»Er sagt, er will keine Mütze aufsetzen«, dolmetschte Katja bereitwillig.

»Du bist doch ein großer Junge. Willst du dich erkälten und sterben?«, schnauzte ich.

Lawruchas Augen füllten sich mit Tränen. Er zupfte sich wieder am Ohr, diesmal am anderen.

»Und?«, fragte ich Katja. »Was hat er sich jetzt ausgedacht?«

»Er sagt, er will sterben. Dann erschreckt sich Mama und kommt zurück.« Die kleine Katja war jetzt auch kurz davor loszuheulen.

Mir krampfte sich das Herz zusammen. Ich zog Lawrucha in meine Arme und drückte ihn an mich.

»Na gut, du brauchst die Mütze nicht aufzusetzen. Wir gehen jetzt zum Auto, und alles ist gut, einverstanden?«

Lawrucha nickte, und die Tränen, die aus seinen Augen springen wollten, versiegten.

Wir gingen zum Auto, ich setzte die Kinder auf den Rücksitz, und wir fuhren los. Ich musste einen anderen Kindergarten für die beiden finden, auf der Wassili-Insel, näher an meiner Wohnung. Jeden Tag quer durchs Zentrum zu fahren und stundenlang im Stau zu stehen, das war einfach eine Quälerei.

Dabei hatte ich nicht mal das Recht, die Kinder in einen anderen Kindergarten zu bringen. Ich hatte überhaupt keine Rechte. Ich war nur die Freundin ihrer toten Mutter, mehr nicht. Immer häufiger belästigten mich irgendwelche Damen von den Organen der Jugendpflege. Früher oder später würde ich die Kinder weggeben müssen. Ich sah ihre runden Gesichter im Rückspiegel, ihre beinah identischen frechen Näschen; sie waren unübersehbar Zwillinge, aber je älter sie wurden, desto ähnlicher wurde Katja ihrer Mutter und Lawrenti Bykadorow.

Nein, es hatte keinen Sinn, sich etwas vorzumachen. Solange Sheka nicht gerächt war, würde ich keine Ruhe finden.

Meine Reise nach Selenogorsk hatte unverhoffte Früchte getragen, doch würde ich in der Lage sein, Nutzen daraus zu ziehen? Ich konnte natürlich Maritsch anrufen und ihm alles erzählen, von Anfang bis Ende. Aber dann würde ich nicht nur mich, sondern auch Snegir mit ans Messer liefern. Vielleicht würde Maritsch mich einfach wegen Mittäterschaft bei dem Einbruch ins Untersuchungsgefängnis stecken. Wenn man dazu noch bedachte, wie wertvoll das Bild war ... und wie viel Geld wir dafür kassiert hatten.

Wir würden sicher nicht mit zwei Jahren auf Bewährung davonkommen.

Und während ich dann in irgendeiner Strafkolonie schmoren und in Wattejacke und Kopftuch Torf stechen würde, würde sich Shekas Mörder seelenruhig seiner Freiheit erfreuen. Du hast dich selbst in eine Sackgasse gejagt, Katerina Mstislawowna.

Ich schlug mit der Faust wütend aufs Lenkrad. Die kleine Katja beugte sich vor und tippte mir an die Schulter.

»Ist etwas passiert, Tante Katja?«

»Gar nichts, Mäuschen, wieso fragst du?«

»Weil du ganz laut schimpfst.«

Verflixt!

»Habe ich etwa schlimme Worte gesagt?«, fragte ich erschrocken.

»Nein.«

»Ich schimpfe nicht mehr, ich verspreche es dir.«

Kurz nach sechs waren wir schon zu Hause. Ich zog die Kinder aus und fütterte sie, dann legte ich ihnen einen Trickfilm in den Videorekorder ein und zog mich selbst in die Küche zurück. Mir stand ein unterhaltsamer Abend bevor: Ich musste die neuen Informationen sortieren und versuchen, sie auf einen gemeinsamen Nenner zu bringen. Vor allem musste ich mich von dem Gedanken lösen, dass Lukas Austers Bilder töteten. Dabei bemühte ich mich, nicht an Harryboy zu denken, den ich in der Toten Stadt Ostrea zurückgelassen hatte. Ich hatte keinerlei Nachrichten von ihm, und auch in den Zeitungen, die ich ein wenig ängstlich durchblätterte, stand nichts: Herbsterdbeben in Taiwan und der Türkei, Sommerüberschwemmungen in Europa – das TIER wäre zufrieden gewesen.

Aber an Shekas Tod trug es keine Schuld. Und das Bild auch nicht.

Ich war sicher, dass es nur eine Erklärung für Shekas Tod geben konnte: Jemand wollte eine unliebsame Zeugin loswerden.

Noch einmal von vorn: Angenommen, irgendjemand benutzte das Bild für seine Zwecke, das hieße, dass dieser Jemand es sehr geschickt verstand, sich der finsteren Legenden über Lukas Auster zu bedienen. Diese Legenden konnte jedermann in einer Fachzeitschrift nachgelesen haben. Weiterhin angenommen, Ljocha Titow wäre ganz banal abgemurkst worden. Gründe dafür gab es reichlich.

Also, Alexej Alexejewitsch Titow erwirbt ein sehr teures Bild. Es ist eine Frage des Prestiges, er ist gewissermaßen dazu gezwungen, dieses Bild zu erwerben – und das weiß die Person, die ihn aus dem Weg räumen will. Alexej Alexejewitsch lernt eine Frau kennen, die der rothaarigen Schönheit auf der Außenseite des Gemäldes fast aufs Haar gleicht (das bin ich), begeht die Unvorsichtigkeit, sich in sie zu verlieben, und fordert sie auf, zu ihm in sein Haus zu ziehen. Es findet eine Party statt, in deren Verlauf Alexej Alexejewitsch stirbt. Vorher wird er unter dem Vorwand, seine Geliebte warte dort auf ihn, in sein Arbeitszimmer gelockt – ich zweifelte jetzt nicht mehr daran, dass es sich so abgespielt hatte; wozu hätte man mich sonst einsperren müssen? Titow stirbt (Die Frage nach der Todesursache lassen wir vorläufig beiseite), und seine Geliebte wird befreit, damit sie die Leiche entdeckt und schnellstens Alarm schlägt.

Das war's.

Bykadorow und Goldman klammerte ich aus meinen Überlegungen erst einmal aus und konzentrierte mich ganz auf Ljocha, weil ich selbst Zeugin seines Todes geworden war und sich mir einige Fragen stellten:

Warum war an diesem Abend die Klimaanlage nicht in Betrieb? Hatte das irgendetwas mit Titows Tod zu tun? An dieser Stelle erinnerte ich mich, dass das Oberlicht in Shekas Schlafzimmer geschlossen war, als ich Bykadorow dort fand. Vielleicht war das vollkommen unbedeutend, aber es könnte auch das winzige Verbindungsstück sein, das diese beiden Todesfälle miteinander verknüpfte, und ich musste nach jedem Strohhalm greifen.

Was hatte Sheka in solchen Schrecken versetzt und warum nicht sofort an jenem Abend, sondern erst später, als sie von Titows Tod erfuhr? Hatte sie vielleicht den Mörder gesehen, ohne zu begreifen, was sie sah? Und als sie es begriff – wurde sie zur Gefahr für ihn?

Warum hatte die Person, die mich im Schlafzimmer eingeschlossen hatte, nicht die Nebentreppe benutzt, sondern war über die Haupttreppe nach unten gegangen? Die Nebentreppe war doch die kürzeste Verbindung zwischen den beiden Zimmern.

Shaik hatte Sheka das Armband geschenkt; warum war er nicht auf ihrer Beerdigung erschienen?

Shaik, er ist der ideale Kandidat.

Also konzentrierte ich meine Gedanken jetzt ganz auf Shaik. Angenommen, jemand wollte Ljocha aus dem Weg räumen. Es wäre ja nicht der erste Versuch gewesen. Man will die Sache endlich zu Ende bringen – so oder so. Hier kommt Shaik ins Spiel. Er nimmt eine Stelle als Leibwächter bei Titow an, höchstwahrscheinlich auf Empfehlung von Wladimir Michailowitsch Juchno (auch ein möglicher Kandidat!), und spielt das Trojanische Pferd.

Nein.

Shaik hatte drei Jahre für Titow gearbeitet – das war ein zu langer Zeitraum, Plan und Ausführung lagen zu weit auseinander. Kein Auftraggeber kann so lange warten, das Geschäftsleben ist viel zu schnelllebig.

Eins war jedenfalls klar: Sollte Shaik der Mörder sein, dann war das Bild nicht das Ziel, sondern das Mittel.

Und wenn es sich umgekehrt verhielt, wenn das Bild doch das Ziel war? Hier betritt der Genosse Lambert-Harry Jakobs aus Holland die Bühne.

Dieser holländische Leisetreter hatte seine Spuren überall hinterlassen, er schlich schon die ganze Zeit um das Bild herum wie die Katze um den heißen Brei. Er war auch an jenem Abend in der Villa.

Und im Arbeitszimmer war er auch.

Aber das alles erklärte nicht, warum die Toten in verrammelten Zimmern gefunden wurden.

Sheka hatte etwas gewusst. Darum musste sie sterben.

Wenn ich herausfand, wer für Shekas Tod verantwortlich war, würde ich auch alles andere erklären können. Wie Harryboy auf seiner Insel zu mir gesagt hatte: »Erfüllen Sie Ihre Bestimmung, Katrin!«

Na gut, ich war bereit, meine Bestimmung zu erfüllen. Auch wenn es nicht die war, die Harryboy im Sinn hatte.

Die Küchentür ging auf, und die kleine Katja erschien auf der Schwelle.

»Du sprichst schon wieder mit dir selbst, Tante Katja«, sagte sie.

»Ich sage Gedichte auf«, versuchte ich mich herauszureden.

»Das waren aber doch keine Gedichte.«

»Gedichte für Erwachsene.«

»Über Liebe?«

»Warum denn über Liebe?«

»Alle Erwachsenengedichte handeln von Liebe, hat Mama gesagt. Liest du uns zum Einschlafen etwas vor?«

»Natürlich, Liebes. Übrigens, ich habe euch einen Hund mitgebracht.«

»Was für einen Hund?«, fragte Katja mit runden Augen.

»Einen Spielzeughund. Ihr habt ihn vergessen ...« Ich zögerte und fuhr dann vorsichtig fort: »In der Datscha. So einen kleinen ...«

Katja sah mich immer noch fragend an.

Ich ging hinaus auf den Flur und holte den dummen Filzhund aus der Tüte. Katja wich mir nicht von der Seite.

»Erkennst du ihn wieder?«, fragte ich.

»Das ist Lawruchas Hund«, verkündete sie bereitwillig. »Er hat sich mit ihm gestritten und wollte ihn nicht mitnehmen.«

»Ach so!«

Ich ging zurück ins Zimmer und setzte mich aufs Sofa. Katja machte es sich neben mir bequem, Lawrucha aber tat so, als bemerkte er mich gar nicht. Er hatte die Nase tief in ein Buch gesteckt – »Die drei aus Sauermilchdorf« nahmen ihn völlig in Anspruch. Ich drehte den Hund in der Hand und sagte in den Raum:

»So einen kleinen Hund darf man aber nicht allein lassen. Auch wenn es nur ein Spielzeughund ist. Man darf überhaupt niemanden allein lassen.«

Lawrucha kratzte sich die Augenbraue und rieb sich das rechte Auge.

»Er fragt, warum uns Mama dann allein gelassen hat?«, sagte Katja leise.

Ich wusste nicht, was ich antworten sollte. Ich nahm Shaiks Armband aus der Tasche und band es dem Hund wieder um.

»Ein sehr schönes Halsband. Das steht ihm sehr, wirklich.«

Lawrucha riss mir den Hund aus der Hand und drückte ihn an seine Brust. Dabei hielt er seinen störrischen Dickkopf tief gesenkt.

»Wo habt ihr das Halsband denn her?«

»Das war Lawrucha«, petzte Katja sofort. »Er hat es von Mama genommen und es ihr nicht gesagt. Mama hat furchtbar geschimpft und sogar geweint.«

Lawrucha boxte Katja in die Seite, aber sie blieb ihm nichts schuldig. Im nächsten Moment war die schönste Balgerei im Gange. Solche Balgereien waren zwischen den Zwillingen keine Seltenheit. Sheka hatte immer nachsichtig darüber hinweggesehen, aber ich dachte nicht daran, so etwas zu dulden. Ich brachte die beiden Geschwister auseinander und setzte sie links und rechts von mir auf das Sofa.

»Und wie ging es weiter?«

»Lawrucha hat den Hund nämlich verloren ... Er verliert überhaupt alles. Wir haben überall gesucht, wir sind sogar zum Meer gegangen, aber wir haben ihn trotzdem nicht gefunden.«

Damit hatte sich alles aufgeklärt. Das Armband war tatsächlich ein Geschenk, warum hätte Sheka sonst so gejammert? Shaik hatte das Armband der Frau geschenkt, die ihm gefiel, und ihr kleiner Sohn hatte das kostbare Stück zum Halsband für seinen dummen Spielzeughund umfunktioniert. Dann hatte er den Hund wahrscheinlich irgendwo auf dem Grundstück liegen lassen, und Larfa hatte ihn gefunden und auf den Haufen zu den anderen Spielsachen geworfen.

»Na gut«, sagte ich. »Lassen wir das arme Tier in Ruhe. Ich lese euch jetzt was vor.«

Den folgenden Tag wollte ich dem privaten Wachdienst ›Adler‹ widmen. Ich wählte die siebenstellige Nummer und stellte mich auf einige Zeit geduldigen Wartens ein. Doch der Hörer wurde sofort abgenommen.

»Privater Wachdienst ›Adler‹«, sagte ein Furcht einflößender Bass. »Womit kann ich dienen?«

Donnerwetter, was für eine Sekretärin! Hundert Kilo Lebendgewicht, Schweineaugen und Ziegelsteinkinn, aber mindestens. Für einen Augenblick verschlug es mir die Sprache.

»Womit kann ich dienen?«, dröhnte der Bass wieder.

»Ich möchte den Direktor sprechen«, piepste ich zu meiner eigenen Überraschung.

»In welcher Angelegenheit?«

»Tja, also ... Ich brauche einen Leibwächter.«

»Rufen Sie auf Empfehlung an?«

Eine bessere Empfehlung als Titows Tod konnte man sich gar nicht ausdenken.

»Ja, Ihre Agentur wurde mir empfohlen ...«

»Der Direktor ist im Augenblick leider nicht im Haus. Er ist erst übermorgen wieder hier.«

»Gibt es vielleicht jemand anderen, mit dem ich darüber sprechen könnte?«, fragte ich, jetzt schon kühner geworden.

»Seinen Stellvertreter. Er ist ab zwölf Uhr wieder im Büro.«

»Kann ich bei Ihnen vorbeikommen?«

Der Bass am anderen Ende der Leitung schwieg einige Sekunden.

»Oder ist das vielleicht eine Geheimorganisation?«, platzte ich heraus.

Der Bass nannte mir die Anschrift, empfahl mir aber wärmstens, mich mit dem Stellvertreter, einem gewissen Samuel Aronowitsch, vorher telefonisch abzusprechen. Ich versicherte dem Bass, dass ich auf jeden Fall anrufen würde, und legte auf.

Um zwölf Uhr war ich schon an der angegebenen Adresse.

Der private Wachdienst »Adler« befand sich im Gebäude der »Kinder- und Jugendsportschule für den olympischen Nachwuchs«, wie ein bescheidenes Schild über dem Eingang verkündete. Das Schild »Privater Wachdienst Adler« trug den Zusatz: »Filiale«. Und noch ein Stückchen tiefer stand auf glänzendem Metall: »Leibwächterschule.«

Na also, genau das brauchte ich doch. Mit einiger Wahrscheinlichkeit stand ich direkt vor Wladimir Michailowitschs persönlicher Kaderschmiede.

Ich betrat das Gebäude. Gleich hinter der Eingangstür langweilte sich ein überdimensionierter Wächter vor einem winzigen Fernsehgerät und kaute an einer Käsestulle. Es sah aus, als hätte er mich überhaupt nicht bemerkt, aber als ich mich an ihm vorbeidrücken wollte, rief er mich sofort zurück.

»Wo wollen Sie hin?«, fragte er streng.

»Befindet sich hier die Leibwächterschule?«, fragte ich.

»Was wollen Sie denn da?«

»Ich möchte einen Kurs besuchen.«

Er musterte mich skeptisch.

»Der Kurs ist belegt. Kommen Sie im Januar wieder.«

»Ich würde gern jemanden aus der Direktion sprechen.« Ich setzte mein charmantestes Lächeln auf und warf meine Haarmähne aufreizend zurück, bevor ich den Wächter bittend ansah.

Anscheinend empfand er keine unüberwindliche Abneigung gegenüber Rothaarigen und erbarmte sich meiner.

»Erste Etage. Zimmer vierundzwanzig.«

»Danke.«

Ich umschiffte Posten Nummer eins und tauchte ins Innere der Sportschule ab. Gleich zur Rechten befand sich der Eingang in die Sporthalle, dahinter folgten mehrere Türen, die alle mit der Aufschrift »Umkleideraum« verziert waren, und ganz am Ende des Ganges lagen die Duschräume und Toiletten.

Ich stieg in den ersten Stock hinauf und fand nach kurzem Suchen das Zimmer mit der Nummer vierundzwanzig. Ein Irrtum war ausgeschlossen: An der Tür hing deutlich sichtbar ein Schild mit der Aufschrift »Leibwächterschule«. Ich schätzte meine Chancen fünfzig zu fünfzig, dass man Shaik hier kannte.

Vorsichtig klopfte ich an die Tür und drückte die Klinke hinunter.

Das kleine Zimmer, das ich betrat, wirkte geradezu asketisch schmucklos – abgesehen von einer langen Reihe Sport-Pokale und einem einsamen Plakat, das eine Reproduktion von Claude Monets »Die Kathedrale von Rouen« zeigte. Ich hätte gern gewusst, wie das hierher gekommen war. Da niemand da war, lehnte ich die Tür an und betrachtete den Unterrichtsplan, der an der Wand hing.

Der zweite Name auf der Liste der Lehrer war Nasyrkulow, Sh. B.

Nasyrkulow Sh. B. unterrichtete asiatische Kampfsportarten, die alle auf »do« endeten: Aikido, Judo und Taekwondo. Unterricht zweimal die Woche: Samstag von 21.30 Uhr bis 24 Uhr, und Sonntag von 7.30 Uhr bis 10 Uhr. Für die Schüler nicht gerade der bequemste Zeitplan, aber Sh. B. hatte wahrscheinlich noch wichtigere Dinge zu erledigen, als an einer Leibwächterschule zu unterrichten.

Es war gut möglich, dass es sich bei diesem Nasyrkulow um Shaik handelte, Initialen und Familiennamen sahen exotisch genug aus – eindeutig ein Kasache.

Na gut, prima. Samstag von 21.30 Uhr bis 24 Uhr.

Um fünf vor zwölf würde ich vor dem Ausgang stehen und den Kasachen abfangen. Während ich noch sinnend vor dem Stundenplan stand, erschien ein junger Mann.

»Wollen Sie zu mir?«, fragte er.

»Ich möchte mich für einen der Kurse einschreiben«, sagte ich. Jetzt, nachdem ich den Zeitplan gründlich studiert hatte, konnte ich meiner Fantasie freien Lauf lassen. »Hier ist doch die Leibwächterschule?«

»Ja, aber der Kurs ist schon belegt. Der nächste beginnt im Januar. Außerdem nehmen wir keine Frauen.«

»Das ist ja frauenfeindlich!« Ich gab mich gekränkt.

»Grundsätzliche Richtlinie der Direktion. Wir haben sehr schwierige Aufnahmebedingungen und extrem hohe Anforderungen. Das kann eine Frau kaum durchstehen.«

Wenn du wüsstest, mein Junge, was ich in den letzten Monaten durchstehen musste, würdest du nicht so reden.

»Ich werde mich beschweren«, sagte ich. »Ich werde Ihre Schule in die Zeitung bringen.«

»Sparen Sie sich die Mühe. Es gibt etliche solcher Schulen in der Stadt, in denen man auch Frauen aufnimmt. Ich kann Ihnen die Adressen geben.«

»Seien Sie so liebenswürdig.«

»Kleinen Augenblick.«

Der Typ hatte eine bemerkenswerte kalligrafische Handschrift. Ein paar Minuten später hielt ich ein Blatt Papier mit den sorgfältig notierten Adressen in der Hand.

»Treiben Sie Sport?«, fragte er mit einem kritischen Blick auf meine wenig athletische Erscheinung.

»Rudern«, platzte ich heraus. »Einer-Kajak.«

»Sieht man Ihnen gar nicht an«, brummte er und schüttelte zweifelnd den Kopf. »Ohne gewisse Grundvoraussetzungen werden Sie bei jeder Schule Schwierigkeiten haben, angenommen zu werden.«

»Macht nichts, es ist noch kein Meister vom Himmel gefallen. Mich reizen die asiatischen Kampfsportarten. Wie steht es bei Ihnen damit?«

»Wir haben die besten Lehrer der ganzen Stadt.« Der junge Mann plusterte sich auf. »Sagt Ihnen der Name Nasyrkulow etwas?«

»Shaik Nasyrkulow?«, fragte ich und trat einen Schritt vor.

»Ja, klar. Mehrere Welt- und Europameistertitel. Und haufenweise Preise und Medaillen.«

Na also, das wär's. Ich konnte beruhigt wieder gehen. Nasyrkulow Sh. B. war tatsächlich Shaik. Ich hatte mehr erreicht, als ich erwartet hatte.

Am Samstagabend wurden den Kindern strengste Anweisungen erteilt, nicht mit Streichhölzern zu spielen und das Videogerät ausgeschaltet zu lassen. Ich las ihnen noch etwas vor, in der Hoffnung, dass sie gut einschliefen, dann begann ich, mich auf das Treffen mit Shaik vorzubereiten. Bis zum Ende des Unterrichts in der Leibwächterschule waren es noch zwei Stunden, für die Fahrt dorthin brauchte ich eine knappe halbe Stunde. Also hatte ich noch anderthalb Stunden, um alles genau zu durchdenken. Ich musste mich absichern, für den Fall, dass Shaik in irgendeiner Weise etwas mit Shekas Tod zu tun hatte. Ich hatte ziemliche Angst vor diesem Gespräch, aber ich durfte keinen Rückzieher machen.

Im Zimmer nebenan schliefen Shekas Kinder.

Ich hob den Hörer ab und wählte Maritschs Privatnummer. Ich hoffte fest, dass er den Samstagabend zu Hause verbrachte, in Gesellschaft seiner betagten Mutter, seines betagten Hündchens und seines betagten Fernsehgeräts Marke »Regenbogen« – in welchem der ebenso betagte Film »Der Geist des Schlosses Morrisville« lief.

»Kirill Alexejewitsch?«, fragte ich, als der Hörer abgehoben wurde.

»Ja, bitte?«

»Kirill Alexejewitsch, hier spricht Katerina Mstislawowna.«

»Guten Abend, Katja. Ich habe ihre Stimme gleich erkannt. Ist etwas passiert?«

»Noch nicht«, gestand ich. »Gibt es bei Ihnen irgendwelche Neuigkeiten?«

»Leider nicht.«

»Verstehe. Also dann, Kirill Alexejewitsch: Ich werde gleich zu einem sehr wichtigen Treffen fahren. Und wenn ... falls ich Sie morgen Früh nicht anrufe ...«

Der normalerweise sehr feinfühlige Maritsch schnaufte in die Sprechmuschel. Ich nahm dieses Schnaufen für ein Zeichen höchster Erregung.

»Was heißt – wenn Sie mich morgen Früh nicht anrufen? Was haben Sie vor, Katja?«

»Nichts Gesetzwidriges. Ich will bloß etwas überprüfen.«

»Das dürfen Sie nicht«, rief er. »Unternehmen Sie nichts. Hören Sie?«

»Schreien Sie nicht so, Kirill Alexejewitsch. Ich bin nicht Ihre Untergebene.«

»Katja, ich bitte Sie ... Wenn es etwas mit Ihrer Freundin zu tun hat ... Sie sind verpflichtet, die Polizei zu informieren. Sie machen sich strafbar ...«

»Wollen Sie mir drohen?«

»Ich möchte Sie einfach vor einem unvorsichtigen Schritt bewahren ...«

Ich lachte ihn aus, auch wenn mein Lachen zugegebenermaßen nicht sehr fröhlich klang.

»Kirill Alexejewitsch, ich habe in letzter Zeit schon so viele unvorsichtige Schritte getan ...«

»Ich komme sofort zu Ihnen.«

»Ich werde nicht zu Hause sein. Sie wecken bloß die Kinder auf.«

»Die Kinder?«

»Die Kinder meiner Freundin.«

»Die sind immer noch bei Ihnen?«

»Wo sollten sie denn sonst sein, Ihrer Meinung nach? Im Kinderheim?«

Die Küchentür ging ein Stück auf, und der kleine Lawrucha drückte sich verschlafen an mein Knie.

»Was ist denn, mein Häschen?« Ich senkte meine Stimme zu einem Flüstern.

»Reden Sie mit mir?«, erkundigte sich Maritsch am anderen Ende der Leitung verwundert.

»Nein, Sie sind nicht gemeint.« Ich wandte mich wieder an Lawrucha: »Marsch ins Bett, es ist schon ganz spät.«

Lawrucha befreite sich schweigend aus meinem Arm – das war nicht die Umarmung, nach der er sich so leidenschaftlich und verzweifelt sehnte – und schlurfte ins Kinderzimmer zurück. Ich sah seinen kleinen Rücken, den Schlafanzug mit den lustigen Kätzchen, und ich wusste, dass mich nichts und niemand davon abhalten konnte, zu dem Treffen mit Shaik zu fahren.

»Katja! Hören Sie mich, Katja? Wo stecken Sie?«

»Ich bin hier, Hauptmann – noch. Wenn ich Sie morgen Früh nicht anrufe, erkundigen Sie sich nach der Leibwächterschule am Obuchowskoj Oborony Prospekt. Kümmern Sie sich insbesondere um den Lehrer Shaik Nasyrkulow. Können Sie sich das merken?«

»Warten Sie, Katja.«

Aber ich hatte schon aufgelegt.

Um kurz nach elf war ich schon an der Sportschule. Ich brauchte ein gewisses Zeitpolster, falls Shaik auf die Idee kommen sollte, das Training früher zu beenden. In meiner Jackentasche lag das Armband, aber ich hatte noch keine Idee, wie ich es einsetzen sollte. Ich hoffte einfach auf mein Glück, auf Instinkt und Inspiration und auf meine Fähigkeit, in kritischen Situationen hundertprozentig bei der Sache zu sein. Ich wäre bestimmt eine großartige Nikita gewesen, wenn auch eine etwas anrüchige Variante. Nicht besonders wählerisch in der Wahl ihrer Mittel, dafür aber ziemlich pfiffig – eigentlich ausgezeichnete Voraussetzungen für den Geheimdienst. Ich schaltete die Scheinwerfer des Volkswagens aus und begann, geduldig zu warten. Erst gegen halb eins kamen die ersten Vögelchen aus dem Schultor herausgeflattert. Die erschöpften Kampfsporteleven setzten sich hinter die Steuerräder ihrer Autos und rollten heimwärts. Zehn Minuten später war der Parkplatz leer bis auf ein paar Ladas, einen abgeschrubbten Mazda und einen zerbeulten Moskwitsch. Mein protziger Volkswagen kam mir vollkommen deplatziert vor.

Nach weiteren zehn Minuten erschien Shaik. Ich erkannte ihn sofort an der drahtigen Figur, dem schmalen Schädel und an der professionellen Angewohnheit, blitzschnell die Umgebung abzuchecken.

Shaik ging zu dem Moskwitsch und schloss die Tür auf. Nach all den prächtigen Jeeps und Mercedes, die er kutschiert hatte, wirkte diese Klapperkiste geradezu wie eine Parodie auf den gesunden Menschenverstand.

Es ist so weit.

Ich drückte auf die Hupe, und der Volkswagen gab ein kurzes Quaken von sich. Shaik drehte sich augenblicklich um, und in seiner Bewegung war so viel Kampfbereitschaft und gleichzeitig so viel natürliche Grazie, dass ich unwillkürlich fasziniert war.

Ich öffnete die Autotür einen Spalt und steckte meine Nase nach draußen. Ich wollte den Kasachen nicht erschrecken, sonst zog er noch eine Pistole aus der Tasche. Möglich wär's.

»Guten Abend, Shaik. Erkennen Sie mich nicht?«

Auf dem undurchsichtigen flachen Gesicht des Kasachen zeigte sich keine Regung.

»Guten Abend.«

»Ich muss mit Ihnen reden. Steigen Sie ein.«

Er sah mich fragend an, rührte sich aber nicht von der Stelle.

»Steigen Sie schon ein, Shaik.«

Als er dann neben mir saß, fühlte ich mich so unbehaglich, dass ich am liebsten auf der Stelle aus dem Auto gesprungen wäre und das Weite gesucht hätte.

»Also?«, fragte er knapp.

Das Auto füllte sich langsam mit den Gerüchen, die für Shaik typisch waren: Wachsamkeit, nahe Gefahr und heftiges Misstrauen gegenüber allem. Seine Haut verströmte dieses Aroma.

Es war purer Wahnsinn, ihm vollkommen allein gegenüberzutreten.

»Also?« Der Wortschatz des Kasachen zeichnete sich nicht durch Vielfalt aus. »Worüber wollten Sie mit mir reden?«

»Könnten wir nicht irgendwo hinfahren?«, schlug ich schüchtern vor.

»Wohin?«

»Irgendwo einen Kaffee trinken. Es ist nicht besonders gemütlich hier im Auto.«

»Warum?«

Weil ich die Hosen voll habe, du Mistkerl!

»Es wird ein langes Gespräch.«

»Geht es um Agnessa Lwowna?« Shaik zeigte endlich einen schwachen Schimmer von Interesse.

»Irgendwie ja.« Ich sollte ihn nicht gleich im Vorfeld verschrecken. Hier, wo kein Mensch in der Nähe war, konnte das leicht ins Auge gehen. »Ich wollte Sie etwas fragen.«

»Ich arbeite nicht mehr für Agnessa.«

Tja, die cleversten Ratten verlassen das Schiff immer zuerst.

»Wo können wir miteinander reden?«, drängte ich.

»Es gibt hier ganz in der Nähe ein Lokal. Wenn Sie wollen, können wir dort reden.«

Ich wäre überallhin gefahren, meinetwegen zu Teufels Großmutter, um nur seinen durchtrainierten, geschmeidigen Körper nicht mehr so dicht neben mir fühlen zu müssen.

»Sagen Sie mir die Adresse.«

»Ich zeige es Ihnen.«

Das »Lokal« erwies sich als eine von außen gesehen unauffällige Kneipe mit dem stolzen Namen »Irgis«. Offensichtlich erfüllte das »Irgis« die Funktion einer Ersatzheimat für die hiesige kasachische Diaspora: Ich war der einzige russische Gast. Der ganze Raum war vollständig mit Teppichen ausgelegt, man saß an niedrigen Tischen. Shaik war hier anscheinend gut bekannt, denn wir wurden sofort an den besten Tisch geführt. Shaik reichte mir die Karte.

»Bestellen Sie.«

»Und Sie?«

»Ich esse nichts.«

»Grundsätzlich nicht?«, wunderte ich mich.

»Nach dem Training.«

»Was können Sie mir empfehlen?«

»Was Sie wollen. Ich kenne Ihren Geschmack nicht.«

Ich steckte meine Nase in die Speisekarte und wählte nach langem Grübeln und Zweifeln die beiden Sachen, deren Namen mir am meisten zusagten: Kurt und Ajran.

Kurt waren Kügelchen aus trockenem Quark, die ein wenig

nach Pferdeschweiß rochen. Und Ajran war wohl ein gesalzenes Getränk aus Stutenmilch, das mich vom Geschmack her stark an Ziegenmilch erinnerte.

»Schmeckt es Ihnen?«, fragte Shaik, als ich wagemutig ein Quarkkügelchen in den Mund schob.

»Unbeschreiblich.«

»Ich habe nicht viel Zeit. Ich muss noch meinen Wagen holen.«

»Gut, ich versuche es kurz zu machen.«

»Wie haben Sie mich gefunden?«, fragte er plötzlich.

»Ich habe Sie gefunden, weil ich Sie finden wollte. Ich möchte Ihnen etwas zurückgeben, das Ihnen gehört.« Ich zog das Armband aus der Tasche und reichte es ihm. »Bitte, das ist Ihres. Nehmen Sie es zurück.«

Ich hatte die vage Hoffnung, dass der plötzliche Anblick des Armbands bei ihm wenigstens eine Spur von Gefühl auslösen würde. Aber das Gesicht des Kasachen blieb undurchdringlich, nur seine Augen wurden noch schmaler.

»Das gehört mir nicht«, sagte er.

Diese unverblümte Lüge verschlug mir den Atem.

»Ich habe es doch bei Ihnen gesehen, Shaik. Und Sie wissen, dass ich es gesehen habe.«

»Nein. Es gehört nicht mir.« Sein ohnehin sehr braunes Gesicht wurde noch dunkler. »Es gehört mir nicht mehr.«

»Sie haben Recht«, stimmte ich zu. »Es gehört ... Es gehörte einer Frau, die jetzt nicht mehr lebt. Und Sie wissen, dass sie nicht mehr lebt. Sie wissen, dass man sie ermordet hat.«

Er schwieg. Am liebsten hätte ich ihm jetzt eine Ohrfeige in sein flaches Gesicht verpasst, aber ich wusste sehr gut, welche Folgen das für mich hätte: Er würde meine Hand abfangen und mir das Handgelenk brechen, so leicht, wie ich den verdammten trockenen Quark mit den Zähnen zermalmte.

»Sie sind ein großer Schweinehund, Shaik, wenn nicht Schlimmeres.« Ich fühlte mich unendlich erleichtert, als ich das losgeworden war.

»Ich rate Ihnen, sich zu überlegen, was Sie sagen.«

»Entweder Sie erzählen mir alles ...«

»Oder?«

»Oder morgen befindet sich das Armband da, wo es hingehört. Mit dem entsprechenden Kommentar.«

»Soll das eine Drohung sein?«

»Nur eine Warnung.« Irgendwo hatte ich diesen Ton schon mal gehört ... Ach ja: Hauptmann Maritsch. Ich bin doch ein gelehriges Äffchen.

»Lassen Sie die Finger von Dingen, die Sie nichts angehen«, sagte Shaik scharf. »Das kann böse ausgehen.«

»Für wen?«

»Für Sie.«

»Damit Sie Bescheid wissen ... Wenn mir irgendetwas passiert ... Dann können Sie sicher sein, dass morgen Früh jemand bei Ihnen auf der Matte steht und Ihnen einige unangenehme Fragen stellt. Haben Sie mich verstanden?«

»Idiotin.« Ich hatte keine Bewegung gesehen, nicht einmal die Zipfel der schweren Tischdecken hatten sich bewegt, aber Shaik saß plötzlich neben mir. »Lass die Finger von dieser Sache und halt den Mund. Hast du mich verstanden?«

Von weitem gaben wir beide ein durchaus malerisches Bild ab: zwei Verliebte in exotischem Interieur, ein wunderschönes Beispiel von Völkerverständigung und so weiter. Ein paar mit Ajran voll gepumpte Kasachen sahen wohlwollend zu uns herüber. Shaik rückte noch näher an mich heran und legte seinen rechten Arm um mich. Im nächsten Moment fühlte ich seine Finger wie Stahlklammern an meinen Halswirbeln. Er brauchte nur ein bisschen stärker zu drücken, und mein Schicksal wäre besiegelt gewesen.

Er drückte stärker.

Vor meinen Augen schwammen bunte Kreise, und ich fühlte, wie das Bewusstsein aus meinem Körper schwand. In meine Nasenlöcher kroch klebrige Angst, mein Rücken und mein Hinterkopf waren plötzlich klitschnass. Gleich falle ich in eine tiefe Dunkelheit, aus der es keine Wiederkehr gibt. Drei Finger, die zugreifen, und jedes Messer ist überflüssig ...

»Lassen Sie mich los«, krächzte ich.

»Hast du verstanden? Lass die Finger davon. Wiederhole nicht die Fehler anderer.«

»Sonst?«

»Sonst geht es dir schlecht. Sehr schlecht.«

»Lassen Sie mich los.«

Er lehnte sich in seinem Stuhl zurück. Ich schnappte eine Weile nach Luft und versuchte, wieder zu mir zu kommen.

»Ist das alles, worüber Sie mit mir reden wollten?«, fragte er höflich.

Ich schwieg.

»Kann ich dann gehen?«

»Und was soll ich damit machen?« Ich deutete auf das Armband.

Es lag zwischen den Kurt-Kügelchen, vergessen und nutzlos.

»Machen Sie damit, was Sie wollen. Dieser Gegenstand gehört mir nicht mehr.«

Er stand auf und ging. Sofort war der Kellner an meiner Seite: Shaiks Vetter, Vetter zweiten Grades, Großneffe, Sohn der Freundin der Schwester der Mutter – Shaik so ähnlich wie ein Wassertropfen dem anderen. Der Kellner, der aussah, als sei er gerade von seinem kleinwüchsigen zottigen Pferd gehopst, übergab mir dienstbeflissen die Rechnung.

Sechsundfünfzig Rubel, siebenunddreißig Kopeken.

Wer hätte gedacht, dass überlagerter Quark und ein Glas Ajran so teuer sind. Ich schenkte dem Kellner ein schiefes Lächeln und warf zwei Scheine auf den Tisch, einen Fünfziger und einen Zehner. Wieder ein Lokal, in dem ich mich nie mehr blicken lassen würde, sogar wenn ich in menschenleerer Steppe von einem Schneesturm überrascht wurde.

»Was bedeutet eigentlich ›Irgis‹, Verehrtester?«, fragte ich den Kellner.

Er sah mich an wie eine Idiotin.

»Irgis ist ein Fluss in Kasachstan.«

»Ah ja. Ein schöner Fluss?«

»Sehr schön!« Der Kellner verzog den Mund zu einem Lächeln.

Wechselgeld bekam ich von ihm nicht.

Als ich auf die Straße trat, war von Shaik nichts mehr zu sehen. Ich verkroch mich in den Volkswagen und saß eine Weile regungslos. Nur im heißesten Fieberdelirium konnte mir die Idee gekommen sein, mich derart schutzlos mit Titows ehemaligem Leibwächter zu treffen. Erreicht hatte ich praktisch nichts, sein Armband lag immer noch in meiner Tasche, und mein Hals tat weh. Er hatte mir eine eindeutige Warnung gegeben – meine eigenen Drohungen nahmen sich dagegen aus wie das Lallen eines Säuglings. Ich betastete meine Halswirbel: Drei Finger, die zudrücken, und jedes Messer ist überflüssig – das waren meine Gedanken im »Irgis« gewesen, während ich vor Angst fast gestorben wäre.

Ein Messer ist überflüssig.

Nein, Shaik hätte nicht so sinnlos mit einem Messer herumhantiert. Seine Hände waren effektiver als jede gewöhnliche Waffe. Aber wenn er nicht der Mörder war, so wusste er doch zumindest etwas über Shekas Tod. Wozu sonst diese nebulösen Warnungen?

Lass die Finger von dieser Sache und halt den Mund. Wiederhole nicht die Fehler anderer.

Wessen Fehler sollte ich nicht wiederholen? Shekas?

Sonst geht es dir schlecht. Sehr schlecht.

Shaik hat Recht, ich bin eine Idiotin, ich hätte mir schon längst ein Diktafon anschaffen sollen. Wenn ich Maritsch so ein Gespräch auf den Schreibtisch legen würde, könnte Shaik was erleben.

Ich drehte den Zündschlüssel und ließ den Motor an. Es war Zeit, nach Hause in meine Höhle zu fahren und meine Wunden zu lecken. Und es war Zeit, endlich zuzugeben, dass der Zweig meiner eigenmächtigen Nachforschungen verdorrt war und keine Früchte gebracht hatte. Meine literarischen Vorbilder in den Schnüffelowa-Krimis waren erheblich scharfsinniger. Ich überquerte den Fluss und bog beim »Theater Buff« in die vor kurzem in Stand gesetzte Uferstraße ein. Shaik ging mir nicht aus dem Kopf. Und das lag nicht an dem, was er zu mir gesagt hatte. Es lag an ihm selbst.

Eine brutale Figur.

Ein ehemaliger Kampfsport-Champion und ehemaliger Leibwächter. Ein undurchdringliches asiatisches Gesicht, die Ruhe eines Buddhas und die Reaktionsfähigkeit eines Tischtennisspielers. Er wäre ein gefährlicher Schwerverbrecher. Doch war er nicht der Typ, der auf eigene Rechnung spielte. Das war der Punkt.

Ein heiliges Totem-Tier unter den Wachleuten, ein ausgezeichneter Vollstrecker, doch warum hatte er mich laufen lassen? Vielleicht war ich für ihn nicht gefährlich, weil ich – im Gegensatz zu Sheka – das wirklich Wichtige nicht wusste. Deshalb war ich so glimpflich davongekommen.

Ich beschleunigte den Wagen nachlässig auf neunzig Stundenkilometer, während ich unser Gespräch im »Irgis« analysierte. Ich hatte im Grunde genommen nichts gesagt, was ihn ernsthaft beunruhigen konnte. Ich bin nur die Freundin einer Frau, die er kannte. Eine Freundin, die vermutet, dass diese Frau und er eine Beziehung hatten, eine Freundin, die den Beweis dieser Beziehung in der Hand hielt. Mehr nicht.

Ich konnte wohl davon ausgehen, dass ich nochmal Schwein gehabt hatte. Sofern er seinem Oberboss nicht von unserem Treffen berichtete. Denn möglicherweise stand hinter ihm das Schlauköpfchen Juchno, das durfte man nicht vergessen. Morgen würde ich Maritsch von Shaik erzählen, und damit wäre die Sache für mich erledigt. Sollte der ihn sich vornehmen.

Als ich an Maritsch dachte, seufzte ich erleichtert auf. Aber sofort war ich wieder bei dem Kasachen. Zwischen Shaik und Sheka gab es eine Beziehung. Ohne Grund hätte er ihr doch nicht sein Familienerbstück geschenkt ...

Ich war so mit meinen Gedanken beschäftigt, dass ich kaum auf den Verkehr geachtet hatte. Aber ich war sicher, dass das Auto in meinem Rückspiegel mir schon eine ganze Weile folgte. Es hielt beständig gleich bleibenden Abstand, kam nicht näher, blieb aber auch nicht zurück, es folgte mir wie an der Leine. Ich verringerte die Geschwindigkeit auf sechzig, der unbekannte Fahrer tat es mir bereitwillig nach. Ich verließ die Uferstraße, bog in die Chaussee der Revolution ein – das gleiche Spiel. Ich fuhr den Blücher-Prospekt entlang und bog in den Prospekt der Metallarbeiter ein – das Auto blieb hinter mir.

Volle fünf Minuten holperte ich über den Kondratjewskij-Prospekt, dann war wieder die Uferstraße dran, und anschließend ging es über die Litejny-Brücke und die drei kleinen Hügel bis zum Dworzowaja-Platz. Das Auto verfolgte mich. Jetzt gab es keinen Zweifel mehr.

In meiner Magengrube stellte sich ein dumpfes Gefühl ein, und mein Hals begann auf einmal wieder heftig zu schmerzen. In der Dunkelheit konnte ich das Auto unmöglich identifizieren, aber ich war sicher, dass es Shaik war. Also war das vorhin in der Kneipe nur die Vorspeise gewesen, der Hauptgang kam noch.

Ich fuhr über die Leutnant-Schmidt-Brücke auf die Wassili-Insel zurück und begann ziellos, Kreise zu drehen. Das Benzin würde noch etwas über hundert Kilometer reichen, und dann ... dann ging der Spaß los. Ich versuchte, mich damit zu beruhigen, dass der unbekannte Fahrer mich schon längst hätte einholen können, wenn er es gewollt hätte.

Aber er hielt sich in respektvollem Abstand.

Erst als ich in meine heimische Fünfzehnte Linie abbog, verringerte sich der Abstand zwischen uns rasch. Ich durfte jetzt nicht anhalten und in meine Wohnung gehen, in der die Kinder schliefen, das wäre purer Wahnsinn gewesen. Ich fuhr also an meinem Hauseingang vorbei und hielt ein Stück weiter neben einer kleinen Grünanlage mit einer Kinderrutsche und einem Klettergerüst. Tagsüber hingen an diesem Klettergerüst immer mindestens ein Dutzend Kinder gleichzeitig. Würde das der Platz meiner Hinrichtung sein?

Das Auto kam hinter meinem Volkswagen zum Stehen, und endlich konnte ich es mir genauer ansehen.

Ein ganz respektabler Opel.

Ich konnte nicht erkennen, wie viele Personen sich in dem Wagen befanden. Die Scheinwerfer des Opels erloschen, eine Tür klappte. Starr vor Angst beobachtete ich im Rückspiegel, wie die dunkle Gestalt des Unbekannten näher kam. Dann stand er neben meiner Tür. Ich war außer Stande, auch nur den Kopf zur Seite zu wenden.

Meinen dummen rothaarigen Kopf, in dem gleich eine hübsche kleine Kugel stecken würde.

»Guten Abend, Katja.« Ich erkannte die Stimme sofort. So ein verdammter Mist!

»Katja, hören Sie mich?«

So eine gottverdammte, Himmelhöllen-Isaakskirchen-und-Artilleriemuseumsscheiße!! Ich glaubte es einfach nicht! Das war der verflixte Maritsch!

»Ich höre Sie wunderbar«, sagte ich heiser.

Ich kratzte zusammen, was von meiner ramponierten Würde noch übrig war, und stieg aus.

»Eine seltsame Fahrtroute haben Sie, Katerina Mstislawowna ...«, flötete Maritsch und fasste galant nach meinem Ellenbogen.

»Finden Sie?«

Ich holte in weitem Bogen aus und verpasste ihm eine Ohrfeige, in die ich alle Ängste, die ich in der letzten Stunde ausgestanden hatte, hineinlegte. Sie geriet entsprechend saftig. Maritschs Kopf ruckte zur Seite, ansonsten hielt er still.

»Was zum Teufel fällt Ihnen ein, Hauptmann? Wollen Sie, dass ich vollkommen durchdrehe? Wie kommen Sie dazu, mir nachzuschnüffeln, und noch dazu auf so gemeine und perfide Art?«

»Habe ich Sie erschreckt?« Der Hauptmann klang zufrieden.

»Nein. Sie haben mir einen wunderbaren Abend bereitet. Wieso waren Sie denn überhaupt auf der Uferstraße?«

»Sie meinen, wieso ich an der Sportschule war?«

Dieser Maritsch! Er hatte meinen Anruf als sofortige Aufforderung zur Handlung aufgefasst.

»Sie haben mir doch selbst gesagt, ich solle diese Leibwächterschule im Auge behalten und einen gewissen Shaik Nasyrkulow, der dort als Lehrer arbeitet. Ich habe ein paar Erkundigungen eingezogen ...«

»Um zehn Uhr abends?«

»Unsere Dienststelle arbeitet rund um die Uhr.«

»Auf die Ergebnisse scheint sich das aber nicht auszuwirken ...«

»Seien Sie mir nicht böse, Katja, ich wollte einfach ein wenig auf Sie aufpassen. Das Training ist um zwölf Uhr zu Ende, und ich dachte, dass Sie bestimmt auf ihn warten würden, womit ich ja Recht hatte, wie Sie zugeben müssen ... Ist alles in Ordnung? Haben Sie herausgefunden, was Sie wollten?«

»Ja.«

»Hat es etwas mit dem Tod Ihrer Freundin zu tun?«

Vielleicht ja, vielleicht nein, hätte Larfa gesagt.

»Was geht Sie das an?«

»Shaik Nasyrkulow gehörte nicht zum Bekanntenkreis Ihrer Freundin ... Ihre Kontakte wurden gründlich überprüft.«

»Sie sind mir vielleicht eine Spürnase!«, platzte ich heraus.

»Das ist nicht mein Fall«, erinnerte mich Maritsch.

»Gott sei Dank ...«

»Also dann, Katja ... Da wir nun mal beide noch so wach sind ... Was halten Sie davon, wenn wir auf ein Glas in diese hübsche Kneipe gehen, die Sie so mögen?«

Ich hatte mich von meinem Besuch im »Irgis« noch nicht wieder richtig erholt, da lud mich der Hauptmann schon in die nächste Kneipe ein ...

»Ich habe Kinder zu Hause, Hauptmann. Sie sind allein. Ich gehe jetzt rauf und sehe nach, wie es ihnen geht. Und dann ...«

»Und dann?«

»Dann sehen wir weiter.«

Der Hauptmann blieb vor dem Hauseingang zurück, um auf mich zu warten, und ich stieg langsam in den fünften Stock hinauf. Die Kinder schliefen. Tagsüber vertrugen sie sich nicht allzu gut, aber die Nacht brachte alles wieder in Ordnung: Katja hielt im Schlaf fest die Hand des Bruders umklammert, und er hatte gönnerhaft den Arm um sie gelegt. Ich zog den Kleinen die Decken zurecht und huschte leise aus dem Zimmer.

Maritsch wartete geduldig am Hauseingang.

Ich fuhr den Volkswagen in den Hof, möglichst weit weg von begierigen Langfingern: Wenn Snegirs Kostbarkeit etwas zustößt, brät er mich auf kleiner Flamme.

In dem Aquarium am Fenster schwammen immer noch dieselben Gummieidechsen und zweifelhafte Seesterne, Gäste gab es jetzt um zwei Uhr nachts nicht allzu viele, und ich steuerte den Hauptmann gleich zu meinem Lieblingstisch am Fenster – mit Blick auf die Fünfzehnte Linie Ecke Malij-Prospekt. Das Deckenlicht war heruntergedimmt, an den Tischen brannten kleine Kerzen in runden Glaskolben.

»Womit beginnen wir unser Besäufnis?« Der Hauptmann zwinkerte mir zu.

»Mit Wodka, dem teuersten.«

»Vielleicht nehmen wir dann lieber Cognac?«

»Nein, Wodka, nur Wodka – mein Gehirn braucht eine ordentliche Dröhnung, das hat es sich verdient.«

»Und was essen wir dazu?«

»Was Sie wollen, Hauptmann. Ich meinerseits bin zum Trinken hergekommen, nicht zum Essen.«

Maritsch verhielt sich wie ein gesitteter Bürger und bestellte sich zu seinen fünfzig Gramm Wodka ein ganzes Tablett üppig belegter Schnittchen.

Ich hob mein Glas und sah den Hauptmann an.

»Also, dann – worauf trinken wir?«, fragte er erwartungsvoll.

»Auf mich, natürlich.«

Wir tranken auf mich, dann auf ihn, dann auf das Wohlergehen meiner Galerie, dann auf seine Karriere und auf einen Schulungsaufenthalt im zivilisierten Westen; dann auf das fünfzehnte Jahrhundert und auf das Ende des zwanzigsten, dann bestellte der Hauptmann die nächste Karaffe, und als er wieder am Tisch war, hielt ich ihn für einen netten jungen Mann, in den die nette Inhaberin einer hoffnungsvollen Galerie sich ohne weiteres verlieben könnte.

Wir vermieden es, über Sheka zu sprechen; der Wodka spülte mich an der Insel an, auf der Harryboy zurückgeblieben war. Der Auslöser war Maritschs unschuldige Frage, wie meine Reise nach Holland verlaufen sei, und da konnte ich nicht widerstehen. Ich erzählte ihm vom Mittelteil des Triptychons und von den Fotos; und auch von Harrys wahnsinnigem Glauben an seine Mission und an meine Bestimmung.

»Und sehen Sie dieser Jungfrau Maria wirklich so ähnlich, Katja?«, fragte der Hauptmann.

»Die unbefleckte Empfängnis droht mir jedenfalls nicht. Ansonsten entspreche ich ihr vollkommen.«

»Und was haben Sie mit dem Bild vor? Es befindet sich doch noch immer in Ihrem Besitz ...«

Hatte ich ihm erzählt, dass Agnessa mir das Bild zurückgegeben hatte? Oder war er selbst dahinter gekommen? Schließlich war er nicht bloß ein netter junger Mann mit etwas strenger Igelfrisur, sondern er besaß auch noch ein nettes Schulterstück mit vier Sternen darauf ...

»Ich sollte vorsichtiger mit Ihnen sein, Hauptmann ... Ich darf nicht vergessen, wer Sie eigentlich sind ...«

»Heute Abend können Sie das ruhig vergessen«, beruhigte er mich. »Und heute bitte keine Titel. Ich bin einfach Kirill, und Sie sind einfach Katja.«

Genau das ist der Irrtum, Genosse »Keine Titel«! Einfach bin ich nicht ... Ich bin absolut nicht einfach ... Aber der Wodka tat das seine, er wiegte mich in der schönen Illusion, Kirill sei eigentlich doch ein prima Kerl, ein annehmbarer und willkommener Ersatz für den verreisten Snegir, und wenn wir unsere Kräfte zusammenlegten, könnte ich den eisernen Fingern Sh. B. Nasyrkulows mit Leichtigkeit trotzen. Nach der zweiten Karaffe fing ich an, aus vollem Herzen über die Gesamtheit aller existierenden Rechtsschutzorgane herzuziehen, und prahlte, ich allein hätte in einer Woche mehr herausgefunden als sie alle zusammen. Und wenn er mich sehr darum bäte, könnte ich ihm einige interessante Sachen über eine gewisse Person erzählen, die nicht im Programmheft stünde – nämlich Shaik Nasyrkulow.

Der Hauptmann nahm mich beim Wort und bat mich sehr.

So, jetzt wirst du geröstet, Shaik.

Ich berichtete dem Hauptmann alles, was ich bis dahin in Erfahrung gebracht hatte, und zum Beweis legte ich das Armband vor ihn auf den Tisch. Er sah es sich mit ernstem Gesicht an und riet mir, es zu verstecken – und meine Finger von dieser Sache zu lassen.

»Ihr seid wie Zwillinge«, bemerkte ich schmollend. »Der Kasache hat heute genau das Gleiche zu mir gesagt, mit genau den gleichen Worten.«

An Maritschs weitere Erläuterungen dazu habe ich nur eine vage Erinnerung, und daran, wie er mich nach Hause brachte, erinnere ich mich überhaupt nicht.

Ich erwachte, als Katja junior mich an der Schulter rüttelte. Mein Kopf wollte zerplatzen, und in meinem Mund herrschte eine biblische Dürre. Ich fühlte mich wie gerädert. So scheußlich war es mir seit mindestens fünf Jahren nicht mehr gegangen.

»Tante Katja, warum schläfst du denn auf der Erde und nicht im Bett?«, fragte Katja mitfühlend.

»Weil Tante Katja die ganze Nacht gearbeitet hat, ganz spät nach Hause gekommen ist und so müde war, dass sie es nicht mehr bis zum Bett geschafft hat.«

»Bist du denn ...« Katja überlegte einen Augenblick, runzelte die Stirn und sprach dann dieses für sie viel zu schwer wiegende Wort aus: » ... eine Prostituierte?«

Dieser unerwartete Gedankengang verblüffte mich dermaßen, dass ich vermutlich mit einem Satz auf den Beinen gestanden hätte, wenn ich dazu in der Lage gewesen wäre. Aber mein Zustand gestattete mir keine derart heftigen Bewegungen, und so blieb ich auf dem Teppich liegen.

»Wie kommst du denn auf so etwas, Mädchen?«, fragte ich mit schwacher Stimme.

»Alle, die nachts viel arbeiten und sehr müde sind, sind Prostituierte«, verkündete Katja in einem Ton, der keinen Widerspruch duldete.

Alles klar, die beiden gucken entschieden zu viel Fernsehen. Ab heute gibt es nur noch das Sandmännchen.

»So allgemein kann man das nicht sagen, Katerina«, hauchte ich schwach. »Irgendwann erkläre ich dir das einmal.«

»Wann denn?«

»Nicht jetzt. Jetzt habe ich Kopfschmerzen.«

»Soll ich dir Wasser bringen?«

Ohne eine Antwort abzuwarten, sauste Katja in die Küche. Ich versuchte, schon einmal aufzustehen. Mein Kopf dröhnte, als wäre ein ganzes Trommlerregiment darin versammelt. Zum Teufel mit dir, Maritsch, du hast mich abgefüllt, hast mich hier halb tot auf dem Teppich liegen lassen – und mich zum Abschied nicht einmal geküsst. Andererseits, wer ist schon scharf darauf, ein besoffenes Weib zu küssen? Ich hob mühsam den Kopf und sah auf die Uhr.

Halb zwölf. Toll. Wirklich toll.

Er könnte ja wenigstens anrufen und sich erkundigen, ob ich nicht inzwischen an einer Alkoholvergiftung verreckt bin. So ein Mistkerl, so ein Rohling, ein mieser Typ ist das einfach ... Während ich hingebungsvoll vor mich hin schimpfte, kam Katja mit einem großen Krug Wasser zurück.

»Hat niemand angerufen?«, fragte ich sie.

»Doch.«

Gott sei Dank, Kirill war also doch nicht so ein abgrundtief übles Subjekt, wie ich gedacht hatte.

»Hat er seinen Namen gesagt?«

»Ja, aber ich habe ihn vergessen.«

Lawrucha junior, der uns interessiert zugesehen hatte, kratzte sich an der Nasenwurzel.

»Ach, es fällt mir ein! Lawrucha hat seinen Namen aufgeschrieben.«

»Aufgeschrieben? Wozu?«

»Er hat extra darum gebeten.«

»Wer denn?«

»Der Mann. Er hat gesagt ... er hat gesagt ... es ist ganz wichtig ...« Katja gab mir ein Blatt Papier, auf dem mit meinem Lippenstift eine Reihe imposanter Kringel gemalt waren. Als Erstes kam etwas, das aussah wie ein Kleiderhaken – offenbar ein H; dahinter folgte ein deutlich identifizierbares E, allerdings verkehrt herum. Dem R ging es kaum besser, es sah aus, als wollte es gleich auf seine riesige dicke Nase fallen. Aber das I war Lawrucha tadellos geraten.

HERI.

Lambert-Harry Jakobs. Harryboy.

Er hatte seinen wundersamen Schlüssel wohl endlich gefunden und wollte seine großartigen Neuigkeiten jetzt unbedingt mit mir teilen. Vielleicht steht ja das Tier sogar direkt hinter ihm und pustet ihm in den Nacken. Dann war in nächster Zeit wohl einiges an Katastrophen zu erwarten. Aber im Moment beschäftigte mich mein schmerzender Kopf mehr als sämtliche Antichristen zusammen. Mein Kopf und Kirill Alexejewitsch Maritsch. Ich hatte die dunkle Befürchtung, in der Nacht viel zu viel ausgeplaudert zu haben.

Irgendwie fand ich endlich die Kraft, mich vom Teppich zu erheben, und schleppte mich ins Badezimmer.

Der nächste Anruf holte mich aus der Dusche.

Es war Maritsch. Endlich.

»Wie fühlst du dich, Katja?«

Du?

»Was denn, haben wir Bruderschaft getrunken?«, fragte ich und zog vor Schmerzen eine Grimasse.

»Allerdings, hast du das etwa vergessen?«

»Ich kann mich an nichts mehr erinnern.«

»Dann müssen wir das wohl wiederholen.«

»Bitte nicht. Von Wodka habe ich bis zum Ende dieses Jahrhunderts genug. Was habe ich eigentlich erzählt?«

»Eine ganze Menge hochinteressanter Dinge.«

»Am besten vergisst du das alles so schnell wie möglich. Das war bloß dummes, besoffenes Weibergeschwätz. Hast du mich hier abgeliefert?«

»Mit dem Streifenwagen.«

»Machst du Witze?«

»Natürlich.«

»Und warum bist du nicht geblieben?«

»Du hast mich nicht dazu aufgefordert.«

Sieh an, was für ein Sensibelchen!

»Entschuldige, ich fühle mich scheußlich, und die Kinder haben noch nichts zu essen gekriegt.«

»Verstehe, ich rufe später nochmal an.«

Ich legte auf und schlich in die Küche. Auf dem Tisch standen eine zerrupfte Packung Cornflakes und eine Tüte Milch. Die Kinder kamen anscheinend ganz gut alleine zurecht, sie brauchten mich gar nicht, ihre dumme Sauftante.

Jetzt, da es mir allmählich besser ging, fragte ich mich, was Harryboy mir wohl mitteilen wollte. Dummerweise konnte ich Harrys Telefonnummer nicht finden, aber dafür erinnerte ich mich an sein Notizbuch, das ich eingesteckt hatte, bevor ich von der Insel floh; vielleicht stand sie da drin. Nach einer weiteren halben Stunde hektischer Suche fand ich es schließlich zwischen der Schmutzwäsche, in den Jeans, die ich seit meiner Rückkehr aus Holland noch nicht gewaschen hatte. Ich blieb gleich auf dem Wäscheberg sitzen und schlug es auf.

Das Buch war offenbar ganz neu, einige Seiten klebten sogar noch zusammen. Von Harrys Adresse war keine Spur zu finden, es gab nur ein paar akkurate Zahlenreihen – offenbar Telefonnummern –, die am Rand mit Initialen versehen waren.

Ich ließ meinen Blick zerstreut über die Zahlenkolonnen wandern, dann schlug ich das Buch zu. Und schlug es wieder auf. Eine der Telefonnummern kam mir bekannt vor.

Sogar sehr bekannt.

Mein Kater war schlagartig verflogen. Ich rannte ins Zimmer und riss das Blatt Papier vom Tisch, auf dem Lawrucha junior Harryboys Namen so originell verewigt hatte. Es war das Blatt mit Maritschs Telefonnummer, ich hatte es am Vortag, nachdem ich ihn angerufen hatte, einfach neben dem Telefon liegen lassen.

Ich hielt Blatt und Notizbuch nebeneinander und verglich die Zahlen.

Sie stimmten überein, jede einzelne Ziffer.

Das war so unfassbar, so ungerecht und so gemein, dass ich mich kraftlos auf den Teppich sinken ließ. Ich hätte alles erwartet, aber nicht das. Harryboy und Maritsch kannten sich! Dabei hatte Harryboy den Hauptmann niemals mit einer Silbe erwähnt, und Maritsch selbst hatte sich gestern Abend scheinbar sehr interessiert mein ganzes Geschwätz über Harry angehört und sich ebenfalls nicht anmerken lassen, dass er bereits mit ihm zu tun hatte.

Jetzt war mir natürlich klar, von wem Harryboy die Geschichte mit Goldman erfahren hatte.

Also Maritsch.

Von wegen bescheidener Mitarbeiter der Kriminalpolizei, der nichts weiter tut, als einen Kunstdiebstahl zu untersuchen! Ein hinterhältiger Undercover-Agent, das war er. Vollkommen klar, warum er nichts gesagt hatte. Verdammt, einer von den beiden war immer in der Nähe des Bildes gewesen, Maritsch oder Harryboy, sie wechselten sich ab, ließen es nicht eine

Sekunde aus den Augen! Maritsch hatte schon im Sommer von der Existenz des Bildes gewusst – weil Harryboy ihm davon berichtet hatte ...

Mir fiel es wie Schuppen von den Augen.

Und auf einmal bekamen all die vermeintlich zufälligen Begegnungen mit Maritsch einen Sinn. Es war kein Zweifel möglich. Als er mich im »Pirat« überraschte, hatte er mir ins Gesicht gesagt, ich hätte das Bild geklaut. Aber außer Harry wusste niemand, dass das Bild sich bei mir befand ... Goldman hatte geschwiegen, aber dafür hatte Harryboy geplaudert, und wie. Harryboy und Maritsch hatten ihre Informationen immer wunderbar ausgetauscht.

Harry war der Letzte, der in Titows Arbeitszimmer gewesen war und es lebend verlassen hatte. Möglicherweise hatte er bei Titows Tod seine Hand im Spiel gehabt, und als sie herausfanden, dass Sheka etwas Verdächtiges bemerkt hatte, war plötzlich Maritsch da und ...

Ich kniff die Augen zusammen.

Alle Achtung, das nenne ich Teamarbeit! Aus gutem Grund hatte Maritsch seine Nase so tief in den Mordfall Sheka gesteckt, und ich war auch noch so blöde, ihm meine sämtlichen Informationen auf dem silbernen Tablett zu servieren ...

Absolut effektiv, keine Spuren – so war Titow ermordet worden, davon war ich jetzt überzeugt. Und Sheka hatte in jener Nacht in der Villa etwas bemerkt ... Dann fuhr Harryboy nach Holland, und Kirill Alexejewitsch Maritsch hielt die Stellung. Harryboy wollte dieses Bild unbedingt haben, um jeden Preis. Er wusste ja nicht, dass Agnessa mir das Bild zurückgeben würde; er hatte sie extra aufgesucht, um es ihr abzukaufen. Jede normal denkende Bürgerrechtlerin hätte es auch verkauft, unter den gegebenen Umständen. Aber Agnessa war eben keine normal denkende Frau. Deshalb hatten sie – hatte er? – beschlossen, mich zu bearbeiten.

»Es klingelt, Tante Katja!« Die kleine Katja rüttelte mich an der Schulter.

Ich starrte verständnislos das Telefon an.
»An der Tür«, sagte Katja mir ins Ohr.
Gerade noch rechtzeitig, sonst wäre mein Kopf schlichtweg explodiert.
Ich schlurfte zur Wohnungstür, um zu öffnen. Das hätte ich besser nicht getan.
Vor der Tür standen zwei solide Damen mit jeweils einem satten Viertelzentner Brust unter dem Kinn und – was der wohl will? – der Abschnittsbevollmächtigte.
»Guten Tag. Sind Sie Solowjowa, Jekaterina Mstislawowna?«
Zuerst verstand ich überhaupt nicht, was sie zu mir sagten. Ich sah den Abschnittsbevollmächtigten an wie einen Marsmenschen.
»Hören Sie mich?« Die Brust der Dame wogte Furcht einflößend.
»Entschuldigung?«
»Sind Sie Solowjowa, Jekaterina Mstislawowna?«
»Ja, das bin ich.« Endlich dachte ich daran, meinen Mund zuzumachen.
Mein Pullover hing voller Teppichflusen und Staub, und ich hatte eine kolossale Wodkafahne. Ein erfreulicher Anblick, das war nicht zu leugnen.
»Leider war es nicht möglich, Sie telefonisch zu erreichen!« Bei denen war ich jetzt schon unten durch, allein weil ich nur Körbchengröße A trug. »Wir sind von der Kommission für den Schutz von Mutterschaft und Kindheit.«
»Bitte, kommen Sie herein«, krächzte ich mühsam, aber die Damen benötigten keine Einladung. Sie schoben mich mit ihrer Oberweite einfach zur Seite und pflügten in die Wohnung. Der Abschnittsbevollmächtigte folgte ihnen.
»Mein Name ist Alewtina Nikolajewna«, stellte sich die eine der beiden soliden Damen vor. »Wo können wir uns unterhalten?«
Drinnen im Zimmer herrschte ein totaler Saustall, im Bad

türmte sich die schmutzige Wäsche der letzen drei Wochen auf einem riesigen Haufen ...

»In der Küche, das ist am bequemsten.«

Alewtina Nikolajewna musterte mich mit einem vernichtenden Blick.

»Dann bitte, gehen Sie vor.«

Alewtina erklomm einen Hocker, und ich räumte hektisch die Reste der Cornflakes vom Tisch.

»Entschuldigen Sie, ich habe keine Gäste erwartet.«

»Das sehe ich. Aber das ändert nichts an der Sache. Ich komme wegen der Kinder.« Die voluminöse Beamtin schlug einen Aktenordner auf. »Sokolenko Jekaterina und Sokolenko Lawrenti, fünfeinhalb Jahre. Sind die Kinder hier?«

»Ja«, sagte ich leise und ließ mich auf einem anderen Hocker nieder.

»Laut Beschluss der Kommission werden die beiden in ein Kinderheim eingewiesen. Die Kinder müssen morgen Früh an die angewiesene Stelle gebracht werden. Die Anschrift werde ich Ihnen jetzt nennen.«

»Was denn für ein Kinderheim? Sind Sie verrückt geworden, oder was?«

»Ich rate Ihnen, nicht unverschämt zu werden, Fräulein.«

Ich klammerte mich am Tischrand fest. Katja und Lawrucha, die Schlafanzüge mit den lustigen Kätzchen, die kleinen Schuhe im Flur; der Buchstabe E, verkehrt herum, die Angewohnheit, ständig die Decke im Schlaf abzuwerfen ...

»Ich lasse sie nicht ins Kinderheim.«

»Sind Sie mit den Kindern verwandt?«

»Ich bin die beste Freundin ihrer Mutter.«

»Das ist kein Verwandtschaftsverhältnis. Sie haben nicht das Recht, die Kinder bei sich zu behalten.«

»Was heißt, ich habe nicht das Recht?« Ich überlegte hektisch. Allein der Gedanke daran, dass die Zwillinge in irgendeinem furchtbaren Kinderheim landen sollten, brachte mich in

Rage. »Ich ... Ich kann die Vormundschaft beantragen ... So heißt das doch?«

Die verdammte Beamtin sah mich skeptisch an.

»Was sind Sie von Beruf?«

»Ich habe eine Galerie, hier auf der Wassili-Insel.«

»Aha, also freischaffende Künstlerin.« Aus Alewtinas Mund klang das wie »Halbweltdame«. »Das heißt unregelmäßiges Einkommen. Sind Sie verheiratet?«

»Nein ... Aber ...« Ich sprach nicht weiter. Jetzt will sie gleich meinen Pass sehen.

»Verstehe, nicht verheiratet. Das heißt, unverheiratet und ohne regelmäßiges festes Einkommen. Da werden Sie kaum eine Chance haben. Wir können die Erziehung unserer Kinder nicht einem x-beliebigen Menschen anvertrauen.« Alewtina Nikolajewna wedelte sich mit der Hand viel sagend vor der Nase herum, eine beredte Anspielung auf meine Fahne.

»Ich bin kein x-beliebiger Mensch. Und was mein Einkommen angeht ... Wenn es erforderlich ist, kann ich meine Vermögensverhältnisse jederzeit offen legen. Ich verfüge über ausreichend Kapital. Ich könnte nicht bloß zwei Kinder ernähren, sondern Ihre ganze verdammte Behörde durchfüttern, wenn es sein müsste, samt Familien, Papageien, Katzen und Hunden und sonstigen exotischen Tieren!«

Alewtina Nikolajewna öffnete den Mund und klappte ihn sofort wieder zu. Aus dem Zimmer klang das verzweifelte Heulen Katjas herüber. Ich schob Alewtinas sperrige Büste zur Seite und raste aus der Küche. Katja saß zwischen Schrank und Fernseher auf dem Fußboden und weinte. Die zweite Grande-Dame stand über ihr, während der Abschnittsbevollmächtigte sich an der Tür herumdrückte.

»Gehen Sie aus dem Weg«, zischte ich durch die Zähne und nahm Katja auf den Arm.

Katja drückte ihr Gesicht an meine Wange (Schluss! Nie mehr Wodka!) und war sofort still.

»Sei ganz ruhig, alles ist gut, deine Tante Katja ist ja da.«

Alle diese Menschen, die in meine Wohnung eingedrungen waren, waren mir jetzt entschieden schnuppe. Ich ging mit Katja in das andere Zimmer. Sollen sie machen, was sie wollen, aber ich halte die Stellung bis zum letzten Blutstropfen.

»Wo ist Lawrucha?«, fragte ich Katja, als sie sich ein wenig beruhigt hatte.

Katja hob das tränennasse Kinn und schaute zum Kleiderschrank.

Lawrucha saß in der hintersten Ecke, unter meinen Pullovern. Ich schälte ihn aus den Kleidungsstücken heraus, und sein Dickschädel plumpste auf meine Knie.

»Du gibst uns doch nicht weg? Oder?«

O Gott, wie lange hatte ich seine Stimme nicht gehört ...

Die Vertreibung der Händler aus dem Tempel, das wäre eine angemessene Bezeichnung für diese Operation gewesen. Zwanzig Minuten später war das reizende Trio aus zwei Beamtinnen und einem Vertreter des Gesetzes in die Flucht geschlagen. Ich hatte geschworen, sie mit Papieren zu überschütten und mit allen Arten von Bescheinigungen an die Wand zu nageln. Ich hatte ihnen hoch und heilig versichert, die Kinder würden die Wohnung nur über meine Leiche verlassen. Und ich hatte dabei meine Haare so wild geschüttelt, dass die Vertreter der Staatsmacht, die grelle Farben offenbar nicht gut ertragen konnten, sich schließlich zurückzogen.

Wir waren allein.

Katja und ich weinten erst einmal lang und genüsslich, unter Lawruchas männlicher Aufsicht. Aber mein Entschluss, diese Kinder nie wieder herzugeben, stand felsenfest. Es war meine Pflicht – zum Andenken an Sheka. Und außerdem – ich liebte sie einfach. Sie hatten nur noch mich, sonst waren sie ganz allein auf der Welt. Auf Snegir konnte man schließlich nicht zählen.

Doch ausgerechnet an diesem Tag erschien Snegir, auch

wenn man auf ihn nicht zählen konnte. Punkt vier Uhr klingelte er an meiner Tür, gerade als die Zwillinge, von den Gefechten des Tages erschöpft, süß auf dem Sofa eingeschlafen waren.

Snegir roch meilenweit nach Finnland: nach guten Straßen, gutem Rasierwasser und gutem Raststättenessen – und nach den biederen finnischen Prostituierten. Während ich ihn vorsichtig beschnupperte, hob er mich in die Luft.

»Na, wie sieht's hier bei euch aus? Ist die Höllenbrut noch da? Ich habe ihnen etwas mitgebracht.«

»Ja, sie sind hier. Du weißt doch, Snegir, die Kinder bleiben bei mir.«

»Richtig so, wir werden sie schon durchfüttern, was meinst du?«

Ich küsste Snegir auf seine sauber rasierte Wange. Finnland hatte ihm anscheinend gut getan: Die Schweineborsten waren verschwunden.

»Ich hatte Sehnsucht nach dir«, sagte er.

»Umso besser.«

»Wie meinst du das?«

»Nächste Woche reiche ich meine Papiere beim Vormundschaftsgericht ein. Und du wirst als mein zukünftiger Ehemann auftreten. Wir brauchen eine komplette Familie, dann lösen sich einige Probleme von selbst.«

»Du bist wohl verrückt geworden! Ich lass mich doch nicht an Händen und Füßen fesseln. Ich brauche meine Freiheit, das weißt du ganz genau!«

»Es ist wegen der Kinder, Lawrucha, und wegen Sheka.«

Snegirs Miene verfinsterte sich. Die Erinnerung an Sheka schien ihn mehr zu schmerzen, als ich gedacht hatte. Ich bin ein gefühlloser Mensch. Und ich vergesse viel zu schnell.

»Trinkst du einen Wodka?«

Im Kühlschrank döste eine angefangene Flasche, die noch von der Zeit meiner Rückkehr aus Holland übrig geblieben war.

»Um Gottes willen! Ich muss noch Auto fahren ... Gib zu, du hast es in der Woche zu Schrott gefahren.«

»Quatsch, es hat keinen Kratzer. Es steht im Hof.«

Lawrucha trat ans Küchenfenster und schaute hinunter.

»Tatsächlich, wer hätte das gedacht. Hübsches Plätzchen. Ich Trottel stelle es immer vor den Hauseingang ... Und, was macht die Ermittlung? Geht es voran?«

»Bisher nicht besonders gut. Ich glaube, ich bin in Schwierigkeiten geraten, Snegir.«

»Was ist denn jetzt wieder los?«

Wie froh ich bin, dass du zurück bist, Snegir. Mit überstürzenden Worten erzählte ich ihm alles: von Maritschs Telefonnummer in Harryboys Notizbuch, von Shaiks Armband und von meiner Vermutung, dass weder Titows noch Bykadorows Tod direkt mit dem Bild zu tun hatte.

»Du widersprichst dir selbst«, sagte Lawrucha mit finsterer Miene. »Du warst es doch, die mich unbedingt davon überzeugen wollte, dass dieses Bild übernatürliche Fähigkeiten hat.«

»Ja, der Teufel hole mich. Aber es gibt etwas, das man nicht auf das Bild schieben kann.«

»Und was soll das sein?«

»Shekas Tod. Sie wurde ermordet ... Sie wurde ermordet, weil sie etwas gesehen hat.«

»Woher willst du das wissen?«

»Das Telefonat vor meiner Abreise nach Holland. Erinnerst du dich? Man konnte zwar nichts Genaues verstehen, aber ...«

»Eben. Du solltest deine Schnüffelowas lieber im Regal lassen.« Lawrucha schüttete Cornflakes in eine Schüssel und goss Milch darüber. »Du bist in letzter Zeit überhaupt nicht mehr wiederzuerkennen. Was soll diese Herumschnüffelei auf eigene Faust! Ich gebe zu, dass es wahrscheinlich kein Raubüberfall war. Aber dieser Kasache ... Wenn sie wirklich was miteinander hatten ... Vielleicht ist dem ja sein orientalisches Blut übergekocht. Wer weiß ...«

In einem Punkt hatte er Recht: Wenn der Mord an Sheka nicht direkt etwas mit den Vorgängen in Titows Villa zu tun hatte, konnte es tausend Gründe für ihren Tod geben.

»Du glaubst doch nicht wirklich, dass zwei gesunde Männer durch die hypnotische Wirkung eines Bildes sterben können ...«

»Und wie erklärst du dir dann ihren Tod?« Lawrucha schob sich den Löffel in den Mund. »Für unseren kümmerlichen Verstand ist das alles einfach viel zu hoch. Das sollen ruhig die Leutchen rauskriegen, die dafür bezahlt werden.«

»Ich weiß nicht ... Es gibt da etwas, das direkt vor unseren Augen liegt. Die Lösung ist ganz einfach, wir sehen sie bloß nicht ...«

»Na und? Das ist einfach eine Nummer zu groß für dich. Hör mal, Kat, ich habe einen wunderbaren Vorschlag ... Wir sind doch jetzt, unverblümt gesagt, keine armen Leute mehr ... Was hältst du davon, wenn wir die Kinder nehmen und uns auf große Fahrt begeben? Die weite Welt, Alte, weißt du, wie schön die ist! Sogar dieses hinterwäldlerische Finnland fand ich richtig bewegend. Was meinst du, was New York, Paris und Barcelona zu bieten haben!«

»Gleich fängst du noch an zu singen: ›Schön ist es, auf der Welt zu sein‹.«

»Ich hab leider den Text vergessen. Aber die Richtung stimmt schon. Zumal du hier wirklich in jedes Fettnäpfchen getreten bist, in das man nur treten kann, und deine freche Nase überall reingesteckt hast ... Außerdem hängt dieses dreimal verfluchte Bild immer noch über uns wie ein Damoklesschwert. Das Beste, was du tun kannst, ist, erst mal eine Weile aus dem Land verschwinden. Wenn es nur um dich allein ginge ... Aber die Kinder! Wenn dir etwas passiert – ich bin ein ganz beschissener Papa, das kann ich dir gleich sagen. Fürs Wochenende kann's gerade noch angehen, aber unter der Woche ... Nein, allein kriege ich das nicht gebacken.«

Typisch Snegir! Immer hat er sofort die optimale Lösung parat, diese Paradiesschlange.

»Vielleicht hast du Recht«, sagte ich nachdenklich.

Und auf einmal merkte ich, wie müde ich von all dem war, wie sehr mich das alles belastete: Lukas Auster und seine Bilder, das Geheimnis um Titows Arbeitszimmer und das um Shekas Tod.

»Aber wir müssen erst Papiere für die Kinder besorgen. Ich habe keine Ahnung, wie lange so was dauern kann ...«

»Ach was, höchstens eine Woche, wenn man weiß, wen man schmieren muss.«

»Wenn ich dich nicht hätte, Snegir.«

Endlich taten sich wieder Perspektiven auf.

»Gut, ich hau dann ab. Und heute Abend kommt ihr zu mir rübergeschaukelt, so gegen acht. Du und die beiden Krümel. Dann quatschen wir durch, wie wir die Sache angehen.«

Ich brachte Snegir zur Tür und ging zurück in die Küche. Von hier aus konnte ich den Hof gut überblicken: Ich sah, wie Lawrucha sich in den Volkswagen schwang und mir zuwinkte.

Arrivederci.

Halt die Ohren steif. Bis heute Abend.

Ich ging zurück ins Zimmer. Die Kinder schliefen noch – mitten in dem ganzen Saustall, zwischen zahllosen Kleidungsstücken, die über sämtliche Sessel verteilt lagen, und den überall über den Fußboden verstreuten Spielsachen. Barcelona und Paris. Paris und Barcelona. Mein neues Leben werde ich damit anfangen, dass ich das Telefon abstelle und eine Generalreinigung durchführe.

Ich brachte die schlafenden Zwillinge ins kleine Zimmer und machte mich daran, den Teppich zusammenzurollen. Auf dessen Unterseite kamen einige böse Flecken zum Vorschein. Das Parkett, seit den Zeiten meiner Tante nicht mehr gebohnert, sah allerdings gar nicht so schlimm aus, fast als wäre es erst vor kurzem gescheuert worden. Tja, alte Wertarbeit.

Ich ließ Wasser in einen Eimer laufen und schnappte mir einen Scheuerlappen. Dann schob ich Sofa, Tisch und Sessel in die Mitte des Zimmers und machte mich ans Werk. Als Erstes fing ich an, die Fußleisten zu putzen.

Und dann sah ich die Schrift auf dem Fußboden.

Genau an der Stelle, wo das Sofa gestanden hatte, das seit Menschengedenken nicht mehr von der Wand abgerückt worden war. Zuerst begriff ich überhaupt nicht. Ich klatschte den nassen Lappen darauf, und die Zeichen verwischten, sie lösten sich von der Mitte her auf und gaben die Farbe ab. Aber die Konturen waren noch unversehrt. Ich brachte meine Nase bis dicht an den Dielenboden und starrte diese seltsamen Hieroglyphen an. Und je mehr ich sie anstarrte, desto unglaublicher schienen sie mir, desto schrecklicher wurde ihr Sinn. Die Buchstaben waren verwackelt und schief, sogar der kleine Lawrucha schrieb besser. Aber das Wort, das sie formten, war klar und deutlich zu lesen.

SNEGIR

Nur der letzte Buchstabe war nicht vollständig ausgeschrieben. Der Schreiber hatte offenbar nicht mehr genug Kraft gehabt. Der runde Bogen des R rutschte nach unten weg, der Hand folgend, die geschrieben hatte. Ich wusste, womit das Wort geschrieben worden war, aber ich hatte Angst, es zu glauben.

Nein, ich wollte es einfach nicht glauben.

Zu schrecklich, zu ungeheuerlich war die Wahrheit.

Ich weiß nicht, wie lange ich dort saß und diese Schrift anstarrte, bevor ich mich endlich dazu durchrang, mein T-Shirt anzufeuchten und die Schrift damit zu berühren. Du musst es tun. Du musst.

Du musst.

Ich rieb mit einem Zipfel des Stoffes vorsichtig über die Buchstaben und hielt ihn mir dann vor das Gesicht. Sofort spürte ich den schwachen, eigentümlichen Geruch.

Es war Blut.

Kälte lähmte mich, ich konnte mich weder bewegen, noch konnte ich schreien, ich war außer Stande, auch nur um Hilfe zu rufen. Ich war ganz allein. Snegir hatte mich verlassen.

Snegir hatte Sheka ermordet.

Hier, in meiner Wohnung, zu der sie beide den Schlüssel hatten, in der jetzt Shekas Kinder schliefen. Ich legte mein Gesicht auf die Knie und heulte Rotz und Wasser. Es ist nicht wahr. Es kann nicht wahr sein.

Ich versuchte aufzustehen, warf den Eimer mit dem Wasser um und blieb erschöpft auf dem Fußboden hocken. Auf allen vieren kroch ich in die Küche. Im Küchentisch, in der Schublade, lagen die Messer. Es mussten fünf sein, das wusste ich genau. Ich zerrte verzweifelt an der Schublade, brach mir die Nägel ab, und ihr gesamter Inhalt fiel krachend auf den Fußboden.

Ein, zwei, drei, vier ... Vier, drei, zwei, eins ...

Das fünfte Messer war nicht da. Es hatte in der Schublade gelegen, dann steckte es in Shekas Brust. Und jetzt lag es beim Untersuchungsführer als Beweisstück. Mein Küchenmesser.

Mit dem Snegir Sheka erstochen hat.

Snegir, Sokolenko, Solowjowa – genau in dieser Reihenfolge standen wir im Klassenbuch, in der Kunstschule. Sheka zwischen Snegir und mir. Und jetzt ist sie nicht mehr da. Jetzt trennt mich nichts mehr von Snegir. Wir sind schon lange eine Einheit. Wir beide haben zusammen das Bild geklaut. Sheka wollte nie etwas damit zu tun haben.

Eins, zwei, drei, vier ... Vier, drei, zwei, eins.

Es blieben vier.

Er hatte sie hier in meiner Wohnung ermordet und dann die Leiche im Teppich eingerollt und in seinem Auto weggebracht. In demselben VW-Passat, mit dem ich die ganze Woche durch die Gegend gefahren war, in dem ich Shekas Kinder gefahren hatte.

Für einen Moment wurde mir schwarz vor Augen. Düstere

Vermutungen drangen mir wie Nadeln ins Gehirn, scheinbar nebensächliche Details fanden plötzlich ihren Sinn.

Der Anruf.

Ich hatte vor meiner Abreise nach Holland Lawrucha kurz von Shekas Worten berichtet. Ich hatte keinen Sinn darin gesehen, aber er wusste sofort Bescheid. Deshalb hatte er nach Titows Tod verhindert, dass ich sofort zu Sheka fuhr und ihr davon erzählte. Er wusste, dass Sheka klug genug war, eins und eins zusammenzuzählen. Er hatte mich nach Holland geschickt und sie dann hierher bestellt.

Sie hatten beide einen Schlüssel. Sie trafen sich auf neutralem Territorium.

Ich glaubte nicht, dass Snegir von Anfang an vorhatte, Sheka zu ermorden. Er wollte sich mit ihr einigen. Stimmt's, Snegir, du wolltest sie doch nicht ermorden? Aber Sheka hatte nicht mitgespielt. Die sanfte Sheka konnte, wenn sie wollte, sehr stur sein. Und als sie sich weigerte, ihn zu decken, ging er in die Küche und nahm das Messer. Er war kein geschickter Mörder, er konnte ja kaum seine Pinsel richtig halten. Deshalb hatte er die Stiche so chaotisch geführt. Deshalb war Sheka nicht sofort tot. Aber wie konnte sie ...

Wie hatte sie es geschafft, seinen Namen auf den Fußboden zu schreiben, mit ihrem Blut? Und wie konnte es sein, dass Snegir es nicht bemerkt hatte?

Erschöpft lehnte ich mich an den Heizkörper und legte meine Stirn auf das warme Metall.

Das Haus gegenüber. Das war es. Seit einem halben Jahr wohnte dort niemand mehr. Und mein Treppenhaus ist ein Durchgang: Es gibt einen zentralen Eingang und einen Hintereingang ... Fast genauso wie in Titows Haus. Snegir hatte das Auto immer vor dem Vordereingang abgestellt, nie im Hof. Das hatte er mir heute selbst gesagt.

Genau.

Er hatte sie getötet. Das heißt, er dachte, er habe sie getötet.

Und dann fuhr er das Auto zum Hintereingang, er wusste,

dass dort im gegenüberliegenden Haus niemand wohnte, also gab es keine Zeugen. Niemand konnte beobachten, wie Snegir den Teppich hinaustrug ...

Und während Snegir das Auto zur Hintertür fuhr, lag hier oben, im fünften Stock, die sterbende Sheka. Sie nahm ihre letzte Kraft zusammen, kroch zum Sofa und schrieb seinen Namen auf den Fußboden, als Botschaft für mich. Damit sie nicht ungerächt starb.

Du bleibst nicht ungerächt. Das verspreche ich dir.

Ich stand seit vierzig Minuten in Snegirs Treppenhaus auf der Petrograder Seite.

Direkt vor mir die Tür seines Ateliers, nur ein paar Schritte entfernt.

Vor vierzig Minuten hatte ich die Kinder bei Dinka Koslowa abgegeben. Ich hatte ihr gesagt, ich würde sie in zwei Stunden wieder abholen. Zwei Stunden würden genügen, um alles zu klären. Ich würde mir Lawrucha vornehmen, eine nette kleine Erpressung veranstalten, zu seiner Komplizin werden. Und eine Komplizin muss alles wissen. Das würde meine Forderung sein, im Austausch gegen mein Schweigen. Ich drückte auf den Klingelknopf. Lawrucha öffnete sofort, er erwartete uns.

»Hallo«, sagte er und küsste mich auf die Wange. »Und wo ist die Brut?«

O Gott, wie schwer das war, ihn zu sehen und nicht loszuheulen! Wie schwer das war, seinen Kuss zu ertragen! Begierig schaute ich in sein Gesicht, das mir vertraut war bis ins kleinste Fältchen. Es war immer noch dasselbe Gesicht, nur die Falten waren ein wenig tiefer geworden und die Haut wirkte ungewöhnlich blass und unruhig, als lauere eine versteckte Krankheit dahinter.

»Was ist?«, fragte er.

»Alles in Ordnung.«

»Und wo sind die Kinder?«

»Ich hab sie zu Hause gelassen. Das Wetter ist so scheußlich, ich wollte sie nicht den weiten Weg durch den Regen mitschleppen ... Sie haben heute schon genug durchgemacht.«

»Na schön, ich habe jedenfalls inzwischen meine Zeit nutzbringend verwendet und uns ein paar wunderbare Touren rausgesucht ... Spanien, Italien, London ... Wie findest du das?«

»Großartig.«

Ich folgte Lawrucha ins Atelier.

Der Maler hatte sich in einen Mörder verwandelt, aber in seinem Atelier war alles unverändert. Die gleichen halb fertigen Landschaften, die einander glichen wie ein Ei dem anderen – du bist kein besonders guter Maler, Lawrucha! Sheka hatte viel mehr Talent als du ...

Die gleichen Stillleben mit trockenem Gras und Muscheln. Die gleichen mexikanischen Gläser mit eingeschliffenen Deckeln. Die Atelierecke, die früher Bykadorow als heiliger Sebastian eingenommen hatte, schmückte jetzt ein halb fertiges Porträt von Adik Owanessow.

Snegir hatte uns erwartet. Auf dem Tisch am Fenster standen eine Flasche Sekt, eine Flasche Pepsi, ein riesiger Kuchen und eine dekorative Schüssel mit Pralinen. Die Schüssel hatte natürlich Adik Owanessow verbrochen: An ihrem Rand tummelten sich diverse Ziegenböcke, deren Hörner Griffe bildeten.

Ich setzte mich in einen Sessel und schlug die Beine übereinander.

Lawrucha ließ mit einem Knall den Korken aus der Sektflasche fliegen und füllte zwei Gläser.

»Also dann, Kat, auf uns! Wir sind doch zwei Glückspilze. Wir haben uns wunderbar saniert.«

Ich trank bedächtig einen kleinen Schluck Sekt und sah Lawrucha durch das Glas hindurch an.

»Wenn du nur endlich lernen würdest, deinen Mist hinter dir wegzuräumen.«

»Was meinst du damit?« Er machte es sich in einem Sessel bequem – dem Lieblingssessel seiner Aktmodelle.

Jetzt sahen wir einander direkt an.

»Die Flecken auf dem Fußboden hast du aufgewischt. Aber den Teppich zu reinigen, dazu warst du zu faul«, sagte ich ruhig.

Snegirs Gesicht wurde aschgrau und schien im nächsten Moment vollkommen seine Form zu verlieren. Da waren plötzlich weder Augen noch Mund – nur eine bebende, gallertartige Masse. Wenn ich noch irgendwelche Zweifel gehabt hatte, waren sie jetzt vollkommen beseitigt.

»Snegir!«, rief ich mit zärtlicher Stimme, obwohl meine Nerven bis zum Äußersten angespannt waren. »Ich bin es, Snegir! Du brauchst doch keine Angst vor mir zu haben.«

»Und du? Brauchst du auch keine Angst vor mir zu haben?« Das musste man ihm lassen, er hatte seine Fassung schnell wiedergefunden. Aber sein Gesicht war jetzt ein vollkommen anderes. Den Menschen, der mir gegenübersaß, kannte ich nicht.

»Ich bin doch nicht Sheka, Snegir. Ich werde nicht hysterisch. Du hattest zweifellos gewichtige Gründe für das, was du getan hast, oder?«

»Mehr als das.« Lawrucha sah mich jetzt neugierig an.

Charming friend Bullfinch.

»Wir sind doch Partner, Snegir, wir waren von Anfang an Partner. Hast du das vergessen? Du hast mein Spiel mitgespielt, und jetzt spiele ich dein Spiel mit.«

»Du bist wirklich ein herzloses Luder, Sheka hatte Recht. Warum willst du die Gründe wissen?«

»Wenn ich Sheka um die Ecke gebracht hätte, würdest du dann nicht auch wissen wollen, warum?«

Lawrucha goss sich wieder Sekt ein. Er trank mit kleinen, fast fraulichen Schlucken. Wie wenig ich ihn doch kannte. Dieser abwesende Blick, diese raubgierigen Falten um den Mund, diese wulstige Stirn ... das hatte ich nie gesehen, das kannte ich nicht.

»Wie hast du es herausgefunden?«

»Sie hat mich selbst darauf gebracht. Sie hat deinen Namen auf den Fußboden geschrieben, mit ihrem Blut. Sie war nicht sofort tot.«

Plötzlich huschte ein vertrauter Ausdruck in seine Augen – etwas von dem Snegir, den ich kannte.

»Ich habe nicht vorgehabt, sie zu töten, Kat. Es ist einfach passiert. Ich hätte niemals gedacht, dass unser Gespräch so enden würde.«

»Du hast das Auto zum Hintereingang gefahren, stimmt's? Als du dachtest, die Sache sei erledigt ...«

»Du bist wirklich die klügste Frau, die ich kenne ... Ja, ich habe das Auto zum Hintereingang gefahren. Das hat nur ein paar Minuten gedauert. Und als ich zurückkam ...«

»Als du zurückkamst, war sie tot. Aber in diesen paar Minuten ist sie zum Sofa gekrochen und hat deinen Namen auf den Fußboden darunter geschrieben. Sie war schon sehr schwach, die Schrift war ganz verwackelt.«

»Als ich zurückkam, lag sie auf dem Rücken. Ich habe keinen Verdacht geschöpft. Sie hat mich ganz schön an der Nase herumgeführt.«

»Ja, das hat sie gut gemacht.«

»Ich habe den Boden geputzt und den Teppich gesäubert, so gut es ging. Woher hätte ich wissen sollen, dass sie unter das Sofa kriecht? Aber wieso hast du es dort gefunden?«

»Generalreinigung, Snegir. Die Kinder können schließlich nicht im Schmutz leben. Es sind ihre Kinder, unsere Patenkinder. Sie hat sie nach uns benannt, wenn du dich erinnerst ...«

»Ich wollte sie nicht töten.« Snegirs Stimme klang flehend. »Wenn sie nicht so ein dickköpfiges dummes Ding gewesen wäre ... Wenn sie nur ein bisschen mehr von dir gehabt hätte ... Dann wäre das nicht passiert. Auf dich, Kat.« Er hob sein Glas.

»Auf dich, Snegir. Charming friend Bullfinch.«

»Wie?«

»Unser reizender Freund Snegir. So hat dich der brave Holländer immer genannt. Lambert-Harry Jakobs. Harryboy, wenn du dich an ihn erinnern solltest.«

»Ach, der! Amüsanter Typ. Ist mir ständig vor den Füßen herumgelaufen.«

»Warum hast du sie getötet, Lawrucha?«

Snegir stand auf und lief mit federnden Schritten durch das Atelier. Und plötzlich stand er hinter mir. Jetzt lässt er die schwere Kaffeemühle auf meinen Schädel niederkrachen, und ich kann nicht einmal mehr mein eigenes Blut benutzen, um den Namen des Mörders zu schreiben. Nicht umdrehen. Nur nicht umdrehen ...«

»Du hast gute Nerven«, flüsterte Snegir mir ins Ohr.

»Ich vertraue dir einfach.« Meine trockenen Lippen wollten nur mühsam die Worte formen. »Ich will es bloß wissen ... Seit Monaten versuche ich, die Wahrheit herauszufinden.«

»Dabei lag sie die ganze Zeit direkt vor deinen Füßen«, kicherte Snegir. »Du hattest Recht, Kat. Du hattest vollkommen Recht.«

»Es gab kein mystisches Bild?«

»Natürlich nicht. Nur so ein Irrer wie Harryboy konnte so ein Märchen glauben.«

»Also warst du es, Snegir? Nicht Lukas Auster?«

»Sagen wir mal, er hat mir ein wenig geholfen«, dozierte Snegir und trat wieder hinter mir hervor. »Wir haben das ganze Ding gewissermaßen zu zweit gedreht. Zwei Maler ...«

Ich erlaubte mir ein skeptisches Lächeln.

»Was bist du denn für ein Maler, Snegir! Dein Limit liegt bei fünfhundert Dollar für eine Winterlandschaft, vorausgesetzt, man verhökert sie im heißesten Sommer.«

Snegir hockte sich vor mich hin und senkte seinen zerzausten Haarschopf.

»Reiz mich nicht, Kat. Ich bin nicht der schlechteste Maler in dieser Stadt. Und wenn wir schon davon reden, du bist noch unbegabter als ich.«

»Das gebe ich ohne weiteres zu. Aber ich habe mich auch nie

für eine Künstlerin gehalten. Du hast sie ermordet – Bykadorow und Ljocha auch, stimmt's? Und den Alten ...«

»Nein, der Alte ist von allein gestorben. Ich habe nur ein wenig nachgebessert.«

»Ja, Snegir, der Künstler ...«

»Und außerdem bin ich Chemiker und Psychologe«, ergänzte Lawrucha. »Für irgendwas muss dieses verdammte Studium ja gut gewesen sein.«

Chemiker und Psychologe. Das war es.

Endlich sah ich das Licht am Ende des Tunnels. Es war so blendend hell, dass ich die Augen zukniff.

»Du wirst mir doch alles erzählen, Snegir?«

»Was soll ich dir erzählen?«

»Wie du es gemacht hast. Das Geheimnis dieser von innen versperrten Zimmer – ich will es wissen, Snegir. Ich muss es wissen. Ich habe mich zu lange damit gequält, ich habe ein Recht darauf.«

»Möchtest du ein Stück Kuchen?« Snegir setzte sich auf den Tisch und ließ die Beine baumeln. Diese Angewohnheit hatte er schon damals an der Akademie gehabt. »Sehr lecker, er heißt ›Vogelmilch‹.«

»Du weißt, was ich will, Snegir ... Erzähl! Ich weiß die Schönheit eines Planes zu würdigen, das weißt du doch. Ich verstehe etwas von Schönheit.«

Lawrucha schnappte sich ein Riesenstück von dem Kuchen. Wie verzaubert sah ich zu, wie seine Kiefer sich auf und nieder bewegten, diese teuflischen Chelizeren, die schon mehr als eine Seele zermahlen hatten.

»Es war ganz einfach, Kat. Ich habe diese Vorlesung im vierten Studienjahr gehört, über Lukas Auster und die ganzen mystischen Legenden, die um sein Leben kreisen – dass die Menschen angeblich wie die Fliegen starben, wenn sie in die Nähe seiner Bilder kamen; über das Geheimnis seiner Farben, das für immer verloren ging ... Ich dachte sofort, dass er ihnen vielleicht irgendwelche geheimnisvollen Kräuter beigefügt hat, irgendwelche Substanzen, die nur er allein kannte. Irgendwelche Pflanzengifte ... war das nicht logisch?« Snegir zwinkerte mir zu.

»Ich ... ich weiß nicht.«

»Niemand weiß es. Das war eine reine Vermutung, Kat. Aber wie willst du sonst erklären, dass so viele seiner Auftraggeber starben?«

»Und du ...«

»Ich habe versucht, in seine Fußstapfen zu treten. Allerdings standen mir gewisse andere, hochwirksame Mittel zur Verfügung.«

Snegir sprang vom Tisch und ging zu seinen Gläsern mit den eingeschliffenen Deckeln. Die Gläser, die er irgendwann aus seinem angebeteten Mexiko mitgebracht hatte. Er klopfte nacheinander mit dem Finger an die Gefäße und zählte auf.

»Das Kraut des Bösen ... Das Kraut des Todesgottes Miktlantekutli ... Das Kraut eines anderen Höllengottes – Tlaltkutli. Die Azteken sind untergegangen, weil sie alles über den Tod wussten ... Wenn du alles über den Tod weißt, ist das Leben langweilig ... Das ist die Wahrheit, Kat ...«

»Das heißt, du ...«

»Natürlich ... Wozu bin ich in Südamerika gewesen, in den Bergen, in diesen verdammten Regenwäldern ... Ich habe Erfahrungen gemacht, von denen du nicht einmal träumen kannst ... Extreme Empfindungen ... Keine einzige dieser lauen asiatischen Drogen kann da mithalten, Kat ... Ich verschwinde nach Mexiko, und zwar sehr bald.«

»Und was ist mit Paris und Barcelona?«, fragte ich leise.

»Könntest du noch mit mir nach Paris fahren, nachdem du gefunden hast, was diese Vollidiotin auf den Fußboden geschrieben hat?«

Segir wartete meine Antwort nicht ab, sie interessierte ihn überhaupt nicht. Er öffnete eines der Gläser und blähte verträumt die Nasenflügel.

»Das Kraut des Bösen. Eine wunderbare Sache, wenn man es richtig anwendet. Möchtest du mal riechen?«

»Ich bin nicht so scharf drauf.«

»Nimm!« Er hielt mir das Gefäß hin. »Du wolltest doch alles wissen ...«

Das Herz schlug mir schmerzhaft im Hals, als ich das Glas in die Hand nahm: schwärzliche verschrumpelte Blätter, die ein wenig wie Eidechsenhaut aussahen, ein schwacher Mandelgeruch.

»Sie sind ungefährlich, Kat ... Noch ... Ich habe vier Jahre gebraucht, bis ich die richtige Mischung hatte. Ich habe einige interessante Effekte erzielt. Und wenn man stark genug dosiert ...«

Also damit beschäftigte sich Snegir in seinem Atelier, wenn er nicht an seinen Akten, Trockenblumen und Winterlandschaften pinselte ... Deshalb ständig diese Latinos mit ihren totenblassen Gesichtern ... Ich krallte mich in die Lehne meines Sessels, bis die Fingerknöchel weiß hervortraten.

»Hast du Angst?«, fragte Snegir zärtlich. »Willst du immer noch bis zum Ende gehen, Kat?«

»Natürlich.« Ich überwand meine Übelkeit und brachte es fertig, Lawrucha anzulächeln.

»Dieser alte Knacker, Arkadij Arkadjewitsch Goldman, hat mich im Februar zu sich bestellt. Wanja hat das gedeichselt, er spielt doch so gern den Experten. Aber er hatte damals keine Zeit, deshalb bin ich hingefahren. Ich habe sofort gesehen, dass dieses Bild unbezahlbar ist. Dass es von Lukas Auster ist, darauf bin ich erst später gekommen, nachdem ich mir den Verschluss auf dem Umhang der Jungfrau Maria genauer angesehen hatte. Der Alte hatte Pech, er war eben auf Barock spezialisiert, von der Renaissance des Nordens hatte er keinen Schimmer. Ich habe nur einen Fehler gemacht, von Sheka abgesehen ... Ich habe dem Alten unvorsichtigerweise gesteckt, dass das Bild wenigstens fünfzehntes Jahrhundert ist. Der Alte ist richtig heiß geworden – unsere Maria war einfach unerträglich schön. Dann meinte er, es sei gerade irgend so ein Holländer in Petersburg, auf einem Symposion, der sei ein renommierter Spezialist für das fünfzehnte Jahrhundert. Das war dein Harryboy, wer sonst ...«

Harryboy! Also deshalb stand in seinem Pass das Visum vom Februar ... Was bin ich bloß für eine verdammte Idiotin! Harryboy war die harmloseste Figur in dieser ganzen Geschichte. Und ich habe ihm die ganze Schuld in die Schuhe geschoben ...

»Kannst du dir vorstellen, was passiert wäre, wenn dieser Heini die Jungfrau Maria zu Gesicht bekommen hätte? Das Bild wäre mir hundertprozentig durch die Lappen gegangen ...«

»Und da hast du ...«

»Genau. Ich habe mein kleines Kräuterextrakt ausprobiert. Kluges Mädchen. Die Dosis war eigentlich nicht tödlich, aber für den Alten hat es gereicht ... Er hatte ein schwaches Herz.«

»Aber warum ...«

»Warum das Bild den Alten so scharf gemacht hat? Ganz einfach! Es handelt sich einerseits um ein hübsches, wirksames Gift, das zudem unter dem Einfluss von Licht in null Komma nichts chemisch zerfällt und keinerlei Spuren zurücklässt. Aber ganz nebenbei ruft es auch starke Halluzinationen hervor.« Snegir grinste. »Und zwar erotischer Art. Tja, so ist das, mein Herzchen. Besser als jedes Pornovideo.«

»Und was hast du gemacht?«

»Nichts Aufregendes. Ich habe einfach ein kleines Fläschchen von meiner Mixtur mitgebracht und sie an einigen, sagen wir intimen Stellen des Bildes aufgetragen. Die Wirkung hat Goldmans Neffe uns ja sehr eindrucksvoll geschildert. Soll ich weitererzählen?«

»Natürlich.« Ich leckte mir die trockenen Lippen.

»Dann unser Freund Bykadorow. Bloß ihr zwei verliebten Idiotinnen wusstet nicht, womit er seine Mäuse verdient. Wir beide haben uns gleich verstanden, nachdem wir die erste Flasche Wodka zusammen geleert hatten. Danach habe ich sein Porträt gemalt, das, vor dem du stundenlang herumgesessen hast ...«

»Also warst du es, der Bykadorow auf Goldmans Sammlung aufmerksam gemacht hat?«

»Ergebenster Diener!« Snegir legte das Kinn auf die Brust und ließ die Hacken zusammenknallen. »Er hatte vorher schon ein paar Aufträge für mich erledigt. Er war ein begnadeter Dieb, das muss man ihm zugestehen ... Und dann haben Wanja Bergman und ich ...«

»Wanja auch?«

»Quatsch, Wanja ist der ehrlichste Mensch, den du dir vorstellen kannst. Er hatte keinen Schimmer von der ganzen Sache. Er hat bloß ein paar Bilder restauriert, das war alles. Bykadorow hat das Bild ›organisiert‹ und es mir brav apportiert. Mehr wollte ich nicht.«

»Und ihr habt euch bei Sheka getroffen, die auf dem Land war?«

»Na, ich konnte ihn ja wohl schlecht zu dir bringen. Du bist doch immer zu Hause und hast mit deiner Galerie zu tun. Und ich war ja angeblich in der Pskowsker Region, wenn du dich erinnern solltest ...«

»Ich erinnere mich.«

»Tja, ich muss zugeben, es hat mich sehr gejuckt, zu sehen, wie meine Tinktur auf einen gesunden männlichen Organismus wirkt. Ich habe ja immer noch damit experimentiert, davon ein bisschen mehr, davon etwas weniger. Was dann daraus geworden ist, hast du ja selbst gesehen.«

»Du hast ...«

»Ich habe die Oberfläche des Bildes damit behandelt, was sonst. Die Wirkung ist ähnlich wie bei Äther oder ätherischen Ölen, nur der Wirkungskreis ist größer.«

»Ich habe nichts gerochen ...«

»Da gab es auch nichts zu riechen. Die alten Azteken verstanden ihr Handwerk. Innerhalb von höchstens zehn Minuten hat sich alles verflüchtigt, und du findest keinerlei Rückstände. Übrigens, wenn diese Scheißbullen darauf gekommen wären, das Bild zu analysieren ...«

»Was dann?« Mir drehte sich der Kopf von Lawruchas Geständnis.

»Dann hätten sie nichts gefunden. Na, Alte, kapierst du's langsam? Das ist die perfekte Waffe.«

»Und die Kleidung? Warum hatte er nichts an?«

»Die hat er sich vom Leib gerissen. Ich sage doch, die Grundlage ist pure Erotik. Dazu kommt eine ungeheure Belastung für das Herz. Und als Nebeneffekt erzeugt es Angst vor offenen Räumen ... Ich habe vergessen, wie das heißt ...«

»Agoraphobie«, sagte ich mit Geisterstimme.

»Genau. Ein hübsches Arrangement. Bevor ich ging, sammelte ich die Klamotten zusammen. Ich dachte, ich trinke ein Bierchen, komme in einer halben Stunde wieder und begutachte das Werk meiner Hände. Aber nein, Sheka tauchte im unpassendsten Moment auf. Die ganze Zeit hatte sie brav auf ihrer Datscha gehockt und auf einmal ... Ich wäre vor der Tür fast über sie gestolpert.«

»Und dann bist du auf der Bildfläche erschienen. Ich hätte nie gedacht, dass ich mit dir solches Glück haben würde ...«

»Natürlich, Snegir. Ich bin doch ein verkommenes Subjekt. Ich wollte schon immer reich sein und nicht für immer und ewig in einer lausigen Galerie hocken müssen und lausige Maler ausstellen.«

»Reiz mich nicht, Kat«, sagte Snegir wieder.

»Aber warum hast du Bykadorow umgebracht?«

»Weißt du, dein Bykadorow war gar nicht so dumm. Er hatte ein paar Jahre mit Antiquitäten und Privatsammlungen gearbeitet. Er ahnte, was das Bild wert ist. Es gab Streit um die Anteile. Er wollte nicht einsehen, dass sich ein Gemälde von diesem Kaliber nicht so einfach versilbern lässt, weder bei uns noch im Ausland. Und außerdem war er mir zu eigenwillig ...«

Das ist wahr, Snegir.

»Er war immer ein Problemfall, für jeden, mit dem er zu tun hatte. Du gibst mir doch Recht, Kat, oder? Du hast doch auch unter ihm gelitten ...«

»Und Titow? Warum hast du Titow umgebracht? Wir haben doch das Geld für das Bild gekriegt, eine Riesensumme ... Was hatte das für einen Zweck?«

»Geld kann man nie genug kriegen, findest du nicht auch, Kat? Dass er das Bild gekauft hat und dass du dich dann noch an ihn gehängt hast als die leibhaftige Zwillingsschwester der heiligen Maria ... Das war ein echter Glücksfall, Kat! So was nennt man Fortüne! Ich hatte ihn schon lange im Visier. Unabhängig von dem Bild ...«

»Was heißt das: Du hattest ihn im Visier?«

»Ganz einfach, ich habe doch nicht nur mit Bykadorow gearbeitet ... Ich habe auch gelegentlich ein paar kleine Aufträge für ... hm ... sagen wir, solide Leute ausgeführt. Delikater Natur.«

»Äther in die Fresse, meinst du?«

»Übertreib nicht, Kat. Jedenfalls, man hat mir angedeutet ...«

»Dass du ihn aus dem Weg räumen sollst?«

»Sagen wir so, dass ich mich ein bisschen um sein schwaches Herz kümmere. Auf normale Art war an ihn nicht heranzukommen. Zwei Anschläge waren schon danebengegangen.«

»Er hatte einen begabten Leibwächter.« Ich dachte an Shaik und bat ihn verspätet um Verzeihung.

»Und ich hatte dich, Kat! Du hast keine Ahnung, was deine Einladung zu der Party für mich bedeutete ...«

»Und Harryboy? Wozu hast du den mitgeschleppt?«

»Er hat sich mir aufgedrängt. Er konnte sich von dem Bild nicht losreißen. Er hätte seine Seele dem Teufel verkauft, um es zu kriegen. Und ganz am Anfang unserer Bekanntschaft habe ich ihm ein wenig Angst eingejagt. Ich habe ihm gesagt, er sollte vielleicht besser nicht erzählen, dass er im Februar schon mal ihn Russland war, man könnte seinen Aufenthalt sonst möglicherweise mit dem Tod von Goldman in Verbindung bringen. Damals wusste er noch nichts von der Auktion und auch nichts von unseren Preisvorstellungen ... Ich habe ihm Hoffnung gemacht, als Eigentümer des Bildes: ›Es wäre besser für Sie, den ersten Besuch in Moskau nicht an die große Glocke zu hängen, Harry‹, und so weiter ... Wer hätte auch gedacht, dass es kein gewöhnliches Bild ist, sondern Teil eines Triptychons ...«

»Dann bist du zu der Party gekommen ...« Lukas Auster und sein Triptychon interessierten mich jetzt am allerwenigsten.

»Richtig. Mit einer kleinen Überraschung in der Tasche. Genau genommen, zwei Überraschungen. Die Gelegenheit war einzigartig, ich musste sie nutzen.«

»Also hast du mich im Schlafzimmer eingesperrt, nachdem du mir den Punsch über das Kleid gegossen hast?«

»Nein, das war der Geist des Franz von Assisi.« Snegir grinste schief. »Natürlich ich, wer denn sonst, mein Herzchen ...«

»Und dann bist du in das Arbeitszimmer gegangen ...«

»Genau. Der Holländer hatte sich freundlicherweise schon verzogen.«

»Und dort hast du das Bild mit deiner Mixtur eingerieben.«

»Der Raum muss möglichst luftdicht abgeschlossen sein, sonst tritt die gewünschte Wirkung nicht ein. Bei Sheka musste ich vorher das Oberlicht schließen, und bei Titow musste ich ...«

»... die Klimaanlage abschalten!«, sagte ich gepresst. »Deshalb war es in dem Arbeitszimmer so ungewöhnlich still ... Und dann hast du Titow gesucht und ihm gesagt, dass ich im Arbeitszimmer auf ihn warte. Und dass er sich sputen soll ...«

»Ich hab es natürlich etwas höflicher formuliert als du, dafür aber auch überzeugender. Obwohl die Zeit knapp war.«

»Zehn Minuten.«

»Dreizehn. Ich habe die Zusammensetzung etwas verbessert.«

»Du bist ein großes Risiko eingegangen, Snegir«, sagte ich kopfschüttelnd.

»Ach was, ein gut erzogener Mensch betritt doch nicht unaufgefordert das Arbeitszimmer des Hausherrn ... Zumal ja schon alle Gelegenheit gehabt hatten, die Schönheit der ›Reiter‹ zu genießen.«

»Und Sheka ...«

»Ja«, Snegir sah zu Boden. »Leider. Der Teufel persönlich muss sie dorthin geführt haben. Ich habe sie nicht bemerkt. Aber sie hat mir später erzählt, dass sie gesehen hat, wie ich an dem Bild hantiert habe. Damals maß sie dem keine besondere Bedeutung bei. Erst später, als Titows Tod bekannt gegeben wurde ...«

»Das weiß ich alles.« Seine ruhigen Worte drangen wie Nadeln in mich ein. »Erzähl weiter, was war dann?«

»Dann ging Titow ins Arbeitszimmer. Alles Weitere weißt du.«

»Hast du dein Geld gekriegt, Snegir? Das ganze Geld?«

»Ich will nach Mexiko, Alte. Weißt du, was das bedeutet?« Snegir kam zu mir und hob mit sanfter Hand mein Kinn an. »Schade. Wir hätten zusammen nach Barcelona fahren können, wir beide und die Kinder ... Sheka hat alles kaputtgemacht. Ich habe mich in deiner Wohnung mit ihr getroffen, ich wollte mich mit ihr einigen, aber sie hat bloß immer gesagt, ich sei ein Mörder, ich hätte nicht nur Titow ermordet, sondern auch Bykadorow. Sie habe gesehen, wie ich Titows Mord vorbereitete – sie habe selbst Anzeichen von Unwohlsein gespürt, obwohl sie draußen im Flur vor dem Arbeitszimmer stand, ziemlich weit von dem Bild entfernt. Sie sagte, sie könne mit diesem Wissen nicht leben. Was sollte ich tun, Kat?«

Snegir hatte sich alles von der Seele geredet, ich war für ihn nicht mehr interessant. »Warum hast du ihre Leiche nach

Kuptschino gebracht? Das war doch wieder ein überflüssiges Risiko, Snegir ...«

»Was hätte ich sonst tun sollen? Sollte man ihre Leiche in der Nähe deiner Wohnung finden, zu der nur wir drei einen Schlüssel haben? Dann wäre man mir viel schneller auf die Spur gekommen ... Aber so weißt nur du davon.« Er sah mich forschend an. »Es weiß doch sonst niemand, oder?«

»Nein, natürlich nicht. Wir sind doch Partner, Snegir ...«

Lawrucha legte seine eisigen Lippen auf meine Stirn. Kein Kuss, von keinem Mann, war mir jemals so schrecklich gewesen.

»Genau, wir sind Partner ...«

»Aber wieso hat deine Mixtur dich selbst nicht getötet?«

»Lass uns erst mal etwas trinken, Kat.« Snegir goss den abgestandenen Champagner in die Gläser. »Auf dich!«

»Auf dich, Snegir ...«

»Was deine Frage angeht ...« Snegir schlenderte gemächlich zur Tür und drehte den Schlüssel im Schloss herum. »Ist dir nicht kalt, Kat?«

Ich drehte mechanisch den Kopf zum Fenster: Das Oberlicht war geschlossen.

»Es gibt da so ein hübsches kleines Teil, ein so genanntes Mehrschichten-Atemgerät. Wird im Ausland hergestellt. Das bietet hundertprozentige Sicherheit und passt in jede Hosentasche. Ich werde es dir gleich vorführen.«

Er drehte sich um und stand jetzt mit dem Gesicht zur Ecke, jener Ecke, in der früher Bykadorows Porträt als Pseudo-Sebastian gestanden hatte und in dem jetzt das unvollendete Porträt Adik Owanessows verstaubte. Ich ließ ihn nicht aus den Augen: Seine Hände schlossen sich am Hinterkopf zusammen, dann drehte er sich zu mir um. Sein Gesicht war jetzt von einem zierlichen Atemschutzgerät halb verdeckt. Er schob es ein Stück nach oben auf die Stirn und rieb sich die Nase.

»So hat Sheka mich gesehen, wie sie sagte ... Damals wusste

sie noch nichts von dem Mord. Zu diesem Zeitpunkt gab es noch keinen Mord. Es tut mir Leid, Kat.«

Snegir zog sich die Maske wieder über das Gesicht, holte mit einer blitzschnellen Bewegung ein kleines flaches Fläschchen aus der Tasche, drehte den Verschluss auf und spritzte eine zähe Flüssigkeit auf das Porträt von Adik Owanessow.

Eine Kälte durchbohrte mich bis ins Innerste, und dann zerfloss glühendes Metall in meinem Bauch ... Er hat Recht, alles ist ganz einfach, er hat Recht, aber warum bekomme ich keine Luft ... Nein, Snegir, du hast dich verrechnet, du weißt nicht, dass in Katjas Jackentasche ein sauber gefaltetes Blatt Papier liegt ... ich ... habe ... alles aufgeschrieben ... man wird es finden ... und lesen ... Dinka wird es finden ... oder jemand anderes ... Jemand, der Ähnlichkeit hat mit Bykadorow, den ich liebte, mit Ljocha, den ich nicht liebte, mit ... Maritsch ... den ich lieben ... wollte ... ich hätte sie alle geliebt ...

Es ist vorbei ... Aber was ist das für ein Geräusch ... Glas ... zerbrechendes Glas. Und da ist Shaik, da steht Shaik in einem Ring aus Eis, in einem Ring aus Feuer.

Shaik ... der allerschönste Kasache ...

EPILOG

Niederlande, Herbst 1999

Ich stehe in seiner Schuld, Harry, und in Ihrer Schuld auch. Was für blödsinnige Ideen ich hatte. Ich habe alle verdächtigt. Shaik hat mich an jenem Abend gerettet. Er hat das Fenster zerschlagen. Er hatte Snegir schon lange im Verdacht, er war ihm auf der Spur. Er hat die Sache auf eigene Faust untersucht, genau wie ich, nur wesentlich professioneller. Aber ich habe die Lösung vor ihm gefunden.«

»Sie sind großartig, Katrin.« Harryboy schob sich die Brille auf die Stirn und zwinkerte mit seinen runden Vogelaugen. »Sie haben so viel für die Insel getan. Sie haben Lukas Auster nach Holland zurückgebracht. Sie haben ihn der Welt zurückgegeben ...«

Wir standen vor dem Museum. Die Kuppel schwebte matt glänzend im niedrigen Himmel. Und ich ... ich war glücklich. Oder fast glücklich.

»Na, dann zeigen Sie mir mal Ihre Wunder.« Ich rückte ihm die Brille zurecht und musste lachen.

»Vorsicht, Katrin, sonst wird Ihr Bräutigam noch eifersüchtig. Und ich mache mir vielleicht falsche Hoffnungen.«

»Ach was, damit muss er klarkommen ... Wie viele Bilder haben Sie in dem Versteck gefunden, Harry?«

»Fünfzehn. Darunter den fehlenden rechten Flügel des Triptychons. Jetzt ist es vollständig.«

Er stieß die Tür des Museums auf, und wieder stand ich zwischen den alten Manuskripten, zwischen Grafiken und halb zerfallenen Papierbogen. Und trotzdem war es jetzt ein ganz anderer Saal. Seine Wände atmeten, sie waren randvoll mit dem Leben von Menschen, die ich nie gesehen hatte: Da war der Fischhändler Rogier Longteren – ein gerissener einäugiger Gauner; und neben ihm sein Sohn Jos, ein jugendlicher Schönling mit der hübschesten Narbe, die ich je gesehen hatte – sie sah aus wie ein zarter Zweig von Heidekraut. Ein schwacher Geruch nach frischem Fisch hing im Raum – Lukas war auch ein großartiger Meister des Stilllebens: In den Fischschwänzen glänzten die Dächer der Toten Stadt und der Himmel über ihnen, und in den Augen der Aale erkannte man deutlich die Haarschöpfe der Kinder ... Die Farben hatten durch die Jahrhunderte nichts von ihrer Leuchtkraft verloren. Die Tote Stadt erwachte zum Leben, man brauchte nur die Tür zu öffnen und trat in sie ein ...

Harryboy berührte sanft meinen Ellenbogen.

»Kommen Sie, Katrin, das Triptychon erwartet Sie.«

Und wieder betrat ich den weißen Saal, in dem hinter dickem Panzerglas das Triptychon aufbewahrt wurde. Jetzt war es vollständig. Alles war, wie es sein musste. Der fehlende dritte Flügel brachte das Triptychon ins Gleichgewicht. Das TIER saß ganz am Rande eines tiefen Abgrundes, der es bändigte, und Neu-Jerusalem, glänzend und still, sah aus wie irgendein kleines holländisches Städtchen. Neu-Jerusalem, versunken in Schnee und Wolken ...

Lukas Auster hatte das TIER gebannt, mit einer zarten Berührung des Pinsels. Er hatte den Weg bereitet, tatsächlich, aber nicht dem Tier, sondern Gott, der sich über dem Triptychon emporschwang ...

»Weinen Sie, Katrin?«

»Nein ... Aber ... Kann ich nicht morgen noch einmal herkommen? Allein?«

»Morgen ist Weihnachten, Katrin. Ich habe Sie doch zum Weihnachtsessen eingeladen. Sie und Ihre Familie ... Sie sind so nett, Katrin ...«

»Ja ...«

»Möchten Sie Lukas selbst sehen?«

Harryboy nahm mich an der Hand und führte mich bis dicht vor das Triptychon. Ich sah einen jungen Mann mit asketischen Gesichtszügen und bitteren Falten um den Mund, den Leidenschaften glücklich entkommen. Ein still beseeltes Gesicht, ein glattes Kinn, halb geschlossene Augen. Der junge Mann hielt einen Pinsel in der Hand.

»Der heilige Lukas malt die Jungfrau Maria. Das ist Lukas Auster, Katrin ...«

Wir verließen das Museum und gingen die Straße hinunter, zur Anlegestelle.

»Warum hat er die Bilder versteckt, Harry?«

»Ich weiß nicht. Vielleicht fühlte er sich schuldig an den Todesfällen, mit denen er in Verbindung gebracht wurde. Ich habe die Manuskripte noch nicht vollständig entziffert ... Es hat etwas mit der Zusammensetzung der Farben zu tun, Katrin. Er benutzte irgendwelche pflanzlichen Substanzen, die eine gesundheitsschädliche Wirkung hatten. Er merkte es im Laufe der Zeit an sich selbst, aber er benutzte sie trotzdem weiter, weil er damit eine wunderbare farbliche Wirkung erzielte.«

»Das kommt mir bekannt vor, Harry ...«

»Verzeihen Sie, Katrin. Ich wollte Sie nicht daran erinnern ... Vor der letzten Flutkatastrophe fasste er dann einen Entschluss. Er beschloss, das Schicksal der Bewohner der Stadt zu teilen. Man kann sagen, dass es Selbstmord war ... Er wusste, er konnte nicht mehr weiter mit diesen Farben malen, aber er konnte auch nicht aufhören. Er versteckte die Bilder in einer großen eisenbeschlagenen Truhe und hinterließ eine verschlüsselte Botschaft im linken Flügel des Triptychons. Er hatte die Hoffnung, dass seine Bilder irgendwann einmal nicht mehr gefährlich sein würden.«

»Aber wie ... wie konnten der linke Flügel und der Mittelteil bis heute erhalten bleiben? Und wie sind sie aus der Toten Stadt hinausgekommen?«

»Dafür sorgte Lukas selbst. An jenem Abend verließ nur ein einziger Mensch die Stadt. Sie wissen, wer – es war Hendrik Aertensen, Lukas' Todfeind. Er brachte eines der Bilder aus der Stadt, ohne es selbst zu wissen, zusammen mit seinen Waren. Vermutlich hatte Auster selbst das Gemälde in Aertensens Gepäck versteckt. Hendriks Frau hatte immer eine offene Tür für Lukas, und er muss sich das zu Nutze gemacht haben ... Als Aertensen von der Flut erfuhr, eilte er sofort zu seinem Haus zurück, aber sein Gepäck ließ er in dem Gasthaus ...«

»Und dort wurde es gestohlen, stimmt's? Die Menschen haben sich nicht verändert im Laufe der Jahrhunderte.«

»Nein, leider nicht.« Harryboy runzelte die Stirn, fuhr aber fort.

»Das zweite Bild rettete ein durchreisender Krämer. Er hatte die Stadt schon einige Tage vor der Überschwemmung verlassen. In seinem Gepäck trug er die Jungfrau Maria mit sich.«

»Und fünfhundert Jahre später taucht sie in Russland wieder auf ...«

»Ja.«

»Und Ihre Fotografien, Harry?«

Harryboy nahm seine Brille ab und rieb sie am Pulloverärmel.

»Das Tier hat sich beruhigt, Katrin, und die Insel bebt nicht mehr ... Alles ist wieder so, wie es sein soll, seit der fehlende Teil des Triptychons gefunden wurde ... Ich zeige Ihnen die neuesten Aufnahmen ...«

»Und Sie glauben daran?«

Harryboy legte bittend die Hände an die Brust.

»Lassen Sie der Toten Stadt Ostrea ihr Geheimnis, Katrin ...«

»Na gut.« Ich lächelte.

»Und was ist mit ...«

»Charming friend Bullfinch, meinen Sie? Ein gebrochener Hals, damit war die Sache erledigt. Ein schneller Tod. Das

Gericht hat entschieden, dass Shaik Nasyrkulow in Notwehr gehandelt hat.«

An der Anlegestelle, beim Boot, wuselten Kirill und die Zwillinge herum. Kirill lag auf der Erde, und Katja und Lawrucha krabbelten auf ihm herum und kreischten vor Vergnügen. Kirill befreite sich aus dem Gewirr von kleinen Armen und winkte uns zu.

»Beeil dich, sonst schmeißen sie mich noch ins Meer.«

»Zuerst Feuerwerk, Tante Katja, zuerst Feuerwerk!«, schrie Katja junior.

»Sagen Sie, Harry, warum stand eigentlich Kirills Telefonnummer in Ihrem Notizbuch? Sie sind sich doch nie begegnet, oder?«

»Die hatte Bob mir gegeben. Er war doch im Rahmen eines Austauschprogramms in Petersburg ... Zwischen der Polizei von San Diego und Ihrer Polizei ... Er berichtete mir, Ihr Bräutigam habe mit alten Bildern zu tun ... Das war sehr interessant für mich, aber ich hatte einfach nicht die Zeit ...«

»Bob? Derselbe Bob, der Ihnen diese merkwürdige E-Mail geschickt hat?« Ich schloss die Augen und zitierte, jedes einzelne Wort betonend: »Absolut effektiv, keine Spuren ...«

»Was meinen Sie damit?« Harryboy runzelte die Stirn.

»Absolut effektiv, keine Spuren. Sonst nichts. Das ist meine letzte Frage, Harry.«

»Ach, das! Er meinte ein neuartiges Lösungsmittel für Farben, das ich ihm geschickt hatte. Bob malt in seiner Freizeit ... Er ist gar nicht schlecht. Und was hatten Sie gedacht, Katrin?«

»Genau das.«

Wir sahen einander an und mussten beide lachen.